MORT A CRÉDIT

LOUIS-FERDINAND CÉLINE

Mort
à crédit

nrf

GALLIMARD

A Lucien Descaves

Habillez-vous ! Un pantalon !
Souvent trop court, parfois trop long.
Puis veste ronde !
Gilet, chemise et lourd béret
Chaussures qui sur mer feraient
Le tour du Monde !...

Chanson de prison.

Nous voici encore seuls. Tout cela est si lent, si lourd, si triste... Bientôt je serai vieux. Et ce sera enfin fini. Il est venu tant de monde dans ma chambre. Ils ont dit des choses. Ils ne m'ont pas dit grand'chose. Ils sont partis. Ils sont devenus vieux, misérables et lents chacun dans un coin du monde.

Hier à huit heures Madame Bérenge, la concierge, est morte. Une grande tempête s'élève de la nuit. Tout en haut, où nous sommes, la maison tremble. C'était une douce et gentille et fidèle amie. Demain on l'enterre rue des Saules. Elle était vraiment vieille, tout au bout de la vieillesse. Je lui ai dit dès le premier jour quand elle a toussé : « Ne vous allongez pas surtout!... Restez assise dans votre lit! » Je me méfiais. Et puis voilà... Et puis tant pis...

Je n'ai pas toujours pratiqué la médecine, cette merde. Je vais leur écrire qu'elle est morte Madame Bérenge à ceux qui m'ont connu, qui l'ont connue. Où sont-ils?...

Je voudrais que la tempête fasse encore bien plus de boucan, que les toits s'écroulent, que le printemps ne revienne plus, que notre maison disparaisse.

Elle savait Madame Bérenge que tous les chagrins viennent dans les lettres. Je ne sais plus à qui écrire. Tous ces gens sont loin... Ils ont changé d'âme pour mieux trahir, mieux oublier, parler toujours d'autre chose...

Vieille Madame Bérenge, son chien qui louche on le prendra, on l'emmènera...

Tout le chagrin des lettres, depuis vingt ans bientôt, s'est arrêté chez elle. Il est là dans l'odeur de la mort récente, l'incroyable aigre goût... Il vient d'éclore... Il est là... Il rôde... Il nous connaît, nous le connaissons à présent. Il ne s'en ira plus jamais. Il faut éteindre le feu dans la loge. A qui vais-je écrire? Je n'ai plus personne. Plus un être pour recueillir doucement l'esprit gentil des morts... pour parler après ça plus doucement aux choses... Courage pour soi tout seul!

Sur la fin ma vieille bignolle, elle ne pouvait plus rien dire. Elle étouffait, elle me retenait par la main... Le facteur est entré. Il l'a vue mourir. Un petit hoquet. C'est tout. Bien des gens sont venus chez elle autrefois pour me demander. Ils sont repartis loin, très loin dans l'oubli, se chercher une âme. Le facteur a ôté son képi. Je pourrais moi dire toute ma haine. Je sais. Je le ferai plus tard s'ils ne reviennent pas. J'aime mieux raconter des histoires. J'en raconterai de telles qu'ils reviendront, exprès, pour me tuer, des quatre coins du monde. Alors ce sera fini et je serai bien content.

A la clinique ou je fonctionne, à la Fondation Linuty on m'a déjà fait mille réflexions désagréables pour les histoires que je raconte... Mon cousin Gustin Sabayot, à cet égard il est formel : je devrais bien changer mon genre. Il est médecin lui aussi, mais de l'autre côté de la Seine, à la Chapelle-Jonction. Hier j'ai pas eu le temps d'aller le voir. Je voulais lui parler justement de Madame Bérenge. Je m'y suis pris trop tard. C'est un métier pénible le nôtre, la consultation. Lui aussi le soir il est vanné. Presque tous les gens ils posent des questions lassantes. Ça sert à rien qu'on se dépêche, il faut leur répéter vingt fois tous les détails de l'ordonnance. Ils ont plaisir à faire causer, à ce qu'on s'épuise... Ils en feront rien des beaux conseils, rien du tout. Mais ils ont peur qu'on se donne pas de mal, pour être plus sûrs ils insistent; c'est des ventouses, des radios, des prises... qu'on les tripote de haut en bas... Qu'on mesure tout... L'artérielle et puis la connerie... Gustin lui à la Jonction ça fait trente ans qu'il pratique. Les miens, mes pilons, j'y pense, je vais les envoyer un beau matin à la Villette, boire du sang chaud. Ça les fatiguera dès l'aurore. Je ne sais pas bien ce que je pourrais faire pour les dégoûter...

Enfin avant-hier j'étais décidé d'aller le voir, le Gustin, chez lui. Son bled c'est à vingt minutes de chez moi une fois qu'on a passé la Seine. Il faisait pas joli comme temps. Tout de même je m'élance. Je me dis je vais prendre l'autobus. Je cours finir ma séance. Je me défile par le couloir des pansements. Une gonzesse me repère et m'accroche. Elle a un accent qui traînaille, comme le mien. C'est la fatigue. En plus ça racle, ça c'est l'alcool. Maintenant elle pleurniche, elle veut m'entraîner. « Venez Docteur, je vous supplie!... ma petite fille, mon Alice!... C'est rue Rancienne!... c'est à deux pas!... » Je ne suis pas forcé d'y aller. En principe moi je l'ai finie, ma consultation!... Elle s'obstine... Nous sommes dehors... J'en ai bien marre des égrotants... En voici trente emmerdeurs que je rafistole depuis tantôt... J'en peux plus... Qu'ils toussent! Qu'ils crachent! Qu'ils se désossent! Qu'ils s'empédèrent! Qu'ils s'envolent avec trente mille gaz dans le croupion!... Je m'en tartine!... Mais la pleureuse elle m'agrafe, elle se pend vachement à mon cou, elle me souffle son désespoir. Il est plein de « rouquin »... Je suis pas de force à lutter. Elle me quittera plus. Quand on sera dans la rue des Casses qui est longue et sans lampe aucune, peut-être que je vais lui refiler un grand coup de pompe dans les miches... Je suis lâche encore... Je me dégonfle... Et ça recommence, la chansonnette. « Ma petite fille!... Je vous en supplie, Docteur!... Ma petite Alice!... Vous la connaissez?... » La rue Rancienne c'est pas si près... Ça me détourne... Je la connais. C'est après les Usines aux câbles... Je l'écoute à travers ma berlue... « On n'a que 82 francs par semaine... avec deux enfants!... Et puis mon mari qui est terrible avec moi!... C'est une honte, mon cher Docteur!... »

Tout ça c'est du mou, je le sais bien. Ça pue le grain pourri, l'haleine des pituites...

On est arrivé devant la tôle...

Je monte. Je m'asseye enfin... La petite môme porte des lunettes.

Je me pose à côté de son lit. Elle joue quand même un peu encore avec la poupée. Je vais l'amuser à mon tour. Je suis marrant, moi, quand je m'y donne... Elle est pas perdue la gniarde... Elle respire pas très librement... C'est congestif c'est entendu... Je la fais rigoler. Elle s'étouffe. Je rassure la mère. Elle en profite, la vache, alors que je suis paumé dans sa crèche pour me consulter à son tour. C'est à cause des marques des torgnioles, qu'elle a plein les cuisses. Elle retrousse ses jupes, des énormes marbrures et même des brûlures profondes. Ça c'est le tisonnier. Voilà comme il est son chômeur. Je donne un conseil... J'organise avec une ficelle un petit va-et-vient très drôle pour la moche poupée... Ça monte, ça descend, jusqu'à la poignée de la porte... c'est mieux que de causer.

J'ausculte, y a des râles en abondance. Mais enfin c'est pas si fatal... Je rassure encore. Je répète deux fois les mêmes mots. C'est ça qui vous pompe... La môme elle se marre à présent... Elle se remet à suffoquer. Je suis forcé d'interrompre. Elle se cyanose... Y a peut-être un peu de diphtérie? Faudrait voir... Prélever?... Demain!...

Le papa rentre. Avec ses 82 francs, on se tape rien que du cidre chez lui, plus de vin du tout. « Je bois au bol. Ça fait pisser! » qu'il m'annonce tout de suite. Il boit au goulot. Il me montre... on se congratule qu'elle est pas si mal la mignonne. Moi c'est la poupée qui me passionne... Je suis trop fatigué pour m'occuper des adultes et des pronostics. C'est la vraie caille les adultes! J'en ferai plus un seul avant demain.

Je m'en fous qu'on me trouve pas sérieux. Je bois à la santé encore. Mon intervention est gratuite, absolument supplémentaire. La mère me ramène à ses cuisses. Je donne un suprême avis. Et puis, je descends l'escalier. Sur le trottoir voilà un petit chien qui boite. Il me suit d'autorité. Tout m'accroche ce soir. C'est un petit fox ce chien-là, un noir et blanc. Il est perdu ça me paraît. C'est ingrat les chômeurs d'en haut. Ils ne me raccompagnent même pas. Je suis sûr qu'ils recommencent à se battre. Je les entends qui gueulent. Qu'il lui fonce donc son tison tout entier dans le trou du cul! Ça la redressera la salope! Ça l'apprendra à me déranger!

A présent je m'en vais sur la gauche... Sur Colombes, en somme. Le petit chien, il me suit toujours... Après Asnières c'est la Jonction et puis mon cousin. Mais le petit chien boite beaucoup. Il me dévisage. Ça me dégoûte de le voir traînasser. Faut mieux que je rentre après tout. On est revenu par le Pont Bineux et puis le rebord des usines. Il était pas tout à fait fermé le dispensaire en arrivant... J'ai dit à Madame Hortense : « On va nourrir le petit clebs. Il faut que quelqu'un cherche de la viande... Demain à la première heure on téléphonera... Ils viendront de la « Protectrice » le chercher avec une auto. Ce soir il faudrait l'enfermer. » Alors je suis reparti tranquille. Mais c'était un chien trop craintif. Il avait reçu des coups trop durs. La rue c'est méchant. Le lendemain en ouvrant la fenêtre, il a même pas voulu attendre, il a bondi à l'extérieur, il avait peur de nous aussi. Il a cru qu'on l'avait puni. Il comprenait rien aux choses. Il avait plus confiance du tout. C'est terrible dans ces cas-là.

Il me connaît bien Gustin. Quant il est à jeun il est d'un excellent conseil. Il est expert en joli style. On peut se fier à ses avis. Il est pas jaloux pour un sou. Il demande plus grand'-chose au monde. Il a un vieux chagrin d'amour. Il a pas envie de le quitter. Il en parle tout à fait rarement. C'était une femme pas sérieuse. Gustin c'est un cœur d'élite. Il changera pas avant de mourir.

Entre temps il boit un petit peu...

Mon tourment à moi c'est le sommeil. Si j'avais bien dormi toujours j'aurais jamais écrit une ligne...

« Tu pourrais, c'était l'opinion à Gustin, raconter des choses agréables... de temps en temps... C'est pas toujours sale dans la vie... » Dans un sens c'est assez exact. Y a de la manie dans mon cas, de la partialité. La preuve c'est qu'à l'époque où je bourdonnais des deux oreilles et encore bien plus qu'à présent, que j'avais des fièvres toutes les heures, j'étais bien moins mélancolique... Je trafiquais de très beaux rêves... Madame Vitruve, ma secrétaire, elle m'en faisait aussi la remarque. Elle connaissait bien mes tourments. Quand on est si généreux on éparpille ses trésors, on les perd de vue... Je me suis dit alors : « La garce de Vitruve, c'est elle qui les a planqués quelque part... » Des véritables merveilles... des bouts de Légende... de la pure extase... C'est dans ce rayon-là que je vais me lancer désormais... Pour être plus sûr je trifouille le fond de mes papiers... Je ne retrouve rien... Je téléphone à Delumelle mon placeur; je veux m'en faire un mortel ennemi... Je veux qu'il râle sous les injures... Il en faut pour le cailler!...

Il s'en fout! Il a des millions. Il me répond de prendre des vacances... Elle arrive enfin, ma Vitruve. Je me méfie d'elle. J'ai des raisons fort sérieuses. Où que tu l'as mise ma belle œuvre? que je l'attaque comme ça de but en blanc. J'en avais au moins des centaines des raisons pour la suspecter...

La Fondation Linuty c'était devant le ballon en bronze à la Porte Pereire. Elle venait là me rendre mes copies, presque tous les jours quand j'avais fini mes malades. Un petit bâtiment temporaire et rasé depuis. Je m'y plaisais pas. Les heures étaient trop régulières. Linuty qui l'avait créée c'était un très grand millionnaire, il voulait que tout le monde se soigne et se trouve mieux sans argent. C'est emmerdant les philanthropes. J'aurais préféré pour ma part un petit business municipal... Des vaccinations en douce... Un petit condé de certificats... Un bain-douche même... Une espèce de retraite en somme. Ainsi soit-il. Mais je suis pas Zizi, métèque, ni Franc-Maçon, ni Normalien, je sais pas me faire valoir, je baise trop, j'ai pas la bonne réputation... Depuis quinze ans, dans la Zone, qu'ils me regardent et qu'ils me voient me défendre, les plus résidus tartignolles, ils ont pris toutes les libertés, ils ont pour moi tous les mépris. Encore heureux de ne pas être viré. La littérature ça compense. J'ai pas à me plaindre. La mère Vitruve tape mes romans. Elle m'est attachée. « Écoute! que je lui fais, chère Daronne, c'est la dernière fois que je t'engueule!... Si tu ne retrouves pas ma Légende, tu peux dire que c'est la fin, que c'est le bout de notre amitié. Plus de collaboration confiante!... Plus de rassis!... Fini le tutu!... Plus d'haricots!... »

Elle fond alors en jérémiades. Elle est affreuse en tout Vitruve, et comme visage et comme boulot. C'est une vraie obligation. Je la traîne depuis l'Angleterre. C'est la conséquence d'un serment. C'est pas d'hier qu'on se connaît. C'est sa fille Angèle à Londres qui me l'a fait autrefois jurer de toujours l'aider dans la vie. Je m'en suis occupé je peux le dire. J'ai tenu ma promesse. C'est le serment d'Angèle. Ça remonte à pendant la guerre. Et puis en somme elle sait plein de choses. Bon. Elle est pas bavarde en principe, mais elle se souvient... Angèle, sa fille : c'était une nature. C'est pas croyable ce qu'une mère peut devenir vilaine. Angèle a fini tragiquement. Je raconterai tout ça si on me force. Angèle avait une autre sœur, Sophie la grande nouille, à Londres, établie là-bas. Et

Mireille ici, la petite nièce, elle a le vice de toutes les autres, une vraie peau de vache, une synthèse.

Quand j'ai déménagé de Rancy, que je suis venu à la Porte Pereire, elles m'ont escorté toutes les deux. C'est changé Rancy, il reste presque rien de la muraille et du Bastion. Des gros débris noirs crevassés, on les arrache du remblai mou, comme des chicots. Tout y passera, la ville bouffe ses vieilles gencives. C'est le « P. Q. *bis* » à présent qui passe dans les ruines, en trombe. Bientôt ça ne sera plus partout que des demi-gratte-ciel terre cuite. On verra bien. Avec la Vitruve on était toujours en chicane sur la question des misères. C'est elle qui prétendait toujours qu'elle avait souffert davantage. C'était pas possible. Pour les rides, ça c'est bien sûr, elle en a bien plus que moi! C'est inépuisable les rides, le fronton infect des belles années dans la viande. « Ça doit être Mireille qui les a rangées vos pages! »

Je pars avec elle, je l'accompagne, quai des Minimes. Elles demeurent ensemble, près des chocolats Bitronnelle, ça s'appelle l'Hôtel Méridien.

Leur chambre c'est un fatras incroyable, une carambouille en articles de colifichets, surtout des lingeries, rien que du fragile, de l'extrêmement bon marché.

Madame Vitruve et sa nièce elles sont de la fesse toutes les deux. Trois injecteurs qu'elles possèdent, en plus d'une cuisine complète et d'un bidet en caoutchouc. Tout ça tient entre les deux lits et un grand vaporisateur qu'elles n'ont jamais su faire gicler. Je veux pas dire trop de mal de Vitruve. Elle a peut-être connu plus de déboires que moi dans la vie. C'est toujours ça qui me tempère. Autrement si j'étais certain je lui filerais des trempes affreuses. C'était au fond de la cheminée qu'elle garait la Remington qu'elle l'avait pas fini de payer... Soi-disant. Je donne pas cher pour mes copies, c'est exact encore... soixante-cinq centimes la page, mais ça cube quand même à la fin... Surtout avec des gros volumes.

Question de loucher, la Vitruve, j'ai jamais vu pire. Elle faisait mal à regarder.

Aux cartes, aux tarots c'est-à-dire, ça lui donnait du prestige cette loucherie farouche. Elle leur faisait aux petites clientes des bas de soie... l'avenir aussi à crédit. Quand elle était prise alors par l'incertitude et la réflexion, derrière ses carreaux, elle en voyageait du regard comme une vraie langouste.

Depuis les « tirages » surtout elle gagnait en influence dans les environs. Elle connaissait tous les cocus. Elle me les montrait par la fenêtre, et même les trois assassins « j'ai les preuves! » En plus je lui ai fait don pour la pression artérielle d'un vieil appareil Laubry et je lui ai enseigné un petit massage pour les varices. Ça ajoutait à son casuel. Son ambition c'était les avortements ou bien encore de tremper dans une révolution sanglante, que partout on parle d'elle, que ça se propage dans les journaux.

Quand je la voyais farfouiller dans les recoins de son bazar je pourrais jamais tout écrire combien qu'elle me dégoûtait. A travers le monde entier y a des camions chaque minute qui écrasent des gens sympathiques... La mère Vitruve elle émanait une odeur poivrée. C'est souvent le cas des rouquines. Elles ont je crois, les rousses, le destin des animaux, c'est brute, c'est tragique, c'est dans le poil. Je l'aurais bien étendue moi quand je l'entendais causer trop fort, parler des souvenirs... Le feu au cul comme elle avait, ça lui était difficile de trouver assez d'amour. A moins d'un homme saoul. Et en plus qu'il fasse très nuit, elle avait pas de chance! De ce côté-là je la plaignais. Moi j'étais plus avancé sur la route des belles harmonies. Elle trouvait pas ça juste non plus. Le jour où il le faudrait j'avais presque de quoi en moi me payer la mort!... J'étais un rentier d'Esthétique. J'en avais mangé de la fesse et de la merveilleuse... je dois le confesser de la vraie lumière. J'avais bouffé de l'infini.

Elle avait pas d'économies, tout ça se pressent très bien, y a pas besoin d'en causer. Pour croûter et jouir en plus il fallait qu'elle coince le client par la fatigue ou la surprise. C'était un enfer.

Après sept heures, en principe, les petits boulots sont rentrés. Leurs femmes sont dans la vaisselle, le mâle s'entortille dans les ondes radios. Alors Vitruve abandonne mon beau roman pour chasser sa subsistance. D'un palier à l'autre qu'elle tapine avec ses bas un peu grillés, ses jerseys sans réputation. Avant la crise elle pouvait encore se défendre à cause du crédit et de la manière qu'elle ahurissait les chalands, mais on la donne à présent sa fourgue identique en prime aux perdants râleux du bonneteau. C'est plus des conditions loyales. J'ai essayé de lui expliquer que c'était la faute tout ça aux petits Japonais... Elle me croyait pas. Je l'ai accusée de me dissoudre exprès ma jolie Légende dans ses ordures même...

19

— C'est un chef-d'œuvre! que j'ajoutai. Alors sûrement on le retrouvera!...

Elle s'est bidonnée... On a fourgonné ensemble dans le tas de la camelote.

La nièce est arrivée à la fin, très en retard. Fallait voir ses hanches! Un vrai scandale sur pétard... Toute plissée sa jupe... Pour que ça tienne bien la note. L'accordéon du fendu. rien ne se perd. Le chômeur c'est désespéré, c'est sensuel, ça n'a pas le rond pour inviter... Ça ramène. « Ton pot! » qu'ils lui jetaient... En pleine face. Au bout des couloirs, à force de bander pour des prunes. Les jeunots qui ont les traits plus fins que les autres, ils sont bien doués pour en croquer, se faire bercer dans la vie. Ça c'est venu plus tard seulement qu'elle est descendue se défendre!... après bien des catastrophes... Pour le moment elle s'amusait...

Elle l'a pas trouvée non plus ma jolie Légende. Elle s'en foutait du « Roi Krogold »... C'est moi seulement que ça tracassait. Son école pour s'affranchir, c'était le « Petit Panier » un peu avant le Chemin de Fer, le musette de la Porte Brancion.

Elles me quittaient pas des yeux comme je me mettais en colère. Comme « paumé » à leur idée, je tenais le maximum! Branleur, timide, intellectuel et tout. Mais à présent à la surprise, elles avaient les foies que je me tire. Si j'avais pris de l'air, je me demande ce qu'elles auraient boutiqué? Je suis tranquille que la tante elle y pensait assez souvent. Comme sourire c'était du frisson ce qu'elles me refilaient dès que je parlais un peu de voyages...

La Mireille en plus du cul étonnant, elle avait des yeux de romance, le regard preneur, mais un nez solide, un tarin, sa vraie pénitence. Quand je voulais un peu l'humilier : « Sans char! que je lui faisais, Mireille! t'as un vrai nez d'homme!... » Elle savait raconter aussi de très belles histoires, comme un marin elle aimait ça. Elle a inventé mille choses pour me faire plaisir d'abord et puis pour me nuire ensuite. Ma faiblesse à moi c'est d'écouter les bonnes histoires. Elle abusait voilà tout. Y a eu de la violence entre nous pour terminer nos rapports, mais c'est elle qu'avait mille fois mérité la danse et même que je l'étende. Elle en a convenu finalement. J'étais vraiment bien généreux... Je l'ai punie pour le bon motif... Tout le monde l'a dit... Des gens qui savent...

Gustin Sabayot, sans lui faire de tort, je peux bien répéter quand même qu'il s'arrachait pas les cheveux à propos des diagnostics. C'est sur les nuages qu'il s'orientait.

En quittant de chez lui il regardait d'abord tout en haut : « Ferdinand, qu'il me faisait, aujourd'hui ça sera sûrement des rhumatismes! Cent sous!... » Il lisait tout ça dans le ciel. Il se trompait jamais de beaucoup puisqu'il connaissait à fond la température et les tempéraments divers.

— Ah! voilà un coup de canicule après les fraîcheurs! Retiens! C'est du calomel tu peux le dire déjà! La jaunisse est au fond de l'air! Le vent a tourné... Nord sur l'Ouest! Froid sur Averse!... C'est de la bronchite pendant quinze jours! C'est même pas la peine qu'ils se dépiautent!... Si c'est moi qui commandais, je ferais les ordonnances dans mon lit!... Au fond Ferdinand dès qu'ils viennent c'est des bavardages!... Pour ceux qui en font commerce encore ça s'explique... mais nous autres?... au Mois?... A quoi ça rime?... je les soignerais moi sans les voir tiens les pilons! D'ici même! Ils en étoufferont ni plus ni moins! Ils vomiront pas davantage, ils seront pas moins jaunes, ni moins rouges, ni moins pâles, ni moins cons... C'est la vie!... Pour avoir raison Gustin, il avait vraiment raison.

— Tu les crois malades?... Ça gémit... ça rote... ça titube... ça pustule... Tu veux vider ta salle d'attente? Instantanément? même de ceux qui s'en étranglent à se ramoner les glaviots?... Propose un coup de cinéma!... Un apéro gratuit en face!... tu vas voir combien qu'il t'en reste... S'ils viennent te relancer

21

c'est d'abord parce qu'ils s'emmerdent. T'en vois pas un la veille des fêtes... Aux malheureux, retiens mon avis, c'est l'occupation qui manque, c'est pas la santé... Ce qu'ils veulent c'est que tu les distrayes, les émoustilles, les intrigues avec leurs renvois... leurs gaz... leurs craquements... que tu leur découvres des rapports... des fièvres... des gargouillages... des inédits!... Que tu t'étendes... que tu te passionnes... C'est pour ça que t'as des diplômes... Ah! s'amuser avec sa mort tout pendant qu'il la fabrique, ça c'est tout l'Homme, Ferdinand! Ils la garderont leur chaude-pisse! leur vérole, tous leurs tubercules. Ils en ont besoin! Et leur vessie bien baveuse, le rectum en feu, tout ça n'a pas d'importance! Mais si tu te donnes assez de mal, si tu sais les passionner, ils t'attendront pour mourir, c'est ta récompense! Ils te relanceront jusqu'au bout. Quand la pluie revenait un coup entre les cheminées de l'usine électrique : « Ferdinand! qu'il m'annonçait, voilà les sciatiques!... S'il en vient pas dix aujourd'hui, je peux rendre mon papelard au Doyen! » Mais quand la suie rabattait vers nous de l'Est, qu'est le versant le plus sec, par-dessus les fours Bitronnelle, il s'écrasait une suie sur le nez : « Je veux être enculé! tu m'entends! si cette nuit même les pleurétiques crachent pas leurs caillots! Merde à Dieu!... Je serai encore réveillé vingt fois!... »

Des soirs il simplifiait tout. Il montait sur l'escabeau devant la colossale armoire aux échantillons. C'était la distribution directe, gratuite et pas solennelle de la pharmacie...

— Vous avez des palpitations? vous l'Haricot vert? qu'il demandait à la miteuse. — J'en ai pas!... — Vous avez pas des aigreurs?... Et des pertes?... — Si! un petit peu... — Alors prenez de ça où je pense... dans deux litres d'eau... ça vous fera un bien énorme!... Et les jointures? Elles vous font mal?... Vous avez pas d'hémorroïdes? Et à la selle on y va?... Voilà des suppositoires Pepet!... Des vers aussi? Avez remarqué?... Tenez vingt-cinq gouttes miroboles... Au coucher!...

Il proposait tous ses rayons... Y en avait pour tous les dérèglements, toutes les diathèses et les manies... Un malade c'est horriblement cupide. Du moment qu'il peut se jeter une saloperie dans le cornet, il en demande pas davantage, il est content de se trisser, il a grand'peur qu'on le rappelle.

Au coup du cadeau, je l'ai vu moi, Gustin, rétrécir à dix minutes des consultations qu'auraient duré au moins deux heures conduites avec des précautions. Mais j'avais plus rien à apprendre sur la manière d'abréger. J'avais mon petit système à moi.

C'est à propos de ma Légende que je voulais lui causer. On avait retrouvé le début sous le lit de Mireille. J'étais bien déçu de la relire. Elle avait pas gagné au temps ma romance. Après des années d'oubli c'est plus qu'une fête démodée l'ouvrage d'imagination... Enfin avec Gustin j'aurais toujours une opinion libre et sincère. Je l'ai mis tout de suite dans l'ambiance.

— Gustin que je lui ai fait, comme ça tu n'as pas toujours été aussi connard qu'aujourd'hui, abruti par les circonstances, le métier, la soif, les soumissions les plus funestes... Peux-tu encore, un petit moment, te rétablir en poésie?... faire un petit bond de cœur et de bite au récit d'une épopée, tragique certes, mais noble, étincelante!... Te crois-tu capable?...

Il restait là Gustin, assoupi sur son escabeau, devant les échantillons, le placard béant... Il ne pipait plus... il ne voulait pas m'interrompre...

— Il s'agit, que je l'ai prévenu, de Gwendor le Magnifique, Prince de Christianie... Nous arrivons... Il expire... au moment même où je te cause.. Son sang s'échappe par vingt blessures... L'armée de Gwendor vient de subir une abominable défaite... Le Roi Krogold lui-même au cours de la mêlée a repéré Gwendor... Il l'a pourfendu... Il n'est pas fainéant Krogold... Il fait sa justice lui-même... Gwendor a trahi... La mort arrive sur Gwendor et va terminer son boulot... Écoute un peu!

« Le tumulte du combat s'affaiblit avec les dernières lueurs du jour... Au loin disparaissent les derniers Gardes du Roi Krogold... Dans l'ombre montent les râles de l'immense agonie d'une armée... Victorieux et vaincus rendent leurs âmes comme ils peuvent... Le silence étouffe tour à tour cris et râles, de plus en plus faibles, de plus en plus rares...

« Écrasé sous un monceau de partisans, Gwendor le Magnifique perd encore du sang... A l'aube la mort est devant lui.

— As-tu compris Gwendor?

— J'ai compris, ô Mort! J'ai compris dès le début de cette journée... J'ai senti dans mon cœur, dans mon bras aussi, dans les yeux de mes amis, dans le pas même de mon cheval, un charme triste et lent qui tenait du sommeil... Mon étoile s'éteignait entre tes mains glacées... Tout se mit à fuir! O Mort!

23

Grands remords! Ma honte est immense!... Regarde ces pauvres corps!... Une éternité de silence ne peut l'adoucir!...

— Il n'est point de douceur en ce monde Gwendor! rien que de légende! Tous les royaumes finissent dans un rêve!...

— O Mort! Rends-moi un peu de temps... un jour ou deux! Je veux savoir qui m'a trahi...

— Tout trahit Gwendor... Les passions n'appartiennent à personne, l'amour, surtout, n'est que fleur de vie dans le jardin de la jeunesse.

Et la mort tout doucement saisit le prince... Il ne se défend plus... Son poids s'est échappé... Et puis un beau rêve reprend son âme... Le rêve qu'il faisait souvent quand il était petit, dans son berceau de fourrure, dans la chambre des Héritiers, près de sa nourrice la morave, dans le château du Roi René... »

Gustin il avait les mains qui lui pendaient entre les genoux...

— C'est pas beau? que je l'interroge.

Il se méfiait. Il voulait pas trop rajeunir. Il se défendait. Il a voulu que je lui explique encore tout... le pourquoi?... Et le comment?... C'est pas si facile... C'est fragile comme papillon. Pour un rien ça s'éparpille, ça vous salit. Qu'est-ce qu'on y gagne? J'ai pas insisté.

Pour bien enchaîner ma Légende j'aurais pu me documenter auprès de personnes délicates... accoutumées aux sentiments... aux mille variantes des tons d'amour...

J'aime mieux me débrouiller tout seul.

Souvent les personnes délicates c'est des personnes qui peuvent pas jouir. C'est une question de martinet. Ces choses-là ne se pardonnent pas. Je vais toujours vous décrire le château du Roi Krogold :

« ... Un formidable monstre au cœur de la forêt, masse tapie, écrasante, taillée dans la roche... pétrie de sentines, crédences bourrelées de frises et de redans... d'autres donjons... Du lointain, de la mer là-bas... les cimes de la forêt ondulent et viennent battre jusqu'aux premières murailles...

Le guetteur auquel la peur d'être pendu fait écarquiller les yeux... Plus haut... Tout en haut... Au sommet de Morehande, la Tour du Trésor, l'Étendard claque dans la bourrasque... Il porte les armes royales. Un serpent tranché, saignant au ras du cou! Malheur aux traîtres! Gwendor expie!... »

Gustin il n'en pouvait plus. Il somnolait... Il roupillait même. Je retourne fermer sa boutique. Je lui dis : « On s'en va! Viens faire une promenade par la Seine!... Ça te fera du bien... » Il préférait ne pas bouger... Enfin comme j'insiste, il se décide. Je lui propose un petit café de l'autre côté de l'Ile aux Chiens... Là malgré le jus il se rendort. On y est bien, c'est exact, sur les quatre heures, c'est le moment songeur des bistrots... Y a trois fleurs fausses dans le vase d'étain.

Tout est oublié sur le quai. Même le vieil ivrogne au comptoir il se fait une raison que la patronne l'écoutera plus. Je le laisse tranquille, moi, Gustin. Le prochain remorqueur le réveillera certainement. Le chat il a quitté sa rombière pour venir se faire les griffes.

A la manière qu'il a, Gustin, de retourner les mains quand il pionce c'est facile de lui voir l'avenir. Y a le poil et tout l'homme dans les poignes. Chez Gustin c'est sa ligne de vie qu'est plutôt en force. Chez moi, ça serait plutôt la chance et la destinée. Je suis pas fadé question longueur d'existence... Je me demande pour quand ça sera? J'ai un sillon au bas du pouce... Ça sera-t-il une artériole qui pétera dans l'encéphale? Au détour de la Rolandique?... Dans le petit repli de la « troisième »?... On l'a souvent regardé avec Metitpois à la Morgue cet endroit-là... Ça fait minuscule un ictus... Un petit cratère comme une épingle dans le gris des sillons... L'âme y a passé, le phénol et tout. Ça sera peut-être hélas un néo-fongueux du rectum... Je donnerais beaucoup pour l'artériole... A la bonne vôtre!... Avec Metitpois, un vrai maître, on y a passé bien des dimanches à fouiller comme ça les sillons... pour les manières qu'on a de mourir... Ça le passionnait ce vieux daron... Il voulait se faire une idée. Il faisait tous les vœux personnels pour une inondation pépère des deux ventricules à la fois quand sa cloche sonnerait... Il était chargé d'honneurs!...

« Les morts les plus exquises, retenez bien ceci Ferdinand, ce sont celles qui nous saisissent dans les tissus les plus sensibles... » Il parlait précieux, fignolé, subtil, Metitpois, comme les hommes des années Charcot. Ça lui a pas beaucoup servi de prospecter la Rolandique, la « troisième » et le noyau gris... Il est mort du cœur finalement, dans des conditions pas pépères... d'un grand coup d'angine de poitrine, d'une crise qu'a duré vingt minutes. Il a bien tenu cent vingt secondes avec tous ses souvenirs classiques, ses résolutions, l'exemple à César... mais pendant dix-huit minutes il a gueulé comme un putois... Qu'on lui arrachait le diaphragme, toutes les tripes vivantes... Qu'on lui passait dix mille lames ouvertes dans l'aorte... Il essayait de nous les vomir... C'était pas du charre. Il rampait pour ça dans le salon... Il se défonçait la poitrine... Il rugissait dans son tapis... Malgré la morphine. Ça résonnait dans les étages jusque devant sa maison... Il a fini sous le piano.

Les artérioles du myocarde quand elles éclatent une par une, c'est une harpe pas ordinaire... C'est malheureux qu'on revienne jamais de l'angine de poitrine. Y aurait de la sagesse et du génie pour tout le monde.

Fallait qu'on cesse de méditer, c'était bientôt l'heure pour les vénériens. Ça se passait à la Pourneuve de l'autre côté de la Garenne. On s'y mettait tous les deux. Juste comme je l'avais prévu un remorqueur a siréné. C'était le moment qu'on se sauve. Comme système les vénériens c'était ingénieux. Les gonos et les véroles en attendant les piqûres ils se créaient des connaissances. Au début y avait de la gêne, après y avait du plaisir. Près de l'abattoir au bout de la rue ils allaient s'unir en vitesse dès qu'il faisait nuit l'hiver. Ils sont toujours très pressés ces genres de malades, ils ont peur que ça revienne plus la bandaison des familles. La mère Vitruve en venant me voir elle avait repéré ces choses-là... Les petits jeunes hommes à la « chaude-lance » leur première, ça les rend tout mélancoliques, ça les affecte énormément. Elle venait attendre à la sortie... Elle leur faisait au sentiment... à la touchante sollicitude... « Ça te cuit fort hein, mon petit gars?... Je sais ce que c'est... J'en ai soigné... Je connais une tisane étonnante... Viens à la maison je t'en ferai une... » Encore deux ou trois cafés crème et le môme lui donnait sa sève. Un soir au mur y a eu scandale, un Sidi monté comme un âne englandait un petit pâtissier, pour le plaisir, tout près de la guérite du gardien. Lui le bourrin qu'avait l'habitude du jeton, il a d'abord tout écouté, les murmures, les plaintes, et puis alors les hurlements... Le môme il se convulsait, ils étaient quatre à le maintenir... N'empêche qu'il s'est jeté quand même dans la turne du dabe, pour qu'on le protège des dégoûtants. L'autre alors a refermé la lourde. « Il s'est fait finir! Mais oui! » qu'était certaine la Vitruve. En commentant ça.

« Je l'ai vu moi le cogne par la persienne! Ils prenaient leur pied tous les deux! Le gros et le petit c'est le même os!... »

Elle croyait pas aux sentiments. Elle jugeait bas, elle jugeait juste. Pour aller à la Pourneuve nous devions prendre l'autobus. « T'as bien encore cinq minutes! » que me faisait Gustin. Il était pas du tout pressé. On s'est assis juste au refuge, celui qu'est devant la rampe du Pont.

C'est sur ce quai-là, au 18, que mes bons parents firent

de bien tristes affaires pendant l'hiver 92, ça nous remet loin.

C'était un magasin de « Modes, fleurs et plumes ». Y avait en tout comme modèles que trois chapeaux, dans une seule vitrine, on me l'a souvent raconté. La Seine a gelé cette année-là. Je suis né en mai. C'est moi le printemps. Destinée ou pas, on en prend marre de vieillir, de voir changer les maisons, les numéros, les tramways et les gens de coiffure, autour de son existence. Robe courte ou bonnet fendu, pain rassis, navire à roulettes, tout à l'aviation, c'est du même! On vous gaspille la sympathie. Je veux plus changer. J'aurais bien des choses à me plaindre, mais je suis marié avec elles, je suis navrant et je m'adore autant que la Seine est pourrie. Celui qui changera le réverbère crochu au coin du numéro 12 il me fera bien du chagrin. On est temporaire, c'est un fait, mais on a déjà temporé assez pour son grade.

Voilà les péniches... Elles ont un cœur chacune à présent. Il bat tout gros et bourru à plein dans l'écho noir des arches. Ça suffit. Je me désagrège. Je me plains plus. Mais faut pas m'en faire davantage. Si les choses nous emportaient en même temps qu'elles, si mal foutues qu'on les trouve, on mourrait de poésie. Ça serait commode dans un sens. Gustin, question des séductions et des charmes infimes il se rangeait à mon avis, seulement pour l'oubli il se fiait plutôt aux boissons. Bon... Dans ses moustaches à la Gauloise il en restait toujours un peu de la bibine et des regrets...

Aux vénériens, notre pratique ça consistait en bâtons, qu'on traçait sur un grand papier au fur et à mesure... Ça suffisait. Un bâton rouge : Novars... Vert : Mercure!... Et allez donc! La routine emportait le reste... bien contente... Y avait plus qu'à piquer la sauce dans les fesses, dans les plis du bras... Ça lardait le pilon comme du beurre... Vert!... Bras!... Jaune!... Fesses!... Rouge... double-fesses!... Taille foiron! Refesses encore. Bismuth! Salope! Bleu! Veine qui pisse! Pourri!... Reculotte!... Tampon!... Une cadence sans défaillance. Des bordées et puis encore d'autres... Des filaments qui n'en finissent... Mandrins moulus! Polanars! Bites en gouttes! Suintent! Purulent! Gros linge empesé, dur carton! Gono! marche en travers! Reine du monde! Le cul son trône! Chauffé l'été comme l'hiver!...

Froids les paumés qui se méfient! Et puis se confient mille recettes d'enculés pour trancher encore bien mieux! Davantage!... Que Julienne n'y voye que du bleu... Ne pas revenir... Mentir à nous!... Hurlant de joie... Urètre pleine, aiguilles! Guizot tout fendu! Bite en bouche! En avant la fente!

Voici le « dossier 34 », l'employé aux lorgnons noirs, le timide, le petit futé, il va l'attraper sa chtouille tout exprès, chaque six mois, cour d'Amsterdam, pour mieux expier par la verge... il pisse ses lames de rasoir dans les connasses des petites annonces... C'est sa prière! comme il dit... C'est un microbe énorme, « 34 »! il l'a écrit dans nos gogs! : « Je suis la terreur des vagins... J'ai enculé ma grande sœur... Je me suis fiancé douze fois! » C'est un client bien ponctuel, silencieux et pas difficile et toujours heureux de nous revenir.

C'est le bifteck pour nous autres, moins pénible que de remblayer le chemin de fer.

En arrivant à la Pourneuve, il m'a fait comme ça Gustin : « Dis donc Ferdinand, tout à l'heure... pendant que je somnolais, essaye pas de me contredire... tu m'as fait les lignes de la main... Qu'est-ce que tu as donc vu? »

Je savais bien ce qui l'inquiétait, c'était son foie, depuis longtemps le rebord sensible et puis des cauchemars infects... Il se constituait sa cirrhose...

Le matin souvent je l'entendais vomir dans l'évier... Je l'ai rassuré, ça servait à rien de l'inquiéter. Le mal était fait. Le principal c'était qu'il conserve ses boulots.

A la Jonction, il l'avait eue presque tout de suite, sa place au bureau de Bienfaisance. A la sortie de ses études, grâce à un petit avortement, on peut pas dire le contraire, sur la bonne amie d'un Conseiller Municipal très conservateur à l'époque... Il venait juste de s'établir Gustin, à côté, pelé comme un rat. Ça s'était effectué pépère, sa main tremblait pas encore. A la fois suivante, c'était sur la femme du maire. Encore un succès!... Pour la gratitude il fut nommé médecin des pauvres.

Tout d'abord, il avait bien plu, et à tout le monde, dans ses fonctions. Et puis à un moment donné il a cessé de plaire... Ils en ont eu marre de sa gueule et de ses façons... Ils pouvaient plus le renifler. Alors ils ont mis tout en œuvre... C'est à qui lui ferait des misères. On s'est bien régalé de sa fiole;

29

on l'accusait à peu près de tout, depuis d'avoir les mains sales, de se gourer dans les doses, de pas savoir les poisons!... De puer de la gueule en excès... D'avoir des chaussures à boutons... Quand on l'a eu bien tracassé, qu'il avait honte même de sortir et qu'on lui a bien répété qu'on pouvait le vider comme un pet, alors on s'est ravisé, on s'est remis à le tolérer, sans aucune raison nouvelle, seulement qu'on était fatigué de le trouver si moche et si veule.

Toute la crasse, l'envie, la rogne d'un canton s'était exercée sur sa pomme. La hargne fielleuse des plumitifs de sa propre turne il l'avait sentie passer. L'aigreur au réveil des 14 000 alcooliques de l'arrondissement, les pituites, les rétentions exténuantes des 6 422 blennorrhées qu'il n'arrivait pas à tarir, les sursauts d'ovaire des 4 376 ménopauses, l'angoisse questionneuse de 2 266 hypertendus, le mépris inconciliable de 722 biliaires à migraine, l'obsession soupçonneuse des 47 porteurs de tænias, plus les 352 mères des enfants aux ascarides, la horde trouble, la grande tourbe des masochistes de toutes lubies. Eczémateux, albumineux, sucrés, fétides, trembloteurs, vagineuses, inutiles, les « trop », les « pas assez », les constipés, les enfoirés du repentir, tout le bourbier, le monde en transferts d'assassins, était venu refluer sur sa bouille, cascader devant ses binocles depuis trente ans, soir et matin.

A la Jonction, il logeait à même la mouscaille, juste au-dessus des Rayons X. Il avait là ses trois pièces, un bâtiment en pierre de taille, pas de la cloison comme aujourd'hui. Pour se défendre contre la vie faudrait des digues dix fois plus hautes qu'au Panama et des petites écluses invisibles. Il logeait là depuis l'exposition, la grande, depuis les beaux jours d'Argenteuil.

Maintenant y avait des grands « buildings » tout autour de l'établissement.

De temps en temps il cherchait encore, Gustin, son petit dérivatif... Il faisait monter une mignonne, mais ça recommençait pas souvent. Son grand chagrin lui revenait, dès que ça devenait du sentiment. Après la troisième rencontre... Il préférait picoler... De l'autre côté de sa rue, c'était un bistrot : la verte façade, à banjo le dimanche, c'était commode pour les frites, la bonne les faisait incomparables. La gniole le brûlait Gustin, moi je peux même pas tenter de boire depuis que je bourdonne jour et nuit. Ça me bousille, ça me donne des mines de pesteux. Quelquefois alors, il m'ausculte Gustin. Il me dit pas non plus ce qu'il pense. C'est le seul endroit qu'on est discret. J'ai de la peine moi aussi, faut le dire. Il connaît mon cas, il essaye de m'encourager : « Vas-y Ferdinand, lis-le-moi, je l'écoute tiens ton machin! lis pas trop vite par exemple! Fais pas des gestes. Ça te fatigue et moi ça me donne la berlue... »

« Le roi Krogold, ses preux, ses pages, son frère l'Archevêque, le clergé du camp, toute la cour, allèrent après la bataille s'affaler sous la tente au milieu du bivouac. Le lourd croissant d'or, le don du Khalife, ne fut point retrouvé au moment du repos... Il couronnait le dais royal. Le capitaine au convoi, responsable, fut battu comme plâtre. Le roi s'allonge, veut s'endormir... Il souffre encore de ses blessures. Il ne dort pas. Le sommeil se refuse... Il insulte les ronfleurs. Il se lève. Il enjambe, il écrase des mains, il sort... Dehors, il fait si froid qu'il est saisi. Il boite, il marche quand même. La longue file des chariots cerne le camp. Les hommes de garde se sont endormis. Krogold longe les grands fossés de la défense... Il se parle à lui-même, il trébuche, reprend juste à temps son aplomb. Au fond du fossé quelque chose a brillé, une lame énorme qui tremblote... Un homme est là qui tient l'objet luisant dans ses bras. Krogold se jette sur le tout, renverse l'homme, le ligote, c'est un soldat, il l'égorge de sa propre courte lame comme un porc... « Hoc! Hoc! » glousse le voleur par son trou. Il lâche tout. C'est fini. Le roi se baisse, ramasse le croissant au Khalife. Il remonte au bord du fossé. Il s'endort là dans la brume... Le voleur est bien châtié. »

Vers cette époque y a eu la crise, j'ai bien failli être dégommé du dispensaire. A cause des ragots encore. C'est par Lucie Keriben qu'était établie modiste, boulevard Moncontour, que j'ai été averti. Elle voyait des quantités de gens. On ragotait beaucoup chez elle. Elle m'a rapporté des cancans bien moches. Poisonneux à ce degré-là, ce pouvait être que la Mireille... Je me suis pas trompé... Pures calomnies bien entendu. Ça parlait seulement que j'avais arrangé des partouzes avec des clientes du quartier. Des horreurs en somme... Lucie Keriben en douce, elle était assez satisfaite que je me mouille un peu... Elle était jalouse.

J'attends donc la Mireille qu'elle rentre, je me planque dans l'Impasse Viviane, elle devait passer là fatalement. Je touchais pas encore assez de flouze pour aller faire l'écrivain... Je pouvais en reprendre dans la mistoufle. Je me sentais pas bon. Je la vois venir... elle passe devant. Je lui carre un tel envoi dans le pot qu'elle en a sauté du trottoir. Elle m'a compris séance tenante mais ça l'a pas fait causer. Elle attendait de revoir sa tante. Elle voulait pas avouer la carne. Rien du tout.

Cette façon de répandre des bobards, c'était dans le but que je m'inquiète... Je me dépêchais le lendemain alors de leur donner satisfaction. La brutalité servait pas. Surtout avec la Mireille, ça la rendait plus vache encore. Elle voulait se marier. Avec moi ou n'importe qui. Elle en avait marre des usines. A seize ans elle en avait déjà fait sept dans la banlieue Ouest.

« C'est fini! » qu'elle annonçait. Aux « Happy Suce », aux bonbons anglais, elle avait surpris le Directeur bien en train de se faire pomper par un apprenti. Ah! la bonne usine! Pendant six mois elle a balancé tous les rats crevés dans la grande cuve aux pralines. A Saint-Ouen une contremaîtresse l'avait déjà prise en ménage, elle lui foutait des volées dans les cabinets. Elles s'étaient barrées ensemble.

Le Capital et ses lois, elle les avait compris, Mireille... Qu'elle avait pas encore ses règles. Au camp des Pupilles à Marty-sur-Oise on y trouvait de la branlette, du bon air et des beaux discours. Elle s'était bien développée. Le jour annuel des Fédérés, elle faisait honneur au Patronage, c'est elle qui brandissait Lénine, tout en haut d'une gaule, de la Courtine au Père-Lachaise. Les bourriques en revenaient pas tellement qu'elle était crâneuse! Mais alors des molletons splendides, elle levait le boulevard derrière elle à bander l'Internationale!

Les petits marles, du Musette qu'elle fréquentait, ils se rendaient pas compte de ce qu'ils avaient dans la main. Mineure, elle se méfiait des « mœurs ». Elle passait pour l'instant derrière Robert, Gégène et Gaston. Mais ils se préparaient ces petits des véritables malheurs. Elle les ferait tomber.

De la Vitruve et de sa nièce je pouvais m'attendre à bien des choses, la vieille surtout en savait trop pour ne pas s'en servir un jour.

Je l'atténuais par du pognon, mais la môme voulait davantage, elle voulait tout. Si je l'abordais à la tendresse, ça lui paraissait bien douteux. Je vais l'emmener au Bois que je me dis. Elle me garde des rancunes. Ce qu'il faut c'est que je l'intéresse. Au Bois j'avais mes intentions, je lui raconterais une belle histoire, je flatterais sa vanité.

« Demande à ta tante que je lui fais... Tu seras rentrée avant minuit... Attends-moi au café Byzance! »

Nous voilà partis tous les deux.

A partir de la Porte Dauphine elle se sentait déjà plus contente. Elle aimait bien les beaux quartiers. A l'Hôtel Méridien, son horreur c'était les punaises. Quand elle se trouvait un petit giron, et qu'il fallait qu'elle ôte sa chemise, les marques alors lui faisaient honte. Ils savaient tous que c'en étaient des cloques de punaises... Ils connaissaient tous les liquides et les désinfectants qu'on brûle... Son rêve à Mireille c'était une crèche sans totos... Si elle s'était barrée maintenant sa tante l'aurait fait repoisser. Elle comptait sur elle pour la croûte mais je lui connaissais une petite marle qui prétendait bien aussi, le Bébert du Val-de-Grâce. Il a fini dans la « coco ». Il lisait le « Voyage » celui-là...

Comme on approchait de la Cascade, j'ai commencé les confidences...

« Je sais que t'as un employé des Postes qui prend le martinet comme pas un... »

Elle était trop heureuse alors de me faire des chichis, des confesses. Elle me raconta tout. Mais en arrivant au Catelan elle osait plus s'avancer, le noir lui faisait peur. Elle croyait que je l'entraînais pour la corriger dans les bois. Elle me tâtait dans le fond de la poche pour se rendre compte si j'avais pas pris un pétard. J'avais rien. Elle me tâtait la queue. A cause des autos qui passent je lui propose d'aller dans l'Ile qu'on serait mieux pour se causer. Elle était garce, elle jouissait très difficilement et le danger ça la fascinait. Les rameurs du bord cafouillent, s'embobinent toujours dans les branches, sacrent, culbutent, saccagent leurs petits lampions.

« Entends les canards qui s'étouffent dans l'urine à l'eau!

— Mireille! que je lui fais, une fois comme ça installés. Je sais que t'es forte en mensonges... la vérité ça ne te gêne pas...

— Moi, qu'elle répond, si je répétais seulement le quart de ce que j'entends!...

— Ça va! que je l'arrête... Je suis plein d'indulgence pour toi et de faiblesse même... C'est pas à cause de ton corps... ni de ton visage avec ton nez... C'est ton imagination qui me retient à toi... Je suis voyeur! Tu me raconteras des saloperies... Moi je te ferai part d'une belle légende... Si tu veux on signera ensemble?... fifty-fifty? tu y gagneras!... »

Elle aimait ça parler des sous... Je lui ai raconté tout le boulot... Je lui ai garanti qu'il y aurait partout des princesses, et des vrais velours à la traîne... des broderies à pleines doublures... des fourrures et des bijoux... Comme on en a pas idée... On s'est parfaitement entendu pour toutes les choses du décor et même des costumes. Et puis voilà finalement comme notre histoire s'emmanchait :

« Nous sommes à Bredonnes en Vendée... C'est le moment des Tournois...

« La ville s'apprête à recevoir... Voici les galants parés...
Voici les lutteurs à poil... les baladins... Leur chariot passe...
fend la foule... Voici les crêpes en train de frire... Un brelan
de chevaliers tout bardés d'armures damasquinées... ils arrivent
tous de fort loin... du Midi... du Nord... se lancent de vaillants
défis...

« Voici Thibaud le Méchant, trouvère, il parvient au petit
jour juste à la porte de la ville, par le sentier du halage. Il
est fourbu... Il vient chercher à Bredonnes asile et couvert...
Il vient relancer Joad le fils sournois du Procureur. Il vient
lui rappeler la vilaine histoire, l'assassinat d'un archer à
Paris près du Pont-au-Change quand ils étaient étudiants...

« Thibaud se rapproche... Au bac Sainte-Geneviève il refuse
net son décime... Il se peigne avec le passeur... Les archers
accourent... le terrassent, l'entraînent... Le voici, pieds et
poings liés, écumant, en loques, traîné devant le Procureur.
Il se débat, forcené, lui hurle la vilaine histoire... »

Mireille le ton lui plaisait, elle voulait qu'on en rajoute.
Ça faisait longtemps qu'on ne s'était pas si bien compris.
Enfin il a fallu rentrer.

Dans les allées de Bagatelle il ne traînait plus que quelques
couples. Mireille était consolée. Elle a voulu qu'on les surprenne... On a quitté ma belle Légende pour discuter avec
rage si le grand désir des dames, c'est pas de s'emmancher entre elles... Mireille par exemple si elle aimerait pas
bourrer un peu les copines?... les enculer au besoin?... surtout
les petites délicates, les véritables gazelles?... Mireille qu'est
balancée en athlète des hanches... du bassin...

— Y a les godes qu'elle m'a fait remarquer! Mais c'est
bien pour ça qu'on nous regarde! De si près quand elles se
régalent! Pour voir si ça leur pousserait pas!... Qu'elles se
déchirent! Qu'elles s'arrachent tout les salopes! Que ça saigne
autour et partout! Que ça leur sorte toute leur vacherie!...

Elle comprenait toute la féerie Mireille, ma mignonne!
Elle en profitait tant qu'elle pouvait de mon cinéma... D'un
coup je la préviens : « Si tu répètes à Rancy... je te ferai manger
tes chaussures!... » Et je la saisis sous le bec de gaz...'Elle prend
déjà l'air victorieux. Je sens qu'elle va débloquer partout que
je me conduis comme un vampire!... Au Bois de Boulogne!
Alors la colère me suffoque... Penser qu'encore une fois je suis

35

fleur! Je lui refile une mornifle tassée... Elle ricane. Elle me défie.

Des taillis, des petits bosquets, de partout les gens surgissent pour nous admirer, par deux, par quatre, en vraies cohortes. Ils tiennent tous leur panais en mains, les dames retroussées derrière et devant. Des osées, des pas sérieuses, des plus prudentes...

« Vas-y Ferdinand! » qu'ils m'encouragent tous. C'est une énorme rumeur... Ça monte des bois. « Dérouille-la bien ta gamine! Il va lui en sortir une! » Forcément ça me rendait brutal de les entendre me stimuler.

Mireille s'est mise à cavaler en poussant des glapissements. Alors moi je la course et je me décarcasse. Je lui balance des vaches coups de tatane à travers les fesses. Ça sonne mat et lourd. Des débauchés du Ranelagh y en avait encore des centaines qui affluaient, devant ils se groupaient par biroutes, ils poulopaient loin par derrière...

C'était envahi les pelouses, des milliers à travers l'avenue. Il en arrivait tout le temps d'autres du fond de la nuit... Toutes les robes étaient en lambeaux... nichons branlants, arrachés... petits garçons sans culottes... Ils se renversaient, piétinaient, se faisaient rejaillir à la volée... Il en restait pendus aux arbres... après les chaises des morceaux... Une vioque, une Anglaise d'une petite automobile sortait la tête à se démancher, elle me gênait même pour que je travaille... Jamais j'avais vu des yeux si heureux que les siens... « Hurray! Hurray! Garçon magnifique! » qu'elle me criait en plein élan... « Hurray! Tu vas lui crever l'oignon! y aura du monde dans les étoiles! L'éternité va lui sortir! Vive la Science chrétienne! »

Je me dépêchais encore plus. J'allais plus vite que son auto. Je me donnais entier à ma tâche, je dégoulinais la sueur! En chargeant je pensais à ma place... Que j'allais sûrement la perdre. J'en refroidissais : « Mireille! Pitié! Je t'adore! Vas-tu m'attendre immondice? Me croiras-tu? »

Arrivée à l'Arc de Triomphe, toute la foule s'est mise en manège. Toute la horde poursuivait Mireille. Y avait déjà plein de morts partout. Les autres s'arrachaient les organes. L'Anglaise coletinait son auto, au-dessus de sa tête, à bout de bras! Hurray! Hurray! Elle en culbute l'autobus. Le trafic est intercepté par trois rangs de mobiles au port d'armes.

Les honneurs c'est alors pour nous. La robe à Mireille s'envole. La vieille Anglaise bondit sur la môme, lui croche dans les seins, ça gicle, ça fuse, tout est rouge. On s'écroule, on grouille tous ensemble, on s'étrangle. C'est une grande furie.

La flamme sous l'Arc monte, monte encore, se coupe, traverse les étoiles, s'éparpille au ciel... Ça sent partout le jambon fumé... Voici Mireille à l'oreille qui vient me parler enfin. « Ferdinand, mon chéri, je t'aime!... C'est entendu t'es plein d'idées! » C'est une pluie de flammes qui retombe sur nous, on en prend des gros bouts chacun... On se les enfonce dans la braguette grésillantes, tourbillonnantes. Les dames s'en mettent un bouquet de feu... On s'est endormi les uns dans les autres.

25 000 agents ont déblayé la Concorde. On y tenait plus les uns dans les autres. C'était trop brûlant. Ça fumait. C'était l'enfer.

Ma mère et Madame Vitruve, à côté, elles s'inquiétaient, elles allaient et venaient dans la pièce en attendant que ma fièvre tombe. Une ambulance m'avait rapporté. Je m'étais étalé sur une grille avenue Mac-Mahon. Les flics en roulettes m'avaient aperçu.

Fièvre ou pas, je bourdonne toujours et tellement des deux oreilles que ça peut plus m'apprendre grand'chose. Depuis la guerre ça m'a sonné. Elle a couru derrière moi, la folie... tant et plus pendant vingt-deux ans. C'est coquet. Elle a essayé quinze cents bruits, un vacarme immense, mais j'ai déliré plus vite qu'elle, je l'ai baisée, je l'ai possédée au « finish ». Voilà! Je déconne, je la charme, je la force à m'oublier. Ma grande rivale c'est la musique, elle est coincée, elle se détériore dans le fond de mon esgourde... Elle en finit pas d'agonir... Elle m'ahurit à coups de trombone, elle se défend jour et nuit. J'ai tous les bruits de la nature, de la flûte au Niagara... Je promène le tambour et une avalanche de trombones... Je joue du triangle des semaines entières... Je ne crains personne au clairon. Je possède encore moi tout seul une volière complète de trois mille cent vingt-sept petits oiseaux qui ne se calmeront jamais... C'est moi les orgues de l'Univers... J'ai tout fourni, la bidoche, l'esprit et le souffle... Souvent j'ai l'air épuisé. Les idées trébuchent et se vautrent. Je suis pas commode avec elles. Je fabrique l'Opéra du déluge. Au moment où le rideau tombe c'est le train de minuit qui entre en gare... La verrière d'en haut fracasse et s'écroule... La vapeur s'échappe par vingt-quatre soupapes... les chaînes bondissent jusqu'au troisième... Dans les wagons grands ouverts trois cents musi-

38

ciens bien vinasseux déchirent l'atmosphère à quarante-cinq portées d'un coup...

Depuis vingt-deux ans, chaque soir il veut m'emporter... à minuit exactement... Mais moi aussi je sais me défendre... avec douze pures symphonies de cymbales, deux cataractes de rossignols... un troupeau complet de phoques qu'on brûle à feu doux... Voilà du travail pour célibataire... Rien à redire. C'est ma vie seconde. Elle me regarde.

Ce que j'en dis c'est pour expliquer qu'au Bois de Boulogne il m'est venu un petit accès. Je fais souvent beaucoup de bruit quand je cause. Je parle fort. On me fait signe de parler moins haut. Je bavouche un peu c'est forcé... Il me faut faire des drôles d'efforts pour m'intéresser aux copains. Facilement je les perdrais de vue. Je suis préoccupé. Je vomis quelquefois dans la rue. Alors tout s'arrête. C'est presque le calme. Mais les murs se remettent en branle et les voitures à reculons. Je tremble avec toute la terre. Je ne dis rien... La vie recommence. Quand je trouverai le Bon Dieu chez lui je lui crèverai, moi, le fond de l'oreille, l'interne, j'ai appris. Je voudrais voir comment ça l'amuse? Je suis chef de la gare diabolique. Le jour où moi je n'y serai plus, on verra si le train déraille. Monsieur Bizonde, le bandagiste, pour qui je fais des petits « articles », il me trouvera encore plus pâle. Il se fera une raison.

Je pensais à tout ça dans ma crèche, pendant que ma mère et Vitruve déambulaient à côté.

La porte de l'enfer dans l'oreille c'est un petit atome de rien. Si on le déplace d'un quart de poil... qu'on le bouge seulement d'un micron, qu'on regarde à travers, alors c'est fini! c'est marre! on reste damné pour toujours! T'es prêt? Tu l'es pas? Êtes-vous en mesure? C'est pas gratuit de crever! C'est un beau suaire brodé d'histoires qu'il faut présenter à la Dame. C'est exigeant le dernier soupir. Le « Der des Der » Cinéma! C'est pas tout le monde qu'est averti! Faut se dépenser coûte que coûte! Moi je serai bientôt en état... J'entendrai la dernière fois mon toquant faire son pfoutt! baveux... puis flac! encore... Il branlera après son aorte... comme dans un vieux manche... Ça sera terminé. Ils l'ouvriront pour se rendre compte... Sur la table en pente... Ils la verront pas ma jolie Légende, mon sifflet non plus... La Blême aura déjà tout pris... Voilà Madame, je lui dirai, vous êtes la première connaisseuse!...

J'avais beau être au fond des pommes, la Mireille me revenait quand même...

J'étais tranquille qu'elle avait dû aller baver tout son content.

« Ah! qu'ils diraient à la Jonction... Le Ferdinand il est devenu insupportable! Il va au Bois se faire miser!... (vu qu'on exagère toujours). Il amène en plus la Mireille!... Il débauche toutes les jeunes filles!... On va se plaindre à la Mairie!... Il a sali son emploi! C'est un violeur et un factieux!... »

Tel quel! Ça me faisait bouillir dans mon plume de me représenter ces salades, je suintais de partout comme un crapaud... J'en étouffais.... je me tortille... Je me démène encore... Je balance toutes les couvertures... Je me retrouve une garce vigueur. Et c'est pourtant bien exact qu'ils nous ont suivis les satyres!... Je sens le brûlé de partout! Une ombre énorme me cache la vue... C'est le chapeau à Léonce... Un chapeau de militant... Des bords si vastes qu'un vélodrome... Il a dû éteindre le feu... C'est Poitrat Léonce! J'en suis sûr! Il me filature depuis toujours... Il me cherche ce gars-là! Il passe à la Préfecture bien plus souvent qu'à son tour... Après 18 heures... Il est par là, il se dépense, il milite chez les apprentis, il s'adonne aux avortements... Je lui plais pas... Je l'indispose. Il veut ma peau. Il l'avoue...

A la clinique c'est lui le comptable... Il porte aussi une lavallière. Il me bouche un côté du sommeil avec son chapeau... La fièvre monte encore je crois... Je vais éclater... Il est mariole Léonce Poitrat, c'est un fortiche aux réunions... Dans les chan-

tages confédérés il peut hurler pendant deux heures. Personne
le fait taire... Si on a changé sa motion, il devient enragé sur
un mot. Il gueule plus fort qu'un colonel. Il est bâti en armoire.
Pour la jactance il craint personne, pour la queue non plus,
il bande dur comme trente-six biceps. Il a un bonheur en acier.
Voilà. Il est secrétaire du « Syndic des Briques, Couvertures »
de Vanves La Révolte. Secrétaire élu. Les poteaux sont fiers
de Léonce, qu'est si fainéant, si violent. C'est le plus beau
maquereau du travail.

Quand même il était pas content, il me jalousait moi, mes
idées, mes trésors spirituels, ma prestance, la façon qu'on
m'appelle « Docteur ». Il restait là avec les dames, il attendait
à côté... Que je me décide? Que je fasse enfin mon paquet?...
J'étais pas bon!... Et rien que pour l'emmerder... Je resterais
par terre!... Je tournerais au Miracle!... Je l'embrasserais
même pour qu'il en crève!... Par contagion!...

A l'étage au-dessus, ça résonne... Des bruits différents...
c'est l'artiste qui donne ses leçons... Il s'entraîne... Il est
inquiet... il doit être seul... Do!... do!... do!... Les choses ne
vont guère!... Si!... si!... Encore un petit peu... Mi! mi!...
Ré! Tout peut s'arranger!... Et puis un arpège à gauche!...
Et puis la droite qui se requinque... Si dièse!... Nom de Dieu!

Par ma fenêtre on voit Paris... En bas ça s'étale... Et puis
ça se met à grimper... vers nous... vers Montmartre... Un toit
pousse un autre, c'est pointu, ça blesse, ça saigne le long des
lumières, des rues en bleu, en rouge, en jaune... Plus bas après,
c'est la Seine, les brumes pâles, une remorque qui fait son
chemin... dans un cri de fatigue... Encore plus loin c'est les
collines... Les choses se rassemblent... La nuit va nous prendre.
C'est ma bignolle qui cogne au mur?

Pour qu'elle monte il faut que je sois à fond décollé... Elle est
trop vieille la mère Bérenge pour se taper mes étages... D'où
qu'elle peut sortir?... Elle traverse ma piaule tout doucement...
Elle touche pas par terre. Elle regarde même plus à droite à
gauche... Elle sort par la fenêtre dans le vide... La voilà partie
dans le noir tout au-dessus des maisons... Elle s'en va là-bas...

Ré!... fa!... sol dièse!... mi!... Merde! Il en finira jamais!
Ça doit être l'élève qui recommence... Quand la fièvre s'étale,
la vie devient molle comme un bide de bistrot... On s'enfonce
dans un remous de tripes. Ma mère je l'entends qui insiste...
Elle raconte son existence à Madame Vitruve... Elle recommence
pour qu'elle comprenne combien j'ai été difficile!... Dépensier!...
Insoucieux!... Paresseux!... Que je tenais pas du tout de mon
père... Lui si scrupuleux alors... si laborieux... si méritant...
si déveinard... qu'est décédé l'autre hiver... Oui... Elle lui
raconte pas les assiettes qu'il lui brisait sur le cocon... Non!
Ré, do, mi! ré bémol!... C'est l'élève qui se remet en difficulté...
Il escalade les doubles croches... Il passe dans les doigts du
maître... Il dérape... Il en sort plus... Il a des dièses plein les
ongles... « Au temps »! que je gueule un fort coup.
Ma mère raconte pas non plus comment qu'il la trimbalait,
Auguste, par les tiffes, à travers l'arrière-boutique. Une toute
petite pièce vraiment pour des discussions...
Sur tout ça elle l'ouvre pas... Nous sommes dans la poésie...
Seulement qu'on vivait à l'étroit mais qu'on s'aimait énormément. Voilà ce qu'elle raconte. Il me chérissait si fort papa,
il était si sensible en tout, que ma conduite... les inquiétudes...
mes périlleuses dispositions, mes avatars abominables ont
précipité sa mort... Par le chagrin évidemment... Que ça s'est
porté sur son cœur!... Vlan! Ainsi que se racontent les histoires...
Tout ça c'est un peu raisonnable, mais c'est rempli bien plus
encore d'un tas d'immondes crasseux mensonges... Les garces
elles s'animent tellement fort à se bourrer la caisse toutes les

42

deux qu'elles couvrent les bruits du piano... Je peux dégueuler à mon aise.

Vitruve est pas en retard de bobards... elle énumère ses sacrifices... la Mireille c'est sa vie entière!... Je comprends pas tout... Faut que j'aille vomir aux cabinets... En plus sûrement c'est le paludisme... J'en ai rapporté du Congo... Je suis avancé par tous les bouts...

Quand je me recouche, ma mère est en plein dans ses fiançailles... à Colombes... Quand Auguste faisait du vélo... L'autre pas en reste... se fait reluire ignoblement... sur la façon qu'elle se dévoue pour sauver ma réputation... chez Linuty... Ah! Ah! Ah! Je me soulève alors... Je n'en peux plus... Je ne bouge plus... Je me penche seulement pour vomir de l'autre côté du pageot... Tant qu'à battre la vache campagne j'aime mieux rouler dans des histoires qui sont à moi... Je vois Thibaud le Trouvère... Il a toujours besoin d'argent... Il va tuer le père à Joad... ça fera toujours un père de moins... Je vois des splendides tournois qui se déroulent au plafond... Je vois des lanciers qui s'emmanchent... Je vois le Roi Krogold lui-même... Il arrive du Nord... Il est invité à Bredonnes avec toute sa Cour... Je vois sa fille Wanda la blonde, l'éblouissante... Je me branlerais bien, mais je suis trop moite... Joad est amoureux tendu... C'est la vie...! Il faut que j'y retourne... Je dégueule soudain toute une bile... Je rugis dans les efforts... Mes vieilles quand même ont entendu... Elles rappliquent, elles me rafistolent. Je les expulse à nouveau... Dans le couloir elles recommencent à divaguer. Après m'avoir traité si moche y a reflux dans les expressions... On me remet un peu à la sauce... On dépend de moi pour bien des choses... On reprend soudain les notions... On s'était laissé emporter... C'est moi qui fais rentrer l'oseille... Ma mère chez Monsieur Bizonde, le bandagiste en renom, elle gagne pas beaucoup... Ça ne suffirait pas... C'est dur à son âge de se défendre à la commission... Madame Vitruve et sa nièce c'est moi qui douille le ménage avec des condés ingénieux... Soudain elles se méfient, elles serpentent...

« Il est brutal... hurluberlu!... Mais il a le cœur sur la main... » Ça il faut l'admettre. C'est bien entendu. Devant y a le terme et la pitance... Il faut pas trop déconner. On se dépêche de se rassurer. Ma mère, c'est pas une ouvrière... Elle se répète, c'est sa prière... C'est une petite commerçante... On a crevé dans notre famille pour l'honneur du petit commerce... On est pas nous des ouvriers ivrognes et pleins de dettes... Ah non! Pas du tout!... Il faut pas confondre!... Trois vies, la mienne, la sienne et puis surtout celle à mon père ont fondu dans les sacrifices... On ne sait même pas ce qu'elles sont devenues... Elles ont payé toutes les dettes...

A présent ma mère, elle se redonne un mal horrible pour retrouver nos existences... Elle est forcée d'imaginer... Elles sont disparues nos vies... nos passés aussi... Elle s'évertue dès qu'elle a un petit moment... elle remet un peu debout les choses... et puis ça retombe fatalement!...

Elle pique des colères terribles si seulement je me mets à tousser, parce que mon père c'était un costaud de la caisse, il avait les poumons solides... Je veux plus la voir, elle me crève! Elle veut que je délire avec elle... Je suis pas bon! Je ferai un malheur! Je veux déconner de mon côté... Do! mi! la! l'élève est parti... L'artiste se délasse... Il est en « berceuse »... Je voudrais qu'Émilie monte... Elle vient le soir faire mon ménage... Elle parle presque pas... Je la voyais plus! Tiens elle est là!... Elle voudrait que je prenne du rhum... A côté les ivrognes vocifèrent...

— Il a une grosse fièvre, vous savez!... Je suis bien inquiète! répète encore maman.

— Il est gentil pour les malades!... qu'elle gueule à son tour la Vitruve...

Moi alors j'avais si chaud que je me suis traîné à la fenêtre.

« Par le travers de l'Étoile mon beau navire il taille dans l'ombre... chargé de toile jusqu'au trémat... Il pique droit sur l'Hôtel-Dieu... La ville entière tient sur le Pont, tranquille... Tous les morts je les reconnais... Je sais même celui qui tient la barre... Le pilote je le tutoye... Il a compris le professeur... il joue en bas l'air qu'il nous faut... *Black Joe*... Pour les croisières... Pour bien prendre le Temps... le Vent... les menteries... Si j'ouvre la fenêtre, il fera froid d'un coup... Demain j'irai le tuer Monsieur Bizonde qui nous fait vivre... le bandagiste, dans sa boutique... Je veux qu'il voyage... Il ne sort jamais... Mon navire souffre et il malmène au-dessus du Parc Monceau... Il est plus lent que l'autre nuit... Il va buter dans les Statues... Voici deux fantômes qui descendent à la Comédie-Française... Trois vagues énormes emportent les arcades

Rivoli. La sirène hurle dans mes carreaux... Je pousse ma lourde... Le vent s'engouffre... Ma mère radine exorbitée... Elle me semonce... Que je me tiens mal comme toujours!... La Vitruve se précipite!... Assaut des recommandations... Je me révolte... Je les agonise... Mon beau navire est à la traîne. Ces femelles gâchent tout infini... il bourre en cap, c'est une honte!... Il incline sur bâbord quand même... Y a pas plus gracieux que lui sous voiles... Mon cœur le suit... Elles devraient courir, les garces après les rats qui vont saloper la manœuvre!... Jamais il ne pourra border, tellement ses drisses sont souquées fort!... Il faudrait détendre... Prendre trois rouleaux avant la « Samaritaine »! Je hurle tout ça sur tous les toits... Et puis ma piaule va couler!... Je l'ai payée à la fin! Tout payé! sou par sou! De la garcerie de ma putaine existence!... Je chie dans mon pyjama! La combinaison trempée... Ça va terriblement mal! Je vais débloquer sur la Bastille. « Ah! si ton père était là! »... J'entends ces mots... Je m'embrase! C'est encore elle! Je me retourne. Je traite mon père comme du pourri!... Je m'époumone!... «Y avait pas un pire dégueulasse dans tout l'Univers! de Dufayel au Capricorne!... » D'abord, c'est une vraie stupeur! Elle se fige! Transie qu'elle demeure... Puis elle se ressaisit. Elle me traite plus bas qu'un trou. Je sais plus où je vais me poser. Elle pleure à chaudes larmes. Elle se roule dans le tapis de détresse. Elle se remet à genoux. Elle se redresse. Elle m'attaque au parapluie.

Elle me branle des grands coups de riflard en plein dans la tronche. Le manche lui en pète dans la main. Elle fond en sanglots. La Vitruve se jette entre nous. « Elle préfère me revoir jamais!... » Voilà comment qu'elle me juge! Elle fait trembler toute la crèche... Sa mémoire c'est tout ce qu'il a laissé mon père et des tombereaux d'emmerdements. Ça la possède le Souvenir! Plus qu'il est mort et plus qu'elle l'aime! C'est comme une chienne qu'en finit pas... Mais moi je suis pas d'accord! Même à crever, je me rebiffe! Je lui répète qu'il était sournois, hypocrite, brutal et dégonflé de partout! Elle retourne à la bataille. Elle se ferait tuer pour son Auguste. Je vais la dérouiller. Merde!... Je suis pas malarien pour de rire. Elle m'injurie, elle s'emporte, elle respecte pas mon état. Je me baisse alors, je lui retrousse sa jupe, dans la furie. J'y vois son mollet décharné comme un bâton, pas de viande autour, le bas qui godaille, c'est infect!... J'y ai vu depuis toujours... Je dégueule dessus un grand coup...

— T'es fou Ferdinand! qu'elle recule... Elle sursaute!... Elle se barre! T'es fou qu'elle regueule dans l'escalier.

Je trébuche moi. Je m'étale. Je l'entends qui boite jusqu'en bas. La fenêtre est restée béante... Je pense à Auguste, il aimait aussi les bateaux... C'était un artiste au fond... Il a pas eu de chance. Il dessinait des tempêtes de temps en temps sur mon ardoise...

La bonne elle est restée au bord du lit... Je lui ai dit : « Couche-toi là tout habillée... On est en voyage... Mon bateau, il a perdu toutes les lumières sur la gare de Lyon... Je donnerai le reçu au Capitaine pour qu'il revienne quai Arago, quand on montera les guillotines... Le quai du Matin... »

Émilie, elle en rigole... Elle comprend pas les astuces... « Demain qu'elle a dit... Demain!... » Elle est repartie trouver son môme.

Alors là j'étais vraiment seul!...

Alors j'ai bien vu revenir les mille et mille petits canots au-dessus de la rive gauche... Ils avaient chacun dedans un petit mort ratatiné dessous sa voile... et son histoire... ses petits mensonges pour prendre le vent...

Le siècle dernier je peux en parler, je l'ai vu finir... Il est parti sur la route après Orly... Choisy-le-Roi... C'était du côté d'Armide où elle demeurait aux Rungis, la tante, l'aïeule de la famille...

Elle parlait de quantité de choses dont personne se souvenait plus. On choisissait à l'automne un dimanche pour aller la voir, avant les mois les plus durs. On reviendrait plus qu'au printemps s'étonner qu'elle vive encore...

Les souvenirs anciens c'est tenace... mais c'est cassant, c'est fragile... Je suis sûr toujours qu'on prenait le « tram » devant le Châtelet, la voiture à chevaux... On grimpait avec nos cousins sur les bancs de l'impériale. Mon père restait à la maison. Les cousins ils plaisantaient, ils disaient qu'on la retrouverait plus la tante Armide, aux Rungis. Qu'en ayant pas de bonne, et seule dans un pavillon elle se ferait sûrement assassiner qu'à cause des inondations on serait peut-être avertis trop tard...

Comme ça on cahotait tout le long jusqu'à Choisy à travers des berges. Ça durait des heures. Ça me faisait prendre l'air. On devait revenir par le train.

Arrivés au terminus fallait faire alors vinaigre! Enjamber les gros pavés, ma mère me tirait par le bras pour que je la suive à la cadence... On rencontrait d'autres parents qui allaient voir aussi la vieille. Elle avait du mal ma mère avec son chignon, sa voilette, son canotier, ses épingles... Quand sa voilette était mouillée elle la mâchait d'énervement. Les avenues avant chez la tante c'était plein de marrons. Je pou-

vais pas m'en ramasser, on n'avait pas une minute... Plus loin
que la route, c'est les arbres, les champs, le remblai, des mottes
et puis la campagne... plus loin encore c'est les pays inconnus...
la Chine... Et puis rien du tout.

On avait si hâte d'arriver que je faisais dans ma culotte...
D'ailleurs j'ai eu de la merde au cul jusqu'au régiment, tellement j'ai été pressé tout le long de ma jeunesse. On parvenait
tout trempés aux premières maisons. C'était un village amusant,
je m'en rends bien compte aujourd'hui; avec des petits coins
tranquilles, des ruelles, de la mousse, des détours, tout le fromage du pittoresque. C'était fini la rigolade en arrivant devant
sa grille. Ça grinçait. La tante elle avait soldé la « toilette »
au Carreau du Temple pendant près de cinquante ans... Son
pavillon aux Rungis c'était toutes ses économies.

Elle demeurait au fond d'une pièce, devant la cheminée,
elle restait dans son fauteuil. Elle attendait qu'on vienne la
voir. Elle fermait aussi ses persiennes à cause de sa vue.

Son pavillon tenait du genre suisse, c'était le rêve à l'époque.
Devant, des poissons mijotaient dans un bassin puant. On
marchait encore un petit bout, on arrivait à son perron. On
s'enfonçait dans les ombres. On touchait quelque chose de
mou. « Approche, n'aie pas peur mon petit Ferdinand!... »
Elle m'invitait aux caresses. J'y coupais donc pas. C'était froid
et rêche et puis tiède, au coin de la bouche, avec un goût
effroyable. On allumait une bougie. Les parents formaient
leur cercle de papoteurs. De me voir embrasser l'aïeule ça les
excitait. J'étais pourtant bien écœuré par ce seul baiser...
Et puis d'avoir marché trop vite. Mais quand elle se mettait
à causer ils étaient tous forcés de se taire. Ils ne savaient pas
quoi lui répondre. Elle ne conversait la tante qu'à l'imparfait
du subjonctif. C'étaient des modes périmées. Ça coupait la
chique à tout le monde. Il était temps qu'elle décampe.

Dans la cheminée derrière elle, jamais on avait fait de feu!
« Il aurait fallu que j'eusse un peu plus de tirage... » En réalité
c'était raison d'économie.

Avant qu'on se quitte Armide offrait des gâteaux. Des
biscuits bien secs, d'un réceptacle bien couvert, qu'on ouvrait
que deux fois par an. Tout le monde les refusait bien sûr...
Ils étaient plus des enfants... C'était pour moi les petits-
beurre!... Dans l'émoi de me les taper, de plaisir, fallait que

je sautille... Ma mère me pinçait pour ça... J'échappais vite au jardin, espiègle toujours, recracher tout dans les poissons...

Dans le noir, derrière la tante, derrière son fauteuil, y avait tout ce qui est fini, y avait mon grand-père Léopold qui n'est jamais revenu des Indes, y avait la Vierge Marie, y avait Monsieur de Bergerac, Félix Faure et Lustucru et l'imparfait du subjonctif. Voilà.

Je me faisais baiser par l'aïeule encore une fois sur le départ... Et puis c'était la sortie brusquée; on repassait par le jardin en vitesse. Devant l'église on abandonnait des cousins, ceux qui remontaient sur Juvisy. Ils repoussaient tous des odeurs en m'embrassant, ça fait souffle rance entre les poils et les plastrons. Ma mère boitait davantage d'avoir été une heure assise, tout engourdie.

En repassant devant le cimetière de Thiais on faisait un bond à l'intérieur. On avait là deux morts encore à nous, au bout d'une allée. On regardait leurs tombes à peine. On refoutait le camp comme des voleurs. La nuit vient vite vers la Toussaint. On rattrapait Clotilde, Gustave et Gaston après la fourche Belle-Épine. Ma mère avec sa jambe en laine à la traîne, elle butait partout. Elle s'est fait même une vraie entorse en essayant de me porter juste devant le passage à niveau.

Dans la nuit on n'espérait plus qu'arriver au gros bocal du pharmacien. C'était la Grand'rue, le signe qu'on était sauvés... Sur le fond cru du gaz, y avait les musiques des bistrots, leurs portes qui chavirent. On se sentait menacés. On repassait vite sur l'autre trottoir, ma mère avait peur des ivrognes.

La gare c'était dedans comme une boîte, la salle d'attente pleine de fumée avec une lampe d'huile en haut, branleuse au plafond. Ça tousse, ça graillonne autour du petit poêle, les voyageurs, tout empilés, ils grésillent dans leur chaleur. Voici le train qui vrombit, c'est un tonnerre, on dirait qu'il arrache tout. Les voyageurs se trémoussent, se décarcassent, chargent en ouragan les portières. On est les derniers nous deux. Je prends une gifle pour que je laisse la poignée tranquille.

A Ivry, il faut qu'on descende; on profite qu'on est sortis pour passer chez l'ouvrière, Madame Héronde, la raccommodeuse de dentelles. Elle répare toutes les broderies du magasin, surtout les anciennes, si fragiles, si difficiles à teinter.

Elle demeurait au bout d'Ivry à peu près, rue des Palisses, une ébauche, au milieu des champs. C'était une cabane. On profitait de notre sortie pour aller la stimuler. Jamais elle était prête à l'heure. Les clientes étaient féroces et râleuses comme on oserait plus. Je l'ai vue chialer chaque soir ou presque, ma mère, à cause de son ouvrière et des dentelles qui revenaient pas. Si elle boudait notre cliente après son accroc de Valenciennes, elle revenait plus pendant un an.

La plaine au delà d'Ivry, c'était encore plus dangereux que la route à la tante Armide. Y avait pas de comparaison. On croisait parfois des voyous. Ils apostrophaient ma mère. Si je me retournais je prenais une tarte. Quand la boue devenait si molle, si visqueuse qu'on perdait ses godasses dedans, alors c'est que nous étions plus loin. La bicoque de Madame Héronde dominait un terrain vague. Le clebs nous avait repérés. Il gueulait tout ce qu'il pouvait. On apercevait la fenêtre.

Chaque fois c'était la surprise pour notre ouvrière, elle restait saisie de nous voir. Ma mère la couvrait de reproches. Y avait déballage de griefs. Finalement, elles fondaient en larmes toutes les deux. J'avais moi plus qu'à attendre à regarder dehors... le plus loin possible... la plaine lourde d'ombre qu'allait jusqu'au bout finir dans les quais de la Seine, dans la ribambelle des lotis.

C'est à la lumière au pétrole qu'elle réparait, notre ouvrière. Elle s'enfumait, elle se crevait les yeux avec ça. Ma mère la relançait toujours, pour qu'elle se fasse enfin poser le gaz. « Vraiment c'est indispensable! » qu'elle insistait en partant.

Pour rafistoler des « entre-deux » minuscules, des toiles d'araignée, sûrement c'est un fait qu'elle se détériorait les rétines. Ma mère c'était pas tant par intérêt qu'elle lui faisait des remarques, c'était aussi par amitié. Je l'ai jamais visitée que la nuit la cabane de Madame Héronde.

« On nous le posera en septembre! » qu'elle affirmait à chaque coup. C'était des mensonges, c'était pour pas qu'on insiste... Ma mère malgré ses défauts l'estimait beaucoup.

Sa terreur, maman, c'étaient les voleuses. Madame Héronde était honnête, elle, comme pas une. Jamais elle faisait tort d'un centime. Et pourtant dans sa mouscaille on lui a confié des trésors! Des Venises entiers en chasubles, comme y en a plus dans les musées! Quand elle en parlait ma mère plus tard dans

50

l'intimité, elle s'enthousiasmait encore. Il lui venait des larmes. « C'était une vraie fée, cette femme-là! qu'elle reconnaissait, c'est triste qu'elle aye pas de parole! Jamais elle m'a livré à l'heure!... » Elle est morte la fée avant qu'on y ait posé le gaz, de fatigue, enlevée par la grippe, et aussi sûrement du chagrin d'avoir un mari trop coureur... Elle est morte en couche... Je me souviens bien de son enterrement. C'était au Petit Ivry. On était que nous trois, mes parents, le mari s'est même pas dérangé! C'était un bel homme, il avait bu tous ses sous. Il restait des années entières au bar, au coin de la rue Gaillon. Pendant encore au moins dix ans on l'a vu là quand on passait. Et puis il a disparu.

Quand nous sortions de chez l'ouvrière, on avait pas fini nos courses. A Austerlitz, on repiquait encore un galop et puis un coup d'omnibus jusqu'à la Bastille. C'était du côté du Cirque d'Hiver qu'était l'atelier des Wurzem, ébénistes, des Alsaciens, toute une famille. Tous nos petits meubles, les haricots, les consoles, c'est lui qui les maquillait « genre ancien ». Depuis vingt ans, il ne faisait que ça pour Grand'mère et puis pour d'autres. La marqueterie ça ne tient jamais, c'est une discussion perpétuelle. Un artiste aussi Wurzem, un ouvrier sans pareil. Ils gîtaient tous dans les copeaux, sa femme, sa tante, un beau-frère, deux cousines et quatre enfants. Il était jamais prêt non plus. Son vice à lui c'était la pêche. Il passait souvent une semaine canal Saint-Martin, au lieu de pousser les commandes. Ma mère se fâchait tout rouge. Il répondait insolemment. Après il faisait des excuses. La famille éclatait en larmes, ça en faisait neuf pour pleurer, nous, deux seulement. Ils étaient des « paniers percés ». A force de pas payer leur terme, il a fallu qu'ils décampent, qu'ils se réfugient dans un maquis, rue Caulaincourt.

Leur cahute c'était à pic tout en bas d'une fondrière, on y arrivait par des planches. De loin, on poussait des gueulements, on se dirigeait vers leur lanterne. Ce qui me taquinait chez eux, c'était de foutre en l'air le pot de colle, toujours en branle sur le réchaud. Un jour je me suis décidé. Mon père en apprenant ça, il a prévenu tout de suite Maman, que je l'étranglerais un jour, que c'était bien dans mes tendances. Il voyait tout ça.

Chez les Wurzem, l'agréable c'est qu'ils avaient pas de rancune. Après les pires engueulades, dès qu'on les douillait un

51

peu, ils se remettaient à chanter. Pour eux rien était tragique, des imprévoyants ces ouvriers ! Pas des consciencieux comme nous autres ! Ma mère profitait toujours de ces incidents comme exemples pour me faire horreur. Moi je les trouvais bien gentils. Je roupillais dans leurs copeaux. Fallait encore qu'on me secoue pour pouloper jusqu'au Boulevard, bondir dans l'omnibus « Halle aux Vins ». L'intérieur, je trouvais ça splendide à cause du gros œil en cristal qui donne des figures de lumière à toute la rangée des banquettes. C'est magique.

Les bourrins galopent la rue des Martyrs, tout le monde s'écarte pour qu'on passe. Quand on arrive à la boutique on est très en retard quand même.

Grand'mère ramène dans son coin, mon père Auguste rabat sa casquette à fond. Il déambule comme un lion sur la passerelle d'un navire. Ma mère s'affale sur l'escabeau. Elle a tort, c'est pas la peine qu'elle s'explique. Tout ce qu'on avait fait en route ça ne plaît à personne, ni à Grand'mère ni à papa. On ferme enfin le magasin... On dit « au revoir » bien poliment. On part tous les trois se coucher. C'est encore une sacrée trotte jusque chez nous. C'est de l'autre côté du « Bon Marché ».

Mon père il était pas commode. Une fois sorti de son bureau, il mettait plus que des casquettes, des maritimes. Ç'avait été toujours son rêve d'être capitaine au long cours. Ça le rendait bien aigri comme rêve.

Notre logement, rue de Babylone, il donnait sur « les Missions ». Ils chantaient souvent les curés, même la nuit ils se relevaient pour recommencer leurs cantiques. Nous on pouvait pas les voir à cause du mur qui bouchait juste notre fenêtre. Ça faisait un peu d'obscurité.

A la « Coccinelle-Incendie », mon père ne gagnait pas beaucoup.

Pour traverser les Tuileries il fallait souvent qu'il me porte. Les flics en ce temps-là, ils avaient tous des gros bides. Ils restaient planqués sous les lampes.

La Seine ça surprend les mômes, le vent qui fait trembler les reflets, le grand gouffre au fond, qui bouge et ronchonne. On tournait à la rue Vaneau et puis on arrivait chez nous. Pour allumer la suspension y avait encore une comédie. Ma mère savait pas. Mon père Auguste, il tripotait, sacrait, jurait, déglinguait chaque fois la douille et le manchon.

52

C'était un gros blond, mon père, furieux pour des riens, avec un nez comme un bébé tout rond, au-dessus de moustaches énormes. Il roulait des yeux féroces quand la colère lui montait. Il se souvenait que des contrariétés. Il en avait eu des centaines. Au bureau des Assurances, il gagnait cent dix francs par mois.

En fait d'aller dans la marine, il avait tiré au sort sept années dans l'artillerie. Il aurait voulu être fort, confortable et respecté. Au bureau de la Coccinelle ils le traitaient comme de la pane. L'amour-propre le torturait et puis la monotonie. Il n'avait pour lui qu'un bachot, ses moustaches et ses scrupules. Avec ma naissance en plus, on s'enfonçait dans la mistoufle.

On avait toujours pas bouffé. Ma mère trifouillait les casseroles. Elle était déjà en jupon à cause des taches de la tambouille. Elle pleurait qu'il appréciait pas son Auguste, ses bonnes intentions, les difficultés du commerce... Il ruminait lui son malheur sur un coin de la toile cirée... De temps en temps, il faisait mine qu'il se contenait plus... Elle essayait de le rassurer toujours et quand même. Mais c'est au moment précis qu'elle tirait sur la suspension, le beau globe jaune à crémaillère, qu'il entrait franchement en furie. « Clémence! Voyons! Nom de Dieu! Tu vas nous foutre un incendie! Je t'ai bien dit de la prendre à deux mains! » Il poussait des affreuses clameurs, il s'en serait fait péter la langue tellement qu'il était indigné. Dans la grande transe, il se poussait au carmin, il se gonflait de partout, ses yeux roulaient comme d'un dragon. C'était atroce à regarder. On avait peur ma mère et moi. Et puis il cassait une assiette et puis on allait se coucher...

« Tourne-toi du côté du mur! petit saligaud! Te retourne pas! » J'avais pas envie... Je savais... J'avais honte.. C'était les jambes à maman, la petite et la grosse... Elle allait encore boiter d'une chambre à une autre... Il lui cherchait des raisons. Elle insistait pour terminer la vaisselle... Elle essayait un petit air pour dérider la séance...

> Et le soleil par les trous
> Du toit descendait chez nous...

Auguste, mon père, lisait la « Patrie ». Il s'asseyait près de mon lit-cage. Elle venait l'embrasser. La tempête l'abandonnait... Il se relevait jusqu'à la fenêtre. Il faisait semblant de chercher quelque chose dans le fond de la cour. Il pétait un solide coup. C'était la détente.

Elle pétait aussi un petit coup à la sympathie, et puis elle s'enfuyait mutine, au fond de la cuisine.

Après ils refermaient leur porte... celle de leur chambre... Je couchais dans la salle à manger. Le cantique des missionnaires passait par-dessus les murs... Et dans toute la rue de Babylone y avait plus qu'un cheval au pas... Bum! Bum! ce fiacre à la traîne...

Mon père pour m'élever, il s'est tapé bien des boulots supplémentaires. Lempreinte son chef l'humiliait de toutes les façons. Je l'ai connu moi ce Lempreinte, c'était un rouquin qu'avait tourné pâle, avec de longs poils en or, quelques-uns seulement à la place de barbe. Mon père, il avait du style, l'élégance lui venait toute seule, c'était naturel chez lui. L'empreinte, ce don l'agaçait. Il s'est vengé pendant trente ans. Il lui a fait recommencer presque toutes ses lettres.

Quand j'étais plus petit encore, à Puteaux, chez la nourrice, mes parents montaient là-haut me voir le dimanche. Y avait beaucoup d'air. Ils ont toujours réglé d'avance. Jamais un sou de dette. Même au milieu des pires déboires. A Courbevoie seulement à force de soucis et de se priver sur bien des choses, ma mère s'est mise à tousser. Elle arrêtait plus. Ce qui l'a sauvée c'est le sirop de limaces et puis la méthode Raspail.

Monsieur Lempreinte, il se méfiait que mon père il aye des drôles d'ambitions avec un style comme le sien.

De chez ma nourrice à Puteaux, du jardin, on dominait tout Paris. Quand il montait me voir papa, le vent lui ébouriffait les moustaches. C'est ça mon premier souvenir.

Après la faillite dans les Modes à Courbevoie, il a fallu qu'ils travaillent double mes parents, qu'ils en mettent un fameux coup. Elle comme vendeuse chez Grand'mère, lui toutes les heures qu'il pouvait, en plus, à la « Coccinelle ». Seulement plus il montrait son beau style, plus Lempreinte le trouvait odieux. Pour éviter la rancune il s'est lancé dans l'aquarelle. Il en faisait le soir après la soupe. On m'a ramené à Paris. Je le voyais

55

tard dessiner, des bateaux surtout, des navires sur l'océan, des trois-mâts par forte brise, en noir, en couleurs. C'était dans ses cordes... Plus tard des souvenirs d'artillerie, des mises en batterie au galop, et puis des évêques... A la demande des clients... A cause de la robe éclatante... Et puis des danseuses enfin, avec des cuisses volumineuses... Ma mère allait présenter le choix, pendant l'heure du déjeuner, à des revendeurs en galeries... Elle a tout fait pour que je vive, c'est naître qu'il aurait pas fallu.

Chez Grand'mère, rue Montorgueil, après la faillite, elle crachait parfois du sang le matin en faisant l'étalage. Elle dissimulait ses mouchoirs. Grand'mère survenait... « Clémence essuie-toi les yeux!... Pleurer n'arrange pas les choses!... » Pour arriver de très bonne heure, on se levait au jour, on traversait les Tuileries, ménage déjà terminé, papa retournait les matelas.

Dans la journée c'était pas drôle. C'était rare que je pleure pas une bonne partie de l'après-midi. Je prenais plus de gifles que de sourires, au magasin. Je demandais pardon à propos de n'importe quoi, j'ai demandé pardon pour tout.

Fallait se méfier du vol et de la casse, les rogatons c'est fragile. J'ai défiguré sans le faire exprès des tonnes de camelote. L'antique ça m'écœure encore, c'est de ça pourtant qu'on bouffait. C'est triste les raclures du temps... c'est infect, c'est moche. On en vendait de gré ou de force. Ça se faisait à l'abrutissement. On sonnait le chaland sous les cascades de bobards... les avantages incroyables... sans pitié aucune... Fallait qu'il cède à l'argument... Qu'il perde son bon sens... Il repassait la porte ébloui, avec la tasse Louis XIII en fouille, l'éventail ajouré bergère et minet dans un papier de soie. C'est étonnant ce qu'elles me répugnaient moi les grandes personnes qui emmenaient chez elles des trucs pareils...

Grand'mère Caroline se planquait pendant le travail à l'abri de « l'Enfant Prodigue » l'énorme panneau tapisserie. Elle avait l'œil Caroline pour gafer les mains. C'est vicelard comme tout la cliente, plus c'est huppée mieux c'est voleuse. Un petit contrepoint Chantilly c'est un véritable souffle dans un manchon bien entraîné.

On ruisselait pas dans les lumières au magasin... Et l'hiver c'est tout à fait traître à cause des volants... des velours, four-

rures, baldaquins, qui font trois fois le tour des nichons... Et
des épaules il part encore toutes sortes de boas lointains, des
flots de mousseline onduleuse... Les oiseaux d'un deuil immense...
Elle pavanait la cliente, chassait les monceaux de bricoles,
gloussante, revient encore sur ses pas... éparpille... Toujours
picoreuse, cacotante... querelleuse pour le plaisir. A deviner
la convoitise on s'écarquillait les châsses, y avait du choix
dans la tôle... Grand'mère elle arrêtait pas d'aller à la remonte...
d'aller piquer du « rossignol » à la salle des ventes... Elle rapportait de tout, des toiles à l'huile, des améthystes, des buissons de candélabres, des tulles brodés par cascades, des cabochons, des ciboires, des empaillés, des armures et des ombrelles,
des horreurs dorées du Japon, et des vasques, des biens plus
lointains encore, et des fourbis qui n'ont plus de noms, et des
trucs qu'on saura jamais.

La cliente elle s'émoustille dans le trésor des tessons. Le tas
se reforme derrière elle. Ça culbute, ça clinque, ça tournoie.
Elle est entrée pour s'instruire. Il pleut, elle vient s'abriter.
Quand elle en a marre, elle se barre avec une promesse. Il faut
se manier le train alors pour rassembler toute la bricole. A
genoux on s'étale au plus bas, on racle sous les meubles. Si
tout y est... mouchoirs... bibelots... verres filés... brocante...
on pousse alors un beau soupir.

Ma mère s'affale, se masse la jambe, la crampe d'avoir tant
piétiné, complètement aphone. Voilà qu'il surgit de l'ombre,
juste avant la fermeture, le client honteux. Il entre en douceur
celui-là, il s'explique à voix très basse, il veut fourguer son
petit objet, un souvenir de sa famille, il le déplie du journal. On
l'estime à peu de chose. On va laver cette trouvaille sur l'évier
de la cuisine. On le payera demain matin. Il barre, il dit à
peine « au revoir »... L'omnibus Panthéon-Courcelles passe
en trombe au ras de la boutique.

Mon père arrive de son bureau, il regarde toutes les secondes
sa montre. Il est nerveux. Il faut maintenant qu'on se dégrouille.
Il pose son chapeau. Il prend sa casquette au clou.

Il faut encore qu'on bouffe les nouilles et puis qu'on se barre
aux livraisons.

57

On éteignait la boutique. Ma mère était pas cuisinière, elle faisait tout de même une ratatouille. Quand c'était pas « panade aux œufs » c'était sûrement « macaroni ». Aucune pitié. Après les nouilles on restait un moment tranquilles, à réfléchir pour l'estomac. Ma mère essayait de nous distraire, de diluer la gêne. Si je répondais pas aux questions elle insistait gentiment... « Tu sais elles sont passées au beurre! » Là derrière la tapisserie c'était l'éclairage papillon. Il faisait obscur dans les assiettes. Ma mère elle reprenait des nouilles, stoïque, pour nous inciter... Il fallait une bonne gorgée de vin rouge pour s'empêcher de les vomir.

Le réduit des repas, il servait en plus, pour la lessive et pour garer les rogatons... Y en avait des monceaux, des piles... Ceux qu'étaient pas rafistolables, les invendables, les pas montrables, les pires horreurs. Du vasistas des toiles pendaient dans la soupe. Il restait je ne sais pas comment un grand « fourneau jardinière » avec une hotte énorme, ça tenait la moitié de l'espace. A la fin on retournait l'assiette pour goûter à la confiture.

Un décor de musée sale.

Depuis la retraite de Courbevoie, Grand'mère et papa se parlaient plus. Maman bavardait sans cesse pour qu'ils s'envoient pas des objets. La nouille maîtrisée, la confiture dégustée, on se mettait en route. On enveloppait le truc vendu dans une grande « toilette ». Presque toujours c'était un meuble de salon, un « haricot », parfois une poudreuse. Papa se l'arrimait sur la nuque et on allait vers la Concorde. A partir des

Fontaines Gicleuses, j'avais un peu peur avec lui. En montant les Champs-Élysées, c'est une nuit énorme. Il trissait comme un voleur. J'avais peine à le suivre. On aurait dit qu'il tenait à me perdre.

J'aurais bien voulu qu'il me cause, il grognait seulement des insultes à des inconnus. En arrivant à l'Étoile il était en sueur. On faisait un temps d'arrêt. Devant l'immeuble du client fallait chercher l' « entrée de service ».

Quand on livrait à Auteuil, mon père était plus aimable. Il sortait moins souvent sa montre. Je montais sur le parapet, il m'expliquait les remorqueurs... les feux verts... les sifflets des convois entre eux... « Il sera bientôt au « Point-du-Jour! » On l'admirait le rafiot poussif... On faisait des vœux pour sa manœuvre...

C'est les soirs qu'on se tapait les Ternes qu'il devenait affreux, surtout si c'était des gonzesses... Il les avait en horreur. Déjà au départ, il était à cran. Je me souviens des circonstances, on s'en allait rue Demours. Devant l'église, il me fout une baffe, un coup de pompe tout à fait rageur, pour que je traverse au galop. En arrivant chez la cliente, je pouvais plus m'empê-cher de pleurer. « Petit salopard, qu'il m'engueulait, je te ferai chialer pour des raisons!... » Avec son guéridon perché, il escaladait derrière moi. On se trompe de porte. Toutes les boniches s'intéressent... Je ramène comme un veau... Je le fais exprès. Je veux qu'il en bave! C'est un scandale! Enfin on la trouve, notre sonnette. La femme de chambre nous accueille. Elle compatit à mon chagrin. La patronne arrive en frous-frous : « Oh! le petit méchant! le vilain! Il fait enrager son papa! » Lui il savait plus où se fourrer. Il se serait planqué dans le tiroir. La cliente elle veut me consoler. Elle verse un cognac à mon père. Elle lui dit comme ça : « Mon ami, faites donc reluire la tablette! Avec la pluie, je crains que ça tache... » La bonne lui donne un chiffon. Il se met au boulot. La dame me propose un bonbon. Je la suis dans la chambre. La bonne vient aussi. La cliente alors elle s'allonge parmi les dentelles. Elle retrousse son peignoir brusquement, elle me montre toutes ses cuisses, des grosses, son croupion et sa motte poilue, la sau-vage! Avec ses doigts elle fouille dedans...

« Tiens mon tout mignon!... Viens mon amour!... Viens me sucer là-dedans!... » Elle m'invite d'une voix bien douce...

bien tendre... comme jamais on m'avait parlé. Elle se l'écarte, ça bave.

La boniche, elle se tenait plus de rigolade. C'est ça qui m'a empêché. Je me suis sauvé dans la cuisine. Je pleurais plus. Mon père il a eu un pourliche. Il osait pas le mettre dans sa poche, il le regardait. La boniche elle se marrait encore. « Alors t'en veux pas ? » qu'elle lui faisait. Il a bondi dans l'escalier. Il m'oubliait, je courais après lui dans la rue. Je l'appelais dans l'Avenue : « Papa ! Papa ! » Place des Ternes je l'ai rattrapé. On s'est assis. Il faisait froid. Il m'embrassait pas souvent. Il me serrait la main.

« Oui mon petit !... Oui mon petit !... » qu'il se répétait comme ça à lui-même... fixe devant lui... Il avait du cœur au fond. Moi aussi j'avais du cœur. La vie c'est pas une question de cœur. On est rentré rue de Babylone directement.

Mon père, il se méfiait des jeux de l'imagination. Il se parlait tout seul dans les coins. Il voulait pas se faire entraîner... A l'intérieur ça devait bouillir...

Au Havre, qu'il était né. Il savait tout sur les navires. Un nom lui revenait souvent, celui du Capitaine Dirouane, qui commandait la « Ville de Troie ». Il l'avait vu son bateau s'en aller, décoller du bassin de la Barre. Il était jamais revenu. Il s'était perdu corps et biens au large de Floride. « Un magnifique trois-mâts barque! »

Un autre le « Gondriolan » un norvégien surchargé, qu'avait défoncé l'écluse... Il racontait la fausse manœuvre. Il en restait horrifié, à vingt ans de distance... Il s'en indignait encore... Et puis il rebarrait dans le coin. Il se refoutait à ruminer.

Son frère, Antoine, c'était autre chose. Il avait vaincu brutalement tous les élans de la vadrouille, d'une façon vraiment héroïque. Il était né lui aussi tout près du grand Sémaphore... Quand leur père à eux était mort, un professeur de Rhétorique, il s'était précipité dans les « Poids et Mesures » une place vraiment stable. Pour être tout à fait certain il avait même épousé une demoiselle des « Statistiques ». Mais ça revenait le tracasser des envies lointaines... Il gardait du vent dans la peau, il se sentait pas assez enfoui, il arrêtait pas de s'étriquer.

Avec sa femme, il venait nous voir au Jour de l'An. Tellement ils faisaient d'économies, ils mangeaient si mal, ils parlaient à personne, que le jour où ils sont crounis, on se souvenait plus d'eux dans le quartier. Ce fut la surprise. Ils ont fini francs-maçons, lui d'un cancer, elle d'abstinence. On l'a retrouvée sa femme, la Blanche, aux Buttes-Chaumont.

C'est là qu'ils avaient l'habitude de passer toujours leurs vacances. Ils ont mis quand même quarante ans, toujours ensemble, à se suicider.

La sœur à mon père, tante Hélène, c'est pas la même chose. Elle a pris tout le vent dans les voiles. Elle a bourlingué en Russie. A Saint-Pétersbourg, elle est devenue grue. A un moment, elle a eu tout, carrosse, trois traîneaux, un village rien que pour elle, avec son nom dessus. Elle est venue nous voir au Passage, deux fois de suite, frusquée, superbe, comme une princesse et heureuse et tout. Elle a terminé très tragiquement sous les balles d'un officier. Y avait pas de résistance chez elle. C'était tout viande, désir, musique. Il rendait papa, rien que d'y penser. Ma mère a conclu en apprenant son décès : « Voilà une fin bien horrible ! Mais c'est la fin d'une égoïste ! »

On avait encore l'oncle Arthur, c'était pas non plus un modèle ! La chair aussi l'a débordé. Mon père se sentait pour lui une sorte de penchant, une certaine faiblesse. Il a vécu en vrai bohème, en marge de la société, dans une soupente, en cheville avec une boniche. Elle travaillait au restaurant devant l'École Militaire. Grâce à ça, il faut en convenir, il arrivait à bien bouffer. Arthur c'était un luron, avec barbiche, velours grimpant, tatanes en pointe, pipe effilée. Il s'en faisait pas. Il donnait fort dans la « conquête ». Il tombait malade souvent et fort gravement à l'époque du terme. Alors il restait des huit jours couché avec ses compagnes. Quand on allait le voir le dimanche, il ne se tenait pas toujours très bien, surtout avec ma mère. Il la lutinait un peu. Ça foutait mon vieux hors de lui. En sortant il jurait cent vingt mille diables qu'on y retournerait plus jamais.

« Vraiment, cet Arthur ! Il a des manières ignobles !... » On revenait quand même.

Il dessinait des bateaux sur sa grande planche, sous la lucarne, des yachts en pleine écume, c'était lui son genre avec des mouettes tout autour... De temps à autre il ponçait pour un catalogue, mais il avait tellement de dettes que ça lui ôtait tout courage. Il était gai quand il faisait rien.

D'a côté, du quartier de la cavalerie, on entendait toutes

les trompettes. Il savait par cœur, Arthur, tous les rigodons. Il reprenait à chaque refrain. Il en inventait des salés. Ma mère, la bonne, faisaient des « Oh! Oh!... » Papa il était outré à cause de mon âge innocent.

Mais le plus cloche de la famille, c'était sûrement l'oncle Rodolphe, il était tout à fait sonné. Il se marrait doucement quand on lui parlait. Il se répondait à lui-même. Ça durait des heures. Il voulait vivre seulement qu'à l'air. Il a jamais voulu tâter d'un seul magasin, ni des bureaux, même comme gardien et même de nuit. Pour croûter, il préférait rester dehors, sur un banc. Il se méfiait des intérieurs. Quand vraiment il avait trop faim, alors, il venait à la maison. Il passait le soir. C'est qu'il avait eu trop d'échecs.

La « bagotte », son casuel des gares, c'était un métier d'entraînement. Il l'a fait pendant plus de vingt ans. Il tenait la ficelle des « Urbaines », il a couru comme un lapin après les fiacres et les bagages, aussi longtemps qu'il a pu. Son coup de feu c'était le retour des vacances. Ça lui donnait faim son truc, soif toujours. Il plaisait bien aux cochers. A table, il se tenait drôlement. Il se levait le verre en main, il trinquait à la santé, il entonnait une chanson... Il s'arrêtait au milieu... Il se pouffait sans rime ni raison, il en bavait plein sa serviette...

On le raccompagnait chez lui. Il se marrait encore. Il logeait rue Lepic, au « Rendez-vous du Puy-de-Dôme », une cambuse sur la cour. Il avait son fourbi par terre, pas une seule chaise, pas une table. Au moment de l'Exposition, il était devenu « Troubadour ». Il faisait la retape au « Vieux Paris », sur le quai, devant les tavernes en carton. Son cotillon, c'était des loques de toutes les couleurs. « Entrez voir le « Moyen Age! »... Il se réchauffait en gueulant, il battait la semelle. Le soir, quand il venait dîner, attifé en carnaval, ma mère lui faisait un « moine » exprès. Il avait toujours froid aux pieds. Il a compliqué les choses il s'est mis avec une « Ribaude », une qui faisait la postiche, la Rosine, à l'autre porte, dans une caverne en papier peint. Une pauvre malheureuse, elle crachait déjà ses poumons. Ça a pas duré trois mois. Elle est morte dans sa chambre même au « Rendez-vous ». Il voulait pas qu'on l'emmène. Il avait bouclé sa lourde. Il revenait chaque soir coucher à côté. C'est à l'infection qu'on s'est aperçu. Il est devenu alors furieux. Il comprenait pas que les choses périssent. C'est de

63

force qu'on l'a enterrée. Il voulait la porter lui-même, sur « un crochet », jusqu'à Pantin.

Enfin, il a repris sa faction en face l'Esplanade, ma mère était indignée. « Habillé comme un chienlit! avec un froid comme il y en a! c'est vraiment un crime! » Ce qui la tracassait surtout, c'est qu'il mette pas son pardessus. Il en avait un à papa. On m'envoyait pour me rendre compte, moi qu'avais pas l'âge je pouvais passer le tourniquet franco sans payer.

Il était là, derrière la grille, en troubadour. Il était redevenu tout souriant Rodolphe. « Bonjour! qu'il me faisait. Bonjour, mon petit fi!... Tu la vois hein ma Rosine?... » Il me désignait plus loin que la Seine, toute la plaine... un point dans la brume... « Tu la vois? » Je lui disais « oui ». Je le contrariais pas. Mes parents je les rassurais. Tout esprit Rodolphe!

A la fin de 1913, il est parti dans un cirque. On a jamais pu savoir ce qu'il était devenu. On l'a jamais revu.

On a quitté rue de Babylone, pour se remettre en boutique, tenter encore la fortune, Passage des Bérésinas entre la Bourse et les Boulevards. On avait un logement au-dessus de tout, en étages, trois pièces qui se reliaient par un tire-bouchon. Ma mère escaladait sans cesse, à cloche-pied. Ta! pa! tam! Ta! pa! tam! Elle se retenait à la rampe. Mon père, ça le crispait de l'entendre. Déjà il était mauvais à cause des heures qui passaient. Sans cesse il regardait sa montre. Maman en plus, et sa guibole, ça le foutait à cran pour des riens.

En haut, notre dernière piaule, celle qui donnait sur le vitrage, à l'air c'est-à-dire, elle fermait par des barreaux, à cause des voleurs et des chats. C'était ma chambre, c'est là aussi que mon père pouvait dessiner quand il revenait de livraisons. Il fignolait les aquarelles et puis quand il avait fini, il faisait souvent mine de descendre pour me surprendre à me branler. Il se planquait dans l'escalier. J'étais plus agile que lui. Il m'a surpris qu'une seule fois. Il trouvait moyen quand même de me foutre la raclée. C'était un combat entre nous. A la fin je lui demandais pardon d'avoir été insolent... Pour la comédie, puisque c'était pas vrai du tout.

C'est lui qui répliquait pour moi. Une fois qu'il m'avait corrigé il restait longtemps encore derrière les barreaux, il contemplait les étoiles, l'atmosphère, la lune, la nuit, haut devant nous. C'était sa dunette. Je le savais moi. Il commandait l'Atlantique.

Si ma mère l'interrompait, l'appelait qu'il descende, il recommençait à râler. Ils se butaient dans le noir ensemble, dans la cage étroite, entre le premier et le deuxième. Elle écopait d'un ramponneau et d'une bordée d'engueulades. Ta! ga! dam! Ta! ga! dam! Pleurnichant sous la rafale elle redégringolait au sous-sol, compter sa camelote. « Je veux plus qu'on m'emmerde! Bordel de Nom de Dieu! Qu'ai-je donc fait au ciel?... » La question vociférée ébranlait toute la cambuse. Au fond de la cuisine étroite, il allait se verser un coup de rouge. On pipait plus. Il avait sa tranquillité.

Dans la journée j'avais Grand'mère, elle m'apprenait un peu à lire. Elle-même savait pas très bien, elle avait appris très tard, ayant déjà des enfants. Je peux pas dire qu'elle était tendre ni affectueuse, mais elle parlait pas beaucoup et ça déjà c'est énorme; et puis elle m'a jamais giflé!... Mon père, elle l'avait en haine. Elle pouvait pas le voir avec son instruction, ses grands scrupules, ses fureurs de nouille, tout son rataplan d'emmerdé. Sa fille, elle la trouvait con aussi d'avoir marié un cul pareil, à soixante-dix francs par mois, dans les Assurances. Moi, le moujingue, elle savait pas trop ce qu'elle devait encore en penser, elle m'avait en observation. C'était une femme de caractère.

Au Passage, elle nous a aidés aussi longtemps qu'elle a pu, avec ce qui lui restait de son fonds, de la brocante. On allumait qu'une seule vitrine, une seule qu'on pouvait garnir... C'était ingrat comme bibelots, des trucs qui vieillissent de travers, du rossignol, du panais, avec ça on « était fleurs »... On se défendait qu'en restrictions... toujours à coups de nouilles, et avec les « boucles » à maman engagées au « clou » chaque fin de mois... C'était jamais qu'à un fil, qu'on boive encore le bouillon.

Ce qui nous donnait un peu de rentrées c'était les réparations. On s'en chargeait à tous les prix, bien moins cher que n'importe où. On les livrait à toute heure. Pour quarante sous de bénéfice on se tapait le Parc Saint-Maur aller et retour.

« Jamais trop tard pour les braves! » remarquait ma mère plaisamment. Son fort c'était l'optimisme. Cependant Madame Héronde, elle exagérait comme retard. A chaque attente, c'était un drame, on faillait bien tous en crever. Mon père, dès cinq heures du soir, rentrant de son bureau, trémoussait déjà d'angoisse, quittait plus sa montre des doigts.

« Je te le répète encore, Clémence, pour la centième fois...

Si cette femme se fait voler, que deviendrons-nous?... Son mari bazardera tout!... Il ne quitte pas le bordel, je le sais pertinemment!... C'est clair... »

Il escaladait au troisième. Là-haut il rugissait encore. Il refonçait dans la boutique. Notre tôle pour la contenance, c'était un vrai accordéon. Ça s'amplifiait de haut en bas.

J'allais guetter Madame Héronde, jusqu'à la rue des Pyramides. Si je la voyais pas arriver avec son paquet plus gros qu'elle, je revenais au galop, bredouille. Je repartais cavaler encore. Enfin comme c'était fini, qu'elle était perdue corps et biens, je tombais dessus au large de la rue Thérèse, elle soufflait dans un remous de la foule, croulante sous son baluchon. Je la tirais jusqu'au Passage. Dans la boutique, elle s'écroulait. Ma mère rendait grâce au Ciel. Mon père voulait pas voir ça. Il remontait dans sa soupente, zyeutant sa montre à chaque pas, il requinquait toute sa hantise. Il préparait l'autre panique, et le « Déluge » qui ne tarderait pas... Il s'entraînait...

On s'est fait posséder chez les Pinaise. Avec ma mère, on s'élance présenter notre choix de guipures, un cadeau pour un mariage.

C'était un palais chez eux, en face du Pont Solférino. Je me souviens de ce qui me frappa d'abord... C'était les potiches, des si hautes, si grosses qu'on aurait pu se cacher dedans. Ils en avaient mis partout. Ils étaient très riches ces gens-là. On nous fait monter au salon. La belle Madame Pinaise et son mari étaient présents... ils nous attendaient. Ils nous reçoivent de façon aimable. Ma mère, tout de suite étale son bazar devant eux... sur le tapis. Elle se met à genoux, c'est plus commode. Elle s'égosille, elle en fout un vaillant coup. Ils traînent, ils se décideront pas, ils font des mines et des chichis.

En peignoir enrubanné, elle se prélasse Madame Pinaise, sur le divan. Lui il me fait passer par derrière, il me donne des petites claques d'amitié, il me pelote un peu... Ma mère, par terre, elle s'évertue, elle brasse, elle brandit la camelote... Dans l'effort son chignon trisse, sa figure ruisselle. Elle est affreuse à regarder. Elle s'essouffle! elle s'affole, elle rattrape ses bas, son chignon chahute... lui retombe dans les yeux.

Madame Pinaise se rapproche. Ils s'amusent à m'agacer, tous les deux. Ma mère parle toujours. Ses boniments servent à rien. Je vais jouir dans mon froc... Un éclair, j'ai vu la Pinaise. Elle a fauché un mouchoir. Il est pincé dans ses nichons. « Je vous fais mon compliment! Vous avez vraiment Madame un bien gentil petit garçon!... » C'était pour la frime, ils avaient plus envie de rien. On a refait vite nos paquets. Elle suait à grosses gouttes maman, elle souriait quand même. Elle voulait pas froisser personne... « Ça sera pour une autre fois !... qu'elle s'excusait bien poliment. Je suis désolée de n'avoir pu vous séduire !... »

Dans la rue, devant le portique, elle m'a demandé chuchotante, si je l'avais pas vue moi le piquer le mouchoir dans le corset. J'ai répondu non.

« Ton père en fera une maladie ! C'est un mouchoir à condition ! Un « ajouré Valenciennes » ! Il est aux Grégués ! Il est pas à nous ! Mais pense ! Si je le lui avais repris, nous la perdions comme cliente !... Et toutes ses amies avec !... C'était un scandale !... » « Clémence t'as des mèches. T'en as plein les yeux ! Tu es verte ma pauvre ! Et décomposée ! Tu vas crever avec tes courses !... »

C'est les premiers mots qu'il a dits comme on arrivait. Pour ne pas perdre de vue sa montre il l'accrochait dans la cuisine au-dessus des nouilles. Il regardait encore ma mère. « Tu es livide, Clémence, positivement ! » La montre c'était pour qu'on en finisse, des œufs, du rata, des pâtes... de toute la fatigue et l'avenir. Il en voulait plus.

« Je vais faire la cuisine » qu'elle propose. Il voulait pas qu'elle touche à rien... Qu'elle manipule la boustifaille ça le dégoûtait encore plus... « Tu as les mains sales ! Voyons ! Tu es éreintée ! » Elle alors mettait la table. Elle foutait une assiette en l'air. Il s'emportait, se ruait au secours. C'était si petit dans notre piaule qu'on butait partout. Y avait jamais de place pour un furieux dans son genre. La table elle carambolait, les chaises entraient dans la valse. C'était une pagaye affreuse. Ils trébuchaient l'un dans l'autre. Ils se relevaient pleins de ramponneaux. On retournait aux poireaux à l'huile. C'était le moment des aveux...

« En somme, tu n'as rien vendu ?... Tout ce mal c'était pour des prunes ?... Ma pauvre amie !... »

Il poussait des sacrés soupirs. Il la prenait en pitié. Il voyait l'avenir à la merde, qu'on en sortirait jamais...

Alors, elle lui lâche d'un coup tout le morceau entier... Qu'on s'est fait rafler un mouchoir... et les circonstances...

« Comment ? Il comprenait plus ! Tu n'as pas crié au voleur ! tu te laisses ainsi filouter ! Le produit de notre travail ?! »

Il s'en faisait péter les contours, tellement qu'il était en furie... Son veston craquait de partout... « C'est atroce! » qu'il vociférait. Ma mère glapissait tout de même des espèces d'excuses... Il écoute plus. Il empoigne alors son couteau, il le plante en plein dans l'assiette, le fond pète, le jus des nouilles s'écoule partout. « Non! non! je n'y tiens plus! » Il circule, il se démène encore, il ébranle le petit buffet, le Henri III. Il le secoue comme un prunier. C'est une avalanche de vaisselle.

Madame Méhon, la corsetière, de l'autre boutique en face de nous, elle s'approche des fenêtres pour mieux se marrer. C'est une ennemie infatigable, elle nous déteste depuis toujours. Les Perouquière, qui revendent des livres, deux magasins plus loin que le nôtre, ils ouvrent franchement leur fenêtre. Ils ont pas besoin de se gêner. Ils s'accoudent à leur vitrine... Maman va dérouiller c'est sûr. De mon côté je préfère personne. Pour les gueulements et la connerie, je les trouve pareils... Elle cogne moins fort, mais plus souvent. Lequel que j'aimerais mieux qu'on tue? Je crois que c'est encore mon papa.

On me laissera pas voir. « Monte dans ta chambre, petit saligaud!... va te coucher! Fais ta prière!... »

Il mugit, il fonce, il explose, il va bombarder la cuistance. Après les clous il reste plus rien... Toute la quincaillerie est en bombe... ça fuse... ça gicle... ça résonne... Ma mère à genoux implore le pardon du Ciel... La table il la catapulte d'un seul grand coup de pompe... Elle se renverse sur elle.

« Sauve-toi Ferdinand »! qu'elle a encore le temps de me crier. Je bondis. Je passe à travers d'une cascade de verres et de débris... Il carambole le piano, le gage d'une cliente... Il se connaît plus. Il rentre dedans au talon, le clavier éclate... C'est le tour de ma mère, c'est elle qui prend à présent... De ma chambre je l'entends qui hurle...

« Auguste! Auguste! Laisse-moi!... » et puis des brefs étouffements...

Je redescends un peu pour voir... Il la traîne le long de la rampe. Elle se raccroche. Elle l'enserre au cou. C'est ça qui la sauve. C'est lui qui se dégage... Il la renverse. Elle culbute... Elle fait des bonds dans l'étage... Des bonds mous... Elle se relève en bas... Il se barre alors lui... Il se tire par le magasin...

70

Il s'en va dehors... Elle arrive à se remettre debout... Elle remonte dans la cuisine. Elle a du sang dans les cheveux. Elle se lave sur l'évier... Elle pleure... Elle suffoque... Elle rebalaye toute la casse... Il rentre très tard dans ces cas-là... C'est redevenu tout tranquille...

Grand'mère, elle se rendait bien compte que j'avais besoin de m'amuser, que c'était pas sain de rester toujours dans la boutique. D'entendre mon père d'énergumène beugler ses sottises, ça lui donnait mal au cœur. Elle s'est acheté un petit chien pour que je puisse un peu me distraire en attendant les clients. J'ai voulu lui faire comme mon père. Je lui foutais des vaches coups de pompes quand on était seuls. Il partait gémir sous un meuble. Il se couchait pour demander pardon. Il faisait comme moi exactement.

Ça me donnait pas de plaisir de le battre, l'embrasser je préférais ça encore. Je finissais par le peloter. Alors il bandait. Il venait avec nous partout, même au Cinéma, au Robert Houdin, en matinée du jeudi. Grand'mère me payait ça aussi. On restait trois séances de suite. C'était le même prix, un franc toutes les places, du silencieux cent pour cent, sans phrases, sans musique, sans lettres, juste le ronron du moulin. On y reviendra, on se fatigue de tout sauf de dormir et de rêvasser. Ça reviendra le « Voyage dans la Lune »... Je le connais encore par cœur.

Souvent l'été y avait que nous deux, Caroline et moi dans la grande salle au premier. A la fin l'ouvreuse nous faisait signe qu'il fallait qu'on évacue. C'est moi qui les réveillais le chien et Grand'mère. On se grouillait ensuite à travers la foule, les boulevards et la cohue. A chaque coup nous avions du retard. On arrivait essoufflés.

« T'as aimé ça? » qu'elle me demandait Caroline. Je répondais rien, j'aime pas les questions intimes. « Cet enfant est renfermé » que prétendaient les voisins...

Au coin de notre « Passage » en rentrant, elle m'achetait encore à la marchande sur sa chaufferette « Les Belles Aventures Illustrées ». Elle me les cachait même dans son froc, sous ses trois épais jupons. Papa voulait pas que je lise des futilités pareilles. Il prétendait que ça dévoye, que ça prépare pas à la vie, que je devrais plutôt apprendre l'alphabet dans des choses sérieuses.

J'allais atteindre mes sept ans, bientôt j'irais à l'école, il fallait pas qu'on m'égare... Les autres enfants des boutiques, ils iraient aussi prochainement. C'était plus le moment de badiner. Il me faisait des petits sermons sur le sérieux dans l'existence, en revenant des livraisons.

Les baffes, ça suffit pas tout de même.

Mon père, en prévision que je serais sans doute voleur, il mugissait comme un trombone. J'avais vidé le sucrier avec Tom un après-midi. Jamais on l'a oublié. Comme défaut en plus j'avais toujours le derrière sale, je ne m'essuyais pas, j'avais pas le temps, j'avais l'excuse, on était toujours trop pressés... Je me torchais toujours aussi mal, j'avais toujours une gifle en retard... Que je me dépêchais d'éviter... Je gardais la porte des chiots ouverte pour entendre venir... Je faisais caca comme un oiseau entre deux orages...

Je bondissais, à l'autre étage, on me retrouvait pas... Je gardais la crotte au cul des semaines. Je me rendais compte de l'odeur, je m'écartais un peu des gens.

« Il est sale comme trente-six cochons ! Il n'a aucun respect de lui-même ! Il ne gagnera jamais sa vie ! Tous ses patrons le renverront ! »... Il me voyait l'avenir à la merde...

« Il pue !... Il retombera à notre charge !... »

Papa voyait lourd, voyait loin. Il renforçait ça en latin : « Sana... Corpore sano »... Ma mère savait pas quoi répondre.

Un peu plus loin que nous dans le Passage y avait une famille de relieurs. Leurs enfants ne sortaient jamais.

La mère c'était une baronne, de Caravals c'était son nom. Elle voulait pas surtout que ses mômes apprennent des gros mots.

Ils jouaient ensemble toute l'année, derrière les carreaux à se mettre le nez dans la bouche et les deux mains en même temps. De teint, c'étaient des vraies endives.

Une fois par an, elle s'en allait toute seule Madame de Caravals, en vacances, faire une visite à ses cousins dans le Périgord. Elle racontait à tout le monde que ses parents venaient la chercher à la gare, avec leur « break » et quatre chevaux « hors concours ». Et puis ils traversaient ensemble des domaines à l'infini... Dans l'avenue du château les paysans accouraient, pour s'agenouiller sur leur passage... comme ça qu'elle causait.

Une année, elle a emmené ses deux mômes. Elle est revenue seule à l'hiver, beaucoup plus tard que d'habitude. Elle portait un deuil immense. On voyait plus sa figure recouverte de voiles. Elle a rien expliqué du tout. Elle est montée en haut se coucher. Elle a plus parlé à personne.

Les mômes qui ne sortaient jamais, la transition leur fut trop forte. Ils étaient morts au grand air !... Ça a fait réfléchir tout le monde une telle catastrophe. On n'a plus parlé que d'oxygène de la rue Thérèse à la Place Gaillon... Pendant plus d'un mois...

Nous autres on avait l'occasion d'aller souvent à la campagne. L'oncle Édouard, le frère à maman, il ne demandait pas mieux que de nous faire plaisir. Il proposait des excursions. Papa les acceptait jamais. Il trouvait toujours des prétextes pour se défiler. Il voulait rien devoir à personne, c'était son principe.

Il était moderne l'oncle Édouard, il réussissait très bien dans la mécanique. D'abord, il était habile et faisait ce qu'il voulait de ses dix doigts. C'était pas un dépensier, il nous aurait pas entraînés, mais quand même la moindre sortie ça revient forcément assez cher... « Cent sous, comme disait maman, ça fond dès qu'on est dehors! »

La triste histoire des Caravals avait quand même ému le Passage, si profondément, qu'il a fallu prendre des mesures. Soudain, on a découvert que tout le monde était « pâlot ». On se refilait des conseils entre boutiques et magasins. On ne pensait plus que par microbes et aux désastres de l'infection. Les mômes ils l'ont sentie passer la sollicitude des familles. Il a fallu qu'ils se la tapent l'Huile de Foie de Morue, renforcée, à redoublement, par bonbonnes et par citernes. Franchement, ça faisait pas grand'chose... Ça leur donnait des renvois. Ils en devenaient encore plus verts, déjà qu'ils tenaient pas en l'air, l'huile leur coupait toute la faim.

Il faut avouer que le Passage, c'est pas croyable comme croupissure. C'est fait pour qu'on crève, lentement mais à coup sûr, entre l'urine des petits clebs, la crotte, les glaviots, le gaz qui fuit. C'est plus infect qu'un dedans de prison. Sous le vitrail, en bas, le soleil arrive si moche qu'on l'éclipse avec une bougie.

Tout le monde s'est mis à suffoquer. Le Passage devenait conscient de son ignoble asphyxie!... On ne parlait plus que de campagne, de monts, de vallées et merveilles...

Édouard s'est encore offert pour nous sortir un dimanche, nous promener jusqu'à Fontainebleau. Papa s'est laissé convaincre, enfin. Il a préparé nos habits et les provisions.

Le premier tricycle d'Édouard c'était un monocylindre, trapu comme un obusier avec un demi-fiacre par devant.

On s'est levé ce dimanche-là encore bien plus tôt que d'habitude. On m'a torché le cul à fond. On a attendu une heure, au rendez-vous de la rue Gaillon que l'engin arrive. Le départ pour la randonnée c'était pas une petite affaire. Ils s'étaient mis au moins six pour le pousser depuis le Pont Bineau. On a rempli les réservoirs. Le gicleur a bavé partout. Le volant avait des renvois... Y a eu des explosions horribles. On a remis ça à la volée, à la courroie... On s'attelait dessus à trois ou six... Enfin une grande détonation!... Le moteur se met à tourner. Il a pris feu encore deux fois... On l'a rapidement éteint. Mon oncle a dit : « Montez Mesdames! Je crois à présent qu'il est chaud! On va pouvoir se mettre en route!... » Le courage c'était de rester dessus. La foule se pressait alentour. On s'est coincés Caroline, ma mère et moi-même, si bien ficelés sur la banquette, empaquetés de telle façon, si fort souqués dans les nippes et par les agrès que seule ma langue a dépassé. Avant de partir je prenais quand même une bonne petite beigne, pour pas que je me croye tout permis.

Le tricar, il se cabrait d'abord et puis il retombait sur lui-même... Il ruait encore deux, trois secousses... Des cracs affreux et des hoquets... La foule refluait d'épouvante. On croyait déjà tout fini... Mais le truc en saccades intenses gravissait la rue Réaumur... Mon père avait loué un vélo... Il profitait de la montée pour en mettre un coup par derrière... Le moindre arrêt c'était la panne définitive... Il fallait qu'il nous pousse à fond... Au Square du Temple on faisait la pause. On repartait à toute violence. Mon oncle déversait la graisse, en pleine marche, à plein goulot, à travers les bielles, la chaîne et le bastringue. Fallait que ça jute comme un paquebot. Dans le coupé avant c'est la crise... Ma mère a déjà mal au bide. Si elle se relâche, si on s'arrête, ça peut être la fin du moteur... Qu'il s'étrangle et nous sommes foutus!... Ma mère se maintient héroïque... Mon oncle juché sur son enfer, en scaphandrier poilu, environné de mille flammèches, nous adjure au-dessus du guidon de nous cramponner au bazar!... Mon père nous suit à la trace. Il pédale à notre secours. Il ramasse tous les morceaux au fur et à mesure qu'ils se débinent, des bouts de commande et des boulons, des petites goupilles et des grosses pièces. On l'entend jurer, sacrer plus fort que tout son pétard.

Ça dépend des pavés le désastre... Ceux de Clignancourt nous firent sauter les trois chaînes... Ceux de la barrière de Vanves c'était la mort des ressorts avant... On a perdu toutes les lanternes et la trompe à gueule de serpent dans les petits cassis, au-dessus des travaux de la Villette... Vers Picpus et la Grand'-route, on a perdu tellement de choses, que mon père en oubliait...

Je l'entends encore jurer derrière, « que ça devenait la fin du monde! Qu'on serait surpris par la nuit! »

Tom précédait notre aventure, le trou de son cul c'était le repère. Il avait le temps de pisser partout. L'oncle Édouard, pas seulement il était adroit, il avait une science infinie de tous les raccommodages. Vers la fin de nos excursions, c'est lui qui retenait tout dans ses mains, la mécanique c'était ses doigts, il jonglait entre les cahots avec les ruptures et les tringles, il jouait des fuites comme du piston. C'était merveilleux de le voir en acrobatie. Seulement un moment donné quand même tout foirait à travers de la route... Alors on prenait de la bande, la direction filochait, on allait à dame au fossé. Ça crevait, giclait, renâclait un grand coup dans le fond de la mouscaille.

Mon père ralliait en hurlements... Le zinc râlait une dernière fois BUUAH!... Et puis c'était terminé! Il s'affalait le dégueu-lasse!

On empestait la campagne avec un cambouis écœurant. On se dépêtrait du catafalque... On repoussait le tout jusqu'à Asnières. C'est là qu'il avait son garage. Mon père en action puissante, il saillait fort des mollets, en bas de laine à côtes... Les dames des bords se rinçaient l'œil. C'était la fierté à maman... Il fallait refroidir le moteur, on avait pour ça un petit seau en toile extensible. On allait puiser aux fon-taines. Notre tricar ça tenait de l'usine sur une voiture des quatre-saisons. En poussant on se mettait en loques, tellement y avait des crochets et des fourbis tout pointus qui dépassaient tout autour.

A la barrière, mon oncle et papa entraient au bistrot se jeter une canette les premiers. Moi et les dames effondrés, râlants sur un banc d'en face, attendions notre limonade. Tout le monde était excédé. C'est moi qui prenais finalement. L'orage était sur la famille. Auguste tenait à faire sa crise. Il cherchait un petit prétexte. Il était soufflé, il reniflait comme un bull-dog. Y avait que moi qui pouvais servir. Les autres l'auraient envoyé moudre... Il se tapait un fort Pernod. Il avait pas l'habitude, c'était une extravagance... A propos que j'avais lacéré mon froc, il me passait la grande correction. Mon oncle intercédait un peu, ça l'enfuriait davantage.

C'est en rentrant de la campagne, que j'ai reçu les pires torgnioles. Aux barrières, y a toujours du monde. Je beuglais exprès pour l'emmerder, tant que je pouvais. J'ameutais, je me roulais sous les guéridons. Je lui faisais des hontes abominables. Il rougissait de haut en bas. Il abhorrait qu'on le remarque. J'aurais voulu qu'il en crève. On repartait comme des péteux, courbés sur l'instrument farouche.

Y avait toujours tellement des disputes à nos retours des excursions qu'à force mon oncle a renoncé.

« Le petit, qu'on a dit alors, l'air lui fait sûrement du bien !... mais l'automobile ça l'énerve !... »

Mademoiselle Méhon, la boutique juste en face de nous, c'est à pas croire ce qu'elle était vache. Elle nous cherchait des raisons, elle arrêtait pas de comploter, elle était jalouse. Ses corsets pourtant, elle les vendait bien. Vieille, elle avait sa clientèle encore très fidèle et de mères en filles, depuis quarante ans. Des personnes qu'auraient pas montré leur gorge à n'importe qui.

C'est à propos de Tom, que les choses se sont envenimées, pour l'habitude qu'il avait prise de pisser contre les devantures. Il était pas le seul pourtant. Tous les clebs des environs ils en faisaient bien davantage. Le Passage c'était leur promenade.

Elle a traversé exprès, la Méhon, pour venir provoquer ma mère, lui faire un esclandre. Elle a gueulé que c'était infâme, l'ignoble façon qu'il cochonnait toute sa vitrine, notre petit galeux... Ça s'amplifiait ses paroles des deux côtés du magasin et jusqu'en haut dans le vitrail. Les passants prenaient fait et cause. Ce fut une discussion fatale. Grand'mère pourtant bien mesurée dans ses paroles lui a répondu vertement.

Papa en rentrant du bureau, apprenant les choses, a piqué une colère, une si folle alors qu'il était plus du tout regardable! Il roulait des yeux si horribles vers l'étalage de la rombière qu'on avait peur qu'il l'étrangle. Tous on a fait de la résistance, on se pendait à son pardessus... Il devenait fort comme un tricar. Il nous traînait dans la boutique... Il rugissait jusqu'au troisième qu'il allait en faire des charpies de cette corsetière infernale... « J'aurais pas dû te raconter ça! »... que chialait maman. Le mal était fait.

Pendant les semaines qu'ont suivi, j'ai été un peu plus tranquille. Mon père était tout absorbé. Dès qu'il avait un instant libre, il reluquait chez la Méhon. Elle en faisait autant de son côté. Derrière les rideaux, ils s'épiaient, étage par étage. Dès qu'il rentrait du bureau, il se demandait ce qu'elle pouvait faire. C'était vis-à-vis... Quand elle se trouvait dans sa cuisine, au premier, il se planquait dans un coin de la nôtre. Il grognait des menaces terribles...

« Regarde! Elle s'empoisonnera jamais cette infecte eharogne!... Elle bouffera pas des champignons!... Elle bouffera pas son ratelier! Va! elle se méfie du verre pilé!... O pourriture!... » Il arrêtait pas de la fixer. Il s'occupait plus de mes instincts... Dans un sens c'était bien commode.

Les voisins, ils osaient pas trop se compromettre. Les chiens urinaient partout, et sur leurs vitrines aussi, pas spécialement sur la Méhon. On avait beau répandre du soufre, c'était quand même un genre d'égout le Passage des Bérésinas. La pisse ça amène du monde. Pissait qui voulait sur nous, même les grandes personnes; surtout dès qu'il pleuvait dans la rue. On entrait pour ça. Le petit conduit adventice l'allée Primorgueil on y faisait caca couramment. On aurait eu tort de nous plaindre. Souvent ça devenait des clients, les pisseurs, avec ou sans chien.

Au bout d'un moment, mon père, ça a plus suffi qu'il se monte contre la Méhon, il en voulait à Grand'mère.

— Cette vieille saloperie, tiens! avec son cabot puant je vais te dire moi ce qu'elle a combiné!... Tu ne sais pas?... Elle est

81

rusée!... Elle est perfide! Elle est complice! Tiens voilà! C'est un coup infect qu'elles manigancent toutes les deux!... Et c'est pas d'hier! Ah! les deux charognes!... Pourquoi? Tu me le demandes encore? Pour me faire sortir de mes gonds! Voilà! Voilà tout!...

— Mais non Auguste, voyons, je t'assure!... Tu te fais des idées! Tu t'exagères les moindres mots!...

— Des idées moi? Dis donc tout de suite que je déconne!... Vas-y! des idées! Ah! Clémence! Tiens! Tu es incorrigible! La vie passe et ne t'apprend rien!... On nous persécute! On nous piétine! On nous bafoue! On me déshonore! Et que trouves-tu à répondre? Que j'exagère!... C'est le comble!

Du coup, il fondait en sanglots... C'était bien son tour.

Y avait pas que nous dans le Passage qui tenions des guéridons, des haricots, des petits sièges, des cannelés Louis XVI. Nos concurrents, les bricoleurs, ils ont pris le parti de la Méhon. Fallait s'y attendre. Papa, il en dormait plus. Son cauchemar c'était le nettoyage du carré devant notre boutique, les dalles qu'il fallait qu'il rince tous les matins avant de partir au bureau.

Il sortait avec son seau, son balai, sa toile et en plus la petite truelle qui servait pour les étrons, à glisser dessous, les faire sauter dans la sciure. C'était la pire avanie pour un homme de son instruction. Des étrons, il en venait toujours et davantage, et bien plus devant chez nous qu'ailleurs, en large comme en long. C'était sûrement un complot.

La Méhon, de sa fenêtre au premier, elle se fendait la gueule à regarder mon père se débattre dans les colombins. Elle jouissait pour toute une journée. Les voisins, ils accouraient pour compter les crottes.

On faisait des paris, qu'il pourrait pas enlever tout.

Il se dépêchait, il rentrait vite pour mettre son col et sa cravate. Il devait être avant les autres à la « Coccinelle » pour l'ouverture du courrier.

Le Baron Méfaise, le directeur général, comptait sur lui absolument.

C'est à ce moment-là qu'est survenue la tragédie chez les Cortilène. Un drame de passion au 147 du Passage. On l'a mis dans les journaux; pendant huit jours une foule épaisse a défilé, grogné, ruminé, glavioté devant leur boutique.

Madame Cortilène, je l'avais vue très souvent, c'est maman qui faisait ses corsages, en Irlande « entre-deux » guipure. Je me souviens bien de ses longs cils, de ses regards pleins de douceur et des coups de châsse qu'elle me filait, même à moi, môme. Je me suis souvent branlé pour elle.

Pendant les essayages, on découvre les épaules, la peau... Aussitôt qu'elle était partie, ça manquait jamais, je bondissais aux gogs, au troisième, me taper un violent rassis. Je redescendais tout cerné.

Chez eux aussi y avait des scènes, mais alors pour la jalousie. Son mari voulait pas qu'elle sorte. C'est lui qui sortait toujours. C'était un ancien officier, un petit brun rageur. Ils faisaient commerce de caoutchouc au 147. Les drains, les instruments, les articles....

Tout le monde répétait au Passage, qu'elle était trop jolie pour tenir une boutique pareille...

Un jour, il est revenu son jaloux à l'improviste. Il l'a retrouvée, la jolie, en discussion au premier avec deux Messieurs; ça lui a donné un choc tel, qu'il a sorti son revolver, il a tiré sur elle d'abord et puis sur lui-même, ensuite, une balle en pleine bouche. Ils sont morts dans les bras l'un de l'autre.

Ça faisait un quart d'heure à peine qu'il était sorti.

Mon père, son revolver à lui, c'était un modèle d'ordonnance, il le cachait dans sa table de nuit. Il était énorme comme calibre. Il l'avait ramené du service.

Mon père, le drame des Cortilène, ça aurait pu lui fournir des occasions pour des transes et des motifs de pires gueulements. Au contraire ça l'a renfermé. Il ne nous parlait presque plus.

C'est pas les étrons qui manquaient sur notre dallage et devant la porte. Avec tout le monde qui passait y avait tant de glaviots répandus que ça en devenait gluant. Il nettoyait tout. Il pipait même plus. Ça faisait une telle transformation dans ses habitudes que maman s'est mise à le guetter quand il s'enfermait dans la chambre. Il restait là pendant des heures. Il négligeait les livraisons. Il dessinait plus du tout. Elle le regardait par la serrure. Il prenait son pétard en mains, il faisait tourner le barillet, on entendait les « cluc! cluc! »... Il s'entraînait qu'on aurait dit.

Un jour qu'il est sorti tout seul, il est revenu avec des balles, une boîte entière, il l'a ouverte devant nous, pour qu'on la voye bien. Il a pas dit un seul mot, il l'a posée sur la table à côté des nouilles. Ma mère alors épouvantée horriblement s'est traînée à ses genoux, elle l'a supplié qu'il jette tout ça aux ordures. Rien n'y faisait. Il était buté. Il lui répondait même pas. Il s'est dégagé brutalement. Il a bu tout seul, un litre entier de rouge. Il a pas voulu bouffer. Ma mère, comme elle le harcelait, il l'a bousculée dans le placard. Il s'est sauvé dans la cave. Il a refermé la trappe sur lui.

85

On l'a entendu qui tirait : Peng! Peng! Peng!... Il prenait son temps, ça claquait, ça faisait un énorme écho. Il devait taper dans les fûts vides. Ma mère criait après lui, elle s'égosillait dans les fentes...

— Auguste! Auguste! Je t'en prie! Pense au petit! Pense à moi! Appelle ton père Ferdinand!...

— Papa! Papa! que je hurlais à mon tour...

Je me demandais qui il allait tuer? La Méhon? Grand'mère Caroline? Les deux comme chez Cortilène? Il faudrait qu'il les trouve ensemble?

Peng! Peng! Peng!... Il arrêtait pas de tirer... Les voisins sont accourus. Ils croyaient à une hécatombe...

A force, il a plus eu de balles. Il est remonté finalement... Quand il a soulevé la trappe, il était livide comme un mort. On l'a entouré, on l'a soutenu, installé dans le fauteuil Louis XIV, au milieu du magasin. On lui parlait tout doucement. Son revolver fumait encore pendu au poignet.

Madame Méhon en entendant cette mitraille, elle a foiré dans ses jupes... Elle a traversé pour se rendre compte. Alors là au milieu des gens, ma mère lui a crié ce qu'elle pensait. Elle pourtant qu'était pas osée.

— Entrez! Venez voir! Regardez Madame! Dans quel état vous l'avez mis! Un honnête homme! Un père de famille! Vous n'avez donc pas honte! Ah! Vous êtes une vilaine femme!...

La Méhon, elle en menait plus large. Elle est rentrée vite chez elle. Les voisins la regardaient durement. Ils ont réconforté papa. « J'ai ma conscience pour moi! » qu'il ruminait tout doucement. M. Visios, le marchand de pipes qu'avait servi dans la marine pendant sept ans, il l'a raisonné.

Ma mère a enveloppé l'arme dans des épaisseurs de journaux et puis dans un châle des Indes.

Mon père est monté se coucher. Elle lui a posé des ventouses. Les tremblements l'ont saisi pendant encore au moins deux heures...

« Viens mon petit!... Viens! » qu'elle m'a dit une fois tout seuls.

Il était tard, on a couru par la rue des Pyramides jusqu'au pont Royal... On a regardé à droite, à gauche si il venait personne. On a jeté le paquet dans la flotte.

On est rentré encore plus vite. On a raconté à mon père qu'on avait reconduit Caroline.

Le lendemain matin il avait eu des courbatures extrêmement violentes... un mal atroce à se redresser. Encore au moins pendant huit jours, c'est maman qu'a lavé le carrelage.

Grand'mère, elle s'est bien méfiée de l'Exposition qu'on annonçait. L'autre, celle de 82, elle avait servi qu'à contrarier le petit commerce, qu'à faire dépenser aux idiots leur argent de travers. De tant de tapage, de remuements et d'esbroufe, il était rien subsisté, que deux ou trois terrains vagues et des plâtras si dégueulasses, que vingt ans plus tard encore personne voulait les enlever... Sans compter deux épidémies que les Iroquois, des sauvages, des bleus, des jaunes et des marron avaient apportées de chez eux.

La nouvelle Exposition ça serait sûrement encore bien pire. On aurait sûr du choléra. Grand'mère en était très certaine.

Déjà les clients, ils faisaient leurs économies, ils se préparaient de l'argent de poche, ils se défendaient par mille chichis, ils attendaient qu'on « inaugure »! Une sale bande de vilains râleux. Les boucles d'oreilles à maman elles ne quittaient plus le Mont-de-Piété.

— Si c'était pour faire sortir les paysans de leur campagne, y avait qu'à leur offrir des bals au Trocadéro!... Il est assez grand pour tout le monde! C'était pas la peine pour ça d'éventrer de fond en comble la ville et de boucher la Seine!... C'est pas une raison pour dilapider, parce qu'on s'amuse plus entre soi! Mais non!

Voilà comment elle raisonnait Grand'mère Caroline. Aussitôt qu'elle était partie, mon père se creusait la cervelle, il se demandait ce qu'elle voulait dire avec des paroles si amères...

Il découvrait un sens profond... Des allusions personnelles... Des espèces de menaces... Il se mettait sur la défensive...

— Je vous défends de lui causer de mes affaires tout au moins!... L'Exposition? Clémence, veux-tu que je te dise? C'est un prétexte! Ce qu'elle veut ta mère? Tu veux le savoir? Eh bien moi je l'ai senti tout de suite. Notre di-vor-ce!... Voilà!...

Puis de loin, moi dans le coin, il me désignait, moi l'ingrat! Le petit profiteur sournois... Le petit gavé des sacrifices... Moi... ma merde au cul... Mes furoncles... et mes chaussures insatiables... J'étais là!... Les conclusions me concernaient, moi, le bouc émissaire de tous les déboires...

— Ah! Nom de Dieu! De mille bons Dieux! S'il existait pas celui-là! Ah! Tu dis? La paire! Pouah! Ah! Je peux t'assurer que ça serait fait depuis longtemps!... Bien longtemps! Pas une heure! Tu entends! Tout de suite! Merde alors! Si y avait pas ce petit fumier! Elle insisterait pas va! Tu peux me croire. Divorce! Ah! DIVORCE!...

Il se ratatinait, crispé en secousses. Il faisait le diable, comme au cinéma, mais en plus lui, il jurait...

— Ah! sacré mille bordels du tonnerre! La liberté! Ah! Abnégation? Oui! Renoncement? Oui! Privations? Ah! Ah! Tout! Encore! Et toujours davantage pour ce merdeux déna-turé! Ah! Ah! La liberté! Liberté!... Il disparaissait en coulisse. Il s'ébranlait la poitrine à grands coups mats, tout en mon-tant.

Au seul mot « Divorce » ma mère entrait en convulsions...

— Mais je fais tout ce que je peux, Auguste! Tu le sais bien quand même! Je me mets en quatre! Je me mets en dix, tu le vois bien! Ça ira mieux! Je te jure! Je t'en supplie! Un jour, nous serons heureux tous les trois!...

— Moi aussi, je fais ce que je peux! Hi! Ah! qu'il lui répli-quait d'en haut. Et c'est du propre!...

Elle s'abandonnait au chagrin, c'était un déluge.

— On l'élèvera bien! tu verras! Je te jure Auguste! T'énerve pas! Il comprendra plus tard!... Il fera son possible aussi... Il sera comme nous! Il sera comme toi! Tu verras! Il sera comme nous!... Pas mon petit?...

On est reparti aux livraisons. On l'a vue se construire, au coin de la Concorde la grande porte, la monumentale. Elle était si délicate, tellement ouvragée, en gaufrerie, en fanfreluche du haut en bas, qu'on aurait dit une montagne en robe de mariée. Chaque fois qu'on passait à côté on voyait de nouveaux travaux.

Enfin, ils ont ôté les planches. Tout était prêt pour les visites... D'abord, mon père, il a boudé, et puis il y est allé quand même et tout seul un samedi tantôt...

A la surprise générale, il fut ravi de cette épreuve... Heureux, content, comme un môme qu'aurait été voir les Fées...

Tous les voisins du Passage, sauf la Méhon bien entendu, ils sont accourus pour qu'il leur raconte. A dix heures du soir il y était encore en train de les charmer. En moins d'une heure dans l'enceinte, il avait tout vu mon père, tout visité, tout compris et encore bien davantage, du pavillon des serpents noirs jusqu'à la Galerie des Machines, et du Pôle Nord aux Cannibales...

Visios, le gabier qu'avait voyagé tant et plus, il déclarait tout magnifique. Jamais il aurait cru ça!... Il s'y connaissait pourtant. Mon oncle Rodolphe qu'était lui depuis l'ouverture employé dans les attractions et habillé en troubadour, il existait pas comme récit Il était là, lui aussi avec les autres dans la boutique, et drapé dans ses oripeaux, il ricanait sans raison, il faisait des cocottes en papier, il attendait qu'on serve la soupe.

Madame Méhon derrière sa fenêtre, elle était salement inquiétée de voir comme ça tous ses voisins attroupés chez nous. Elle se demandait si des fois ça finirait pas en complot. Grand'-mère ça la répugnait l'effervescence à papa. Elle est restée huit jours sans venir. Et chaque soir, il recommençait tout son discours, avec des incidents nouveaux. Rodolphe, il a eu des billets, des gratuits. Alors, on s'est élancés nous trois dans la foule un dimanche.

A la place de la Concorde, on a été vraiment pompés à l'intérieur par la bousculade. On s'est retrouvés ahuris dans la Galerie des Machines, une vraie catastrophe en suspens dans une cathédrale transparente, en petites verrières jusqu'au ciel. Tellement le boucan était immense que mon père on l'entendait plus, et pourtant il s'égosillait. La vapeur giclait, bondissait par tous les bords. Y avait des marmites prodigieuses, hautes comme trois maisons, des bielles éclatantes qui fonçaient sur nous à la charge du fond de l'enfer... A la fin on y tenait plus, on a pris peur, on est sorti... On est passé devant la grande Roue... Mais on a préféré encore les bords de la Seine

C'était curieux l'installation de l'Esplanade, c'était mirifique... Deux rangées d'énormes gâteaux, des choux à la crème fantastiques, farcis de balcons, bourrés de tziganes entortillés dans les drapeaux, dans la musique et des millions de petites ampoules encore allumées en plein midi Ça c'était un gaspillage Grand'mère avait bien raison. On a défilé, toujours plus pressés, les uns dans les autres. Juste au-dessus des pieds je me trouvais, la poussière était si épaisse que je voyais plus la direction. J'en avalais de telles bouffées que je recrachais comme du ciment... Enfin, on est parvenu au « Pôle Nord »... Un explorateur bien aimable expliquait les trucs aussi, mais en confidence, si bas, emmitouflé dans ses fourrures, qu'on entendait presque plus rien. Mon père nous a mis au courant. Les phoques sont survenus alors pour casser la croûte. Ils hurlaient si fort ceux-là que rien n'existait. On s'est encore une fois barrés.

Au grand Palais de la Boisson, nous avons vu à queue leu leu et de très loin les orangeades, les belles gratuites tout le long d'un petit comptoir roulant... Entre nous et elles ça faisait une émeute... Une foule en ébullition pour parvenir jusqu'aux gobelets. C'est impitoyable la soif. On aurait rien retrouvé de nous autres si on s'était aventurés. On s'est enfuis par une autre porte. On est allés aux indigènes...

91

On en a vu un seulement, derrière une grille, il se faisait un œuf à la coque. Il ne nous regardait pas, il nous tournait le dos. Là, comme y avait du silence mon père s'est remis à bavarder avec beaucoup de verve, il voulait nous initier aux curieux usages des pays dans les tropiques. Il a pas pu terminer, le nègre aussi en avait marre. Il est rentré dans sa cahute, il a craché de notre côté... Moi d'ailleurs j'y voyais plus et je pouvais plus ouvrir la bouche. J'avais tellement reniflé de poussière que j'avais les conduits bouchés. D'un remous à l'autre on a vogué vers la sortie. J'ai été encore piétiné, carambolé un peu après les Invalides. On ne se reconnaissait même plus, tellement qu'on était bousculés, moulus, décatis par la fatigue et les émois. On s'est faufilés au plus court... Vers le marché Saint-Honoré. Chez nous au premier, on a bu toute l'eau de la cuisine.

Les voisins Visios surtout, notre gabier, le parfumeur du 27, la gantière Madame Gratat, Dorival le pâtissier, Monsieur Pérouquière, ils sont venus tout de suite aux nouvelles, demander qu'on leur en raconte... Encore davantage... Si on était entré partout?... Si on m'avait pas perdu?... Combien on avait dépensé?... A chaque tourniquet?...

Papa il racontait les choses avec les quinze cents détails... des exacts... et des moins valables... Ma mère elle était contente, elle se trouvait récompensée... Pour une fois Auguste était tout entier à l'honneur... Elle en était bien fière pour lui... Il plastronnait. Il installait devant tout le monde... Des bobards elle se rendait bien compte... Mais ça faisait partie de l'instruction... Elle avait pas souffert pour rien... Elle s'était donnée à quelqu'un... A un esprit... C'est le cas de le dire. Les autres pilons, ils demeuraient la gueule ouverte... Ça c'était de l'admiration.

Papa leur foutait du mirage au fur et à mesure, absolument comme on respire... Y avait magie dans notre boutique... le gaz éteint. Il leur servait à lui tout seul un spectacle mille fois étonnant comme quatre douzaines d'Expositions... Seulement il voulait pas du bec!... Rien que des bougies!... Les petits tôliers nos amis, ils amenaient les leurs de calebombes, du fond de leurs soupentes. Ils sont revenus tous les soirs pour écouter encore papa et toujours ils en redemandaient...

C'était un prestige terrible... Ils connaissaient rien de meilleur. Et la Méhon à la fin, elle en serait tombée malade, dans le fond de sa cambuse, hantée par les sentiments... On lui avait tout répété, les moindres paroles...

Le quinzième soir environ, elle pouvait plus résister... Elle est descendue toute seule, elle a traversé le Passage... On aurait dit un fantôme... Elle était en chemise de nuit. Elle a cogné à notre vitrine. Tout le monde s'est retourné alors. Elle a pas dit un seul mot. Elle a collé un papier, c'était court en grosses majuscules... : MENTEUR...

Tout le monde s'est mis à rigoler. Le charme était bien rompu... Chacun est rentré chez soi... Papa avait plus rien à dire...

La seule fierté de notre boutique, c'était le guéridon du milieu, un Louis XV, le seul vraiment qu'on était sûr. On nous le marchandait fréquemment, on essayait pas trop de le vendre. On aurait pas pu le remplacer.

Les Brétonté, nos clients fameux du Faubourg, ils l'avaient remarqué depuis longtemps... Ils ont demandé qu'on le leur prête, pour meubler une scène de théâtre, une comédie qu'ils donnaient, avec des autres gens du monde, en leur hôtel particulier. En faisaient partie les Pinaise et puis les Courmanche, et les Dorange dont les filles louchaient si fort, et puis encore de nombreux autres, qu'étaient des clients plus ou moins. Les Girondet, les Camadour et les De Lambiste, les parents des ambassadeurs... Le dessus du panier!... Ça se passerait un dimanche tantôt. Madame Brétonté était sûre qu'ils remporteraient un vif succès avec leur théâtre.

Elle est revenue plus de dix fois nous relancer au magasin. On pouvait pas leur refuser, c'était pour une œuvre charitable.

Pour qu'il lui arrive rien à notre guéridon, on l'a transporté nous-mêmes, le matin, sous trois couvertures, dans un fiacre. On est revenu à l'heure juste pour occuper nos trois places, trois tabourets près de la sortie.

Le rideau était pas levé, mais déjà c'était ravissant, toutes les dames en grands atours faisaient mille chichis et flaflas. Elles sentaient bon à défaillir... Ma mère reconnaissait sur elles toutes les beautés de son magasin. Ses boléros, ses fins rabats, ses « Chantilly ». Elle se souvenait même des prix. Elle s'émerveillait des « façons »... Comme c'était seyant ces guipures!...

Comme tout ça leur allait donc bien!... Elle était ravie.

Avant de quitter la boutique on m'avait prévenu que si j'émanais des odeurs, je serais viré séance tenante. A fond que je m'étais torché, j'en avais bouché les chiots. Même les pieds que j'avais propres en mes godillots « façon fine »...

Enfin les gens se sont installés. On a ordonné du silence. Le rideau s'est replié sur lui-même... Notre guéridon est apparu... en plein au milieu de la scène... tout à fait comme dans notre boutique... Ça nous a tous bien rassurés... Un petit coup de piano... et les répliques nous parviennent... Ah! le joli ton!... Tous les personnages vont, viennent, et se pavanent en pleine lumière... Les voici merveilleux déjà... Ils se disputent... Ils se chamaillent... ils s'élèvent jusqu'à la colère... Mais de plus en plus séduisants... Je suis entièrement charmé... Je voudrais bien qu'ils recommencent. J'ai du mal à tout comprendre... Mais je suis conquis corps et âme... Tout ce qu'ils touchent... Leurs moindres gestes... les mots les plus usagés deviennent des vrais sortilèges... On a applaudi autour de nous, mes parents et moi n'osons pas...

Sur la scène, je reconnais bien Madame Pinaise, elle est divine absolument, je discerne encore ses cuisses, les palpitations des nichons... Elle trempe tout entière dans un peignoir vaporeux... sur un divan de soies profondes... Elle est à bout, elle sanglote... C'est Dorange, notre autre client qui la fait gémir... Il l'engueule comme du poisson, elle sait plus vers qui se tourner... Mais le cruel, il passe derrière, il profite qu'elle pleure sur le bord de notre guéridon, qu'elle a l'âme vraiment fendue, pour lui dérober un baiser... et puis encore mille cajoleries... C'est pas comme chez nous... Alors, elle s'avoue vaincue... elle se renverse gracieusement sur le canapé... Il lui remet ça en pleine bouche... Elle en défaille... Elle expire... C'est du travail!... Lui, remue du croupion...

Le drame je l'ai saisi vraiment... l'ardente politesse... la juteuse profonde mélodie... Tant de visions « à branler »...

Notre guéridon, c'est justice, il fait là joliment bien!... Tous! Les mains, les coudes, les bides de l'intrigue... Ils sont venus raboter contre... La Pinaise l'empoignait si fort qu'il a craqué à distance, mais le plus dur, ce fut quand le beau Dorange lui-même, dans un instant très tragique, a voulu s'asseoir dessus... Maman son sang ne fit qu'un tour... Heureusement qu'il

95

a rebondi... Presque aussitôt... A l'entr'acte, elle se tracassait si il allait pas recommencer... Mon père comprenait tout de la pièce.... Mais il se sentait trop ému pour nous en parler déjà... Moi aussi ça me faisait de l'effet. J'ai pas touché aux sirops, ni même aux petits fours qu'étaient offerts alentour par les gens du monde... Ils ont l'habitude eux autres de mélanger la boustifaille avec les émotions magiques... Tout leur est bon les sagouins! Pourvu qu'ils avalent... Ils peuvent jamais s'interrompre. Ils mangent tout dans la même séance, la rose et la merde qu'est au pied...

On est retourné au spectacle... Le second acte passa comme un rêve... Puis le miracle a fini... On est revenu parmi les gens et les choses bien ordinaires.

Sur nos tabourets, tous les trois, on attendait, on osait pas encore piper... On attendait bien patiemment que la foule s'écoule pour reprendre notre guéridon... Une dame est entrée alors, elle nous a demandé de rester là encore un petit instant... On a bien voulu... On a vu le rideau se relever... On a vu tous les acteurs ceux de tout à l'heure qu'étaient maintenant tous assis autour de notre table. Ils jouaient aux cartes tous ensemble. Les Pinaise, les Couloumanche, les Brétonté, les Dorange et le vieux banquier Kroing... Ils se faisaient tous vis-à-vis...

Kroing, c'était un petit vieillard drôle, il venait souvent rue Montorgueil chez ma grand'mère, toujours extrêmement aimable, parfaitement ratatiné, il se parfumait à la violette, il empestait toute la boutique. Il collectionnait qu'une chose, le seul intérêt pour lui, les cordons de sonnette Empire.

La partie du guéridon elle a débuté très aimablement. Ils se donnaient gentiment des cartes et puis ils se sont un peu aigris, ils se sont mis à parler plus sec, plus du tout comme dans le théâtre... C'était plus pour rire qu'ils se causaient. Ils se répliquaient par des chiffres. Les atouts claquaient comme des beignes. Derrière leur père, les filles Dorange louchaient atrocement. Les mères, les épouses, chacune alors bien pour soi, bien crispée, la chaise au mur, osaient même plus respirer. Les joueurs changeaient de place au bref commandement. Sur le guéridon, le fric s'entassait... Il s'en accumulait des piles... Le vieux Kroing il labourait la tablette avec les deux mains... Devant les Pinaise, le tas grossissait encore, gonflait davantage... comme une bête... Ils en devenaient écarlates...

Les Brétonté c'était le contraire... Ils perdaient leur flouze...
Ils étaient tout pâles.... Ils avaient plus un sou devant eux...
Mon père il blêmissait aussi. Je me demandais ce qu'il allait
faire ! Y avait déjà au moins deux heures qu'on attendait
que ça finisse... Ils nous avaient oubliés...

C'est les Brétonté, qui se sont redressés tout d'un coup...
Ils offraient un nouvel enjeu... leur Château en Normandie !
Ils l'ont proclamé... Sur trois tours de cartes !... Et c'est le
petit Kroing qu'a gagné... Il avait pas l'air content... le Brétonté
l'homme il s'est relevé à nouveau... Il a murmuré comme ça :
« L'Hôtel je le joue !... L'Hôtel où nous sommes !... »

Ma mère fut comme foudroyée... Elle a sauté comme un
ressort. Mon père a pas pu la retenir...

Toute clopinante elle a escaladé la scène... La voix encore
bien émue elle a dit comme ça aux grands joueurs : « Messieurs,
Mesdames, il faut qu'on s'en aille nous autres avec notre petit
garçon... Il devrait déjà être couché... Nous allons reprendre
notre table... » Personne n'a fait d'objection. Ils avaient perdu
la boussole... Ils fixaient le vide devant eux... On a soulevé
notre guéridon... On l'a emporté en coup de vent... On avait
peur qu'on nous rappelle...

Arrivés pont Solférino, on s'est arrêtés un peu... On a respiré
un moment...

Encore des années plus tard, mon père il racontait les choses...
avec des mimiques impayables... Ma mère supportait mal ce
récit... Ça lui rappelait trop d'émotions... Il montrait toujours
l'emplacement au beau milieu du guéridon, la place bien
exacte, d'où nous avions vu nous autres, en quelques minutes,
des millions et des millions, et tout l'honneur d'une famille et
tous les châteaux s'envoler.

Avec Grand'mère Caroline, on apprenait pas très vite. Tout de même, un jour, j'ai su compter jusqu'à cent et même je savais lire mieux qu'elle. J'étais prêt pour les additions. C'était la rentrée de l'école.

On a choisi la Communale, rue des Jeûneurs, à deux pas de chez nous, après le Carrefour des Francs-Bourgeois, la porte toute foncée.

On suivait un long couloir, on arrivait dans la classe. Ça donnait sur une petite cour, et puis sur un mur si haut, si élevé, que le bleu du ciel restait après. Pour qu'on regarde pas en l'air, nous autres, y avait en plus un rebord en tôle qui formait préau. On devait s'intéresser qu'aux devoirs et pas troubler l'instituteur. Je l'ai connu à peine celui-là, je me souviens que de ses binocles, de sa longue badine, des manchettes sur son pupitre.

C'est Grand'mère elle-même qui m'a conduit pendant huit jours, le neuvième je suis tombé malade. Au milieu de l'après-midi, la femme de service m'a ramené...

Arrivé à la boutique, j'en finissais pas de vomir. Il m'est monté dans tout le corps de telles bouffées de fièvre... un afflux de chaleur si dense, que je me croyais devenu un autre. C'était même assez agréable si j'avais pas tant dégueulé. Ma mère d'abord était douteuse, elle a commencé par prétendre que j'avais bouffé des nougats... C'était pas mon genre... Elle m'adjurait de me retenir, de me forcer pour moins vomir. Y avait du monde plein la boutique. En m'accompagnant jusqu'aux chiots, elle avait peur qu'on lui barbote des dentelles.

Le mal s'est encore empiré. J'en ai rendu plein une cuvette. Ma tête s'est mise à bouillir. Je pouvais plus cacher ma joie... Des distractions, des drôleries qui me survenaient dans les tempes.

J'ai toujours eu la grosse tétère, bien plus grosse que les autres enfants. Je pouvais jamais mettre leurs bérets. Ça lui est revenu d'un coup à maman, cette disposition monstrueuse... à mesure que je dégobillais... Elle se tenait plus d'inquiétude.

« Vois-tu Auguste, qu'il aille nous faire une méningite? Ce serait bien encore notre veine!... Il nous manquait plus que ça comme tuile!... Alors vraiment ça serait le bouquet!... »

À la fin j'ai plus rendu... J'étais confit dans la chaleur... Je m'intéressais énormément... Jamais j'aurais cru possible qu'il me tienne autant de trucs dans le cassis... Des fantaisies. Des humeurs abracadabrantes. D'abord j'ai vu tout en rouge... Comme un nuage tout gonflé de sang... Et c'est venu dans le milieu du ciel... Et puis il s'est décomposé... Il a pris la forme d'une cliente... Et alors d'une taille prodigieuse!... Une proportion colossale... Elle s'est mise à nous commander... Là-haut... En l'air... Elle nous attendait... Comme ça en suspens... Elle a ordonné qu'on se manie... Elle faisait des signes... Et qu'on se dégrouille tous!... Qu'on s'échappe vivement du Passage... Et dare-dare!... Et tous en chœur!... Y avait pas une seconde à perdre!

Et puis elle est redescendue, elle s'est avancée sous le vitrail... Elle occupait tout notre Passage... Elle pavanait en hauteur... Elle a pas voulu qu'il en reste un seul boutiquier en boutique... un seul des voisins dans sa turne... Même la Méhon venait avec nous. Il lui était poussé trois mains et puis quatre gants enfilés... Je voyais qu'on partait s'amuser. Les mots dansaient autour de nous comme autour des gens du théâtre... Des vives cadences, des imprévus, des intonations magnifiques... Des irrésistibles...

De nos dentelles, la grande cliente elle s'en est fourré plein les manches... Elle les fauchait à pleine vitrine, elle essayait pas de se cacher, elle s'est recouverte de guipures, des mantilles entières, d'assez de chasubles pour recouvrir vingt curés... Elle se grandissait à mesure dans les frous-frous et les ajours...

Tous les petits vauriens du Passage... les revendeurs en parapluies... Visios aux blagues à tabac... les demoiselles du pâtissier... Ils attendaient... Madame Cortilène la fatale, elle était là à côté de nous... Son revolver en bandoulière, rempli de parfums... Elle vaporisait tout autour... Madame Gounouyou, des voilettes, celle qui restait enfermée depuis tant d'années à cause de ses yeux chassieux, et le gardien tout en bicorne, ils se concertaient à présent, comme avant une fête, nippés sur leur 31 et le petit Gaston lui-même, un des petits relieurs décédés, il était revenu tout exprès, il tétait justement sa mère. Sur ses genoux bien sage, il attendait qu'on le promène. Elle lui gardait son cerceau.

Du cimetière de Thiais, la vieille tante Armide, elle s'est annoncée, elle arrivait en calèche au bout du Passage. Elle venait faire un tour... Elle était devenue si vieille depuis l'hiver précédent, qu'elle avait plus de figure du tout, rien qu'une pâte molle à la place... Je l'ai reconnue quand même à cause de l'odeur... Elle donnait le bras à maman. Mon père Auguste était fin prêt, un peu en avance comme toujours. Sa montre elle lui pendait au cou, grosse comme un réveille-matin. Habillé tout à fait spécial, redingote, chapeau canotier, bicyclette en ébonite, baguite apparent, bas bien moulés par ses mollets. Gandin, il me gênait davantage, une fleur à la boutonnière. Ma pauvre mère, en grande confusion, lui renvoyait ses compliments... Madame Méhon, la canasse, elle portait Tom en équilibre sur son chapeau à même les plumes... Elle lui faisait mordre tous les passants.

A mesure qu'on avançait, qu'on suivait la grande cliente, on était de plus en plus nombreux, on se bigornait dans son sillon... Et la dame grandissait toujours... Elle était forcée de se courber pour pas défoncer notre vitrail... L'imprimeur aux cartes de visite, il a bondi hors de sa cave, juste au moment où nous passions, il trimbalait ses deux chiards, devant lui, dans une petite voiture, et des pas très vivants non plus... emmitouflés en billets de banque... Rien que des cent francs... Rien que des faux... C'était sa combine... Le marchand de musique du 34, qui possédait un gramophone, six mandolines, trois cornemuses et un piano, il voulait rien abandonner... Il a voulu tout qu'on emporte. On s'est attelés sur sa vitrine; tout par l'effort s'est écroulé... Ça fit un énorme barouf!

Des coulisses du café-concert le « Grenier-Mondain » en face au 96, voilà qu'il débouche un orchestre de parfaits solistes... Ils se rassemblent loin de la géante. Ils mugissent trois accords fameux... Violons, cornemuses et harpes... Tromblons et basses soufflent dedans, grattent dessus si bien, si fort, que toute la meute hurle de plaisir...

Les ouvreuses aux fragiles bonnets sautillent, pimpantes, grêles alentour... Elles voltigent dans les mandarines... Au 48, les trois vieilles sœurs tapies depuis cinquante-deux ans, si courtoises, si patientes toujours avec leurs clientes, vident d'un seul coup leur magasin, à grands coups de trique... Deux chipies crèvent sur leur trottoir, éventrées... Les trois vieilles alors s'attachent une chaufferette au cul pour se mettre à courir plus vite... De la dame immense il pleut des objets partout... Des bibelots volés. Il lui en retombe de tous les plis... Sa garniture se débine... Elle les repique au fur et à mesure... Devant César, le bijoutier, elle s'est rafistolé sa robe, elle s'est recouverte de sautoirs et de perles entièrement fausses... Tout le monde en a ri... Et puis un saladier entier de pierres améthystes qu'elle a semées à pleines poignées à travers la lunette d'en haut... On est tous tournés violet. Avec les topazes de l'autre récipient, elle a criblé le grand vitrage... Tout de suite, tout le monde est devenu jaune... On était presque arrivés au bout du Passage... Y avait foule immense devant notre cortège et ça cavalait fort derrière... La papetière du 86 à qui j'avais fauché tant de crayons, elle se cramponnait à ma culotte... Et la veuve des armoires anciennes où j'avais si souvent pissé, elle me cherchait à fond la biroute!... Je rigolais plus... Le revendeur des parapluies c'est lui qui m'a sauvé la mise, il m'a caché dans son ombrelle.

Si la tante Armide m'avait repéré encore une fois, il aurait fallu que je l'embrasse en plein dans son fromage de tête...

L'oncle Édouard et son tricycle, c'est lui à présent qui filait mon père, il surveillait de si près l'asphalte, que sa bicyclette en pliait. Un gros caillou s'était logé dans sa narine. Le moteur tout doux roucoulait comme un amoureux ramier, mais les yeux d'Édouard traînaient au bout de deux ficelles, à même sur la route pour être bien certain de rien oublier... Devant son guidon, calfeutrée entre les coussins, tante Armide taillait la bavette avec un Monsieur tout en noir. Il enlaçait un thermomètre, un grand, quatre fois comme moi-même... C'était le médecin des Hespérides, il venait pour sa consultation... De sa figure consternée, jaillissaient déjà mille particules lumineuses... Les voisins à cette vue, ils se découvraient jusqu'à terre. Et puis ils montraient leurs derrières. Il a craché dedans... Il avait pas le temps de s'arrêter. On s'est même précipités vers la sortie tous ensemble... On a envahi les Boulevards...

En traversant la Place Vendôme, un énorme coup de bourrasque a dilaté la Cliente. A l'Opéra, elle s'est renflée encore deux fois... cent fois davantage!... Tous les voisins comme des souris se précipitaient sous ses jupes... A peine blottis, ils en rejaillissaient affolés... Ils retournaient encore se planquer dans les profondeurs... Ça faisait un mic-mac atroce.

Les petits chiens du Passage, ils partaient gicler partout, faire leurs besoins, sauter aux fesses, mordiller vivement. Madame Juvienne, la parfumeuse du 72, elle a expiré devant nous, sous un monticule de fleurs mauves, c'étaient des jasmins... Elle étouffait... Trois éléphants qui passaient foulèrent lentement son agonie, il en suinta jusqu'au ruisseau mille petites rigoles de parfum...

Quatre mitrons du pâtissier Largenteuil transportaient en courant la pipe, l'enseigne formidable, celle des Tabacs Mahométants, qui s'allumait qu'après six heures... Ils lui brisèrent le fourneau contre le marché Saint-Honoré pour écarter les pavillons... Ils foncèrent dans celui de droite... Contre les « Volailles ». Et puis dans celui de gauche contre les « Poissons ».

Il fallait pourtant qu'on avance! Surtout la géante! La nôtre! Qu'avait deux planètes pour nichons... Là j'ai été bien culbuté... Mon père avait beau me soutenir... Il s'est pris dans les rayons de sa bécane... Il a mordu la queue à Tom. Il trottait, aboyait devant nous, mais alors sans bruit aucun...

Le gardien m'a remis sur mes pieds, il portait plus qu'un haut de tunique... Par le bas il finissait en queue de boudin... Sa longue fourche pour allumer le gaz, il nous a fait bien rire avec... Il se l'entrait profond dans le nez, et même jusqu'au bout.

En traversant la rue de Rivoli, la cliente a fait un faux pas, elle a buté dans un refuge, elle a écrasé une maison, l'ascenseur alors a giclé, lui a crevé l'œil... On est passés sur les décombres. Rue des Jeûneurs, de mon école, il a surgi mon petit Émile Orgeat le bossu... Je l'avais toujours connu comme ça, et verdâtre en plus, avec une grosse tache vineuse qui lui sortait des oreilles... Il était plus du tout moche. Il était beau, frais, coquet et j'étais bien content pour lui.

Tous les gens qu'on avait connus, ils couraient maintenant tous ensemble dans les profondeurs de la dame, dans son pantalon, à travers rues et quartiers compressés dessous ses jupons... Ils allaient où elle voulait. On se serrait encore davantage. Ma mère me quittait plus la main... Et toujours un peu plus rapide... A la Concorde, j'ai saisi, qu'elle nous menait à l'Exposition... C'était bien affectueux de sa part... Elle avait le désir qu'on s'amuse...

C'était la Dame, la cliente qu'avait tout l'argent sur elle, tout le pognon des boutiquiers planqué dans ses trousses... C'est elle qui devait payer... Et toujours il faisait plus chaud encore toujours contre la dame... Parmi les volants, loin vers la doublure, je biglais encore mille trucs pendus. Toute la fauche du monde entier... En galopant, il m'est retombé sur le cuir, ça m'a fait une bosse, le petit miroir « byzantin », celui qu'on avait tant cherché pendant des mois rue Montorgueil... Si j'avais pu je l'aurais hurlée cette trouvaille... Mais j'aurais pas pu le recueillir tellement qu'on se pressurait déjà... C'était le moment, tout le monde l'a compris, de se racornir encore un peu... Coincés qu'on s'est trouvés alors, entre les battants de la porte, la monumentale, l'arrogante, relevée au ciel comme un chignon... De pas payer l'entrée nous autres, ça nous foutait une vache terreur... Heureusement qu'on se trouvait emportés par le torrent des cotillons... On s'écrase, on suffoque, on rampe tout à fait à plat... Là-haut notre cliente, c'est elle qui se baisse au moment de passer. Peut-être que c'était fini?... Qu'on était déjà sous la Seine? Que les requins arrivaient déjà pour nous demander un petit sou?... Hein? C'est pas une chose qu'arrive jamais qu'on pénètre quelque part sans payer?... J'ai poussé alors un cri si pointu, si strident, que la géante s'est effarée! Elle a retroussé d'un seul coup tous les volants de ses jupes... son pantalon... plus haut que la tête... jusque dans les nuages... Une vraie tempête, un vent si glacial s'est engouffré par-dessous qu'on en a hurlé de douleur... On restait figés sur le quai, abandonnés, grelottants, à la détresse. Entre le remblai et les trois péniches la cliente s'était envolée!... Tous les voisins du Passage ils sont devenus tellement blafards que j'en reconnaissais plus aucun... Elle avait

103

trompé tout son monde! La géante, avec ses larcins magnifiques... L'Exposition y en avait plus!... Elle était finie depuis longtemps!... On entendait déjà les loups hurler sur le Cours-la-Reine...

C'était le moment qu'on déguerpisse... Mais on se sauvait tous de travers... On avait bien des pattes en moins... Moi, minuscule, j'ai écrasé la Méhon...

Ma mère retroussait ses jupes... Mais elle courait de moins en moins vite... à cause de ses deux mollets... qu'étaient devenus soudain plus minces que des fils... et si poilus en même temps... qu'ils s'emmêlaient l'un dans l'autre... telle une araignée. On l'a embobinée devant nous... On l'a fait rouler... Mais les omnibus ont surgi... Ils étaient infernals d'allure... Ils ont piqué une charge atroce à travers toute la rue Royale... Les bleus, les verts et les citrons... Les timons ont craqué d'abord et puis les harnais ont giclé très loin à travers l'esplanade jusque sur les arbres des Tuileries. J'ai compris tout de suite l'aventure... J'ameute... Je proclame... Je rassemble... Je montre par où on va les prendre... Tous à rebours, par le trottoir de l'Orangerie... Rien n'y peut! Le pauvre oncle Édouard est écrasé presque aussitôt avec son tricycle à pétrole au pied de la statue bordelaise... Il en ressort qu'un peu plus tard, par la station Solférino avec son baquet du tri, soudé, remonté sur son derrière comme un escargot... On l'emmène... Il faut qu'il se dépêche encore, qu'il rampe de plus en plus vite, à cause des cent automobiles... Les Reines Serpollet du salon. Elles mitraillent l'Arc de Triomphe. Elles dévalent tombeau ouvert, sur notre déroute...

Contre le socle à Jeanne d'Arc j'entrevois, le temps d'un éclair, Rodolphe parfaitement souriant... Il met son « Troubadour » aux enchères... Il veut s'acheter un « Général »... C'est pas le moment de le déranger... Le macadam est éventré... Un abîme s'ouvre à cet endroit... Tout est englouti... Je passe au ras du précipice... J'attrape le portefeuille d'Armide, juste avant qu'elle disparaisse... En petites perles c'est écrit sur sa couverture « Bon Souvenir »... Dedans y a son œil en verre. On se marre tous à la surprise... Mais ça radine de cent côtés la grande avalanche des peigne-culs... Ils sont venus si nombreux cette fois qu'ils ont comblé la rue Thérèse, jusqu'à hauteur du troisième... On escalade cette colline de bidoche coincée... Ça bourdonne comme du fumier et jusqu'aux étoiles...

Mais pour parvenir chez nous, faut encore recourber quatre grilles extrêmement scellées... On s'y met à mille, on s'y met à cent pour pousser la lourde... Pour rentrer sous le vasistas... On arrive à rien... les barres fléchissent et puis se redressent aussitôt, nous partent dans la gueule comme des caoutchoucs... C'est un fantôme qui cache notre clé!... Il veut une bite ou rien du tout!... On l'envoie chier!... « Merde!... Alors!... » qu'il nous répond... On le rappelle. On est dix mille à faire pression...

Par les échos de la rue Gomboust, il nous arrive des rafales des cent mille cris de la catastrophe... Ce sont les foules qu'on écrabouille au large de la place Gaillon... C'est la furie des Omnibus... la fantasia qui continue... Clichy-Odéon laboure la tourbe des éperdus... Panthéon-Courcelles fonce par le derrière... Il éparpille leurs mille morceaux... Ça dégouline sur nos devantures. Mon père à côté de moi gémit : « Si seulement j'avais une trompette! »... Dans le désespoir il se dépiaute, il se fout à poil rapidement, il grimpe après la Banque de France, le voilà juché sur l'Horloge... Il arrache l'aiguille des minutes... Il redescend avec. Il la tripote sur ses genoux... Ça le fascine... Ça l'émoustille... On pourrait bien tous s'amuser... Mais voilà qu'une cavalcade de « la Garde » débouline par la rue Méhul... « Madeleine-Bastille » carambole, chahute, vient culbuter dans notre grille... Heureusement tout est enfoncé! L'essieu s'enflamme, le gros camion brûle et crépite... le conducteur fouette son cocher... Toujours, encore ils accélèrent... La rue des Moulins, ils l'enlèvent, ils l'escaladent, ils emportent le feu dans un ouragan... La trombe vient buter, flancher, rejaillir, s'écrase sur la Comédie-Française... Tout s'embrase alors... le toit s'en arrache, s'élève, s'envole flamboyant aux nues... La belle artiste « la Méquilibre », au fond de sa loge, s'acharne sur sa poésie... Elle a des vers plein l'esprit avant de paraître en scène. Elle se rince si fort la craquouse, qu'elle en trébuche... elle bascule au fond du foyer... Elle pousse un cri prodigieux... Le volcan a tout consumé...

Il ne reste rien au monde, que le feu de nous... Un rouge terrible qui vient me gronder à travers les tempes avec une barre qui remue tout... déchire l'angoisse... Elle me bouffe le fond de la tétère comme une panade tout en feu... avec la barre comme cuiller... Elle me quittera plus jamais...

J'ai été longtemps à me remettre. La convalescence elle a traîné encore deux mois. La maladie je l'avais eue grave... Elle a fini par des boutons... Le médecin est revenu souvent. Il a encore insisté pour qu'on m'envoye à la campagne... C'était bien facile à dire, mais on avait pas les moyens... On profitait de chaque occasion pour me faire prendre l'air.

Au terme de janvier, Grand'mère Caroline se tapait Asnières pour toucher l'argent de ses loyers. J'ai profité de la circonstance. Elle avait là deux pavillons, briques et torchis, rue de Plaisance, un petit et un moyen, en location ouvrière. C'était son rapport, son bien, son économie...

On s'est mis tous les deux en route. Pour moi, fallait qu'on aille doucement. Longtemps encore, j'ai été faible, je saignais du nez pour des riens et puis j'ai pelé complètement. En descendant devant la gare, c'est tout droit... l'Avenue Faidherbe... la Place Carnot... A la Mairie on tourne à gauche, tout de suite après on traverse le Jardin Public.

Au Boulodrome, entre la grille et la cascade y a la bande des gâteux marrants, les vieux pleins de verve, des plaisantins et des petits retraités bien râleux... Chaque fois qu'ils défoncent le jeu de quilles, c'est un vrai assaut d'esprit... Une fusée de quiproquos... Moi, je comprenais bien leurs astuces... et de mieux en mieux... Leur coup de pisser c'était le plus drôle... ils se hâtaient derrière un arbre, chacun son tour... Ils avaient un mal incroyable... « Tu vas le faire tomber Toto!... » Voilà comment ils se causaient... Les autres reprenaient en chœur... Moi je les trouvais irrésistibles. Je rigolais tout haut et si fort que ma Grand'mère était gênée... Avec une telle bise d'hiver, à rester debout si longtemps... à écouter les calembours y avait de quoi paumer toutes les crèves...

Grand'mère, elle riait pas beaucoup, mais elle voulait bien que je m'amuse... C'était pas drôle à la maison... Elle se rendait bien compte... Ça c'était du plaisir pas cher... On est resté encore un peu... Finalement après le jeu de boules quand on a quitté les petits vieux, il faisait presque nuit...

Les pavillons à Caroline c'était plus loin que les Bourguignons... après la plaine aux Maraîchers... celle qui s'étendait à l'époque jusqu'aux bancs d'Achères...

Pour pas foncer dans les gadouilles, pour pas rester dans les terreaux, on avançait l'un derrière l'autre, sur une enfilade de planchettes... Il fallait faire gaffe à pas chahuter les châssis... des ribambelles remplies de boutures... Je rigolais encore moi derrière elle... Tout en respectant l'équilibre. Au souvenir des vives reparties... « Tu t'es donc amusé tant que ça? qu'elle me demandait... Dis Ferdinand? »

J'aimais pas moi, les questions. Je me renfrognais aussitôt... Avouer ça attire les malheurs.

On atteignait la rue de Plaisance. Là commençait notre vrai boulot. Pour toucher le terme c'était un drame... et la révolte des locataires. D'abord, ils nous faisaient des misères et puis on le touchait pas entier... Jamais... Ils se défendaient traîtreusement... Toujours leur pompe était cassée... C'était des palabres infinies... A propos de tout ils gueulaient et bien avant que Grand'mère leur cause... Leurs gogs ils fonctionnaient plus... Ils s'en plaignaient énormément... par toutes les fenêtres de la cambuse... Ils exigeaient qu'on leur débouche... Et séance tenante!... Ils avaient peur qu'on les écorche... Ils hurlaient pour pas qu'on parle de leurs quittances... Ils voulaient pas même les regarder... Leur tinette strictement bouchée, elle débordait jusqu'à la rue... L'hiver, bloquée par les glaces, au moindre effort de pression, elle craquait avec le morceau... Chaque fois c'était 80 francs... Ils abîmaient tout les charognes!.. C'était leur revanche locative... Et puis aussi de se faire des mômes... Chaque fois y en avait des nouveaux... et de moins en moins revêtus... Des tout nus même... Couchés au fond d'une armoire...

Les plus ivrognes, les plus salopes des locataires, ils nous traitaient comme du pourri... Ils surveillaient tous nos efforts pendant le renflouement. Ils venaient avec nous à la cave... Quand on partait chercher notre jonc... celui qui passait dans le siphon... C'était fini la plaisanterie... Grand'mère retroussait haut ses jupes avec des épingles de nourrice, elle se mettait en camisole. Et puis débutait la manœuvre... Il nous fallait beaucoup d'eau chaude. On la ramenait dans un broc de chez le cordonnier d'en face. Les locataires à aucun prix, ils auraient voulu en fournir. Alors, à un moment donné, Caroline trifouillait le tréfonds de la tinette. Elle enfonçait résolument, elle ramonait la marchandise. Le jonc aurait pas suffi. Elle s'y replongeait à deux bras, les locataires ils y venaient tous, avec leur marmaille, pour voir si on l'évacuait leur merde et puis les papiers... et les chiffons... Ils faisaient des tampons exprès... Caroline était pas rebutable, c'était une femme qui craignait rien...

Les locataires, ils se rendaient compte, une fois qu'elle était parvenue... que ça se remettait à couler... Ils reconnaissaient l'effort... Ils voulaient pas demeurer en reste... Ils finissaient par nous aider... Ils offraient le coup... Grand'mère trinquait avec eux... Elle était pas rancunière... On se souhaitait la bonne année... au bon cœur... à la complaisance... Ça faisait pas rappliquer le pognon... C'était des gens sans scrupules... En supposant qu'elle les vire, avant qu'ils libèrent leur case ils auraient eu le temps des vengeances... Ils auraient tout détérioré... Déjà c'était criblé de trous dans les deux cambuses... Quand on visitait les logements, on essayait nous de les boucher.. Ça servait à rien du tout... Ils arrêtaient jamais d'en faire... On amenait exprès du mastic... Tuyaux, soupentes, murs et parquets c'étaient plus que des lambeaux, des reprises... Mais c'est à la cuvette des chiots qu'ils en voulaient davantage... Elle était fendue tout autour... Grand'mère en pleurait de la regarder... Pareil pour la grille du jardin... Ils l'avaient repliée sur elle-même... On aurait dit du réglisse... Un moment on leur avait mis une vieille concierge bien aimable... Elle avait pas duré huit jours... Elle s'était barrée, la bignole, horrifiée... en moins d'une semaine, deux locataires déjà qu'étaient montés pour l'étrangler... dans son lit... à propos des paillassons...

Les pavillons dont je cause, ils y sont toujours. Le nom

de la rue seul a changé; de « Plaisance » elle est devenue « Marne »... C'était la mode à un moment...

Bien des locataires ont passé, des solitaires, des familles entières, des générations... Ils ont continué de faire des trous, les rats aussi, les petites souris, les grillons et les cloportes... On les a plus du tout bouchés... C'est l'oncle Édouard qu'a repris tout ça. Les habitations à force de souffrir elles sont devenues des vraies passoires... Personne payait plus son terme... Les locataires avaient vieilli, ils étaient las des discussions... Mon oncle aussi fatalement... même des chiots ils en ont eu marre... Ils étaient plus déglinguables. Ils avaient plus rien. Ils ont fait des débarras. Ils ont mis dedans leurs brouettes, les arrosoirs et leur charbon... A l'heure qu'il est, on ne sait même plus exactement qui les habite ces pavillons... Ils sont frappés d'alignement... Ils vont disparaître... On croit qu'ils sont dedans quatre ménages... Ils sont peut-être bien davantage... C'est des Portugais, semble-t-il...

Personne lutte plus pour l'entretien... Grand'mère, elle s'est tant donné de mal, ça lui a pas réussi... C'est de ça même qu'elle est morte au fond... C'est d'être restée en janvier, encore plus tard que d'habitude, à tripoter l'eau froide d'abord et puis l'eau bouillante... Exposée en plein courant d'air, à remettre de l'étoupe dans la pompe et à dégeler les robinets.

Autour de nous, les locataires, ils venaient avec leurs bougies, pour nous faire des réflexions et voir si le boulot avançait. Question des loyers ils demandaient encore un sursis. On devait repasser la semaine prochaine... On a repris la route de la gare...

En arrivant au guichet, elle a eu un étourdissement Grand' mère Caroline, elle s'est raccrochée à la rampe... C'était pas dans ses habitudes... Elle a ressenti plein de frissons... On a retraversé la place, on est entré dans un café... En attendant l'heure du train, on a bu un grog à nous deux... En arrivant à Saint-Lazare, elle est allée se coucher tout de suite, directement... Elle en pouvait plus... La fièvre l'a saisie, une très forte, comme moi j'avais eu au Passage, mais elle alors c'était la grippe et puis ensuite la pneumonie... Le médecin venait matin et soir... Elle est devenue si malade qu'au Passage, nous autres, on ne savait plus quoi répondre aux voisins qui nous demandaient.

L'oncle Édouard faisait la navette entre la boutique et chez elle... L'état s'est encore aggravé... Elle voulait plus du thermomètre, elle voulait même plus qu'on sache combien ça faisait... Elle a gardé tout son esprit. Tom, il se cachait sous les meubles, il bougeait plus, il mangeait à peine... Mon oncle est passé à la boutique, il remportait de l'oxygène dans un gros ballon.

Un soir, ma mère est même pas revenue pour dîner... Le lendemain, il faisait nuit encore quand l'oncle Édouard m'a secoué au plume pour que je me rhabille en vitesse. Il m'a prévenu... C'était pour embrasser Grand'mère... Je comprenais pas encore très bien... J'étais pas très réveillé... On a marché vite... C'est rue du Rocher qu'on allait... à l'entresol... La concierge s'était pas couchée... Elle arrivait avec une lampe exprès pour montrer le couloir... En haut, dans la première pièce, y avait maman à genoux, en pleurs contre une chaise. Elle gémissait tout doucement, elle marmonnait de la douleur... Papa il était resté debout... Il disait plus rien... Il allait jusqu'au palier, il revenait encore... Il regardait sa montre... Il trifouillait sa moustache... Alors j'ai entrevu Grand'mère dans son lit dans la pièce plus loin... Elle soufflait dur, elle raclait, elle suffoquait, elle faisait un raffut infect... Le médecin juste, il est sorti... Il a serré la main de tout le monde... Alors moi, on m'a fait entrer... Sur le lit, j'ai bien vu comme elle luttait pour respirer. Toute jaune et rouge qu'était maintenant sa figure avec beaucoup de sueur dessus, comme un masque qui serait en train de fondre... Elle m'a regardé bien fixement, mais encore aimablement Grand'mère... On m'avait dit de l'embrasser... Je m'appuyais déjà sur le lit. Elle m'a fait un geste que non... Elle a souri encore un peu... Elle a voulu me dire quelque chose... Ça lui râpait le fond de la gorge, ça finissait pas... Tout de même elle y est arrivée... le plus doucement qu'elle a pu... « Travaille bien mon petit Ferdinand ! » qu'elle a chuchoté... J'avais pas peur d'elle... On se comprenait au fond des choses... Après tout c'est vrai en somme, j'ai bien travaillé... Ça regarde personne...

A ma mère, elle voulait aussi dire quelque chose. « Clémence ma petite fille... fais bien attention... te néglige pas... je t'en prie... » qu'elle a pu prononcer encore... Elle étouffait complètement... Elle a fait signe qu'on s'éloigne... Qu'on parte dans la pièce à côté... On a obéi... On l'entendait... Ça remplissait

110

l'appartement... On est restés une heure au moins comme ça contractés. L'oncle il retournait à la porte. Il aurait bien voulu la voir. Il osait pas désobéir. Il poussait seulement le battant, on l'entendait davantage... Il est venu une sorte de hoquet... Ma mère s'est redressée d'un coup... Elle a fait un ouq! Comme si on lui coupait la gorge. Elle est retombée comme une masse, en arrière sur le tapis entre le fauteuil et mon oncle... La main si crispée sur sa bouche, qu'on ne pouvait plus la lui ôter...

Quand elle est revenue à elle : « Maman est morte!... » qu'elle arrêtait pas de hurler... Elle savait plus où elle se trouvait... Mon oncle est resté pour veiller... On est repartis, nous, au Passage, dans un fiacre...

On a fermé notre boutique. On a déroulé tous les stores... On avait comme une sorte de honte... Comme si on était des coupables... On osait plus du tout remuer, pour mieux garder notre chagrin... On pleurait avec maman, à même sur la table... On n'avait pas faim... Plus envie de rien... On tenait déjà pas beaucoup de place et pourtant on aurait voulu pouvoir nous rapetisser toujours... Demander pardon à quelqu'un, à tout le monde... On se pardonnait les uns aux autres... On suppliait qu'on s'aimait bien... On avait peur de se perdre encore... pour toujours... comme Caroline...

Et l'enterrement est arrivé... L'oncle Édouard, tout seul, s'était appuyé toutes les courses. Il avait fait toutes les démarches... Il en avait aussi de la peine... Il la montrait pas... Il était pas démonstratif... Il est venu nous prendre au Passage, juste au moment de la levée du corps...

Tout le monde... les voisins... des curieux... sont venus pour nous dire : « Bon courage! » On s'est arrêtés rue Deaudeville pour chercher nos fleurs... On a pris ce qu'il y avait de mieux... Rien que des roses... C'étaient ses fleurs préférées...

On s'y faisait pas à son absence... Même mon père ça l'a bouleversé... Il avait plus que moi pour les scènes... Et malgré la convalescence, je me trouvais encore tellement faible que j'étais plus intéressant. Il me voyait tellement décati, qu'il hésitait à m'agonir...

Je me traînais d'une chaise sur une autre... J'ai maigri de six livres en deux mois. Je végétais dans la maladie. Je rendais toute l'Huile de Foie de Morue...

Ma mère pensait qu'à son chagrin... La boutique sombrait sans recours... Des bibelots on en vendait plus, même pas à des prix dérisoires... Fallait expier les folles dépenses causées par cette Exposition... Les clients, ils étaient tous raides... Ils faisaient réparer le moins possible. Ils réfléchissaient pour cent sous...

Maman, elle, demeurait des heures, sans bouger, accroupie sur sa mauvaise jambe, en fausse position, abasourdie... En se relevant, ça lui faisait tellement mal, qu'elle s'en allait boiter partout... Mon père arpentait alors les étages en sens inverse. Rien que de l'entendre boquillonner, il en serait devenu dingo...

Je faisais semblant d'avoir besoin. Je partais m'amuser dans les chiots... Je me tirais un peu sur la glande. Je pouvais plus bander...

A part les deux pavillons, qu'étaient revenus à Édouard, il restait encore trois mille francs de la Grand'mère, en héritage... Mais c'était de l'argent sacré... Maman l'a dit immédiatement... On devait jamais s'en défaire... On a fourgué les boucles d'oreilles, elles ont fondu dans les emprunts, l'une à Clichy, l'autre à Asnières...

Pourtant comme camelote, notre stock en boutique, il était devenu tartouze, et mince et navrant... C'était presque plus montrable...

Grand'mère, encore elle se débrouillait, elle nous amenait des « conditions »... Des rossignols des autres marchands qu'ils consentaient à lui prêter... Mais à nous c'était pas pareil... Ils se méfiaient... Ils nous trouvaient pas débrouillards... On se déplumait jour après jour...

Mon père en revenant du bureau, il ressassait les solutions... Des bien sinistres... Il faisait lui-même notre panade... Maman elle était plus capable... Il épluchait les haricots... Il parlait déjà qu'on se suicide avec un fourneau grand ouvert... Ma mère réagissait même plus... Il remettait ça aux « Francs-maçons »... Contre Dreyfus!... Et tous les autres criminels qui s'acharnaient sur notre Destin!

Ma mère, elle avait perdu le Nord... Ses gestes même ils faisaient bizarre... Déjà elle, qu'était maladroite, elle foutait maintenant tout par terre. Elle cassait trois assiettes par jour... Elle sortait pas de sa berlue... Elle se tenait comme une somnambule... Dans le magasin, elle prenait peur... Elle voulait plus se déranger, elle restait tout le temps au deuxième...

Un soir, comme elle allait se coucher et comme on attendait plus personne... Madame Héronde est revenue. A la porte de la boutique, elle se met à cogner, elle appelle... On n'y pensait plus à elle. Je vais lui ouvrir. Ma mère voulait plus rien entendre, elle refusait même de lui causer... Elle tournait clopin-clopant, tout autour de sa cuisine. Mon père lui fait comme ça alors :

— Eh bien Clémence, tu te décides?... Moi tu sais je vais la renvoyer!... Elle a réfléchi un instant et puis elle est descendue. Elle a essayé de compter les guipures que l'autre rapportait... Elle y arrivait pas... Son chagrin lui brouillait tout... Les idées, les chiffres... Papa et moi, on l'a aidée...

Après, elle est remontée se coucher... Et puis elle s'est relevée exprès, elle est redescendue encore... Toute la nuit, elle a rangé avec rage, obstination, toute la camelote du magasin.

Le matin tout était dans un ordre impeccable... C'était devenu une autre personne... Jamais on l'aurait reconnue... Elle avait pris honte d'un seul coup...

De se trouver devant Madame Héronde dans un état si

piteaux et que l'autre l'avait vue si pompée ça devenait une honte horrible!

— Quand je pense à ma pauvre Caroline!... A l'énergie qu'elle a montrée jusqu'à la dernière minute! Ah! si elle me trouvait comme ça!...

Elle s'est raidie d'un seul coup. Elle avait même fait mille projets pendant toute la nuit... Puisque les clientes ne viennent plus, eh bien, mon petit Ferdinand, on ira nous les chercher!... Et jusque chez elles encore!... Ça sera bientôt la belle saison, on plaquera un peu la boutique... On ira faire tous les marchés, les environs... Chatou!... Vésinet!... Bougival!... où y a des belles villas qui se montent... tous les gens chics... Ça sera plus drôle que de nous morfondre!... Que de les attendre ici pour rien!... Et puis comme ça tu prendras de l'air!

Mon père, le truc des marchés ça lui disait rien qui vaille... Une aventure pleine de risques!... Ça l'affolait d'y penser... Il nous prédisait les complications les pires... On se la ferait sûrement barboter notre dernière camelote!... En plus on se ferait lapider par les commerçants de l'endroit... Maman, elle le laissait causer... Elle était bien résolue...

D'abord, il y avait plus à choisir! On mangeait plus qu'une fois sur deux... On remplaçait depuis longtemps les allumettes du fourneau par des papillotes.

Un matin, l'heure a sonné du départ, on s'est élancés vers la gare. Mon père portait le gros baluchon, une énorme « toilette » bourrée de marchandises... Ce qui restait dans le stock de moins moche... Maman et moi on trimbalait les cartons... Sur le quai à Saint-Lazare, il nous a répété encore toutes ses craintes de l'aventure. Et il a filé au bureau.

Chatou en ce temps dont je parle, c'était un voyage. On se trouvait déjà sur le tas qu'il faisait encore à peine jour... On a soudoyé le garde champêtre... Avec la croix et la bannière il nous a casés... On a obtenu un tréteau... On avait une assez bonne place... entre la bouchère et un éleveur de petits oiseaux. Par exemple, nous étions mal vus... là tout de suite... Immédiatement.

Derrière nous, le « beurre et œufs » arrêtait pas de ramener sa cerise. Il nous trouvait des insolites, avec nos torrents de franfreluches. Comme allusions c'était infect!...

L'allée c'était pas la meilleure, mais quand même tout près des jardins... Et dans l'ombre de tilleuls splendides...

Midi, c'était l'heure des clientes... Elles radinaient en grands chichis... Fallait pas qu'il souffle un peu de brise dans ces moments-là! Au premier zéphir ça s'engouffre, ça se barre en trombe les froufrous... les bonichons, les « charlottes », petits mouchoirs, et bas volants... Ça demande qu'à se tirer, fragiles comme des nuages. On les coinçait à grands renforts de pinces et d'agrafes. Il faisait hérisson notre tréteau... Les clientes elles déambulaient capricieuses... Papillons suivis d'une ou de deux cuisinières... Elles revenaient encore... Ma mère essayait de les piquer à coups de boniments... De les tomber sur la broderie... Sur les boléros en commande... Sur les guipures « façon Bruxelles »... Ou sur les triomphes vaporeux de Madame Héronde...

— Comme c'est amusant de vous rencontrer par ici!... Dans ce marché en plein vent!... Mais vous avez un magasin?... Passez-moi donc votre carte!... Certainement, nous irons vous voir!...

Elles partaient froufrouter ailleurs, on leur refilait pas grand'chose... C'était la réclame!...

De temps à autre, nos dentelles, sur un coup de tornade, retombaient chez le mec d'à côté, dans les escalopes... Il manifestait son dégoût...

Pour mieux nous défendre, il aurait fallu apporter de Paris notre joli mannequin piédestal, à buste résistant, qui mettrait fort bien en valeur les exquises trouvailles... les volutes mousseline et satin... les mille bagatelles de la « fée d'Alfort »... Pour garder parmi les légumes, les tripes, un goût de Louis XV malgré tout, une atmosphère raffinée, nous emmenions à la campagne une véritable pièce de musée, un minuscule chef-d'œuvre, la commode poupée « bois de rose »... On garait nos sandwiches dedans.

Notre terreur encore, bien plus que le vent peut-être c'était les averses!... Tous nos froufrous tournaient en crêpes!... l'ocre leur suintait par vingt rigoles... et le trottoir en devenait gluant... On ramassait tout en éponges... Le retour était dégueulasse. On se plaignait jamais devant mon père.

La semaine d'après c'était Enghien et certains jeudis Clignancourt... La Porte... On se trouvait à côté des « Puces »... Moi je les aimais bien les marchés... Ils me faisaient couper à l'école. L'air ça me rendait tout impétueux... Quand on retrouvait le soir mon père, il me faisait un effet infâme... Il était jamais content... Il venait nous chercher à la gare... Je lui aurais bien viré tout de suite la petite commode sur les guimauves pour le voir sauter un peu.

A Clignancourt, c'était une tout autre clientèle... On étalait nos rogatons, rien que des roustissures, les pires, celles qu'étaient planquées à la cave depuis des années. On en fourguait pour des clous...

C'est aux « Puces » même, que j'ai connu le petit Paulo. Il travaillait pour sa marchande qu'était deux rangées derrière nous. Il lui vendait tous ses boutons, le long de l'avenue, près de la porte, il se vadrouillait dans le marché, avec sa tablette sur le bide, retenue au cou par une ficelle. « Treize cartes pour deux sous mesdames !... » Il était plus jeune que moi, mais infiniment dessalé... Tout de suite on s'est trouvés copains... Ce que j'admirais moi chez Popaul, c'est qu'il portait pas de chaussures, rien que des lattes plates en lisières... Ça lui mordait pas les arpions... J'enlevais les miennes en conséquence le long des fortifs, quand on partait en excursion.

Il soldait très vite ses garnitures, les douzaines de treize, on avait pas le temps de les regarder, les os et les nacres... On était libres après ça.

En plus il avait un condé pour se faire des sous. « C'est facile » qu'il m'a expliqué... Dès qu'on a plus eu de secrets. Dans le remblai du Bastion 18 et dans les refuges du tramway devant la Villette, il faisait des petites rencontres, des griffetons qu'il soulageait et des louchebems. Il me proposait de les connaître. Ça se passait trop tard pour que moi j'y aille... Ça pouvait rapporter une thune, parfois davantage.

Derrière le kiosque à la balance, il m'a montré, sans que je lui demande, comment les grands ils le suçaient. Lui Popaul il avait de la veine, il avait du jus, moi il m'en venait pas encore. Une fois il s'était fait quinze francs dans la même soirée.

Pour m'échapper, il fallait que je mente, je disais que j'allais chercher des frites. Popaul, ma mère le connaissait bien, elle pouvait pas le renifler, même de loin, elle me défendait que je le fréquente. On se barrait quand même ensemble, on vadrouillait jusqu'à Gonesse. Moir je le trouvais irrésistible... Dès qu'il avait un peu peur il était secoué par un tic, il se tétait d'un coup, toute la langue, ça lui faisait une sacrée grimace. A la fin moi je l'imitais, à force de me promener avec lui.

Sa mercière, Popaul, elle lui passait avant qu'il parte une drôle de veste, une toute spéciale, comme pour un singe, toute recouverte de boutons, des gros, des petits, des milliers, devant, derrière, tout un costard d'échantillons, des nacres, des aciers, des os...

Son rêve Popaul c'était l'absinthe; sa mercière, elle lui en versait un petit apéro chaque fois qu'il rentrait et qu'il avait bien liquidé. Ça lui donnait du courage. Il fumait du tabac de la troupe, on faisait nos cigarettes nous-mêmes en papier journaux... Ça le dégoûtait pas de sucer il était cochon. Tous les hommes qu'on rencontrait dans la rue, on pariait ensemble comment qu'ils devaient l'avoir grosse. Ma mère pouvait pas quitter derrière son fourbi, surtout dans un quartier pareil. Je me débinais de plus en plus... Et puis voilà ce qui est survenu :

Popaul, je le croyais régulier, loyal et fidèle. Je me suis trompé sur son compte. Il s'est conduit comme une lope. Il faut dire les choses. Il me parlait toujours d'arquebuse. Je voyais pas trop ce qu'il voulait dire. Il amène un jour son fourbi. C'était un gros élastique monté, une espèce de fronde, un double crochet, un truc pour abattre les piafs. Il me fait : « On va s'exercer! Après, on crèvera une vitrine!... Y en a une facile sur l'Avenue... Après on visera dans un flic!... » Gu! voilà! C'était une idée! On part du côté de l'école. Il me dit : « On va commencer là!... » Les classes juste venaient de sortir c'était commode pour se barrer. Il me passe encore son machin... Je le charge avec un gros caillou. Je tire à fond sur le manche... A bout de caoutchouc... Je fais à Popaul : « Vise donc là-haut! » et clac! Ping!... Patatrac!... En plein dans l'horloge!... Tout vole autour en éclats... J'en reste figé comme un con. J'en reviens pas du boucan que ça cause... le cadran qui éclate en miettes! Les passants radinent... Je suis paumé sur place. Je suis fait comme un rat... Ils me tiraillent tous par les esgourdes. Je gueule : « Popaul! »... Il a fondu!... il existe plus!... Ils me traînent jusque devant ma mère. Ils lui font une scène horrible. Il faut qu'elle rembourse toute la casse, ou bien ils m'embarquent en prison. Elle donne son nom, son adresse... J'ai beau expliquer : « Popaul »!... Il s'abat sur moi tellement de gifles que je vois plus ce qui se passe...

118

A la maison, ça recommence, ça repique en trombe... C'est un ouragan... Mon père me dérouille à fond, à pleins coups de bottes, il me fonce dans les côtes, il me marche dessus, il me déculotte. En plus, il hurle que je l'assassine!... Que je devrais être à la Roquette! Depuis toujours!... Ma mère supplie, étreint, se traîne, elle vocifère « qu'en prison ils deviennent encore plus féroces ». Je suis pire que tout ce qu'on imagine... Je suis à un poil de l'échafaud. Voilà où que je me trouve!... Popaul y était pour beaucoup, mais l'air aussi et la vadrouille... Je cherche pas d'excuses...

On est bien restés une semaine comme ça en pleine frénésie. Papa était si furieux, il se congestionnait tellement fort qu'on a redouté une « attaque ». L'oncle Édouard est revenu exprès de Romainville pour le raisonner. L'oncle Arthur avait pas assez d'influence, il était pas assez sérieux. Rodolphe lui, il était loin, il parcourait la province avec le cirque Capitol.

Les voisins et les parents, tout le monde au Passage a été d'avis qu'on devrait me purger et mon père aussi en même temps, que ça nous ferait du bien à tous les deux. En cherchant les raisons des choses, ils ont fini par conclure, que sûrement c'étaient des vers qui m'avaient rendu si méchant... On m'a donné une substance... J'ai vu tout jaune et puis marron. Je me suis senti plutôt calmé. Mon père, par la réaction, il est resté au moins trois semaines absolument muet. Il me jetait seulement des coups d'œil, de loin, de temps à autre... des prolongés, suspicieux... Je restais son tourment, sa croix. On s'est tous repurgés encore, chacun son médicament. Lui l'eau de Janos, moi le ricin, elle la rhubarbe. Après ça, ils ont résolu qu'on ferait plus jamais les marchés, que le trimard ça serait ma perte. Je rendais les choses impossibles, avec mes instincts criminels.

Ma mère m'a reconduit à l'école avec mille recommandations. Elle était dans tous ses états en arrivant rue des Jeûneurs. Les gens l'avaient déjà prévenue, qu'on me garderait pas huit jours. Je me suis pourtant tenu peinard, on m'a pas chassé. J'apprenais rien, c'est un fait. Ça me désespérait l'école, l'instituteur en barbiche, il en finissait jamais de nous brouter ses problèmes. Il me foutait la poisse rien qu'à le regarder. Moi d'abord d'avoir tâté, avec Popaul, la vadrouille, ça me débectait complètement de rester ensuite comme ça assis pendant des heures et des payes à écouter des inventions.

Dans la cour, les mômes, ils essayaient de se dérouiller, mais c'était piteux comme effort, le mur devant montait si haut qu'il écrasait tout, l'envie de rigoler leur passait. Ils rentraient chercher des bons points... Merde!

Dans la cour, y avait rien qu'un arbre, et sur la branche, il est venu qu'un seul oiseau. Ils l'ont descendu, les moutards, à coups de pierres et d'arbalètes. Le chat l'a bouffé pendant toute une récréation. Moi j'obtenais des notes moyennes. J'avais peur d'être forcé de revenir. J'étais même considéré pour ma bonne tenue. On avait tous la merde au cul. C'est moi qui leur ai appris à se garder l'urine dans des petites bouteilles.

A la boutique, les jérémiades se renouvelaient de plus en plus. Ma mère ressassait son chagrin. Elle cherchait toutes les occasions pour se souvenir de sa maman, les moindres détails... S'il entrait une seule personne pour proposer un petit bibelot au moment de la fermeture, elle fondait tout de suite en larmes... « Si ma mère était encore là! elle se foutait à glapir, elle qui savait si bien acheter!... » Des réflexions désastreuses...

Nous avions une vieille copine, elle a bien su en profiter des mélancolies à maman... Elle s'appelait Madame Divonne, elle était presque aussi ancienne que la tante Armide. Après la guerre de 70, elle avait fait une fortune avec son mari, dans le commerce des gants « d'agneau », Passage des Panoramas. C'était une boutique célèbre, ils en avaient une autre encore, Passage du Saumon. A un moment, ils employaient dix-huit commis. « Ça s'arrêtait pas d'entrer et de sortir. » Grand'mère le racontait toujours. Le mari, de remuer tant de pognon ça l'avait grisé. Il avait d'un coup tout perdu et davantage, dans le Canal de Panama. Les hommes ça n'a pas de ressort, au lieu de remonter le courant, il s'est barré au loin avec une donzelle. Ils avaient tout lavé à perte. A présent c'était la débine. Elle vivait Madame Divonne, de droite à gauche. Son refuge c'était sa musique. Il lui restait des petits moyens, mais alors des si minuscules, qu'elle avait à peine pour bouffer et encore pas tous les jours. Elle profitait des connaissances. Elle s'était mariée par amour avec l'homme des gants. Elle était pas née

121

dans le commerce, son père était Préfet d'Empire. Elle jouait du piano à ravir. Elle quittait pas ses mitaines à cause de ses mains délicates et des moufles épaisses en hiver, mais à résille, et ornées de roses pompon. Elle était coquette pour toujours.

Elle est entrée dans la boutique, elle était pas venue depuis longtemps. La mort de Grand'mère ça l'avait beaucoup affectée. Elle en revenait pas! « Si jeune! » qu'elle répétait après chaque phrase. Elle en parlait délicatement de Caroline, de leur passé, de leurs maris, du « Saumon » et des Boulevards... Avec bien des nuances et des précautions exquises. Elle était vraiment bien élevée... Je m'en rendais bien compte... A mesure qu'elle racontait, tout devenait comme un rêve fragile. Elle ôtait pas sa voilette, ni son chapeau... à cause du teint qu'elle prétextait... Surtout à cause de sa perruque... Pour dîner, il nous restait jamais beaucoup... On l'a invitée quand même... Mais au moment de finir la soupe, elle la relevait sa voilette et son chapeau et tout le bazar... Elle lampait le fond de l'assiette... Elle trouvait ça bien plus commode... Sans doute à cause du râtelier. On l'entendait qui jouait avec... Elle se méfiait des cuillers. Les poireaux, elle adorait ça, mais il fallait qu'on les lui découpe, c'était un tintouin. Quand on avait fini de croûter, elle voulait pas encore partir. Elle devenait frivole. Elle se tournait vers le piano, un gage oublié d'une cliente. Il était jamais accordé, pourtant il marchait encore bien.

Mon père, comme tout l'agaçait, elle lui portait sur les nerfs, la vieille noix aussi avec ses mimiques. Et cependant, il s'amadouait quand elle se lançait dans certains airs comme le « Lucie de Lammermoor » et surtout le « Clair de Lune ».

Elle est revenue plus souvent. Elle attendait plus qu'on l'invite... Elle se rendait compte du désarroi. Pendant qu'on rangeait la boutique, elle grimpait là-haut en moins de deux, elle s'installait au tabouret, elle ébauchait deux ou trois valses et puis « Lucie » et puis « Werther ». Elle possédait un répertoire, tout le « Chalet » et « Fortunio ». On était bien forcé de monter. Elle se serait jamais interrompue si on s'était pas mis à table. « Coucou!... » qu'elle faisait en vous revoyant. Pendant le dîner, elle pleurait bien gentiment en même temps que ma mère. Ça lui coupait pas l'appétit. Les nouilles ne la gênaient pas. La façon qu'elle en redemandait m'a toujours épouvanté. Elle faisait ça encore ailleurs, le truc des souvenirs, avec bien d'autres commerçants, qu'étaient plus ou moins éplorés, par-ci, par-là, dans les boutiques. Elle avait plus ou moins connu les défunts des quatre quartiers, Mail et Gaillon. Ça finissait par la nourrir.

Elle connaissait les histoires de toutes les familles des passages. En plus quand il y avait un piano, elle avait pas son pareil... A plus de soixante-dix ans d'âge, elle pouvait encore chanter « Faust », mais elle prenait des précautions. Elle se gavait de boules de gomme pour pas s'érailler la voix... Elle faisait les chœurs à elle toute seule, avec les deux mains en trompette. « Gloire Immortelle! »... Elle arrivait à le trépigner en même temps qu'elle tapait les notes.

A la fin, on pouvait plus se retenir tellement qu'on se marrait. On en éclatait par le nez. La mère Divonne une fois en train elle s'arrêtait pas pour si peu. C'était une nature d'artiste. Maman avait honte, mais elle rigolait quand même... Ça lui faisait du bien...

Ma mère pouvait plus se passer d'elle, malgré ses défauts, ses espiègleries. Elle l'emmenait partout. Le soir on l'accompagnait jusqu'à la Porte de Bicêtre. Elle rentrait chez elle à pied au Kremlin, à côté de l'Asile.

Le dimanche matin, c'est elle qui venait nous chercher pour qu'on parte ensemble au cimetière. Le nôtre c'était le Père-Lachaise, la 43e division. Mon père il y entrait jamais. Il avait horreur des tombeaux. Il dépassait pas le Rond-Point en face la Roquette. Il lisait là son journal, il attendait qu'on redescende.

Le caveau de Grand'mère il était très bien entretenu. Tantôt on vidait les lilas, l'autre fois c'était les jasmins. On ramenait toujours des roses. C'était le seul luxe de la famille. On changeait les vases, on astiquait les carreaux. Dedans, ça faisait comme un guignol avec les statues en couleur et les nappes en vraie dentelle. Ma mère en rajoutait toujours, c'était sa consolation. Elle fignolait l'intérieur.

Pendant qu'on faisait le nettoyage, elle arrêtait pas de sangloter... Caroline était pas loin là-dessous... Je pensais à Asnières toujours... A la façon qu'on s'était décarcassés là-bas pour les locataires. Je la revoyais pour ainsi dire. Ça avait beau être reluisant et relavé tous les dimanches, il montait quand même du fond une drôle de petite odeur... une petite poivrée, subtile, aigrelette, bien insinuante... quand on l'a sentie une fois... on la sent après partout... malgré les fleurs... dans le parfum même... après soi... Ça vous tourne... ça vient du trou... on croit qu'on l'a pas sentie. Et puis la revoilà!...

C'est moi qu'allais au bout de l'allée pomper les brocs pour les vases... Une fois qu'on avait fini... je ne disais plus rien... Et puis il me revenait encore un peu sur le cœur le petit relent... On bouclait la lourde... On faisait la prière... On redescendait vers Paris...

Madame Divonne arrêtait plus de bavarder, tout en marchant... De s'être levée de si bonne heure, de s'être dépensée sur les fleurs, d'avoir pleurniché si longtemps, ça lui ouvrait l'appétit... Y avait aussi son diabète... Toujours est-il qu'elle avait faim... Dès qu'on était hors du cimetière, elle voulait qu'on casse la croûte. Elle arrêtait pas d'en causer, ça devenait une vraie obsession. « Tu sais moi Clémence, ce que j'aimerais? Tiens! sans être gourmande!... C'est un petit carré de galantine sur un petit pain pas trop rassis... Qu'est-ce que t'en dirais? »

Ma mère elle répondait rien. Elle était embarrassée. Moi du coup l'idée me montait de tout dégueuler sur place... Je pensais plus à rien qu'à vomir... Je pensais à la galantine... A la tête qu'elle devait avoir là-dessous, maintenant Caroline... à tous les vers... les bien gras... des gros qu'ont des pattes... qui devaient ronger... grouiller dedans... Tout le pourri... des millions dans tout ce pus gonflé, le vent qui pue...

Papa était là... Il a juste eu le temps de me raccrocher après l'arbre... j'ai tout, tout dégueulé dans la grille... Mon père il a fait qu'un bond... Il a pas tout esquivé...

« Ah! saligaud!... » qu'il a crié... Il avait en plein écopé sur son pantalon... Les gens nous regardaient. Il avait très honte. Il est reparti vite tout seul, de l'autre côté, vers la Bastille. Il voulait plus nous connaître. Avec les dames, on est entrés dans un petit bistrot prendre un tilleul pour me remettre. C'était un tout petit café tout juste en face de la Prison.

Plus tard, je suis repassé souvent là. Et j'ai regardé toujours chaque fois. Jamais dedans j'ai vu personne.

L'oncle Arthur était ravagé par les dettes. De la rue Cambronne à Grenelle, il avait emprunté tellement et jamais rendu à personne que sa vie était plus possible, un panier percé. Une nuit, il a déménagé à la cloche de bois. Un poteau est venu pour l'aider. Ils ont arrimé leur bazar sur une voiture avec un âne. Ils s'en allaient aux environs. Ils sont passés nous avertir, comme on était déjà couchés.

La compagne d'Arthur, la boniche, il profitait pour la plaquer... Elle avait parlé de vitriol... Enfin c'était le moment qu'il se barre!

Ils avaient repéré une cambuse avec son copain, où personne viendrait l'emmerder, sur les coteaux d'Athis-Mons. Le lendemain déjà les créanciers, ils se sont rabattus sur nous. Ils démarraient plus du Passage les vaches!... Ils allèrent même relancer Papa au bureau à la Coccinelle. C'était une honte. Du coup, il faisait atroce mon père... Il retournait au pétard...

— Quelle clique! Quelle engeance!... Quelle sale racaille toute cette famille! Jamais une minute tranquille! On vient me faire chier même au boulot!... Mes frères se tiennent comme des bagnards! Ma sœur vend son cul en Russie! Mon fils a déjà tous les vices! Je suis joli! Ah! je suis fadé!... Ma mère elle trouvait rien à redire... Elle essayait plus de discuter... Il pouvait s'en payer des tranches...

Les créanciers, ils se rendaient compte que Papa respectait l'honneur... Ils démordaient plus d'une semelle. Ils quittaient plus notre boutique... Nous qu'avions déjà du mal à bouffer... Si on avait payé les dettes on aurait crevé tout à fait...

« Nous irons le voir dimanche prochain!... qu'a alors décidé mon père. Je lui dirai, moi, d'homme à homme, toute ma manière de penser!... »

Nous partîmes à l'aube pour le trouver à coup sûr pour pas qu'il soye déjà en bombe... D'abord on s'est trompés de route... Enfin on l'a découvert... Je croyais le trouver l'oncle Arthur, ratatiné, repentant, tout à fait foireux, dans un recoin d'une caverne, traqué par trois cents gendarmes... et grignotant des rats confits... Ça se passait ça dans les « Belles-Images » pour les forçats évadés... L'oncle Arthur c'était autre chose... Nous le trouvâmes attablé déjà au bistrot à la « Belle Adèle ». Il nous fit fête sous les bosquets... Il buvait sec et à crédit et pas du vinaigre!... Un petit muscadet rosé... Un « reglinguet » de première zone... Il se portait à merveille... Jamais il s'était senti mieux... Il égayait tout le voisinage... On le trouvait incomparable... On accourait pour l'entendre... Jamais il y avait eu tant de clients à la « Belle Adèle »... Toutes les chaises étaient occupées, y en avait des gens plein les marches... Tous les petits propriétaires depuis Juvisy... en faux panamas... Et tous les pêcheurs du bief, en sabots, remontaient à la « Belle Adèle » pour l'apéritif, exprès pour rencontrer l'oncle Arthur. Jamais ils rigolaient autant.

Il y en avait pour tous les goûts! Tous les jeux! Toutes les attractions! Du bouchon à la palette... Le discours!... Les devinettes!... Entre les arbres!... Pour les dames... L'oncle Arthur c'était l'entrain... la coqueluche... Il se démenait, se mettait à toutes les sauces... Mais il enlevait pas son chapeau, sa poêle à marrons d'artiste! Même comme ça au fort de l'été, il transpirait à ruisseaux... Il changeait rien à sa tenue... Ses tatanes bec de canard, ses grimpants velours à côtes... sa cravate énorme, la feuille de laitue...

Avec son goût pour les boniches il avait tombé les trois... Heureuses de servir et d'aimer... Il voulait plus qu'on lui en parle de ses misères de Vaugirard... Déjà, c'était oublié!... Il allait refaire toute sa vie!... Il laissait pas mon père finir... Ratiociner ses bêtises... Il nous embrassait tour à tour... Il était bien content de nous revoir...

« Arthur! Veux-tu m'écouter un instant!... Tes créanciers sont suspendus à notre porte!... du matin au soir!... Ils nous harcèlent!... M'entends-tu? » Arthur balayait d'un geste ces

127

évocations miteuses. Et mon père il le regardait comme un pauvre obstiné ballot... Il avait pitié en somme! « Allons venez tous par ici!... Viens Auguste! Tu parleras plus tard! Je vais vous montrer le plus beau point de vue de la région!... Saint-Germain n'existe pas!... Encore un petit raidillon... Le chemin de gauche et puis la voûte de verdure... Au bout c'est mon atelier!... »

Il appelait ainsi sa cabane... Elle était pépère c'est exact comme situation. De chez lui on dominait toute la vallée... La Seine jusqu'à Villeneuve-Saint-Georges et de l'autre côté les bois de Sénart. On pouvait pas rêver mieux. Il avait de la veine. Il ne payait aucun loyer, pas un fifrelin. Soi-disant il gardait l'étang d'un propriétaire...

L'étang se remplissait qu'en hiver, l'été y avait pas d'eau du tout. Il était bien vu par les dames... Il avait affranchi les bonnes. Y avait à croûter chez lui et en abondance!... Du muscadet comme en bas, du saucisson, des artichauts et des petits-suisses... En pagaye alors! Dont ma mère était si friande. Il était pas malheureux... Il nous a parlé de ses commandes... Des enseignes pour tous les bistrots, les épiceries, les boulangeries... « Ils feront l'utile, moi l'agréable! » C'est ainsi qu'il voyait la vie... Y avait plein d'esquisses sur les murs : « Au Brochet Farci » avec un poisson comac en bleu, rouge et vermillon... « La Belle Marinière » pour une blanchisseuse amie, avec des tétons lumineux, une idée très ingénieuse... L'avenir était assuré. On pouvait se réjouir.

Avant qu'on reparte au village, il a tout enfoui dans trois ou quatre cruches, toute la boustifaille et le tutu blanc, comme un trésor dans un sillon... Il voulait pas laisser sa trace. Il se méfiait des gens qui passent. Il a écrit avec une craie sur sa porte : « *Je reviendrai jamais.* »

On est descendu vers l'écluse, il connaissait les mariniers. Ça faisait une longue trotte par les chemins à pic, ma mère claudiquait derrière. En arrivant elle avait mal, elle est restée sur une borne. On a regardé les remorqueurs, le mouvement du sas des péniches qu'ont l'air si sensible, fragile comme du verre contre les murailles... Elles osent aborder nulle part.

L'éclusier bouffi crache trois fois sa chique, tombe la veste, ramone et râle sur la chignole... La porte aux pivots tremblote, grince et démarre à petits coups... Les remous pèsent... les battants suintent et cèdent enfin... « l'Arthémise » pique un long sifflet... le convoi rentre...

Plus loin, c'est Villeneuve-Saint-Georges... La travée grise de l'Yvette après le coteau... En bas, la campagne... la plaine... le vent qui prend son élan... trébuche au fleuve... tourmente le bateau-lavoir... C'est l'infini clapotis... les triolets des branches dans l'eau... De la vallée... En vient de partout... Ça module les brises... Il est plus question des dettes... On n'en parle plus... C'est la force de l'air qui nous grise... On déconne avec l'oncle Arthur... Il veut nous faire traverser. Ma mère refuse qu'on s'embarque... Il monte tout seul dans un bachot. Il va nous montrer ses talents. Il rame à contre-courant. Mon père s'anime et lui prodigue mille conseils, l'exhorte à toutes les prudences. Même ma pauvre mère se passionne. Elle se méfie déjà du pire. Elle boite, elle nous accompagne tout le long de la rive...

L'oncle Arthur dérange les pêcheurs, de leur banquette ils sèment au vol les asticots... Ils l'enguirlandent énormément... Il cafouille dans les nénuphars... Il va se remettre en action... Il transpire comme trois athlètes. Il tourne, il prend le petit goulet, il faut qu'il oblique en vitesse vers les sablières, qu'il se réfugie de la « grande Touilleuse ». Elle s'annonce de loin, la « Fleur des carrières » elle avance à la force des chaînes, dans un formidable boucan... Elle tire sur le fond du fleuve... Elle fait tout remonter alors... Tous les limons et les cadavres et les brochets... Elle éclabousse, défonce les deux rives à la fois... C'est la terreur et le désastre partout quand elle passe... La flottille des bords capote, carambole dans les piquets... Trois biefs à la fois chahutent... C'est la catastrophe des bateaux! La voilà qui sort de sous le pont, la « Fleur des carrières ». Elle brinquebale dans le fond de sa carcasse et sur ses balcons, toute la quincaillerie, les catapultes et la timonerie d'un enfer. Elle traîne derrière elle au moins vingt chalands bourrés d'escarbilles. C'est pas le moment de pavaner!... Mon oncle il se prend dans un filin... Il a pas le temps de toucher la rive... Au clapot, son bachot soulève... son beau galure tombe au jus... Il se penche, il veut faire un effort... Il perd sa rame... Il s'affole... Il rebiffe... Il bascule... Il tombe au sirop exact comme « les Joutes Lyonnaises » en arrière « plat cul »!... Heureusement qu'il sait nager!... On se précipite, on le cajole, on le félicite...

l'Apocalypse est déjà loin... là-bas vers Ris-Orangis en train de semer d'autres terreurs.

Tout le monde se retrouve à la « Perte du Goujon », le rendez-vous des éclusiers, on se congratule... C'est le moment des apéros... A peine le temps de se sécher, mon oncle Arthur réunit toutes ses connaissances... Il a une idée!... Pour un club des « Frères de la Voile ». Les pêcheurs sont moins enthousiastes... Il ramasse les cotisations... Les petites amies viennent l'embrasser... Nous restons encore pour la soupe... Sous les lampions, entre les moustiques et le potage, l'oncle pousse déjà sa romance : « Un poète m'a dit... » On ne veut plus du tout qu'il retourne à l'étang l'oncle Arthur... On l'accapare... Il ne sait plus où se donner...

Nous sommes repartis vers la gare... On s'est éclipsés en douce pendant qu'il roucoulait encore... Mais mon père était pas content... Surtout à la réflexion... Il marronnait à l'intérieur... Il s'en voulait énormément de pas lui avoir dit son fait... Il avait manqué d'aplomb. On y est retourné encore une fois. Il avait un nouveau canot avec une vraie voile Arthur... et même un petit foc au bout... Il louvoyait en chantant « Sole mio ». Il faisait beaucoup d'écho dans les Sablières avec sa jolie chanson. Il était ravi... C'était plus tenable pour papa... Ça pouvait pas continuer... Bien avant l'apéritif, on a filé comme des péteux... On nous a pas vus repartir... On y est jamais retourné le voir... C'était plus possible sa fréquentation... Il nous débauchait...

Comme y avait juste dix ans qu'il faisait partie de la « Coccinelle », mon père il a eu des vacances, quinze jours et payés...

Qu'on s'en aille comme ça tous les trois c'était pas très raisonnable... C'était des sommes folles... Mais il faisait un été terrible et dans le Passage on en crevait, moi surtout qu'étais le plus livide, qui souffrais de croissance. Je tenais plus en l'air d'anémie. On a été voir le médecin, il m'a trouvé inquiétant... « C'est pas quinze jours! C'est trois mois qu'il lui faudrait, au grand air!... » Voilà comment il a parlé.

« Votre Passage, qu'il a dit en plus, c'est une véritable cloche infecte... On n'y ferait pas venir des radis! C'est une pissotière sans issue... Allez-vous-en! »

Il était si catégorique, que ma mère est rentrée en larmes... Il a fallu qu'on trouve un joint. On voulait pas taper trop fort dans les trois mille francs d'héritage... Ils ont donc alors résolu de tenter encore les marchés : Mers... Onival et surtout Dieppe... Il a fallu que je promette de me tenir tout à fait peinard... de plus bombarder les cadrans... de plus obéir aux voyous... de plus quitter ma mère d'un pouce... J'ai juré tout ce qu'on a voulu... d'être sage et même reconnaissant... qu'en revenant je ferais bien des efforts pour passer mon certificat...

Ainsi rassurés sur mon compte, ils ont dit qu'on pouvait partir. On a fermé le magasin. On irait d'abord à Dieppe, avec ma mère, se rendre compte un mois d'avance... Madame Divonne viendrait regarder de temps à autre s'il se passait rien d'insolite pendant notre absence... Papa il nous rejoindrait plus tard, il ferait la route en bicyclette... Il passerait deux semaines avec nous...

Aussitôt là-bas, nous deux, on s'est débrouillés très vite, on n'a vraiment pas eu trop de mal. On logeait à Dieppe au-dessus d'un café « Aux Mésanges ». Deux matelas par terre chez une employée des Postes. Le seul ennui c'était l'évier, il sentait pas bon.

Quand il s'est agi de déballer sur la Grand'Place les marchandises, ma mère a pris peur tout d'un coup. Nous avions pris un choix complet de fanfreluches, de broderies et colifichets extrêmements volages. C'était bien risqué d'établir tout ça en plein air, dans une ville qu'on ne connaissait pas... Réflexion faite, on a préféré relancer nous-mêmes les clientes, c'était bien du mal certainement mais on risquait moins d'être fauchés... D'un bout à l'autre de l'Esplanade, devant la mer, on s'est tapé le porte à porte... C'était un boulot. Il pesait lourd notre barda. On attendait devant les villas, sur le banc d'en face. Y avait des moments opportuns, c'est quand ils avaient bien bouffé... Fallait entendre leur piano... Les voici qu'ils passent au salon !...

Ma mère alors bondissait, sautillait vers la sonnette... Elle était reçue mal ou bien... Elle arrivait à vendre quand même...

De l'air j'en ai pris beaucoup et de tellement fort, en abondance, que j'en étais saoul. La nuit même ça me réveillait. Je voyais plus que des bites, des culs, des bateaux, des voiles... Le linge sur les cordes à flotter ça me foutait des crampées terribles... Ça gonfle... Ça provoque... tous les pantalons des voisines...

La mer on s'en méfiait d'abord... On passait autant que possible par les petites rues abritées. La tempête ça donne du délire. J'arrêtais plus de me l'agiter...

Dans la chambre à côté de la nôtre, y avait le fils d'un représentant. On faisait tous nos devoirs ensemble. Il me tâtait un peu la berloque, il se branlait encore plus que moi. Il venait là, lui, tous les ans, alors il connaissait bien tous les genres de tous les navires. Il m'a appris tous les détails et leurs gréements et leurs misaines... Les trois-mâts-barques... Les carrés... Les trois-mâts-goélettes... Je m'intéressais avec passion pendant que maman faisait les villas.

On la connaissait sur la plage autant que le marchand de

coco... à force de la voir bourlinguer avec son paquetage...
Dedans y avait ses broderies, des « patrons », des ouvrages de
dames et même des fers à repasser... Elle aurait vendu des
rognons, des peaux de lapins, des cropinettes pour qu'on
« étale » les deux mois.

En faisant nos démarches, on se méfiait aussi du port, de
passer trop près, à cause des bornes et des cordages, où l'on
trébuche très facilement. Y a pas plus traître comme endroit.
Si on carambole dans la vase, on est happé, on reste au fond,
les crabes vous bouffent, on vous retrouve plus...

Les falaises aussi c'est dangereux. Chaque année des familles
entières sont écrabouillées sous les roches. Une imprudence,
un faux pas, une réflexion malheureuse... La montagne se
renverse sur vous... On se risquait le moins possible, on sortait
pas beaucoup des rues. Le soir, tout de suite après la soupe,
nous repiquions encore aux sonnettes. On s'en retapait une
grande tournée... par un bout et puis par l'autre... Toute l'Avenue du Casino...

J'attendais moi, devant les villas, sur un banc dehors...
J'entendais ma mère dedans, qui s'égosillait... Elle se donnait
un tabac terrible... Je connaissais tous les arguments... Je
connaissais tous les chiens perdus... Ils arrivent, ils reniflent,
ils détalent... Je connaissais tous les colporteurs, c'est l'heure
où ils rentrent avec leurs carrioles... Ils tirent, ils poussent,
ils s'exténuent... Personne les regarde. Alors ils se gênent plus
pour râler... Ils en reniflent dans les brancards... Encore un
coup jusqu'à l'autre coin... Le Phare écarquille la nuit... L'éclair
passe sur le bonhomme... Le rouleau de la grève aspire les
cailloux... s'écrase... roule encore... fracasse... revient... crève...

Sur les affiches, on a vu qu'après la foire du 15 août y aurait la course d'automobiles. Ça devait ramener beaucoup de monde, surtout des Anglais. Ma mère s'est dit qu'on resterait encore un peu. On avait pas eu beaucoup de veine, il avait fait si vilain pendant le mois de juillet que les clientes restaient chez elles, à faire du « petit point »... Ça nous faisait pas vendre des « charlottes » ni des « boléros » ni même les « ouvrages de dames »... Encore si elles consommaient!... Mais elles en finissaient pas de ravauder leurs tapisseries!... Elles cancanaient encore plus au bord de la mer qu'en ville... Comme toutes les mondaines rien que de bonnes et de cacas...

Elles se vautraient dans une vraie cosse, elles s'y reprenaient à vingt fois... elles traînaient sur nos modèles...

Mon père, il avait plus confiance. Il s'alarmait dans ses lettres. Il nous voyait déjà foutus. On avait flambé plus de mille francs... Ma mère lui a répondu de taper dans l'héritage. Ça c'était un vrai héroïsme, ça pouvait finir très mal. Déjà je voyais toute la poisse me refluer sur le trognon. Il a récrit qu'il arrivait. On l'a attendu devant l'église. Il est apparu enfin avec un vélo tout en boue.

Je croyais qu'il allait m'agonir, m'attribuer des catastrophes, j'étais déjà préparé pour une corrida impétueuse... et puis rien du tout!... Il semblait heureux au contraire d'être au monde et de nous trouver là. Il m'a plutôt félicité sur ma conduite et ma bonne mine. J'étais ému au possible. Il a proposé lui-même qu'on aille faire un tour vers le port... Il s'y connaissait en navires. Il se souvenait de toute sa jeunesse. Il était expert

134

en manœuvres. On a laissé repartir maman avec ses bardas, on a piqué vers les bassins. Je me souviens bien du trois-mâts russe, le tout blanc. Il a fait cap sur le goulet à la marée de tantôt.

Depuis trois jours il bourlinguait au large de Villiers, il labourait dur la houle... il avait de la mousse plein ses focs... Il tenait un cargo terrible en madriers vadrouilleurs, des monticules en pleine pagaye sur tous ses ponts, dans les soutes rien que de la glace, des énormes cubes éblouissants, le dessus d'une rivière qu'il apportait d'Arkangel exprès pour revendre dans les cafés... Il avait pris dans le mauvais temps une bande énorme et de la misère sur son bord... On est allés le cueillir nous autres avec papa, du petit phare jusqu'à son bassin. L'embrun l'avait tellement drossé que sa grande vergue taillait dans l'eau... Le capitaine, je le vois encore, un énorme poussah, hurler dans son entonnoir, dix fois fort encore comme mon père! Ses lapins, ils escaladaient les haubans, ils ont grimpé rouler là-haut tous les trémats, la toile, toutes les cornes, les drisses jusque dessous le grand pavillon de Saint-André... On avait cru pendant la nuit qu'il irait s'ouvrir sur les roches. Les sauveteurs voulaient plus sortir, y avait plus de Bon Dieu possible... Six bateaux de pêche étaient perdus. Le « corps marin » même, sur le récif du Trotot il avait rué un coup trop dur, il était barré dans ses chaînes... Ça donne une idée du temps.

Devant le café « La Mutine » y a eu la manœuvre aux écoutes... sur bouée d'amarres avec une dérive pas dangereuse... Mais la clique était si saoule, celle du hale, qu'elle savait plus rien... Ils ont souqué par le travers... L'étrave est venue buter en face dans le môle des douaniers... La « dame » de la proue, la sculpture superbe s'est embouti les deux nichons... Ce fut une capilotade... Ça en faisait des étincelles... Le beaupré a crevé la vitre... Il s'est engagé dans le bistrot... Le foc a raclé la boutique.

Ça piaillait autour en émeute... Ça radinait de tous les côtés. Il a déferlé des jurons... Enfin tout doux... Le beau navire s'est accosté... Il a bordé contre la cale, criblé de filins... Au bout de tous les efforts, la dernière voilure lui est retombée de la misaine... étalée comme un goéland.

L'amarre en poupe a encore un grand coup gémi... La terre embrasse le navire. Le cuistot sort de sa cambuse, il lance à bouffer aux oiseaux râleurs une énorme écuelle. Les géants du bord gesticulent le long de la rambarde, les ivrognes du

débarquement sont pas d'accord pour escalader la passerelle...
les écoutilles pendent...

Le commis des écritures monte le premier en redingote...
La poulie voyage au-dessus avec un bout de madrier... On
recommence à se provoquer... C'est le bastringue qui continue... Les débardeurs grouillent sur les drisses... Les panneaux
sautent... Voici l'iceberg au détail!... Après la forêt!... Fouette
cocher!... Le charroi s'amène... Nous n'avons plus rien à gagner,
les émotions sont ailleurs.

Nous retournons au sémaphore, c'est un charbonnier qu'on
signale. Par le travers du « Roche Guignol » il arrive en berne.

Le pilote autour danse et gicle avec son canot d'une vague
sur l'autre. Il se démène... Il est rejeté... enfin il croche dans
l'échelle... il escalade... il grimpe au flanc. Depuis Cardiff le
rafiot peine, bourre la houle... Il est tabassé bord sur bord
dans un mont d'écume et d'embrun... Il rage au courant... Il
est déporté vers la digue... Enfin la marée glisse un peu, le
requinque, le refoule dans l'estuaire... Il tremble en rentrant,
furieux, de toute sa carcasse, les paquets le pourchassent encore.
Il grogne, il en râle de toute sa vapeur. Ses agrès piaulent dans
la rafale. Sa fumée rabat dans les crêtes, le jusant force contre
les jetées.

Les « casquets » au raz d'Emblemeuse on les discerne, c'est le
moment... Les petites roches découvrent déjà sur la marée basse...

Deux cotres en perte tâtent un passage... La tragédie est
imminente; il faut pas en perdre une bouchée... Tous les passionnés s'agglomèrent à la pointe de digue, contre la cloche de
détresse... On scrute les choses à la jumelle... Un des voisins
nous prête les siennes. Les bourrasques deviennent si denses
qu'elles bâillonnent. On étouffe dessous... Le vent grossit la
mer encore... elle gicle en gerbes haut sur le phare... elle
s'emporte au ciel.

Mon père enfonce sa casquette... Nous ne rentrerons qu'à la
nuit... Trois pêcheurs rallient démâtés... Au fond du chenal
leurs voix résonnent... Ils s'interpellent... Ils s'empêtrent dans
les avirons...

Maman, là-bas est inquiète, elle nous attend à la « Petite
Souris », le caboulot des mareyeurs... Elle a pas vendu grand'-
chose... On ne s'intéresse plus nous autres que dans les voyages
au long cours.

Papa, il savait bien nager, il était porté sur les bains. Moi, ça me disait pas grand'chose. La plage de Dieppe elle est pas bonne. Enfin c'était les vacances ! Et puis surtout j'étais devenu bien plus sale encore qu'au Passage.

Nous n'avions à la « Mésange » qu'un petite cuvette pour nous trois. Je coupais à tous les bains de pied. Je commençais à sentir très fort, presque aussi fort que l'évier.

Les bains de mer, c'était du courage. C'est la crête fumante, redressée, bétonnée de cent mille galets, grondante, qui s'écrase et me happe.

Transi, raclé, l'enfant vacille et succombe... Un univers en cailloux me baratine tous les os parmi les flocons, la mousse. C'est la tête qui branle d'abord, qui porte, bascule, pilonne au fond des graviers... Chaque seconde est la dernière... Mon père en maillot zébré, entre deux vallées mugissantes s'époumone. Il m'apparaît... Il éructe... s'épuise, déconne. Un rouleau le culbute aussi, le retourne, le voilà les nougats en l'air... Il gigote comme une grenouille... Il se redresse plus, il est foutu... Il me fonce alors dans la poitrine une terrible rafale de galets... Je suis criblé... Noyé... Affreux... Je suis écrasé par un déluge. Puis ça me ramène encore, projeté gisant aux pieds de ma mère... Elle veut me saisir, m'arracher... La succion me décroche... m'éloigne... Elle pousse un horrible cri. La plage tout entière afflue... Mais tout effort est déjà vain... Les baigneurs s'agglomèrent, s'agitent... Quand la furie me bute au fond, je remonte râler en surface... Je vise le temps d'un éclair qu'ils discutent sur mon agonie... Ils sont là de toutes les couleurs : des verts...

des bleus, des ombrelles, des jaunes... des citron... Je tourbillonne dans mes morceaux... Et puis j'aperçois plus rien... Une bouée m'étrangle... On me hale sur les rochers... tel un cachalot... Le vulnéraire m'emporte la gueule, on me recouvre tout d'arnica... Je brûle sous les enveloppements... Les terribles frictions. Je suis garrotté dans trois peignoirs...

Tout autour alors, on explique... Que la mer est trop forte pour moi! Très bien! Ça va! J'en demandais jamais tant!... On faisait ça pour le sacrifice... Pour le nettoyage vigoureux...

Déjà dix jours étaient passés. La semaine suivante c'était fini. Mon père retournait au bureau. D'y réfléchir on s'en faisait mal au ventre. Plus une seule minute à perdre.

Question de vente, c'était d'un coup devenu si mou qu'il a fallu une vraie panique pour qu'on se décide à l'excursion... Qu'on s'embarque tous pour l'Angleterre... C'était le retour très prochain qui nous affolait... qui nous poussait aux extrêmes...

On est partis au lever du jour, à peine le temps d'un café-crème... Le pécule à Grand'mère... ça y est!... on l'avait à moitié flambé!...

Sur le bateau, on est arrivés en avance... On était bien aux plus petites places, juste sur l'étrave... On voyait tout l'horizon admirablement... Je devais signaler moi le premier la côte étrangère... Le temps était pas mauvais, mais quand même dès qu'on s'est éloignés un peu, qu'on a perdu de vue les phares, on a commencé à mouiller... Ça devenait une balançoire et de la vraie navigation... Ma mère alors s'est résorbée dans l'abri pour les ceintures... C'est elle la première qu'a vomi à travers le pont et dans les troisièmes... Ça a fait le vide un instant...

« Occupe-toi de l'enfant, Auguste! » qu'elle a eu le temps juste de glapir... Y avait pas mieux pour l'excéder...

D'autres personnes alors s'y sont mises à faire des efforts inouïs... par-dessus bord et bastingages... Dans le balancier, contre le mouvement, on dégueulait sans manière, au petit bonheur... Y avait qu'un seul cabinet au coin de la cursive... Il était déjà rempli par quatre vomitiques affalés, coincés à bras-le-corps... La mer gonflait à mesure... A chaque houle, à la remontée, un bon rendu... A la descente au moins douze bien plus opulents, plus compacts... Ma mère sa voilette, la rafale la lui arrache, trempée... elle va plaquer sur la bouche d'une dame à l'autre extrémité... mourante de renvois... Plus de résistance! Sur l'horizon des confitures... la salade... le marengo... le café-crème... tout le ragoût... tout dégorge!...

A même les planches, ma mère à genoux, s'efforce et sourit sublime, la bave lui découle...

— Tu vois qu'elle me remarque, à contre-tangage... horrible... Tu vois toi aussi Ferdinand il t'est resté sur l'estomac le thon!... Nous refaisons l'effort ensemble. Bouah!... et Bouah!... Elle s'était trompée! c'est les crêpes!... Je crois que je pourrais produire des frites... en me donnant plus de mal encore... En me retournant toute la tripaille en l'extirpant là sur le pont... J'essaye... je me démène... Je me renforce... Un embrun féroce fonce dans la rambarde, claque, surmonte, gicle, retombe, balaye l'entrepont... L'écume emporte, mousse, brasse, tournoye entre nous toutes les ordures... On en ravale... On s'y remet... A chaque plongée l'âme s'échappe... on la reprend à la montée dans un reflux de glaires et d'odeurs... Il en suinte encore par le nez, salées. C'est trop!... Un passager implore pardon... Il hurle au ciel qu'il est vide!... Il s'évertue!... Il lui revient quand même une framboise!... Il la reluque avec épouvante... Il en louche... Il a vraiment plus rien du tout!... Il voudrait vomir ses deux yeux... Il fait des efforts pour ça... Il s'arcboute à la mâture... Il essaye qu'ils lui sortent des trous... Maman elle, va s'écrouler sur la rampe... Elle se revomit complètement... Il lui est remonté une carotte... un morceau de gras... et la queue entière d'un rouget...

Là-haut près du capitaine, les gens des premières, des secondes ils penchaient pour aller au refile, ça cascadait jusque sur nous... A chaque coup de lame dans les douches on ramasse des repas entiers... on est fouettés de détritus, par les barbaques en filoches... Ça monte là-haut par bourrasques... garnissent les haubans... Ça mugit la mer autour, c'est la bataille des écumes... Papa en casquette jugulaire, il patronne nos évanouissements... il pavoise, il a de la veine lui, il a le cœur marin!... Il nous donne des bons conseils, il veut qu'on se prosterne davantage... qu'on rampe encore un peu plus... Une passagère débouline...

Elle vadrouille jusque sur maman... elle se cale pour mieux dégueuler... Un petit clebs aussi rapplique, rendu si malade qu'il en foire dans les jupons... Il se retourne, il nous montre son ventre... Des chiots on pousse des cris horribles... C'est les quatre personnes qui sont bouclées qui peuvent plus vomir du tout, ni pisser... ni chiader non plus... Elles se forcent maintenant sur la lunette... Elles implorent qu'on les assassine... Et le rafiot cabre encore plus... toujours plus raide, il replonge... il se renfonce dans l'abîme... dans le vert foncé... Il rebascule tout entier... Il vous ressoulève, l'infect, tout le creux du bide...

Un trapu, un vrai insolent, devant aide à dégueuler son épouse dans un petit baquet... Il lui donnait du courage...

« Vas-y Léonie!... Ne t'empêche pas!... Je suis là!... Je te tiens. » Elle se retourne alors toute la tête d'un seul coup dans le sens du vent... Tout le mironton qui lui glouglouttait dans la trappe elle me le refile en plein cassis... J'en prends plein les dents, des haricots, de la tomate... moi qu'avais plus rien à vomir!... M'en revoilà précisément... Je goûte un peu... la tripe remonte. Courage au fond!... Ça débloque!... Tout un paquet me tire sur la langue... Je vais lui retourner moi tous mes boyaux dans la bouche... A tâtons je me rapproche... On rampe tout doucement tous les deux... On se cramponne... On se prosterne... On s'étreint... on se dégueule alors l'un dans l'autre. Mon bon papa, son mari, ils essayent de nous séparer... Ils tirent chacun par un bout... Ils comprendront jamais les choses...

Voguent les vilains ressentiments! Bouah!... Ce mari c'est un butor, un buté!... Tiens le mignon on va le dégueuler ensemble!... Je lui repasse à sa toute belle tout un écheveau parfait de nouilles... avec le jus de la tomate... Un cidre de trois jours... Elle me redonne de son gruyère... Je suce dans ses filaments... Ma mère empaquetée dans les cordes... rampe à la suite de ses glaviots... Elle traîne le petit chien dans ses jupes... On s'est tortillés tous ensemble avec la femme du costaud... Ils me tiraillent férocement... Pour m'éloigner de son étreinte, il me truffe le cul à grands coups de grolles... C'était le genre « gros boxeur »... Mon père a voulu l'amadouer... A peine qu'il avait dit deux mots, l'autre lui branlait un tel coup de boule en plein buffet qu'il allait se répandre sur le treuil... Et c'était pas encore fini!... Le mastard lui ressaute sur le râble... Il lui ravage toute la gueule... Il s'accroupit pour le finir... Il saignait papa à pleine pipe... Ça dégoulinait dans le vomi... Il a vacillé le long du mât... Il a fini par s'écrouler... Le mari il était pas quitte... Il profite que le roulis m'emporte... Il me charge... Je dérape... Il me catapulte dans les gogs... Un vrai coup de bélier... Je bute... Je défonce toute la lourde... Je retombe dans les mecs avachis... Je me retourne dans le tas... Je suis coincé dans leur milieu... Ils ont plus aucun de culotte !... Je tire le cordon. On est noyés dans la trombe ! On s'écrase dans la tinette... Mais ils arrêtent pas de ronfler... Je ne sais même pas moi si je suis mort.

La Sirène a tout réveillé. On s'est cramponnés aux « waters ». On a émergé des hublots... Ça faisait les jetées au bout du port tout une grande dentelle pilotis... On a regardé l'Angleterre comme on débarque dans l'Au-delà...

C'était des falaises aussi, et puis des verdures... Mais bien plus foncées alors et puis plus râpeuses qu'en face... L'eau était toute plate à présent... C'était facile pour vomir... Mais l'impulsion s'était calmée.

Par exemple, question de grelotte, on s'en serait cassé toutes les dents... Ma mère en pleurait par saccades d'avoir tant dégobillé... Moi j'avais des bosses partout... C'était le grand silence dans les rangs, la timidité, les inquiétudes de l'accostage. Des cadavres seraient pas plus timides.

Le paquebot a souqué sur l'ancre, il a saccadé deux, trois fois, et puis on s'est bien arrêté. On a fouillé pour nos billets... Une fois qu'on a franchi la Douane, on a essayé de se requinquer. Ma mère fallait qu'elle torde sa jupe pour en faire sortir des ruisseaux. Mon père il avait si fort dérouillé qu'il lui manquait un bout de moustache. Je faisais semblant de pas le regarder mais au beurre noir qu'il avait l'œil. Il se tamponnait dans son mouchoir... On se remettait tous peu à peu. La chaussée tanguait bien encore. On a marché le long des boutiques, des minuscules comme c'est là-bas, avec des volets bariolés et les petites marches au blanc d'Espagne.

Ma mère, elle faisait son possible, elle voulait pas nous empêcher, mais elle boitait loin par derrière... On a pensé à un hôtel, une chambre tout de suite pour qu'elle se repose... un instant...

143

On irait jamais jusqu'à Londres, on était trop mouillés déjà...
On attraperait sûrement du mal si on risquait davantage...
Et puis les godasses tiendraient pas. Elles buvaient en plein
dans la boue, elles faisaient du bruit comme un troupeau...
On a bien reconnu un hôtel!... Sur la façade c'était écrit, en
lettres d'or... Une fois devant on a pris peur... On est repartis
pour l'autre côté... Il pleuvait toujours davantage. C'est le prix
des moindres trucs qu'on essayait d'imaginer... On avait la peur
des monnaies... On est entrés dans un Thé... Ceux-là ils nous
comprenaient... Assis, on a regardé notre valise... C'était
plus la même!... Dans la confusion, à la douane on s'était
trompés!... Tout de suite dare-dare, on est revenu... La nôtre
elle était barrée!... Celle-là qu'était pas à nous, on l'a rendue
au chef de gare... Et comme ça on n'avait plus rien!... C'était
un comble dans la malchance!... Ça n'arrive jamais qu'à nous
autres!... C'était bien exact dans un sens... Mon père le consta-
tait encore... On n'avait plus de quoi se changer... pas une seule
chemise! Il fallait bien se promener quand même... On commençait à nous remarquer dans le village tous les trois, transis sous
la flotte. Ça faisait nettement « romanichels »! C'était plus
prudent de prendre la route... On a pris n'importe laquelle...
Après la dernière maison...

« Brighton »!... C'était écrit sur la borne, à quatorze milles
en face de nous... Comme on était bons marcheurs ça devait
pas nous effrayer. Mais on se mettait jamais ensemble. Mon
père toujours en avant... Il était pas très fier de nous... Même là
rincé, boueux, perclus, il se détachait le plus possible... Il souffrait qu'on se mette à coller... Il s'espaçait.

Ma mère, la langue lui pendait tellement qu'elle avait du mal
à tirer sa quille. Elle soufflait comme une vieille chienne.

La route sinuait à flanc de falaises. On a foncé dans les averses.
En bas, l'Océan grondait, au fond du gouffre, rempli de nuages
et d'éboulements.

Mon père, sa casquette nautique lui fondait jusque dans
la bouche. Son pare-poussière lui épousait tant les formes,
qu'il avait le cul comme un oignon.

Maman boquillonne, a renoncé au galure, celui qu'avait des
hirondelles et des petites cerises comme garniture. On l'a donné
à un buisson... Les mouettes qui fuyaient devant l'orage, elles
venaient croasser tout autour. Elles devaient éprouver de la

surprise qu'on passe nous aussi dans les nuées... Baratinés sous les rafales on se raccrochait au petit bonheur... Au flanc des falaises, sur les montées comme sur des vagues, et puis sur une autre... des infinies... Mon père les nuages l'escamotaient... Il allait se fondre dans les averses... On le revoyait toujours plus loin cramponné plus minuscule, sur l'autre versant.

« Nous monterons encore celle-ci Ferdinand !... Et puis je me reposerai ! Tu crois qu'il le voit lui le « Brichetonne »? Tu crois que c'est encore loin ?... » Elle était à bout de vaillance. S'asseoir c'était impossible. Tous les remblais étaient dissous... Ses nippes s'étaient si raccourcies que les bras remontaient au ciel... Les tatanes gonflées comme des outres... Ma mère alors sa jambe se replie... Elle cède une fois sous son poids... Elle verse dans le creux du talus... Sa tête est prise, est coincée... Elle pouvait plus faire un mouvement... Elle faisait des bulles comme un crapaud... La pluie d'Angleterre c'est un océan suspendu... On se noie peu à peu...

J'ai appelé papa au secours et de toutes mes forces... Maman succombait à l'envers ! Je tirais dessus à toute violence. Je faisais des tractions. En vain !... Tout de même le voilà qu'il rapplique notre explorateur. Il est ahuri par les nuages. Nous faisons ensemble des efforts... On hisse tant et plus. On l'ébranle. On l'extirpe de la fange épaisse... Elle avait quand même le sourire. Ça lui faisait un plaisir exquis de le revoir son Auguste. Elle lui demandait de ses nouvelles... S'il avait pas trop souffert ?... Ce qu'il avait aperçu au bout de la Falaise? Il répondait rien... Il disait seulement qu'on se grouille... Qu'on retourne en vitesse au port... Encore cent montées, cent descentes... à perte d'haleine. On reconnaissait plus notre route tellement déjà les orages l'avaient bouleversée. On a entrevu les lumières... le port et les phares... Il faisait complètement nuit... Rampants, vacillants on est repassés devant le même hôtel... On n'avait rien dépensé... On n'avait rencontré personne... On n'avait plus un seul vêtement... des loques en filoches... On avait l'air si épuisé que sur le bateau ils nous ont fait une faveur... On nous a autorisés à passer des troisièmes en secondes... on nous a dit de nous étendre... A la gare de Dieppe on a couché sur les banquettes... On devait rentrer directement... Dans le train y a eu encore toute une scène à cause de maman constipée...

145

— Y a huit jours que tu n'y vas pas!... Tu n'iras donc jamais plus!

— Mais j'irai à la maison...

C'était sa phobie à lui qu'elle aille pas régulièrement, ça le hantait. Les traversées ça constipe. Il pensait plus qu'à son caca. Au Passage on a pu enfin se sécher. On avait un rhume tous les trois. On s'en tirait à bon compte. Mon père il tenait un beau cocard. On a dit que c'était un cheval, que juste il passait derrière au moment d'une détonation...

Madame Divonne était curieuse, elle a voulu tout connaître. Tous les détails de l'aventure... Elle y avait été aussi, elle, en Angleterre, en voyage de noces. Pour mieux entendre raconter, elle s'est arrêtée du piano... En plein « Clair de Lune ».

Monsieur Visios, il était friand aussi des récits et des découvertes... Édouard est passé avec Tom pour demander des nouvelles... Moi et maman, on avait aussi nos petites impressions... Mais papa voulait pas qu'on cause... Il tenait tout le crachoir lui tout seul... On peut dire qu'il en avait vu lui des choses prodigieuses... et des fantastiques... des inouïes... des parfaitement imprévues... au bout de la route... tout là-bas après la falaise... Quand il était dans les nuages... entre Brigetonne et l'ouragan... Papa tout seul absolument isolé!... perdu entre les bourrasques... entre ciel et terre...

A présent, il se gênait plus, il leur en foutait des merveilles... Il allait de la gueule tant que ça peut!... Maman le contredisait pas... Toujours elle était bien heureuse, quand il remportait son succès... « N'est-ce pas Clémence? » qu'il lui demandait, quand le bobard résistait un peu... Elle approuvait, sanctionnait tout... Elle se disait bien qu'il allait fort, mais puisque c'était son plaisir!...

— Mais Londres, vous y êtes pas allés? qu'a demandé Monsieur Lérosite, le marchand de lunettes du 37, qu'était tout à fait puéril, qui recevait ses verres de là-bas...

— Si! mais seulement aux environs... Nous avons vu le principal!... C'est le Port! C'est la seule chose au fond qui compte! Et puis les faubourgs... Nous n'avions que quelques heures!... Maman a pas bronché quand même... Le bruit s'est répandu bientôt qu'on avait eu un grand naufrage... Qu'on avait débarqué les femmes sur les falaises par un treuil... Il inventait au fur et à mesure... Et la façon qu'on s'était promenés dans

146

Londres avec des familles rescapées... Des étrangers la plupart !
Il se tenait plus mon papa !... Il imitait leurs accents.

Tous les soirs après dîner y avait des nouvelles séances...
Des mirages... des mirages encore !... Madame Méhon a recommencé à fermenter dans sa tôle... D'en face, elle traversait
pas... On était trop brouillés à mort... Elle faisait chanter son
gramophone pour que papa ça l'interrompe... Qu'il soye forcé
de s'arrêter... Pour qu'on soye vraiment plus tranquille, maman
a fermé le magasin. Rabattu les stores à fond... Alors, elle est
venue la Méhon cogner aux carreaux, provoquer papa pour qu'il
sorte et qu'il s'explique un petit peu... Ma mère s'est inter-
posée... Tous les voisins étaient outrés... Ils étaient tous en
notre faveur... Ils prenaient du goût aux voyages... Un soir,
en rentrant de nos courses, on n'entendait plus la Méhon ni
son gramophone... Les habitués de la séance, ils arrivaient un
par un... On s'installe dans l'arrière-boutique... Papa entamait
son récit... et d'une manière toute différente... Quand voilà
que de chez la vioque il part... Patatrac !... un bruit formidable !... Et des pétards qui se renforcent !... Une gerbe immense
qui nous aveugle ! Ça explose contre la boutique !... La porte
saute ! On la voit alors la carne qui gesticule dans le milieu, avec
une torche et des fusées... Elle fout le feu aux poudres !... Ça
siffle, ça tournique ! C'est ce qu'elle a trouvé tout ça pour couper
l'imagination ! Elle se démène comme le diable ! Elle en fout le
feu à ses jupes. Elle s'embrase aussi ! On se précipite ! On l'étouffe
dans les rideaux. On l'éteint ! Mais sa boutique brûle avec ses
corsets ! Les pompiers arrivent à la charge ! On l'a jamais revue
la charogne !... On l'a emmenée à Charenton ! Elle y est restée
pour toujours ! Personne a voulu qu'elle revienne ! Ils ont signé
une pétition d'un bout à l'autre du Passage, qu'elle était folle
et impossible.

Les mauvais jours sont revenus. On a plus parlé des vacances, ni des marchés ni de l'Angleterre... Notre vitrail a bourdonné sous les averses, notre galerie s'est refermée sur l'odeur aigre des passants, des petits chiens à la traîne.

C'était l'automne.

J'ai repris des beignes à la volée pour vouloir jouer au lieu d'apprendre. Je comprenais pas grand'chose en classe. Mon père, il a redécouvert que j'étais vraiment un crétin. La mer ça m'avait fait grandir, mais rendu encore plus inerte. Je me perdais dans la distraction. Il a repiqué des crises terribles. Il m'accusait de vachardise. Maman s'est remise à gémir.

Son commerce devenait impossible, les modes arrêtaient pas de changer. On est revenu aux « batistes », on a ressorti les « fonds de bonnets ». Il a fallu que les clientes s'en posent plein les tétons, dans les cheveux, en ronds de serviettes. Madame Héronde, dans la bagarre, s'appuyait les transformations. Elle a construit des boléros en « dure Irlande » qu'étaient faits pour durer vingt ans. Ce ne furent, hélas, que caprices! Après le Grand Prix, on les remonta sur fil de fer, ils sont devenus des abat-jour... Quelquefois, Madame Héronde, elle éprouvait une telle fatigue, qu'elle confondait toutes les commandes, elle nous a rendu comme ça des « petits bavoirs » en broderie qu'on attendait comme édredons... C'était alors des drames pépères... la cliente en bouffait sa morve, et brandissait les tribunaux! Le désespoir était inouï, on remboursait tous les dommages et deux mois de nos nouilles y passaient... La veille de mon certificat, y a eu volcan

148

dans la boutique, Madame Héronde venait de teindre en jaune
coucou un « saut de lit » qu'était pourtant bien entendu comme
« robe de mariée »! C'était un coup à se faire étendre!... La bévue
était effrayante! La cliente pouvait nous bouffer!... Et cependant c'était écrit et très nettement sur le calepin!... Elle sanglotait Madame Héronde, effondrée, en bas sur ma mère. Mon
père, au premier rugissait!

— Ah! tu seras toujours la même! Toujours trop bonne!
Ne t'ai-je pas assez prévenue? Qu'elles nous foutront sur la
paille! Toutes tes ouvrières!... Ah! suppose que moi, tiens, je
fasse seulement le quart d'une erreur à la « Coccinelle! »... Ah!
je me vois propre au Bureau! L'hypothèse était si horrible
qu'il se sentait déjà perdu!... Il tournait pâle!... On l'asseyait...
C'était fini!... Je reprenais mon arithmétique... C'est lui qui me
faisait répéter... Alors j'avais plus rien à dire, il m'en foutait
la berlue, tellement qu'il s'embarbouillait dans ses propres
explications. Je m'y prenais moi tout de travers... Je comprenais
déjà pas grand'chose... J'abandonnais la partie... Il considérait
mes lacunes... Il me trouvait indécrottable... Moi je le trouvais
con comme la lune... Il se refoutait à râler à propos de mes
« divisions ». Il s'empêtrait jusqu'aux racines... Il me bigornait
encore la trompe... Il m'en arrachait les esgourdes... Il prétendait que je rigolais... Que je me foutais de sa binette...

Ma mère radinait un moment... Il redoublait de furie... Il
gueulait qu'il voulait mourir!

Le matin du certificat, ma mère a fermé sa boutique pour pouvoir mieux m'encourager. Ça se passait à la Communale près de Saint-Germain-l'Auxerrois dans le préau même. Elle me recommandait en route d'avoir bien confiance en moi-même. Le moment était solennel, elle pensait à Caroline, ça la faisait encore pleurnicher... Tout autour du Palais-Royal, elle m'a fait réciter mes Fables et la liste des Départements... A huit heures juste, devant la grille, nous étions là, qu'on nous inscrive. Y avait du soin dans les habits, tous les mômes étaient décrottés, mais énervés au possible, les mères aussi.

Y a eu d'abord la dictée, ensuite des problèmes. C'était pas très difficile, je me souviens, y avait qu'à copier. On faisait, nous, partie des refusés de l'automne, de la session précédente. Pour presque tous c'était tragique... Qui voulaient devenir apprentis... A l'oral, je suis tombé très bien, sur un bonhomme tout corpulent, qu'avait des verrues plein son nez. Il portait une grande lavallière, un peu dans le genre de l'oncle Arthur, c'était pourtant pas un artiste... Pharmacien qu'il avait été, rue Gomboust. Y a des personnes qui le connaissaient. Il m'a posé deux questions à propos des plantes... Ça je ne savais pas du tout... Il s'est répondu à lui-même. J'étais bien confus. Alors il m'a demandé la distance entre le Soleil et la Lune et puis la Terre et l'autre côté... Je n'osais pas trop m'avancer. Il a fallu qu'il me repêche. Sur la question des saisons je savais un petit peu mieux. J'ai marmonné des choses vagues... Vrai il était pas exigeant... Il finissait tout à ma place.

Alors il m'a posé la question sur ce que j'allais faire dans l'avenir si j'avais un certificat?

— Je vais entrer, que j'ai dit lâchement, dans le commerce.

— C'est dur le commerce mon petit!... qu'il m'a répondu... Vous pourriez peut-être encore attendre?... Peut-être encore une autre année?...

Il devait pas me trouver costaud... Du coup j'ai cru que j'étais collé... Je pensais au retour à la maison, au drame que j'allais déclencher... Je sentais monter un vertige... Je croyais que j'allais défaillir... tellement que je me sentais battre... Je me suis raccroché... Le vieux il m'a vu pâlir...

— Mais non mon petit! qu'il me fait, rassurez-vous donc! Tout ça n'a pas d'importance! Moi je vais vous recevoir! Vous y entrerez dans la vie! Puisque vous y tenez tant que ça!

J'ai été me rasseoir sur le banc, à distance, en face du mur!... J'étais quand même bouleversé. Je me demandais si c'était pas un mensonge commode... Pour se débarrasser. Ma mère était devant l'église sur la petite place, elle attendait les résultats...

C'était pas fini pour tout le monde... Il restait des mômes... Je les voyais les autres à présent. Ils bafouillaient leurs confidences, par-dessus le tapis... la Carte de France, les continents...

Depuis qu'il m'avait dit ces mots à propos d'entrer dans la vie, je les regardais les petits compagnons, comme si jamais je les avais vus... L'angoisse d'être reçus les coinçait tous contre la table, ils se tortillaient comme dans un piège.

C'était ça rentrer dans la vie? Ils essayaient dans l'instant même, de s'arrêter d'être que des mômes... Ils faisaient des efforts de figure, pour déjà prendre des allures d'hommes...

On se ressemblait tous à peu près, comme ça vêtus, en tablier, c'étaient des enfants comme moi, de petits commerçants du centre, des façonniers, des « bazars »... Ils étaient tous assez chétifs... Ils s'écarquillaient les mirettes, ils en haletaient comme des petits clebs, dans l'effort de répondre au vieux...

Les parents le long de la muraille, ils surveillaient la procédure... Ils jetaient des regards vers leurs moutards, des coups de châsse carabinés, des ondes à leur couper la chique.

Les gosses, ils se gouraient à tous coups... Ils se ratatinaient davantage... Le vieux il était inlassable... Il répondait pour tout le monde... C'était la session des crétins... Les mères s'empourpraient à mesure... Elles menaçaient de mille raclées...

151

Ça sentait le massacre dans la piaule... Enfin tous les mômes y ont passé... Il restait plus que le palmarès... C'était le plus beau du miracle! Tout le monde était reçu finalement! L'inspecteur d'Académie l'a proclamé sur l'estrade... Il avait un bide à chaîne, une grosse breloque, qui sautillait entre chaque phrase. Il bafouillait un petit peu, il s'est gouré dans tous les noms... Ça n'avait aucune importance...

Il a profité de l'occasion pour prononcer quelques paroles tout à fait aimables... et très cordiales... très encourageantes... Il nous a bien assuré, que si on se conduisait plus tard dans la vie, dans l'existence, d'une façon aussi valeureuse, on pouvait être bien tranquilles, qu'on serait sûrement récompensés.

J'avais pissé dans ma culotte et recaqué énormément, j'avais du mal à me bouger. J'étais pas le seul. Tous les enfants allaient de travers. Mais ma mère a bien senti l'odeur, en même temps qu'elle m'étreignait... J'étais tellement infectieux, qu'il a fallu qu'on se dépêche. On a pas pu dire « au revoir » aux petits copains... Les études étaient terminées... Pour rentrer encore plus vite on a pris un fiacre...

On a fait pourtant courant d'air... C'étaient des drôles de carreaux qui branlaient tout le long du chemin. Elle a reparlé de Caroline. « Comme elle aurait été heureuse de te voir réussir!... Ah! si elle a une double vue!... »

Mon père attendait au premier étage, tous feux éteints, les résultats. Il avait rentré tout seul l'étalage, les lustres, tellement qu'il était frémissant...

— Auguste! Il est reçu!... Tu m'entends?... Il est reçu!... Il a passé facilement!...

Il m'a accueilli à bras ouverts... Il a rallumé pour me voir. Il me regardait affectueusement. Il était ému au possible... Toute sa moustache tremblotait...

« Ça c'est bien mon petit! Tu nous as donné bien du mal!... A présent je te félicite!... Tu vas entrer dans la vie... L'avenir est à toi!... Si tu sais prendre le bon exemple!... Suivre le droit chemin!... Travailler!... Peiner!... »

Je lui ai demandé bien pardon d'avoir été toujours méchant. Je l'ai embrassé de bon cœur... Seulement j'empestais fort, si fort qu'il s'est mis à renifler...

« Ah! Comment? qu'il m'a repoussé... Ah! le cochon!... le petit sagouin!... Mais il est tout rempli de merde!... Ah! Clémence! Clémence!... Emmène-le là-haut, je t'en prie!... Je vais encore me mettre en colère! Il est écœurant!... » Ce fut la fin des effusions...

On m'a nettoyé tant et plus, on m'a enduit d'eau de Cologne.

Le lendemain, on s'est mis en quête d'une maison réellement sérieuse pour que je commence dans le commerce. Une place même un peu sévère, où on ne me laisserait rien passer.

Pour bien apprendre, il faut que ça barde! Telle était l'opinion d'Édouard. Il avait vingt ans de références. Tout le monde était de son avis.

Dans le commerce, bien représenter c'est tout à fait essentiel. Un employé qui se néglige, c'est de la honte pour ses patrons... Sur les chaussures, vous êtes jugés!... Ne pas faire pauvre pour les arpions!...

Au « Prince Régent » devant les Halles, c'était la maison centenaire... On pouvait pas désirer mieux! Une réputation de tout temps pour les formes féroces et pointues... « bec de canard » genre habillé. Les ongles vous rentrent tous dans la viande, c'est le moignon d'Élégant! Ma mère m'en a payé deux paires qu'étaient pratiquement inusables. On est passés ensuite en face aux « Classes Méritantes » Confections... On a profité des soldes, fallait finir de m'équiper.

Elle m'a payé trois pantalons, si impeccables, si solides, qu'on les a pris un peu plus grands, avec de l'ourlet pour dix ans. Je grandissais encore beaucoup. Le veston était le plus sombre, je gardais aussi mon brassard, le deuil de Grand'mère. Je devais faire tout à fait sérieux. En cols non plus faut pas se tromper... C'est par la largeur qu'on se rachète tant qu'on est jeune et grêle d'en haut. La seule coquetterie permise c'était la cravate légère, le papillon, monté système. Une chaîne de montre évidemment, mais brunie aussi pour le deuil. J'avais tout ça. J'étais correct. J'étais lancé. Papa aussi portait une montre, mais en or lui, un chronomètre... Il a compté dessus toutes les secondes jusqu'à la fin... La grande aiguille, ça le fascinait, celle qui court vite. Il bougeait plus à la regarder pendant des heures...

Ma mère m'a conduit elle-même chez Monsieur Berlope,

154

Rubans Garnitures, rue de la Michodière, juste après le Boulevard, pour me présenter.

Comme elle était très scrupuleuse, elle l'a bien renseigné d'avance... Qu'il aurait du mal avec moi, que je leur donnerais du fil à retordre, que j'étais assez paresseux, foncièrement désobéissant, et passablement étourdi. C'étaient des idées à elle... Je faisais toujours ce que je pouvais. En plus, elle les a prévenus, que je me fouillais le nez sans cesse, que c'était une vraie passion. Elle a recommandé qu'on me fasse honte. Que depuis toujours ils essayaient de m'améliorer, qu'ils arrivaient pas à grand'chose... Monsieur Berlope, en écoutant ces détails, il se curait lui lentement les ongles... Il restait grave et soucieux. Il portait un fameux gilet parsemé d'abeilles en or... Je me souviens aussi de sa barbe éventail et de sa calotte ronde brodée, qu'il a pas ôtée pour nous.

Enfin, il a répondu... Il essayerait de me dresser... Il me regardait toujours pas... Si je montrais de la bonne volonté, de l'intelligence et du zèle... Eh bien, il verrait... Après quelques mois au rayon, on m'enverrait peut-être dehors... Avec un placier... Porter les marmottes... Ça me ferait voir les clients... Mais avant de m'aventurer, il faudrait d'abord qu'il se rende compte à quoi j'étais bon... Si j'avais le sens du commerce!... La vocation d'employé... La compétence... Le dévouement...

D'après ce qu'avait dit ma mère, ça demeurait tout de même bien douteux...

Tout en causant, Monsieur Berlope, il se redonnait un coup de peigne, il se bichonnait, il se vérifiait de profil, il avait des glaces partout... C'était un honneur qu'il nous reçoive... Dans la suite, maman souvent l'a répété, qu'on avait eu la faveur d'être questionné par le patron.

« Berlope et fils » ne prenaient pas n'importe qui, même à l'essai, même gratuitement!

Le lendemain, à sept heures tout juste, j'étais déjà rue Michodière, devant leur rideau... J'ai tout de suite aidé le garçon des courses... Je lui ai tourné sa manivelle... Je voulais d'autor montrer mon zèle...

C'est pas Berlope bien sûr lui-même qui s'est occupé de mes débuts, c'est Monsieur Lavelongue... Celui-là, c'était évident... il était la crème des salopes. Il vous pistait toute la journée, toujours en traître, et dès le premier instant... Il vous quittait

155

plus, à la trace, feutré, à la semelle... Sinueux, derrière vous, d'un couloir à l'autre... Les bras pendants, prêt à bondir, à vous étendre... A l'affût de la cigarette... du plus petit mince mégot... du mec vanné qui s'assoit... Comme j'ôtais mon pardessus, tout de suite, il m'a rencardé.
— Je suis votre chef du personnel!... Et comment vous appelez-vous?
— Ferdinand, Monsieur...
— Alors, moi je vais vous avertir... Pas de guignols dans cette maison! Si, d'ici un mois, vous n'êtes pas tout à fait au point... C'est moi, vous m'entendez bien, qui vous fous dehors! Voilà! C'est net? C'est compris?
Ceci étant bien entendu, il s'est défilé en fantôme entre les piles de cartons... Il marmonnait toujours des choses... Quand on le croyait encore loin, il était à un fil de vous... Il était bossu. Il se flanquait derrière les clientes... Les calicots, ils en tremblaient de pétoche du matin au soir. Lui, il gardait son sourire, mais alors un pas ordinaire... Une vraie infection...

La pagaye, la confusion des camelotes, c'est encore pire pour la soierie que pour n'importe quel autre tissu. Toutes les largeurs, les métrages, les échantillons, les entamés qui s'éparpillent, s'emberlificotent, se retortillent à l'infini... C'est pas regardable, le soir venu. Y en a des fouillis prodigieux, tout emmêlés comme des buissons.

Toute la journée, les « coursières », les petites râleuses de la couture, elles viennent glousser dans les comptoirs. Elles trifouillent, ramènent, éclaboussent. Tout un délire en chichis. Ça serpente sous les tabourets...

Après sept heures, pour rembobiner, c'est un monde! Y en a trop qui foutent le bordel... On étouffe dans la fanfreluche. C'est une orgie « dépareillée ». Des mille et des mille couleurs... Moires, satins, tulles... Où qu'elles s'amènent les crécelles pour chipoter la camelote, c'est plus qu'un massacre. Y a plus un carton disponible. Tous les numéros sont en bombe. On se fait agonir... Redouble!... Par tous les fumiers du rayon! Les commis gras à cheveux lisses ou à toupet comme le Mayol.

C'est aux roupiots le repliage. Ils sont bons pour la « bobinette ». L'épinglage au « pieu » des rubans. Le retournement des « comètes ». Tous les taupins à l'entame, le macramé, le velours bergame... La danse des taffetas, les changeants... Tout le bouillon, l'avalanche flasque des « invendus » c'est pour leur gueule. A peine que c'était remis d'équerre d'autres carambouilleuses radinaient... revenaient encore tout déglinguer!... Refoutre en l'air tout notre boulot...

Leurs mines, leurs salades, leurs mutineries dégueulasses

leurs « balandars » à la main, toujours à la pêche d'un autre coloris, celui qu'on n'a pas...

En plus, moi j'avais un train-train, une consigne assez épuisante... je devais me taper la navette dans les « Réserves ». Environ cinquante fois par jour. Elles étaient placées au septième. Je me colletinais tous les cartons. Des pleines charges de pièces en rebut, bardas en vrac, ou détritus. Tous les rendus c'était pour moi. Les « marquisettes », les grands métrages, toutes les modes d'une saison jolie je les ai transportées sept étages. Un condé vraiment salement tarte. Assez pour crever un baudet. Mon col à « papillon » dans l'exercice et l'effort, il me godillait jusqu'aux oreilles. Pourtant on le faisait empeser à double amidon.

Monsieur Lavelongue, il m'a traîté fort durement et de mauvaise foi. Dès qu'il arrivait une cliente, il me faisait signe que je me barre. Je devais jamais rester autour. J'étais pas montrable... Forcément à cause des poussières si épaisses dans les réserves et de l'abondante transpiration, j'étais barbouillé jusqu'aux tiffes. Mais à peine que j'étais sorti qu'il recommençait à m'agonir, parce que j'avais disparu. Y avait pas moyen de l'obéir...

Les autres merdeux des rayons, ça les faisait marrer la manière que je bagottais, la vitesse que j'atteignais pour passer d'un étage à l'autre. Lavelongue, il voulait pas que je pause : « C'est la jeunesse, c'est le sport !... » Voilà comment il m'arrangeait. A peine que j'étais descendu qu'on me refilait un autre paquesson !... Vas-y poupette ! Je te connais bien !

On portait pas de blouse à l'époque dans les magasins du Sentier, c'était pas convenable. Avec des boulots semblables, on lui a vite vu la trame à mon beau veston.

« Tu vas user plus que tu ne gagnes ! » que s'inquiétait déjà maman. C'était pas bien difficile puisque je touchais rien du tout. C'est vrai que dans certains métiers les roupiots payaient pour apprendre. En somme, j'étais favorisé... C'était pas le moment que je ramène. « L'écureuil » qu'ils m'intitulaient les collègues tellement que j'y mettais de l'ardeur à grimper dans les réserves. Seulement n'empêche que Lavelongue il m'avait toujours à la caille. Il pouvait pas me pardonner d'être entré par Monsieur Berlope. Rien que de me voir ça lui faisait du mal. Il pouvait pas sentir ma tronche. Il voulait me décourager.

Il a encore trouvé à redire de mes grolles, que je faisais avec trop de bruit dans les escaliers. Je talonnais un peu c'est exact, le bout me faisait un mal terrible surtout arrivé sur le soir, ils devenaient comme des vrais tisons.

« Ferdinand! qu'il m'interpellait, vous êtes assommant! vous faites ici, à vous tout seul plus de raffut qu'une ligne d'omnibus! »... Il exagérait.

Mon veston cédait de partout, j'étais un gouffre pour les complets. Il a fallu m'en faire un autre, dans un ancien à l'oncle Édouard. Mon père il décolérait plus, d'autant qu'il avait des ennuis et de plus en plus lancinants avec son bureau. Pendant ses vacances, les autres salopards, les rédacteurs, ils en avaient profité. Ils l'avaient calomnié beaucoup...

Monsieur Lempreinte son supérieur, il croyait tout ça mot pour mot. Il avait lui des crises gastriques. Quand il avait vraiment très mal, il voyait des tigres au plafond... Ça arrangeait pas les affaires.

Je savais plus comment m'y prendre pour plaire chez Berlope. Plus je poulopais dans l'escalier, plus Lavelongue il me prenait en grippe. Il pouvait plus me voir en peinture.

Sur les cinq heures, comme il allait se taper un crème, moi je profitais dans la réserve pour ôter un peu mes tatanes, je faisais ça aussi dans les chiots quand y avait plus personne. Du coup, les autres enfoirés, ils allaient me cafeter au singe. Lavelongue piquait un cent mètres, j'étais sa manie... Je l'avais tout de suite sur le paletot.

« Sortirez-vous? petit rossard! Hein! C'est ça que vous appelez du travail?... A vous branler dans tous les coins!... C'est ainsi que vous apprendrez? N'est-ce pas? Les côtes en long! La queue en l'air!... Voilà le programme de la jeunesse!... »

Je me trissais dans une autre planque, ailleurs, faire respirer mes « nougats ». Je me les passais au robinet. Pour mes godasses j'avais la lutte de tous côtés, ma mère qu'avait fait le sacrifice jamais elle aurait admis qu'elles étaient déjà trop étroites. C'était encore ma fainéantise! L'effet de ma mauvaise volonté! J'avais pas raison.

Tout là-haut dans la réserve, où je bagottais avec mes charges, c'était l'endroit du petit André, c'est là qu'il retapait ses cartons, qu'il noircissait les numéros avec du cirage et la brosse. Il avait débuté André l'année précédente. Il demeurait loin, lui, en banlieue, il avait du chemin pour venir... Son bled c'était après Vanves aux « Cocotiers » ça s'appelait. Fallait qu'il se lève à cinq heures pour ne pas dépenser trop de tramways. Il apportait son panier. Dedans, y avait toute sa bectance, enfermée avec une tringle et puis en plus un cadenas.

L'hiver, il bougeait jamais, il mangeait dans sa réserve, mais l'été il allait croûter sur un banc au Palais-Royal. Il se barrait un peu avant l'heure pour arriver juste à midi, pour l'explosion du canon. Ça l'intéressait.

Il se montrait pas beaucoup non plus, il avait un rhume continuel, il arrêtait pas de se moucher, même en plein mois d'août. Ses nippes c'était pire que les miennes, il avait que des pièces. Du rayon, les autres arpètes, comme il était tout malingre, qu'il avait la morve au blaze, qu'il bégayait pour rien dire, ils lui cherchaient des raisons, ce qu'ils voulaient c'était le dérouiller... Il préférait rester là-haut, personne venait le provoquer.

Sa tante d'ailleurs, elle le corrigeait dur aussi, surtout qu'il pissait au plume, des volées affreuses, il me les racontait en détail, les miennes c'était rien à côté. Il insistait pour que j'y aille au Palais-Royal avec lui, il voulait me montrer les gonzesses, il prétendait qu'il leur causait. Il avait même des moineaux qui volaient jusque sur son pain. Mais je pouvais pas y aller. Je devais rentrer à la minute. Papa il m'avait bien juré qu'il m'enfermerait à la Roquette si on me trouvait en vadrouille. Question de femmes, d'abord, il était terrible mon père, s'il me soupçonnait d'avoir envie d'aller y tâter un peu il devenait extrêmement féroce. Ça suffisait que je me branle. Il me le rappelait tous les jours et pour les moindres allusions. Il se méfiait du petit André... Il avait les penchants du peuple... C'était un rejeton de voyou... Pour moi c'était pas la même chose, j'avais des parents honorables, il fallait pas que je l'oublie, on me le rappelait aussi chaque soir que je rentrais de chez Berlope, extrêmement fourbu, ahuri. Je prenais encore une vieille trempe si je faisais un peu la réplique !... Il fallait pas que je me galvaude ! J'avais déjà trop de sales instincts qui me venaient on ne sait d'où !... En écoutant le petit André je deviendrais sûrement assassin. Mon père, il en était bien sûr. Et puis mes sales vices d'abord ils faisaient partie de ses déboires et des pires malheurs du Destin...

160

J'en avais des épouvantables, c'était indéniable et atroce. Voilà. Il ne savait plus par où me sauver... Moi je savais plus par où expier... Y a quelques enfants intouchables.

Le petit André sentait mauvais, une odeur plus âcre que la mienne, une odeur de tout à fait pauvre. Il empestait dans sa réserve. Sa tante lui tondait ras les tiffes, avec ses propres ciseaux, ça lui faisait comme du gazon avec une seule touffe en avant.

A force de renifler tant de poussière, les crottes dans son nez devenaient du mastic. Elles s'en allaient plus... C'était sa forte distraction de les décrocher, de les bouffer ensuite gentiment. Comme on se mouchait dans les doigts, parmi le cirage, les crottes et les matricules, on en devenait parfaitement nègre.

Il fallait au moins qu'il retape, le petit André, dans les trois cents cartons par jour... Il se dilatait les deux châsses pour y voir clair dans la soupente. Son falzar, il ne tenait plus qu'avec des ficelles et des épingles de nourrice.

Depuis que moi, je faisais le treuil, il passait plus par les rayons, c'était bien plus commode pour lui. Il évitait les ramponneaux. Il arrivait par la cour, il se défilait par le concierge, l'escalier des bonnes... Si y avait trop de « matricules », je restais plus tard pour l'aider. Dans ces moments-là j'enlevais mes godasses.

Pour parler, dans son recoin, on était assez peinard. On se mettait entre deux poutres à l'abri des courants d'air, toujours à cause de son nez.

Question des panards, il avait de la veine, il grandissait plus lui, André. Deux frères à lui demeuraient encore chez une autre tante aux Lilas. Ses sœurs elles restaient à Aubervilliers chez son vieux. Son dabe, il relevait les compteurs pour tous les gaz de la région... Il le voyait presque jamais, il avait pas le temps.

Parfois, tous les deux, on se montrait la bite. En plus, je lui donnais les nouvelles de ce qui se tramait dans les rayons, les mecs qu'on allait congédier, parce que y en avait toujours qu'étaient en bascule... Ils pensaient qu'à ça entre eux, les pilons, à se faire vider les uns par les autres... à coups de ragots bien pernicieux... et puis on causait aussi des trente-six façons de regarder le cul des clientes dès qu'elles sont un peu assises.

161

Y en avait des bien vicelardes parmi les « coursières »...
Elles se mettaient quelquefois le pied en l'air exprès sur un
escabeau pour qu'on vise la motte. Elles se trissaient en rica-
nant... Une comme je passais, elle m'a montré ses jarretelles...
Elle me faisait des bruits de suçons... Je suis remonté là-haut
pour lui dire au petit André... On se questionnait tous les
deux... Comment qu'elle devait être sa craque? si elle jutait
fort? en jaune? en rouge? Si ça brûlait? Et comment étaient
les cuisses? On faisait des bruits nous aussi avec la langue et la
salive, on imitait le truc de baiser... Mais on abattait quand
même vingt-cinq à trente pièces à l'heure. Il m'a appris le coup
d'épingle le petit André, qu'est l'essentiel dès qu'on retape
les pièces par le bout... Après l'entame au biseau... le petit
retroussis du satin. C'est là qu'on enfonce de chaque côté
comme des épines... pour chaque un petit coup sec... Il faut
savoir pas saloper les revers lisses... Il faut se laver les poignes
d'abord. C'est une vraie technique.

A la maison, ils se rendaient compte que je ne ferais pas long feu chez Berlope, que j'avais raté mes débuts... Lavelongue, en rencontrant maman, par-ci, par-là, dans le quartier, au moment de ses commissions, il lui faisait toujours des sorties. « Ah! Madame, votre garçon, il est pas méchant c'est certain! Mais comme étourneau alors!... Ah! comme vous aviez raison!... Une tête sans cervelle!... Je ne sais vraiment pas ce qu'on en fera!... Il peut rien toucher!... Il renverse tout!... Ah! là! là!... »

C'étaient des mensonges, c'était de l'infecte injustice... Je le sentais nettement. Car j'étais déjà affranchi! Ces salades puantes c'était pour que je bosse à l'œil!... Il profitait de mes parents... Qu'ils pouvaient encore me nourrir... Il dépréciait mon boulot pour me faire marner gratuitement. J'aurais eu beau dire, beau faire, ils m'auraient pas cru mes vieux si j'avais râlé... Seulement rengueulé davantage...

Le petit André, qu'était lui tout à fait miteux, il touchait quand même 35 francs par mois. Il était pas plus exploitable. Mon père il s'écartelait l'imagination à propos de mon avenir, où j'allais pouvoir me caser? Il comprenait plus... J'étais pas bon pour les bureaux... Encore pire que lui-même sans doute!... J'avais pas d'instruction du tout... Si je renâclais dans le commerce alors c'était un naufrage! Il se mettait tout de suite en berne... Il implorait des secours... Je faisais pourtant des efforts... Je me forçais à l'enthousiasme... J'arrivais au magasin des heures à l'avance... Pour être mieux noté... Je partais après tous les autres... Et quand même j'étais pas bien vu...

Je faisais que des conneries... J'avais la panique... Je me trompais tout le temps...

Il faut avoir passé par là pour bien renifler sa hantise... Qu'elle vous soye à travers les tripes, passée jusqu'au cœur... Souvent j'en croise, à présent, des indignés qui ramènent... C'est que des pauvres culs coincés... des petits potes, des ratés jouisseurs... C'est de la révolte d'enfifré... c'est pas payé, c'est gratuit... Des vraies godilles...

Ça vient de nulle part... du Lycée peut-être... C'est de la parlouille, c'est du vent. La vraie haine, elle vient du fond, elle vient de la jeunesse, perdue au boulot sans défense. Alors celle-là qu'on en crève. Y en aura encore si profond qu'il en restera tout de même partout. Il en jutera sur la terre assez pour qu'elle empoisonne, qu'il pousse plus dessus que des vacheries, entre des morts, entre les hommes.

Chaque soir, en rentrant, ma daronne, elle me demandait si des fois j'avais pas reçu mon congé?... Elle s'attendait toujours au pire. Pendant la soupe on en reparlait. C'était le sujet inépuisable. Si je la gagnerais jamais ma vie?...

A force de causer comme ça, le pain sur la table, il me faisait un effet énorme. J'osais presque plus en demander. Je me dépêchais d'en finir. Ma mère aussi elle mangeait vite, mais je l'agaçais quand même :

« Ferdinand! Encore une fois! Tu vois même pas ce que tu manges! Tu avales tout ça sans mâcher! Tu engloutis tout comme un chien! Regarde-moi un peu ta mine! T'es transparent! T'es verdâtre!... Comment veux-tu que ça te profite! On fait pour toi tout ce qu'on peut! mais tu la gâches ta nourriture! »

Dans la réserve, le petit André, il profitait d'un certain calme. Lavelongue montait presque jamais. Pourvu qu'il peigne ses numéros on l'emmerdait pas beaucoup.

André, il aimait les fleurs, souvent c'est le cas pour les infirmes, il s'en rapportait de la campagne, il les faisait tenir dans des bouteilles... Il en garnissait toutes les solives de la cambuse... Un matin, il a ramené même un énorme paquet d'aubépines. Les autres, ils l'ont vu arriver... Ils ont trouvé que ça se pouvait pas. Ils ont tellement fait de réflexions autour de Lavelongue, qu'il est monté là-haut lui-même pour se rendre bien compte. André il s'est fait agonir, jeter tout le paquet dans la cour...

En bas dans les grands rayons, c'était que des bourriques, surtout les « expéditeurs »; j'ai jamais connu des fumiers plus ragotards, plus sournois... Ils avaient rien à penser qu'à faire des paquets.

Y en avait un calicot, le grand Magadur, des « Envois-Paris » qu'était la pire des bourriques. C'est lui qui a monté André, qui m'a scié dans son estime... Ils faisaient souvent route ensemble depuis la Porte des Lilas... Il lui a fait tout un tabac, pour le détourner contre mezig... C'était facile, il était très influençable. Dans son coin, tout seul, des heures entières dans la réserve, il se rongeait facilement. Il suffisait qu'on le baratine, qu'on le mette un peu sur la défense. Il s'arrêtait plus... N'importe quel bobard ça prenait... J'arrive moi, je le trouve bouleversé...

— C'est vrai Ferdinand? qu'il me demande. C'est vrai? que tu veux prendre ma place?

A l'agression, je comprenais plus... J'en étais tout cave...
Ça me démontait comme surprise... Il a continué...

— Ah! je t'en prie va! Te donne pas de mal! Tout le monde
le sait au magasin! Y a que moi seul qui me doutais pas!... Je
suis le con voilà tout!...

Lui qu'était de couleur plutôt blême il a tourné jaune; lui
qu'était déjà affreux avec ses dents brèches, sa morve, il était
plus du tout regardable dès qu'il se mettait en émoi... Sa gourme
aussi plein la tête, ses cheveux en friche, son odeur. On pouvait
plus rien lui causer... Il me faisait trop honte...

Plutôt qu'il me soupçonne de vouloir lui faucher son blot...
j'aurais préféré cent fois qu'on me foute à la porte tout de
suite... Mais où aller après ça? C'était des grandes résolutions...
Bien au-dessus de tous mes moyens... Fallait au contraire que
je m'accroche, que je m'évertue, que je m'innocente... J'ai
essayé de le détromper... Il me croyait plus. L'autre charogne,
le Magadur, il l'avait complètement tanné.

A partir de ce moment-là, il se méfiait à bloc de mes moindres
intentions. Il me montrait plus jamais sa bite. Il craignait
que j'aille répéter. Il allait seul aux chiots exprès pour fumer
plus tranquillement. Il en parlait plus du Palais-Royal...

Entre deux virées au septième, à me farcir tous les cargos,
je me ratatinais sous le lambris, j'enlevais mes grolles, mon
costard, j'attendais que ça passe...

André, il faisait semblant de pas me voir, il s'apportait
exprès là-haut « Les Belles Aventures Illustrées ». Il les lisait
pour lui seul. Il les étalait sur les planches... Si je lui causais,
même au plus fort de ma voix... il faisait semblant de pas
m'entendre. Il frottait ses chiffres à la brosse. Tout ce que je
pouvais dire ou faire ça lui semblait louche. Dans son estime
j'étais un traître. Si jamais il perdait sa place, il me l'avait
souvent raconté, sa tante lui foutrait une telle danse, qu'il s'en
irait à l'hôpital... Voilà! C'était convenu depuis toujours...
Tout de même moi je pouvais plus y tenir qu'il me considère
comme une salope.

— Dis donc, André, que je lui ai fait, à bout d'astuce. Tu
devrais tout de même bien te rendre compte, que c'est pas moi
qui veux te virer!...

Il me répondait rien encore, il continuait de marmonner
dans ses images... Il se lisait tout haut. Je me rapproche... Je

regarde aussi ce que ça racontait.... C'était l'histoire du Roi Krogold... Je la connaissais bien moi l'histoire.... Depuis toujours... Depuis la Grand'mère Caroline... On apprenait là-dedans à lire... Il avait qu'un vieux numéro, un seul exemplaire...

— Dis donc André, que je lui propose. Moi tu sais je connais toute la suite! Je la connais par cœur!... Il répondait toujours rien. Mais quand même je l'influençais... Il était intéressé... Il l'avait pas l'autre numéro...

— Tu vois, que j'enchaîne... Je profite de la circonstance. « Toute la ville de Christianie s'est réfugiée dans l'église... Dans la cathédrale, sous les voûtes, grandes comme quatre fois Notre-Dame... Ils se mettent tous à genoux.... là-dedans... Tu entends?... Ils ont peur du Roi Krogold... Ils demandent pardon au Ciel d'avoir trempé dans la guerre!... D'avoir défendu Gwendor!... Le Prince félon!... Ils savent plus où se déposer... Ils tiennent à cent mille sous la voûte!... Personne oserait plus sortir!... Ils savent même plus leurs prières tellement qu'ils en sont épouvantés!... Ils bafouillent à bloc! les vieux, les marchands, les jeunes, les mères, les curés, les foireux, les petits enfants, les belles gonzesses, les archevêques, les sergents de ville, ils en font tous dans leurs frocs... Ils se prosternent les uns dans les autres... C'est un amalgame terrible... Ça grogne, ça gémit... Ils osent même plus respirer tellement l'heure est grave... Ils supplient... Ils implorent... Qu'il brûle pas tout le Roi Krogold... Mais seulement un peu les faubourgs... Qu'il brûle pas tout pour les punir!... Les Halles, ils y tiennent! les greniers, la balance, le presbytère, la Justice et la Cathédrale!... La Sainte Christianie... La plus magnifique de toutes! Ils savaient plus personne où se mettre! Tellement qu'ils sont ratatinés... Ils savent plus comment disparaître...

« On entend alors, d'en bas, de l'autre côté des murailles l'énorme rumeur qui monte... C'est l'avant-garde du Roi Krogold... la rafale des lourdes ferrures sur le Pont-Levis... Ah! oui certainement! Et la cavalerie d'escorte!... Le Roi Krogold est devant la porte... Il se dresse sur ses étriers... On entend cliqueter mille armures... Les chevaliers qui traversent tout le faubourg Stanislas... La ville immense semble déserte... Plus personne devant le Roi... A la suite voici la cohue des valets... La porte n'est jamais assez large... Le charroi s'étrangle à passer... On éventre de chaque côté les hautes murailles...

Tout s'écroule!... Les fourgons, les légions, les barbares se ruent, les catapultes, les éléphants, la trompe en l'air, déferlent par la brèche... Dans la ville tout est muet, transi... Beffrois... Couvents... Demeures... Échoppes... Rien qui bouge...

« Le Roi Krogold s'est arrêté aux premières marches du parvis... Autour de lui, les 23 dogues jappent, bondissent, escaladent... Sa meute est célèbre dans les combats d'ours et d'aurochs... Ils ont dépecé, ces molosses, des forêts entières... de l'Elbe aux Carpathes... Krogold, malgré le vacarme, entend la rumeur des cantiques... de cette foule tassée, cachée, traquée sous la voûte... Cette noire prière... Les énormes battants pivotent... Il voit Krogold alors, que ça grouille tout devant lui... Au fond de cette ombre... Tout un peuple réfugié?... Il craint la traîtrise... Il ne veut pas s'engager... Les orgues grondent... Leur tonnerre déferle tout à travers les trois porches... La défiance!... Cette ville est félone!... Le sera toujours!... Il lance au Prévôt l'ordre qu'on vide à l'instant même toutes les voûtes... Trois mille valets foncent, cabossent, tabassent... désossent... La mêlée cède, se reforme autour d'eux... s'écrase aux portes... s'agglomère dans les pourtours... Les spadassins sont absorbés... Autant de charges ne servent à rien... Le Roi toujours en selle attend... Son percheron, l'énorme et poilu piaffe... Le Roi dévore une grosse barbaque, un gigot; il mord en plein dedans, à pleins crocs... Il déchiquette, il enrage... Là-dessous ça n'avance donc plus?... Le Roi se redresse encore un coup sur ses étriers... Il est le plus costaud de la horde... Il siffle... Il appelle... Il rassemble la meute tout autour... Il brandit sa grosse bidoche par-dessus sa couronne... Il la balance à pleine volée... au loin dans le noir...Elle retombe au milieu de l'église... En plein dans les accroupis... Toute la meute rebondit hurlante, jaillissante partout... Les dogues à tort à travers déchirent... égorgent... arrachent... C'est une panique atroce. Les beuglements redoublent... Toute la houle en transe déferle, vers les porches... C'est l'écrabouillade... le torrent, l'avalanche jusqu'aux ponts-levis... Contre les murailles, ça va s'écraser... Entre les piques et les chariots... A présent devant le Roi la perspective est dégagée... Toute la cathédrale est à lui... Il pousse son cheval... Il entre... Il ordonne un grand silence... A la meute... aux gens... à l'orgue... à l'armée... Il avance encore deux longueurs... Il a passé les trois portiques... Il dégaine lentement... Son immense épée... Il fait avec un grand signe de croix... Et puis il l'envoie au loin... tout à fait loin à la volée... Jusqu'au beau milieu de l'autel !... La guerre est finie !... Son frère, l'évêque, se rapproche... Il se met à genoux... Il va chanter son « credo »... »

Voilà, on a beau dire, beau prétendre, ça fait quand même son effet. Petit André, il aurait bien demandé au fond que je raconte la suite... que j'ajoute encore des détails... Il aimait bien les belles histoires... Mais il redoutait que je l'influence... Il trifouillait dans le fond de sa boîte... Il chahutait ses petits zincs... ses bichons... Il voulait pas que je l'ensorcelle... Qu'on redevienne amis comme avant...

Le même tantôt, je remonte encore avec une autre cargaison... Il me recausait toujours pas... J'étais bien fatigué, je m'installe. Je voulais absolument qu'il me parle. Je fais : « Tiens, André, je connais encore tout l'autre chapitre quand ils partent tous les marchands et qu'ils s'en vont en Palestine... Avec Thibaut pour la Croisade... Qu'ils laissent pour garder le château... le troubadour, avec Wanda la princesse... Tu ne sais rien toi, de ces choses-là ? C'est superbe à écouter ! la vengeance de Wanda surtout, la manière qu'elle lave son injure dans le sang... qu'elle va humilier son père. »

Le petit André il écartait les esgourdes. Il voulait pas m'interrompre, mais je l'ai entendu le frôlement le long du couloir... Je voulais garder le charme des choses. D'un coup je vois au petit carreau la tronche à Lavelongue !... Je bondis... Il avait dû monter à la seconde pour me prendre... On l'a sûrement rencardé... Je sursaute... Je renfile mes pompes... Il me fait seulement un petit signe...

« Très bien ! très bien Ferdinand ! Nous réglerons tout ça plus tard ! Ne bougez plus mon garçon !... »

Ça n'a pas traîné. Le lendemain j'arrive à midi, ma mère me prévient...

— Ferdinand, qu'elle commence tout de suite... Déjà tout à fait résignée, absolument convaincue... Monsieur Lavelongue sort d'ici !... en personne !... lui-même ! Tu sais ce qu'il m'a dit ?... Il ne veut plus de toi au magasin ! Voilà ! C'est du propre ! Il était déjà mécontent, mais à présent c'est un comble ! Tu restes, me dit-il, des heures caché au grenier !... Au lieu d'avancer ton travail !... Et tu débauches le petit André !... Il t'a surpris !

169

Ne nie pas!... En train de raconter des histoires! des dégoûtantes même!... Tu ne peux pas dire le contraire! Avec un enfant du peuple! Un enfant abandonné! Monsieur Lavelongue nous connaît depuis dix ans, heureusement mon Dieu! Il sait que nous n'y sommes pour rien! Il sait comment nous trimons! Tous les deux ton père et moi pour te donner le nécessaire!... Il sait bien ce que nous valons! Il nous estime! Il a pour nous des égards. Il m'a demandé de te reprendre... Par considération pour nous, il ne te renverra pas... Il nous épargnera cet affront!... Ah! quand je vais lui dire à ton père!... Il en fera une maladie!...

Alors lui il est arrivé, il rentrait tout juste du bureau. Quand il a ouvert la porte, elle s'est remise au récit... En entendant les circonstances, il se retenait à la table. Il en croyait pas ses oreilles... Il me regardait du haut en bas, il en haussait les épaules... Elles retombaient d'accablement... Devant un tel monstre plus rien n'était compréhensible! Il rugissait pas... Il cognait même plus... Il se demandait comment subir?... Il abandonnait la partie. Il se balançait sur sa chaise... « Hum!... Hum!... Hum!... » qu'il faisait seulement aller et retour... Il a dit à la fin quand même... :

« Alors tu es encore plus dénaturé, plus sournois, plus abject que j'imaginais, Ferdinand? »

Après il a regardé ma mère, il la prenait à témoin qu'il y avait plus rien à tenter... Que j'étais irrémédiable...

Moi-même je restais atterré, je me cherchais dans les tréfonds, de quels vices immenses, de quelles inouïes dépravations je pouvais être à la fin coupable?... Je ne trouvais pas très bien... J'étais indécis... J'en trouvais des multitudes, j'étais sûr de rien...

Mon père, il a levé la séance, il est remonté dans la chambre, il voulait penser tout seul... J'ai dormi dans un cauchemar... Je voyais tout le temps, le petit André, en train de raconter des horreurs à Monsieur Berlope...

Le lendemain tantôt, on a été avec maman chercher mon certificat... Monsieur Lavelongue, nous l'a remis en personne... En plus il a voulu me causer...

— Ferdinand! qu'il a fait comme ça : Eu égard à vos bons parents, je ne vous renverrai pas... Ce sont eux qui vous reprennent!... De leur plein gré! Vous comprenez la différence?... J'éprouve de la peine, croyez-le, à vous voir partir de chez nous.

Seulement voilà! vous avez par votre inconduite semé beaucoup d'indiscipline à travers tous les rayons!... Moi, n'est-ce pas, je suis responsable!... Je sévis! c'est juste!... Mais que cet échec vous fasse sérieusement réfléchir! Le peu que vous avez appris vous servira sûrement ailleurs! Aucune expérience n'est perdue! Vous allez connaître d'autres patrons, peut-être moins indulgents encore!... C'est une leçon qu'il vous fallait... Eh bien! vous l'avez Ferdinand! Et qu'elle vous profite!... A votre âge tout se rattrape!... Il me serrait la main avec beaucoup de conviction. Ma mère était émue comme il est pas possible de dire... Elle se tamponnait les yeux.

— Fais des excuses, Ferdinand! qu'elle m'a ordonné, comme on se levait pour partir... Il est jeune, Monsieur, il est jeune!... Remercie Monsieur Lavelongue de t'avoir donné malgré tout un excellent certificat... Tu ne le mérites pas, tu sais!

— Mais ce n'est rien, ma chère Madame, absolument rien, je vous assure. C'est bien la moindre des choses! Ferdinand n'est pas le premier jeune homme qui part un peu du mauvais pied! Hé! là! là! non! Dans dix ans d'ici, tenez, c'est lui-même, j'en suis certain, qui viendra me dire... là... A moi! tout en personne :

« Monsieur Lavelongue, vous avez bien fait! Vous êtes un brave homme! Grâce à vous j'ai compris! »... Mais aujourd'hui, il m'en veut!... Mais c'est bien normal... Ma mère protestait... Il me tapotait sur l'épaule. Il nous montrait la sortie.

Dès le lendemain, pour la réserve, ils ont fait venir un autre roupiot... Je l'ai su... Il n'a pas duré trois mois... Il se ramassait dans toutes les rampes... Il était crevé au boulot.

Mais moi ça m'avançait pas d'être coupable ou innocent... Je devenais un vrai problème pour toute la famille. L'oncle Édouard il s'est mis en chasse d'une autre place pour moi, dans la Commission, que je refasse encore mes débuts. Ça lui était plus si commode... Il fallait que je change de « partie »...

J'avais déjà un passé... Il valait mieux qu'on en cause pas. C'est d'ailleurs ce qu'on a décidé.

171

Une fois la surprise passée, mon père a rebattu la campagne...
Il a recommencé l'inventaire de tous mes défauts, un par un...
Il recherchait les vices embusqués au fond de ma nature comme
autant de phénomènes... Il poussait des cris diaboliques...
Il repassait par les transes... Il se voyait persécuté par un carnaval de monstres... Il déconnait à pleine bourre... Il en avait
pour tous les goûts... Des juifs... des intrigants... les Arrivistes...
Et puis surtout des Francs-Maçons... Je ne sais pas ce qu'ils
venaient faire par là... Il traquait partout ses dadas... Il se
démenait si fort dans le déluge, qu'il finissait par m'oublier.

Il s'attaquait à Lempreinte, l'affreux des gastrites... au
Baron Méfaize, son directeur général... A n'importe qui et
quoi, pourvu qu'il se trémousse et bouillonne... Il faisait un
raffût horrible, tous les voisins se bidonnaient.

Ma mère se traînait à ses pieds... Il en finissait pas de rugir...
Il retournait s'occuper de mon sort... Il me découvrait les pires
indices... Des dévergondages inouïs! Après tout, il se lavait
les mains!... Comme Ponce Pilate!... qu'il disait... Il se déchar-
geait la conscience...

Ma mère me regardait... « son maudit »... Elle se faisait une
triste raison... Elle voulait plus m'abandonner... Puisque c'était
évident que je finirais sur l'échafaud, elle m'accompagnerait
jusqu'au bout...

On n'avait qu'une chose de commun, dans la famille, au Passage, c'était l'angoisse de la croûte. On l'avait énormément. Depuis les premiers soupirs, moi je l'ai sentie... Ils me l'avaient refilée tout de suite... On en était tous possédés, tous, à la maison.

Pour nous l'âme, c'était la frousse. Dans chaque piaule, la peur de manquer elle suintait des murs... Pour elle on avalait de travers, on escamotait tous les repas, on faisait « vinaigre » dans nos courses, on zigzaguait comme des puces à travers les quartiers de Paris, de la Place Maubert à l'Étoile, dans la panique d'être vendus, dans la peur du terme, de l'homme du gaz, la hantise des contributions... J'ai jamais eu le temps de me torcher tellement qu'il a fallu faire vite.

Depuis mon renvoi de chez Berlope, j'ai eu en plus, pour moi tout seul, l'angoisse de jamais me relever... J'en ai connu des misérables, et des chômeurs et des centaines, ici, dans tous les coins du monde, des hommes qu'étaient tout près de la cloche... Ils s'étaient pas bien défendus!

Moi, mon plaisir dans l'existence, le seul, à vraiment parler, c'est d'être plus rapide que « les singes » dans la question de la balance... Je renifle le coup vache d'avance... Je me gaffe à très longue distance... Je le sens le boulot dès qu'il craque... Déjà j'en ai un autre petit qui pousse dans l'autre poche. Le patron c'est tout la charogne, ça pense qu'à vous débrayer... L'effroi du tréfonds, c'est d'être un jour « fleur », sans emploi... J'en ai toujours traîné un moi, un n'importe quel infect affure... J'en becquette un peu comme on se vaccine... Je m'en fous ce qu'il est... Je le baguenaude à travers les rues, montagnes

173

et mouscailles. J'en ai traîné qu'étaient si drôles, qu'ils avaient plus de forme, ni contour ni goût... Ça m'est bien égal... Tout ça n'a pas d'importance. Plus ils me débectent, plus ils me rassurent...

Je les ai en horreur les boulots. Pourquoi que je ferais des différences?... C'est pas moi qui chanterai les louanges... Je chierais bien dessus si on me laissait... C'est pas autre chose la condition...

L'oncle Édouard, dans la mécanique, il réussissait de mieux en mieux. Il vendait surtout en province pour l'automobile, des lanternes et des accessoires. Malheureusement j'étais trop jeune pour voyager avec lui. Il fallait encore que j'attende... Il fallait aussi qu'on me surveille avec ce qui venait d'arriver...

L'oncle Édouard à mon sujet, il était pas si pessimiste, il considérait pas les choses à un tel point irrémédiables! Il disait que si je valais rien dans un boulot sédentaire peut-être qu'en compensation je ferais un employé de première bourre, un as comme représentant.

C'était une chose à essayer... Une question de tenue, surtout d'excellents vêtements... Pour être encore plus dans la note, on m'a vieilli de deux ans, j'ai eu un col extra-rigide, en celluloïd, j'avais bousillé tous les autres. On m'a mis aussi des guêtres, bien grises, dessus mes godasses, pour me faire les pieds moins vastes, me réduire un peu les pinglots, moins encombrer les paillassons. Mon père, tout ça le laissait sceptique, il croyait plus à mon avenir. Les voisins eux s'en occupaient, ils se surpassaient en conseils... Ils donnaient pas gros de ma carrière... Même le gardien du Passage, il m'était défavorable... Il rentrait dans toutes les boutiques, au moment de son allumage. Il colportait les ragots. Il répétait à tout le monde que je finirais hareng saur, un peu comme mon père d'après son avis, juste bon pour emmerder les gens... Heureusement, y avait Visios, le gabier, qu'était lui bien plus bienveillant, il comprenait mes efforts, il soutenait l'opinion contraire, que j'étais pas méchant garçon.

Tout ça faisait causer beaucoup... mais j'étais toujours sur le sable... Il fallait qu'on me trouve un patron.

On s'est demandé à ce moment-là ce qu'on allait me faire représenter?... Ma mère, son plus grand désir c'était que je devienne bijoutier... Ça lui semblait très flatteur. Commis soignés, bien vêtus, tirés même à quatre épingles... Et puis qui maniaient des trésors derrière des jolis comptoirs. Mais un bijoutier c'est terrible sur la question de la confiance. Ça tremble tout le temps pour ses joyaux! Ça n'en dort plus qu'on le cambriole! qu'on l'étrangle et qu'on l'incendie!... Ah!

Une chose qu'était indispensable, la scrupuleuse probité! De ce côté-là, nous n'avions rien du tout à craindre! Avec des parents comme les miens si méticuleux, si maniaques pour faire honneur à leurs affaires, j'avais un sacré répondant!... Je pouvais aller me présenter devant n'importe quel patron!... Le plus hanté... le plus loucheur... avec moi, il était tranquille! Jamais, aussi loin qu'on se souvienne, dans toute la famille, on n'avait connu un voleur, pas un seul!

Puisque c'était entendu, on a posé nos jalons. Maman est partie à la pêche un peu chez ceux qu'on connaissait... Ils avaient besoin de personne... Malgré mes bonnes dispositions, il me fut vraiment difficile d'être embauché, même à l'essai.

On m'a équipé à nouveau, pour me rendre plus séduisant. Je devenais coûteux comme un infirme. J'avais usé tout mon complet... J'avais traversé mes tatanes... En plus des guêtres assorties j'ai eu la neuve paire de tatanes, des chaussures Broomfield, la marque anglaise, aux semelles entièrement débordantes, de vraies sous-marines renforcées. On a pris la double pointure, pour qu'elles me durent au moins deux ans... Je luttais fort résolument comme l'étroitesse et l'entorse. Je faisais scaphandre sur les Boulevards...

Une fois, comme ça rafistolé, on a mis le cap sur les adresses, avec ma mère dès le lendemain. L'oncle Édouard, il nous en passait, toutes celles qui lui venaient des amis, nous trouvions les autres dans le Bottin. Madame Divonne, c'est elle qui gardait la boutique jusqu'à midi tous les matins, pendant que nous on traçait dehors à la recherche d'une position. Il fallait pas flâner, je l'assure. Tout le Marais on l'a battu, porte après porte, et encore les transversales, rue Quincampoix, rue Galante, rue aux Ours, la Vieille-du-Temple... Tout ce parage-là, on peut le dire, on l'a dépiauté par étages...

Ma mère clopinait à la traîne... Ta! ga! dac! Ta! ga! dac!... Elle me proposait aux familles, aux petits façonniers en cambuse, accroupis derrière leurs bocaux... Elle me proposait gentiment... Comme un ustensile en plus... Un petit tâcheron bien commode... pas exigeant... plein d'astuce, de zèle, d'énergie... Et puis surtout courant vite! Bien avantageux en somme... Bien dressé déjà, tout obéissant... A notre petit coup de sonnette, ils entrebâillaient la lourde... ils se méfiaient d'abord... cibiche en arrêt... ils me visaient dessus leurs lunettes... Ils me reluquaient un bon coup... Ils me trouvaient pas beau... Devant leurs blouses gonflées en plis, ma mère poussait la chansonnette :

— Vous n'auriez pas des fois besoin d'un tout jeune représentant? Monsieur... C'est moi, la maman. J'ai tenu à l'accompagner... Il ne demande qu'à bien faire... C'est une jeune homme très convenable. D'ailleurs, rien n'est plus facile, vous pouvez prendre vos renseignements... Nous sommes établis depuis douze années, Passage des Bérésinas... Un enfant élevé dans le commerce!... Son père travaille dans un bureau à la « Coccinelle-Incendie »... Sans doute que vous connaissez?... Nous ne sommes pas riches ni l'un ni l'autre, mais nous n'avons pas un sou de dettes... Nous faisons honneur à nos affaires... Son père dans les assurances...

Par matinée, en général, on s'en tapait une quinzaine, de tous les goûts et couleurs... Des sertisseurs, des lapidaires, des petits chaînistes, des timbaliers et même des fiotes qu'ont disparu comme des orfèvres dans le vermeil et des ciseleurs sur agates.

Ils recommençaient à nous bigler... Ils posaient leurs loupes pour mieux voir... Si on n'était pas des bandits... des escarpes en rupture de tôle!... Rassurés ils devenaient aimables et même complaisants!... Seulement ils voulaient de personne... Pas pour le moment! Ils avaient pas de frais généraux... Ils visitaient en ville eux-mêmes... Ils se défendaient en famille, tous ensemble, dans leurs réduits minuscules... Sur les sept étages de la cour c'était comme creusé leurs crèches, ça faisait autant de petites cavernes, des alvéoles d'ateliers dans les belles maisons d'autrefois... C'était fini les apparences. Ils s'entassaient tous là-dedans. L'épouse, les loupiots, la grand'mère, tout le monde s'y collait au business... A peine en plus un apprenti, au moment des fêtes de Noël...

Quand ma mère, à bout de persuasion, pour malgré tout les séduire, leur offrait de me prendre à l'œil... ça leur foutait un sursaut. Ils se ratatinaient brutalement. Ils reflanquaient la lourde sur nous! Ils s'en méfiaient des sacrifices! C'était un indice des plus louches. Et tout était à recommencer! Ma mère tablait sur la confiance, ça semblait pas donner beaucoup. Me proposer tout simplement comme apprenti en sertissure ou pour « la fraise » des petits métaux?... Déjà il était bien trop tard... Je serais jamais habile de mes doigts... Je pouvais plus faire qu'un baveux, un représentant du dehors, un simple « jeune homme »... je ratais l'avenir dans tous les sens...

Quand on rentrait à la maison, mon père il demandait des nouvelles... A force qu'on remporte que des pipes, il en serait devenu dingo. Il se débattait toute la soirée, parmi des mirages atroces... Il tenait de quoi, dans le cassis, meubler vingt asiles...

Maman, à force d'escalades, elle en avait les jambes tordues... Ça lui faisait si drôle qu'elle pouvait plus s'arrêter... Elle faisait des terribles grimaces tout autour de notre table... Ça lui tiraillait les cuisses... C'est les crampes qui la torturaient...

Quand même le lendemain de bonne heure, on fonçait vite sur d'autres adresses... rue Réaumur, rue Greneta... La Bastille et les Jeûneurs... les Vosges surtout... Après plusieurs mois comme ça de quémandages et d'escaliers, d'approches et d'essoufflements, de peau de zébi, maman, elle se demandait tout de même, si ça se voyait pas sur mon nez, que j'étais qu'un petit réfractaire, un garnement propre à rien?... Mon père, il avait même plus de doutes... Depuis longtemps il était sûr... Il renforçait sa conviction chaque soir quand on rentrait bredouille... Ahuris, pantelants, croulants, trempés d'avoir bagotté vite, mouillés par-dessus, dessous de sueur et de pluie...

« C'est plus difficile de le caser, que de liquider toute la boutique!... et pourtant, ça tu le sais, Clémence, c'est un tintouin bien infernal! »

Il était pas instruit pour rien, il savait comparer, conclure.

Déjà mon costard précédent, il godaillait de partout, aux genoux j'avais d'énormes poches, les escaliers c'est la mort.

Heureusement que, pour les chapeaux, j'empruntais un vieux à mon père. On avait la même pointure. Comme il n'était pas très frais, je le gardais tout le temps à la main. Je l'ai usé par la bordure... C'est effrayant, en ce temps-là, ce qu'on était polis...

Il était temps que l'oncle Édouard, il me trouve enfin une bonne adresse. Ça devenait odieux notre poisse. On savait plus comment se tourner. Un jour tout de même, ça s'est décidé!... Il est survenu à midi, tout rayonnant, exubérant. Il était sûr de son affaire. Il avait été le voir le type, lui-même, un patron ciseleur. Sûrement celui-là, il m'emploierait! C'était entendu!

Gorloge, il s'appelait, il demeurait rue Elzévir, un appartement, au cinquième. Il donnait surtout dans la bague, la broche et le bracelet ouvragé, et puis les petites réparations. Il bricolait tout ce qu'il trouvait. Il se défendait d'un jour à l'autre. C'était pas un homme difficile. Il se mettait à toutes les portées...

Édouard nous a donné confiance. On avait hâte d'aller le trouver. On a même pas fini le fromage, on a poulopé en moins de deux, avec maman... Un coup d'omnibus, les Boulevards, la rue Elzévir... Cinq étages... Ils étaient encore à table au moment où on a sonné. Ils mangeaient de la panade aussi, des pleins bols, et puis des nouilles au gratin et puis des noix pour finir. Ils s'attendaient à notre visite. Mon oncle avait fait mon éloge. On tombait admirablement... Ils ont pas doré la pilule... Ils ont pas essayé de prétendre... Ils traversaient une sacrée crise avec leurs bijoux ciselés... Ils l'ont confirmé tout de suite... Une dèche qui durait depuis douze ans... On attendait toujours que ça reprenne... On retournait le ciel et la terre... mais la résurrection venait pas... Les clients pensaient à autre chose. C'était la déconfiture...

Monsieur Gorloge tenait quand même, il résistait... Il avait

encore de l'espoir... Il se fringuait comme l'oncle Arthur...
en fier artiste exactement, avec barbiche, lavallière, tatanes
longuettes, en plus une blouse entièrement tachée, flottante
parmi les vinasses... Il était assis à son aise. Il fumait, on l'apercevait même plus derrière les volutes... Il éventait avec la main.
Madame Gorloge lui faisait face assise basse sur le tabouret.
Elle s'écrasait les nichons contre l'établi, elle était dodue de
partout, des rototos magnifiques... Ça débordait de son tablier,
elle se cassait des noix à pleines poignes... de très haut, d'un
coup colossal, à fendre tout le meuble en longueur. Elle ébranlait l'atelier... C'était une nature... Un ancien modèle... Je l'ai
su plus tard... C'est un genre qui me plaisait bien.

Pour les appointements, on en a même pas causé. On avait
peur d'être indiscret. Ça viendrait ensuite... Je croyais qu'il
offrirait rien. Tout de même il s'est décidé, juste au moment
où l'on partait. Il a dit comme ça que je pourrais compter sur
un fixe... trente-cinq francs par mois... déplacements compris...
En plus j'avais des espoirs... un sérieux boni, si je remontais
par mes efforts l'artisanat de la ciselure. Il me trouvait bien un
peu jeune... mais ça n'avait pas d'importance, puisque j'avais
le feu sacré... que j'étais un enfant de la balle... Que j'étais né
dans une boutique!... Ça devenait un plaisant accord... tout
une suite de gais propos...

On est rentrés au Passage complètement enthousiasmés...
C'était l'arc-en-ciel. On a terminé notre repas. On a vidé les
confitures. Papa a repris trois fois du vin. Il a pété un fameux
coup... Comme ça lui arrivait presque plus... On a embrassé
l'oncle Édouard... Le vent remontait dans les voiles après la
terrible pénurie.

Le lendemain, j'étais de bonne heure rue Elzévir, pour monter prendre ma collection.

Monsieur Gorloge à la façon qu'il se prélassait, à la manière que je l'ai surpris, j'ai cru qu'il m'avait oublié... Il était là devant sa fenêtre tout ouverte, à contempler le dessus des toits... Il tenait entre ses genoux un grand bol de café crème... Il en foutait pas une ramée c'était évident. Ça l'amusait la perspective... les milliers de cours du petit Marais... Ça lui donnait le regard vague... Il s'égarait comme dans un songe... Ça peut fasciner, faut se rendre compte. La belle dentelle des ardoises... Tous les reflets que ça prend... Les couleurs qui s'enchevêtrent. Tout le tortillage des gouttières. Et puis les piafs qui sautillent... Toutes les fumées qui tourniquent au-dessus des grands abîmes d'ombre...

Il me faisait signe de la boucler, d'écouter aussi les choses... De regarder ce décor... Il aimait pas qu'on le dérange... Il devait me trouver un peu brute. Il faisait la moue.

Du haut en bas, c'était guignol, autour de la cour, sur toute la hauteur des croisées... les trombines qui giclent aux aguets... des pâles, des chauves, des escogriffes... Ça piaille, ça ramène, ça siffle... Voilà d'autres clameurs en plus... Un arrosoir qui bascule, bondit, carambole jusqu'aux gros pavés... Le géranium qui dérape... Il fait bombe en plein sur la loge. Il éclate en miettes. La bignolle jaillit de sa caverne... Elle gueule à travers l'espace. Au meurtre! Aux vaches assassins!... C'est la crise dans toute la tôle... Tous les pilons viennent aux lucarnes... On s'incendie... On se glaviote... On se provoque dessus du vide... Tout le monde vocifère... On comprend plus qui a raison...

Monsieur Gorloge se pend à la fenêtre... Il veut pas en perdre une miette... C'est un spectacle qui le passionne... Quand ça se calme, il est désolé... Il pousse un soupir... un autre... Il retourne à ses tartines... Il se reverse encore un autre bol... Il m'en offre aussi du café...

— Ferdinand, qu'il finit par dire au bout d'un moment, il faut que je vous répète encore, que ça sera pas une sinécure de travailler dans mes articles!... J'ai déjà eu dix représentants... C'étaient des garçons très convenables! Et bien courageux!... Vous êtes en fait le douzième, parce que moi aussi voyez-vous j'ai essayé d'en placer... Enfin! Revenez donc demain!... Aujourd'hui je me sens pas en forme... Ah! puis, tenez non! Restez encore un petit peu!... Monsieur Antoine va arriver... Vaudrait peut-être mieux que je vous présente?... Ah! puis tenez partez tout de même!... Je lui dirai que je vous ai embauché!... Ça sera pour lui une vraie surprise!... Il les aime pas les représentants! C'est mon premier ouvrier... Mon chef d'atelier par le fait!... C'est un caractère difficile! Ah! ça c'est exact! Vous verrez tout de suite! Il me rend bien des services! Ah! il faut convenir!... Je vous ferai connaître aussi le petit Robert notre apprenti... Il est bien gentil! Vous vous entendrez je suis sûr! Il vous donnera la collection... Elle est dans le bas du placard... Un ensemble unique... vous vous rendrez compte... Ça pèse assez lourd par exemple... Dans les quatorze, quinze kilos... Rien que des modèles!... Du cuivre, du plomb... Les premières pièces datent de mon père!... Il en avait lui des belles choses! Uniques! Uniques! J'ai vu chez lui le Trocadéro!... Entièrement ciselé à la main! monté en diadème! Vous vous rendez compte? Il a été mis deux fois... J'ai encore la photographie. Je vous la donnerai un jour...

Il en avait marre Gorloge de me fournir des explications... Son dégoût le reprenait... Il a fait encore un effort... Il a mis ses pompes sur la table... Il a soupiré un grand coup... Il portait des chaussons brodés, je les revois encore... Des petits chats qui couraient autour.

— Eh bien, allez! Ferdinand!... Donnez bien le bonjour à votre mère... De ma part!... En passant devant ma concierge, dites-lui donc qu'elle téléphone de chez le bougnat au 26...

Qu'elle demande pour moi « l'Hôtel des 3 Amiraux »... Voir si Antoine est pas malade... C'est un garçon lunatique... Si il lui est rien arrivé?... Voilà deux jours qu'il ne revient pas... Elle me criera ça dans la cour... Dites-lui qu'elle cherche dans l'Annuaire... « L'hôtel des 3 Amiraux!... » Dites-lui qu'elle me fasse monter du lait... La patronne est pas très bien!... Dites-lui qu'elle me fasse monter le journal!... N'importe lequel!... Plutôt « les Sports »!

Pas le lendemain, mais le jour suivant, je l'ai vue quand
même, la collection... Gorloge, il était modeste... Quinze kilos!...
Elle en pesait au moins le double. Il m'avait vaguement
indiqué quelques modes de « présentations »... Toutefois, il
affirmait rien... Il tenait spécialement à aucune. J'en ferais
moi, tout ce que je voudrais... Il se fiait à mon bon goût...
Je m'attendais à des trucs affreux, mais j'avoue que j'ai eu
un recul en voyant de près tout l'attirail... C'était pas croyable... Jamais j'avais vu si moche et tant d'horreurs à la fois...
Une gageure... Un enfer de poche.

Tout ce qu'on ouvrait c'était infect... Rien que des grimaces
et des ludions... en plombs tarabiscotés, torturés, refignolés
dégoûtamment... Toute la crise des symboliques... Des bouts
de cauchemars... Une « Samothrace » en mastic... D'autres
« Victoires » en pendulettes... Des méduses en nœuds de serpents qui faisaient des colliers... Encore des Chimères!...
Cent allégories pour des bagues, plus caca les unes que les
autres... J'avais du pain sur la planche... Tout ça devait se
passer dans les doigts, à la ceinture, dans la cravate. Ça devait
se suspendre aux oreilles?... C'était pas croyable!... Et puis
il fallait que ça s'achète? Qui? mon Dieu? Qui? Rien ne manquait en fait de dragonnes, démones, farfadets, vampires...
Toute la formation terrible des épouvantails... L'insomnie
d'un monde entier... Toute la furie d'un asile en colifichets...
J'allais du tarte à l'atroce... Même au magasin de Grand'mère,
rue Montorgueil, les rossignols les plus rances, c'était de la
rose à côté...

Jamais j'arriverais à me défendre avec des pareilles roustissures. Les autres dix enflures avant moi, je commençais à les comprendre. Ils avaient dû tomber pâles... Des articles comme ça d'épouvante y en avait plus dans le commerce. Depuis les derniers romantiques on les cachait avec effroi... On se les repassait peut-être en famille?... au moment des héritages, mais avec bien des précautions... Ça devenait même aventureux d'étaler de tels ingrédients devant des gens pas prévenus... Notre collection furibonde... Ils pouvaient se croire insultés!... Même Gorloge il osait plus... C'est-à-dire en propre personne! Il le défiait plus le courant des modes!... C'était pour ma gueule l'héroïsme!... J'étais le suprême représentant!... Personne n'avait tenu plus de trois semaines...

Il se réservait lui, seulement, la quête aux petites réparations... Pour entretenir l'atelier en attendant que la mode reprenne... Il conservait des connaissances par-ci, par-là, dans les boutiques... Des amis des meilleures époques qui voulaient pas le laisser crounir. Ils lui passaient des sertissages... Les rafistolages rebutants. Mais il y touchait pas lui-même... Il refilait tout à notre Antoine. Sa partie Gorloge à lui c'était la ciselure... Il voulait pas se défaire la main comme ça dans les tâches inférieures, perdre pour quelques haricots sa classe et sa réputation. Rien à faire. Il était ferme à ce propos-là.

Moi, dès les neuf heures, j'étais monté rue Elzévir, j'attendais pas qu'il redescende... Je fonçais sur Paris tout de suite armé de mon zèle et des « kilos » d'échantillons... Puisque j'étais voué « au dehors », on m'en a collé de la bagotte!... C'était dans mes cordes. De la Bastille à la Madeleine... Des grands espaces à parcourir... Tous les boulevards... Toutes les bijouteries, une par une... Sans compter les petites rues transversales... Question de me décourager, c'était plus possible... Pour redonner aux clients le goût du ciselé, j'aurais découpaillé la lune. J'aurais bouffé mes « dragonnes ». Je finissais par faire moi-même toutes les grimaces en marchant... Scrupuleusement enragé, je reprenais mon tour d'attente sur la banquette aux placiers, devant le couloir des acheteurs.

J'avais fini par y croire au renouveau de la ciselure! J'avais la foi « Tonnerre de Dieu! » Je voyais même plus les autres confrères. Ils se fendaient la gueule rien que d'entendre appeler mon nom. Quand c'était mon tour au guichet, je m'approchais bien avenant, tout miel. De derrière mon dos, en douce, je ramenais alors mon petit écrin, le moins atroce... Sur la tablette... La brute prenait même pas la peine, sur le moment, de m'expliquer... Il faisait un geste que je me tire... Que j'étais vraiment un petit sale...

J'ai foncé alors, bien plus loin. Un passionné, ça calcule pas. Selon le temps et la saison, tout ruisselant dans ma carapace ou consumé par la pépie, j'ai piqué les moindres échoppes, les plus petits cafards horlogers, ratatinés dans leurs banlieues, entre le bocal et le quinquet...

De la Chapelle aux Moulineaux, je les ai tous parcourus. J'ai découvert de l'intérêt pour mes produits, chez un bricolier de Pierrefitte, chez un biffin de la plaine Saint-Maur. Je suis retourné vers ceux qui somnolent tout autour du Palais-Royal, qui y sont depuis Desmoulins sous les arcades du Montpensier... les étalages du Pas-Perdu... les commerçants qui n'y croient plus, qui sont raidis, blêmes au comptoir... Ils veulent plus ni vivre ni mourir. J'ai cavalé vers l'Odéon, dans les pourtours du théâtre, les derniers joailliers parnassiens. Ils crevaient même plus de famine, ils digéraient la poussière. Ils avaient aussi leurs modèles, tout en plomb, presque identiques, assez pour se faire mille cercueils et d'autres colliers mythologiques... Et un tel amas d'amulettes, une masse si épaisse, qu'ils s'enfonçaient dans la terre avec leurs comptoirs... Ils en avaient jusqu'aux épaules... Ils disparaissaient, ils devenaient déjà égyptiens. Ils me répondaient plus. Ceux-là ils m'ont fait peur tout de même...

Je me suis relancé dans la banlieue... Quand dans la chasse à l'enthousiasme je m'étais fourvoyé trop loin, que j'étais saisi par la nuit, que je me sentais un peu perdu, je me payais vite un omnibus, pour pas rentrer quand même trop tard. Sur les trente-cinq francs du mois, mes parents m'en laissaient quinze... Ils disparaissaient en transports. Sans le faire exprès, par force des choses, je devenais assez dispendieux... En principe c'est évident j'aurais dû aller à pied... mais alors c'était les chaussures!...

Monsieur Gorloge, il passait aussi rue de la Paix, toujours pour les rasfistolages. Il aurait bien plu aux patronnes, le malheur pour plaire tout à fait c'est qu'il était pas très propre, à cause de sa barbe. Toujours il était plein de croûtes... Son « sycosis » comme il l'appelait...

Je l'ai aperçu bien souvent, dans l'abri d'une porte cochère, en train de se gratter... furieusement. Il repartait guilleret... Il avait toujours dans ses poches quelques bagues à modifier, à reprendre au numéro. Une broche à souder... celle qui ferme jamais. Une gourmette à rétrécir... un bibelot... un autre... Assez pour faire vivre notre crèche... Il était pas très gourmand.

C'est Antoine, le seul compagnon qui se tapait tous ces petits ouvrages. Gorloge, il y touchait pas. Quand je remontais les boulevards, je le croisais, je l'apercevais de très loin... Il marchait pas comme les autres... Il s'intéressait à la foule... Il biglait dans tous les sens... Je voyais son chapeau pivoter. Il était aussi très remarquable pour son gilet à petits pois... son genre mousquetaire...

— Eh bien alors Ferdinand!... Toujours d'attaque? Toujours sur la brèche? Ça va? ça va bien?...

— Très bien! Très bien! Monsieur Gorloge!...

Je me redressais pour lui répondre malgré le poids affreux de mes calebasses... L'enthousiasme faiblissait pas. Seulement à force de rien gagner, de rien vendre, de marcher toujours avec une collection si lourde, je maigrissais de plus en plus... Sauf des biceps bien entendu. Je grandissais encore des pieds. Je grandissais de l'âme... de partout... Je devenais sublime...

Quand je rentrais de ma représentation, je me tapais encore quelques courses, des commissions pour l'atelier. Chez un façonnier, chez un autre. Au « Comptoir » chercher des écrins. Tout ça c'était dans la même rue.

Le petit Robert, l'apprenti, il était bien mieux occupé à rabattre les petits sertis, à profiler des « à jour » ou même à balayer la piaule. Ça marchait jamais très fort l'harmonie chez les Gorloge. Ils s'engueulaient à pleins tuyaux et encore plus fort que chez nous. Surtout entre Antoine et le patron ça flambait continuellement. Y avait plus du tout de respect, surtout vers le samedi soir, au moment qu'ils réglaient les comptes. Jamais Antoine était content... Que ça soye aux pièces, à l'heure, « en gros », à n'importe quel système, il râlait toujours. Pourtant, il était son maître, on n'avait pas d'autres ouvriers. « Votre sale turne, vous pouvez vous la foutre au cul! Je vous l'ai déjà dit au moins mille fois... »

Voilà comment qu'ils se causaient. L'autre, il faisait une drôle de mine. Il se la grattait alors la barbe... Il grignotait les petites écailles, tellement qu'il était ému.

Y a des soirs, Antoine, il devenait quelquefois si furieux à propos des sous, qu'il menaçait de lui balancer son bocal à travers la gueule... Je croyais chaque fois qu'il s'en irait... Et puis pas du tout!... Ça devenait une vraie habitude, comme chez nous à la maison...

Mais Madame Gorloge, elle se frappait pas comme maman... ça l'arrêtait pas de tricoter les esclandres et les rugissements. Mais le petit Robert aussitôt que ça tournait au tragique, il se planquait vite sous l'établi... Perdant rien de la corrida. Sans se faire écorner du tout. Il se faisait une petite tartine...

Quand y avait plus un picotin pour régler Antoine le samedi, on retrouvait quand même au dernier moment au fond d'un tiroir un petit sou pour finir la somme... Un expédient ou un autre. Il restait même une Providence dans le grand placard de la cuisine... La cargaison des camées... Le stock abracadabrant!... C'était notre suprême ressource!... Le trésor des mythologies!... Y avait plus à hésiter.

Dans les semaines de grandes disettes, j'allais les fourguer au kilo n'importe où... n'importe qui!... au Village Suisse... au Temple en face... A même le tas, porte Kremlin. Ça faisait toujours dans les cent sous...

Jamais depuis la fin de la ciselure, il était resté plus de trois jours un seul gramme d'or chez Gorloge. Les réparations qu'on glanait, on les rendait vite dans la semaine. Personne n'avait confiance de trop... Trois et quatre fois les samedis je m'appuyais les livraisons de la Place des Vosges, rue Royale, au pas de gymnastique encore! La peine en ce temps-là on en parlait pas. C'est en somme que beaucoup plus tard qu'on a commencé à se rendre compte que c'était chiant d'être travailleurs. On avait seulement des indices. Vers sept heures du soir, en plein été, il faisait pas frais sur le « Poissonnière », quand je remontais de mes performances. Je me souviens qu'à la Wallace, qu'est sous les arbres à l'Ambigu, on s'en jetait deux ou trois timbales, on faisait même pour ça la queue... On se retapait un petit moment, assis sur les marches du théâtre. Y avait des traînards de partout, qui recherchaient encore leur souffle... C'était un perchoir parfait pour les mégottiers, les « sandwiches », les « barbottins » en faction, les bookmakers à la traîne, les petits placeurs, et les « pilons », les sans-emploi de toute la frime, des quantités, des douzaines... On parlait des difficultés, des petits « paris » qu'on pouvait prendre... des chevaux à « placer » et des nouvelles du vélodrome... On se repassait la « Patrie » pour les courses et les annonces...

Déjà l'air c'était la « Matchiche », le refrain à la mode... Tout le monde le sifflait en se dandinant autour du kiosque... En attendant pour pisser... Et puis on repiquait dans le carrefour. La poussière où qu'elle est le plus dense c'est après les travaux du Temple... Ils creusaient pour le métro... Ensuite c'était le square de verdure, les impasses, Greneta, Beaubourg... La rue Elzévir, c'est une paye... comme ça vers sept heures! C'est tout de l'autre côté du quartier.

Le petit Robert l'apprenti, sa mère restait à Épernon, il lui envoyait toute sa paye, douze francs par semaine, il était nourri en plus, il couchait sous l'établi, sur un matelas, qu'il roulait lui-même le matin. Avec le môme j'ai fait gafe! J'ai été extrêmement prudent, j'ai pas raconté d'histoires, je voulais me tenir à carreau...

Antoine, le seul ouvrier, il était des plus sévères, il le calottait pour des riens. Mais la place lui plaisait quand même parce que à partir de sept heures il était tranquille. Il se marrait dans les escaliers. Y avait plein de matous dans la cour, il leur portait les épluchures. En remontant dans les étages, il reluquait dans toutes les serrures... C'était sa grande distraction.

Quand on s'est connus davantage, c'est lui qui m'a tout raconté. Il m'a montré son système pour regarder par les gogs, pour voir les gonzesses pisser, sur notre palier même, deux trous dans le montant de la porte. Il remettait des petits tampons. Comme ça, il les avait toutes vues, et Madame Gorloge aussi, c'était même elle la plus salope, d'après ce qu'il avait remarqué, la façon qu'elle retroussait ses jupes...

Il était voyeur par instinct. Il paraît qu'elle avait des cuisses comme des monuments, des énormes piliers, et puis alors du poil au cul, tellement que ça remontait la fourrure, ça lui recouvrait tout le nombril... Il l'avait vue le petit Robert en plein moment de ses arcagnats... Elle s'en mettait du rouge partout et tellement que c'était sanglant, ça éclaboussait tous les chiots, toute sa motte en dégoulinait. Jamais on aurait supposé un foiron si extraordinaire... Il me promettait de me la montrer et une chose encore bien plus forte, un autre trou qu'il avait percé, alors absolument terrible, dans le mur même de la chambre, juste près du lit. Et puis, encore une position... En escaladant le fourneau... dans le coin de la cuisine, on plongeait par le vasistas, on voyait alors tout le plumard.

Robert, il se relevait exprès. Il les avait regardés souvent, pendant qu'ils baisaient les Gorloge. Le lendemain, il me racontait tout, seulement il tenait plus en l'air... Il avait les yeux qui refermaient tellement qu'il s'était astiqué...

Le petit Robert, son tapin c'était surtout les filigranes... les entames... Il passait dans les petits « à jour » les plus minuscules avec une lime grosse comme un cheveu... En plus il donnait la patine dans tous les « finis »... C'était même plus des résilles... des véritables toiles d'araignée... A force de loucher sur ses pièces il s'en faisait mal aux calots... Il s'interrompait alors pour arroser l'atelier.

Antoine, il lui passait rien, il l'avait toujours à la caille. Il pouvait pas me blairer non plus. On aurait voulu le poirer nous en train de se farcir la patronne. Il paraît que c'était arrivé... Robert, il le prétendait toujours, mais il en était pas certain... C'était peut-être que des ragots. A table, il était intraitable, Antoine, au moment des repas, personne pouvait le contredire. A la moindre remarque de travers il se foutait en crosse, il paquetait déjà ses outils. On lui promettait une augmentation... Dix francs... même cent sous... — Va chier! qu'il répondait, brûle-pourpoint, au miteux Gorloge... Vous me faites transpirer!... Vous avez plutôt pas de godasses!... De quoi que vous allez me promettre?... Encore des « salades »?

— Vous emportez pas, Antoine! Je vous assure que ça reprendra!... Un jour!... J'en suis persuadé!... Bientôt!... Plus tôt que vous pensez!...

— Ça reprendra la peau de mes burnes! Oui!... Ça reprendra quand je serai Archevêque!...

Voilà comment qu'ils se répondaient. Ça n'avait plus de bornes. Le patron il tolérait tout. Il avait trop peur qu'il s'en aille. Il voulait rien foutre par lui-même... Il voulait pas se gâcher les mains. En attendant le Renouveau... Son plaisir c'était le café crème et puis de regarder par la fenêtre en fumant sa pipe... Le Panorama du Marais... Surtout s'il pleuvait un peu... Ça le dérangeait qu'on lui cause... On pouvait faire tout ce qu'on voulait du moment qu'on lui demandait rien. Il nous prévenait franchement lui-même : « Faites donc comme si j'étais pas là! »

Je trouvais toujours pas d'acquéreurs, ni pour le « gros » ni en « détail »... Elles me restaient toutes sur les bras mes rousselettes et mes chimères... Cependant j'avais tout entrepris... De la Madeleine jusqu'à Belleville... Tout parcouru... tout tenté... Pas une porte que je n'aie poussée tôt ou tard de la Bastille à Saint-Cloud... Toutes les brocantes... les horlogeries.. depuis la rue de Rivoli jusqu'au cimetière de Bagneux.. logeries... depuis la rue de Rivoli jusqu'au cimetière de Bagneux... Les moindres juifs ils me connaissaient... Tous les « zizis »... tous les orfèvres... Je remportais jamais que des vestes... Ils voulaient de rien... Ça pouvait pas durer toujours... Les malheurs ça se fatigue aussi...

Un jour enfin, j'ai dérouillé. Ce miracle, il est survenu au coin de la rue Saint-Lazare... J'y passais cependant tous les jours!... Jamais je m'étais arrêté là. Un magasin de chinoiseries... A cent mètres de la Trinité. J'aurais dû remarquer pourtant qu'ils aimaient aussi les grimaces et pas des petites, des énormes! Ils en tenaient des pleines vitrines! Et pas pour rire, des vraies horreurs! Dans le genre des miennes au fond... En somme aussi laides... Mais plutôt eux en « salamandres »... en dragons volants... en bouddhas sur d'énormes bides... complètement dorés tout autour... qui roulaient des yeux furibards... Ils fumaient par derrière le socle... Genre « rêverie d'opium »... Et des rangées d'arquebuses et des hallebardes jusqu'au plafond... avec des franges et des verroteries clignotantes. De quoi rigoler. Il en redescendait plein de reptiles qui crachaient des feux... Vers les parquets... Entortillés sur les colonnes... Et cent parasols aux murs flamboyants des vifs incendies et puis un diable près de la porte, grandeur nature, tout environné de crapauds, leurs calots tout écarquillés par dix mille lanternes...

Puisqu'ils vendaient des trucs semblables, la réflexion m'est venue... un trait d'astuce... qu'ils pourraient bien aimer aussi mes petites marchandises personnelles?

Je me paye alors le culot, je pénètre dans la portière... avec mes calebasses, je déballe, je bafouille forcément d'abord... j'amène enfin mon boniment.

Le mec, c'était un petit nougat tout bridé de la tronche, avec une voix de vieille daronne, tout futé, menu, il portait aussi une robe de soie à ramages, et des babouches sur planchettes, enfin le véritable magot, sauf le chapeau mou... D'abord il mouffte pas grand'chose... Mais tout de même j'ai discerné que je lui tape un peu dans l'œil avec mon grand choix de sortilèges... mes mandragores... toutes mes méduses en tire-bouchon... mes broches en peaux de Samothrace... C'est du nanan pour un Chinois!... Il fallait venir d'aussi loin pour goûter mon assortiment...

Enfin, il sort de sa réserve... Il s'émeut même très franche-ment... Il s'enthousiasme... Il exulte... Il en bégaie d'impa-tience... Il me dit comme ça à brûle-pourpoint... « Je crois, mon cher petit jeune homme, que je vais être en mesure de faire quelque chose pour vous... » Il chantonne encore...

Il connaissait un amateur près du Luxembourg... Un Mon-sieur extrêmement convenable... Un véritable savant... qui raffolait des bijoux de grand style et d'art... tout à fait ma notoriété... C'était un Mandchou ce mec-là, il venait en vacan-ces... il m'a rencardé du genre... Il fallait pas que je parle trop fort... Il détestait tous les bruits... Il m'a refilé son adresse... C'était pas un bel hôtel, c'était rue Soufflot... Le Chinois de la rue Saint-Lazare il demandait pour lui-même qu'une « fleur »... Si j'obtenais la commande... Rien que cinq pour cent... C'était pas exagéré... J'ai signé son petit papelard... J'ai pas perdu une seconde... J'ai même sauté rue des Martyrs, dans l'omnibus « Odéon ».

Je le découvre mon amateur. Je montre mes cartons, je me présente. Je dépiaute mes échantillons. Il est plus bridé que l'autre encore... Il s'habille aussi en robe longue. Il est ravi de ce que j'apporte... Il en devient tout éloquent à découvrir de si belles choses...

Il me montre alors sur la carte d'où qu'il vient lui... Du bout du monde... et même d'un peu plus loin encore, à gauche dans la marge... C'était le mandarin en vacances... Il voulait se ramener un bijou, seulement il voulait le faire ciseler... Il connaissait même son modèle, il y tenait absolument... Il fallait que je lui exécute... Une vraie commande !... Il m'a expliqué où je pouvais aller le copier... C'était au musée Galliera, au deuxième, dans la vitrine du milieu... Je pouvais pas me tromper, il m'a fait un petit dessin. Il m'a écrit le nom en grosses lettres : ÇAKYA-MOUNI, ça s'appelait... Le Dieu du Bonheur !... Il voulait l'avoir très exact, en épingle pour sa cravate, parce que là-bas qu'il m'a prévenu : « Je m'habille à l'européenne. C'est moi qui rends la Justice ! »

C'était une idée... Il avait entièrement confiance. Il m'a donné deux cents francs de la main à la main, pour que j'achète le métal précieux... C'était plus commode. Comme ça on perdrait pas de temps...

J'en ai fait du coup, j'en suis sûr, la gueule de Bouddha moi-même en prenant ses deux fafiots... Ça me bluffait ces étranges façons... Je chancelais en remontant le boulevard, j'ai failli me faire écraser tellement j'avais la berlue...

Enfin j'arrive rue Elzévir... Je raconte toute mon aventure...

197

C'est la chance inespérée!... C'est le renouveau de la ciselure!
Gorloge l'avait bien prédit!... On trinque à la ronde! On
m'embrasse!... Tout le monde est raccommodé!... On va
changer les deux cents balles! Ça faisait déjà plus que cent
cinquante...

On part au musée ensemble avec Gorloge dessiner le fameux magot. Il était bien intéressant dans sa petite vitrine, absolument seul et peinard, sur un minucule pliant, il se marrait tout à lui-même, houlette au côté...

On prend bien notre temps nous autres, on copie, on réduit l'esquisse au centième... On prépare une petite maquette... Tout ça se passe admirablement. Je pique avec Robert, rue Francœur, au comptoir Judéo-Suisse, chercher de l'or « à dix-huit » pour cent francs d'un coup et puis pour cinquante francs de soudure... On le range bien ce petit lingot, on le boucle à deux tours dans la caisse... C'était pas arrivé depuis quatre ans, qu'on ait gardé du métal passer la nuit rue Elzévir... Quand le modelage a été fini, on l'a envoyé au moule... Trois fois de suite ils l'ont loupé!... Il a fallu qu'ils recommencent... Ça comprend jamais les fondeurs!... Le temps passait... On finissait par s'agacer... Et puis tout de même ils ont pigé. C'était pas mal dans l'ensemble... Il commençait le dieu à prendre forme... Il s'agissait d'en finir, de décaper, de buriner à même la pièce...

Voilà juste à ce moment-là, qu'il arrive une tuile... Les gendarmes cherchent après Gorloge... Toute la maison est en émoi... C'était pour qu'il parte immédiatement faire ses vingt-huit jours... Il avait plus de délai possible... Il les avait déjà tous eus... Il couperait pas aux grandes manœuvres... Il fallait qu'il abandonne le « Dieu de Bonheur » en train... C'était pas une chose à bâcler... C'était une question de fignolage...

Puisqu'il pouvait plus transiger, Gorloge a décidé comme ça...

Que c'est Antoine qui terminerait... qui l'achèverait posément... Que c'est moi qui livrerais... Y avait plus que cent francs à toucher... Pour ça Gorloge irait lui-même!... Il l'a nettement spécifié!... En revenant de sa période... Il gardait une sacrée méfiance.

Si il plaisait à notre Chinois, on en ferait des autres voilà tout, des Çakya-Mouni, tout en or! on s'arrêterait pas pour si peu. On arrangeait l'avenir en rose... Le renouveau de la ciselure, il viendrait peut-être d'Extrême Orient... Ah! tout l'escalier, le nôtre, le B, il en bourdonnait de notre histoire, ils en bavaient des bigornos tous les bricoleurs des étages, ils en revenaient pas de notre chance! D'une aubaine pareille! Déjà, ils parlaient partout qu'on recevait des chèques de Pékin.

Gorloge, il traînaillait encore à la toute dernière seconde. Il allait avoir des ennuis. Avec Antoine, ils se relayaient sur le petit bonhomme. Y avait des détails insensés, des si menus, si infimes, que même à la loupe on les voyait pas tout à fait. Sur sa petite chaise... la houlette... et puis sur la petite gueule surtout... Un tout minuscule sourire... ça c'était difficile à rendre! Ils rognaient encore des grains avec une précelle aiguë, affinée, comme un ongle... Il lui manquait presque plus rien... Il était la copie « au poil »! Mais quand même c'était préférable qu'Antoine réfléchisse encore... S'y remetre dans quatre ou cinq jours... Ça ferait un boulot raffiné...

Gorloge, enfin, s'est décidé, il a bien fallu qu'il s'élance. Les gendarmes sont revenus encore...

Le lendemain, je le vois, quand j'arrive, il était nippé en soldat et de pied en cap... Il avait mis l'énorme roupane, la godailleuse à deux boutons, les coins relevés en cornet de frite... Képi, pompon vert et grimpant garance assortis... Ainsi, il est descendu... Le petit Robert portait sa musette. Elle était sérieusement chargée, avec trois camemberts, d'abord, et des « vivants » que tout le monde en faisait la remarque... Et deux litres de blanc et encore des petites canettes, un assortiment de chaussettes... et la chemise de nuit en tricot pour coucher dehors...

Les voisins sont tous descendus en foule des étages, en treillis, savates... Ils ont molardé tant et plus, ils ont rempli les paillassons... Ils ont souhaité bon courage. Je l'ai accompagné Gorloge, jusque devant la gare de l'Est, après le carrefour

Magenta. Ça le souciait beaucoup de partir, au moment juste de cette commande. Il me répétait ses instructions. Il se tracassait infiniment de pas pouvoir finir lui-même... Enfin il m'a fait « Au revoir »... Il m'a recommandé d'être sage... Il a suivi la pancarte... C'égait déjà rempli de griffetons tous les abords... Y avait des mecs qui râlaient qu'on barrait la route tous les deux à nous faire des boniments... Il a fallu que je me tire...

En arrivant rue Elzévir, quand je suis repassé devant la loge, la bignolle elle m'interpelle :

— Hé dis donc! qu'elle me fait comme ça. Viens voir par ici, Ferdinand!... Alors dis donc, il est parti?... Il s'est décidé quand même! Eh bien il a réfléchi!... Il aura pas froid là-bas! Il en aura des chaleurs! Heureusement qu'il a pris de quoi boire. Il en rotera pour les manœuvres! Merde! La vache! Il va transpirer ton cocu!...

Elle me disait ça pour me mettre en train, pour me faire causer un peu. J'ai rien répondu. J'en avais plein le bouc des ragots. Ah! oui alors! je devenais extrêmement soupçonneux... J'avais bien raison... Et pas encore assez d'ailleurs!... La suite me l'a bien prouvé.

Dès que le patron a mis les bouts, le petit Robert, il se tenait plus. Il voulait à toute force les voir, Antoine et la patronne en train de s'emmancher. Il disait que ça arriverait, que c'était fatal... Il était voyeur par nature.

Pendant toute la première semaine, on a pas aperçu grand'-chose... Question de faire rouler l'atelier c'est moi qui passais à présent, rue de Provence et par le Boulevard à la pêche aux réparations... Je ramenais ce que je trouvais. C'était que juste suffisant. Je baladais plus ma collection. Ça m'aurait fait plutôt virer.

Antoine continuait le petit bonze, il le fignolait à ravir. Il était capable. Comme ça, vers la seconde semaine, la patronne a changé subitement de manière. Elle qu'était plutôt distante, qui me causait presque jamais tant que Gorloge était par là, d'un seul coup, elle devient aimable, engageante et personnelle. Je trouvais d'abord que c'était louche. Enfin tout de même j'ai pas tiqué. J'ai réfléchi que c'était peut-être parce que je devenais plus utile?... Parce que je ramenais des petits boulots?... Et cependant ça donnait pas de pèze... Il rentrait pas une seule facture.

Gorloge, qui se méfiait toujours... Il avait nettement spécifié qu'on encaisse pas une seule note ! Qu'il irait lui-même toucher ça aussitôt qu'il serait revenu. Il avait fait le « serre » aux clients.

Un matin arrivant de bonne heure, je trouve Madame Gorloge déjà levée, à se promener déjà dans la turne... Elle faisait semblant de chercher quelque chose le long de l'établi... Elle

était en peignoir froufrou... Je la trouve très curieuse, singulière... Elle se rapproche. Elle me dit comme ça :

— Ferdinand! En revenant ce soir de vos courses, vous
seriez tout à fait gentil de me rapporter un petit bouquet,
voulez-vous? Ça égayerait bien la maison... Elle pousse aussi
un soupir... Depuis le départ de mon mari, j'ai pas le courage de
descendre.

Elle dandinait des miches autour. Elle me faisait la séduction.
C'était évident. La lourde était grande ouverte, celle de sa
chambre. Je voyais son plumard... Je ne bronche pas... Je ne
tente rien... Les autres remontent du bistrot, Antoine et
Robert... Je ne fais aucune confidence...

Le soir, j'ai remonté trois pivoines. C'est tout ce que je pouvais acheter. On n'avait plus rien dans la caisse. De ma part
c'était déjà bien. Je savais que je serais pas remboursé.

Et puis c'est Antoine à son tour, qui est devenu assez courtois et même absolument copain... Lui qui faisait que nous engueuler, une semaine auparavant... Il devenait charmeur... Il voulait même plus que je descende, que je reparte au tapin... Il me disait comme ça :

— Reposez-vous!... Restez un peu à l'atelier... Intéressez-vous aux bricoles!... vous reprendrez la tournée plus tard!...

On avait beau lanterner, l'épingle était quand même finie... Elle est revenue du polisseur. C'était mon tour de la livrer... A ce moment-là juste, la patronne elle a reçu une lettre de Gorloge... Il recommandait qu'on ne se presse pas... qu'on le garde à la maison le bijou... Qu'on attende un peu son retour. Qu'il irait lui-même le porter au petit Chinois... Qu'en attendant si j'y tenais je pouvais le montrer le beau bijou, à quelques clients amateurs...

Du coup, je ne fus plus tranquille! Tout le monde l'admirait, c'est un fait, ce petit magot... Il était bien réussi sur son petit pavois, « Çakya-Mouni » tout en or!... Ça faisait du métal quand même à dix-huit carats!... Surtout à l'époque dont je cause! On ne pouvait pas rêver mieux!... Tous les voisins, des connaisseurs, ils sont venus faire des compliments... Ça faisait honneur à la maison!... Le client aurait pas à se plaindre!... Gorloge rentrait que dix jours plus tard... Ça me laissait encore bien du temps, pour le promener dans les boutiques...

— Ferdinand! qu'elle m'a conseillé la patronne, laissez-le donc le soir ici, dans votre tiroir... Personne n'y touchera vous savez! Vous le reprendrez le lendemain matin!

Je préférais le garder dans ma fouille, le remporter à la maison. Je trouvais ça bien plus consciencieux... Je mettais même des épingles doubles, une de nourrice, une énorme, et deux petites de chaque côté... Tout le monde rigolait. « Il la perdra pas ! » qu'ils disaient.

Où il était notre atelier, comme ça en plein sous les ardoises, ça donnait une terrible chaleur, même à la fin du mois de septembre il faisait encore si crevant qu'on arrêtait pas de picoler.

Un tantôt à force, Antoine, il se tenait plus du tout en place. Il hurlait si fort ses chansons qu'on l'entendait dans toute la cour jusqu'au fond chez la concierge... Il s'était remonté de l'absinthe et des quantités de biscuits. On a tous cassé la croûte. C'est nous deux, Robert et moi, qui mettions à rafraîchir, sous les robinets du palier, toute la livraison des canettes. On les prenait à crédit, des paniers complets. Seulement y avait du tirage... les épiciers, ils faisaient vilain... C'était de la folie, dans un sens... Tout le monde avait perdu la boule, c'était l'effet de la canicule et de la liberté.

La patronne est venue avec nous. Antoine s'est assis contre elle. On rigolait de les voir peloter. Il lui cherchait ses jarretelles. Il lui retroussait ses jupons. Elle ricanait comme une bique. Y avait de quoi lui foutre une pâtée tellement qu'elle était crispante... Il lui a sorti un nichon. Elle restait comme ça devant, ravie. Il nous a versé tout le fond de sa bouteille. On l'a finie avec Robert. On a liché le verre. C'était meilleur que du banyuls... Finalement tout le monde était saoul. C'était la folie des sens... Alors Antoine, il lui a retroussé toutes ses cottes, à la patronne comme ça d'un seul coup ! Haut par-dessus tête... Il s'est redressé debout aussi, et puis telle quelle, emmitouflée, il l'a repoussée dans sa chambre... Elle se marrait toujours... Elle tenait le fou rire... Ils ont refermé la lourde sur eux... Elle arrêtait pas de glousser.

Nous deux, Robert et moi, c'était le moment qu'on grimpe sur le fourneau de la cuistance pour assister au spectacle... C'était bien choisi comme perchoir... On plongeait en plein sur le page... Y avait pas d'erreur. Antoine tout de suite, il l'a basculée à genoux, la grosse môme... Il était extrêmement brutal... Elle avait comme ça le cul en l'air... Il lui faisait des drôleries... Il trouvait pas son appareil... Il déchirait les volants... Il déchirait tout... Et puis il s'est raccroché. Il a sorti son polard... Il s'est foutu à la renifler. Et c'était pas du simili... Jamais je l'aurais cru si sauvage... J'en revenais pas... Il grognait comme un cochon... Elle poussait des râles aussi... Et des beaucoup plus aigus chaque fois qu'il chargeait... C'est vrai, ce que Robert m'avait dit à propos de ses fesses, à elle... Maintenant on les voyait bien... Toutes rouges... énormes, écarlates !...

Le pantalon en fin volant, il était plus que des loques... C'était tout mouillé autour... Antoine il venait buter dur en plein dans le poitrail... Chaque fois, ça claquait... Ils s'agitaient comme des sauvages... Il pouvait sûrement la crever de la manière qu'il s'élançait... Son falzar, il lui traînait le long des mollets jusque par terre... Sa blouse le gênait encore, il s'est dépiauté d'un seul coup... Elle est tombée à côté de nous... Il était à poil à présent... Seulement qu'il gardait ses chaussons... ceux du patron... les minets brodés...

Dans sa fougue pour la caresser, il a dérapé du tapis, il est allé se cogner la tronche de travers dans le barreau du lit... Il fumait comme un voleur... Il se tâtait le cassis... Il avait des bosses, il décolle... Il s'y remet, furieux. « Ah ! la salope ! alors qu'il ressaute ! Ah ! la garce ! » Il lui fout un coup de genou en plein dans les côtes ! Elle voulait se barrer, elle faisait des façons...

« Antoine ! Antoine ! J'en peux plus !... Je t'en supplie, laisse-moi, mon amour !... Fais attention !... Me fais pas un môme !... Je suis toute trempée !... » Elle réclamait, c'était du mou !...

« Ça va ! Ça va ! ma charogne ! boucle ta gueule ! Ouvre ton panier !... » Il l'écoutait pas, il la requinquait à bout de bite avec trois grandes baffes dans le buffet... Ça résonnait dur... Elle en suffoquait la garce... Elle faisait un bruit comme une forge... Je me demandais s'il allait pas la tuer ?... La finir sur place ?...

Il lui filait une vache trempe en même temps qu'il l'encadrait. Ils en rugissaient en fauves... Elle prenait son pied... Robert il en menait plus large. On est descendus de notre tremplin. On est retourné à l'établi. On s'est tenus peinards... On avait voulu du spectacle... On était servis!... Seulement c'était périlleux... Ils continuaient la corrida. On est descendu dans la cour... chercher le seau et les balais, soi-disant pour faire le ménage... On est rentrés chez la concierge, on aimait mieux pas être là, dans le cas qu'il l'étranglerait...

Y a pas eu de drame ni de cadavre... Ils sont ressortis tout contents... On n'avait qu'à s'habituer!...

Les jours d'après, des provisions on en a fait venir de partout, de trois épiciers, rue des Écouffes, rue Beaubourg, qui nous connaissaient pas encore... Tout un rayon de boustifaille qu'on s'est constitué et puis en même temps, une vraie cave, avec la bière à crédit et du mousseux « Malvoisin ». On devenait canailles...

Je trouvais des prétextes pour ne plus croûter chez mes vieux. Rue Elzévir ça tournait en vraie rigolade, on arrêtait pas de s'empiffrer. On foutait plus rien du tout. Le tantôt, sur les quatre heures, on attendait nous deux Robert, l'ouverture de la corrida... Maintenant, on avait plus la trouille... Ça nous faisait aussi moins d'effet.

Antoine d'ailleurs, il se dégonflait, il allait plus si fort au cul, il s'essoufflait pour des riens... Il s'y reprenait en dix fois... Il se vautrait sur la poupée... Il la faisait toujours mettre à genoux... Il lui calait le bide à présent avec l'édredon... Il lui remontait haut la tête sur les oreillers... C'était une drôle de position... Il lui empoignait les tiffes... Elle poussait de vaches soupirs...

Tout de même, ça suffisait plus... Il a voulu lui prendre autre chose... Elle se défendait... Elle se débattait. Alors la fureur est revenue. C'était la rigolade intense... Elle gueulait plus fort qu'un âne!... Il dérapait à toutes les prises. Il y arrivait plus... Il saute alors du pageot, il pique tout droit dans la cuisine... Comme on était nous sur le poêle, il nous voit pas heureusement, tellement qu'il était passionné... Il passe à côté, il se met à farfouiller dans le placard, comme ça à poil, en chaussons... Il cherchait le pot de beurre... Il se cognait la bite partout :

« Oh! yaya! Ohoh! yaï! ya!... » qu'il arrêtait pas de glapir... On en avait mal, nous autres... tellement qu'il était marrant... on en éclatait...

« Le beurre! nom de Dieu! le beurre!... »

Il l'a trouvé enfin son pot... Il tape dedans à la louche... Il l'emporte pleine... Il recourt vite vers le plumard... Elle faisait des manières encore... elle finissait pas de tortiller... Il lui a beurré le trésor, les abords et le reste, tout lentement, soigneusement à fond, comme un ouvrier de la chose... Elle reluisait déjà la tante!... Il a pas eu de mal... Il l'a ravie à fond d'autorité... C'est allé tout seul... Ils ont eu un émoi terrible... Ils poussaient des petits cris stridents. Ils se sont écroulés sur le flanc. Ils se sont raplatis... Ils se sont foutus à ronfler...

C'était plus intéressant...

C'est les épiciers de la rue Berce qu'ont les premiers fait du scandale... Ils voulaient plus rien chiquer pour nous avancer de la boustiffe... Ils venaient rapporter leurs factures... On les entendait nous, monter... On répondait pas...

Ils redescendaient chez la bignolle... Ils poussaient des clameurs affreuses... La vie devenait insupportable. Du coup, Antoine et la patronne, ils sortaient à chaque instant, ils allaient briffer au dehors, ils plantaient des vaches drapeaux dans toutes les gargotes du quartier... Je racontais pas tout ça chez nous... Ça me serait retombé sur la pomme... Ils auraient imaginé que c'est moi qui faisais les conneries !

Le principal c'était l'écrin !... Le « Çakya-Mouni » tout en or... celui-là je le laissais pas courir, il allait pas souvent dans le monde ! Je le gardais très pieusement planqué dans le fond de ma fouille, et fermé encore au surplus avec les trois épingles « nourrice ». Je le montrais plus à personne, j'avais plus confiance... J'attendais le retour du patron.

A l'atelier, avec Robert, on s'en faisait pas une seconde. Antoine, il bossait presque plus. Quand il s'était bien amusé avec la rombière, ils revenaient blaguer avec nous. On chambardait tout l'atelier. Entre temps, ils en écrasaient l'après-midi pendant des heures... C'était la famille « tuyau de poêle ! »...

Seulement, un soir le drame advint ! On n'avait pas mis nos verrous... C'était le moment du dîner... Y avait sur tous les paliers beaucoup de va-et-vient... Voilà un de nos furieux bistrots, le plus méchant de tous c'est-à-dire, qui grimpe là-haut, quatre à quatre !... On se rend compte beaucoup trop tard! Il pousse la porte, il entre... Il les trouve tous les deux pieutés! Antoine et la grosse!... Alors, il râlait pire qu'un phoque!... Il en avait le sang dans les yeux... Il voulait dérouiller Antoine et séance tenante! Il brandissait son gros marteau... Je croyais qu'il allait l'emboutir...

C'est vrai, qu'on lui devait des tas... Au moins vingt-cinq litres... du blanc... du rose... de la fine et même du vinaigre... C'est tourné en vraie bataille... Il a fallu qu'on se mette à huit pour en venir à bout du gorille... On a rappelé tous les copains... Antoine a pavoisé dur. Il a pris deux cocards énormes... un bleu et un jaune...

D'en bas, dans la cour, il continuait à nous menacer. Il nous traitait, ce délirant, de tous les noms : Fripons!... Ordures!... Enculés!...

— Attendez minute, feignasses! Vous en aurez de mes nouvelles!... Et ça traînera pas, saloperies!... Attendez un peu le commissaire!

Ça commençait à sentir mal!...

Le lendemain, c'était l'après-midi, je fais à Robert : « Dis donc, môme ! Il va falloir que je descende. Ils sont venus encore ce matin demander leur broche de chez Tracard, ça va faire au moins huit jours qu'on aurait dû la leur livrer !... » « Bon ! qu'il me répond, moi, il faut que je sorte aussi... J'ai un rambot avec une pote au coin du « Matin »...

On dégringole tous les deux... Ni Antoine ni la patronne n'étaient rentrés du déjeuner...

Comme on arrivait au second, je l'entends elle qui monte... Alors complètement essoufflée, congestionnée, incandescente... Sûrement qu'ils avaient bâfré trop...

— Où ça que vous partez, Ferdinand ?

— Faire une petite commission... Jusqu'au boulevard... voir une cliente !

— Ah ! vous en allez pas comme ça !... qu'elle me fait contrariée... Remontez donc un peu en haut !... J'ai juste deux mots à vous dire.

Ça va... Je l'accompagne... Robert file à son rendez-vous.

A peine qu'on était entrés, elle referme la lourde, elle boucle tout, en plus elle met les deux loquets... Elle me précède, elle passe dans la chambre... Elle me fait signe aussi de venir... Je me rapproche... Je me demande ce qui arrive... Elle se met à me faire des papouilles... Elle me souffle dans le nez... « Ah ! Ah ! » qu'elle me fait. Ça l'émoustille... Je la tripote un peu aussi...

« Ah ! le petit salopiaud, il paraît que tu regardes dans les trous hein ?... Ah ! dis-moi donc que c'est pas vrai ?... »

D'une seule main comme ça en bas, elle me masse... « Je vais le dire à ta maman moi. Oh! là! là! le petit cochon!... Chéri petit cochon!... »

Elle s'en fait grincer les dents... Elle se tortille... Elle m'agrippe en plein... Elle me passe une belle langue, une bise de voyou... Moi j'y vois trente-six chandelles... Elle me force de m'asseoir à côté sur le plume... Elle se renverse... Elle redresse d'un coup toutes ses jupes...

« Touche! Touche donc là! » qu'elle me fait...

Je lui mets la main...

« Va qu'elle insiste... Va! gros chouchou!... Vas-y... Appelle-moi Louison! Ta Louison! mon petit dégueulasse! Appelle-moi, dis!... »

« Oui, Louison! » que je fais...

Elle se redresse, elle m'embrasse encore. Elle enlève tout... corsage... corset... liquette... Alors je la vois comme ça toute nue... la chose si volumineuse... ça s'étale partout... C'est trop... Ça me débecte quand même... Elle m'agrafe par les oreilles... elle me force à me courber, à me baisser jusqu'à la nature... Elle me plie fort... elle me met le nez dans un état. C'est éblouissant et ça jute, j'en ai plein mon cou. Elle me fait embrasser... ç'a d'abord le goût de poisson et puis comme une gueule d'un chien...

« Vas-y, mon amour!... Vas-y, hardi! hardi!... »

C'est elle qui me maltraite, qui me tarabuste... Je glisse moi dans la marmelade... J'ose pas trop renifler... J'ai peur de lui faire du mal... Elle se secoue comme un prunier...

« Mords un peu, mon chien joli!... Mords dedans! Va! » qu'elle me stimule... Elle s'en fout des crampes de ruer! Elle pousse des petits cris-cris... Ça cocotte la merde et l'œuf dans le fond, là où je plonge... Je suis étranglé par mon col... le celluloïd... Elle me tire des décombres... Je remonte au jour... J'ai comme un enduit sur les châsses, je suis visqueux jusqu'aux sourcils... « Va! déshabille-toi! qu'elle me commande, enlève-moi tout ça! Que je voye ton beau corps mignon! Vite! Vite! tu vas voir, mon petit coquin! T'es donc puceau? Dis, mon trésor? Tu vas voir comme je vais bien t'aimer... Oh! le gros petit dégueulasse... il regardera plus par les trous!... »

Elle se trémoussait tout le bassin en attendant que je m'amène!... elle remuait tout le plumard en zigzag... C'était

214

une vampire... J'osais pas trop en ôter. Seulement le carcan
qui me gênait le cou davantage... et puis mon veston et le
gilet... C'est elle qui les a pendus près du lit, sur le dos de
la chaise... Je voulais pas tout enlever mes frusques... comme
faisait Antoine... Je savais que j'avais de la merde au cul
et les pieds bien noirs... Je me sentais moi-même... Pour
éviter qu'elle insiste, je me suis relancé au plus vite, je faisais
l'amoureux, je grimpe, j'étreins, je grogne... Je me mets en
branle comme Antoine, mais alors beaucoup plus doucement...
Je sentais mon affaire qui voguait tout autour... Je bafouil-
lais dans la mousse... J'avais le gland perdu... J'osais pas y
mettre les doigts... Il aurait fallu pourtant... Je lui perdais
encore la moustache... Enfin j'ai glissé en plein dedans... Ça
s'est fait tout seul... Elle m'écrasait dans ses nichons! Elle
s'amusait au maximum... Comme on étouffait déjà, c'était
une fournaise... Elle voulait encore que j'en mette... Elle
m'implorait par pitié comme à l'autre enflure... Au contraire,
elle me faisait pas grâce d'un seul coup brutal...

« Enfonce-toi bien mon gros chouchou! Enfonce, va! Bien
fort! Hein! T'en as, dis, une grosse?... Ah! Ah! comme tu me
crèves, gros salaud... Crève-moi bien! crève-moi! Tu vas manger? Dis-moi oui! Oh! Oh!... Ah! tu me détruis bien... Ma
petite vache!... Mon grand petit fumier!... C'est bon comme
ça! Dis? » Et hop! Je lui foutais un coup de labour... J'en
pouvais plus!... Je renâclais... Elle me sifflait dans la musette...
J'en avais plein le blaze, en même temps que ses liches... de
l'ail... du roquefort... Ils avaient bouffé de la saucisse...

« Pâme bien, mon petit chou! Ah! pâme... On va mourir
en même temps!... Dis! tu pars pas, mon trésor d'amour!...
Tu me mets en sang!... Va! T'occupe pas!... » Elle se pâmait,
elle prenait du gîte... Elle se retournait presque sur moi...
Je sentais monter mon copeau... Je me dis au flanc... « Bagarre
Mimile... » J'avais beau être dans les pommes... le temps d'un
éclair... Je m'arrache... Je fous tout dehors... Il m'en gicle
plein le bide... Je veux serrer... Je m'en remplis les mains...
« Ah! le petit bandit voyou!... qu'elle s'écrie... Oh! le sale crapaud répugnant! Viens vite ici que je te nettoie... » Elle repique
au truc... Elle me saute dessus... Elle se régale... Elle aime
la dureté... « Oh! qu'il est bon ton petit dessert!... » qu'elle
s'exclame en plus. Elle m'en recherche tout autour des cuisses...

215

Elle fouille dans les plis... elle fignole... Elle va se faire reluire encore... Elle se cramponne à genoux dans mes jambes, elle se crispe, elle se détend, elle est agile comme un chat avec ses grosses miches. Elle me force à retomber sur elle...

« Je vais t'embrasser, petit misérable! »... qu'elle me fait mutine. Elle me fout deux doigts dans l'ouverture. Elle me force, c'est la fête!... La salope en finira pas de la manière qu'elle est remontée!...

« Oh! mais il faut que je m'injecte!... » Ça lui revient d'un coup. D'un saut, la voilà dehors!... Je l'entends qui pisse dans la cuisine... Elle trifouille en dessous dans l'évier... Elle me crie : « Attends-moi Loulou! »... Je demande pas mon reste... Je bondis sur mon costard... J'attrape le battant de la porte, je pousse et me voilà sur le palier!... Je dévale quatre à quatre... Je respire un sérieux coup... Je suis dans la rue... Il est temps que je réfléchisse. Je souffle... Je marche doucement vers les boulevards.

Arrivé devant l'Ambigu... là je m'assois enfin! Je ramasse un journal par terre. Je vais me mettre à le lire... Je sais pas pourquoi... Je me tâte la poche... Je faisais ce geste-là sans savoir... Une inspiration... Je touche encore... Je trouve plus la bosse... Je tâte l'autre... C'est du même! Je l'ai plus!... Mon écrin il est barré! Je recherche de plus en plus fort... Je tripote toutes mes doublures... Ma culotte... Envers... Endroit... Pas d'erreur!... J'entre dans les chiots... Je me déshabille totalement... Je retourne tout encore... Rien du tout!... Pas la berlue!... Le sang me reflue dans les veines... Je m'assois sur les marches... Je suis fait!... Extra! Paumé comme un rat!... Je retourne encore un coup mes vagues... Je recommence!... J'y crois plus déjà... Je me souviens de tout précisément. Je l'avais bien épinglé l'écrin... Au tréfonds de ma poche intérieure. Avant de descendre avec Robert je l'avais encore senti!... Elles étaient parties les épingles!... Elles s'étaient pas enlevées toutes seules!... Ça me revenait subito la drôle de façon, qu'elle me tenait tout le temps par la tête... Et de l'autre côté de la chaise?... Elle travaillait avec une main... Je comprenais tout ça par bouffées... Ça me montait l'effroi, l'horreur... Ça me montait du cœur... Ça me tambourinait plus fort que trente-six chevaux d'omnibus... J'en avais la tétère qui secouait... Ça servait rien... Je recommençais à

chercher... C'était pas possible qu'il soye tombé mon écrin!
qu'il ait comme ça glissé par terre de la façon que je l'avais
pinglé!... Mais non!... Et puis une « nourrice » ça s'ouvre pas
facilement!... Trois y en avait!... Ça part pas tout seul! Pour
me rendre compte si je rêvais pas, j'ai recouru vers la République... Arrivé rue Elzévir y avait plus personne là-haut!...
Ils étaient déjà tous barrés... J'ai attendu sur les marches...
Jusqu'à sept heures, s'ils rentreraient?... Aucun n'est remonté...
   J'essayais comme ça de me rendre compte par les mots,
des bribes... et les incidents. Ça me revenait tout peu à peu...
Si Antoine, il était l'auteur? et le petit Robert alors?... Si ils
avaient tout goupillé?... En plus de la vache... En me redres-
sant debout je sentais plus mes deux guibolles... J'allais comme
saoul dans la rue... Les passants, ils me remarquaient... Je
suis resté un bon moment planqué sous le petit tunnel à la
Porte Saint-Denis. J'osais plus sortir du trou... Je voyais de
loin les omnibus, ils ondulaient dans la chaleur... J'avais des
éblouissements... Je suis rentré tout à fait tard au Passage...
J'ai dit que j'avais mal au ventre... Comme ça, j'ai coupé
aux questions... J'ai pas pu dormir de la nuit tellement j'avais
la colique... Le lendemain je suis parti au petit jour, tellement
j'avais hâte de savoir...

A l'atelier, en arrivant, je les ai bien regardés tous les trois... Ils avaient pas l'air de se douter... ni la garce... ni Antoine... ni le môme!... Quand je leur ai annoncé ça qu'il était perdu le bijou... Ils m'ont regardé ébahis!... Ils tombaient des nues...

— Comment, Ferdinand! Vous êtes sûr? Vous avez bien regardé chez vous?... Retournez donc vos poches!... Ici on a rien retrouvé!... N'est-ce pas, Robert? Tu n'as rien vu? C'est le petit qui a balayé!... Tu vas repasser encore!...

A force de me parler comme ça ils me semblaient tellement féroces que je me suis mis à chialer... Alors je les voyais dans la glace, qui se refilaient des petits signes... Antoine, il préférait pas me regarder... Il me tournait le dos, il faisait semblant de briquer sa meule... Elle continuait au « baratin »... Elle essayait que je me coupe, que je me contredise.

— Vous vous rappelez pas chez Tracard?... Vous m'avez pas dit que vous y alliez?... C'est pas chez eux? Vous êtes certain?...

Je marnais dans le cirage... C'était infect, comme vice et tout... J'avais plus aucun recours... J'étais bon... C'est pas moi qu'on aurait cru si j'avais raconté les choses... A quoi ça m'aurait servi?...

— Le patron revient après-demain... D'ici-là, tâchez de la retrouver!... Robert vous aidera!... C'était ça qu'elle me proposait... De tous les côtés j'étais cuit!... Si j'avais dit les circonstances ils m'auraient traité d'imposteur, de monstre effroyable, abject... que j'essayais de me disculper en salopant ma bonne patronne... que j'avais plus aucune vergogne... que c'était le comble des culots... la calomnie extravagante... La Saloperie monumentale... J'ai même pas essayé de l'ouvrir... J'avais plus envie d'ailleurs... Je pouvais plus bouffer du tout... J'avais la tête toute refermée... les idées, la bouche, le trognon...

Ma mère elle me trouvait bizarre, à voir ma mine, elle se demandait quelle maladie je pouvais couver?... J'avais la peur dans toutes les tripes... J'aurais voulu disparaître... maigrir tellement qu'il me reste rien...

Mon père, il faisait des remarques caustiques... « T'es pas amoureux par hasard?... Ça serait pas des fois le printemps?... T'as pas des boutons au derrière?... » Dans un petit coin il m'a demandé : « T'as pas attrapé la chaude-pisse...? » Je savais plus comment me poser, me mettre de coin ou d'équerre...

Gorloge, qu'était toujours en retard, il avait choisi une autre route, il avait un peu traîné d'une ville à l'autre... Il s'est amené un mercredi, on l'attendait depuis le dimanche... Le lendemain matin, quand je suis monté au boulot, il était dans la cuisine, en train d'affûter ses limes. Je reste comme ça derrière lui planté un bon moment... J'osais plus remuer dans le couloir... J'attendais qu'il me cause. J'avais les foies sur la gorge. Je savais plus ce que je voulais dire. Déjà, il devait tout connaître. Je tends la main quand même. Il me bigle un peu par le travers... Il se retourne même pas... Il se remet à son ustensile. Je n'existais plus... Je fonce alors dans l'atelier. J'avais une telle trouille, que je laisse dans le fond du placard la moitié de ma collection pour me sauver plus vite... Personne m'a rappelé... Ils étaient tous là, dans la piaule, absorbés sur leurs manivelles... Je suis ressorti sans dire un mot... Je savais même plus où je barrais... Heureusement que j'avais l'habitude... Je marchais dans un songe... Rue Réaumur, je suais à froid énormément... Sur le grand tremplin j'allais d'un banc sur un autre... J'ai essayé malgré tout de rentrer dans une boutique... Mais j'ai jamais pu pénétrer... tellement j'avais la tremblote sur le bec-de-cane... Je pouvais plus l'ouvrir... Je croyais que tout le monde me suivait...

Je suis resté comme ça des heures... Toute la matinée. Et puis encore le tantôt, toujours d'un banc vers un autre, ainsi de suite, jusqu'au square Louvois... et appuyé sur les devantures... Je pouvais plus arquer. Je voulais plus rentrer chez Gorloge... Je préférais encore mes parents... C'était aussi épouvantable... mais c'était tout de même plus près... Juste à côté du square Louvois... C'est curieux quand même quand on n'a plus pour respirer que des endroits tous bien horribles...

J'ai fait encore une fois, deux fois, tout doucement le tour de la Banque de France avec mon infect saint-frusquin... Je me suis raidi un grand coup et puis je suis rentré dans le Passage... Mon père était sur le pas de notre porte... Évidemment, il m'attendait... La façon qu'il m'a dit de monter ça m'a enlevé tous les doutes... On était en plein orage... Il s'est mis dès le premier instant à bégayer tellement, si fort, qu'il lui venait comme de la vapeur à la place des mots... On le comprenait plus... Seulement qu'il soufflait des fusées... Sa casquette partait en bourrasque... Elle s'envolait de tous les côtés... Il tapait dessus à tour de bras... Il s'en défonçait le cassis... Il se gonflait encore toute la bouille... absolument cramoisi... avec des sillons livides... Il changeait de couleur. Il tournait violet.

Ça me fascinait qu'il tourne bleu... ou jaune après coup. Il me recouvrait d'une telle furie, que je sentais plus rien... Il paumait un truc sur le meuble... Il le brandissait pour le casser... Je croyais qu'il foutait tout en l'air... Sa langue même il mordait dedans si fort, si rageur, qu'elle lui devenait comme un bouchon, soufflée, coincée, tendue de barbaque comme pour éclater... Elle éclatait rien du tout... Il reposait le sous-plat... Il s'étranglait simplement... Il en pouvait plus...

Il est reparti d'un coup dehors, il s'est élancé vers la rue, il a couru dans le Passage. Il se serait envolé aussi bien, tellement qu'il était sursoufflé... irrésistible... abominable...

Ma mère est restée avec moi... Elle rabâchait toutes les sottises, les détails de la catastrophe... Ses idées à elle... ses vieilles certitudes...

Monsieur Gorloge était venu, il leur avait causé deux heures... Il savait tout... Il avait tout détaillé... énuméré tout l'Avenir. « Cet enfant fera votre malheur!... C'est déjà un petit corrompu!... Un petit misérable... J'avais mis ma confiance en lui!... Il commençait à se débrouiller... »

Telles étaient ses finales paroles!... Maman, elle avait eu la trouille qu'il aille se plaindre à la Justice... qu'il me fasse arrêter tout de suite... Elle avait rien osé répondre... Pour elle ça faisait pas un pli... Que je m'étais fait entuber... Fallait mieux que j'avoue tout de suite... Que je l'avais au moins perdu... Que d'ergoter... Indisposer mon patron. C'était l'hypothèse la moins sale!... Ils rembourseraient peu à peu... et dans tous les cas, mes parents... C'était entendu déjà!...

— Qui t'a donné de tels exemples?... qu'elle me questionnait dans les larmes. Qu'as-tu donc fait de ce bijou?... Dis-le voyons! mon petit! On ne te mangera pas pour ça!... Je ne répéterai rien à ton père!... Je te le jure!... Là, tu me crois? Nous irons la voir ensemble... Si tu l'as donné à une femme! Dis-moi vite avant qu'il revienne! Peut-être qu'elle voudra le restituer avec un peu d'argent?... Tu la connais bien? Tu ne penses pas?... Comme ça tout s'arrangera quand même! Nous ne dirons rien à personne!...

J'attendais que ça passe un peu, pour peut-être pouvoir lui expliquer... Il rentre, mon père, juste à ce moment... Il était pas du tout refroidi... Il se met à bourrer dans la table, et tant que ça peut dans les cloisons!... A deux poings fermés! Toujours en sifflant des vapeurs... Si il s'arrête une seconde, c'est alors par derrière qu'il rue! Il est soulevé par la colère, il plane du cul comme un bourrin! Il choute à travers les parois... Il en ébranle la tôle entière... Il est formidable comme détente, tout le buffet en dégringole... De rafales en écroulements la scène a duré toute la nuit... Il se cabrait d'indignation et il retombait à quatre pattes!... Il aboyait comme un dogue... Ils ont hurlé le pour et le contre, entre les crises et les furies... J'allais pas moi, leur causer...

A bout d'arguments, ma mère est remontée m'entreprendre... Elle voulait que je lui confesse... Je répondais rien... Elle pleurait à genoux contre mon lit, comme si j'étais déjà mort... Elle marmonnait des prières... Elle continuait à m'implorer... Elle voulait tout de suite que j'avoue... que je lui dise si c'était une femme!... Qu'on irait tous ensemble la voir...

— Je te dis moi, que c'est la patronne!... que j'ai à la fin dégueulé. J'étais à bout! Merde!

— Ah! Tais-toi, petit misérable!... Tu ne sais pas le mal que tu nous fais!...

C'était plus la peine d'insister... Parler à des engelures pareilles?... Ils étaient encore plus blindés que tous les gogs de tout Asnières! Voilà mon avis.

Ce fut tout de même un coup terrible. Je suis resté longtemps dans ma chambre, cinq ou six jours sans sortir. Ils me forçaient à descendre manger... Elle m'appelait une dizaine de fois. Elle montait me chercher à la fin. Moi, je voulais plus rien du tout, je voulais surtout plus parler. Mon père, il se causait tout seul. Il s'en allait en monologues. Il vitupérait, il arrêtait pas... Tout le bataclan des maléfices... Le Destin... Les Juifs... La Poisse... L'Exposition... La Providence... Les Francs-Maçons...

Dès qu'il venait des livraisons, il montait là-haut dans le grenier... Il se remettait aux aquarelles, c'était extrêmement nécessaire... On avait des besoins pressants, il fallait rembourser Gorloge... Mais il pouvait plus s'appliquer. Son esprit battait la campagne... Dès qu'il touchait au pinceau, il s'agaçait énormément, la tige lui pétait dans les mains. Il se sentait si énervé que sa petite plume à l'encre de Chine il l'a écrasée en miettes... Les godets aussi... les couleurs débordaient partout... Y avait plus moyen... De me sentir seulement à côté, il aurait botté tout le bastringue... Dès qu'il était avec ma mère, il retournait au pétard, il renforçait ses alarmes.

— Si tu le laisses encore vadrouiller des journées entières dans les rues, sous prétexte d'apprendre le commerce, nous n'avons pas fini d'en voir, ma pauvre amie! Ah non alors! Je peux te le jurer! Nons ne sommes encore qu'au début! C'est pas voleur qu'il finira! C'est assassin! m'entends-tu? Assassin! Je ne donne pas seulement six mois avant qu'il étrangle une rentière! Oh! il est avancé déjà sur la jolie pente!...

Oh! là là! Il ne glisse plus! Il caracole! Il galope! Il est effréné!
Je le vois moi! Tu ne le vois pas toi? Tu ne crois à rien! Tu
es aveugle! Pas moi! Non! Ah non! Pas moi!...

Ici, une aspiration profonde... Il la fascinait...

— Veux-tu enfin m'écouter? Veux-tu que je te précise
ce qui se prépare?... Non? Tu n'y tiens pas?...

— Non, Auguste, je t'en supplie!...

— Ah! Ah! tu as donc peur de m'écouter!... Alors tu sais?...

Il l'agrippait par les poignets, il fallait pas qu'elle s'échappe...
Il fallait qu'elle entende bien tout.

— C'est nous, m'entends-tu? qu'il estourbira! Un jour!
Il nous fera notre affaire, ma belle!... Tu l'auras sa reconnaissance!... Ah! je te l'aurai assez prédit!... T'aurai-je donc
assez prévenue, Nom de Dieu!... J'ai la conscience nette!...
Ah! Nom de Dieu de Nom de Dieu! Sur tous les tons! Sur
tous les toits! Depuis toujours! Tant pis! Alea jacta!...

Ma mère, il lui foutait une telle trouille qu'elle en devenait
toute gâteuse! Elle bavotait, chevrotait, elle avait des bulles...
Il l'achevait, il la sonnait totalement.

— Je veux bien être étranglé! Entendu! Mais je ne suis
pas dupe, Bordel de foutaise!... Arrange-toi comme tu voudras!... C'est toi qui seras responsable!...

Elle savait plus quoi faire ni dire, sous des prédictions si
cruelles. Dans les convulsions du chagrin, elle se mâchonnait
le bord des lèvres, elle saignait abondamment. J'étais damné,
ça faisait plus de doute. Il recommençait lui, Ponce Pilate,
il éclaboussait tout l'étage, il se lavait les mains de mon ordure,
à plein jet, à toute pression. Il faisait des phrases entières latines.
Ça lui revenait aux grands moments. Comme ça, dans la petite
cuisine, tout debout, il me jetait l'anathème, il déclamait
à l'antique. Il s'interrompait pour des pauses, pour m'expliquer entre temps, parce que j'avais pas d'instruction, le sens
des « humanités »...

Lui, il savait tout. Je comprenais au fond qu'une chose,
c'est que j'étais plus approchable, plus à prendre avec des
pincettes. J'étais méprisé de partout, même par la morale
des Romains, par Cicéron, par tout l'Empire et les Anciens...
Il savait tout ça mon papa... Il avait plus un seul doute... Il
en hurlait comme un putois... Ma mère arrêtait pas de chialer...
A force de recommencer sa scène. il s'en faisait comme un

« numéro »... Il saisissait le savon de Marseille, le lourd carré, il se démenait tant et plus avec... Il gesticulait de fond en comble... Il le reposait maintes fois... toujours pérorant... Il allait le reprendre encore... Le brandir... A force, le morceau lui giclait des poignes... Il allait rebondir sous le piano... On plongeait tous à la repêche... On farfouillait au balai... à grands coups de manche... Merde!... Bordel!... Tonnerre!... On se bigornait après les angles!... Y avait des collisions farouches... On se foutait tout le balai dans l'œil... Ça se terminait en batailles. Ils se traitaient de tous les noms fumiers. Il la faisait sauter à cloche-pied autour de la table.

On m'oubliait un moment.

Ma mère, à force de trembler, elle avait perdu toute pudeur...
Elle allait partout dans le Passage et aux environs rabâcher
mes avatars... Elle sollicitait les conseils des autres parents...
de ceux qu'avaient aussi des chtourbes avec leurs moutards...
qu'avaient ramassé des bûches en apprentissage... Comment
qu'ils s'étaient dépêtrés?...

« Je suis toute prête, qu'elle ajoutait, à faire encore des
sacrifices!... Nous irons, tant pis! jusqu'au bout!... »

Tout ça c'était bien éloquent, mais ça me sortait pas de
la pétasse. J'avais toujours pas de boulot.

L'oncle Édouard, si ingénieux, qu'avait tant de ficelles
à son arc, il commençait à tiquer, il me trouvait un peu encom-
brant... Il avait déjà bassiné à peu près tous ses copains avec
mes chichis, mes déboires... Il en avait un peu marre... Je
butais dans tous les obstacles... J'avais quelque chose d'insolite... Je commençais même à le courir.

Les voisins, ils se passionnaient à propos de mon drame...
Les clients de la boutique aussi. Dès qu'ils me connaissaient
un peu, ma mère les prenait à témoin... Ça arrangeait pas les
affaires... Même Monsieur Lempreinte à la « Coccinelle » il
a fini par s'en mêler... C'est vrai que mon père ne dormait
plus, qu'il prenait une mine d'agonique. Il arrivait si épuisé,
qu'il chancelait dans tous les couloirs en transbordant son
courrier d'un étage à l'autre... Il était aphone en plus, il avait
la voix de rogomme à force de hurler ses conneries...

« Votre vie privée, mon ami, ne me regarde en rien, je
m'en fous! Mais quand même je veux que vous assuriez votre

225

service... Quelle gueule vous avez à présent!... Vous tenez plus debout, mon garçon. Il va falloir vous soigner! Qu'est-ce que vous faites donc dehors? Vous vous reposez pas? » Comme ça qu'il l'assaisonnait.

Alors lui, qu'avait les jetons, il a tout avoué sur le coup... Tous les malheurs de la famille!...

« Ah mon ami! C'est tout ça? Moi, si j'avais votre estomac! Ah alors! Ce que je m'en foutrais bien!... Et comment!... De tous mes proches et relations!... De tous mes fils et cousins! de ma femme! de mes filles! de mes dix-huit pères! Mais moi si j'étais à votre place! mais moi je pisserais sur le monde! Sur le Monde entier! Vous m'entendez bien! Vous êtes mou Monsieur! c'est tout ce que je peux voir! »

C'est comme ça qu'il sentait les choses, lui, Lempreinte, toujours à cause de son ulcère, placé à deux doigts du pylore, bien térébrant, bien atroce... L'univers, pour lui, n'était plus qu'un énorme acide... Il avait plus qu'à essayer de devenir tout « bicarbonate »... Il s'évertuait toute la journée, il en suçait des brouettes... Il arrivait pas à s'éteindre! Il avait comme un tisonnier en bas de l'œsophage qui lui calcinait les tripes... Bientôt, il serait plus que des trous... Les étoiles passeraient à travers avec les renvois. Sa vie était plus possible... Avec papa, au courant, ils se proposaient des échanges...

« Tenez, moi, je le prendrais bien votre ulcère! tout ce qu'on voudra pourvu qu'on me soulage de mon fils! Vous n'en voulez pas? »

Mon père, il était comme ça. Il avait toujours placé les tourments moraux, bien au-dessus des tourments physiques... Bien plus respectables!... Essentiels! C'était comme ça chez les Romains, et c'est comme ça qu'il comprenait lui, toutes les épreuves de l'existence... D'accord avec sa conscience... Envers et quand même! Au sein des pires calamités!... Pas de compromis! Pas de faux-fuyants! C'était sa loi!... La raison d'être! « Conscience pour moi! Ma conscience! » Il le hurlait sur tous les tons... quand je mettais les doigts dans mon nez... si je renversais la salière. Il ouvrait la fenêtre exprès pour que tout le Passage se régale...

L'oncle Édouard, à force de me voir en pantaine, baratiné dans tous les sens, il a fini par prendre pitié, il était extrêmement bon fiote. Je marnais au fond de la mouscaille... Il a remis ses relations en route, il a retrouvé un expédient... Même que c'était une malice pour me faire barrer... le coup des langues étrangères...

Il a déclaré comme ça, qu'il faudrait que j'en sache au moins une... Pour trouver une place dans le commerce... Que ça se faisait à présent... Que c'était une nécessité... Le plus dur à faire venir, ce fut l'agrément de mes vieux... Ils en revenaient pas du tout d'une proposition pareille... Édouard raisonnait pourtant juste... On y était plus habitués dans notre cabanon à écouter du bon sens... Ce fut la sacrée surprise...

Mon oncle était pas d'avis qu'on s'entête dans les rigueurs... Il était plutôt conciliant, il croyait pas à la force... Il croyait pas que ça donnerait... Il leur a dit mot pour mot...

« Moi, il me semble pas qu'il le fasse exprès d'être aussi malencontreux... Il a pas de mauvaises intentions, je l'observe depuis toujours... mais il est plutôt abruti... Il comprend pas bien ce qu'on lui demande... Ça doit être des « végétations »... Il faudrait qu'il aille au grand air et qu'il y reste assez longtemps... D'ailleurs votre médecin l'a bien dit... Moi, je l'enverrais en Angleterre... On chercherait une Pension convenable... quelque chose de pas très coûteux... ni très loin surtout... peut-être même une combine « au pair »?... Qu'est-ce que vous diriez? En revenant il parlerait la langue... Ça serait facile pour le caser... Je lui trouverais quelque chose dans le détail. Chez un libraire... Dans la chemiserie... Une partie où on le connaît pas. Gorloge ça serait oublié... On n'e parlerait plus du tout!... »

Ils en étaient comme du flan, mes darons, en entendant ça... Ils ruminaient le pour et le contre... Ça les prenait au dépourvu... Y avait d'abord tous les risques et puis surtout y avait les frais... Il restait plus rien de Caroline, que quelques mille francs de l'héritage... Et c'était la part à Édouard... Tout de suite, il les a offerts. Il les a mis sur la table... On lui rendrait quand on pourrait... Il voulait pas qu'on fasse d'histoires... Il voulait même pas de papier... « Décidez-vous! qu'il a conclu... Je reviendrai, moi, vous voir demain. D'ici là, j'aurai des tuyaux... »

L'émoi était à son comble!... Mon père il voulait rien chiquer... Il était buté « mordicus » que tout cet argent serait foutu, que c'était du gaspillage en plus d'une folle aventure... Que si j'échappais une semaine à leur surveillance attentive, je deviendrais le pire des apaches... C'était dans la fouille! Il voulait pas en démordre... J'assassinerais en Angleterre aussi rapidement qu'à Paris! C'était tout cuit!... Enveloppé d'avance!... Il suffirait qu'on me laisse un mois la bride sur le cou! Ah! Ah! On en voulait des catastrophes! On en aurait! et davantage! On en serait écrabouillés! Couverts de dettes! Un fils au bagne!... L'extravagance sur toute la ligne!... Les conséquences?... Effroyables!... Jamais ils seraient assez attentifs, assez malins les gens de là-bas! Les malheureux! Ils en verraient de toutes les couleurs! Et les femmes alors? Je les violerais toutes! C'est bien simple!... « Dis-moi donc tout de suite, que je déconne! »...

Il y tenait à sa Roquette... Personne pouvait le contredire. Il voyait que ça comme seul moyen, le seul palliatif... La seule chose pour me contenir... Et les expériences alors?... Elles suffisaient plus? Berlope? Gorloge? Le cadran?... J'avais pas assez démontré que j'étais un vrai fléau? Une catastrophe en suspens?... Je les entraînerais dans la débâcle... Il s'y attendait depuis toujours! Alea!... Que la volonté soit faite!... Il nous refoutait un coup de César... Il défendait tout seul les Gaules... Il bouchait l'entrée de la cuisine de tous ses gestes, tous ses gueulements... Il évoquait, ébranlait tout...

Il se lançait sur le robinet... Il aspirait la flotte à même... Il pompait dans le jet... Trempé, il braillait encore... Il s'essuyait pas, il dégoulinait, tellement qu'il était pressé qu'on se rende bien compte des mille traquenards!... De tous les aspects des choses... Inconcevables! Effroyables! Inouïs! Les imprévus indicibles d'une expédition pareille! La témérité diabolique! voilà!...

L'oncle Édouard, il est repassé deux jours après au Passage
avec des tuyaux de première bourre. Il avait trouvé un collège!
Qu'on ne pouvait guère désirer mieux. A tous points de vue
et tous rapports... exprès pour mon genre, ma nature, mes dispositions intraitables... Sur une colline... Avec de l'air, un jardin,
une rivière en bas... Une excellente nourriture... Des prix
fort modestes... Pas de suppléments ni de surprises!... Enfin
et par-dessus tout une discipline extrêmement stricte... Une
surveillance garantie... C'était pas très loin de la côte, exactement à Rochester... Donc à une heure de Folkestone...

En dépit de tant d'avantages, mon père renâclait encore...
Il se réservait... Il cherchait des poux au programme... Il
gardait ses suspicions... Il l'a bien relue deux cents fois la petite
notice... Il voulait pas en démordre qu'on partait pour la catastrophe!... Ça faisait pas un pli, un seul doute! D'abord c'était
des folies de contracter encore des dettes... Même avec mon
oncle Édouard!... Que déjà rembourser Gorloge, ça serait un
travail d'Hercule!... En plus du terme! des contributions!
de l'ouvrière!... Ils en crèveraient certainement de si terribles
économies! Il fallait qu'il se pince pour y croire... qu'on désirait
encore autre chose... Il restait abasourdi que maman se dévoye
à son tour!... C'était le comble des calembredaines... Quoi?
Alors? Elle réfléchissait pas davantage? Comment dis-tu?
Je résiste?... Tu trouves ça donc extraordinaire? Ma parole!
Mais mon rôle alors? Je dois dire oui? A tous les coups!...
Comme ça?... A la première baliverne? Allez-y donc! Mais je
suis conscient moi! Je suis responsable! Est-ce moi le père?...

Oui ou merde? Édouard il s'en fout bien sûr! Plus tard, il sera loin! Il se lavera les mains! Et moi, je serai là toujours!... Avec un bandit sur les os! Mais oui! Mais oui! J'exagère? Ouah!... Dis-le tout de suite! Dis-le, que je suis jaloux! Mais oui! Mais oui! Ma parole! Vas-y donc!...

— Mais non, mon chéri! Mais voyons!...

— Tais-toi! Ah tais-toi, imbécile! Laisse-moi poursuivre ce que je te prouve! Je ne peux plus rien dire ici! Vous parlez tout le temps! Comment? Ce vaurien! Ce petit forban! Cette crapule n'a pas encore éprouvé son premier remords de ce répugnant forfait! De cette sale infâme crapulerie! Il est là! Il se goberge!... Il nous défie tous les deux!... Mais c'est inique ma parole! C'est à se taper le cul par terre!... Mais c'est effrayant!... Sur un simple mot d'Édouard! Ce pantin absurde! Vous ne parlez plus que voyages! Libéralités! Mais oui! Et allez donc! Dépenses nouvelles! Pures billevesées!... Extravagances!... Les pires démences!... Mais songe un peu, ma pauvre amie, que nous n'avons pas encore versé le premier sou de sa rançon!... M'entends-tu?... Sa rançon!... Mais c'est pas imaginable!... Mais c'est atroce!... Où allons-nous? Je déraille! C'est infect!... Nous pataugeons dans l'absurde! Je n'y tiens plus! J'en crèverai!...

L'oncle Édouard, il s'était tiré dès les débuts de la séance. Il avait vu venir l'orage... Il avait laissé ses papiers.

— Je repasserai demain après-midi!... Sans doute vous aurez décidé!...

Il se démerdait le mieux possible, mais y avait pas grand'chose à faire... Mon père, il faisait éruption. Avec ce plan de m'en aller, on chahutait sa tragédie... Il se cramponnait aux conditions... Il en voyait complètement rouge... Il arpentait comme un fauve. Ma mère clopinait par derrière... Elle rabâchait les avantages... Les prix les plus modérés... Une surveillance très sévère... Une alimentation parfaite... De l'air!... beaucoup d'air!...

— Tu sais bien qu'Édouard est le sérieux même!... Toi tu l'apprécies pas beaucoup... Mais enfin tu te rends tout de même compte que c'est pas un étourneau... C'est pas un garçon impulsif... Il ne s'engage pas à la lure lure... Du moment qu'il a dit... C'est que c'est absolument exact... Tu le sais bien, voyons! Quand même!... Auguste, voyons mon chéri!...

— Je ne veux rien devoir à personne!...

— Mais lui c'est pas n'importe qui!...

— Raison de plus! Sacré Nom de Dieu!

— Alors on lui fera un papier... Comme si on le connaissait pas!...

— Je m'en fous bien des papiers! Bordel de bon Dieu de Nom de Dieu de merde!

— Mais il nous a jamais trompés...

— Il me fait chier, ton frère, tu m'entends!... M'entends-tu, Bordel! Il me fait chier même complètement! Ça c'est assez clair! Il est encore plus con que les autres!... Et vous me faites chier encore plus!... Vous m'entendez? Tous!

Il devenait si congestionné en prononçant ces paroles qu'il gonflait de toute la tête, il soufflait des jets de vapeur, les mots explosaient à la fin. Elle s'agrippait alors à lui, elle le lâchait pas d'un pouce. Elle était butée... Elle le raccrochait dans les angles... Elle traînaillait tellement la jambe, qu'elle se prenait dans toutes les chaises. Elle se cramponnait dans les cloisons...

— Auguste! Oh! comme tu m'as fait mal! Comme tu es brutal! Oh! ma cheville! Ça y est! Je me la suis retournée!

C'était des cris pendant une heure...

Il revenait alors à la charge. Il cassait les chaises à coups de pompe. Il passait en folie furieuse! Elle le poursuivait tout de même, où qu'il allait... n'importe où... où qu'il montait dans l'escalier. Ça l'excédait de plus en plus... Ta! ga! dam! Ta! ga! dam! de l'entendre taper dans les marches... Il l'aurait virée dans la cage... Il se serait mis dans un trou de souris... Elle me faisait des signes en passant... qu'il commençait à fléchir... Il perdait sa deffe partout... Il se faisait rejoindre... Il tenait plus le train... Il la fuyait comme une odeur... « Laisse-moi! Laisse-moi, voyons Clémence!... Je t'en prie! Laisse-moi, bordel de vache! Saloperie! Charogne! Vous en finirez donc jamais de me persécuter tous les deux! J'en dégueule de tous vos ragots! Bon sang de bon Dieu de merde! Vous m'entendez à la fin!... »

Elle s'en foutait ma bonne mère, elle était complètement vannée... Elle voulait pas lâcher sa prise. Elle l'arrimait par le cou, elle l'embrassait dans les moustaches, elle lui fermait les paupières avec des baisers... Elle lui faisait une vraie convulsion. Elle lui crachait plein les oreilles des autres exhortations...

Il étranglait à la fin. Il avait la bouille toute trempée par les rafales et les caresses... Il tenait plus debout. Il s'est écroulé sur les marches. Alors, elle s'est mise à parler rien que de sa santé à lui, de son état inquiétant... « Que tout le monde l'avait bien remarqué... comme il était pâle... » Ça alors il écoutait...

— Tu vas te rendre tout à fait malade, mon pauvre chéri, à te mettre dans des états pareils ! Quand tu seras tombé, à quoi ça nous avancera tous ! Qu'est-ce que nous deviendrons ?... C'est mieux je t'assure qu'il s'éloigne... Il te fait du mal à rester là !... Édouard s'en est bien aperçu... Il me l'a dit avant de sortir...

— Qu'est-ce qu'il t'a donc dit, Édouard ?

— Ton mari n'ira pas loin ! S'il continue à se bouleverser de cette façon-là... Il maigrit chaque jour un peu plus... Tout le monde le remarque dans le Passage... Tout le monde en cause...

— Il t'a dit ça exactement ?...

— Oui, mon chou. Oui, je t'assure !... Il voulait pas que je te répète... Tu vois comme il est délicat... Tu vois, je t'assure que tu ne peux plus... Alors ? Tu veux bien, dis ?...

— Quoi ?...

— Mais qu'il s'en aille cet enfant !... Qu'il nous laisse un peu souffler !... Qu'on reste tous les deux... Tu ne veux pas ?...

— Ah, ça non ! Ah non ! Pas encore ! Nom de Dieu ! Non ! Pas encore !...

— Mais Voyons, Auguste ! Réfléchis ! Si tu meurs de te faire du chagrin, à quoi ça nous avancera !...

— Mourir, moi ? Ah là là ! La mort ? Oh ! mais je ne demande que ça moi ! Mourir ! Vite ! Ah là là ! Alors tu parles comme je m'en fous ! Mais c'est ce que je désire moi la mort !... Ah ! Nom de Dieu !...

Il se dépêtre, il se décroche du coup, il renverse ma mère Clémence. Le revoilà debout à rebrailler... Il avait pas pensé à ça... La mort ! Nom de Dieu... Sa mort !... Le voilà reparti en belle transe... Il se donne tout entier ! Il se requinque !... Il se relance vers l'évier... Il veut boire un coup. Ta ra ! Vlac ! ! !.. Il dérape !... Il carambole !... Il va glisser des quatre fers... Il plonge dans le buffet... Il rebondit dans la crédence... Il braille à tous les échos... Il s'est bigorné la trompe... Il veut se rattraper... Tout le bazar nous flanche sur la gueule... Toute la

vaisselle, les instruments, le lampadaire... C'est une cascade...
une avalanche... On reste écrasés dessous... On se voit plus
les uns les autres... Ma mère crie dans les décombres... « Papa!
Papa! Où es-tu?... Réponds-moi, papa!... » Il est étalé de tout
son long, à la renverse... Je vois ses godasses qui dépassent
sur les carreaux de la cuisine, les rouges « siccatifs »!...

— Papa! Réponds-moi, dis? Réponds! dis, mon chéri!...
— Merde! Je serai jamais tranquille!... Je vous demande
rien bordel de Dieu!...

A la fin, il s'est lassé... Il a fini par dire oui... Ma mère a eu ce qu'elle voulait... Il pouvait plus rivaliser. Il disait que c'était bien égal. Il reparlait encore de suicide... Il est retourné à son bureau. Il pensait plus qu'à lui-même. Il abandonnait la partie. Il sortait pour pas me rencontrer. Il me laissait seul avec maman... C'est alors elle qu'a repris la sauce... les griefs... les litanies... Il lui venait du coup des idées... Il fallait qu'elle les expose, que ça sorte et que j'en profite, que je me gave avant mon départ... Puisque mon père se dégonflait c'était pas quand même une raison pour que je me croye tout permis!...

« Écoute-moi un peu, Ferdinand!... Il est vraiment temps que je te cause : je veux pas t'embêter, te gronder, te menacer de ceci ou de cela, c'est pas mon rôle! C'est pas mon genre! Mais enfin il y a certaines choses qu'une mère aperçoit... J'ai l'air souvent dans la Lune, mais je me rends bien compte malgré tout!... Je ne dis rien, mais j'en pense pas moins!... C'est un gros risque que nous courons... Forcément! Tu t'imagines!... T'envoyer en Angleterre!... Ton père n'a pas la berlue... C'est un homme qui réfléchit... Ah! C'est loin d'être un imbécile!... Pour des petites gens de nos moyens, c'est une vraie folie!... T'envoyer à l'étranger?... Mais nous avons déjà des dettes!... Et ce bijou à rembourser!... Et puis deux mille francs à ton oncle! Ton père le répétait ce matin... C'est de la vraie aberration! Et c'est bien exact!... J'ai pas voulu abonder! mais ton père voit clair!... Il n'a pas les yeux dans sa poche! Je me demande où nous allons dénicher, fabriquer une somme pareille! Deux mille francs!... Nous aurons beau remuer ciel et terre!...

Ça ne se trouve pas sous le pied d'un cheval!... Ton père, tu le vois bien par toi-même, est tout au bout de son rouleau!... Pour moi, je suis rendue, fourbue, je ne dis rien devant lui, mais je suis prête à m'effondrer... Tu vois ma jambe?... Tous les soirs elle enfle à présent... C'est plus une vie que nous endurons!... Nous n'avons pas mérité ça!... Tu m'entends n'est-ce pas? Mon petit? Ce n'est pas des reproches que je t'adresse... Mais c'est pour que tu te rendes bien compte... Que tu te fasses pas d'illusions, que tu comprennes bien tout le mal que nous avons dans l'existence... Puisque tu vas t'en aller pendant plusieurs mois. Tu nous as compliqué les choses, tu sais, Ferdinand! Je peux bien te le dire, te l'avouer!... Je suis pour toi pleine d'indulgence... Je suis ta mère après tout!... Ça m'est difficile de te juger... Mais les étrangers, les patrons, eux autres qui t'ont eu chez eux tous les jours... Ils ont pas les mêmes faiblesses. Tiens, Gorloge! pas plus tard qu'hier! je l'entends encore... J'ai rien répété à ton père!... En partant... Il était là depuis une heure... « Madame, qu'il me fait, je vois à qui je cause... Votre garçon, pour moi, c'est bien simple... Vous êtes comme tant d'autres mères... Vous l'avez gâté! Pourri! Voilà tout! On croit bien faire, on se décarcasse! On fait le malheur de ses enfants! » Je te répète mot pour mot ses propres paroles... « Absolument sans le vouloir, vous n'en ferez qu'un petit jouisseur! un paresseux! un égoïste!... » J'en suis restée toute baba! Ça je peux bien l'avouer! J'ai pas fait « ouf! » J'ai pas tiqué! C'était pas vraiment dans mon rôle d'aller lui donner raison!... Mais, tu sais, j'en pensais pas moins!... Il avait vu clair aussi... Avec nous c'est pas pareil, Ferdinand... C'est pas la même chose. Avec moi surtout!... Si tu n'es pas plus affectueux, plus raisonnable, plus travailleur et surtout plus reconnaissant... Si tu ne te rends pas mieux compte... Si tu ne tentes pas de nous soulager davantage... Dans l'existence... Dans la vie si difficile... Y a une raison, Ferdinand, et moi je vais te la dire tout de suite, moi ta mère... Je la comprends moi comme une femme... C'est que vraiment tu n'as pas de cœur... C'est ça au fond de toutes les choses... Je me demande souvent de qui tu peux tenir. Je me demande maintenant d'où ça te vient? Sûrement pas de ton père ni de moi-même... Il a du cœur lui ton père... Il en a plutôt trop, le pauvre homme!... Et moi, je crois que tu m'as bien vue comme j'étais

avec ma mère?... C'est jamais le cœur qui m'a manqué...
Nous avons été faibles avec toi... Nous étions trop occupés,
nous n'avons pas voulu voir clair... Nous avons cru que ça
s'arrangerait... Tu as fini à la fin par manquer même de probité!... Quelle terrible abomination!... Nous en sommes un
peu fautifs!... Ça c'est exact... Voilà où tout ça nous mène!...
« Il fera votre malheur!... » Ah! il me l'a pas envoyé dire! Lavelongue m'avait déjà prévenue!... C'est pas le seul qui s'est
aperçu tu vois, Ferdinand!... Tous ceux qui vivent avec toi,
ils finissent par s'apercevoir... Eh bien! je n'insiste pas, je ne
veux pas te faire plus mauvais que tu n'es... Puisque tu vas te
trouver là-bas dans un milieu tout différent... Tâche d'oublier
le mauvais genre!... Les mauvaises fréquentations!... Ne
recherche pas les petits voyous!... Ne les imite pas surtout!...
Pense à nous!... Pense à tes parents!... Tâche là-bas de te corriger... Amuse-toi aux récréations... mais ne t'amuse pas au
travail... Essaye d'apprendre vite cette langue et puis tu
reviendras... Prends des bonnes manières... Essaye de te former
le caractère... Fais des efforts... Les Anglais ont l'air toujours si
convenables!... Si propres! Si correctement habillés!... Je ne sais
pas quoi te dire moi mon petit, pour que tu te conduises un
peu mieux... C'est la dernière tentative... Ton père t'a tout
expliqué... C'est grave à ton âge la vie... Tu veux faire un
honnête homme!... Je peux pas t'en dire davantage... » Dans
le genre c'était bien exact, j'avais entendu presque tout... Rien
ne me concernait plus... Ce que je voulais c'était partir et le
plus tôt possible et plus entendre personne causer. L'essentiel,
c'est pas de savoir si on a tort ou raison. Ça n'a vraiment pas
d'importance... Ce qu'il faut c'est décourager le monde qu'il
s'occupe de vous... Le reste c'est du vice.

Le chagrin est venu quand même, d'une façon pire que j'aurais cru, au moment de partir. C'est difficile de s'empêcher. Quand on s'est trouvés tous les trois sur le quai de la gare du Nord, on n'en menait pas large... On se retenait par les vêtements, on essayait de rester ensemble... Dès qu'on était dans la foule, on devenait timides, furtifs... Même mon père, qui gueulait si fort au Passage, dehors, il perdait là tous ses moyens... Il se ratatinait. C'est à la maison seulement qu'il remuait la foudre et les tonnerres. A l'extérieur, il rougissait qu'on le remarque... Il regardait à la dérobée...

C'était une audace singulière, qu'on m'envoye si loin... Tout seul... Comme ça... On avait la trouille subitement... Ma mère qu'était la plus héroïque, elle a cherché des personnes qui s'en allaient de mon côté... Personne connaissait Rochester. Je suis monté retenir ma place... On m'a recommandé encore toutes les choses indispensables... La prudence la plus extrême... De pas descendre avant l'arrêt... De jamais traverser la voie... De regarder de tous les côtés... De pas jouer avec la portière... De redouter les vents coulis... De rien attraper dans les yeux... De me méfier aussi du filet des bagages... que ça vous assomme dans les tamponnements... J'emportais une valise bourrée, et de plus, une couverture, un genre d'énorme carpette, un tapis d'Orient à carreaux multicolores, un « plaid » de voyage vert et bleu... Il nous venait de Grand'mère Caroline. Personne avait jamais pu le vendre. Je le remportais dans son pays. Il sera parfait pour le climat! Voilà ce qu'on pensait...

Il a fallu dans tout le boucan que je récite encore une fois tout ce qu'on m'avait forcé d'apprendre, tout ce qu'on me serinait depuis huit jours... « Brosse-toi chaque matin les dents... Lave-toi les pieds tous les samedis... Demande à prendre des bains de siège... Tu as douze paires de chaussettes... Trois chemises de nuit... Torche-toi bien aux cabinets... Mange et mâche surtout lentement... Tu te détruiras l'estomac... Prends ton sirop contre les vers... Perds l'habitude de te toucher... »

J'avais encore bien d'autres préceptes pour mon relèvement moral, pour ma réhabilitation. On me donnait tout avant que je quitte. J'emportais tout en Angleterre, des bons principes... Des excellents... et la grande honte de mes instincts. Je ne manquerais de rien. Le prix était entendu. Deux mois entiers payés d'avance. J'ai promis d'être exemplaire, obéissant, courageux, attentif, sincère, reconnaissant, scrupuleux, de ne plus jamais mentir, ni voler surtout, de ne plus mettre les doigts dans mon nez, de revenir méconnaissable, un vrai modèle, d'engraisser, de savoir l'anglais, de ne pas oublier le français, d'écrire au moins tous les dimanches. J'ai promis tout ce qu'on a voulu, pourvu qu'on me laisse tout de suite partir... Qu'on recommence pas une tragédie. Après qu'on avait tant parlé, on était à bout de bavardages... C'était le moment du départ. Il me venait des vilaines pensées, des sensations bien sinistres... Toute la moche incohérence des vapeurs, des foules, des sifflets, ça stupéfie... Je voyais là-bas au loin les rails qui foutaient le camp dans le tunnel. Moi aussi j'allais disparaître... J'avais des pressentiments tartes, je me demandais si les Anglais, ils seraient pas des fois plus vaches, salauds davantage, et bien pires que ceux d'ici?...

Je les regardais, mes parents, ils tressaillaient, tremblotaient de toute la tronche... Ils retenaient plus des grosses larmes... Je me suis mis du coup à chialer. J'avais honte aussi beaucoup, je fondais comme une fille, je me trouvais infect. Ma mère m'a saisi à bras-le-corps... C'était le moment de fermer les portes... On commandait : « En voiture »!... Elle m'embrassait tellement fort, dans une trombe tellement violente, que j'en vacillais... La force d'un cheval en tendresse qui lui remontait dans ces cas-là du fond de sa carcasse biscornue... Ça la trempait à l'avance les séparations. Ça la retournait tout entière, une terrible tornade, comme si son âme lui serait sortie du derrière, des yeux, du ventre, de la poitrine, qu'elle m'en aurait foutu partout, qu'elle en illuminait la gare... Elle y pouvait rien... C'était pas regardable comme effet...

— Calme-toi, voyons, maman!... Y a des gens qui se marrent...

Je la suppliais qu'elle se retienne, je l'implorais parmi les baisers, les sifflets, le boucan... Mais c'était bien plus fort qu'elle... Je me suis tiré de son étreinte, j'ai sauté sur le marchepied, je voulais pas qu'elle recommence... J'osais pas l'avouer, mais quand même au fond, j'étais encore comme curieux... J'aurais bien voulu connaître jusqu'où elle pouvait aller dans les effusions?... Au fond de quelles choses dégueulasses elle allait chercher tout ça?...

Mon père, au moins lui c'était simple, il était plus qu'un sale baveux, il avait plus rien dans la caisse, que des fatras, des simulacres, encore des gueulements... Toute une quincaille de connerie... Mais elle, c'était pas du même... elle gardait tout son répondant, elle tenait toute sa musique... Même dans la débine infecte... pour un rien qu'on la caresse elle se remettait en émoi... C'était comme un truc déglingué, le piano du vrai malheur qu'aurait plus que des notes atroces... Même remonté dans le wagon je craignais encore qu'elle me repoisse... J'allais, je revenais, je faisais semblant de chercher des choses... Je suis grimpé sur la banquette... Je cherchais ma couverture... Je piétinais dessus... J'étais bien content que ça s'ébranle. On est partis dans un tonnerre... On avait dépassé Asnières quand je me suis remis comme tout le monde... J'étais pas encore rassuré...

239

Arrivé à Folkestone, on m'a montré le chef de train, c'est lui qui devait me surveiller, m'avertir au moment de descendre. Il portait un rouge baudrier avec une petite sacoche suspendue au milieu du dos. Je ne pouvais pas le perdre de vue. A Chatham, il m'a fait des signes. J'ai empoigné ma valise. Le train avait deux heures de retard, les gens de ma pension, du « Meanwell College » ils étaient repartis chez eux, ils m'attendaient plus. Ça faisait mon affaire dans un sens. Je me trouvais le seul à descendre, les autres, ils continuaient sur Londres.

Il faisait déjà nuit, c'était pas très bien éclairé. C'était une station en hauteur, comme montée sur des échasses, sur des pilotis... C'était étiré, tout enchevêtré, tout en bois, dans la buée, dans les bariolages d'affiches... Ça résonnait des mille membrures dès qu'on marchait sur la plate-forme...

J'ai pas voulu qu'on m'aide encore, j'en avais assez. Je me suis barré par un portique de côté et puis ensuite par une passerelle... On m'a rien demandé... Je voyais déjà plus mon bonhomme, un autre encore avec une espèce d'uniforme, un bleu et rouge qui me cavalait. Je me suis retourné devant la station, sur une place qu'était bien obscure. La ville commençait là tout de suite. Elle dégringolait avec ses petites rues, d'un lumignon vers un autre... C'était poisseux, ça collait comme atmosphère, ça dansait autour des becs... c'était hagard comme sensation. De loin, de plus bas, il venait des bouffées de musique... le vent devait porter... des ritournelles... On aurait dit d'un manège cassé dans la nuit...

J'arrivais, moi, un samedi, ça faisait du peuple dans les

rues. Ça moutonnait le long des boutiques. Le tramway, un genre de girafe obèse, il dépassait les bicoques, il laminait la cohue, il godaillait dans les vitres... La foule était dense et marron et onduleuse avec une odeur de vase et de tabac et d'anthracite, et puis aussi de pain grillé et un peu de soufre pour les yeux, ça devenait de plus en plus tenace, plus enveloppant, plus suffocant à mesure qu'on dévalait, ça se reformait après le tram, comme les poissons après l'écluse...

Dans les remous, c'était plus visqueux, plus adhérent que les gens de chez nous. J'ai collé aussi aux groupes avec ma valise, je suis passé d'un bide sur un autre. Je reluquais bien la boustifaille des étalages, tout en hauteur. Des petites montagnes de jambons... Des ravins en salaisons... J'avais une dent pas ordinaire, mais j'ai pas osé entrer. J'avais une « Livre » dans une poche et puis des petits sous dans l'autre.

Au bout des déambulages et des ramponneaux, on a débouché sur un quai... Le brouillard était bien compact... On s'habitue à trébucher... Faut pas tomber dans la rivière... Sur toute l'étendue c'était disposé comme une foire, avec des petits éventaires et puis encore des vraies estrades... Des quantités de lumignons et toute la cohue... Des camelots pêchaient dans le tas... ils s'égosillaient dans leur langue... Y avait une quantité de guitounes tout à travers l'esplanade pour tous les désirs... Pour les merlans, pour les frites... la mandoline, la lutte, les poids, l'avaleur, le vélodrome, les petits oiseaux... le canari qui picore « l'Avenir » dans la boîte, là y avait un monde formidable... Tous les goûts sont émoustillés... le nougat... la groseille qui dégouline à pleins barils sur la promenade... Il descend du ciel un nuage très épais... il tombe sur la fête... il cache tout en un instant... Il feutre l'espace... On entend encore très bien, mais il dissimule, on voit plus... Ni bonhomme ni acétylène.... Ah! un coup de bourrasque! On le retrouve!... un vrai gentleman, redingote... Il montre la Lune pour deux pennies... Pour trois pièces il vous donne Saturne... C'est écrit sur sa pancarte... Voici des buées qui rappliquent, elles se jettent sur la foule... elles s'étendent... Tout est encore étouffé! Le mec il remet son « claque », il ratatine son télescope, il râle, il se barre... La foule se bidonne. Y a plus moyen qu'on avance... On va se perdre, on se rassemble aux devantures, où c'est vraiment miroitant. La musique flotte de partout... On se croit en plein dedans... C'est une espèce de mirage... On est comme baignés dans les bruits...C'est un banjo... C'est un nègre sur le tapis à côté de moi, il pleurniche à ras du trottoir... il imite une locomotive... Il va écraser tous les gens. On s'amuse bien, on ne se voit plus!...

Les buées repartent et s'envolent... Je ne me trouve plus pressé du tout... J'ai pas hâte de me rendre au « Meanwell »... Ça me plaît bien moi l'endroit du quai... l'espèce de foire et les gens vagues... C'est bien agréable une langue dont on ne comprend rien... C'est comme un brouillard aussi qui vadrouille dans les idées... C'est bon, y a pas vraiment meilleur... C'est admirable tant que les mots ne sortent pas du rêve... Je m'assois un peu peinard, sur ma couverture, contre une borne, après les chaînes... Je suis pas mal, je suis adossé... Je vais voir passer tout le spectacle... Toute une ribambelle de marins avec des lampions allumés au bout de grandes perches... C'est des drôles! C'est la pagaye! la girandole!... Ils sont déjà saouls, bien heureux!... Ils déferlent, culbutent, chahutent. Ils gueulent un peu comme des chats... Ils ameutent la populace. Ils avancent plus, leur farandole est coincée dans un réverbère... Ça s'enroule, ça se débobine... Y a un traînard au ruisseau... Ils ont culbuté dans un nègre... Ils s'interpellent... Ils se défient... Y a des insultes!... Tout d'un coup, ils se mettent en rage... Ils veulent le pendre à la poterne du tramway le nègre!... Ça fait un boucan affreux!... Une vache bagarre qui s'ensuit... Ça fume... ça bourdonne... Sonnent les coups comme du tambour! et des han! et des hia! terribles... Voilà des sifflets... Une autre rafale de frimants... Une nuée stridente!... Toute une escouade de « polices », des bleus, des pointus alors, des éteignoirs noirs sur la pêche!... Ils se grouillent aussi. Ils radinent au galop des rues, des ombres, de partout... Ils se précipitent au pas de course... Tous les militaires qui pavanent, badines frétillantes, le long des baraques, rambinent à toutes pompes... Foncent aussi dans la mêlée... Ça va!... Ça piaille la sarabande! Ça titube!... Y en a pour toutes les couleurs! Une bataille d'échantillons!... Des jonquilles!... des verts par là... des violets... C'est l'échauffourée! La salade... Les gonzesses se sauvent dans les coins avec les acétylènes, les torches en fusion dans le brouillard. Elles poussent toutes des cris horribles, stridents, c'est des écorchées de la peur... Voilà des renforts de gendarmes, cacatoès en couleurs... Ils entrent majestueux dans la danse... Ils sont retournés, dépiautés. C'est une bataille de volière... Les badines... les plumets giclent, fusent... Un char à bancs à quatre chevaux surgit en trombe d'une impasse... Il bloque pile en pleine pagaye... C'est d'autres costauds qui déboulinent... Ils se jettent dans le tas comme des fardeaux, et c'est des colosses et ça rebondit... Ils agrafent les plus truculents, les mieux hurleurs, les plus chlass... Ils les basculent dans le fourgon, complètement retournés... Ça s'empile, ça s'agglomère... La mêlée s'effrite... L'émeute est dissoute dans la nuit... Leur bagnole repart au galop... Et c'est fini les violences!... La foule reflue vers les cantines, le long des comptoirs acajou... on liche encore davantage... Sur le tremplin c'est dégagé, c'est des petites voitures qui défilent... Des frites... des andouilles... des bigorneaux... On trinque à nouveau... On taillade dans les saucisses... Le « battant » du bar arrête plus de flanquer à droite, à gauche. Un ivrogne trébuche, s'affale au ruisseau... La procession fait des détours, les passants traînaillent. C'est des gonzesses, une vraie bande, des vraies glousseuses... après les marins qui les pressent dans les petites portes d'à côté... Ils se parlent... Ils renvoient... Ils sont aspirés par le bar... les Écossais butent dedans... Ils voudraient encore se battre, ils peuvent vraiment plus...

Je les suis moi et ma valise... On me demande pas... On me sert d'abord... Tout un vrai bocal de sirop, du bien épais moussu noir... c'est amer... c'est de la bière! C'est de la fumée en compote... On me rend deux ronds à « la reine », c'est celle qu'est morte justement, la gueule en peau de fesse... la belle Victoria... Je peux pas finir leur breuvage, ça m'écœure et j'ai bien honte! Je retourne dans la procession. On repasse devant les voitures, les petites qui portent un lumignon entre les brancards... J'entends un véritable orchestre... Je cherche et je m'oriente... C'est tout près du débarcadère... Ça barde, ça fulmine, ça trombone dessous l'étamine étendue... Ils chantent en chœur... tout à fait faux... C'est étonnant comme ils arrivent à se torturer toute la bouche, la dilater, l'évaser comme un véritable trombone... Et se la rattraper encore... Ils en agonisent... Ils en crèvent dans les convulsions... C'est la prière, c'est les cantiques!... Une grande daronne elle a qu'un œil, elle va le sortir tant plus qu'elle gueule!... Elle se trémousse tant

243

que son chignon lui retombe lentement sur le blaze avec le galure à rubans... Elle fait pas encore assez de bruit, elle arrache le piston de son homme, elle souffle dedans à son tour, elle en rend tout un poumon... Mais c'est un air de polka, un véritable rigodon... C'est terminé la tristesse... L'assistance se met à guincher, on s'enlace, on s'émulsionne, on se trémousse... L'autre frimant, celui qui la regarde, ça doit être sûrement son frangin, il lui ressemble avec de la barbe, en plus il a des lunettes et une belle « bâche » à inscription. Il a l'air de bouder celui-là... Il est plongé dans un bouquin... Tout d'un coup le voilà qui repart et en transe aussi! Il arrache le clairon à sa sœur!... Il grimpe sur le tabouret, il crache un bon coup d'abord... Il se met à jacter... De la façon qu'il gesticule, qu'il se frappe le torse, qu'il fait l'extase, je vois que ça doit être un sermon... Les mots, il les fait gémir, il les torture d'une manière qu'est difficile à supporter... Les mecs d'à côté ils se gondolent. Il les défie, les interpelle, rien ne l'arrête... pas même les sirènes, celles des bateaux qui forcent au courant... Rien l'empêche de fulminer... Moi, il m'épuise... Il me ferme les châsses... Je m'assois sur ma couverture... Je me recouvre, personne me voit, je suis à l'abri des hangars... Il gueule toujours le « Salvation », il s'époumone, il m'abrutit... Il fait froid, mais je me protège... J'ai un peu plus chaud... C'est blanc la buée, c'est bleu après. Je suis juste contre une guérite... Il fait noir là, peu à peu... Je vais roupiller... De là-bas, qu'elle vient la musique... C'est un manège... un Barbarie... De l'autre côté de la rivière... Ça c'est le vent... C'est le clapotis...

Un terrible râle de chaudière m'a réveillé en sursaut !... Un bateau longeait la rive... Il forçait contre courant... Les « Salvations » de tout à l'heure ils étaient barrés... Les nègres sautaient sur l'estrade... Ils cabriolaient en jaquette... Ils rebondissaient sur la chaussée... Les pans mauves frétillaient derrière, dans la boue et l'acétylène. Les « Ministrels » c'était inscrit sur leur tambour... Ils arrêtaient pas... Roulements... Dégagements... Pirouettes !... Une grande énorme sirène a déchiré tous les échos... Alors la foule s'est figée... On s'est rapprochés du bord, pour voir la manœuvre d'abordage... Je me suis calé dans l'escalier, juste tout près des vagues...

La marmaille des petits canots s'émoustillait dans les remous à la recherche du filin... La chaloupe, la grosse avec au milieu sa bouillotte, l'énorme tout en cuivre, elle roulait comme une toupie... Elle apportait les papiers. Il résistait dur au courant le « cargo » des Indes... Il tenait toujours la rivière dans le milieu du noir... Il voulait pas rapprocher... Avec son œil vert et son rouge... Enfin, il s'est buté quand même, le gros sournois, contre un énorme fagot qui retombait du quai... Et ça craquait comme un tas d'os... Il avait le nez dans le courant, il mugissait dans l'eau dure... Il ravinait dans sa bouée... C'était un monstre à l'attache... Il a hurlé un petit coup... Il était battu, il est resté là tout seul dans les lourds remous luisants... On est retournés vers le manège, celui des orgues et des montagnes... La fête était pas terminée... Je me sentais mieux du roupillon... D'abord ça devenait une magie... Ça faisait tout un autre monde... Un inouï !... comme une image pas sérieuse... Ça me

semblait tout d'un coup qu'on ne me rattraperait plus jamais...
que j'étais devenu un souvenir, un méconnaissable, que j'avais
plus rien à craindre, que personne me retrouverait jamais...
J'ai payé pour les chevaux de bois, j'ai présenté ma petite
monnaie. J'en ai fait trois tours complets avec des mômes
qu'étaient bringues et des militaires... Elles étaient appétis-
santes, elles avaient des fioles de poupées, des mirettes comme
des bonbons bleus... Je m'étais étourdi... J'ai voulu tournoyer
encore... J'avais peur de montrer mon flouze... Je suis allé
un peu dans le noir... J'ai déchiré ma doublure, je voulais
sortir mon fafiot, la « Livre » entière. Et puis l'odeur d'une
friture m'a dirigé vers l'endroit tout près d'une écluse... C'était
les beignets... je sentais bien ça de loin, sur une carriole à petites
roues.

La môme qui trifouillait la sauce, je peux pas dire qu'elle
était jolie... Il lui manquait deux dents de devant... Elle arrêtait pas de rigoler... Elle avait un chapeau à franges qui croulait sous le poids des fleurs... C'était un jardin suspendu... et
des voiles, des longues mousselines qui retombaient dans sa
marmite, elle les enlevait aimablement... Elle paraissait extrêmement jeune pour s'affubler d'un truc pareil même à l'heure
où nous nous trouvions... dans les conditions bizarres... il
m'étonnait son bibi... Je pouvais pas m'en détacher. Elle me
souriait toujours... Elle avait pas vingt piges la môme et des
petits nénés insolents... et la taille de guêpe... et un pétard
comme je les aime, tendu, musclé, bien fendu... J'ai fait le
tour pour me rendre compte. Elle était toujours absorbée au-
dessus des graillons... Elle était ni fière ni sauvage... Je lui ai
montré ma monnaie... Elle m'a servi des fritures assez pour
gaver une famille. Elle m'a pris qu'une petite pièce... Nous
étions en sympathie... Elle voit bien avec ma valise que je
descends tout juste du train... Elle tente de me faire comprendre
des choses... Elle doit m'expliquer... Elle me parle très lentement... Elle détaille les mots... Alors là, je me sens tout rétif!...
Je me rétracte... Il me passe des venins... Je fais affreux dès
qu'on me cause!... J'en veux plus moi des parlotes!... Ça va!
J'ai mon compte!... Je sais où ça mène! Je suis plus bon!
Elle redouble de courtoisie, d'aménité, d'entreprise... Son trou
de sourire il me dégoûte d'abord!... Je lui montre que je vais
faire un tour du côté des bars... M'amuser!... Je lui laisse ma

valise en échange, ma couverture... Je les pose à côté de son pliant... Je lui fais signe qu'elle me les conserve... Et je repique dans la vadrouille...

Tout affranchi, je reviens vers les boutiques... je traîne le long des victuailles... Mais j'ai bâfré, j'en peux plus... A présent c'est onze heures qui sonnent... Des rafales d'ivrognes arrivent... déferlent tout à travers l'esplanade... Ça vient, ça va, ça s'écrase contre la muraille des douanes, ça retombe, ça mugit, ça s'étend, ça s'éparpille... Ceux qui sont chlass en badine, raideur, cadence, boutonnés de travers, ils franchissent l'estaminet, ils piquent tout droit vers le comptoir... Ils restent là rien à dire, transis, soudés par le tintamarre mécanique, la « valse d'amour ». Moi, il me reste encore beaucoup de sous... J'ai rebu deux soupes à la bière, celle qui tire sur l'haricot...

Je suis ressorti avec un voyou et puis encore un autre roteur qu'avait un petit chat sous son bras. Il miaulait entre nous deux... Je pouvais plus beaucoup avancer... J'ai reculé dans le bar à côté... foncé dans la porte à battants... J'ai attendu sur le banc... le long du mur que ça revienne... avec tous les autres soiffards... Y avait des quantités de gonzesses en caracos, plumes et bérets, en canotiers à durs rebords... Tout ça parlait en animaux... avec des énormes aboiements et des renvois de travers... C'étaient des chiens, des tigres, des loups, des morpions... Ça gratte...

Dehors à travers le carreau, sur le trottoir, à présent, c'étaient des poissons qui passaient... On les voyait joliment bien... Ils allaient doucement... ils ondulaient sur la vitrine... Ils venaient comme ça dans la lumière... Ils ouvraient la bouche, il en sortait des petits brouillards... c'étaient des maquereaux, des carpes... Ils avaient l'odeur aussi, ils sentaient la vase, le miel, la fumée, qui pique... tout... Encore un petit coup à la bière... On pourra jamais se relever... Alors ça sera beaucoup mieux... Ils bavachent... ils s'esbaudissent tous les fainéants... Toute la rangée se bigorne, se fout des claques à s'assommer les deux cuisses... Putains!...

Il s'arrête tout de même le piano, le tôlier en tablier nous fout tous dehors!... Je me retrouve encore dans la rue! Je déboutonne tout mon col!... Je me sens vraiment mal foutu... Je me trimbale à travers les ombres. Je vois encore un petit peu les deux réverbères... pas beaucoup!... Je vois l'eau... Je revois des clapotis... Ah! je vois aussi la descente. Je prends les marches une après l'autre... Je m'appuye, je suis très prudent... Je touche à la flotte... à genoux... je dégueule dessus... je fais des violents efforts... Je suis bien content... De plus haut, il m'arrive une rafale... une énorme... Tout un manger... Je vois le mec penché... Du refile... une bouffée glaireuse... Je veux me redresser! Merde! Je peux plus... Je m'assois encore... Je prends tout! Tant pis! Ça coule dans les yeux... Encore un hoquet... Ouah! Je vois l'eau danser... en blanc... en noir... C'est vraiment froid. Je grelotte, j'en déchire mon froc... J'en peux plus de dégueuler... Je me raplatis dans un angle... C'est un beaupré du voilier qui me passe à travers... Il me frôle juste la tronche... Ils arrivent les gars! C'est une véritable escadre!... Ah oui! Ils sortent tout juste du brouillard... Ils poussent à la rame... Ils bordent à quai... Les voiles roulées à mi-mât... J'entends le troupeau qui radine... Ça piétine tout le long des embarquements, c'est la corvée qui arrive...

Je remonte pas du ras de la flotte... J'ai un peu moins froid... J'ai la tête en mou... Je suis tranquille... Bien régulier. Je fais de mal à personne... C'est des espèces de « tartanes »... Je m'y connais moi en navires... Il en arrive encore d'autres... Elles s'agglomèrent... Elles se tassent dans les vagues... Jusqu'à la lisse qu'elles plongent dans l'eau... Elles croulent sous les nourritures. Y a des légumes pour un monde... Y a des choux rouges, des oignons, des radis noirs, des navets en monticules, en cathédrales, ça flotte à contre-courant et remorque à la voile!... Ça se pavane dans les projecteurs... Ça jaillit d'un coup des ténèbres... Les manœuvres ont paré l'échelle... Ils avalent tous d'un coup leurs chiques. Ils accrochaient alors leurs « bloums » après leurs vestons d'alpaga... On aurait dit des comptables... Ils mettaient même des lustrines... C'était ainsi les dockers du temps d'autrefois.... Ils échafaudaient des paniers, des piles étonnantes, des équilibres, le haut montait dans la nuit... Ils revenaient avec des tomates, ils se creusaient des profonds tunnels en plein dans le remblai... les choux-fleurs... Ils redisparaissaient dans les cales... Ils revenaient sous les lanternes... Ils repassaient pleins d'artichauts... Le rafiot il ne bandait plus, il croulait sous les passerelles... il en arrivait toujours d'autres, pour pomper les marchandises, des transbordeurs à la gomme.

Je m'étonne, j'ai les dents qui claquent... Je crève, oui littéralement. Je ne divague plus... J'ai un sursaut dans la mémoire... Où je l'ai mise ma couverture? Je me souviens de la môme Graillon... Je passe d'une baraque à une autre... Enfin je la retrouve la mignonnette. Elle m'attendait justement. Elle avait déjà tout bouclé, toutes les marmites, sa grande fourchette, replié tout son bataclan... Elle avait plus qu'à s'en aller... Ça lui faisait plaisir que je revienne. Elle avait vendu toutes ses pâtes. Elle m'a même montré que c'était vide... les grosses frites... les pommes à l'huile... elle avait plus dans une assiette qu'un seul petit fromage de tête... Elle se l'est étalé sur du pain avec un couteau, une belle tranche, on se l'est divisée... J'avais faim encore un coup. Elle a remonté sa voilette pour mieux me dévisager. Elle me faisait des gestes de gronderie, que j'étais resté trop longtemps. Elle était déjà jalouse!... Elle a pas voulu que je l'aide pour tirer dans les brancards... C'était dans la ville son hangar où elle garait sa guimbarde... C'est moi qui portais le falot... J'avais pas tout vu de son chapeau... Il en restait à regarder, il lui en retombait jusqu'à la taille des colifichets garnitures. Une plume de paon, une immense, était nouée sous son menton par un foulard vraiment splendide, à ramages mauves et dorés.

Dans la remise on a entassé les casseroles... On a tout bouclé la lourde, on est repartis en baguenaude. Alors, elle s'est rapprochée... Elle voulait me causer sérieusement... Là encore j'ai pas cédé... J'ai fait l'oseille. Je lui ai montré mon adresse... le « Meanwell College ». Exprès, je me suis arrêté sous un bec de gaz... Elle savait justement pas lire... Elle arrêtait plus de chahuter... Elle me répétait seulement son nom, son nom à elle. Elle se le tapait sur la poitrine... Gwendoline! Gwendoline!... J'entendais bien, je lui massais, moi, les nichons, mais je comprenais pas les paroles... Ça va les tendresses! les aveux! C'est comme les familles! Ça se repère pas du premier coup, mais c'est pourri et compagnie, c'est fourmillant d'infection... C'est pas ce graillon-là toujours qui me ferait prononcer des paroles. Salut minette! Va chier punaise! Elle pouvait porter ma valise! A ton bon cœur ma Nénette! Te gêne pas pour ça! Elle était bien plus costaud que moi!... Elle profitait des coins sombres pour m'accaparer en tendresses. Elle m'étreignait en lutteuse... Y avait pas à résister... Les rues étaient presque désertes... Elle voulait que je la malaxe... que je la pressure... que je lui passe aussi des ceintures... C'était un fort tempérament... une exigeante, une curieuse... On se cachait derrière des brouillards... Il fallait que je l'embrasse encore, elle m'aurait pas rendu mes trucs... J'avais l'air con à me tortiller... On était sous un réverbère, il lui vient tous les culots, elle me sort la queue en plein vent... Je bandais déjà plus... Elle me fait encore raidir... je reluis... Elle redevient comme une vraie folle... Elle sautillait dans le brouillard. Elle relevait son cotillon, elle faisait la danse du sauvage... J'étais forcé de rigoler... C'était pas une heure! Elle voulait tout! Merde! Elle me courait après... Elle devenait méchante! Elle me rattrape... Elle cherche à me croquer! des suçons farouches! C'est une môme qui aimait l'étranger...

L'esplanade était dégarnie, les saltimbanques à l'autre bout, ils repliaient leurs tentes... les petites charrettes des frimants, les bonbons, les confitures... traversaient tout l'espace vide en brinquebalant dans les trous, les fondrières... Ils avaient du mal à pousser... On arrive devant une estrade, c'était la dernière moukère, une grand'mère qui décrochait ses tentures... Elle était nippée en houri... Elle soufflait toutes ses camoufles... Elle roulait ses tapis d'Orient... C'était fermé par des pancartes... avec des lignes de la main... Elle bâillait énormément, à se décrocher la mâchoire... Ouah! Ouah! qu'elle grognait à travers la nuit. On se rapproche nous deux, ma gironde. On l'interrompt dans son ménage. Elles se reconnaissent les grognasses... Elles se causent... Elles devaient être des copines... Elles bafouillaient des trucs ensemble. Je les intéressais toutes les deux... La fatma, elle me fait signe de venir, de monter dans son gourbi. Je peux pas refuser, l'autre garde mes trucs... Elle me prend la main, la moukère, elle me la retourne, elle me regarde dedans, les paumes... De tout près, avec la lampe. Elle va me faire les lignes... Je gafe! Elles sont curieuses de mon avenir!... Ça veut tout savoir les grognasses! Dès qu'on refuse de leur causer!... Je m'en fous, j'étais bien confortable, sur une pile de coussins... Il faisait bien moins froid que dehors... J'étais en train de me délasser... Elles continuaient leurs manigances... Elles s'intéressaient à mon cas... Elle s'animait l'Orientale... elle me fignolait l'horoscope... La mienne elle fronçait les sourcils. Je devais avoir un destin triste... Je me laissais faire, manipuler... C'était pas désagréable. D'abord, j'avais d'autres soucis! Je regardais un peu tout autour, comment c'était fait leur tente... bariolée avec des étoiles, et au plafond des comètes et des lunes brodées... C'était trop tard pour se passionner, merde! Je comprenais rien dans leurs ragots... Il était au moins deux heures!... Elles arrêtaient pas, elles traînaient toujours... Elles discutaient à présent à propos des petits sillons... C'était des natures scrupuleuses... Moi, j'avais toujours les mains sales, ça devait être déjà plus facile. Et aussi les ongles... Je me serais toujours bien endormi... Enfin, elles ont terminé... Elles étaient d'accord. Ma môme a payé la vioque avec son pognon à elle, deux pièces, j'ai regardé.... Elle s'est fait aussi les cartes... Et puis c'était fini l'avenir... On est repassés sous les rideaux. La moukère est regrimpée sur son comptoir, elle s'est remise à ses tentures.

Ma conquête, la Gwendoline, à partir de ce moment-là, elle m'a regardé autrement... J'étais plus la même personne... Je sentais qu'elle avait des présages, elle me trouvait transfiguré... Elle me caressait plus la même chose... Il devait être poisseux mon destin... Aussi bien aux brêmes qu'aux sillons, il était sûrement à la caille!...

Je me sentais un tel sommeil, que je serais bien retombé sur place, mais il faisait encore trop frisquet. Il a fallu qu'on déambule à travers le débarcadère... Vraiment y avait plus personne, juste un petit chien qui a suivi pendant un petit moment. Il s'en allait vers les hangars. On est passés dans un abri, tout au ras de l'eau, on entendait, on voyait la marée contre la muraille... comme des langues, ça venait claquer... et puis des coups de rames... et l'essoufflement des gars qui reprenaient le large.

Mon graillon, elle m'entraînait, elle voulait, je crois, que j'aille chez elle... J'aurais bien couché sur les sacs, y en avait des tas énormes qui montaient jusqu'aux solives... Ça protège du vent... Elle me faisait des signes, qu'elle avait une vraie carrée avec un vrai lit... Ça me disait pas davantage... C'était des intimités... Même là, au fond de la fatigue, elle me foutait encore la cerise. J'ai fait signe que non... J'avais l'adresse que je voulais rejoindre... au Meanwell College... J'aimais mieux repasser par l'école que de me taper la Gwendoline. C'est pas qu'elle était trop tarte, dans son genre elle avait son charme,

251

elle avait comme une élégance... Elle avait de la fesse, et des musculeux guizots, et des rondins bien mignons... Une sale gueule, mais il faisait noir. On aurait fait nos dégueulasses, on se serait sûrement bien amusés... Mais une fois qu'on aurait dormi!... Mais c'était encore trop de fatigue!... Et puis c'était pas possible!... Ça me remontait le fond du fiel! Ça me coupait le nœud d'y penser... A toute la perfidie des choses! Du moment qu'on se laisse envelopper!... La saloperie! la bourrique! Et à ma mère? Ah! la pauvre femme! Et à Gorloge! à la Méhon! aux citations! au robinet de la cuisine! à Lavelongue! au petit André! au complet bazar des ordures! Oui! Merde!... J'en avais tout un colis! qui pue! Un énorme! un tout fumant sur le cassis!... Pardon! Pas bonnard!

La môme Bigoudi, mon graillon, la bien innocente, la soucieuse, j'y aurais refilé moi, une trempe, une avoine extra! qu'elle aurait plus su lard de cochon! Si je m'étais senti le costaud!... Pour lui apprendre comment c'était... Mais elle m'aurait dérouillé sûr! Elle avait du répondant, un poitrail d'athlète, elle m'aurait retourné comme une crêpe si j'étais devenu très méchant!... Je pensais qu'à ça, dans les petites rues pendant qu'elle m'ouvrait la coquette... Elle avait la poigne d'ouvrière, la sans-façon, la rugueuse. J'ai été branlé par tout le monde. Bien...

Enfin, j'ai ressorti mon adresse. Il fallait qu'on la découvre quand même. Puisqu'elle savait pas du tout lire, on a cherché un policeman... On s'est trompés deux, trois fois. C'était seulement des fontaines qui faisaient drôle dans les carrefours, entre les brumes... Ce fut un monde pour le trouver... On a cherché d'un dock à l'autre. On a carambolé partout dans les futailles et les passerelles... On se marrait malgré l'épuisement... Elle me soutenait avec ma valise... Elle avait vraiment bonne humeur. Elle perdait tout son chignon... Je lui tirais même les tiffes. Ça la faisait aussi rigoler. Le chien à la traîne est rappliqué avec nous... Enfin dans la fente d'un kiosque on a repéré une vraie lumière... Le cogne il était accroupi, il a sursauté de nous voir. Il avait au moins trois houppelandes l'une par-dessus l'autre. Il a raclé longtemps sa gorge... Il est sorti dans le brouillard, il se secouait, s'ébrouait, comme un canard. Il a allumé sa pipe... Il était bien complaisant. Il put la lire mon adresse. Il nous a montré tout là-haut, il a pointé avec le doigt, tout au bout de la nuit, où se trouvait Meanwell College, au-dessus de la colline après tout un chapelet de lanternes qui gravissait en zigzag... Il est retourné dans sa cahute. Il s'est comprimé dans la porte avec toutes ses épaisseurs.

Du moment qu'on savait le chemin, on était plus si pressés... Y avait encore une escalade, une très longue rampe... C'était pas fini l'aventure!... On a grimpé tout doucement. Elle voulait pas que je m'éreinte... Elle était pleine de prévenances. Elle osait plus m'importuner... Elle m'embrassait seulement un peu, dès qu'on allait pour se reposer. Elle me faisait des gestes sous les réverbères que j'étais bien à son goût... Qu'elle m'avait tout à la bonne... À peu près au milieu de la pente, on s'est assis sur une roche; de là on voyait très loin à travers le fleuve passer des nuées de brouillard, elles se précipitaient dans le vide, elles effaçaient les petits navires sur le courant lisse. On voyait plus leurs falots... après c'était un clair de lune et puis des nuages reprenaient tout... La môme, elle me refaisait des gestes... Si je voulais pas encore bouffer? elle s'offrait d'aller m'en chercher, ça devait partir d'un bon cœur... Malgré que j'étais si abruti, je me demandais encore tout de même si j'aurais pas eu la détente pour la balancer dans le ravin d'un grand coup de pompe dans les miches? Hein?...

Dessous c'était la falaise... C'était à pic au-dessus de la flotte.

Voilà des voix qu'on entend, c'était des hommes, une ribambelle, je les reconnais avec leurs torches, c'est des « ministrels », des faux nègres, les barbouillés... Ils remontent du port eux aussi... Ils traînent dans le brouillard leur carriole. Ils ont bien du mal avec. C'est pesant tout leur bazar, tout démonté... Leurs instruments, les piquets ça brinquebale, ça sonne... Ils nous aperçoivent, ils causent à la môme Graillon... Ils font la pause, ils s'installent un peu, ils discutent, ils mettent tous leurs sous en pile au bout de banc. Ils y arrivent plus à les compter... Ils ont déjà bien trop de fatigue... Chacun son tour, ils vont se rincer la figure dans la cascade un peu plus loin. Ils en reviennent alors tout livides, dans le petit jour du matin... qu'on dirait qu'ils sont déjà morts... Ils relèvent un moment la tête, ils reflanchent, ils reviennent s'asseoir sur les graviers... Ils se refont des plaisanteries avec ma coquine... Enfin tout le monde se rassemble. On démarre ensemble... On pousse à la roue leur truc, on tire avec eux la guimbarde pour qu'ils arrivent quand même là-haut. Il me restait un bout à faire! Ils ont pas voulu qu'on se quitte... C'était encore après les arbres le « Meanwell College » et puis encore un détour, et puis une pente et un jardin...

C'était bleu à présent les choses. En arrivant à la porte, nous étions tous assez copains. Le numéro bien exact, ce fut difficile à repérer. On a gratté des allumettes, à deux, trois endroits d'abord... Enfin ça y fut!... La môme elle s'est mise à chialer. Il fallait bien qu'on se sépare!... Je lui ai fait des démonstrations, des signes, qu'elle reste pas là... qu'elle continue donc la route, qu'elle s'en aille avec les copains... Que j'irais sûrement la revoir... en bas... au port... plus tard... un jour... Je lui faisais des gestes affectueux... C'est vrai, que j'y tenais, en somme. Je lui ai donné ma couverture pour qu'elle aye confiance... que j'irais la reprendre... Elle comprenait difficilement... Je ne savais moi, comment faire... Elle m'embrassait tant et plus... Les « ministrels » ils se fendaient à voir nos mimiques... Ils imitaient les baisers...

Dans la petite rue bien resserrée, il passait un zéphyr glacial... Déjà qu'on était si flappis... Je tenais plus en l'air... Quand même c'était trop marrant nos tendresses... On se bidonnait tous pour finir, tellement tout ça devenait con... à une heure pareille!... Enfin elle s'est décidée... Comme elle voulait pas repartir seule, elle a suivi les baladins... Ils ont démarré tous en chœur derrière la bagnole, les instruments, la grosse caisse... tout ça en baguenaude... La môme elle me faisait encore des ultimes appels de loin avec sa lanterne... Enfin ils ont disparu... au détour de l'allée des arbres...

Alors, j'ai regardé la plaque, là devant moi, où je devais entrer!... C'était écrit bien exact « Meanwell College » et puis au-dessus des lettres bien plus rouges : Director J. P. Merrywin. C'était les indications, je m'étais pas gouré du tout. J'ai soulevé le petit marteau : Plac! Plac! Rien d'abord est survenu... alors j'ai sonné à l'autre porte. Personne n'a encore répondu... Un bon moment... Enfin, ils ont remué dans la tôle... J'ai vu une lumière qui passait dans l'escalier... Je voyais à travers les rideaux... Ça m'a fait une sale impression... Pour un peu je me barrais d'autor... J'aurais couru après la môme... J'aurais rattrapé les frimands... Je serais jamais revenu au College... Je faisais déjà un demi-tour... Tac! je bute en plein dans un

mec... un petit voûté en robe de chambre... Il se redresse.
Il me dévisage... Il bafouille des explications... Ça devait être
le propriétaire... Il était ému... Il portait des favoris... un
rouquin... et puis des poils blancs... Un petit toupet sur les
yeux. Il me répétait comme ça mon nom. Il était venu par le
jardin... C'était la surprise! C'était une drôle de manière... Il
devait se méfier des voleurs... Il protégeait sa bougie... Il
restait devant moi bredouillard. Il faisait pas chaud pour
l'entretien. Il trouvait pas tous ses mots, le vent a soufflé
sa calebombe :

— Ferdinand!... Je... vous... dis... bon... jour... Je... suis...
content... que vous êtes ici... mais... vous avez... un grand
retard... que vous est-il arrivé?...

— J'en sais rien... que j'ai répondu.

Il a pas insisté du tout... Alors il est passé devant. Il marchait
à tout petits pas... Enfin, il a ouvert sa lourde... Il tremblotait
dans la serrure. Il pouvait plus sortir la clef, tellement qu'il
sucrait... Une fois comme ça dans l'entrée il m'a montré que
je l'attende. De m'asseoir là sur le coffre... qu'il allait arranger
là-haut. En plein milieu de l'escalier, il se ravise encore un coup,
il se penche au-dessus de la rampe, il me pointait comme ça
du doigt :

« Demain, Ferdinand! Demain... Je ne vous parlerai plus
qu'anglais! Eh? What?... » Ça le faisait même rire d'avance...

« Attendez-moi un moment! Wait! Môment! Ah! vous
voyez! Déjà! Ferdinand! Déjà!... »

Il faisait le rigolo...

Il en finissait pas là-haut à trifouiller dans les tiroirs, de refermer encore des portes, de trimbaler des bahuts. Je me disais : « Il exagère!... Je vais me coucher tel que!... » J'attendais toujours.

Au bout du couloir, en veilleuse, je voyais le papillon sautiller...

En m'habituant peu à peu l'œil, j'ai discerné la grande horloge... un cartel maous... un vraiment splendide... et sur le cadran tout en cuivre une petite frégate minuscule arrêtait pas de danser les secondes... tic! tac!... tic!... tac!... Elle voguait comme ça... Elle finissait par m'étourdir avec la fatigue...

Le vieux, il manigançait toujours... il se débattait dans les objets... Il faisait couler l'eau... Il parlait avec une femme... Enfin il est redescendu... Il s'était mis dans les frais!... Complètement lavé, rasé, fringué d'importance... et du style alors!... Un genre avocat... une cape noire flottante... depuis les épaules... des plis... des accordéons... et sur la pointe du cassis une jolie calotte avec un gros gland... Je me dis que c'est pour faire les honneurs. Il veut m'avoir à l'estomac... Il me fait un petit geste... Je me lève... Je m'ébranle... Je tenais plus debout à vrai dire... Il cherchait encore d'autres phrases... des appropriées, à propos de mon voyage... Si j'avais trouvé facilement? Je répondais toujours rien... Je le suivais... A travers le salon d'abord... autour d'un piano... Ensuite par la buanderie... les lavabos... la cuisine... Et le voilà qui ouvre une autre porte... Ce que je vois... Un pageot!... J'attends pas mon reste!... Qu'il m'invite!... Je me lance!... Je m'étale en plein dessus!... Du coup, alors, il rebondit le petit crabe, il se met en furie... Ça lui allait pas du tout. Il ameute!... Il ressaute!... Il se trémousse autour du plume!... Il s'attendait pas à celle-là!... Il me raccroche par les tatanes... Il essayait de me basculer...

— Chaussures! Chaussures! Boots! Boots!... Comme ça de plus en plus furibard!... Il devenait horrible! C'était ma boue sur son beau lit... sur les ramages à grandes fleurs!... C'est ça, qui lui faisait du mal, ça le foutait épileptique! « Va chier! Va craquer petite foirure! » que moi j'y disais... Il essayait de se débattre... Il cavalait dans les couloirs... Il cherchait partout du monde, du renfort!... Si ils m'avaient seulement touché alors je devenais effroyable!... Je me relevais d'autor et je lui filais une sacrée trempe à lui, ce guignol! Tel quel!... j'étais disposé!... Résolu!... Il était mince et maigrelet! Il me courait avec ses salades!... Je l'aurais retourné comme un gant! Et puis ça suffit!... Malgré qu'il glapissait toujours, j'ai pas eu de mal pour m'endormir.

Le « Meanwell College » on ne pouvait pas désirer mieux comme air, comme point de vue. C'était un site magnifique... Du bout des jardins, et même des fenêtres de l'étude, on dominait tout le paysage. Dans les moments d'éclaircies on pouvait voir toute l'étendue, le panorama du fleuve, les trois villes, le port, les docks qui se tassent juste au bord de l'eau... Les lignes de chemin de fer... tous les bateaux qui s'en vont... qui repassent encore un peu plus loin... derrière les collines après les prairies... vers la mer, après Chatham... C'était unique comme impression... Seulement il faisait extrêmement froid au moment où je suis arrivé, tellement c'était découvert en haut de la falaise... c'était impossible à tenir chaud. Le vent bourrait contre la tôle... Tous les embruns, toutes les rafales venaient rebondir sur la colline... Ça rugissait dans les piaules, les portes en branlaient jour et nuit. On vivait dans une vraie tornade. Dès que ça mugissait en tempête, ils gueulaient les mômes comme des sourds, ils s'entendaient plus... Y avait pas de Bon Dieu qui tienne! Il fallait que ça pète ou que ça cède. Les arbres prenaient de la forte bande, ils restaient crochus, les pelouses étaient en lambeaux, arrachées par plaques. C'est tout dire...

Dans de tels climats si ravagés, si rigoureux, on prend des appétits farouches... Ça fait devenir les mômes costauds, des vrais mastards! Avec une croûte suffisante! Seulement au « Meanwell College » c'était pas fadé en bectance!... c'était tout juste comme ordinaire. Le prospectus il bluffait. A table, en me comptant moi-même, ça nous faisait quatorze! En plus du patron, la patronne... C'était au moins huit de trop! d'après mon avis, considérant la pâture! On aurait tout fini à six! Dans les jours de vent violent... Il était très chiche le ragoût!

Dans la bande, c'était encore moi, le plus grand et le plus affamé. Je finissais dare-dare ma croissance. Au bout d'un mois j'avais doublé. La violence des éléments ça me faisait une révolution dans les poumons, dans la stature. A force de taper, de racler tous les plats bien avant que les autres m'invitent je devenais comme un fléau à table. Les mômes ils reluquaient mon écuelle, ils me filaient des regards criminels, y avait la lutte c'est évident... Je m'en foutais je causais à personne... J'aurais remangé même quelques nouilles, si on m'avait provoqué, tellement que j'avais faim encore... Un collège où on boufferait en suffisance, il irait à la faillite... Il faut toujours réfléchir! Je me rattrapais sur le « porridge », là j'étais impitoyable... J'abusais même de ma force, pire encore sur la « marmelade »... La petite soucoupe pour nous quatre mômes, je la lampais pour moi tout seul et à même... je la sifflais, on l'avait pas vue... Les autres, ils pouvaient râler, jamais je répondais, forcément... Le thé, c'était à discrétion, ça réchauffe, ça gonfle, c'est de l'eau parfumée agréable, mais ça creuse plutôt. Quand la tempête durait longtemps, que toute la colline rugissait pendant des jours et des jours, je fonçais dans le pot de sucre, à la louche et même à pleines poignes, ça me donnait du réconfort, le jaune, le candi.

Aux repas, Monsieur Merrywin, il se posait juste devant le grand plat, il distribuait tout lui-même... Il essayait de me faire causer. Il avait pas bon... La causerie, moi!... La seule tentative je voyais rouge!... J'étais pas docile... avait seulement que sa belle femme qui m'ensorcelait un petit peu, qui aurait peut-être pu m'adoucir... J'étais placé à côté d'elle... Vraiment elle était adorable. Ça oui, de figure! de sourire! des bras! de tous les mouvements, de tout. Elle s'occupait à chaque seconde de faire manger le petit Jonkind, un enfant spécial, un « tardif ». Après chaque bouchée, ou presque, il fallait qu'elle intervienne, qu'elle l'aide, le bichonne, qu'elle essuye tout ce qu'il bavait. C'était du boulot.

Ses parents, à lui, au crétin, ils restaient là-bas aux Indes, ils venaient même pas le voir. C'était une grande sujétion, un petit forcené pareil, surtout au moment des repas, il avalait tout sur la table, les petites cuillers, les ronds de serviette, le poivre, les burettes, et même les couteaux... C'était sa passion d'engloutir... Il arrivait avec sa bouche toute dilatée, toute distendue, comme un vrai serpent, il aspirait les moindres objets, il les couvrait de bave entièrement, à même le lino. Il en ronflait, il écumait en fonctionnant. Elle l'empêchait, à chaque fois, l'éloignait, Madame Merrywin, toujours bien gracieuse, inlassable. Jamais une seule brusquerie...

A part le truc d'engloutir, le môme il était pas terrible. Il était même plutôt commode. Il était pas vilain non plus, seulement ses yeux qu'étaient fantasques. Il se cognait partout sans lunettes, il était ignoblement myope, il aurait renversé les taupes, il lui fallait des verres épais, des vrais cabochons comme calibre... Ça lui exorbitait les châsses, plus large que le reste de la figure. Il s'effrayait pour des riens, Madame Merrywin le rassurait en deux mots, toujours les mêmes : « No trouble ! Jonkind ! No trouble !... »

Il répétait ça lui aussi pendant des journées entières à propos de n'importe quoi, comme un perroquet. Après plusieurs mois de Chatham c'est tout ce que j'avais retenu... « No trouble, Jonkind ! »

Deux semaines, trois semaines ont passé... Ils me laissaient bien tranquille. Ils cherchaient pas à me brusquer. Ils auraient bien aimé que je cause... que j'apprenne un peu d'anglais. C'était évident. Mon père il demandait dans ses lettres, si je faisais pas quelques efforts?.. Si je m'adonnais aux études?...

Je me laissais pas embringuer... J'étais plus bon pour la parlote... J'avais qu'à me rappeler mes souvenirs... Le gueuloir de la maison!... les limonades à ma mère!... Toutes les vannes qu'on peut vous filer avec des paroles! Merde! Plus pour moi! J'avais mon sac!... J'en étais gavé pour toujours des confidences et des salades!... Salut! J'en gardais des pleines brouettes... Elles me remontaient sur l'estomac, rien qu'à essayer... Ils m'auraient plus... C'était « la classe »! J'avais un bon truc pour me taire, une occasion vraiment unique, j'en profiterais jusqu'à la gauche... Pas de sentiment! Pas d'entourloupes! Elles me faisaient rendre moi leurs causettes... Peut-être encore plus que les nouilles... Et pourtant il m'en venait du rabe rien que de penser à la maison...

Ils savaient plus eux, comment faire, Monsieur et Madame Merrywin, ils se demandaient d'où ça me venait un mutisme pareil, une bouderie si obstinée... C'est surtout lui qui faisait des avances, tout de suite en se mettant à table, à propos des moindres objets... en dépliant sa serviette... Il y tenait à ce que j'apprenne... « Hello! Ferdinand! » qu'il m'interpellait... Il était pas bien tentant... « Hello! Hello! » que je répondais, et puis c'était tout. Ça s'arrêtait là... On commençait à brifer... Derrière ses binocles, il me regardait avec peine...

Il avait des mélancolies, il devait dire : « Ce garçon-là, il nous restera pas !... Il va partir s'il s'ennuie !... » Mais il osait plus insister... Il clignait ses petits yeux « trous de bite », son menton galoche, il remontait ses sourcils qui se barraient de travers et les deux différents comme teinte. Il gardait son genre ancien, avec encore des favoris et la petite moustache cosmétique, les bouts très pointus... Il avait l'air assez jovial. Il se démenait par monts et par vaux, en sport et même en tricycle...

Elle, sa femme, c'était pas semblable, elle craignait personne pour le charme, je dois avouer qu'elle ensorcelait... Elle me faisait un effet profond.

C'était pénible comme décor leur réfectoire au rez-de-chaussée. Les murs presque jusqu'au plafond peinturlurés en cachou. Ça donnait sur une impasse. La première fois qu'elle est entrée avec Jonkind dans la piaule... C'était pas possible d'y croire tellement que je la trouvais belle... Un trouble qu'était pas ordinaire... Je la regardais encore.... Je clignais des deux yeux... J'avais la berlue... Je me replongeais dans mon rata... Nora elle s'appelait... Nora Merrywin...

Au début, à la fin du repas, on se prosternait tous à genoux pour que le vieux puisse réciter les prières... Il commentait longuement la Bible. Les mômes, ils se farfouillaient les narines, ils tortillaient dans tous les sens...

Jonkind, il voulait pas rester, il voulait bouffer le bouton de porte qu'était devant lui à sa hauteur. Le daron, il s'en donnait de l'oraison, il aimait ça marmonner... il bourdonnait un bon quart d'heure, ça finissait la bectance... On se relevait à la fin, au moment d' « ever and ever ! »...

Les murs étaient brunis seulement jusqu'à mi-hauteur, le reste était de la chaux. En plus, il y avait des gravures de l'Histoire Sainte... Ça montrait Job et son bâton, en loques, il traversait un désert... Et puis, il y avait l'Arche de Noé ! complètement bouclée sous la pluie, qui rebondissait dans les vagues, dans les furies tout écumantes... On était comme ça, nous aussi, sur la colline à Rochester. Notre toit, il était pareil. On avait, je suis sûr, des rafales encore beaucoup plus violentes... Les doubles fenêtres en crevaient... Plus tard c'était l'accalmie, le grand domaine des brouillards... Ça devenait alors tout magique... Ça devenait comme un autre monde... On voyait plus à deux pas autour de soi, au jardin... Y avait plus qu'un nuage, il entrait doucement dans les pièces, il cachait tout, il passait peu à peu partout, dans la classe, entre les mômes...

Les bruits de la ville, du port, montaient, remplissaient l'écho... Surtout ceux de la rivière en bas... On aurait dit que le remorqueur il arrivait en plein jardin... On l'entendait même souffler derrière la maison... Il revenait encore... Il repartait dans la vallée... Tous les sifflements du chemin de fer, ils s'enroulaient en serpentins à travers les buées du ciel... C'était un royaume de fantômes... Il fallait même rentrer vite... On serait tombé de la falaise...

Pendant qu'ils disaient la prière, j'avais des sensations dangereuses... Comme on était agenouillés, je la touchais presque moi, Nora. Je lui soufflais dans le cou, dans les mèches. J'avais des fortes tentations... C'était un moment critique, je me retenais de faire des sottises... Je me demande ce qu'elle aurait pu dire si j'avais osé?... Je me branlais en pensant à elle, le soir au dortoir, très tard, encore après tous les autres, et le matin j'avais encore des « revenez-y »...

Ses mains, c'étaient des merveilles, effilées, roses, claires, tendres, la même douceur que le visage, c'était une petite féerie rien que de les regarder. Ce qui me taquinait davantage, ce qui me possédait jusqu'au trognon c'était son espèce de charme qui naissait là sur son visage au moment où elle causait... son nez vibrait un petit peu, le bord des joues, les lèvres qui courbent... J'en étais vraiment damné... Y avait là un vrai sortilège... Ça m'intimidait... J'en voyais trente-six chandelles, je pouvais plus bouger... C'était des ondes, des magies, au moindre sourire... J'osais plus regarder à force. Je fixais tout le temps mon assiette. Ses cheveux aussi, dès qu'elle passait devant la cheminée, devenaient tout lumière et jeux!... Merde! Elle devenait fée! c'était évident. Moi, c'est là au coin de la lèvre que je l'aurais surtout bouffée.

Elle était aussi aimable avec moi qu'avec le crétin, elle me traduisait les moindres mots, tout ce qui se racontait à table, toutes les histoires de morveux... Elle me donnait des explications, en français d'abord, elle prononçait tout lentement... Elle se donnait un double boulot... Son vieux, il clignait toujours derrière ses lorgnons... Il faisait plus beaucoup l'oiseau, il se contentait d'acquiescer... « Yes Ferdinand! Yes! » qu'il approuvait... Engageant... Et puis, il s'amusait tout seul, il se curait les crocs très lentement, et puis les oreilles, il jouait avec son râtelier, il le décollait, il le faisait remonter encore. Il attendait que les gosses finissent, alors il refonçait en prières.

Une fois qu'on était relevés, Madame Merrywin essayait encore un petit peu, avant qu'on retourne en classe, de m'intéresser aux objets... « The table, la table, allons Ferdinand!... » Je résistais à tous les charmes. Je répondais rien. Je la laissais passer par devant... Ses miches aussi elles me fascinaient. Elle avait un pot admirable, pas seulement une jolie figure... Un pétard tendu, contenu, pas gros, ni petit, à bloc dans la jupe, une fête musculaire... Ça c'est du divin, c'est mon instinct... La garce je lui aurais tout mangé, tout dévoré, moi, je le proclame... Je gardais toutes mes tentations. Des autres moujingues de la tôle, je m'en méfiais comme de la peste. C'était qu'une bande de petits morveux, des petits batailleurs, bien ragoteurs, bien enragés, bien connards. J'avais plus de goût pour les babioles, je les trouvais même écœurants... tous ces mômes avec leurs grimaces... J'avais plus l'âge, ni la patience. Je trouvais plus ça possible l'école... Tout ce qu'ils fabriquent, tout ce qu'ils récitent... c'est pas écoutable en somme... à côté de ce qui nous attend... de la manière qu'on vous arrange après qu'on en est sorti... Si j'avais voulu jaspiner, je les aurais moi, incendiées en trois mots, trois gestes, toutes ces fausses branlures. Il en serait pas resté un debout. Rien que de les voir caramboler autour des « crickets », il me passait des haines... Dans les débuts, ils m'attendaient dans les coins pour me dresser soi-disant... Ils avaient décidé comme ça que je causerais quand même. Ils s'y mettaient une douzaine. Ils avalaient leurs cigarettes... Je faisais celui qui voyait rien. J'attendais de les avoir tout près. Alors à bloc, je les faisais rebondir, à grands coups de beignes dans les châsses, à pleines grolles dans les tibias... Une vraie pâtée! la décoction! Comme des quilles ça carambolait!... Ils se tâtaient les os longtemps... Après ils étaient plus convenables... Ils devenaient doux, respectueux... Ils revenaient un peu flairer... J'en rallongeais deux ou trois... Ils se le tenaient alors pour dit.

C'était vraiment moi le plus fort, et peut-être le plus

méchant... Français ou Anglais, les lardons c'est tout du kif comme vermine... Faut piétiner ça dès l'entrée... Faut pas y aller avec le dos, ça se corrige d'autor ou jamais! A la détrempe! la Capitale! Sinon c'est vous qu'on escalade!... Tout est crevé, pourri, fondu. Il vous resterait plus que la chiasse si vous laissiez passer l'occase! Si je m'étais mis à leur causer j'aurais raconté forcément comment c'était les vrais « business... »! les choses exactes de l'existence, les apprentissages... Moi je les aurais vite affranchis ces mirmidons à la gomme! Ils savaient rien ces petits... Ils soupçonnaient pas... Ils comprenaient que le football, c'est pas suffisant... Et puis se regarder la bite...

Les heures de classe étaient pas longues, on s'y collait que le matin...

En fait d'instruction, de religion, de sports variés, Monsieur Merrywin avait la haute main, il se chargeait de tout, il était seul, il avait pas d'autres professeurs.

Dès le petit jour, c'est lui-même, en sandales et robe de chambre qui passait pour nous réveiller. Il fumait déjà sa pipe, une petite en terre. Il agitait autour des lits sa longue badine, il fustigeait par-ci, par-là, mais jamais très fort. « Hello boys! Hello boys! » avec sa voix de petite vieille. On le suivait aux lavabos... Y avait une rangée de robinets, on s'en servait le moins possible. C'était trop froid pour savonner. Et la pluie n'arrêtait plus. A partir du mois de décembre ce fut vraiment du déluge. On voyait plus rien de la ville, ni du port, ni du fleuve au loin... Toujours le brouillard, un coton énorme... Les pluies le détrempaient aussi, on apercevait des lumières, elles disparaissaient encore... On entendait toutes les sirènes, tous les appels des bateaux, dès l'aube c'était la rumeur... Les treuils qui grincent, le petit train qui longe les quais... qui halète et piaule...

Il remontait en arrivant le gaz « papillon », Merrywin, pour qu'on puisse trouver nos chaussettes. Après le lavabo, on se trissait, encore tout humides, vers la mince bectance, au sous-sol. Un coup de prière et le breakfast! C'est le seul endroit où on brûlait un peu de charbon, le si gras, le si coulant, qui fait volcan, qui détone, qui sent l'asphalte. C'est agréable comme odeur, mais c'est son relent de soufre qui pique quand même un petit peu fort!

267

A table, y avait les saucisses sur du pain grillé, mais par exemple trop minuscules! C'est bon, certes! une gourmandise, mais y en avait jamais assez. Je les aurais avalées toutes. A travers la fumée, les flammes jouaient en reflets sur le mur, sur Job et puis l'Arche... ça faisait des mirages fantastiques.

Ne causant pas la langue anglaise j'avais tout le temps de m'amuser l'œil... Le vieux, il mastiquait lentement. Madame Merrywin, elle arrivait après tout le monde. Elle avait habillé Jonkind, elle l'installait sur sa chaise, elle écartait les ustensiles, surtout les couteaux, c'était vraiment admirable qu'il se soye pas déjà éborgné... Et le voyant si goulu, qu'il ait pas déjà bouffé une petite cafetière, qu'il en soye pas déjà crevé... Nora, la patronne, je la regardais furtivement, je l'entendais comme une chanson... Sa voix, c'était comme le reste, un sortilège de douceur... Ce qui m'occupait dans son anglais c'était la musique, comme ça venait danser autour, au milieu des flammes. Je vivais enveloppé aussi moi, un peu comme Jonkind en somme, dans l'ahurissement. Je vivais gâteux, je me laissais ensorceler. J'avais rien à faire. La punaise, elle devait bien se rendre compte! C'est fumier les femmes. Elle était vicelarde comme les autres. « Mais dis donc! que je me fais, Arthur! T'as pas mangé du cerf-volant? T'es pas malade? Dis, des fois? Tu la perds? Tu t'envoles Bouboule! Mon trognon chéri! Raccroche mon Jésus! Pince-toi l'œuf! Il est quart moins deux! »... Aussitôt c'était fatal, je me racornissais à l'instant... Je me ratatinais tout en boule. C'était fini! c'était passé! J'avais la trappe recousue!

Fallait que je reste sur mes gardes, l'imagination m'emportait, l'endroit était des plus songeurs avec ses rafales opaques et ses nuages partout. Il fallait se planquer, se reblinder sans cesse. Une question me revenait souvent, comment qu'elle l'avait épousé l'autre petit véreux? le raton sur sa badine? ça paraissait impossible! Quel trumeau! quel afur! quelle bobinette! en pipe il ferait peur! il ferait pas vingt sous! Enfin c'était son affaire!...

C'est toujours elle qui me relançait, qui voulait que je conversationne : « Good Morning Ferdinand! Hello! Good Morning! »... J'étais dans la confusion. Elle faisait des mimiques si mignonnes... J'ai failli tomber bien des fois. Mais je me repiquais alors dare-dare... Je me faisais revenir subitement les choses que j'avais sur la pomme... Je revoyais la tête à Lavelongue, à Gorloge, méli-mélo!... J'avais un choix pour dégueuler! la mère Méhon!... Çakya-Mouni... J'avais qu'à me laisser renifler, j'avais le nez partout dans la merde! Je me répondais par l'intérieur... « Parle toujours, parle encore dis ma langouste! C'est pas toi qui me feras tiquer... Tu peux te fendre toute la musette... Faire des sourires comme douze grenouilles! Je passerai pas!... Je suis bien gercé, je garantis, j'ai la colonne qui déborde »... Je repensais à mon bon papa... à ses entourloupes, ses salades... à tous les bourres qui m'attendaient, aux turbins qu'étaient à la traîne, à tous les fientes des clients, tous les haricots, les nouilles, les livraisons... à tous les patrons! aux dérouilles que j'avais poirées! Au Passage!... Toutes les envies de la gaudriole me refoulaient pile jusqu'au trognon... Je m'en convulsais, moi, des souvenirs! Je m'en écorchais le trou du cul!... Je m'en arrachais des peaux entières tellement j'avais la furie... J'avais la marge en compote. Elle m'affûterait pas la gironde! Bonne et mirifique c'était possible... Qu'elle serait encore bien plus radieuse et splendide cent dix mille fois, j'y ferais pas le moindre gringue! pas une saucisse! pas un soupir! Qu'elle se trancherait toute la conasse, qu'elle se la mettrait toute en lanières, pour me plaire, qu'elle se la roulerait autour du cou, comme des serpentins fragiles, qu'elle se couperait trois doigts de la main pour me les filer dans l'oignon, qu'elle s'achèterait une moule tout en or! j'y causerais pas! jamais quand même!... Pas la moindre bise... C'était du bourre! c'était pareil! Et voilà! J'aimais encore mieux fixer son daron, le dévisager davantage... ça m'empêchait de divaguer!... Je faisais des comparaisons... Y avait du navet dans sa viande... Un petit sang vert et frelaté... Y avait de la carotte aussi à cause des poils tout en vrilles barrant des oreilles et en bas des joues... Qu'est-ce qu'il avait pu lui faire pour la tomber la jolie?... C'était sûrement pas la richesse... C'était une erreur alors? Maintenant aussi faut se rendre compte, les femmes c'est toujours pressé. Ça pousse sur n'importe quoi... N'importe quelle ordure leur est bonne... C'est tout à fait comme les fleurs... Aux plus belles le plus puant fumier!... La saison dure pas si longtemps! Gi! Et puis comment ça ment toujours! J'en avais des exemples terribles! Ça n'arrête jamais! C'est leur parfum! C'est la vie!...

J'aurais dû parler? Bigornos! Elle m'aurait bourré la caisse? C'était raide comme balle... J'aurais encore moins compris. Ça me faisait au moins le caractère de boucler ma gueule.

Monsieur Merrywin, en classe, il essayait de me convaincre, il se donnait du mal exprès, il mettait tous les élèves au boulot de me faire causer. Il inscrivait des phrases entières sur le tableau noir, en lettres capitales... Bien faciles à déchiffrer... et puis en dessous la traduction... Les mômes rabâchaient tous ensemble, des quantités de fois... en chœur... en mesure... J'ouvrais alors la gueule toute grande, je faisais semblant que ça venait... J'attendais que ça sorte... Rien sortait... Pas une syllabe... Je rebouclais tout... C'était fini la tentative... J'étais tranquille pour vingt-quatre heures... « Hello Hello! Ferdinand! » qu'il me relançait le sapajou à bout d'astuce, désolé... Il m'agaçait alors vraiment... J'y aurais fait, moi, ingurgiter toute sa longue baguette... Je l'aurais passé à la broche... Je l'aurais suspendu à la fenêtre par le troufignon... Ah! il l'a pressenti à la fin... Il a plus insisté du tout. Il devinait mes instincts... Je fronçais les sourcils... Je grognais à l'appel de mon nom... Je quittais plus mon pardessus, même en classe et je couchais avec...

Il tenait à moi, Merrywin, elle était pas épaisse sa classe, il voulait pas que je me trisse, que je rentre avant mes six mois. Il se méfiait de mes impulsions. Il se gardait sur la défensive...

Au dortoir, on était chez nous, je parle entre les mômes, une fois la prière récitée... Ça s'accomplissait à genoux et en chemise de nuit sur le dur, au bout du plumard... Merrywin faisait une espèce de sermon, on restait en cercle autour... et puis il se barrait dans sa chambre... On le revoyait plus... Après les réponses en vitesse, on se pieutait dare-dare, on avait hâte de branlages. Ça remonte la température... L'idiot lui, Nora Merrywin l'enfermait dans un lit spécial, qu'avait une grille comme couvercle. Il demandait qu'à s'échapper... quelquefois, il renversait le plumard tellement il était somnambule...

Moi, j'avais fait la connaissance d'un petit môme bizarre, qui me poignait presque tous les soirs. Il me proposait bien d'autres trucs, l'avait des idées... Il était friand, il faisait marrer toute la chambre avec ses drôleries... Il suçait encore deux petits mecs... Il faisait le chien... Wouf! Wouf! qu'il aboyait, il cavalait comme un clebs, on le sifflait, il arrivait, il aimait ça qu'on le commande... Les soirs de vraiment grande tempête, que ça s'engouffrait au plus fort, dans l'impasse, sous nos fenêtres, y avait des paris à propos du réverbère, si le vent l'éteindrait? Celui qui grinçait si fort, le suspendu près de la poterne... C'est moi qui tenais les paris, le ginger, les chocolats, les images, les bouts de cigarettes... même des bouts de sucre... trois allumettes... J'avais la confiance... On me mettait tout ça sur mon lit... le « wouf-wouf chien » gagnait souvent... Il avait l'instinct des bourrasques... La veille de Noël, il est venu un tel cyclone, que la lanterne de l'impasse a complètement éclaté. Je me souviens toujours... C'est moi et le môme wouf-wouf qu'avons bouffé tous les paris.

La mode et la tradition, c'était qu'à partir de midi, on s'habille tous en sportifs, en requimpette d'uniforme rayée vert et jaune, la calotte « ad hoc », tout ça orné d'écussons aux armoiries du collège... J'y tenais pas très spécialement à m'affubler en chienlit et puis ça devait être bien coûteux, une tenue pareille?... Surtout les godasses à crampons... J'avais pas l'humeur aux joujoux... Je voyais pas de jeux dans mon avenir... C'était encore un genre foireux qu'était bien fait pour les petits caves...

Le vieux Merrywin lui-même, aussitôt après le déjeuner, il quittait sa demi-soutane, il passait le veston panaché, et froutt!... le voilà parti... Il devenait tout de suite tout guilleret, absolument méconnaissable... Il gambillait comme un cabri d'un bout à l'autre du terrain... Sous les averses et les rafales, il s'en ressentait comme personne... Il suffisait qu'il enfile son petit arlequin pour tressaillir d'effet magique. Il était cocasse, « vif-argent »!

Les Anglais, c'est drôle quand même comme dégaine, c'est mi-curé, mi-garçonnet... Ils sortent jamais de l'équivoque... Ils s'enculent plutôt... Ça le tracassait énormément qu'on m'achète à moi aussi une livrée complète, que je sois nippé à la fin en champion du « Meanwell College »! Que je fasse plus tache dans les rangs, à la promenade, au football... Il m'a même montré une lettre qu'il écrivait à mon père au sujet de cette garniture... Peut-être qu'il toucherait une ristourne? qu'il attendait sa petite « fleur »? C'était suspect comme insistance... J'ai pas bronché devant la missive. En moi-même,

272

j'avais du sourire... « Envoie toujours, mon petit dabe, tu connais pas les parents!... Ils sont pas sportifs pour un rond »... Sûrement qu'il se rendait pas compte!... Sûrement qu'il allait se faire étendre... Ils renarderaient au cotillon... Redouble!... Ça ferait du joli!...

Alors donc, après le déjeuner, y avait pas de bon Dieu, ni de bourrasques!... Il fallait qu'on s'y colle tout le monde... On escaladait, deux par deux, une autre colline, derrière la nôtre, absolument détrempée, torrentueuse, un chaos, des fondrières... Je fermais la marche du collège avec Madame Merrywin et l'idiot, entre nous deux... On emportait sa pelle, son seau, pour qu'il puisse faire des pâtés, des gros, des fondants, des pleins de boue, ça le retenait un peu tranquille... Y avait plus de parapluies possibles ni d'imperméables... Rien résistait aux tornades... Si y avait pas eu la gadouille qu'était plus épaisse que du plomb on serait partis chez les oiseaux...

J'avais la bonne place au football, je tenais les buts... ça me permettait de réfléchir... J'aimais pas, moi, qu'on me dérange, je laissais passer presque tout... Au coup de sifflet, les morveux ils s'élançaient dans la bagarre, ils labouraient toute la mouscaille à s'en retourner les arpions, ils chargeaient dans la baudruche, à toute foulée dans la glaise, ils s'emplâtraient, ils se refermaient les deux châsses, la tronche, avec toute la fange du terrain... Au moment de la fin de la séance, c'était plus nos garçonnets, que des vrais moulages d'ordure, des argiles débouinantes... et puis les touffes de colombins qui pendaient encore après. Plus qu'ils étaient devenus bouseux, hermétiques, capitonnés par la merde, plus qu'ils étaient heureux, contents... Ils déliraient de bonheur à travers leurs croûtes de glace, la crêpe entièrement soudée.

Le seul ennui dont on souffrait, c'était le manque de compétiteurs... Les équipes rivales étaient rares, surtout à proximité. La seule à vrai dire pour nous affronter, régulièrement, tous les jeudis, c'était celle des mômes d'en face... de la « Pitwitt Academy », de l'autre côté du pont à Stroude, un groupe de piteux boutonneux, des enfants abandonnés, un Institut charitable... Ceux-là, ils étaient devenus d'une extrême maigreur, encore bien plus légers que les nôtres... Ils pesaient rien à vrai dire, au premier coup, une fois chargés avec violence, au vent portant, ils s'envolaient, ils partaient avec le ballon... Il fallait surtout les maintenir, les aplatir... On leur mettait douze buts à quatre... C'était régulier. C'était comme ça l'habitude... Si y avait un peu de rouscaille, qu'on entendait des murmures, ça n'hésitait pas une seconde, ils prenaient une terrible dérouille, une pâtée complète... C'était entendu comme ça. S'ils shootaient seulement un petit point de plus que c'était l'usage, alors nos mômes devenaient féroces... Ils râlaient qu'ils étaient trahis... déjà, ils flairaient les coupables... Ils passaient à la corrida... ça se rejugeait en rentrant le soir... après la prière quand le vieux avait refermé la porte... Ça chiait alors cinq minutes... Jonkind qu'était responsable... C'est toujours lui par ses conneries qu'amenait les pénalités... Il recevait la décoction... C'était mémorable... On soulevait sa grille d'un coup, il était vidé de son page... D'abord, on l'étendait comme un crabe, à même le plancher, ils se mettaient dix pour le fouetter, à coups de ceintures vaches... même avec les boucles... Quand il gueulait un peu trop fort on l'amarrait sous une paillasse, tout le monde alors piétinait, passait, trépignait par dessus... Ensuite, c'était son plaisir à bloc, à blanc... pour lui apprendre les bonnes façons... jusqu'à ce qu'il puisse plus... plus une goutte...

Le lendemain, il pouvait plus tenir debout... Madame Merrywin, elle était bien intriguée, elle comprenait plus son morveux... Il répétait plus « No trouble »... Il s'écroulait à table, en classe... trois jours encore tout gâteux... Mais il restait incorrigible, il aurait fallu le ligoter pour qu'il se tienne peinard... Fallait pas qu'il s'approche des buts... Dès qu'il voyait le ballon rentrer, il se connaissait plus, il se précipitait dans les goals, emporté par sa folie, il bondissait sur la baudruche, il l'arrachait au gardien... Avant qu'on ait pu le retenir il était sauvé avec... Il était vraiment possédé dans ces moments-là... Il courait plus vite que tout le monde... « Hurray! Hurray! Hurray!... » qu'il arrêtait pas de gueuler, comme ça jusqu'en bas de la colline, c'était coton pour le rejoindre. Il dévalait jusqu'à la ville. Souvent on le rattrapait dans les boutiques... Il shootait dans les vitrines. Il crevait les écriteaux... Il avait le démon du sport. Il fallait se méfier de ses lubies.

Pendant trois mois j'ai pas mouffeté; j'ai pas dit hip! ni yep! ni youf!... J'ai pas dit yes... J'ai pas dit no... J'ai pas dit rien!... C'était héroïque... Je causais à personne. Je m'en trouvais joliment bien.

Au dortoir, ça continuait les grosses branlées... les suçades... Je m'intriguais bien sur Nora... Mais toujours en suppositions...

Entre janvier et février, il a fait alors terriblement froid et tellement de brouillard en plus, que c'était presque impossible de retrouver notre chemin quand on descendait de l'entraînement... On s'orientait à tâtons...

Le vieux, il me foutait la paix en classe et sur la colline, il essayait plus de me convaincre. Il se rendait compte de ma nature... Il croyait que je réfléchissais... Que je m'y mettrais un peu plus tard! avec des douceurs... C'est pas ça qui m'intéressait. C'était mon retour au Passage qui me foutait le bourdon. J'en avais déjà la grelotte trois mois à l'avance. Je délirais rien que d'y penser!... Merde! quand faudrait recauser!...

Enfin, au physique, j'avais pas à me plaindre, je progressais de ce côté-là. Je me trouvais bien plus costaud... Ça me convenait admirablement, à moi, les rigueurs du climat, la température de cochon... ça me fortifiait de plus en plus, si on avait mieux croûté, je serais devenu un solide athlète... J'aurais foutu tout le monde en bas...

Deux semaines ont encore passé sur ces entrefaites... Voilà quatre mois que je me taisais. Merrywin alors brusquement, il a pris comme peur... Un après-midi, comme ça en rentrant du sport, je le vois qui saisit son papier. Il se met à écrire à mon père, convulsivement... des bêtises... Ah! la triste initiative!... Par le retour du courrier, j'ai reçu alors moi-même trois lettres bien compactes, que je peux qualifier d'ignobles... blindées, gavées, débordantes de mille menaces, jurons horribles, insultes grecques et puis latines, mises en demeure cominatoires... représailles, divers anathèmes, infinis chagrins... Il qualifiait ma conduite d'infernale! Apocalyptique!... Me revoilà découragé!... Il m'envoie un ultimatum, de me plonger séance tenante dans l'étude de la langue anglaise, au nom des terribles principes, de tous les sacrifices extrêmes... des deux cent mille privations, des souffrances infectes endurées, entièrement pour mon salut! Il en était tout déconcerté, tout ému, tout bafouillard, le sale andouille Merrywin d'avoir provoqué ce déluge... Il était bien avancé! Maintenant les digues étaient rompues... C'était sauve qui peut voilà tout!... J'en avais un écœurement qu'était même plus racontable de retrouver, sur la table, toutes les conneries de mon daron, étalées là, noir sur blanc... C'était encore plus triste écrit.

C'était encore un bien sale cul ce Merrywin de la Jaquette! Encore bien plus dégueulasse que tous les mômes à la fois! Et bien plus cave, plus entêté... J'étais sûr qu'il ferait ma perte avec ses lorgnons.

S'il était resté tranquille, peinard comme c'était convenu, j'étais bon encore pour six mois... A présent qu'il avait gaffé, c'était plus qu'une question de semaines... Je me cloisonnais dans mon silence... Je lui en voulais horriblement... Si je me barrais tant pis pour lui... C'était un désastre pour sa tôle! Il l'avait voulu, provoqué! Déjà c'était pas florissant le business du Meanwell College... Avec moi en moins dans l'équipe, il tenait plus le coup pour les sports. Il finirait pas la saison.

Après les vacances de Noël, on avait eu quatre départs... des mômes qu'étaient pas revenus... Le collège il serait plus montrable avec son « foot-ball », même si on laissait jouer Jonkind... Ça pouvait plus exister... Avec huit morveux seulement c'était pas la peine qu'on s'aligne... On se faisait sûrement écraser... Les « Pitwitt » rentraient ce qu'ils voulaient... même qu'ils seraient plus légers que des plumes et encore deux fois moins nourris... D'abord, tout le monde se débinerait... Ils attendraient pas la déroute... Le collège était plus possible... Plus de football c'était la faillite!... Le vieux, il en avait la foire!... Il faisait encore quelques efforts. Il m'interrogeait en français... si j'avais pas de réclamations, des plaintes à lui adresser... Si les mômes me faisaient pas de misères?... Il manquerait plus que ça! Si j'avais les grolles trop mouillées?... Si je voulais pas un plat spécial?... C'était pas la peine qu'on explique, j'avais honte devant Nora, de faire le bouder et l'andouille... mais l'amour-propre c'est accessoire... Du moment qu'on est résolu, il faut d'abord tenir ses promesses... Je devenais plus indispensable à mesure qu'on perdait des élèves...

On me faisait mille avances... des sourires... des grâces... Les mômes, ils se décarcassaient... Le petit Jack, celui qui faisait le clebs le soir, il m'apportait des autres bonbons... et même de son petit cresson, le minuscule... qu'a goût de moutarde... celui qui pousse dans des boîtes, raide comme de la barbe, dans des caisses exprès, toutes moisies, sur l'appui des fenêtres...

Le vieux les avait rencardés qu'ils devaient se montrer tous plaisants... Qu'on me retienne encore jusqu'à Pâques... que c'était une question sportive, l'honneur du collège... que si je m'en allais plus tôt, l'équipe était dans les pommes... qu'elle jouerait plus les « Pitwitt »...

Pour me rendre la situation encore beaucoup plus agréable, on m'a dispensé des études... Je distrayais tout le monde en classe... Je claquais tout le temps mon pupitre... J'allais regarder à la fenêtre, les brouillards et le mouvement du port... Je faisais des travaux personnels avec des marrons et des noix, je constituais des combats navals... des grands voiliers en allumettes... J'empêchais les autres d'apprendre...

L'idiot, il se tenait à peu près, mais c'était son porte-plume, qu'il se poussait lui, dans le fond du nez... Il en mettait souvent deux, quelquefois quatre dans une seule narine... Il enfonçait tout, il gueulait... Il buvait les encriers... C'était mieux aussi qu'il se promène... En grandissant il devenait dur à surveiller... On nous a sortis ensemble... J'ai regretté un peu la classe... J'apprenais pas mais j'étais bien, je détestais pas l'intonation anglaise. C'est agréable, c'est élégant, c'est flexible... C'est une espèce de musique, ça vient comme d'une autre planète... J'étais pas doué pour apprendre... J'avais pas de mal à résister... Papa le répétait toujours que j'étais stupide et opaque... C'était donc pas une surprise... Ça me convenait mon isolement, de mieux en mieux... C'est l'entêtement moi, ma force... Il a fallu qu'ils s'inclinent, qu'ils cessent de m'importuner... Ils ont flatté mes instincts, mes penchants pour la vadrouille... On m'a promené tant et plus dans les environs, par monts et villages, avec l'idiot, sa brouette et tous ses joujoux...

Aussitôt que les cours commençaient, on s'avançait vers la campagne avec Jonkind et la patronne... On revenait souvent par Chatham, ça dépendait des commissions. L'idiot, on le retenait par une corde, après sa ceinture, pour pas qu'il s'échappe dans les rues... Il avait des fugues... On descendait vers la ville, on longeait tous les étalages, on allait bien prudemment à cause des voitures, il avait très peur des chevaux, il faisait des bonds près des roues...

Tout en faisant les emplettes, Madame Merrywin essayait de me faire comprendre les inscriptions des boutiques... que je m'initie sans le vouloir... comme ça sans fatigue aucune... Je la laissais causer... Je lui regardais seulement la figure, l'endroit juste qui m'intriguait, au sourire... au petit truc mutin... J'aurais voulu là, l'embrasser... ça me dévorait atrocement... Je passais par derrière... Je me fascinais sur sa taille, les mouvements, les ondulations... Le jour du marché on emportait le grand panier... comme un berceau qu'il était... chacun une anse avec Jonkind. On remontait toute la boustifaille pour la semaine entière... Ça durait toute la matinée les diverses emplettes.

De loin, j'ai revu mon graillon, la Gwendoline. Elle faisait toujours sa friture, elle avait mis un autre chapeau, encore un plus grand, plus fleuri... J'ai refusé de passer par là... J'en serais plus sorti des explications... des transports... Quand on restait au collège que Jonkind était grippé, alors elle s'allongeait Nora, sur le sofa du salon elle se mettait à lire, partout il traînait des bouquins... C'était une femme délicate, une vraie imaginative, notre gracieux ange... Elle se salissait pas les mains, elle faisait pas la ratatouille ni les plumards ni les parquets... Elles étaient deux bonnes à demeure quand je suis arrivé : Flossie et Gertrude, elles semblaient assez obèses... Comment donc elles s'y prenaient? Elles devaient tout garder pour elles, ou c'était une maladie... Elles étaient plus jeunes, ni l'une ni l'autre... Je les entendais tout le temps groumer, elles reniflaient dans les escaliers, elles se menaçaient du balai. Elles se caillaient pourtant pas beaucoup... C'était très sale dans les coins...

Flossie, elle fumait en cachette, je l'ai paumée un jour dans le jardin... On lavait rien à la maison, on descendait tout le linge en ville à une buanderie spéciale, au diable, plus loin que les casernes. Avec Jonkind, ces jours-là, c'était pas de la pause, on remontait, descendait la côte des quantités de fois avec des bardas énormes... A qui porterait davantage, le plus vite en haut... C'est un sport que je comprenais... ça me rappelait les jours des boulevards... Quand la flotte devenait si lourde, si juteuse, que le ciel s'écroulait dans les toits, se cassait partout en trombes, en cascades, en furieuses rigoles, ça devenait nos sorties des excursions fantastiques. On se rapprochait tous les trois pour résister à la tourmente... Nora, ses formes, ses miches, ses cuisses, on aurait dit de l'eau solide tellement l'averse était puissante, ça restait tout collé ensemble... On n'avançait plus du tout... On pouvait plus prendre l'escalier, le nôtre, celui qui montait notre falaise... On était forcés de nous rabattre vers les jardins... de faire un détour par l'église. On restait devant la chapelle... sous le porche... et on attendait que ça passe.

L'idiot, la pluie ça le faisait jouir... Il sortait exprès de son abri... Il se renversait toute la tronche, en plein sous la flotte... La gueule grande ouverte, comme ça... il avalait les gouttières, il se marrait énormément... Il se trémoussait, il devenait tout fanatique... il dansait la gigue dans les flaques, il sautait comme un farfadet... Il voulait qu'on gigote aussi... C'était son accès, sa crise... Je commençais à bien le comprendre, c'était dur pour le calmer... Il fallait tirer sur sa corde... l'amarrer après le pied du banc.

Je les connaissais moi, mes parents, le coup du complet bariolé, il pouvait pas coller du tout, je m'en gourais d'avance... Ils ont répondu, en retard, ils en revenaient pas encore, ils en poussaient les hauts cris, ils croyaient que je me foutais d'eux, que je me servais d'un subterfuge pour maquiller des folles dépenses... Ils en profitaient pour conclure que si je perdais mes journées à taper dans un ballon c'était plus du tout surprenant que j'apprenne pas un sou de grammaire... C'était leur dernier avis!... Le sursis final!... Que je m'entête pas sur l'accent!... Que je retienne n'importe lequel!... pourvu qu'on arrive à me comprendre c'était amplement suffisant... On a encore lu la lettre avec Nora et son dabe... Elle restait ouverte sur la table... Certains passages ils pigeaient pas, Ça leur semblait tout obscur, tout extraordinaire... J'ai rien expliqué... Ça faisait quatre mois que j'étais là, c'était pas à cause d'un veston que je me lancerais dans les fadaises... Et pourtant ça les tracassait... Même Nora elle semblait soucieuse... que je veuille pas me revêtir en sport, avec la roupane uniforme et la gâpette panachée... Sans doute pour promener en ville, c'était la réclame du « Meanwell » surtout moi qu'étais le plus grand, le plus dégingandé de l'ensemble... ma démise sur le terrain, elle faisait honte au collège. Enfin, à force qu'ils se lamentaient... j'ai molli un peu... j'ai bien voulu d'un compromis, essayer un rafistolage... un que Nora avait constitué, dans deux vieilles pelures à son daron... Un arrangement composite... j'étais mimi ainsi sapé... j'étais encore bien plus grotesque, j'avais plus de forme, ni de milieu, mais ça m'évitait les soupirs...

281

Dans la même inspiration j'ai hérité d'une casquette, une bicolore armoriée, une minuscule calotte d'orange... Sur ma bouille énorme, elle faisait curieux... Mais tout ça leur semblait utile au prestige de la maison... L'honneur fut ainsi rétabli. On me promena délibérément, on avait plus besoin d'excuses...

Pourvu qu'on parte en vadrouille et qu'on me force pas aux confidences... je trouvais que c'était l'essentiel, que ça pouvait pas aller mieux... Je me serais même fendu d'un haut-deforme s'ils avaient seulement insisté... pour leur faire un grand plaisir... Ils s'en posaient un eux le dimanche pour aller pousser des cantiques à leur messe protestante... Ça marchait à la claquette : Assis! Debout! dans leur temple... Ils me demandaient pas mon avis... ils m'emmenaient aux deux services... ils avaient peur que je m'ennuie seul à la maison... Là encore, entre les chaises il fallait surveiller Jonkind, c'était un moment à passer... Entre tous les deux Nora, il se tenait assez peinard.

Dans l'église, Nora elle me faisait l'effet d'être encore plus belle que dehors, moi je trouvais du moins. Avec les orgues, et les demi-teintes des vitraux, je m'éblouissais dans son profil... Je la regarde encore à présent... Y a bien des années pourtant, je la revois comme je veux. Aux épaules, le corsage en soie il fait des lignes, des détours, des réussites de la viande, qui sont des images atroces, des douceurs qui vous écrabouillent... Oui, je m'en serais pâmé dans les délices, pendant qu'ils gueulaient, nos lardons, les psaumes à Saül...

L'après-midi du dimanche, ça repiquait à la maison le coup du cantique, j'étais à genoux à côté d'elle... Le vieux, il faisait une longue lecture, je me retenais le panais à deux mains, je me l'agrippais au fond de la poche. Le soir l'envie était suprême à la fin des méditations... Le petit môme qui venait me dévorer, il était fadé le dimanche soir, il était nourri... Ça me suffisait pas quand même, c'est elle que j'aurais voulue, c'est elle tout entière à la fin!... C'est toute la beauté la nuit... ça vient se rebiffer contre vous... ça vous attaque, ça vous emporte... C'est impossible à supporter... A force de branler des visions j'en avais la tête en salade... Moins on brifait au réfectoire plus je me tapais des rassis... Il faisait si froid dans la crèche qu'on se rhabillait entièrement une fois que le vieux était tiré...

Le réverbère, sous notre fenêtre, celui des rafales, il arrêtait plus de grincer... Pour perdre encore moins de chaleur, on restait couchés deux par deux... On se passait des branlées sévères... Moi, j'étais impitoyable, j'étais devenu comme enragé, surtout que je me défendais à coups d'imagination... Je la mangeais Nora dans toute la beauté, les fentes... J'en déchirais le traversin, Je lui aurais arraché la moule, si j'avais mordu pour de vrai, les tripes, le jus au fond, tout bu entièrement... je l'aurais toute sucée moi, rien laissé, tout le sang, pas une goutte... J'aimais mieux ravager le pageot, brouter entièrement les linges... que de me faire promener par la Nora et puis par une autre! J'avais compris moi, s'il vous plaît, le vent des grognasses, le cul c'est la farandole! C'est la caravane des paumés! Un abîme, un trou, voilà!... Je me l'étranglais moi, le robinet... Je rendais comme un escargot, mais il giclait pas au dehors... Ah! mais non! Miteux qui trempe est pire qu'ordure!... A l'égout la vache des aveux!... Ouah! Ouah! Je t'aime! Je t'adore! Ouin! Ouin! A qui vous chie sur l'haricot!... Faut plus se gêner c'est la fête! On rince! C'est nougat! C'est innocent!... Petit j'avais compris berloque moi! Au sentiment! Burnes! C'est jugé! A la gondole!... Vogue hé charogne!... Je me cramponnais à ma burette, j'avais la braguette en godille! Ding Ding Dong! Je veux pas crever comme un miché! La gueule en poème! Ouin!

En plus du truc des prières, j'ai subi encore d'autres assauts... Il arpentait tous les sentiers, il se tenait derrière chaque buisson l'esprit malin des enculages... Comme on se tapait d'immenses parcours avec l'idiot et la si belle, j'ai traversé toute la campagne de Rochester et par tous les temps...

On a connu tous les vallons, toutes les routes et les traversières. Je regardais beaucoup le ciel aussi, pour me détourner l'attention. Aux marées, il changeait de couleurs... Au moment des accalmies, il arrivait des nuages tout roses, sur la terre et sur l'horizon... et puis les champs devenaient bleus...

Comme c'était disposé la ville, les toits des maisons dévalaient en pente vers le fleuve, on aurait dit toute une avalanche, des bêtes et des bêtes... un énorme troupeau tout noir et tassé dans les brumes qui descendait de la campagne... Tout ça fumait dans les buées... jaunes et mauves.

Elle avait beau faire des détours et des longs repos propices, ça me portait pas aux confidences... même quand ça durait des heures, qu'on passait par des petites rues pour revenir à la maison... Même un soir, qu'il faisait déjà nuit sur le pont qui passe à Stroude... On a regardé comme ça le fleuve... Pendant longtemps, le remous contre les arches... on entendait toutes les cloches de loin... de très loin... des villages... Elle m'attire alors la main, elle me l'embrasse comme ça... J'étais bien ému, je la laisse faire... Je ne remue pas... Personne pouvait voir... Je ne dis rien, j'ai pas bronché... Elle a pas eu un soupçon... Résister j'avais du mérite... Plus ça me coûtait, plus je devenais fort... Elle me ferait pas fondre la vampire! même qu'elle serait mille fois plus gironde. D'abord, elle couchait avec l'autre, le petit macaque! Ça débecte tant qu'on est jeune les vieux qu'elles se tapent... Si j'avais un peu parlé, j'aurais essayé de savoir pourquoi lui? pourquoi lui si laid? Y avait de la dispro-portion!... J'étais peut-être un peu jaloux...? Sans doute! Mais c'est vrai qu'il était affreux à regarder et à entendre... avec ses petits bras tout courts... agités comme des moignons... sans raison... sans cesse... Il avait l'air d'en avoir dix, tellement qu'il les agitait... Rien que de le regarder, on se grattait... Il arrêtait pas aussi de faire claquer ses doigts en pichenettes, de taper des mains, de recommencer des moulinets, de se croiser les bras.. une petite seconde... Vroutt! il était reparti ailleurs... un vrai picrate... une engeance... des saccades... un lunatique... un poulet...

Elle, au contraire, elle émanait toute l'harmonie, tous ses mouvements étaient exquis... C'était un charme, un mirage... Quand elle passait d'une pièce à l'autre, ça faisait comme un vide dans l'âme, on descendait en tristesse d'un étage plus bas... Elle aurait pu être soucieuse, montrer plus souvent du chagrin. Dans les premiers mois, je l'ai toujours vue contente, patiente, inlassable, avec les merdeux et l'idiot... Ils étaient pas toujours marrants... C'était pas une situation... Avec une beauté comme la sienne, ça devait être plutôt facile d'épouser un sac... Elle devait être ensorcelée... elle avait dû faire des vœux. Et il était sûrement pas riche! Ça me demeurait sur l'estomac, ça me passionnait même à la fin...

Pour Nora, l'idiot, il était un tintouin affreux, elle aurait pu être épuisée à la fin des après-midi... Rien qu'à le moucher, le faire pisser, le retenir à chaque instant de passer sous les voitures, d'avaler des trucs au hasard, de tout déglutir, c'était une corvée ignoble...

Elle était jamais très pressée. Dès qu'il a fait moins vilain, on est rentrés encore plus tard, en flânant dans le village et le bord de la rivière... Il bavait beaucoup moins Jonkind en promenade qu'à la maison, seulement il raflait des objets, il fauchait les allumettes... Si on le laissait un peu seul, il foutait le feu aux rideaux... Pas par méchanceté du tout, il courait vite nous avertir... Il nous montrait comme c'était beau les petites flammes...

Les boutiquiers du pays, à force de nous voir passer, ils nous connaissaient tous très bien... C'étaient des « grocers »... c'est le nom des boutiquiers, un genre d'épiceries... J'ai tout de même appris ce nom-là... Ils équilibraient en vitrine des vraies montagnes en pommes, en betteraves, et sur leurs comptoirs infinis des vraies vallées d'épinards... Ça grimpe à pic jusqu'au plafond... ça redescend d'une boutique à l'autre... en choux-fleurs, en margarine, en artichauts... Jonkind il était heureux quand il voyait ces choses-là. Il sautait sur le potiron, il mordait dedans comme un cheval...

Moi aussi, les fournisseurs ils me croyaient cinglé... Ils lui demandaient de mes nouvelles... ils lui faisaient des signes à Nora, au moment que j'avais le dos tourné... du doigt, comme ça sur la tête... « Better? Better? » qu'ils chuchotaient. « No! No! » qu'elle répondait tristement... J'allais pas better nom de Dieu! Jamais que j'irais better!... Ça me foutait en rebrousse des manières comme ça!... Pitoyeuses... Soucieuses...

Pendant le tour des commissions, y avait une bonne petite chose que j'avais toujours remarquée... et alors bien intrigante... Le coup des bouteilles de whisky... On en remontait au moins une et souvent même deux dans la semaine... et parfois en plus du brandy... Et je les revoyais jamais à table!... ni au parloir!... ni dans les verres!... pas une seule goutte!... On buvait, nous autres, de la flotte et de la bien claire et strictement... Alors où qu'elle partait la gniole? Y avait un paillon dans la tôle? Ah! je m'en gourais fortement! Je me répétais à tout hasard, y a quelqu'un là dedans qui suce!... C'est un petit gâté qu'a pas froid!... Avec ce qu'y se jette, même en hiver, il doit pas craindre les rhumatismes!... Voilà!

Il commençait à faire meilleur, on en est venu à bout de l'hiver... Il s'est épuisé en promenades, en performances, cross-country, en averses et en branlages...

Pour remonter l'ordinaire, je me suis fait un peu la main, chez les fournisseurs... Ils me croyaient tellement innocent, qu'ils se méfiaient pas de mes subterfuges... Je faisais l'espiègle, je disparaissais... Je jouais à coucou avec Jonkind derrière les travées, les comptoirs. Je calottais un peu de saucisse, un petit œuf, par-ci, par-là quelques biscuits, des bananes... enfin des vétilles... Jamais on m'a ennuyé...

Au mois de mars, il est revenu un coup de pluie, le ciel était lourd à subir, il tape quand même sur le système, à la fin, au bout des mois qu'il vous écrase... Il pèse sur tout, sur les maisons, sur les arbres, il s'affale au ras du sol, on marche dessus tout mouillé, on marche dans les nuages, les buées qui fondent dans la gadouille, dans la purée, les vieux tessons... C'est dégueulasse!...

Le plus loin qu'on est allé au cours des promenades c'est après Stroude, par les sentiers, après les bois et les collines, une propriété immense, où ils élevaient des faisans. Ils étaient pas sauvages du tout, ils se promenaient en quantité. Ils picoraient comme des poules sur une grande pelouse, autour d'une sorte de monument, un bloc de charbon énorme, dressé, formidable, presque aussi grand qu'une maison... Il dominait le paysage... On n'a jamais été plus loin... Au delà y avait plus de chemin...

Un endroit que je regrettais, mais je pouvais pas y aller

le soir, c'était les quais en bas de la ville, le samedi surtout... Nora, aurait pas demandé mieux pour me faire plaisir d'y passer encore plus souvent... Mais c'était un détour dangereux, toujours à cause de Jonkind, il trébuchait dans les cordages, dix fois il a failli se noyer... C'était en somme préférable qu'on se cantonne sur les hauteurs et plutôt en pleine campagne, où on voit de loin les dangers, les gros chiens, les bicyclettes...

Un tantôt, comme ça au hasard, quand on cherchait de l'imprévu, on a gravi une autre colline, celle qui montait vers le bastion 15... de l'autre côté des cimetières... celui où les Écossais faisaient l'exercice tous les jeudis, le 18e Régiment... On les a regardés se débattre, ils faisaient pas ça au chiqué... Ils en mettaient un terrible coup derrière cornemuses et trompettes. Ils défonçaient tellement le terreau, qu'ils s'embourbaient de plus en plus. Ils défilaient de plus en plus fort... Ils en avaient jusqu'aux épaules... Sûrement qu'ils allaient tous s'enfouir...

Notre promenade était pas finie, on continue par le ravin... Au beau milieu des prairies, on aperçoit un vrai chantier, on se rapproche... Plein d'ouvriers! Ils construisaient une grande maison... On regarde dans les palissades... y avait un immense écriteau... c'était facile à déchiffrer... C'était aussi pour un collège... Un terrain vraiment superbe... une situation magnifique entre le fort et les villas... Et puis une clairière pour les sports au moins quatre fois grande comme la nôtre... Les pistes étaient déjà tracées, cendrées... les fanions plantés aux quatre coins... les buts marqués... Tout en somme était prêt... La construction devait pas traîner, ça devait finir bientôt... Y en avait déjà deux étages... Ça semblait rempli de compagnons... Le nom était en lettres rouges « The Hopeful Academy » pour boys de tous les âges... Sacrée surprise!...

Nora Merrywin, elle en retrouvait plus ses sens... Elle restait là devant comme figée... Enfin on est repartis dare-dare. Elle était extrêmement hâtive d'aller rapporter les choses au petit bigorno... Moi, je m'en collais de leurs salades, mais quand même, je me rendais compte que c'était une vraie tragédie!... Le coup affreux pour la fanfare!... On les a vus, ni l'un ni l'autre, de toute la journée... C'est moi qu'ai fait bouffer le Jonkind, à table après les autres mômes...

Le lendemain, Nora, elle en était encore toute pâle, elle avait perdu toute contenance, elle, d'habitude si aimable, si enjouée, discrète, elle faisait des gestes un peu comme lui, des pichenettes à chaque moment, elle avait pas dû roupiller, elle tenait plus du tout en place, elle se levait, elle remontait les escaliers... elle redescendait pour lui causer... Elle repartait encore une autre fois...

Le vieux, il restait immobile, il clignait même plus des yeux, il restait pile comme ébloui. Il fixait devant lui l'espace. Il mangeait plus, il buvait rien que son café... Il en reprenait des pleines tasses et sans arrêt... Entre les gorgées, il se tapait dans la paume, à droite avec le poing gauche bien fermé, comme ça violemment... Ptap! Ptap! et puis c'était tout...

Deux jours plus tard, à peu près, il est monté avec nous, jusque devant les « Écossais »... Il voulait se rendre compte par lui-même... C'était encore en progrès les aménagements du « Hopeful ». Ils avaient recommencé les pistes... tondu leur pelouse du « cricket »... Ils avaient deux tennis en plus et même un petit golf miniature... Sûrement ça serait ouvert pour Pâques...

Le vieux lardon se trémousse alors tout autour de la barrière... Il voulait regarder par-dessus... Il était nabot... Il voyait pas bien... Il biglait dans les fissures... On a trouvé une échelle... Il nous faisait signe de continuer... qu'il nous rejoindrait sur notre terrain... Il est revenu en effet... Il gambadait plus du tout. Il s'est assis près de sa femme, il en restait tout prostré... Il en avait pris plein les yeux des merveilles du « Hopeful College ».

Je comprenais moi, la concurrence! Déjà nos mômes qui se barraient!... Ils trouvaient le Meanwell miteux... Alors à présent?... Qui c'est qu'allait les retenir?... C'était une crise sans recours!... Je saisissais pas ce qu'ils se racontaient les darons ensemble, mais le ton était sinistre... On y est retournés tous les jours regarder les échafaudages... Ils construisaient deux frontons pour l'entraînement au « shooting »... C'était une débauche de luxe... Le vieux en observant ces splendeurs, il s'en foutait les doigts dans le nez, les trois à la fois à réfléchir, en confusion... A table, il restait toujours comme halluciné. Il devait plus voir son avenir... Il laissait refroidir le « gravy »... Il broutait son râtelier avec une telle force, qu'un moment il l'a fait jaillir... Il l'a posé sur la table, juste à côté de son assiette... Il se rendait plus compte du tout... Il continuait à ruminer des bouts de prières, des idées... Un moment, il a fait Amen! Amen! Puis il se relève tout subitement... Il se précipite vers la porte. Il remonte là-haut quatre à quatre... Les mômes alors, ils se fendaient... L'appareil restait sur la table. Nora, elle osait plus regarder personne... Jonkind il s'avançait déjà, il se baissait, il bavait tout plein, il aspirait le dentier du dabe... Jamais ils avaient tant ri. Il a fallu qu'il le recrache.

La discipline était foutue. Les mômes en faisaient plus qu'à leur tête... Le vieux osait plus rien leur dire... Ni Nora non plus, ni à la maison, ni dehors... Pour jouer à tous les trucs violents, on n'était plus guère qu'une dizaine et pour faire équipe le jeudi, on racolait au hasard des mômes sur la route, des petits chenapans, des inconnus... Il fallait que ça tienne jusqu'à Pâques...

Les jours ont rallongé un peu... Pour que mes parents patientent j'ai écrit des cartes postales, j'ai inventé des fariboles, que je commençais à causer... Tout le monde me félicitait... Le printemps était presque là... Jonkind a attrapé un rhume... il a toussé pendant quinze jours... On n'osait plus l'emmener si loin. On restait des après-midi sur les glacis du château fort, une énorme ruine pleine d'échos, de cavernes et d'oubliettes... A la moindre averse on se réfugiait sous les voûtes avec les pigeons... c'était leur domaine, ils étaient là par centaines, bien familiers, bien peinards... ils venaient roucouler dans la main, c'est mariole, ces petits bestiaux-là, ça se dandine, ça vous fait de l'œil, ça vous reconnaît immédiatement... Lui Jonkind, ce qu'il préférait, c'était encore les moutons, il s'en donnait à cœur joie, il cavalait après les jeunes, ceux qui trébuchent, qui culbutent. Il roulait avec dans le mouillé, il bêlait en même temps qu'eux... Il jouissait, il se pâmait... il tournait en vrai animal... Il rentrait trempé, traversé. Et il toussait huit jours de plus...

Les éclaircies devenaient fréquentes, il soufflait des nouvelles brises, des odeurs douces et charmeuses. Les jonquilles, les pâquerettes tremblotaient dans toutes les prairies... Le ciel est remonté chez lui, il gardait ses nuages comme tout le monde. Plus de cette espèce de marmelasse qui dégouline sans arrêt, qui dégueule en plein paysage... Pâques il arrivait au mois de mai, les mômes se tenaient plus d'impatience... Ils allaient revoir leurs familles. C'était le moment que je parte aussi... Mon séjour touchait à sa fin. Je m'apprêtais tout doucement... Quand on a reçu un pli spécial, une lettre de mon oncle avec du pèze et un petit mot... Il me disait comme ça de rester, de patienter encore trois mois... que ça valait beaucoup mieux... Il était bon l'oncle Édouard! C'était une fameuse surprise!... Il avait fait ça de lui-même... C'était son bon cœur... Il le connaissait bien mon père... Il se doutait des tragédies qui allaient sûrement se dérouler si je rentrais encore comme un con, ayant rien appris comme anglais... Ça ferait forcément très vilain...

En somme, j'étais bien rebelle, bien ingrat, bien rebutant... J'aurais pu m'y coller un peu... que ça m'aurait pas écorché... pour lui faire plaisir à lui... Mais au moment où je cédais je sentais le fiel me reprendre toute la gueule... toute la vacherie me remontait... un ragoût abject... Sûrement merde! que j'apprendrais rien!... Je retournerais plus charogne qu'avant! Je les ferais chier encore davantage!... Des mois déjà, que je la bouclais!... Ah! C'est ça! parler à personne! Ni ceux d'ici! ni ceux de là-bas!... Faut se concentrer quand on est mince... T'ouvres toute ta gueule, on rentre dedans. Voilà le travail à mon avis!... On est pas gros! On devient duraille! Je pouvais me taire encore des années, moi! Parfaitement! J'avais qu'à penser aux Gorloge, au petit André, au Berlope et même à Divonne et à ses pianos! ses croches! et ses tours de Lune... Merde! Le temps y faisait rien du tout!... Ils me revenaient de plus en plus vifs, et même bien plus âcres toujours... Ah!... Ils me restaient sur la coloquinte avec tout les mille corrections, les baffes, les coups de pompe sonnés. Merde! Et puis toute leur putrissure la complète, et les copains, les lopes, toutes les vapes et leurs sortilèges!... J'allais quoi moi! de quoi? penser à des clous? « Ever and ever! » comme l'autre petit glaire... ? Amen! Amen!... Bigornos!... J'en refaisais moi des grimaces, je me les imitais tout seul! Je me refaisais la gueule à Antoine, pendant qu'il chiait aux cabinets... C'est moi qui lui chiais sur la gueule... Langage! Langage! Parler? Parler? Parler quoi?...

J'avais jamais vu Nora en toilette claire, corsage moulé, satin rose... ça faisait bien pointer les nénés... Le mouvement des hanches c'est terrible aussi... L'ondulation, le secret des miches...

On était vers la fin d'avril... Elle a fait encore un effort pour me dérider, me convaincre... Un après-midi, je la vois qui descend un livre avec nous à la promenade... Un gros, un énorme, un genre de la Bible par le poids, la taille... On va vers l'endroit habituel... on s'installe... Elle ouvre le bouquin sur ses genoux... Je peux pas m'empêcher de regarder... Le môme Jonkind, ça lui fit un effet magique... Il plongeait le nez dedans... Il démarrait plus... Les couleurs ça le fascinait... Il était plein d'images ce livre, des magnifiques illustrations... J'avais pas besoin de savoir lire, j'étais tout de suite renseigné... Je voyais bien les princes, les hautes lances, les chevaliers... la pourpre, les verts, les grenats, toutes les armures en rubis... Tout le bastringue!... C'était un boulot... C'était bien exécuté... Je m'y connaissais en travail, c'était réussi... Elle tournait doucement les feuillets... Elle commençait à raconter. Elle voulait nous lire mot à mot... Ils étaient terribles ses doigts... c'étaient comme des raies de lumière, sur chaque feuillet à passer... Je les aurais léchés... je les aurais pompés... J'étais retenu par le charme... Je pipais pas malgré tout... Je regardais le livre pour moi tout seul... J'ai pas posé une question... J'ai pas répété un mot... Jonkind, ce qui lui semblait le plus prodigieux, c'était la belle dorure des tranches... ça l'éblouissait, il allait cueillir des pâquerettes, il revenait en semer plein sur nous, il bourrait les marges avec...

Les deux pages les plus admirables c'était au milieu du bouquin... Toute une bataille, en haut, en large... ça représentait une mêlée extraordinaire... Des dromadaires, des éléphants, des Templiers à la charge!... Une hécatombe de cavalerie!... Tous les Barbares en déroute!... Vraiment c'était merveilleux... Je me lassais pas d'admirer... J'allais parler presque... J'allais demander du détail... Zip!... Je me raccroche, je me détériore!... Putain de sort! Une seconde de plus!... J'ai pas fait un « Ouf » quand même!... Je me suis cramponné au gazon... J'en voulais plus moi, merde! des histoires!... J'étais vacciné!... Et le petit André alors? C'était pas lui, la crème des tantes?... Il m'avait pas fait grimper? Des fois?... La fine tournure de charogne! Je m'en rappelais pas moi des légendes?... Et de ma connerie? A propos? Non? Une fois embarqué dans les habitudes où ça vous promène?... Alors, qu'on me casse plus les couilles! Qu'on me laisse tranquille!... Manger ma soupe, mon oignon!... J'aime mieux la caille que des histoires!... Gi! C'est pesé! C'est dans la fouille!... J'ai même montré que j'étais un homme, je me suis barré avec Jonkind, je l'ai laissée seule lire son bouquin... En pantaine dans les herbages...

On a couru avec l'idiot jusqu'à la rivière... On est revenus par les pigeons... Au retour, j'ai regardé sa mine... Elle les remportait ses images... Certainement qu'elle me trouvait têtu... Elle avait sûrement du chagrin.. Elle était pas pressée de rentrer... On est partis tout doucement... On est restés près du pont... Six heures avaient déjà sonné... Elle regardait l'eau... C'est une forte rivière la Medway... Aux fortes marées elle devient même intrépide... Elle arrive par grandes volutes. Le pont vibre dans les tourbillons... Elle est rauque l'eau, elle fait des bruits creux... des étranglements, dans des grands nœuds jaunes...

Elle se penchait juste au-dessus Nora, et puis elle relevait vite la tête... Elle regardait là-bas, très loin, le jour qui sombrait derrière les maisons de la côte... Ça faisait une lueur sur son visage... Une tristesse qui faisait trembler tous ses traits... Ça montait, elle pouvait plus tenir, ça la rendait toute fragile... Ça la forçait de fermer les yeux...

A peine qu'il était terminé le « Hopeful Academy » tout de suite on a eu des départs... Ceux qu'avaient envie de trisser ils ont même pas attendu Pâques... Six externes qu'ont mis les bouts dès la fin d'avril, et quatre pensionnaires, leurs darons sont venus les reprendre... Ils trouvaient plus que le « Meanwell College » était suffisant... Ils faisaient des comparaisons avec l'autre tôle éblouissante...

Il jetait le « Hopeful », il faut dire, un jus étonnant au milieu de ses « grounds »... La bâtisse seule valait le voyage... Tout en briques rouges, elle dominait Rochester, on ne voyait qu'elle sur le coteau... En plus, ils avaient planté un mât, un immense au milieu de la pelouse avec grands pavois, tous les pavillons au Code, des vergues, les haubans, les drisses, tout un bazar, pour ceux qui voulaient apprendre la manœuvre et les gréements, se préparer au Borda...

J'ai perdu comme ça le petit Jack, mon petit branleur... Il a fallu qu'il transborde, son père voulait qu'il devienne marin... Ils faisaient les « Hopeful » une brillante réclame pour préparer la « Navy... »

A force de perdre des pensionnaires, on est restés seulement cinq au « Meanwell College » y compris Jonkind... Ils se marraient pas les survivants, ils faisaient plutôt la grimace... Ils devaient avoir des comptes en retard, ils pouvaient pas régler leurs notes, c'est pour cela qu'ils bougeaient plus... L'équipe au « Football » elle a fondu en huit jours... Les boutonneux du « Pitwitt », les pâles assistés, ils sont revenus encore deux fois pour demander qu'on les écrase. On avait beau leur expliquer,

294

leur dire que c'était fini, ils se rendaient pas compte... Ils regrettaient leurs « douze à zéro ». Ils comprenaient plus l'existence... Ils avaient plus de rivaux du tout... Ça les déprimait horrible... Ils sont repartis chez eux sinistres...

Les « Hopeful boys », les crâneurs de la nouvelle boîte, ils voulaient pas les matcher, ils les refoulaient comme des lépreux... ils se montaient d'une catégorie... Les « Pitwitt » tombaient à la bourre... Ils se matchaient tout seuls...

C'est à notre table au « Meanwell » qu'on avait des drames sérieux, ça devenait âpre et sans quartier... Nora Merrywin, elle réalisait des prodiges pour que les repas tiennent encore. On a vu les bonnes se barrer... D'abord Gertrude, la plus âgée, et puis quatre jours après, Flossie... Il est venue une femme de ménage... Nora touchait presque plus aux plats... Elle nous laissait la marmelade, elle y touchait pas, elle mettait plus de sucre dans son thé, elle s'envoyait le porridge sans lait... y avait du surplus pour nous autres... Mais j'avais bien honte quand même... Quand le dimanche on passait le pudding, y avait des précipitations à s'en retourner les cuillers... On ébréchait tous les plats... C'était la curée... Merrywin, il s'impatientait, il disait rien, mais il s'agitait de partout, il remuait sans cesse sur sa chaise, il tapotait sur la table, il écourtait les oraisons pour qu'on se barre plus vite... Ça devenait un lieu trop sensible la salle à manger...

En classe, il refaisait la même chose... Il montait sur son estrade... Il mettait sa cape, la plissée, la magistrale robe... Il restait derrière son pupitre et tout embusqué dans sa chaise, il fixait la classe devant lui... Il se remettait à cligner, il tortillait tous ses doigts en attendant l'heure... Il parlait plus aux élèves... les mômes pouvaient faire ce qu'ils voulaient...

Il maigrissait Merrywin, déjà qu'il avait des oreilles immenses, décollées, maintenant c'était comme des ailerons... Les quatre mômes qui subsistaient, ils faisaient du barouf comme trente-six... et puis ça les amusait plus... alors ils se trissaient simplement... ailleurs... au jardin... dans les rues... Ils laissaient Merrywin tout seul, ils venaient nous rejoindre à la promenade. Plus tard, on le rencontrait, lui, sur la route... on le croisait en pleine campagne... on le voyait arriver de loin... il venait vers nous en vitesse, perché sur un énorme tricycle...

« Hello Nora! Hello boys! » qu'il nous criait au passage... Il ralentissait, une seconde... « Hello Peter! » qu'elle lui répondait bien gracieuse... Ils se souriaient fort courtoisement... « Good day, mister Merrywin » reprenaient tous les mômes en chœur... Il refonçait dans la direction. On le regardait s'éloigner, pédaler à perte de vue. Il était rentré avant nous...

La manière que ça tourniquait, je sentais mon départ bien proche... J'ai encore cessé d'écrire... Je savais plus quoi dire, inventer... J'avais tout imaginé... J'en avais marre des salades... Le jeu valait plus la chandelle... Je préférais jouir de mon reste, sans être tracassé par des lettres. Mais depuis que le Jack était parti, c'était plus si drôle au dortoir... le petit saligaud, il suçait fort et parfaitement...

Je me branlais trop pour la Nora, ça me faisait la bite comme toute sèche... dans le silence, je me créais d'autres idées nouvelles... et des bien plus astucieuses, plus marioles et plus tentantes, des tendres à force... Avant de quitter le Meanwell, j'aurais voulu la voir la môme, quand elle travaillait son vieux... Ça me rongeait... ça me minait soudain de les admirer ensemble... ça me redonnait du rassis rien que d'y penser. Ce qu'il pouvait lui faire alors?

J'étais déjà bon au vice... Seulement comme jeton, c'était pas des plus faciles... Ils avaient des chambres séparées... Lui, la sienne, c'était à droite, dans le couloir, juste auprès du « papillon... » Là c'était assez pratique... Mais pour viser chez Nora, il aurait fallu que je sorte par l'autre côté du dortoir et puis encore prendre l'escalier... c'était après les lavabos... C'était difficile... compliqué...

Comment qu'ils baisaient? Ça se passait-il chez lui? chez elle? Je me suis résolu... Je voulais tout de même me payer ça... J'avais attendu trop longtemps.

N'étant plus que cinq pensionnaires, on pouvait bien mieux circuler... D'ailleurs il venait même plus le soir le daron pour faire la prière... Les mômes s'endormaient très vite une fois qu'ils s'étaient réchauffés... J'ai attendu qu'ils roupillent, j'ai entendu les ronflements et puis j'ai refilé ma culotte, j'ai fait semblant d'aller aux gogs... et alors sur la pointe des pieds...

En passant devant la porte du dab, je me suis abaissé d'un coup. J'ai regardé comme ça très vite dans le trou de la serrure... J'étais chocolat!... La clef était pas retirée... Je continue ma promenade... Je vais comme pour aller pisser... Je retourne en vitesse... Je me recouche... C'était pas fini! Je me dis c'est le moment ou jamais! Y avait pas un bruit dans la tôle... Je fais semblant d'en écraser... je reste encore quelques minutes... palpitant mais silencieux... J'étais pas fou!... J'avais bien vu la lumière par le vasistas... Juste au-dessus de sa porte... C'était le même blot que rue Elzévir... Je me dis : « Là, si t'es paumé Toto, t'en entendras causer longtemps! » Je prends des extrêmes précautions... Je transporte une chaise dans le couloir... Si je suis frit que j'apprêtais, je ferai d'abord le somnambule... Je pose ma chaise juste à l'appui et contre sa porte. J'attends, je me planque un petit peu... Je me colle bien au mur... J'entends dedans alors comme un choc... Comme un bruit de bois... qui vient taper contre un autre... Ça venait peut-être de son lit?... J'équilibre encore le dossier... je me fais gravir au millimètre... Debout... encore plus doucement... J'arrive juste au ras du carreau... Ah! Alors! Pomme! je vois tout à fait! Je vois tout!... Je vois mon bonhomme... Il est affalé... comme ça vautré dans le creux du fauteuil... Mais il est absolument seul! Je la vois pas la môme!... Ah! il est à poil, dis donc!... Il est étalé tout épanoui devant son feu... Il en est même tout écarlate! Il souffle tellement qu'il a chaud... Il est à poil jusqu'au bide... Il a gardé que son caleçon et puis sa houppelande, celle à plis, la magistrale, elle traîne sur le plancher derrière...

Le feu est vif et intense... Ça crépite dans toute la pièce!... Il est embrasé dans les lueurs, le vieux schnoque! illuminé complètement... Il a pas l'air ennuyé... il a gardé son bonnet... le bibi à gland... Ah! la vache! Ça penche, ça bascule... Il le rattrape, il le renfonce... Il est plus triste comme en classe... Il s'amuse tout seul... Il agite, il balance un bilboquet! Un gros! un colosse! Il essaye de l'enfiler... Il loupe le coup, il rigole... Il se fâche pas... Son bonneton encore se débine... sa cape aussi... Il ramasse tout ça comme il peut... Il rote, il soupire... Il repose un peu son joujou... Il se verse un grand coup de liquide... Il sirote ça tout doucement... Je le revois alors le whisky!... Il en a même deux flacons à côté de lui sur le parquet... Et puis deux siphons en plus... à côté de sa main... et puis un pot de marmelade... un entier!... Il fonce dedans à la grosse louche... il ramène... il s'en fout partout... il bâfre!... Il retourne à son bilboquet... il vide encore un autre verre... La ficelle se prend, s'embobine dans la roulette du fauteuil... Il tire dessus, il s'embarbouille... il grogne... il jubile... Il peut plus retrouver ses mains... Il est ligoté... Il en ricane, la sale andouille... Ça va!... Je redescends de mon truc... Je soulève tout doucement ma chaise... Je me reglisse comme ça dans le couloir... Personne a bougé encore... Je me refile au plume!...

On y est parvenus tant bien que mal aux vacances de Pâques... Y avait un tirage terrible... sur le fricot... sur les bougies... sur le chauffage... Pendant les dernières semaines, les mômes, les cinq qui restaient, ils écoutaient plus personne. Ils se conduisaient à leur guise... Le vieux, il faisait même plus la classe... Il restait chez lui tout à fait... ou bien, il partait tout seul, sur son tricycle... en longues excursions...

La nouvelle bonne est arrivée. Elle a pas tenu seulement huit jours... Les mômes étaient plus possibles, ils devenaient intolérables, ils chamboulaient toute la cuisine... Une femme de ménage a remplacé la boniche, mais seulement pour les matinées. Nora l'aidait à faire les chambres, et puis aussi la vaisselle... Pour ça elle mettait des gants... Elle se protégeait ses beaux cheveux avec un mouchoir brodé, elle s'en faisait comme un turban...

L'après-midi, je promenais l'idiot, je m'en chargeais tout seul. Elle pouvait plus venir Nora, elle avait la cuisine à faire... Elle nous disait pas où aller... C'était moi seul qui commandais... On prenait le temps qu'il fallait... On est repassés par toutes les rues, par tous les quais, tous les trottoirs. Je regardais un peu partout pour la môme Graillon, j'aurais voulu la rencontrer. Elle y était plus en ville, nulle part, avec sa bagnole... Ni sur le port, ni au marché... ni autour des nouvelles casernes... Rien...

Y avait des heures douces en promenade. Jonkind il était plutôt sage... Seulement fallait pas l'exciter... Il était plus tenable par exemple dès qu'on croisait les militaires, les fanfares, les fortes musiques... Y en avait des quantités autour de Chatham... et de la « flotte » aussi... Quand ils revenaient de l'exercice, ils soufflaient des airs cascadeurs, des conquérants rigodons, Jonkind, ça lui retournait les moelles... Il fonçait dans le tas comme un dard... Il pouvait pas supporter... Ça lui faisait l'effet du football... Il s'emportait dans les flonflons !

C'est vivace un régiment, comme couleur et comme cadence, ça se détache bien sur le climat... Ils étaient grenat les « musiques »... Ils ressortaient en pleine violence dans le ciel... sur les murs cachou... Ils jouent gonflé, cambré, musclé, ils jouent costaud les Écossais... Ils jouent marrant la cornemuse, ils jouent gaillard, ils jouent poilu comme des molletons...

On les suivait jusqu'aux « barracks », leurs tentes en plein champ... On découvrait d'autres campagnes, toujours derrière les soldats... après Stroude plus loin encore... de l'autre côté d'une rivière. On revenait toujours par l'école, celle des filles, derrière la gare, on attendait leur sortie... On disait rien, on reluquait, on prenait des grands coups de visions... On redescendait par « l'Arsenal », le terrain spécial en « mâcheter », celui des « pros », les vrais « durs », ceux qui s'entraînent à la cadence, sur buts « retriqués », pour la coupe Nelson. Ils crevaient toutes les baudruches, tellement qu'ils shootaient en force...

On rentrait nous le plus tard possible... J'attendais qu'il fasse vraiment nuit, que je voye toutes les rues allumées, alors je suivais la High Street, celle qui finissait devant nos marches... C'était souvent après huit heures... Le vieux nous attendait dans le couloir, il se permettait pas de réflexions, il était à lire son journal...

Aussitôt qu'on arrivait, on passait à table... C'est Nora qui faisait le service... Il causait plus Merrywin... Il disait plus rien à personne... ça devenait la vraie vie tranquille... Jonkind aussitôt la soupe, il se remettait à baver. On le laissait faire à présent On l'essuyait plus qu'à la fin.

Aucun des gniards n'est revenu des vacances de Pâques. Il restait plus au Meanwell que Jonkind et moi. C'était un désert notre crèche.

Pour avoir moins d'entretien, ils ont fermé tout un étage. L'ameublement s'est barré, fourgué, morceau par morceau, les chaises d'abord et puis les tables, les deux armoires et même les lits. Il restait que nos deux pageots. C'était la liquidation... Par exemple, on a mieux bouffé, sans comparaison ! Y en a eu de la confiture ! Et en pots à volonté... on pouvait reprendre du pudding... Un ordinaire abondant, une métamorphose... jamais ça s'était vu encore... Nora s'appuyait le grand turbin, mais elle faisait quand même la coquette. A table, je la retrouvais tout avenante, et même enjouée si je peux dire.

Le vieux, il restait à peine, il se tapait la cloche très vite, il repartait sur son tricycle. C'est Jonkind qui animait toutes les parlotes, lui tout seul ! « No trouble ! » Il avait appris un autre mot ! « No fear ! » Il en était fier et joyeux. Ça n'arrêtait pas ! « Ferdinand ! No fear ! » qu'il m'apostrophait sans cesse, entre chaque bouchée...

Dehors, j'aimais pas qu'on me remarque.. Je lui bottais un petit peu le train... Il me comprenait bien, il me foutait la paix... Pour sa récompense, je lui donnais des cornichons. J'en emportais une réserve, j'en avais toujours plein mes poches... C'était sa friandise exquise, avec ça, je le faisais marcher... Il se serait fait crever en « pickles »...

Notre salon se déplumait... Les bibelots sont barrés d'abord... et puis le divan capitonné rose, et puis les potiches, enfin

302

pour finir les rideaux... Au milieu de la pièce, les derniers quinze jours, il ne restait plus que le Pleyel, un gros noir, monumental...

Ça me disait pas beaucoup de rentrer, puisqu'on avait plus très faim... On prenait des précautions, on emportait des provisions, on pillait un peu la cuistance au moment de sortir. Je me sentais plus pressé du tout... Même fatigué je me trouvais mieux dehors à baguenauder par-ci, par-là... On se reposait au petit bonheur... On se payait une dernière station, sur les marches ou sur les rocailles, juste à la porte de notre jardin... Là où passait le grand escalier, la montée du port, c'était presque sous nos fenêtres... On restait avec Jonkind, le plus tard possible, planqués, silencieux.

On discernait bien les navires, de cet endroit-là, les venues, les rencontres du port... C'était comme un vrai jeu magique... sur l'eau à remuer de tous les reflets... tous les hublots qui passent, qui viennent, qui scintillent encore... Le chemin de fer qui brûle, qui tremblote, qui incendie par le travers les arches minuscules... Nora, elle jouait toujours son piano en nous attendant... Elle laissait la fenêtre ouverte... On l'entendait bien de notre cachette... Elle chantait même un petit peu... à mi-voix... Elle s'accompagnait... Elle chantait pas fort du tout... C'était en somme un murmure... une petite romance... Je me souviens encore de l'air... J'ai jamais su les paroles... La voix s'élevait tout doucement, elle ondoyait dans la vallée... Elle revenait sur nous... L'atmosphère au-dessus du fleuve, ça résonne, ça amplifie... C'était comme de l'oiseau sa voix, ça battait des ailes, c'était partout dans la nuit, des petits échos...

Tous les gens étaient passés, tous ceux qui remontaient du boulot, les escaliers étaient vides... On était seuls avec « no fear »... On attendait qu'elle s'interrompe, qu'elle chante plus du tout, qu'elle ferme le clavier... Alors on rentrait.

Le piano à queue, il a plus existé longtemps. Ils sont venus le chercher les déménageurs un lundi matin... Il a fallu qu'ils le démantibulent pièce par pièce... Avec Jonkind on a pris part à la manœuvre... Ils ont agencé d'abord un vrai treuil au-dessus de la croisée... Ça passait mal par la fenêtre... Toute la matinée, au salon, ils ont trafiqué des cordes, des poulies... Ils ont basculé la grande caisse par la véranda du jardin... Je le vois encore ce grand placard tout noir qui s'élève dans l'air... au-dessus du panorama...

Nora, dès le début du travail, elle est descendue en ville, elle est restée tout le temps dehors... Elle devait faire peut-être une visite?... Elle avait mis sa plus belle robe!... Elle est rentrée qu'assez tard... Elle était extrêmement pâle...

Le vieux s'est ramené pour dîner tout juste à huit heures... Il faisait ça depuis plusieurs jours. Après il remontait chez lui... Il était plus rasé du tout, ni débarbouillé même, il était sale comme un peigne... Il sentait très aigrelet. Il s'est assis à côté de moi... Il a commencé son assiette et puis il a pas terminé... Il se met à farfouiller son froc, les replis, tous les revers... Il retrousse sa robe de chambre. Il cherche dans les poches au fond... Il en avait la tremblote... Il rote des petits coups... Il bâille... Il ronchonne... Il le trouve enfin son papelard! C'était encore une missive, une recommandée cette fois... Ça faisait au moins la dixième qu'on recevait de mon père depuis la Noël... Je répondais jamais... Merrywin non plus... On était bloqués par le fait... Il me l'ouvre, il me la montre... Je regarde par acquit de conscience... Je parcours les pages et les pages...

C'était copieux, documenté... Je recommence. C'était un vrai
rappel formel!... C'était pas nouveau qu'ils m'engueulent...
Non... Mais cette fois-ci y avait le billet!... un vrai retour par
Folkestone!

Mon père, il était outré! Déjà on en avait reçu d'autres!
des presque semblables, des désespérées des lettres, des râleuses,
des radoteuses... des menaçantes... Le vieux, il les entassait
après la lecture, dans un petit carton exprès... Il les classait
bien soigneusement par ordre et par date... Il les remontait
toutes dans sa piaule... Il hochait un peu la tête, en papillo-
tant des châsses... C'était pas la peine qu'il commente... Ça
suffisait bien qu'il aye classé la babille!... A chaque jour suffit sa
peine! Et toutes ses conneries... Seulement comme ultimatum
c'était quand même différent... Y avait un billet cette fois-ci...
J'avais plus qu'à faire mes paquessons... Petit fiston ça
démarre!... Ça serait pour la semaine suivante... le mois finissait... Solde de tout compte!...

Nora semblait pas se rendre compte... elle restait comme
absorbée... Elle était ailleurs... Le vieux, il voulait qu'elle
sache... Il lui a crié assez fort, pour qu'elle se réveille. Elle est
sortie de sa rêverie... Jonkind il chialait... Elle s'est levée d'un
coup, elle a recherché dans le carton, il a fallu qu'elle relise...
Elle déchiffrait à haute voix...

Je ne me berce plus d'illusions sur l'avenir que tu nous réserves !
nous avons, hélas, éprouvé à maintes reprises différentes toute
l'âpreté, la vilenie de tes instincts, ton égoïsme effarant... Nous
connaissons tous tes goûts de paresse, de dissipation, tes appétits
quasi monstrueux pour le luxe et la jouissance... Nous savons ce
qui nous attend... Aucune mansuétude, aucune considération
d'affection, ne peut décidément limiter, atténuer, le caractère effréné,
implacable de tes tendances... Nous avons, semble-t-il, à cet égard
tout mis en œuvre, tout essayé! Or, actuellement, nous nous trou-
vons à bout de force, nous n'avons plus rien à risquer ! Nous ne
pouvons plus rien distraire de nos faibles ressources pour t'arra-
cher à ton destin !... A Dieu vat !...

Par cette dernière lettre, j'ai voulu t'avertir, en père, en cama-
rade, avant ton retour définitif, pour la dernière fois, afin de te
prémunir, pendant qu'il en est temps encore, contre toute amertume
inutile, toute surprise, toute rébellion superflue, qu'à l'avenir,
tu ne devais plus compter que sur toi-même, Ferdinand ! Uni-

quement sur toi-même ! Ne compte plus sur nous ! je t'en prie !
Pour assurer ton entretien, ta subsistance ! Nous sommes à bout
ta mère et moi ! Nous ne pouvons plus rien pour toi !...
   Nous succombons littéralement sous le poids de nos charges
anciennes et récentes... Aux portes de la vieillesse, notre santé,
minée déjà par les angoisses continuelles, les labeurs harassants,
les revers, les perpétuelles inquiétudes, les privations de tous
ordres, chancelle, s'effondre... Nous commes in extremis *mon*
cher enfant ! Matériellement, nous ne possédons plus rien !...
Du petit avoir, que nous tenions de ta grand'mère, il ne nous
reste rien !... absolument rien !... pas un sou ! Tout au contraire !
Nous nous sommes endettés ! Et tu sais dans quelles circonstances...
Les deux pavillons d'Asnières sont grevés d'hypothèques !... Au
Passage, ta mère, dans son commerce, se trouve aux prises avec
de nouvelles difficultés, que je présume insurmontables... Une
variante, une saute brutale, absolument inattendue dans le cours
des modes, vient de réduire à rien nos chances d'une saison quelque
peu rémunératrice !... Toutes nos prévisions sont déjouées... Pour
une fois dans notre vie, nous nous étions payés d'audace... Nous
avions constitué, à grands frais, en rognant sur toutes nos dépenses
et même sur notre nourriture au cours de ce dernier hiver, une véri-
table réserve, un stock de boléros d' « Irlande ». Or, brutalement !
Sans aucun indice prémonitoire la faveur de la clientèle s'est
résolument détournée, s'est mise à fuir littéralement ces articles
pour d'autres vogues, d'autres lubies... C'est à n'y plus rien
comprendre ! Une véritable fatalité s'acharne sur notre pauvre
barque !... Il est à prévoir que ta mère ne pourra se débarrasser
d'un seul de ces boléros ! Et même à n'importe quels prix ! Elle
tente actuellement de les convertir en abat-jour ! pour les nouveaux
dispositifs électriques !... Futiles parades !... Combien cela peut-il
durer ? Où allons-nous ? De mon côté, à la Coccinelle, je dois subir
quotidiennement les attaques sournoises, perfides, raffinées dirai-
je, d'une coterie de jeunes rédacteurs récemment entrés en fonc-
tions... Nantis de hauts diplômes universitaires (certains d'entre
eux sont licenciés), très forts de leurs appuis auprès du Directeur
général, de leurs alliances mondaines et familiales nombreuses,
de leur formation très « moderne » (absence presque absolue de
tout scrupule), ces jeunes ambitieux disposent sur les simples
employés du rang, tels que moi-même, d'avantages écrasants...
Nul doute, qu'ils ne parviennent (et fort rapidement semble-t-il)

non seulement à nous supplanter, mais à nous évincer radicalement de nos postes modestes !... Ce n'est plus, sans noircir aucunement les choses, qu'une simple question de mois ! Aucune illusion à cet égard !

Pour ma part, je m'efforce de tenir aussi longtemps que possible... sans perdre toute contenance et toute dignité... Je réduis au minimum les chances et les risques d'un incident brutal dont je redoute les suites... Toutes les suites !... Je me contiens !... je me contrains !... je me domine pour éluder toute occasion d'anicroche, d'escarmouche ! Hélas ! je n'y parviens pas toujours... Dans leur zèle ces jeunes « arrivistes » se livrent à de véritables provocations !... Je deviens moi-même une cible, un but à leur malignité !... Je me sens poursuivi par leurs entreprises, leurs sarcasmes et leurs incessantes saillies... Ils s'exercent à mes dépens... Pourquoi ? Je me perds en conjectures... Est-ce le seul fait de ma présence ? Ce voisinage, cette hostilité persistante me sont, tu peux l'imaginer, atrocement douloureux. Au surplus, je me sens, toutes choses bien pesées, vaincu d'avance dans cette épreuve d'entregent, d'astuce et de perfidie !... Avec quelles armes rivaliserais-je ? Ne possédant aucune relation personnelle ou politique, parvenu presque au bout de mon rouleau, n'ayant ni fortune ni parents, ne possédant pour tout atout dans mon jeu que l'acquit des services rendus honnêtement, scrupuleusement, pendant vingt et deux années consécutives à la Coccinelle, ma conscience irréprochable, ma parfaite probité, la notion très précise, indéfectible de mes devoirs... Que puis-je attendre ? Le pire évidemment !... Ce lourd bagage de vertus sincères me sera compté, j'en ai peur, plutôt à charge qu'à crédit, le jour ou se régleront mes comptes !... J'en ai l'absolu pressentiment, mon cher fils !...

Si ma position devient intenable ? (et elle le devient rapidement) si je suis évincé, une fois pour toutes ? (un prétexte suffira ! il est de plus en plus souvent question d'une réorganisation totale de nos services) que deviendrons-nous ? Avec ta mère nous ne songeons point à cette éventualité sans éprouver de terribles et justifiées angoisses ! une véritable épouvante !...

A tout hasard, dans un ultime sursaut défensif, je me suis attelé (dernière tentative !) à l'apprentissage de la machine à écrire, hors du bureau bien entendu, pendant les quelques heures que je peux encore soustraire aux livraisons et aux courses pour notre magasin. Nous avons loué cet instrument (américain) pour une durée de quelques mois (encore des frais). Mais de ce côté non plus je ne me berce d'aucune illusion!... Ce n'est pas à mon âge, tu t'en doutes, que l'on s'assimile aisément une technique aussi nouvelle! d'autres méthodes! d'autres manières! d'autres pensées! Surtout accablés, comme nous le sommes d'avatars continuels! indéfiniment tourmentés!... Tout ceci nous porte à envisager notre avenir, mon cher fils, sous les aspects les plus sombres! et nous n'avons sans aucun doute, sans aucune exagération, plus une seule faute à commettre! même la plus minime imprudence!... Si nous ne voulons point finir notre existence ta mère et moi, dans le plus complet dénuement!

Nous t'embrassons, mon cher enfant! Ta mère se joint encore à moi, encore une fois! pour t'exhorter! te supplier! t'adjurer avant ton retour d'Angleterre (si ce n'est point dans notre intérêt, ni par affection pour nous, au moins dans ton intérêt personnel), de prendre quelque détermination courageuse et la résolution surtout de t'appliquer désormais corps et âme au succès de tes entreprises.

Ton père affectueux : Auguste.

P.-S. — *Ta mère me charge de t'annoncer le décès de Madame Divonne, survenu lundi dernier, en son asile, au Kremlin-Bicêtre.*

Elle était alitée depuis plusieurs semaines. Elle était atteinte d'emphysème et d'une affection cardiaque. Elle a peu souffert. Pendant les tout derniers jours, elle a sommeillé constamment... Elle n'a pas senti venir la mort. Nous avions été la voir, la veille, le tantôt.

Le lendemain, il devait être à peu près midi, on était tous les deux dans le jardin Jonkind et moi-même, on attendait le déjeuner... Il faisait un temps admirable... Voilà un type en bicyclette... Il s'arrête, il sonne à notre grille... C'était encore un télégramme... Je me précipite, c'était de mon père... « Rentre immédiatement, mère inquiète. Auguste. »

Je grimpe dare-dare au premier, je rencontre Nora dans l'étage, je lui passe le papier, elle lit, elle redescend à table, elle nous sert la soupe, on commençait à manger... Vouf! La voilà qui fond en larmes... Elle chiale, elle se tient plus, elle se lève, elle se sauve, elle s'enfuit dans la cuisine. Je l'entends qui sanglote dans le couloir... ça me déconcerte son attitude! C'était pas son genre du tout... ça lui arrivait jamais... Je bronche pas quand même... Je reste en place avec l'idiot, je finis de le faire bouffer... C'était le moment de la promenade... J'avais plus envie du tout... Ça m'avait coupé le sifflet, ce triste incident.

Et puis je repensais au Passage, ça me hantait tout d'un coup, toute mon arrivée là-bas... tous les voisins... la recherche du joli condé... C'était fini l'indépendance! Merde le Silence... Chiotte la vadrouille! Il faudrait reprendre toute l'enfance, refaire le navet du début! L'empressé! Ah! la sale caille! la glaireuse horreur!... l'abjecte condition! Le garçon bien méritant! Cent mille fois Bonze! Et Rata-Bonze! j'en pouvais plus d'évocations!... J'avais la gueule en colombins rien que de me représenter mes parents! Là, ma mère, sa petite jambe d'échasse, mon père, ses bacchantes et son bacchanal, tous ses trifouillages de conneries...

Le môme Jonkind, il me tirait par la manche. Il comprenait pas ce qui se passait. Il voulait toujours qu'on parte. Je
le regardais « No trouble ». On allait finalement se quitter...
Je lui manquerais peut-être dans son monde, ce petit biscornu,
tout avaleur, tout cinglé... Comment qu'il me voyait lui, au
fond? Comme un bœuf? Comme une langouste?... Il s'était
bien habitué à ce que je le promène, avec ses gros yeux de loto,
son contentement perpétuel... Il avait une sorte de veine...
Il était plutôt affectueux si on se gaffait de pas le contrarier...
De me voir en train de réfléchir, ça lui plaisait qu'à demi...
Je vais regarder un peu par la fenêtre... Le temps que je me
retourne, il saute, le loustic, parmi les couverts... Il se calme,
il urine! Il éclabousse dans la soupe! Il l'a déjà fait! Je me précipite, je l'arrache, je le fais descendre... Juste au moment la
porte s'entr'ouvre... Merrywin entre... Il avance tout machinal,
il bronche pas, il a les traits comme figés... Il marche comme un
automate... Il fait d'abord le tour de la table... deux fois, trois
fois... Il recommence... Il avait remis sa belle roupane, la noire
d'avocat... mais dessous, tout un habillage sportif, des culottes
de golf, ses jumelles... un beau bidon tout nickelé et puis une
blouse verte à sa femme... Toujours pareil, en somnambule,
il continue sa balade... il franchit le perron par saccades... Il
se promène un peu dans le jardin... il tente même d'ouvrir la
grille... il hésite... il revire, il revient vers nous, vers la maison...
toujours complètement songeur... Il repasse encore devant
Jonkind... Il nous salue majestueux, d'un geste très large...
Son bras s'élève et s'abaisse... Il s'incline un peu chaque fois...
Il s'adresse à une foule au loin, très loin... Il a bien l'air de répondre à une énorme ovation...Et puis enfin il remonte chez lui...
très lentement... dans une dignité parfaite... Je l'entends refermer sa porte...
    Jonkind ça lui avait fait peur, ces étranges manières... ce
bonhomme articulé... Il tenait plus du tout en place. Il voulait
se sauver à toute force, il était pris par la panique. Je lui faisais
des claquements de la langue et puis des ho! ho! comme ça...
tout à fait comme pour un cheval, ça le raisonnait bien d'habitude... Enfin, il a fallu que je cède... On est repartis à travers
champs...
    Près des baraquements écossais, on a croisé la promenade
des gniards du « Hopeful College ». Ils s'en allaient au cricket

de l'autre côté de la vallée. Ils emportaient leurs battoirs et les « wickets » et les arceaux... On a reconnu tous nos « anciens »... Ils nous faisaient des signes d'amitié... Ils avaient grossi, grandi forcément... Ils étaient extrêmement guillerets... Ils avaient l'air content de nous revoir. En requimpettes orange et bleues qu'ils étaient à présent sapés... ça faisait bien vif sur l'horizon leur caravane.

On les a regardés s'éloigner... On est revenu nous, de très bonne heure... Jonkind, il tremblait toujours.

Nous nous trouvions avec Jonkind, en haut du chemin, le « Willow Walk » celui qui menait au collège, quand on a croisé la voiture, la grande tapissière à trois chevaux... C'était des autres déménageurs...

Ils évitaient la forte descente, ils faisaient tout le tour par les jardins, ils emportaient encore des choses... Cette fois c'était le grand nettoyage, les raclures, le dernier balai... On a regardé dans l'intérieur, leurs tentures étaient retroussées... Y avait les deux lits des bonnes, un des placards de la cuisine, le petit bahut pour la vaisselle, et puis le tricycle du vieux dabe... et puis encore un tas de tessons... Ils avaient dû vider le grenier! Entièrement la tôle! Il resterait plus rien!... Ils emportaient même les bouteilles, on les entendait vadrouiller dans le fond du caisson... Il devait plus rester grand'chose, de la manière qu'ils s'y mettaient...

Je commençais à redouter moi, pour mes quatre frusques et mes godasses! Si ils continuaient les ravages y avait plus de limites, ni de Bon Dieu!... C'était une vraie « salle des ventes »! Je me dépêche donc quatre à quatre, je voulais voir tout de suite la casse! Et puis c'était l'heure qu'on croûte... La table était mise somptueusement... Avec les plus beaux couverts... les assiettes à fleurs, tous les cristaux!... Dans la pièce nue, ça se détachait admirable!...

Des patates à l'huile pour repas, des artichauts vinaigrette, des cerises à l'eau-de-vie, un gâteau juteux, un jambon entier... Une vraie abondance en somme, et en plus, un semis de jonquilles à même la nappe, entre les tasses! Ah! alors oui! Je m'attendais pas à celle-là!

Je reste bien interloqué!... Je suis resté avec Jonkind devant ces merveilles... ni lui ni elle ne descendaient... On avait faim tous les deux. On goûte d'abord un peu à tout... et puis on se décide, on touche... on pique, on avale... on tape dans le tas avec les doigts... le tout c'est de s'y mettre... Et c'est excellent! Jonkind il se roulait de plaisir, il était heureux comme un roi... On a pas laissé grand'chose... Il descendait toujours personne...

Une fois qu'on a été repus, on est ressortis au jardin... C'était le moment de ses besoins... Je regarde un peu tout autour... Rien que de la nuit... pas âme qui vive... Tout de même c'était extraordinaire!... En haut, je voyais qu'une seule lumière dans toute la façade... à la chambre du vieux... Il devait encore être enfermé... Je me dis, je vais pas perdre mon temps, j'en ai marre moi des manigances... Puisque j'ai déjà mon billeton je vais toujours faire ma valise... Demain matin, je me trisserai au premier « dur », à sept heures trente. Gi! Comme ça! Je coupe à la chanson! J'ai jamais blairé les adieux.

J'aurais voulu, cependant, trouver encore un petit flouze, un shilling ou deux peut-être pour m'acheter de la « ginger beer », c'est bon en voyage... Je fais d'abord coucher mon idiot pour qu'il me foute sérieusement la paix... Je le branloche un tout petit peu, ça le tenait tranquille d'habitude... ça l'endormait aisément... Mais ce soir-là il était transi par toutes les trouilles de la journée, il voulait pas fermer l'œil... J'avais beau lui faire des ho! ho!... Il se démenait quand même, il faisait des bonds, il rouscaillait dans sa cage. Il grognait comme un vrai fauve! Malgré qu'il était fada, il se gourait bien d'une passe bizarre... Il se méfiait que je le plaque au flan au milieu de la nuit... Il était pas bon! Seul il se tenait plus d'épouvante... merde.

C'est vrai qu'il était grand le dortoir... Ça lui faisait un espace immense... On était plus que nous deux là dedans, sur douze autrefois, même quatorze...

Je collectionnais mes quatre chaussettes, je faisais la chasse aux mouchoirs, je rassemblais ma vache lingerie, c'était plus que des loques et des trous... Faudrait encore qu'on me réinstalle! Ça en ferait encore des clameurs!... J'avais la douce perspective!... J'avais pas fini d'être traité... L'avenir c'est pas une plaisanterie... De repenser du coup, au Passage, si proche à présent, je m'en passais des grelots merdeux!...

Depuis huit mois j'étais parti!... Comment qu'ils étaient eux devenus en bas sous le vitrage?... C'est pas d'erreur! Encore plus cons?... Plus canulants?... Ceux de Rochester, je les reverrais plus sans doute jamais ces gonzes-là! J'ai jeté encore par la fenêtre, la grande guillotine, un dernier coup d'œil sur la perspective... Il faisait un temps clair, idéal... C'était bien visible, toutes les rampes, les docks allumés... les feux des navires qui croisent... le grand jeu de toutes les couleurs... comme des points qui se cherchent au fond du noir... J'en avais vus partir beaucoup moi déjà des navires et des passagers... des voiles... des vapeurs... ils étaient au diable à présent... de l'autre côté... au Canada... et puis d'autres en Australie... toutes voiles dehors... Ils ramassaient les baleines... J'irais moi, jamais voir tout ça... J'irais au Passage... rue Richelieu, rue Méhul... J'irais voir mon père faire craquer son col... Ma mère... ramasser sa jambe... J'irais chercher des boulots... Il allait falloir que je recause, que j'explique pourquoi du comment! Je serais fabriqué comme un rat... Ils m'attendaient pourris de questions... J'avais plus qu'à mordre... J'en avais le cœur qui se soulevait à la perspective...

Il faisait tout nuit dans la piaule, j'avais soufflé la calebombe... Je m'allonge alors d'un coup sur le plume, tout habillé, je me repose... Je vais m'endormir tel que... Je me disais comme ça : « Toto, enlève pas ta pelure... tu pourras te casser à la première lueur... » J'avais plus rien à découvrir... tout mon truc était préparé. J'avais pris même des serviettes... Jonkind finalement il s'endort... Je l'entends qui ronfle... Je dirai « au revoir » à personne! Ni vu ni connu!... J'aurai pas droit aux effusions!... Je commençais à somnoler!... Je me tapais un tout petit rassis... J'entends la porte qui tournique... Mon sang fait qu'un tour!.... Je me dis « Gafe! Toto! Vingt contre un, que c'est les adieux!... T'es encore bidon ma caille!... »

J'entends un petit pas léger... un glissement... c'est elle! un souffle! Je suis fait Bonnard!... Je pouvais plus calter!... Elle attend pas! Elle me paume en trombe, d'un seul élan sur le page! C'est bien ça... Je prends tout le choc dans la membrure!... Je me trouve étreint dans l'élan!... congestionné, raplati sous les caresses... Je suis trituré, je n'existe plus... C'est elle, toute la masse qui me fond sur la pêche... ça glue... J'ai la bouille coincée, j'étrangle... Je proteste... j'implore...

J'ai peur de gueuler trop fort... Le vieux peut entendre!... Je me révulse!... Je veux me dégager par-dessous!... Je me recroqueville... j'arc-boute! Je rampe sous mes propres débris... Je suis repris, étendu, sonné à nouveau... C'est une avalanche de tendresses... Je m'écroule sous les baisers fous, les liches, les saccades... J'ai la figure en compote... Je trouve plus mes trous pour respirer... « Ferdinand! Ferdinand!... » qu'elle me supplie... Elle me sanglote dans les conduits... Elle est éperdue... Je lui renfonce dans la goulette tout ce que je me trouve de langue, pour qu'elle gueule pas tant... Le vieux dans sa crèche il va sûrement sursauter!... J'ai la terreur des cocus... Y en a des horribles...

J'essaye de bercer sa douleur, qu'elle se contienne un peu... Je calfate au petit hasard!... je me dépense... je m'évertue... je déploye toutes les fines ruses... Je suis débordé quand même... elle me passe des prises effrénées... Elle en saccade tout le plumard! Elle se débat la forcenée... Je m'acharne... J'ai les mains qui enflent tellement je lui cramponne les fesses! Je veux l'amarrer! qu'elle bouge plus! C'est fait! Voilà! Elle parle plus alors! Putain de Dieu! J'enfonce! Je rentre dedans comme un souffle! Je me pétrifie d'amour!... Je ne fais plus qu'un dans sa beauté!... Je suis transi, je gigote... Je croque en plein dans son nichon! Elle grogne... elle gémit... Je suce tout... Je lui cherche dans la figure l'endroit précis près du blaze, celui qui m'agace, de sa magie du sourire... Je vais lui mordre là aussi... surtout... Une main, je lui passe dans l'oignon, je la laboure exprès... j'enfonce... je m'écrabouille dans la lumière et la bidoche... Je jouis comme une bourrique... Je suis en plein dans la sauce... Elle me fait une embardée farouche... Elle se dégrafe de mes étreintes, elle s'est tirée la salingue!... elle a rebondi pile en arrière... Ah merde! Elle est déjà debout!... Elle est au milieu de la pièce!... Elle me fait un discours!... Je la vois dans le blanc du réverbère!... en chemise de nuit... toute redressée!... ses cheveux qui flottent... Je reste là, moi, en berloque avec mon panais tendu...

Je lui fais : « Reviens donc!... » J'essaye comme ça de l'amadouer. Elle semble furieuse d'un seul coup! Elle crie, elle se démène... Elle recule encore vers la porte... Elle me fait des phrases, la charogne!... « Good-bye, Ferdinand! qu'elle gueule, Good-bye! Live well, Ferdinand! Live well!... » C'est pas des raisons...

Encore un scandale! Putinaise! Je saute alors du pageot!...
Celle-là je vais la raplatir! Ça sera la dernière! Bordel de mon
sacré cul! Elle m'attend pas la fumière! Elle est déjà dégrin-
golée!... J'entends la porte en bas qui s'ouvre et qui reflanque
brutalement...! Je me précipite! Je soulève la guillotine...
J'ai juste le temps de l'apercevoir qui dévale au bord de l'impasse... sous les becs de gaz... Je vois ses mouvements, sa
liquette qui frétille au vent... Elle débouline les escaliers... La
folle! Où qu'elle trisse?

Ça me traverse l'esprit en éclair, que ça va faire un vrai
malheur!... Je me dis « Ça y est! c'est bien pour ta gomme!
C'est la catastrophe mironton! C'est bien pour tes fesses! Ça
fait pas l'ombre d'un poil! merde! Rantanplan!... Elle va se
foutre à présent au jus!... » Je sentais que c'est couru! Elle est
possédée! Merde!... Je pourrai t'y la rattraper?... Mais j'y suis
pour rien!... J'y peux rien!... J'entrave pouic moi dans ce
manège... J'écoute... Je regarde par la lourde du couloir... si
je l'aperçois pas sur les quais... Elle doit être parvenue en bas...
Encore un coup! encore des cris!... et puis des « Ferdinand »!...
des autres... des clameurs qui traversent le ciel!... C'est encore
elle la canasse, de tout en bas qu'elle glapit!... Elle est soufflée!...
Bordel de vache! Je l'entends de tout au fond du port! je me
turlupine!... Je m'écarquille! On dira que je savais des choses!...
Sûrement que je vais être épinglé!... J'y coupe pas... A moi les
menottes! Je m'émotionne terriblement... Je vais secouer
l'idiot dans son panier... Si je le laisse seul un instant et qu'il
prenne encore la panique?... il fera que des conneries en plus...
il foutra le feu à toute la crèche... Saloperie! Je le décanille...
Je le décampe de son grillage... je le vire tel quel, en kimono,
je le tire en vrac dans l'escalier...

Une fois dehors, dans l'impasse, je me penche au-dessus des
rocailles, j'essaye de revoir jusqu'au pont, dessous les lumières...
Où ça qu'elle peut bagotter? En effet! je l'aperçois bien...
c'est une tache... Ça vacille à travers les ombres... Une blanche qui virevolte... C'est la môme sûrement, c'est ma folle!
Voltige d'un réverbère à l'autre... Ça fait papillon la charogne!...
Elle hurle encore par-ci par-là, le vent rapporte les échos...
Et puis un instant c'est un cri inouï, alors un autre, un atroce
qui monte dans toute la vallée... « Magne enfant! que je rambine le gniard! Elle a sauté notre Lisette! Jamais qu'on y

316

sera! C'est nous les bons pour la mouillette! Tu vas voir Toto!
Tu vas voir! »

Je m'élance, je déferle à travers les marches, les espaces...
Flac! Comme ça! D'un coup pile!... En plein au milieu de l'escalier! Mon sang fait qu'un tour!... La réflexion qui me saisit.
Je bloque! Je trembloche! Ça va! Ça suffit! J'avance plus
d'un pas!... Des clous! Je me ravise! Je gafe!... Je me repenche un
coup sur la rampe! J'aperçois... C'est plus très bas l'endroit du
quai d'où ça venait... Ça grouille à présent tout autour!... Le
monde rapplique de partout!...

L'esplanade est bondée de sauveteurs! Il en radine encore
d'autres. Ça discute... Ça se démène de tous les coins avec des
perches, des ceintures et des canoës... Tous les sifflets, les
sirènes se mettent ensemble à mugir... C'est un vacarme, c'est
la bagarre!... Mais ils se débattent! ils se dépensent... Ils attra-
pent rien!... Le petit carré blanc dans les vagues... il est emporté
toujours plus...

Je la vois, moi, encore, d'où je suis, très bien dans le milieu
des eaux... elle passe au large des pontons... J'entends même
comme elle suffoque... J'entends bien son gargouillis... J'entends encore les sirènes... Je l'entends trinquer à travers...
Elle est prise par la marée... Elle est emmenée dans les remous...
Ce petit bout de blanc dépasse le môle! O ma tante! O merde
afur! Elle a sûrement tout trinqué!... Accélère que je rambine le
fiotte! que je lui bourre le train au mignard! Faut pas qu'on
nous retrouve dehors!... Qu'on soye planqués quand ils reviennent... Ah dis donc!

Il en peut plus d'avoir couru... Je le repousse, je le projette...
Il voit plus rien dans ses lunettes... Il voit même plus les réverbères. Il se met à buter partout... Il râle comme un clebs...
Je le saisis et je le soulève, je le transporte et j'escalade!...
Je le balance au fond de son lit... Je rebondis vers la porte du
vieux!... Je cogne un coup extrêmement fort! Pas un mot de
réponse!... Ça va! Je recogne! Je tape!... Alors je pousse le
tout! Je défonce!.... Ça y est! Il est là exact!... Il est comme je
l'avais vu... Il est affalé devant sa grille, vautré, rubicond...
Il se caresse le bide, pas nerveux... Il me regarde puisque je
l'interromps... Il cligne un peu, il papillote... Il se rend pas
compte... « Elle se noie! Elle se noie!... » que je l'interpelle...
Et je lui répète encore plus fort!... Je m'époumone... Je fais

même les gestes... J'imite comme ça la glougloute... Je lui montre en bas!... Dans la vallée... par la fenêtre! En bas! En bas! La Medway! « River! River! En bas! Water!... » Il veut se soulever un tout petit peu... ça le fout à roter l'effort... Il bascule, il retombe sur un tabouret... « Oh! gentil Ferdinand! qu'il me dit... Gentil Ferdinand! » Il me tend même la main... Mais son bilboquet s'entortille... Il est coincé dans le fauteuil... Il tire, il peut plus... Il fout en bas toutes les bouteilles... Tout le whisky qui dégouline... La marmelade, le pot chahute... Tout renverse... ça fait cascade, ça le fait très rire... Il s'en convulse... Il veut rattraper les choses... La sauce... tout s'écroule... l'assiette aussi carambole... il dérape dessus les morceaux... Il va planer sous la banquette. Il en bouge plus... Il est calé contre la cheminée... Il me montre comment qu'il faut faire... Il rumine... il grogne... Il se masse le bide tout en rond... Il se tripote bien les bourrelets... Il se triture comme ça dedans lentement... Il se les malaxe... il se les écarte... Il repasse encore dans les plis...

Je sais plus du tout ce que je veux dire... Je préfère pas insister. Je referme sa porte, je rentre au dortoir... Je me dis comme ça : « Tu vas te barrer au tout petit jour... » Mon bagage est là qu'est prêt!... Je m'allonge un peu sur le plume... mais je me relève presque tout de suite... Je suis ressaisi par la panique... Je sais pas exactement pourquoi. Je me mets à repenser à la môme... Je regarde encore par la fenêtre... J'écoute... On entend plus les bruits... plus rien du tout... Y a plus un bonhomme sur le quai... Ils sont tous repartis déjà?

Alors, ça me tracasse brusquement, malgré la terreur, la fatigue... Je peux plus résister... Je veux aller pour voir en bas s'ils l'ont pas ressortie du jus?... Je renfile comme ça mon grimpant, ma veste, mon costard... Le môme il en écrasait dur... Je l'enferme dans le dortoir à clef... Je voulais revenir immédiatement... Je me dégrouille vite... J'arrive tout en bas des marches... Je vois un flic qui fait sa ronde... Je vois un marin qui m'interpelle... Ça me refroidit... Ça m'épouvante... Je reste comme ça dans mon recoin... Ah caille! Je bouge pas davantage! C'est trop compliqué pour mon blaze! J'en peux plus d'abord! Je reste encore un bon moment... Il passe plus personne. Le pont d'où qu'elle a sauté, il est là-bas... Je vois les lumières, les rouges, une longue ribambelle, ça tremblote dans les reflets de la flotte... Je me dis, je vais remonter... C'est bientôt!... Ils sont peut-être là-haut à présent les bourres!... Je pense... J'imagine... Je suis épuisé... je suis sonné... Et pas bien du tout au fond!... Je suis à bout quoi!... Sans char, je peux plus arquer... Je peux plus remonter au Meanwell... Je veux plus tenter même... Je m'appuye... Je peux rien faire moi!... j'y suis pour rien dans la salade! Rien du tout!... Je veux barrer comme ça tout seul... Je me tire tout doucement vers la gare... Je referme bien mon pardessus... Je veux plus qu'on me connaisse... Je longe peu à peu les murs... Je rencontre vraiment personne... La salle d'attente est ouverte... Ah ben ça va!... Je m'allonge un peu sur le banc... Y a un poêle auprès... Je suis au mieux... Je suis dans le noir... Le premier train c'est le « cinq heures » pour Folkestone... J'ai pas pris une seule des « affaires »? Elles étaient là-haut sur le lit... Tant pis!... j'en rapporterai pas... Je veux plus retourner... C'est plus possible... C'est barrer qu'il faut à toute force... Je me rassois pour pas m'endormir... Je suis sûr de le prendre le « cinq heures »... Je reste juste là sous la pancarte... Je m'étale juste au-dessous... Je m'étends. « 5 o'clock. Folkestone via Canterbury. »

Revenant comme ça sans bagage, rapportant rien de mes bricoles, je m'attendais bien pour ma part à être reçu avec le manche... Pas du tout!... Ils avaient l'air content mes vieux, ils étaient plutôt heureux de me voir arriver... Ils ont seulement été surpris que je ramène pas une seule chemise ni une seule chaussette, mais ils n'ont pas insisté... Ils ont pas fait le scénario... Ils étaient bien trop absorbés par leurs soucis personnels...

Depuis huit mois que j'étais parti, ils avaient beaucoup changé d'allure et de maintien, je les trouvais ratatinés, tout racornis dans la figure, tout hésitants dans leur démarche... Dans ses pantalons, à l'endroit des genoux, mon père, il flottait, ils lui retombaient en gros plis comme un éléphant tout autour. De tronche, il était livide, il avait perdu tout le dessus des tiffes, sous sa casquette, la marine, il disparaissait... Ses yeux étaient presque sans couleur à présent, ils étaient même plus du tout bleus, mais gris, tout pâlis, comme le reste de sa figure... Il avait plus que les rides qu'étaient colorées foncées, par sillons du nez vers la bouche... Il se détériorait... Il m'a pas parlé de grand'chose... Il m'a demandé un peu seulement comment ça se faisait qu'on répondait plus d'Angleterre?... Si ils étaient mécontents de moi au « Meanwell College »?... Si j'avais pas fait des progrès?... Si j'avais attrapé l'accent?... Si je comprenais les Anglais quand ils me parlaient vite?... J'ai bafouillé des vagues raisons... Il en demandait pas davantage...

D'ailleurs, il m'écoutait plus... Il avait bien trop la panique pour s'intéresser encore à des choses qu'étaient terminées.

Il tenait plus à discuter. Par ses lettres pourtant bien moroses j'avais pas encore tout appris!... Loin de compte!... Il en restait des quantités! Des calamités! des plus récentes, des inédites! Alors, j'ai tout entendu, dans tous les détails... C'était véritable toute la peine qu'ils s'étaient donnée pour m'envoyer ma pension pendant les premiers six mois... Un mal exténuant!... La catastrophe des boléros ça les avait foutus au sable... Et c'était tout à fait textuel!... Le chronomètre à mon père il ne quittait plus le Mont-de-Piété!... La bague à ma mère non plus... Des hypothèques sur Asnières, ils en avaient pris d'autres encore... sur les pavillons en bribes...

De plus avoir son chronomètre, mon père ça l'affolait complètement... De plus avoir l'heure sur lui... ça contribuait à sa déroute. Lui si ponctuel, si organisé, il était forcé de regarder à chaque instant l'horloge du Passage... Il sortait pour ça sur le pas de la porte... La mère Ussel des « ouvrages » l'attendait au moment précis... Elle lui faisait alors toc! tic! toc! toc!... pour le faire bisquer... elle tirait la langue...

D'autres difficultés survenaient... Elles se nouent les unes dans les autres, c'est une vraie chipolata... Y en avait bien de trop pour leurs forces... Ils se recroquevillaient dans le malheur, ils se décomposaient, ils se mutilaient du désespoir, ils se morfondaient férocement pour opposer moins de surface... Ils essayaient de se faufiler par-dessous les catastrophes... Rien à faire! Ils se faisaient cueillir quand même, passer à tabac, tous les coups.

Madame Héronde, l'ouvrière, elle pouvait plus travailler, elle sortait plus de l'hôpital... C'est Madame Jasmin, une autre, qui la remplaçait, celle-là pas sérieuse pour un sou!... Un panier percé à vrai dire, terrible pour les dettes! La boisson, c'était son penchant. Elle demeurait à Clichy. Ma mère quittait plus l'omnibus, elle la relançait matin et soir... Elle la retrouvait que dans les bistrots... Mariée à un colonial, elle prenait des muffées d'absinthes... Les clientes aux raccommodages elles attendaient leurs fanfreluches pendant des mois d'affilée!... Elles piquaient des crises sauvages d'impatience et d'indignation... C'était encore pire qu'autrefois... Elles étaient tout le temps excédées par les retards et les sursis!... Et puis, au moment de la douille, c'était toujours le même bidon, de l'entourloupe et du nuage!... Froutt! Madame disparaissait! Y avait plus personne subito... Ou bien, si elles banquaient un peu, elles râlaient, chialaient tellement, rabotaient si fort les petites factures minuscules, avec des telles démonstrations... que ma mère, à la fin du compte, savait plus comment ni quoi dire... Elle avait seulement transpiré, boité, bavé sang et eau après la Jasmin, après toutes, pour à la fin se faire agonir, traiter comme pourri... Le jeu valait plus la chandelle !

D'abord maman se rendait bien compte, elle se l'avouait dans les larmes, le goût des belles choses se perdait... c'était un courant pas remontable... Lutter même devenait imbécile, c'était se ronger pour des prunes... Plus de raffinements chez les gens riches... Plus de délicatesse... Ni d'estime pour les choses du fin travail, pour les ouvrages tout à la main... Plus que des engouements dépravés pour les saloperies mécaniques, les broderies qui s'effilochent, qui fondent et pèlent aux lavages... Pourquoi s'évertuer sur le Beau ? Voilà ce que les dames demandaient ! Du tape-à-l'œil à présent ! Du vermicelle ! Des tas d'horreurs ! Des vraies ordures de bazar ! La belle dentelle était morte !... Pourquoi s'acharner ? Ma mère il avait bien fallu qu'elle suive aussi cette infection ! Elle en avait fourré partout de ces nouvelles camelotes immondes... des vraies loques en moins d'un mois... Garanti !... La vitrine en était comble !... De voir pendre à présent chez elle, de toutes les tringles et des tablettes, ces kilomètres de roustissures, ça lui faisait pas qu'un peu de chagrin, ça lui foutait la colique !... Mais y avait plus à chicaner... Les Juifs à quatre pas de chez nous, au coin de la rue des Jeûneurs, ils s'en tassaient d'énormes monceaux de la même, à boutique ouverte, comptoirs noyés comme à la foire, à la bobine ! au décamètre ! au kilo !...

C'était une vraie déchéance pour qui a connu l' « authentique »... ça lui faisait des hontes à ma mère ! de se mettre à la concurrence avec des rebuts semblables !... Enfin, elle avait plus le choix... Elle aurait bien préféré condamner simplement l'article et puis se défendre désormais avec ses autres collections, avec ses petits meubles par exemple, les marqueteries, les poudreuses, les « haricots », les bonheurs-du-jour, et même les articles de vitrine, les bibelots, les menues faïences et puis même les lustres hollandais qui laissent presque pas de bénéfices et qui sont si lourds à porter... Seulement elle était trop faible, trop douloureuse avec sa jambe handicapée... jamais elle aurait pu courir avec un peu de charge en plus, aux quatre coins de Paris... C'était impossible! Pourtant c'est ce qu'il fallait faire pour tomber sur les occasions. Et puis rester encore des heures, en chien de fusil... « Salle des Ventes »... Et alors le magasin?... Tout ça n'était pas conciliable... Notre médecin, le Dr Capron, du Marché Saint-Honoré, il était revenu deux fois, toujours à cause de sa jambe... Il avait été très formel... Il lui avait bien commandé de se reposer absolument! De plus trotter dans les étages, chargée comme trente-six mulets! Elle devait laisser le ménage tranquille et même la cuisine... Il avait pas nuancé les mots... Il lui avait déclaré net, tout catégorique! Si elle se surmenait encore, il lui avait bien prédit... il lui viendrait un vrai abcès... en dedans du genou, il lui avait même montré l'endroit... Sa cuisse avec son mollet, à force de souffrir, ils étaient raides et soudés, ça lui faisait plus qu'un seul os avec l'articulation. On aurait dit un bâton, avec le long comme des bourrelets... C'était plus du tout des muscles... Quand elle faisait marcher son pied, ça tirait dessus comme sur des cordes... On les voyait se tendre tout du long... Ça lui faisait un mal atroce! une crampe infernale! Surtout le soir quand c'était fini, quand elle rentrait de cavaler... Elle me l'a montrée pour moi tout seul... Elle se mettait des compresses d'eau chaude... Elle évitait que mon père la voye... Elle avait remarqué à la fin quand même qu'il piquait des rages horribles quand elle boitait derrière lui...

Puisqu'on était encore tout seuls... que j'attendais dans la boutique... elle a profité de l'occasion, elle m'a encore bien répété, bien doucement, bien affectueusement, mais alors bien convaincue, que c'était vraiment de ma faute si les choses allaient aussi mal, en surcroît de tous leurs ennuis, du magasin et du bureau... Ma conduite, tous mes forfaits chez Gorloge et chez Berlope les avaient tellement affectés qu'ils ne s'en relèveraient jamais... Ils restaient révolutionnés. Ils ne m'en voulaient pas bien sûr!... On ne m'en tenait aucune rancune! Tout ça c'était du passé!... mais enfin c'était bien le moins que je me rende tout à fait compte de l'état où je les avais mis... Mon père, lui si bouleversé qu'il ne pouvait plus contenir ses nerfs... Il sursautait en pleine nuit... Il se réveillait dans les cauchemars... Il allait, venait pendant des heures...

Quant à elle, je la voyais sa jambe!... C'était la pire calamité!... C'était pire qu'une grave maladie, qu'une typhoïde, un érysipèle! Elle m'a bien renouvelé encore toutes les recommandations sur le ton le plus affectueux... d'essayer chez les autres patrons de devenir bien raisonnable, pondéré, courageux, tenace, reconnaissant, scrupuleux, serviable... de plus jamais être hurluberlu, négligent, fainéant... de tâcher d'avoir du cœur... Ça surtout! Du cœur!... de me souvenir encore, toujours, qu'ils s'étaient privés de tout, qu'ils s'étaient bien rongé les sangs tous les deux depuis ma naissance... et puis encore dernièrement pour m'envoyer en Angleterre!... Que s'il m'arrivait par malheur de commettre d'autres tours pendables... eh bien ça serait la vraie débâcle!... mon père résisterait sûrement plus... il pourrait plus le malheureux! Il tomberait en neurasthénie... il faudrait qu'il quitte son bureau... Pour ce qui la concernait, si elle passait par d'autres angoisses... avec ma conduite..., ça retentirait sur sa jambe... et puis d'abcès en abcès on finirait par lui couper... Voilà ce qu'il avait dit Capron.

Question de papa, tout devenait encore plus tragique, à cause de son tempérament, de sa sensibilité... Il aurait fallu qu'il se repose, pendant plusieurs mois et tout de suite, qu'il puisse prendre des longues vacances, dans un endroit des plus tranquilles, écarté, à la campagne... Capron l'avait bien recommandé! Il l'avait longuement ausculté... Son cœur battait la breloque... Il avait même des contretemps... Tous deux Capron et papa, ils avaient juste le même âge, quarante-deux ans et six mois... Il avait même ajouté qu'un homme c'est encore plus fragile qu'une femme dans les moments de la « ménopause »... que ça doit prendre mille précautions... Ça tombait de travers comme conseil! C'était le moment au contraire qu'il se décarcasse comme jamais!... On l'entendait au troisième comme il tapait sur sa machine, c'était un engin énorme, un clavier gros comme une usine... Quand il avait tapé longtemps ça lui tintait dans les oreilles le cliquetis des lettres, encore une partie de la nuit... Ça l'empêchait de s'endormir. Il prenait des bains de pieds de moutarde. Ça lui faisait descendre un peu le sang.

Je commençais à bien me rendre compte, qu'elle me trouverait toujours ma mère, un enfant dépourvu d'entrailles, un monstre égoïste, capricieux, une petite brute écervelée... Ils auraient beau tenter... beau faire, c'était vraiment sans recours... Sur mes funestes dispositions, incarnées, incorrigibles, rien à chiquer... Elle se rendait à l'évidence que mon père avait bien raison... D'ailleurs pendant mon absence, ils s'étaient encore racornis dans leur bougonnage... Ils étaient si préoccupés qu'ils avaient mes pas en horreur! Chaque fois que je montais l'escalier, mon père faisait des grimaces.

Le coup des vaches boléros avait fait déborder la goutte... et puis, avec sa machine, c'était le comble des agaceries, jamais il pourrait s'y mettre!... Il passait devant des heures à essayer des « copies »... Il tapait dessus comme un sourd... Il crevait des pages entières... Ou bien il attaquait trop fort, ou bien pas assez, la petite sonnette arrêtait plus. De mon lit, moi j'étais tout près... Je le voyais bien s'escrimer... Comme il farfouillait dans ses touches, comme il s'empêtrait dans les tringles... C'était pas son tempérament... Il se relevait de là tout en sueur... Il jurait à la cantonade tous les noms de Dieu... Monsieur Lempreinte, au bureau, s'acharnait toujours sur sa tronche, il le harcelait sans arrêt. C'était clair qu'il cherchait le motif!... : « Vous n'en finissez pas avec vos jambages! vos déliés! Ah! mon pauvre ami! Regardez un peu vos collègues! Ils ont terminé depuis longtemps! Vous êtes un calligraphe! Monsieur! Vous devriez vous établir!... » Il déplaisait absolument... Il cherchait un peu ailleurs... Il prévoyait la culbute, il se tournait vers d'anciens collègues... Il connaissait un « sous-caissier » dans une compagnie concurrente... « La Connivence-Incendie ». On lui avait presque promis un essai pour le mois de janvier... Mais là aussi, faudrait qu'il tape... Il s'y remettait tous les soirs aussitôt rentré de livraisons.

C'était un instrument antique, absolument incassable, spécial pour les locations, elle sonnait à chaque virgule. Il s'entraînait frénétiquement devant le vasistas, du dîner jusqu'à minuit.

Ma mère montait un moment ayant fini sa vaisselle, elle relevait sa jambe sur une chaise, elle se posait des compresses... Elle pouvait plus bavarder, mon père, ça le gênait... On crevait de chaleur à présent... Le début de l'été fut torride.

Le moment était mal choisi pour la recherche d'un emploi... C'était plutôt calme le commerce à la veille de la morte-saison. On a tâtonné un petit peu... on s'est enquis à droite, à gauche... à des placiers qu'on connaissait... Ils avaient rien en perspective. Ça ne pourrait guère recommencer qu'après la période des vacances... même pour les boutiques étrangères.

Dans un sens ça tombait pas mal cette période d'inactivité, puisque j'avais plus de fringues du tout... et qu'il fallait bien qu'on me retape avant que je reprenne mes démarches... Mais alors pour cette garde-robe y a eu tout un sacré tirage!... C'étaient les fonds qui manquaient le plus!... J'attendrais, c'est tout, le mois de septembre pour les chaussures et le pardessus!... J'étais bien heureux du sursis... je pouvais respirer encore avant de leur montrer mon anglais!... Ça serait encore un baratin quand ils se rendraient un peu compte... Enfin c'était pas pour tout de suite!... J'avais plus qu'une seule chemise... J'en ai mis une à papa... On me commanderait un veston et deux pantalons d'un coup... Mais seulement pour le mois suivant... Tout de suite y avait pas moyen... On avait tout juste pour la croûte et encore c'était ric et rac... Le terme tombait le huit, et le gaz avait du retard! et les contributions encore! et la machine à papa!... On en sortait vraiment plus!... Il restait toujours des « sommations » à la traîne! On en trouvait sur tous les meubles violettes, rouges ou bleues!...

Donc j'avais encore du répit! Je pouvais pas aller relancer les patrons en costard limé, rapiécé, frangé, les manches raccourcies à mi-bras... C'était pas possible! Surtout dans la nouveauté et dans les comptoirs au détail où ils sont tous plutôt gandins.

Mon père, il était tellement pris par ses exercices dactylos et par son angoisse d'être viré à la « Coccinelle » que, même au moment du dîner, il restait dans ses réflexions ! Je l'intéressais plus beaucoup. Il avait son idée formelle bien ancrée au fond du cassis, indélébile à mon sujet que j'étais exactement la nature même de bassesse ! le buse crétin pas remédiable ! Voilà tout ! Que je collais pas aux anxiétés, aux soucis des natures élevées... C'était pas moi dans l'existence qu'aurais tenu toute mon horreur plantée dans ma viande comme un vrai couteau ! Et qu'à chaque minute en plus je l'aurais trifouillée davantage ? Ah ! mais non ! mais non ! J'aurais secoué, trifouillé le manche ? Mieux ? Plus profond ? Ah ! plus sensiblement encore !... Que j'aurais hurlé des progrès de la souffrance ! Mais non ! Que j'aurais tourné fakir là au Passage ? à côté d'eux ? pour toujours ?... Et alors ? Devenir un quelque chose d'inouï ? oui ! de miraculeux ? D'adorable ? De bien plus parfait encore ? Ah ! oui ! Et bien plus hanté, tracassé, mineux dix mille fois !... Le Saint issu d'économie et d'acharnement familial !... Ah ! Eh bien ! Plus cafouillard ! Ah ! oui ainsi ! Cent dix mille fois plus économe ! Yop ! Lala ! Comme on aurait jamais vu ! ni au Passage ni ailleurs ! Et dans le monde entier !... Nom de Dieu ! Le miracle de tous les enfants ! Des banlieues et des provinces ! Le fils exquis ! Phénoménal ! Mais fallait rien me demander ! J'avais la nature infecte... J'avais pas d'explications !... J'avais pas une bribe, pas un brimborion d'honneur... Je purulais de partout ! Rebutant dénaturé ! J'avais ni tendresse ni avenir... J'étais sec comme trente-six mille triques ! J'étais le coriace débauché ! La substance de bouse... Un corbeau des sombres rancunes... J'étais la déception de la vie ! J'étais le chagrin soi-même. Et je mangeais là midi et soir et encore le café au lait... Le Devoir était accompli ! J'étais la croix sur la terre ! J'aurais jamais la conscience !... J'étais seulement que des instincts et puis du creux pour tout bouffer la pauvre pitance et les sacrifices des familles. J'étais un vampire dans un sens... C'était pas la peine de regarder...

Au Passage des Bérésinas, dans les étalages, partout, y avait des nombreux changements depuis que j'étais parti... On se donnait au « Modern Style », aux couleurs lilas et orange... C'était justement la grande mode, les volubilis, les iris... Ça grimpait le long des vitrines... en moulure, en bois ciselé... Il s'est ouvert deux parfumeries et un marchand de gramophones... Toujours les mêmes photographies à la porte de notre théâtre le « Grenier Mondain »... les mêmes affiches dans les coulisses. Ils jouaient toujours la « Miss Helyett » avec toujours le même ténor : Pitaluga... C'était une voix enchanteresse, il renouvelait son triomphe chaque dimanche à l'Élévation! à Notre-Dame-des-Victoires pour toutes ses admiratrices... On en parlait pendant douze mois dans toutes les boutiques du Passage du « Minuit Chrétien » qu'il poussait à Saint-Eustache, ce Pitaluga pour Noël!... Chaque année encore plus pâmant, mieux filoché, plus surnaturel...

Un projet était à l'étude pour amener l'électricité dans toutes les boutiques du Passage! On supprimerait alors le gaz qui sifflait dès quatre heures du soir, par ses trois cent vingt becs, et qui puait si fortement dans tout notre air confiné que certaines dames, vers sept heures, arrivaient à s'en trouver mal... (en plus de l'odeur des urines des chiens de plus en plus nombreux...). On parlait même encore bien plus de nous démolir complètement! de démonter toute la galerie! De faire sauter notre grand vitrage! oui! Et de percer une rue de vingt-cinq mètres à l'endroit même où nous logions... Ah! Mais c'était pas des bruits sérieux, c'était plutôt des balivernes, des racontars de prisonniers. Cloches!... Sous cloche qu'on était! sous cloche qu'il fallait demeurer! Toujours et quand même! Un point c'était tout!... C'était la loi du plus fort!...

De temps à autre, faut bien comprendre, ça venait à fermenter un peu dans la bobèche des miteux, des drôles de mensonges, comme ça sur le pas des boutiques, surtout les jours de canicule... Ça venait comme des bulles dans leur bourrichon crever en surface... avant les orages de septembre... Alors, ils se montaient des bobards, des entourloupes monumentes, ils rêvaient tous de réussites, de carambouilles formidables... Ils se voyaient expropriés, c'était des fantasmes! persécutés par l'État! Ils ballonnaient, ils se détraquaient la pendule, complètement bluffés, soufflés de bagornes... eux qu'étaient pâlots d'habitude ils tournaient au cramoisi...

Avant d'aller roupionner, ils se passaient des devis mirifiques, tout des mémoires imaginaires! des sommes écrasantes à la fois, absolument capitales qu'ils exigeraient d'un seul coup dès qu'on parlerait de déménager! Ah là là! Eh ben Nom de Dieu! ils en auraient du tintouin! les suprêmes Pouvoirs Publics, pour les faire barrer d'ici!... Ils soupçonnaient pas encore les Conseils d'État!... Comment c'était la Résistance! Ouais! Tout le Bastringue et la Chancellerie!... Ah ils en baveraient cinq minutes! Ils en auraient à qui causer! Yop! Et des Écritures et des Sommations consortieuses!... Tout ça et bien pire encore! Par les trente-deux mille morpions! Ça ronflerait dur! Ça se ferait pas trou du cul tout seul!... Qu'on leur passerait sur le corps... qu'ils s'enfouiraient dans la turne! On serait forcé finalement d'éventrer toute la Banque de France pour leur faire une vraie boutique! la même au poil! Au milligramme! A deux décimes! Très exactement! Rien d'autre! Ou rien alors! Basta! Rencard! Ils se buteraient définitif!... Encore à la pire extrême ils accepteraient la grande rente... Ils diraient pas non... Ils voudraient peut-être bien... Ah! mais la définitive! La rente pour la vie Nom de Dieu! Une replète, une de Banque de France formidablement garantie qu'on dépenserait à volonté! Ils iraient pêcher à la ligne! Peut-être pendant quatre-vingt-dix ans! Et puis des bringues nuit et jour! Et ça serait pas encore fini! Et qu'ils auraient encore des « droits » avec des invincibles « reprises » et des maisons à la campagne et puis des autres indemnités... qu'étaient même pas calculables!

Alors? C'était qu'une question de caractère! C'était simple, irréfutable! Il fallait pas céder jamais! Ainsi qu'ils voyaient toutes les choses... C'était l'effet des chaleurs, de la terrible atmosphère, des effluves d'électricité... une façon de pas s'engueuler... En s'entendant bien sur les « reprises »... Tout le monde était dans l'accord... Tout le monde se fascine pour l'avenir... Chacun veut qu'on l'exproprie.

Tous les voisins du Passage, ils en furent tout éberlués de la taille que j'avais atteinte... Je devenais mastard. J'avais presque doublé de volume... Ça serait des nouvelles dépenses quand on irait pour me fringuer aux « Classes Méritantes » encore... J'ai essayé un peu pour voir les frusques à mon père. Je les faisais craquer aux épaules, même pour ses pantalons y avait plus moyen. Il me fallait du neuf entièrement. Il fallait donc que je patiente...

Madame Béruse, la gantière, en revenant de ses commissions, elle est entrée tout exprès chez nous pour se rendre compte de mes allures : « Sa maman peut en être bien fière! » qu'elle a finalement conclu. « L'étranger lui a réussi! » Elle a répété ça partout. Les autres aussi ont rappliqué pour se faire leur opinion. Le vieux gardien du Passage, Gaston, le bosco, qui ramassait tous les cancans, il m'a trouvé transformé, mais alors plutôt amaigri! Personne n'était vraiment d'accord, chacun gardait son idée. Ils étaient curieux, en plus, des choses d'Angleterre. Ils venaient me demander des détails sur la manière qu'ils vivaient les Engliches là-bas... Je restais toujours au magasin en attendant qu'on me vêtisse. Visios, le gabier des pipes, Charonne le doreur, la mère Isard des teintures, ils voulaient savoir ce qu'on mangeait à Rochester dans ma pension? Et surtout question des légumes, si vraiment ils les bouffaient crus ou bien cuits à peine? Et pour la bibine et la flotte? Si j'en avais bu du whisky? Si les femmes avaient les dents longues? un peu comme les chevaux? et les pieds alors? une vraie rigolade! Et pour les nichons? Elles en avaient-y? Tout ça entre des allusions et mille manières offusquées.

Mais ce qu'ils auraient voulu surtout, c'est que je leur dise des phrases anglaises... Ça les tracassait au possible, ça faisait rien qu'ils ne comprennent pas... C'était seulement pour l'effet... Pour m'entendre un petit peu causer... Ma mère insistait pas trop, mais cependant, malgré tout, ça l'aurait vivement flattée que j'exhibe un peu mes talents... Que je les confonde tous ces râleux...

Je savais en tout : « River... Water... No trouble... No fear » et encore deux ou trois machins... C'était vraiment pas méchant... Mais j'opposais l'inertie... Je me sentais pas du tout en verve... Ma mère, ça la chagrinait de me voir encore si buté. Je justifiais pas les sacrifices! Les voisins eux-mêmes ils se vexaient, ils faisaient déjà des grimaces, ils me trouvaient une tête de cochon... « Il a pas changé d'un poil! » que remarquait Gaston, le bosco. « Il changera jamais d'abord!... Il est toujours comme au temps qu'il pissait partout dans mes grilles! J'ai jamais pu l'empêcher! »

Il avait jamais pu me piffer... « Heureusement que son père n'est pas là! » qu'elle se consolait maman. « Ah! il s'en ferait encore une bile! Il en serait tout retourné, le pauvre homme! A te voir encore si peu avenant! si peu gracieux! si borné envers et contre tout! si rébarbatif toujours! si mal commode avec le monde! Comment veux-tu arriver? Surtout maintenant dans le commerce? Avec la si grande concurrence! T'es pas seul à chercher une place! Lui qui me disait hier encore : Pourvu, mon Dieu! qu'il se débrouille! Nous sommes au bord d'une catastrophe!... »

Juste l'oncle Édouard est survenu, c'est lui qui m'a sauvé la mise... Il se trouvait d'excellente humeur... Il a dit bonjour à tout le monde, à la cantonade, comme ça... Il mettait pour la première fois son beau costume à carreaux, la mode de l'été, anglaise justement, avec le melon mauve comme c'était la vogue, retenu par un fin lacet à la boutonnière. Il m'a saisi les deux mains, il me les a secouées avec une force de brusquerie, un vrai « shake-hand » à tout rompre! Lui il blairait bien l'Angleterre... C'était son envie d'aller voyager là-bas... Il remettait toujours à plus tard parce qu'il voulait apprendre d'abord le nom des objets de son négoce... pompe, etc... Il comptait sur moi pour l'initier dans la langue... Ma mère pleurnichait toujours à propos de mon attitude, mes façons rebutantes, hostiles... Loin de se ranger à son avis, il a pris tout de suite ma défense... Il a expliqué en deux mots à tous ces fumeux cancrelats qu'ils ne pigeaient absolument rien! vraiment imbéciles quant aux influences étrangères... Que l'Angleterre tout spécialement, pour ceux qui en reviennent, ça les transforme du tout au tout! Ça les rend plus laconiques, plus réservés, ça leur donne une certaine distance, de la distinction pour tout dire... Et c'est bien préférable!... Ah! voilà! Dans le beau commerce dorénavant, et surtout dans la commission, il va falloir se taire! Ça c'est vraiment le fin du fin! La suprême épreuve des commis!... oui!... Ah! terminée! abolie! la vieille et la baveuse dégaine! L'obséquieuse! La volubile! On n'en veut plus absolument! C'est un genre pour les pougnassons, les cirques de province! A Paris, c'est plus défendable! au Sentier ça vous ferait vomir! Ça faisait servile et miteux! A temps nouveaux, façons nouvelles!... Il me donnait totalement raison... Voilà comment il a causé...

Ma mère elle respirait de l'entendre... ça la rassurait quand même... Elle en poussait des grands soupirs... un soulagement véritable... Mais les autres, les sales cafeteux, ils demeuraient hostiles... Ils restaient sur leurs réserves... Ils démarraient pas... Ils râlaient en contrebasse... Ils étaient absolument sûrs que je me débrouillerais jamais avec des façons semblables! C'était absolument exclu!

L'oncle Édouard a eu beau faire, beau s'évertuer, s'époumoner... Ils démordaient pas de leur avis... Ils étaient butés pires que mules, ils répétaient que n'importe où, pour gagner honnêtement son os, il faut d'abord être bien aimable.

Comme les jours et les jours passaient, qu'on voyait presque plus de clientes, que c'était le plein été, qu'elles étaient toutes à la campagne, ma mère a décidé finalement que malgré sa jambe douloureuse et les avis du médecin, elle irait quand même à Chatou, essayer de vendre un peu de camelote. C'est moi qui garderais la boutique pendant son absence... On n'avait plus d'alternatives... Il fallait faire rentrer des sous! D'abord pour payer le complet neuf et puis deux paires de tatanes, et puis encore faire repeindre toute notre devanture en couleurs seyantes avant que la saison recommence.

Elles faisaient très navrantes nos vitrines au milieu des autres... Elles étaient gris perle et verdâtres, tandis que, tout à côté de nous, c'était la teinturerie Vertune, absolument pimpante neuve, une fantaisie jaune et bleu ciel, à notre droite c'était la papeterie Gomeuse, blanche immaculée, rehaussée de filigranes et pompons et de ravissants motifs, petits oiseaux sur des branches... Tout ça c'était des gros frais... Il fallait s'y mettre.

Elle a rien dit à mon père, elle est allée prendre le « dur » avec un baluchon énorme, pesant au moins vingt kilos.

A Chatou, là sur les lieux, elle s'est débrouillée tout de suite... Elle a resquillé un tréteau derrière la mairie, elle s'est planquée près de la gare, en bonne position. Elle a distribué toutes ses cartes pour faire connaître le magasin. L'après-midi, elle s'est remise à bagotter, surchargée comme un mulet, un peu partout dans le pays, à la recherche des villas où pouvaient nicher des clientes... En rentrant le soir, au Passage, elle en pouvait plus d'épuisement, elle souffrait à en hurler tellement que sa jambe était racornie par les crampes et puis son genou tuméfié, sa cheville surtout toute disloquée par des entorses... Elle s'est aplatie dans ma chambre en attendant que mon père revienne... Elle s'appliquait de l'eau sédative... des compresses bien froides.

Comme ça dans les virées de banlieue, elle soldait à la « sauvette » aux chalands pour faire du liquide... On en avait si grand besoin... « Pour ne pas remporter! » qu'elle prévenait... Il est venu à la boutique à peine deux, trois personnes, tout le temps qu'elle était partie... C'était donc encore plus commode qu'on ferme tout franchement la lourde et que je l'accompagne en banlieue, que je porte moi ses plus gros paquessons... On avait plus Madame Divonne pour répondre pendant les absences, on a suspendu dans la porte l'écriteau : « Je reviens de suite. » On a emporté le bec-de-cane.

L'oncle Édouard, c'est pas du ballon, il l'aimait réellement sa sœur, ça lui faisait un chagrin extrême de la voir comme ça souffrir, dépérir, et pâtir de plus en plus à force de travail et de peines... Sa santé l'inquiétait beaucoup, le moral aussi... Il pensait tout le temps à elle. Les lendemains de Chatou, elle pouvait plus tenir en l'air, toute sa figure ratatinait par la souffrance de sa jambe. Elle en gémissait comme un chien, toute tordue sur le lino même... A plat par terre qu'elle s'étendait quand mon père était sorti. Elle trouvait ça plus frais que le plume. Si en rentrant du bureau, qu'il la surprenne comme ça, défaite, exténuée, en train de se masser la guibole dans l'eau de la bassine, les jupes retroussées au menton, il grimpait dare-dare au troisième, il faisait semblant de pas l'avoir vue, il ne faisait qu'un bond, il passait comme un éclair. Il fonçait sur sa mécanique ou bien sur ses aquarelles... On en vendait toujours un peu, surtout ses « Bateaux à voiles » une grande collection et les « Conciles des Cardinaux »... Les plus vivaces comme couleurs!... Infiniment chatoyants... Ça fait toujours bien dans une pièce. C'était le moment qu'il se démerde... On attrapait la fin du mois... Pour compenser nos fermetures de la journée, pendant nos virées à travers Chatou nous restions ouverts assez tard... Les gens se promenaient après dîner... Surtout au moment des orages... Si il survenait un client, ma mère planquait vite sa cuvette, tous ses tampons, d'un coup prompt, dessous le divan du milieu... Elle se redressait dans un sourire... Elle amorçait la parlote... Autour du cou, je me souviens bien qu'elle se passait un gros chou de mousseline... C'était la coquetterie de l'époque... Ça lui faisait une vraiment grosse tête.

L'oncle Édouard, aussi dans son genre, il se donnait un mal terrible, mais il devait pas le regretter, il obtenait des résultats... Il réussissait de mieux en mieux dans sa partie, la bricole... les accessoires de bicyclette... Ça devenait une très bonne affaire, et même excellente. Bientôt, il pourrait s'acheter une part de garage, à la sortie de Levallois, avec des amis sérieux.

Il avait le goût de l'entreprise et puis le béguin des inventions... de toutes les trouvailles mécaniques, ça le turlupinait... Les quatre mille francs de son héritage, il les avait tout de suite placés dans un brevet de pompe à vélo, un système tout à fait récent, qui se repliait si menu qu'on pouvait le garder dans sa poche... Il en avait comme ça au moins toujours deux ou trois sur lui prêts, à démontrer. Il les soufflait dans le nez des gens... Il avait bien failli les perdre ses quatre mille francs dans l'aventure. Les vendeurs c'étaient des coquins... Il s'en était sorti quand même grâce à son esprit démerde et puis par un coup du téléphone... une conversation surprise au dernier moment!... Une bénédiction inouïe!... Un poil de plus! Il était fait!...

Ma mère l'admirait mon oncle. Elle aurait voulu que je lui ressemble... Il me fallait tout de même un modèle!... Mon oncle, à défaut de mon père, c'était encore un idéal... Elle me disait pas ça crûment, mais elle me faisait des allusions... Papa, c'était pas son avis, qu'Édouard ça soye un idéal, il le trouvait très idiot, complètement insupportable, mercantile, d'esprit extrêmement vulgaire, toujours à se réjouir de

338

conneries... Avec ses fourbis mécaniques, son bazar automobile, ses tricars, ses pompes biscornues, il lui portait sur les nerfs!... Il l'agaçait terriblement... Et rien qu'à l'entendre causer!...

Quand maman, ça lui arrivait de faire les éloges de son frère, de raconter devant tout le monde ses entreprises, ses réussites, ses astuces, alors elle se faisait interrompre... Il tolérait pas! Non! Il était buté sur son compte... Il attribuait tout à la Chance!... « Il a une veine insolente et puis voilà tout! » Papa, c'était son verdict. Il en disait pas davantage... Il pouvait pas l'abîmer plus, on lui devait encore des emprunts et de la reconnaissance... Mais il se retenait pour pas l'agonir... Édouard, il devait bien se rendre compte... C'était tout de même évident... Il endurait l'antipathie, il voulait rien envenimer, il pensait toujours à sa sœur.

Il agissait très discrètement, il passait juste un petit instant pour demander des nouvelles... Si maman allait un peu mieux? Il restait tout préoccupé à cause de sa mine affreuse, et des fardeaux, des monuments qu'elle bourlinguait à « la sauvette »... Elle en restait après ça des journées entières toute gémissante et percluse... Ça le souciait lui de plus en plus... Comme son état empirait, à la fin, il s'est décidé, il en a causé à mon père... A force de parler ensemble, de discuter tous les trois, ils sont tout de même tombés d'accord qu'il était grand temps qu'elle se repose... que ça pouvait plus continuer... Mais la reposer comment? Ils ont découvert un moyen... qu'on prendrait une femme de ménage, par exemple, deux, trois heures par jour... ça serait déjà un soulagement... Elle monterait beaucoup moins les étages... Elle balayerait plus sous les meubles... Elle ferait plus les commissions... Mais, dans notre état actuel, c'était une dépense impossible!... C'était une folie, un projet en l'air! Ça deviendrait seulement faisable que si moi je trouvais du boulot... Alors, avec ce que je gagnerais, qui tomberait quand même dans la caisse, on pourrait peut-être, le terme payé, envisager la boniche... Ça donnerait à maman de la marge... Elle se décarcasserait plus autant, elle aurait moins à cavaler... Ils avaient trouvé ça tout seuls... Ça leur plaisait comme décision... Ça faisait appel à mon bon cœur! On allait me mettre à l'épreuve. C'était fini d'être égoïste, pervers, insolite... J'allais avoir aussi mon rôle, mon but dans la vie! Sou-

lager maman!... Presto!... Charger, foncer sur un business!
Ah! Ah! Aussitôt qu'on aurait douillé mon costard « ad hoc »...
Piquer rapidos une embauche! Et en avant la performance!
Plus d'erreurs! Plus de tortillages! La musique! Plus de questions! La valeur individuelle! La persévérance! J'en manquerais pas, Nom de Dieu! C'était un but admirable! Je croyais
déjà que c'était fait!...

Il me fallait d'abord des godasses! On est retournés au
« Prince Consort »... Les « Broomfield » quand même, elles
étaient un peu trop coûteuses... surtout pour deux paires à
boutons!... Et cependant dès qu'on se déploie, c'est des trois,
quatre paires qu'il faudrait!

Pour le complet, les pantalons, j'ai été me faire prendre mes mesures, aux « Classes Méritantes », près des Halles, c'était la maison garantie, la réputation centenaire, surtout pour toutes les cheviotes et même les tissus « habillés », vêtements pratiquement inusables... « Trousseaux de travailleurs » ça s'appelait... Seulement comme prix, c'était salé! Ça faisait un terrible sacrifice!...

Nous étions encore au mois d'août, je fus équipé pour l'hiver... Ça ne dure pas longtemps les chaleurs!... Tout de même dans le moment précis, il faisait extrêmement torride! C'est qu'un petit moment à passer! Les froids, eux, sont interminables! La mauvaise saison!... Pour mes démarches, en attendant, si j'étouffais à plus tenir... Eh bien, je passerais voilà tout, mon veston par-dessus mon bras! Je l'enfilerais au moment de sonner... voilà!...

Ma mère avait pas dit les sommes que ça coûterait au ménage pour m'équiper... de pied en cap... C'était un total fabuleux par rapport à nos moyens... On a raclé les fonds de tiroirs... Elle a eu beau se décarcasser, se retourner tout le ciboulot, carapater au Vésinet entre deux trains, foncer encore vers Neuilly, vers Chatou, les jours de marché, remporter tout son fourniment, toute sa camelote la moins tarte... Et les soldes les plus négociables, elle pouvait pas réaliser... Elle arrivait pas à la somme... C'était un vrai fourbi casse-tête! Il manquait toujours des vingt francs, vingt-cinq ou trente-cinq. En plus des contributions qui n'arrêtaient pas de pleuvoir et des semaines de l'ouvrière et le terme échu depuis deux mois... C'était

341

l'avalanche écœurante!... Elle a rien avoué à papa... Elle a cherché une combine... Elle a porté rue d'Aboukir, chez la mère Heurgon Gustave (un vraiment sale bric-à-brac), cinq bonnes aquarelles à papa... les très meilleures à vrai dire, et pas au quart du prix usuel. Soi-disant « à condition »... Enfin, des sinistres expédients pour arriver au total... Elle voulait rien prendre à crédit... Après des semaines acharnées, d'autres ruses et encore des complots, j'ai été quand même revêtu, absolument flamboyant, extrêmement chaud mais solide... Quand je me suis vu sapé tout neuf, j'ai perdu un peu ma confiance! Merde! Ça me faisait un drôle d'effet! J'avais encore la volonté, mais il me rarrivait des sales doutes... Peut-être que je transpirais trop dans le costard d'hiver? J'étais comme un four ambulant...

C'était un vrai fait véritable, que je ne me sentais plus fier du tout, ni rassuré des conséquences... La perspective, là, pour tout de suite, d'aller affronter les patrons... de présenter mes salades! de m'enfermer dans leurs tôles, ça me navrait jusqu'aux ventricules. Dans cette putain d'Angleterre, j'avais perdu l'accoutumance de respirer confiné... Il allait falloir que je m'y refasse! C'était pas la bourre! Rien que de les apercevoir les patrons possibles, ça me coupait complètement le guignol! J'avais la parole étranglée... Rien qu'à chercher l'itinéraire, dans la rue, j'en crevais déjà... Les plaques des noms sur les portes, elles fondaient après les clous tellement ça devenait une étuve... Il a fait des 39,2!

Ce qu'ils me disaient mes dabes, en somme c'était bien raisonnable... que j'étais dans l'âge décisif pour fournir mon effort suprême... forcer ma chance et mon Destin... Que c'était le moment ou jamais pour orienter ma carrière... Tout ça c'était excellent... C'était bien joli... J'avais beau enlever mon costard, mon col, mes godasses, je transpirais de plus en plus... J'avais de la sueur en rigoles... Je prenais les chemins que je connaissais. Je suis repassé devant chez les Gorloge... Ça m'en refoutait les grelots de revoir leur tôle et la porte cochère... Rien qu'à penser à l'incident j'avais la crise au trou du cul... Merde! Quel souvenir!...

Devant l'énormité de ma tâche... en réfléchissant comme ça, je perdais tout entrain, j'aimais mieux m'asseoir... Les sous j'en avais plus beaucoup pour prendre des petits bocks...

342

même les verres à dix centimes... Je restais sous les voûtes des immeubles... Ils avaient toujours beaucoup d'ombre et des traîtres courants d'air... J'ai éternué énormément... Ça devenait un vice pendant que je réfléchissais... A force d'y penser à la fin, toujours et sans cesse, je lui donnais presque raison à mon père... Je me rendais compte d'après l'expérience... que je valais rien du tout... J'avais que des penchants désastreux... J'étais bien cloche et bien fainéant... Je méritais pas leur grande bonté... les terribles sacrifices... Je me sentais là tout indigne, tout purulent, tout véreux... Je vois bien ce qu'il aurait fallu faire et je luttais désespérément, mais je parvenais de moins en moins... Je me bonifiais pas avec l'âge... Et j'avais de plus en plus soif... La chaleur aussi c'est un drame... Chercher une place au mois d'août, c'est la chose la plus altérante à cause des escaliers d'abord et puis des appréhensions qui vous sèchent la dalle à chaque tentative... pendant qu'on poireaute... Je pensais à ma mère,.. à sa jambe de laine et puis à la femme de ménage qu'on pourrait peut-être se procurer si je parvenais à ce qu'on me prenne... Ça me remontait pas l'enthousiasme... J'avais beau me fustiger, m'efforcer dans l'idéal à coup de suprêmes énergies, j'arrivais pas au sublime. Je l'avais perdue depuis Gorloge, toute ma ferveur au boulot! C'était pitoyable! Et je me trouvais malgré tout, en dépit de tous les sermons, encore bien plus malheureux que n'importe quel des autres crabes, que tous les autres réunis!... C'était un infect égoïsme! Je m'intéressais qu'à mes déboires et je les trouvais là, tous horribles, j'en puais pire qu'un vieux brie gâteux... Je pourrissais dans la saison, croulant de sueur et de honte, rampant les étages, suintant après les sonnettes, je dégoulinais totalement, sans vergogne et sans morale.

J'ai dérivé, sans trop savoir, qu'un peu mal au ventre, à travers les autres vieilles rues, par négligence, la rue Paradis, rue d'Hauteville, rue des Jeûneurs, le Sentier, j'enlevais quand c'était fini, non seulement mon pesant veston, mais encore mon celluloïd, l'extra-résistant, c'était un vrai truc de chien et puis ça me foutait des boutons. Je me rhabillais sur le palier. J'ai repiqué au truc des adresses, je les puisais dans le « Bottin ». Au bureau de poste, je me faisais les listes. J'avais plus le rond pour aller boire. Ma mère laissait traîner sa bourse, la petite en argent, sur le dessus des meubles... Je la biglais avidement... Tant de chaleur, ça démoralise! Un peu plus alors, cette fois-là, j'allais franchement la piquer... J'ai eu souvent extrêmement soif près de la fontaine. Ma mère s'en est je crois aperçue, elle m'a donné encore deux francs...

Quand je revenais de mes longs périples, toujours infructeux, inutiles, à travers étages et quartiers, il fallait que je me rafistole avant de rentrer dans le Passage, que j'aie pas l'air trop navré, trop déconfit pendant les repas. Ça aurait plus collé du tout. C'est une chose alors mes dabes qu'ils n'auraient pas pu encaisser, qu'ils avaient jamais pu blairer, qu'ils avaient jamais pu comprendre, que je manque, moi, d'espérance et de magnifique entrain... Ils auraient jamais toléré... J'avais pas droit pour ma part aux lamentations, jamais!... C'étaient des trucs bien réservés, les condoléances et des drames. C'était seulement pour mes parents... Les enfants c'étaient des voyous, des petits apaches, des ingrats, des petites raclures insouciantes!... Ils voyaient tous les deux rouge à la minute que je me plaignais, même pour un tout petit commencement... Alors c'était l'anathème! Le blasphème atroce!... Le parjure abominable!...

« Comment, dis? toi petit dépotoir? Comment ce culot infernal? » J'avais pour moi la jeunesse et je foirais en simagrées? Ah! l'effroyable extravagance! Ah! l'impertinence diabolique! Ah! l'effronterie! Tonnerre de Dieu! J'avais devant moi les belles années! Tous les trésors de l'existence! Et j'allais groumer sur mon sort! Sur mes petits revers misérables? Ah! Jean-de-la-foutre bique! C'était l'insolence assassine! Le dévergondage absolu! La pourriture inconcevable! Pour me faire rentrer mon blasphème, ils m'auraient bigorné au sang! Y avait même plus de jambe qui tienne, ni d'abcès, ni de souffrances atroces!... Ma mère se redressait d'un seul bond! « Petit malheureux! Tout de suite! Petit dévoyé sans entrailles! Veux-tu retirer ces injures... »

Je m'exécutais. Je discernais pas très bien les félicités de la jeunesse, mais eux ils semblaient connaître... Ils m'auraient franchement abattu si je m'étais pas rétracté... Si j'émettais le plus petit doute et que j'avais l'air de bêcher ils se raisonnaient plus du tout... Ils auraient préféré ma mort que de m'entendre encore profaner, mépriser les dons du ciel. Ses yeux à ma mère révulsaient de rage et d'effroi quand je subissais l'entraînement! Elle m'aurait vidé dans la trompe tout ce qu'elle trouvait sous sa main... seulement pour que j'insiste plus... Moi, j'avais droit qu'à me réjouir! et à chanter les louanges! J'étais né sous la bonne étoile! moi calamité! J'avais des parents qu'étaient voués, eux, et ça suffisait tout à fait, absolument exclusifs oui! à toutes les angoisses et les fatalités tragiques... Moi j'étais que la brute et c'est tout! Silence! L'incroyable fardeau des familles!... Moi j'avais qu'à m'exécuter... et des rétablissements pépères! Faire oublier toutes mes fautes et mes dispositions infectes!... C'était pour eux, tous les chagrins! c'était pour eux toutes les complaintes! C'est eux qui comprenaient la vie! c'est eux, qu'avaient toute l'âme sensible! Et qui souffrait horriblement? dans les plus atroces circonstances? les abominations du sort?... C'était eux! C'était eux toujours! absolument, entièrement seuls! Ils voulaient pas moi que je m'en mêle, que je fasse même mine de les aider... que j'en tâte un peu... C'était leur réserve absolue! Je trouvais ça extrêmement injuste. On pouvait plus du tout s'entendre.

Ils avaient beau dire et sacrer, je gardais moi toutes mes convictions. Je me trouvais aussi victime à tous les égards! Sur les marches de l'Ambigu, là juste au coin de la « Wallace » elles me revenaient ces conjectures... C'était évident!...

Si j'avais fini de tapiner, que c'était une journée perdue, je m'aérais franchement les godasses... Je fumais le mince mégot... Je me renseignais un petit peu auprès des autres potes, les autres pilonneurs de l'endroit, toujours pleins de rancards et de faux condés... Ils étaient pas chiches en discours... Ils connaissaient toutes les annonces, n'importe laquelle « petite affiche », les figurations diverses... Y avait un tatoueur parmi, qui, en plus, tondait les chiens... Tous les condés à la gomme... Les Halles, la Villette, Bercy... Ils étaient pouilleux comme une gare, crasspets, déglingués, ils s'échangeaient les morpions... Avec ça, ils exagéraient que c'était des vrais délires! Ils arrêtaient pas d'installer, ils s'époumonaient en bluff, ils se sortaient la rate pour raconter leurs relations... Leurs victoires... Leurs réussites... Tous les fantasmes de leurs destins... Y avait pas de limites à l'esbroufe... Ils allaient jusqu'au couteau et au canal Saint-Martin pour régler la contradiction... à propos d'un fameux cousin qu'était Conseiller général... Ils prétendaient n'importe quoi! Même parmi les hommes-sandwichs les plus croquignols... ils tenaient à certains épisodes dont il fallait pas se marrer... C'est le roman qui pousse au crime encore bien pire que l'alcool... ils avaient plus de crocs pour bouffer, tellement qu'ils étaient vermoulus, ils avaient fourgué leurs lunettes... Ils ramenaient encore leur fraise!

C'était pas croyable comme ballon... Je me voyais peu à peu tout comme...

C'était vers les cinq heures du soir, quand je suspendais mes tentatives... Y en avait marre pour la journée!... L'endroit était favorable aux convalescences, une vraie plage... On se refaisait bien les arpions... C'était la plage de l'Ambigu, tous les traînards, les pompes « à croume », certains qu'étaient pas trop fainéants mais qu'aimaient mieux pinter la chance que de ramper sous la chaleur. C'est des choses faciles à concevoir... Toute la largeur du théâtre, sous les marronniers... La grille pour accrocher les diverses choses... On prenait pas mal ses aises, on échangeait des canettes... Le boudin blanc « à la mode », et l'ail, et le tutu, et les fromages camembert... Sur l'escalade et les marches ça faisait une vraie Académie... Y avait toutes les sortes d'habitudes... Je les retrouvais presque les mêmes depuis toujours... depuis le temps que je faisais la place pour Gorloge... Y avait un fond de petits marles, et puis des bourres pas pressés... des harengs saurs de tous les âges... et qui gagnaient pas chouia aux renseignements de la P. P. Ils faisaient traîner les manilles... Y avait toujours deux ou trois « boucs » qu'essayaient de provoquer la chance... Y avait des placiers trop âgés qui laissaient tomber la « marmotte »... qu'on voulait plus dans les maisons... Y avait les lopailles trop vertes pour aller déjà au Bois... Une même qui revenait tous les jours, son truc c'était les pissotières et surtout les croûtes de pain qui trempent dans les grilles... Il racontait ses aventures... Il connaissait un vieux juif qu'était amateur passionné, un charcutier rue des Archives... Ils allaient dévorer ensemble... Un jour, ils se sont fait poisser... On l'a pas revu pendant deux mois... Il était tout méconnaissable quand il est revenu... Les bourres l'avaient si bien tabassé, qu'il sortait juste de l'hôpital... Ça l'avait tout retourné, la trempe... Il avait mué dans l'entretemps. Il avait pris comme une voix de basse. Il se laissait pousser toute la barbe... Il voulait plus manger la merde.

Y avait aussi la proxénète en fait de séduction dans le parage. Elle promenait sa fille, la gamine en grands bas rouges, devant les « Folies Dramatiques »... Il paraît que c'était vingt points... Ça m'aurait joliment bien dit... C'était la fortune à l'époque... Elles regardaient même pas de notre côté, nous autres pougnassons... On avait beau faire des appels...

347

On se rapportait des journaux et des plaisanteries de nos tournées... L'ennuyeux c'était les morbaques. J'en ai ramené moi forcément... Il a fallu que je m'onguente... C'était une vraie calamité les totos de devant l'Ambigu... C'était surtout les mégotiers, ceux qui traînaient dans les terrasses qu'en étaient farcis... Ils allaient en chœur à Saint-Louis chercher la pommade... Ils partaient ensemble à la « frotte »...

Je vois encore mon chapeau de paille, le canotier renforci, je l'avais toujours à la main, il pesait bien ses deux livres... Il fallait qu'il me dure deux années, si possible trois... Je l'ai porté jusqu'au régiment, jusqu'à la classe 12, c'est-à-dire. Mon col, je l'enlevais une fois de plus, il me laissait une marque terrible, une toute cramoisie... Tous les hommes d'abord à l'époque, ils le gardaient jusqu'à la mort, le sillon rouge autour du cou. C'était comme un signe magique.

Fini de commenter les annonces, les drôles d'amorces du boulot, on se rabattait sur la colonne des sportifs, avec épreuves « Buffalo » et les six jours en perspective, et Morin et le beau Faber favori... Ceux qui préféraient du « Longchamp », ils se planquaient dans le coin opposé... Les mômes du tapis qui passaient, repassaient... On les intéressait pas, elles continuaient leur ruban... On n'était nous bons qu'en parlotes, une bande de foutues flanelles...

Les tout premiers autobus, les merveilleux « Madeleine-Bastille » qu'avaient le haut « impérial », ils y mettaient toute la sauce, tous leurs explosifs, à cet endroit juste, pour escalader la rampe... C'était un spectacle cent pour cent, c'était un bacchanal terrible! Ils crachaient toutes les eaux bouillantes contre la porte Saint-Martin. Les voyageurs au balcon prenaient part à la performance... C'était la vraie témérité. Ils pouvaient culbuter l'engin à la manière qu'ils se penchaient tous sur le même côté à la fois, sur le parapet, dans les émotions et les transes... Ils se raccrochaient aux franges, aux zincs, aux dentelures, au pourtour de la balustrade... Ils poussaient des cris de triomphe... Les chevaux étaient déjà vaincus, on se rendait là compte très nettement... C'est seulement sur les mauvaises routes qu'ils pouvaient encore prétendre... L'oncle Édouard le disait toujours... Enfin devant l'Ambigu, comme ça, entre cinq et sept, je l'ai bien vu venir le Progrès... mais je trouvais toujours pas une place... Je rentrais chaque fois à la maison, Gros-Jean comme devant... Je trouvais toujours pas le patron qui me ferait refaire mes débuts... Comme apprenti, ils me refoulaient, j'avais déjà dépassé l'âge... Comme véritable employé, je faisais encore beaucoup trop jeune... J'en sortirais pas de l'âge ingrat... et même si je parlais bien l'anglais c'était exactement pareil!... Ils avaient pas l'utilité! Ça concernait que les grandes boutiques, les langues étrangères. Et là ils faisaient pas de débutants!... De tous côtés j'étais de la bourre!... Que je m'y prenne comme ci ou comme ça!... C'était toujours du kif mouscaille...

Tout doucement alors, à petites doses, je mettais au courant ma mère des réflexions que je récoltais, que ça me semblait pas très brillant toutes mes perspectives... Elle était pas décourageable... Elle faisait maintenant des autres projets, pour elle-même alors, pour une entreprise toute nouvelle, toujours beaucoup plus laborieuse. Ça la tracassait depuis longtemps, maintenant elle s'était résolue!... — Tu vois, mon petit ami, je vais pas le dire encore à ton père, garde donc tout ceci bien pour toi... Il aurait encore le pauvre homme une terrible déception!... Il souffre déjà beaucoup trop de nous voir aussi malheureux... Mais entre nous, Ferdinand, je crois que notre pauvre boutique... Tst! Tst! Tst!... Elle pourra pas s'en relever... Hum! Hum! je crains bien le pire tu sais!... C'est une affaire entendue!... La concurrence dans notre dentelle est devenue comme impossible!... Ton père ne peut pas lui s'en rendre compte. Il ne voit pas les affaires comme moi de tout près, chaque jour... Heureusement, mon Dieu, merci! C'est plus pour quelques cents francs mais pour des mille et milliers de francs qu'il nous faudrait de la camelote pour avoir un vrai choix moderne! Où donc trouver une telle fortune? Avec quel crédit, mon Dieu? Tout ça n'est possible qu'aux grandes entreprises! Aux boîtes colossales!... Nos petits magasins, tu vois, sont condamnés à disparaître!... Ça n'est plus qu'une question d'années... De mois peut-être!... Une lutte acharnée pour rien... Les grands bazars nous écrasent... Je vois venir tout ça depuis longtemps... Déjà du temps de Caroline... on avait de plus en plus de mal... ça n'est pas d'hier!... Les mortes-saisons s'éternisaient... et chaque année davantage!... Elles duraient comme ça de plus en plus... Alors moi, tu sais, mon petit... c'est pas l'énergie qui me manque!... Il faut bien que

nous en sortions!... Voilà alors ce que je vais tenter... aussitôt
que ma jambe ira mieux... même si je pouvais un peu sortir.
Alors j'irais demander une « carte »... dans une grande maison...
J'aurais pas de mal à la trouver!... Ils me connaissent depuis
toujours!... Ils savent comment je me débrouille! Que c'est
pas le courage qui me manque... Ils savent que ton père et
moi, nous sommes des gens irréprochables... qu'on peut bien
tout nous confier... n'importe quoi!... ça je peux le dire...
Marescal!... Bataille!... Boubique!... Ils me connaissent depuis
Grand'mère!... Je suis pas une novice sur la place... Ils me
connaissent depuis trente ans, ils me connaissent depuis
toujours comme vendeuse et comme commerçante... J'aurai
pas de mal à trouver... J'ai pas besoin d'autres références...
J'aime pas travailler pour les autres... Mais à présent y a plus
le choix... Ton père ne se doutera de rien... absolument...
Je dirai que je vais chez une cliente... Il n'y verra que du feu!...
Je partirai comme à l'habitude, je serai toujours rentrée pour
l'heure... Il aurait honte le malheureux de me voir travailler
chez autrui... Il serait humilié le pauvre homme... Je veux lui
épargner tout ça!... A n'importe quel prix!... Il s'en relèverait
pas!... Je saurais plus comment le retaper!... Sa femme employée
chez les autres!... Mon Dieu!... Déjà avec Caroline, il en avait
gros sur le cœur... Enfin il se rendra compte de rien!... Je ferai
mes tournées régulièrement... Un jour une rue, l'autre jour
une autre... Ça sera beaucoup moins compliqué... que ce
perpétuel équilibre!... Cette sale voltige qui nous crève!...
Toujours des tours de force!... A boucher des trous partout!
c'est infernal à la fin! Nous y laisserons toute notre peau!
Nous aurons beaucoup moins de frayeurs! Payer ici! Payer
par là! Y arrivera-t-on? Quelle horreur! Quelle torture qui n'en
finit pas... On aura que des petites rentrées, mais absolument
régulières... Plus de retournements! Plus de cauchemars!
C'est ça qui nous a manqué!... Toujours!... Quelque chose de
fixe! Ça ne sera plus comme depuis vingt ans! Un dératage
perpétuel! Mon Dieu! Toujours à la chasse aux « cent sous »!
Et les clientes qui ne payent jamais! A peine encore qu'un
trou bouché qu'en voilà un autre!... Ah! c'est joli l'indépendance! Je l'aimais pourtant, ma mère aussi! mais je ne peux
plus... Nous finirons bien, tu verras, en nous y mettant tous
ensemble par joindre les deux bouts!... On l'aura la femme de

ménage! puisque ça lui fait tant plaisir!... Sans compter que
j'en ai bien besoin! Ça sera pas du luxe!

Ma mère, c'était du nougat pour elle, un nouveau truc bien
atroce, un tour de force miraculeux... C'était jamais trop
rigoureux, trop difficile! Elle aurait bien aimé au fond à se
taper le boulot pour tout le monde. A traîner toute seule
la boutique... et la famille entièrement, entretenir encore
l'ouvrière... Elle cherchait jamais pour elle à comparer, à comprendre... Du moment que c'était infect comme labeur, comme
angoisse, elle s'y reconnaissait d'autor... C'était son genre,
son naturel... Que je me casse le train, oui ou merde, ça chan-
gerait pas la marche des choses... J'étais certain qu'avec une
bonne, elle travaillerait cinquante fois plus... Elle y tenait
énormément à sa condition féroce... Pour moi, c'était pas du
kif... J'avais comme un ver dans la pomme. J'étais profiteur
en rapport... Peut-être que ça provenait surtout de mon séjour
à Rochester, à ne rien foutre chez Merrywin... J'étais devenu
franchement fainéasse? Je me mettais à réfléchir au lieu de
m'élancer au trimard?... Je faisais plutôt des efforts mous
pour la trouver au fond cette place... J'étais pris comme par
un flou devant chaque sonnette... J'avais pas le sang des martyrs... Merde! Je manquais du vice des tout petits!... Je remettais toujours les choses un peu au lendemain... J'ai essayé
d'un autre quartier, un moins torride, avec plus de brise...
plus ombragé, pour chasser un petit peu l'emploi... J'ai inspecté
les boutiques autour des Tuileries... Sous les belles arcades...
dans les grandes avenues... J'allais demander aux bijoutiers,
si ils voulaient pas d'un jeune homme?... J'ébouillantais dans
mon veston... Ils avaient besoin de personne... Je restais aux
Tuileries sur la fin... Je parlais aux gonzesses à la traîne...
Je passais des heures dans les buissons... à rien foutre, vraiment à l'anglaise, qu'à boire des timbales et faire marcher les
« plaisirs », les petits cadrans sur les cylindres... Y avait aussi
l'homme-coco et l'orchestre-cymbale autour des chevaux à
« boudins »...

Tout ça c'est loin dans le passé... Un soir je l'ai aperçu
mon père... Il longeait les grilles. Il s'en allait aux livraisons...
Alors pour pas courir le risque, je restais plutôt dans le Carrousel... Je me planquais entre les statues... Je suis entré une fois
au Musée. C'était gratuit à l'époque. Les tableaux, moi je

351

comprenais pas, mais en montant au troisième, j'ai trouvé celui de la Marine. Alors je l'ai plus quitté. J'y allais très régulièrement. J'ai passé là, des semaines entières... Je les connaissais tous les modèles... Je restais seul devant les vitrines... J'oubliais tous les malheurs, les places, les patrons, la tambouille... Je pensais plus qu'aux bateaux... Moi, les voiliers, même en modèles, ça me fait franchement déconner... J'aurais bien voulu être marin... Papa aussi autrefois... C'était tourné pour nous deux!... Je me rendais à peu près compte...

En rentrant à l'heure de la soupe, il me demandait ce que j'avais fait?... Pourquoi j'arrivais en retard... — J'ai cherché! que je répondais... Maman avait pris son parti. Papa, il grognait dans l'assiette... Il insistait pas davantage.

On lui avait dit à ma mère, qu'elle pourrait tout de suite essayer sa chance au marché du Pecq et même à celui de Saint-Germain, que c'était le moment ou jamais à cause de la vogue récente, que les gens riches s'installaient partout dans les villas du coteau... qu'ils aimeraient sûrement ses dentelles pour leurs rideaux dans les chambres, les dessus de lits, les jolis brise-bise... C'était l'époque opportune.

Tout de suite elle s'est élancée. Pendant une semaine entière elle a parcouru toutes les routes, avec son barda, bourré des cinq cents camelotes... Depuis la gare de Chatou jusqu'à Meulan presque... Toujours à pompe et boquillonne... Heureusement, il faisait très beau! La pluie c'était la catastrophe! Elle était déjà heureuse, elle était parvenue à vendre une bonne partie des « rossignols », des guipures à franges et les lourds châles de Castille qu'étaient en rade depuis l'Empire! Ils prenaient goût dans les villas pour nos vraies curiosités! Il fallait qu'ils meublent en vitesse... Ils se laissaient un peu étourdir... C'était l'optimisme, l'enthousiasme du panorama sur Paris. Ma mère poussait la consomme, elle profitait bien de sa chance. Seulement un joli matin, sa jambe a plus remué du tout. C'était fini l'extravagance, les dures randonnées... Même l'autre genou était en feu... il a gonflé aussi du double...

Capron s'est ramené dare-dare... Il a pu seulement constater... Il a levé les deux bras au ciel... L'abcès se formait certainement... L'articulation était prise, tuméfiée déjà... Courage ou pas, c'était du même!... Elle pouvait plus remuer son derrière, se changer de côté, se soulever même d'un centimètre... Elle

353

en poussait des cris atroces... Elle en finissait plus de gémir, pas tant à cause de sa souffrance, elle était dure comme Caroline, mais d'être vaincue par son mal.

C'était une terrible débâcle.

Il a bien fallu forcément qu'on l'embauche la femme de ménage!... On a pris des autres habitudes... L'existence désorganisée... Maman restait sur le lit, mon père et moi on faisait le plus gros, le balayage, les tapis, le devant de la porte, la boutique avant de partir le matin... C'était bien fini d'un seul coup la flânerie, l'hésitation, les tortillements... Il fallait que je me dépêtre, que je m'en trouve vite un boulot. A la six-quatre-deux!...

La femme de ménage, Hortense, elle venait qu'une heure le tantôt et puis deux heures après dîner. Toute la journée elle servait dans une épicerie, rue Vivienne à côté de la Poste. C'était une personne de confiance... chez nous elle faisait un supplément... Elle avait eu de la déveine, il fallait qu'elle turbine double, son mari avait tout perdu en voulant s'établir plombier. En plus elle avait ses deux mômes et une tante encore à sa charge... C'était pas la pause... Elle racontait tout à ma mère, soudée sur son plume. Avec mon père, un matin, on l'a descendue telle quelle. On l'a installée sur une chaise. Il fallait faire bien attention pour la pas cogner dans les marches, ni la laisser choir. On l'a établie, coincée, avec des coussins, dans un angle de sa boutique... qu'elle puisse répondre aux clients... C'était difficile... Et puis se soigner sans arrêt... Avec ses compresses « vulnéraires »...

Question des attraits, Hortense, bien que travaillante à plein tube, pire qu'un bœuf en somme, elle demeurait assez croustillante... Elle disait toujours elle-même qu'elle se privait de rien, surtout quant à la nourriture, mais c'est dormir qu'elle pouvait pas! elle avait pas le temps de se coucher... C'est le manger qui la soutenait et surtout les cafés crème... Elle s'en tapait au moins dix dans une seule journée... Chez le fruitier, elle bouffait comme quatre. C'était un numéro, Hortense, elle faisait même rigoler ma mère sur son lit de douleurs avec ses ragots. Mon père, ça l'agaçait beaucoup quand il me trouvait dans la même pièce... Il avait peur que je la trousse... Je me branlais bien à cause d'elle, comme on se branle toujours, mais c'était vraiment pas méchant, plus du tout comme en

Angleterre... J'y mettais plus la frénésie, c'était plus la même saveur, on avait vraiment trop de misères pour se faire encore des prouesses... Salut! Merde! C'était plus l'entrain!... D'être comme ça sur le balant avec la famille à la traîne, c'était devenu la terreur... J'en avais la caboche farcie par les préoccupations... C'était encore un pire tintouin de me trouver une place à présent qu'avant que je parte à l'étranger. Revoyant ma mère en détresse je suis reparti à la chasse, à la poursuite des adresses!... J'ai refait de fond en comble les boulevards, la cuve du Sentier, les confins de la Bourse... Sur la fin d'août, ce coin-là, c'est sûrement le pire des quartiers... Y a pas plus moche, plus étouffant... J'ai repiqué dans tous les étages avec mon col, ma cravate, mon « ressort papillon », mon canotier si blindé... J'ai pas oublié une seule plaque... à l'aller... en sens inverse... Jimmy Blackwell et Careston, Exportateurs... Porogoff, Transactionnaire... Tokima pour Caracas et Congo... Hérito et Kugelprunn, nantissements pour Toutes les Indes...

Une fois de plus, je me trouvais fadé, farci, résolu. Je me jetais un petit coup de peigne en m'engageant sous les voûtes. J'attaquais mon escalier. Je sonnais à la première lourde et puis à une autre... Par exemple où ça gazait plus, brusquement c'était pour répondre aux questions... S'ils me demandaient mes références?... ce que je voulais faire dans la partie?... mes véritables aptitudes?... mes exigences?... Je me dégonflais à la seconde même... je bredouillais, j'avais des bulles... je murmurais des minces défaites et je me tirais à reculons... J'avais la panique soudaine... La gueule des inquisiteurs me refoutait toute la pétoche... J'étais devenu comme sensible... J'avais comme des fuites de culot... C'était un abîme!... Je me trissais avec ma colique... Je repiquais quand même au tapin... J'allais resonner un autre coup dans la porte en face... c'était toujours les mêmes « affreux »... J'en faisais comme ça, une vingtaine avant le déjeuner... Je rentrais même plus pour la croûte. J'avais trop de soucis vraiment... J'avais en avance plus faim! j'avais trop horriblement soif... Je serais bientôt plus revenu du tout. Je sentais les scènes qui m'attendaient. Ma mère et toute sa douleur! Mon père dans sa mécanique, avec encore d'autres colères, ses marmelades, ses hurlements détraqués... La mince perspective!... J'avais tous les compliments!... J'en gardais toute ma caille au cul!... Je restais

sur le bord de la Seine, j'attendais qu'il soye deux heures...
Je regardais les chiens se baigner... Je suivais même plus un
système... Je prospectais au petit bonheur... J'ai farfouillé
toute la rive gauche... Par le coin de la rue du Bac, je me suis
relancé dans l'aventure... la rue Jacob, rue Tournon... Je suis
tombé sur des entreprises qu'étaient presque abandonnées...
Des comptoirs d'échantillonneurs pour les merceries défuntes...
dans les provinces à recouvrer... Des fournisseurs d'objets si
tristes que la parole vous manquait... Je leur ai fait quand
même du charme... J'ai essayé qu'ils m'examinent chez un
revendeur pour les chanoines... J'ai tenté tout l'impossible...
Je me suis montré intrépide chez un grossiste en chasubles...
J'ai bien cru qu'ils allaient me prendre dans une fabrique
de candélabres... Je louchais déjà... J'arrivais à les trouver
beaux... Mais au moment tout s'écroulait! les abords de Saint-
Sulpice m'ont finalement bien déçu... Ils avaient eux aussi
leur crise... De partout, je me suis fait virer...

A force de piétiner l'asphalte, j'avais les nougats en tisons...
Je me déchaussais un peu partout. J'allais me les tremper en
vitesse dans les cuvettes des lavabos... Je me déchaussais en
une seconde... J'ai fait la connaissance comme ça d'un garçon
de café qui souffrait de ses arpions encore davantage que moi.
Il servait lui matin et soir et même plus tard, passé minuit, à
l'énorme terrasse dans la cour de la Croix-Nivert, la Brasserie
Allemande. Ses pompes lui faisaient souvent si mal, qu'il se
versait des petits morceaux de glace à même les godilles... Je
l'ai essayé moi son truc... Ça fait du bien sur le moment, seulement après c'est encore pire.

Ma mère, elle est restée comme ça, avec sa jambe étendue, pendant plus de trois semaines encore, au fond de sa boutique. Il venait pas beaucoup de clients... Ce fut encore une raison de plus pour se faire une bile intense... Elle pouvait plus sortir du tout...

Y avait que les voisins qui entraient de temps à autre pour bavarder, pour lui tenir compagnie... Ils lui ramenaient tous les cancans... Ils lui montaient bien le bourrichon... A propos de mon cas, surtout, ils faisaient des ragots fumiers... Ça les énervait ces charognes de me voir à la traîne. Pourquoi que je trouvais pas un boulot?... Hein? Ils arrêtaient pas de demander... La façon que je restais pour compte en dépit de tant d'efforts, de sacrifices extraordinaires, c'était pas imaginable!... Ça dépassait l'entendement!... Ah! Hein? C'était une énigme!... De me voir ainsi sur le sable, ils en prenaient tous de la graine... Ah ça oui! Ah parfaitement! Ils seraient pas eux cons comme mes vieux!... Ils commettraient pas la bévue... Ils le proclamaient ouvertement!... Ah nom de Dieu non! Ils se retourneraient pas la caille! Pour des loupiots qui s'en torchent... Ils s'empailleraient pas pour leurs mômes! Ah que non! que non! A quoi ça servait d'abord?... Surtout pour leur apprendre les langues! Ah! la sacrée nom de Dieu de farce! Ah! la rigolade! En faire des voyous, voilà tout! Nom de Dieu ça servait à rien!... La preuve? c'était bien visible! Y avait seulement qu'à me regarder... Un patron? J'en trouverais jamais!... Je les mettrais tous en défiance... J'avais pas le bon genre, voilà tout!... Eux qui me connaissaient depuis l'enfance, ils étaient tous bien persuadés!... Oui.

Ma mère, d'entendre des choses semblables, ça l'effondrait totalement, surtout en plus de son état, de son abcès si douloureux qui l'élançait de plus en plus. Ça lui tuméfiait à présent tout le côté de la cuisse... D'habitude, elle se retenait quand même un petit peu de répéter toutes ces conneries... Mais dans la souffrance comme ça, d'une telle acuité, elle contrôlait plus ses réflexes... Elle a tout redit à papa, rebavé presque mot à mot... Y avait déjà bien longtemps qu'il avait pas piqué une crise... Il s'est jeté sur l'occasion... Il a recommencé à hurler que je l'écorchais vif, et ma mère aussi, que j'étais tout son déshonneur, son opprobre irrémédiable, que j'étais responsable de tout! Des pires maléfices! Du passé comme de l'avenir! Que je l'acculais au suicide! Que j'étais un assassin d'un genre absolument inouï!... Il expliquait pas pourquoi... Il sifflait, soufflait tellement la vapeur, qu'il faisait un nuage entre nous... Il se tirait les peaux dans le fond du cuir dans les tiffes... Il se labourait le crâne au sang... Il s'en retournait tous les ongles... A gesticuler en furie, il se bigornait dans les meubles... Il emportait la commode... C'était tout petit la boutique... Y avait pas de place pour un furieux... Il bute dans le porte-parapluies... Il fout par terre les deux potiches. Ma mère veut les ramasser, elle se donne un terrible tour à sa jambe! Elle en pousse un cri si perçant... si absolument atroce... que les voisins radinent en trombe!

Elle s'était presque trouvée mal... On lui fait respirer des sels... Elle retrouve peu à peu ses sens... Elle recommence à respirer, elle se rétablit sur ses chaises... « Ah! qu'elle nous fait... Il est crevé! » C'était son abcès!... Elle était heureuse, c'est Visios lui-même qui lui a fait sortir le pus. Il avait bien l'habitude. Il avait fait ça souvent à bord des navires.

J'avais beau être habillé extrêmement correct avec le col parfait carcan, tatanes toutes luisantes au chiffon, ma mère en réfléchissant comme ça dans l'arrière-boutique, ma mère elle a découvert que c'était pas encore le rêve... Qu'il me manquait encore du sérieux, malgré ma montre, ma chaîne brunie... Je gardais des allures voyou en dépit de toutes les semonces... Ça se voyait avec la monnaie, la façon que je prenais les sous comme ça en pleine poche!... Voilà qui faisait arsouille! Apache! Effroyable!

Sur-le-champ elle s'est avisée... Elle a envoyé Hortense au bazar Vivienne... Pour nous ramener des commissions un parfait morlingue... Le fort crapaud cousu main, à multiples compartiments, article inusable... Elle m'a en plus fait cadeau de quatre pièces de cinquante centimes... Mais je devais pas les dépenser!... Jamais!... C'était une économie... Pour me donner le goût de l'épargne!... Elle m'a mis aussi mon adresse, en cas d'accident sur la voie publique... Ça lui faisait plaisir comme ça. Moi j'ai pas fait d'objection.

Je l'ai vite soiffé ce petit pèze en bocks à deux sous... Il a fait une chaleur infâme pendant l'été 1910. Heureusement du côté du Temple, il était facile de se rincer... C'était pas cher sur les tréteaux, tout le long de la rue, la limonade à pleins trottoirs, les bistrots forains...

J'ai repris mes tentatives du côté de la sertissure. C'est un vrai métier en somme que je connaissais quand même un peu... Je suis retourné vers le Marais... Sur le Boulevard, on n'y tenait plus! C'était tassé comme procession devant le Nègre

359

et la Porte Saint-Denis! On s'écrasait dans la fournaise... Les frimants du square des Arts, c'était encore pire!... C'était plus la peine de s'asseoir, c'était plus qu'un gouffre de poussière... on râlait rien qu'à respirer!... Y avait là en planque tous les placiers des environs avec leurs caisses et leurs marmottes... et leur roupiot à la godille, celui qui pousse la petite carriole... Ils restaient tous sur le rebord, affalés, attendant l'heure d'affronter leur singe à l'étage... Ils bandaient pas dur!... Ils faisaient une telle morte-saison, qu'ils pouvaient plus du tout se défendre... Même à quatre-vingt-dix jours, on n'en voulait plus nulle part, dans n'importe quelle tôle de leurs exemplaires!... Ils avaient l'allure égarée... Ils se noyaient dans la brume de sable... Jamais ils referaient une seule commande avant le 15 octobre! C'était pas pour m'encourager... Ils pouvaient fermer leurs calepins! Je me fascinais sur leur détresse...

Moi, à force de demander partout si on connaissait pas de boulot, j'avais importuné tout le monde, j'avais regardé toutes les plaques, analysé tous les bottins et puis les annuaires. Je suis repassé rue Vieille-du-Temple... Je me suis promené au moins huit jours le long du canal Saint-Martin pour regarder toutes les péniches... le doux mouvement des écluses... Je suis retourné rue Elzévir. A force de me préoccuper je me réveillais en sursaut dans le milieu de la nuit... J'avais une obsession comme ça, qui me possédait de plus en plus fort... Ça me tenaillait toute la bouille... Je voulais retourner chez Gorloge... Je ressentais là, tout d'un coup, un énorme remords, une honte irrésistible, la malédiction... Il me venait des idées de paumé, je commençais des tours de sale con... Je voulais remonter chez Gorloge, me donner à eux tout franchement, m'accuser... devant tout le monde... « C'est moi qu'ai volé »! que je dirais... « C'est moi qu'ai pris la belle épingle! Le Çakya-Mouni tout en or!... C'est moi! C'est moi positivement! »... Je m'embrasais tout seul! Merde! Après ça, je me faisais, la poisse s'en ira... Il me possédait le mauvais sort... par toutes les fibres du trognon! J'en avais tellement l'horreur que j'en grelottais constamment... Ça devenait irrésistible... Bordel! Pour de vrai quand même à la fin je suis retourné devant leur maison... en dépit de la chaleur d'étuve il me passait des froids dans les côtes... J'avais déjà la panique! Voilà que j'aperçois la concierge... Elle me regarde bien, elle me reconnaît de loin... Alors j'essaye de me rendre compte, de tâter comment je suis coupable... Je me rapproche de sa cambuse... Je vais lui dire tout d'abord à elle !... Merde !... Mais là, je peux plus... Je me déconcerte... Je fais demi-tour subito... Je me débine à grandes foulées... Je recavale vers les boulevards... ça va pas mieux !... Je me tenais comme un vrai « plouc » ! J'avais la hantise... des extravagances foireuses... Je rentrais plus pour déjeuner... J'emportais du pain, du fromage... J'avais sommeil le tantôt d'avoir si mal dormi la nuit... Tout le temps réveillé par les songes... Fallait que je marche sans arrêt ou bien je somnolais sur les bancs... Ça me tracassait encore quand même de quoi je pouvais bien être coupable ? Y devait y avoir là des motifs ? Des pas ordinaires... J'avais pas assez d'instruction pour réfléchir dans les causes... j'avais trouvé un autre endroit en déambulant, à force, pour me reposer l'après-midi. A « Notre-Dame-des-Victoires » dans le pourtour des petites chapelles, à gauche en entrant... L'endroit était frais au possible... Je me sentais durement traqué par la guigne puante... On est mieux dans l'obscurité... Les dalles c'est bon pour les pompes... Ça rafraîchit mieux que tout... Je me déchaussais en douceur... Je restais comme ça bien planqué... Déjà c'est joli les cierges, ça fait des buissons fragiles... tout frétillants dans le grand velours sombre des voûtes... Ça m'hallucinait... Peu à peu ça m'endormait... Je me réveillais aux petites sonnettes. Ça ne ferme jamais forcément... C'est le meilleur endroit.

Je trouvais toujours des alibis pour rentrer plus tard encore... Une fois il était près de neuf heures... J'avais été, pour me présenter jusqu'à Antony... dans une usine de papiers peints. On demandait des coursiers dans le centre... C'était bien pour mes aptitudes... J'y suis retourné deux ou trois fois... Elle était pas prête leur usine!... Pas encore bien terminée... Enfin des salades!

Je ressentais un effroi immonde au moment de rentrer au Passage. Tous mes sous pour les tramways je les dilapidais en canettes... Alors je marchais de plus en plus... Il faisait aussi un été absolument extraordinaire! Il avait pas plu depuis deux mois!...

Mon père il tournait comme tigre devant sa machine... Dans mon plumard à côté y avait plus moyen que je dorme tellement qu'il jurait sur le clavier... Il lui est sorti au début du mois de septembre toute une quantité de furoncles, d'abord sous les bras et puis ensuite derrière le cou alors un véritable énorme, qu'est devenu tout de suite un anthrax. Chez lui, c'était grave les furoncles, ça le démoralisait complètement... Il partait quand même au bureau... Mais on le regardait dans la rue, tout embobiné dans les ouates. Les gens se retournaient... Il avait beau s'ingénier et prendre beaucoup de levure de bière, ça n'allait pas du tout mieux.

Ma mère était fort inquiète de le voir comme ça en éruption... De son côté, à force de se poser des compresses et puis de rester immobile, son abcès allait un peu mieux. Il suppurait abondamment, mais il avait bien dégonflé. Il s'est vidé encore un

362

peu... Alors, elle s'est remise debout, elle a pas voulu attendre
que la plaie se referme, elle a recommencé tout de suite à s'agiter
dans la crèche, à boquillonner à nouveau autour des objets et
des chaises... Elle voulait surveiller Hortense, elle montait
tous les escaliers, elle voulait plus qu'on la transporte. Elle se
cramponnait à la rampe pour gravir les marches toute seule,
elle arrivait à se hisser d'un étage à l'autre pendant que nous
étions occupés... Elle voulait refaire le ménage, ranger la
boutique, les bibelots...

Mon père, emmitouflé de pansements, il pouvait plus tourner
la tronche, il étouffait dans les furoncles, mais il entendait bien
quand même ma mère à travers les étages, qui chambardait
d'une pièce à l'autre, avec sa guibole à la traîne... Ça l'horri-
pilait plus que tout... Il défonçait toute sa machine... Il s'en
écorchait les deux poings tellement qu'il se foutait dans des
rognes. Il lui criait de faire attention...

— Ah, nom de Dieu de Dieu, Clémence ! Tu m'entends quand
même ! Tonnerre de bordel ! de bon sang ! Veux-tu t'allonger,
nom d'un foutre ! Tu trouves que nous avons trop de veine ? Tu
trouves que ça n'est pas assez ? Bordel de bon Dieu d'existence !...

— Voyons, Auguste ! Laisse-moi, je t'en prie... Ne t'occupe
pas de mes affaires !... ne t'occupe pas de moi !... Je vais très
bien !

Elle lui faisait comme ça, la voix d'ange...

— C'est facile à dire ! qu'il hurlait... C'est facile à dire !
Nom de Dieu de sacrée saloperie de Nom de Dieu de merde !
Tonnerre ! Vas-tu t'asseoir à la fin ?

Le matin j'avertis ma mère...

— Dis-donc, maman, aujourd'hui je serai pas revenu pour déjeuner... Je m'en vais encore jusqu'aux Lilas... Demander un peu pour mon usine...

— Alors écoute, Ferdinand, qu'elle me répond comme ça... J'ai bien pensé à une chose... Ce soir, je voudrais qu'Hortense me fasse la cuisine à fond... Ça va faire au moins deux mois que c'est répugnant ses casseroles, l'évier, les cuivres... Depuis que je suis malade, j'ai pas pu m'en occuper... Ça sent le graillon jusqu'au troisième... Si je l'envoie aux commissions, elle va encore lambiner, me rester des heures dehors, elle est bavarde comme une pie!... Elle s'incruste chez la fruitière... Elle en finit plus. Toi, puisque tu passes par là, du côté de la République... rentre donc un peu chez Carquois et ramène-moi pour ton père quatorze sous de leur très bon jambon... de la première qualité... tu sais ce que je veux dire?... Du très frais et presque pas de gras... Tu le regarderas bien avant... Pour nous deux, il nous reste des nouilles, on les fera rebouillir un peu... et puis ramène-moi aussi trois cœurs à la crème en même temps et puis si tu peux te souvenir une laitue pas trop ouverte... Ça m'évitera de faire à dîner... Tu te souviendras de ça? De la bière, nous en avons... Hortense va rapporter de la levure... Avec ton père et ses furoncles je crois que la salade c'est la meilleure chose pour le sang... Tu prendras avant de partir une pièce de cent sous dans ma bourse sur la cheminée de notre chambre. Compte surtout bien ta monnaie!... Sois bien rentré avant le dîner!... Veux-tu que je t'écrive tout ça? Par la chaleur je me méfie des œufs pour ton père... Il a de l'entérite... Et puis des fraises aussi d'ailleurs... Moi-même, ça me donne des rougeurs... alors lui avec ses nerfs!... Il vaut mieux faire attention...

J'en savais assez, je pouvais m'en aller... J'ai pris les cent sous... Je suis sorti du Passage... Je suis resté un petit moment près du bassin square Louvois... Comme ça sur un banc, je réfléchis... Pas plus de « Lilas » que de beurre au cul! Par contre, j'avais un petit tubard à propos d'un façonnier, un petit bricoleur en chambre pour les accessoires d'étalage, les velours, les plaquettes. Quelqu'un m'en avait causé... Ça se passait rue Greneta au n° 8... C'était bien par acquit de conscience!... Il devait être environ neuf heures... Il faisait pas encore trop chaud... Je me dirige donc tout doucement. J'arrive à la porte... Je monte au cinquième... Je sonne, on m'entr'ouvre... La place était prise! Ça va! Y avait pas à insister... Ça me délivrait d'un seul coup! Je redescends peut-être deux étages... Là, sur le palier du troisième je m'assois un petit instant, j'ôte mon col... Je réfléchis encore... En y pensant, repensant bien, je possédais une autre adresse, un maroquinier de luxe, tout au fin bout de la rue Meslay... C'était pas du pressé non plus... Je regarde le décor tout autour. Il était bien majestueux l'endroit... déglingué par les planchers, ça sentait vraiment mauvais à cause du moisi, des chiots... mais c'était tout de même des larges proportions, c'était grandiose... sûrement une ancienne demeure de michés du Siècle... Ça se voyait aux décorations, aux moulures, aux rampes entièrement forgées, aux marches en marbre et porphyre... C'était pas du toc!... Rien que du travail à la main!... Je les connaissais les choses de style! Merde! C'était vraiment magnifique!... Pas une patère simili!... Ça faisait comme un immense salon, où les gens s'arrêteraient plus... Ils entraient vite dans les turnes chercher leurs boulots dégueulasses. C'était bien fini de regarder... C'était moi le souvenir!... Et l'odeur pourrie...

Là, juste auprès de la fontaine je voyais tout le palier, j'étais bien assis... J'en demandais pas davantage... Y avait même encore toutes les vitres qui dataient de l'époque... des minuscules, des carrés couleurs, violets, vert bouteille, des roses... J'étais donc là, extrêmement calme, les gens faisaient pas attention... Ils allaient à leurs turbins... Je méditais à ma journée... Tiens! j'aperçois une connaissance! un grand double mètre, un barbichu qui montait... Il soufflait après la rampe... C'était un représentant, un bon gars d'ailleurs... un vrai loustic. Je l'avais pas revu depuis chez Gorloge... Il se défendait dans les gourmettes... Il me reconnaît sur le palier... Il m'apostrophe d'une rampe à l'autre... Il me raconte ses petites histoires et puis il me demande à moi ce que je suis devenu depuis un an?... Je lui énumère tous les détails... Il avait pas le temps de m'écouter, il partait tout juste en vacances... Au début de l'après-midi... Il en était tout guilleret de la perspective... Il me quitte donc assez rapidement... Il bondit là-haut quatre à quatre... Il fonçait chez son patron rentrer sa marmotte... Il avait juste ensuite le temps de sauter à la gare d'Orsay et de prendre le train pour la Dordogne... Il s'en allait pour huit jours. Il m'a souhaité bien de la chance... Je lui ai souhaité bien de l'amusement...

Mais il m'avait foutu la caille ce grand saucisson, avec son histoire de campagne... D'un seul coup, soudain, j'avais perdu toute ma contenance. Ah! Je ferais plus rien de ma journée! J'en étais absolument sûr!... Je pensais plus qu'aux batifoles, aux grands espaces, à la cambrousse! Merde! Il m'avait démoralisé... Ça me hantait subitement la manie de voir la verdure, les arbres, les plates-bandes... Je pouvais plus me contenir... Ça me poussait en frénésie! Tonnerre de putain de nom de Dieu!... Je me dis : « Je vais aller faire tout de suite mes commissions pour la croûte!... » Voilà comme je pense... « Après j'irai aux Buttes-Chaumont!... D'abord débarrassons-nous! Je rentrerai juste pour sept heures... Je serai libre tout l'après-midi! » Bon!...

Je fonce au plus près... chez Ramponneau... Je me dépêche... au coin de la rue Étienne-Marcel... une charcuterie exemplaire... encore meilleure que chez Carquois... Un modèle de luxe à l'époque et de propreté... Je prends les quatorze sous de jambon... La sorte que mon père préférait, pour ainsi dire dépourvu de gras... La laitue, je la prends aux Halles à côté... Les cœurs à la crème aussi... On me prête même un récipient.

Me voilà parti tout doucement par le boulevard Sébastopol, la rue de Rivoli... Je réfléchis plus très bien... Il faisait tellement étouffant qu'on avançait avec peine... On se traînait sous les arcades... tout au long des étalages... Je me dis « Va donc au Bois de Boulogne! »... Je marche encore assez longtemps... Mais ça devenait impossible... impossible... Aux grilles des Tuileries j'oblique... Je traverse, je pénètre dans les jardins... y avait déjà une damnée foule... C'était pas commode du tout de trouver une place dans les herbes... et surtout à l'ombre... C'était beaucoup plus que comble...

Je me laisse un peu caramboler, je dégringole dans un glacis, au revers d'un remblai, dans les pourtours du grand bassin... C'était bien frais, bien agréable... Mais il survient juste alors toute une armée de cramoisis, une masse compacte, râlante, suiffeuse, dégoulinante des quatorze quartiers d'alentour... Des immeubles entiers qui dégorgeaient toute leur camelote en plein sur les vastes pelouses, tous les locataires, les pipelettes, traqués par la canicule, les punaises, et l'urticaire... Ils déferlaient en plaisanteries, en fusées de quolibets... D'autres populaces s'annonçaient, effroyables, grondantes par le travers des Invalides...

On a voulu fermer les grilles, défendre les rhododendrons, le carré des marguerites... La horde a tout rabattu, tout éventré, tordu, écartelé toute la muraille... C'était plus qu'un éboulis, une cavalcade dans les décombres... Ils poussaient d'infectes clameurs pour que l'orage vienne à crever, enfin, au-dessus de la Concorde!... Comme il tombait pas une seule goutte ils se sont rués dans les bassins, vautrés, roulés, des foules entières, à poil, en caleçons... Ils ont fait tout déborder, ils ont avalé le dernier jus...

J'étais, moi, tout à fait vautré au fond du remblai gazonneux, j'avais vraiment plus à me plaindre... J'étais protégé en somme... J'avais mes provisions à gauche, je les tenais là sous la main... J'entends les troupeaux qui pilonnent, qui déferlent contre les massifs... Il en survient encore d'autres et de partout... L'immense cohorte des assoiffés... Ça devient maintenant la bataille pour licher le fond de la mare... Ils suçaient tous dans la boue le limon, les vers, la vase... Ils avaient tout labouré, tout éventré tout autour, tout crevassé profondément. Il restait plus un brin d'herbage sur toute l'étendue des Tuileries... C'était plus qu'un énorme délire, un cratère tout dépecé sur quatre kilomètres de tour, tout grondant d'abîmes et d'ivrognes...

Au plus profond, toutes les familles, à la recherche de leurs morceaux dans l'enfer et le brasier des chaleurs... Il giclait des quartiers de viande, des morceaux de fesses, des rognons loin, jusque dessus la rue Royale et puis dans les nuages... C'était l'odeur impitoyable, la tripe dans l'urine et les bouffées des cadavres, le foie gras bien décomposé... On en mangeait dans l'atmosphère... On pouvait plus s'échapper... C'était entièrement défendu sur toute l'étendue des terrasses, par trois remblais imprenables... Les voitures d'enfants empilées haut comme un sixième...

Les refrains s'enlaçaient quand même dans la jolie nuit tombante, à travers les zéphyrs pourris... Le monstre aux cent mille braguettes, écroulé sur les martyrs, remue la musique dans son ventre... J'ai bien bu moi deux canettes, entièrement à la fauche gratuite... et deux... et deux... qui font douze... Voilà!... J'avais dépensé les cent sous... J'avais plus un seul petit fric... J'ai sifflé un litre de blanc... Pas d'histoires!... Et un mousseux tout entier... Je vais faire quelques échanges avec la famille sur le banc!... Ah!... Je lui troque pour un camembert... tout vivant... mon cœur à la crème!... Attention!... J'échange la tranche de jambon pour un « kil » de rouge tout cru!... On peut pas mieux dire... Il survient à ce moment juste un violent renfort des agents de la garde!... Ah!... le culot... La sotte astuce!... Ils ne font bien bouger personne!... Ils sont tout de suite démontés, honnis... branlés... raccourcis... Ils sont virés dans un souffle! Ils s'évadent... Ils se dissipent derrière les statues!... La masse entre en insurrection! Encore pour l'orage qu'elle conspire... Le cratère gronde, vrombit, tonitrue... Il en projette jusqu'à l'Étoile, toute une bourrasque de litrons vides!...

Je partage en deux ma salade, on la bouffe telle quelle et crue... On se taquine avec les demoiselles... Je bois là, tout ce qui se présente sur le coin du banc. C'est trêve la bibine!... ça désaltère pas... ça fait même chaud à la bouche... Tout est brûlant, l'air, les nichons. Ça ferait vomir si on bougeait, si on allait pour se relever... mais il y a pas d'erreur possible! On ne peut plus remuer du tout... J'ai les paupières qui s'écrasent... le regard qui ferme... Un tendre refrain passe dans l'air à ce moment... « Je sais que vous êtes jolie... »

Bing! Ça! ra! cla! clac! C'est le réverbère, le gros ballon blanc qui éclate à pleine volée! C'est le coup du caillou terrible! la fronde franche! Les gonzesses elles en sursautent! Elles poussent des inouïes clameurs ! C'est les voyous, dans le petit coin, des rigolos, des cochons, de l'autre côté du fossé... Ils veulent avoir la nuit complète !... Ah les saligauds, les infâmes !... Je me vautre sur le gonze contre moi... Il est gras la taupe !... Il ronfle ! C'est la vache !... Ça va !... Je suis en position favorite !... Il me fait dormir avec ses bruits !... Il me berce !... Je pensais avoir du camembert... C'est du petit-suisse à la crème... Je les vois !... J'en porte toujours sur le cœur... J'aurais pas dû en laisser dans la boîte !... dans la boîte... On est là... On reste !... On dirait qu'il arrive des brises... Il dort le cœur à la crème... Il doit être très tard !... Et plus tard encore !... Comment le fromage !... Tout à fait.

J'étais bien en train de ronfler... Je gênais personne... J'avais croulé dans le fossé encore plus profond... J'étais ¡coincé dans la muraille...

Voilà un con qui déambule comme ça de travers dans les ténèbres... Il vient buter dans le voisin. Il retombe sur moi, il me culbute... Il me fait une atteinte... J'entr'ouvre les châsses... Je grogne un coup très féroce... Je regarde là-bas à l'horizon... le plus loin... J'aperçois le cadran... Juste celui de la gare d'Orsay... les immenses horloges... Il est une heure du matin! Ah! Foutre Bon Dieu! Dégueulasse! Et voilà je décanille! Je me dépêtre... J'ai deux rombières de chaque côté qui m'écrabouillent... Je les culbute... Tout roupille et renifle dans les fonds... Il faut que je me redresse... que je me démène pour rentrer... Je ramasse mon beau costard... Mais je retrouve plus mon faux col... Tant pis! Je devais être revenu pour dîner! Mince! C'est bien ma putaine déveine! Aussi c'était la chaleur! et puis j'étais trop ahuri, j'avais plus du tout ma normale! J'avais peur et j'étais saoul!... J'étais encore tout étourdi!... La muffée! Le mufle!

Ah! je me souviens quand même du chemin... Je prends par la rue Saint-Honoré... la rue Saint-Roch qu'est à gauche... rue Gomboust... alors tout droit. J'arrive à la grille du Passage... Elle est pas encore fermée à cause de la température... Ils sont tous là... en bannières, dépoitraillés les voisins, devant leurs boutiques... Ils sont restés dans les courants d'air... Ils se bavachent d'une chaise à l'autre... à califourchon, comme ça, sur le pas des portes... Il me reste encore de l'ivresse... Je marche, c'est visible, de traviole... Ces gens, ils étaient étonnés. Ça m'arrivait jamais d'être saoul!... Ils m'avaient pas encore vu... Ils m'apostrophaient de surprise!... « Dis donc, alors Ferdinand? T'as trouvé une situation?... C'est la fête à la grenouille?... T'as donc rencontré un nuage?... T'as vu un cyclone Toto?... » Enfin des sottises... Visios qui roulait son store, il m'interpelle tout exprès... Il me fait en passant comme ça : « Dis donc, ta mère, Ferdinand, elle est descendue au moins vingt fois depuis sept heures, demander si on t'a pas vu? Je te jure! Elle fait salement vilain!... Où que tu t'étais encore caché?... »

Je poulope donc vers la boutique. Elle était pas fermée du tout... Hortense m'attendait dans le petit couloir... Elle avait dû rester exprès...

« Ah! si vous voyiez votre maman! dans quel état qu'elle s'est mise! Elle est pitoyable! C'est épouvantable! Depuis six heures elle ne vit plus!... Y a eu paraît-il des bagarres dans les jardins des Tuileries! Elle est sûre que vous y étiez!... Elle est sortie ce tantôt pour la première fois en entendant les rumeurs... Elle a vu dans la rue Vivienne un cheval emballé! Elle est revenue décomposée! Ça lui a retourné tous les sangs!... Jamais je l'avais vue si nerveuse! »... Hortense aussi était en transe pour me raconter l'accident... Elle se tamponnait toute la face, en nage, avec son grand tablier sale. Elle en restait toute barbouillée vert et jaune et noir... J'escalade les marches quatre à quatre... J'arrive là-haut dans ma chambre... Ma mère était sur le page, affalée, retournée complètement, sa camisole sans boutons... ses jupons retroussés jusqu'aux hanches... Elle se mouillait encore toute la jambe avec les serviettes-éponges. Elle en faisait des gros tampons, ça dégoulinait par terre... « Ah! qu'elle sursaute... Te voilà tout de même! » Elle me croyait en hachis...

« Ton père est dans une colère! Ah! le pauvre homme! Il partait au commissariat! Où étais-tu resté encore?... »

Mon père, juste à ce moment-là, je l'entends qui sort des cabinets. Il monte tout doucement l'escalier, il rajustait ses bretelles... Il rafistolait son pansement autour des furoncles... D'abord, il me dit rien... Il fait mine de même pas me voir... Il retourne à sa machine... Il tape avec un seul doigt... Il souffle comme un phoque, il s'éponge... On crève, c'est un fait... On étrangle absolument... Il se lève... Il décroche au clou la serviette-éponge... Il se badigeonne toute la bouille avec l'eau courante... Il en peut plus!... Il revient!... Il me reluque un peu... de travers... Il regarde ma mère aussi, sur le lit tout étalée... « Recouvre-toi, voyons, Clémence!... » qu'il lui fait comme ça furibard... C'est toujours à cause de sa jambe... Ça va recommencer la séance!... Il lui fait des signes! Il croit que je la regarde comme ça retroussée... Elle comprend rien à son émoi... Elle est innocente, elle a pas de pudeur... Il lève les deux bras au ciel... Il est outré, excédé! Elle est découverte jusqu'au bide... Elle rabaisse enfin sa jupe... Elle change un peu de position... Elle se retourne sur le matelas... Je voudrais dire un mot... quelque chose pour faire passer vivement la gêne... Je vais parler de la chaleur... On entend les chats qui s'enfilent... Là-bas très loin sur le vitrail... Ils se foutent la course... Ils bondissent au-dessus des abîmes entre les hautes cheminées...

Un souffle d'air qui nous arrive... Un véritable zéphyr!... Hosanna!... « Voilà le temps qui rafraîchit!... que remarque tout de suite ma mère... Eh bien! mon Dieu! c'est pas trop tôt!... Tu vois, Auguste, avec ma jambe je suis certaine qu'il va pleuvoir!... Je ne peux pas me tromper!... C'est toujours la même douleur... Elle me tiraille derrière la fesse... C'est positivement le signe, c'est absolument infaillible... T'entends, Auguste, c'est la pluie!... »

— Ah! Tais-toi donc quand même un peu! Laisse-moi travailler! Bordel! Tu peux donc pas t'arrêter de bavarder continuellement!

— Mais j'ai pas parlé, Auguste! Il est bientôt près de deux heures! Voyons, mon petit! et nous ne sommes pas encore couchés!

— Mais je le sais bien! Bordel de Dieu! de charogne de trou du cul! Mais je le sais bien qu'il est deux heures! Est-ce que c'est ma faute?... Il sera trois heures! Nom de Dieu! Et puis quatre! Et puis trente-six! Et puis douze! Bordel de Tonnerre!... C'est malheureux bordel de merde qu'on vienne me faire chier jour et nuit?... c'est pas admissible à la fin!... Il assène alors sur son truc un coup terrifiant, à écraser toutes les lettres, à raplatir tout le clavier... Il se retourne, il en est violet... Il fait alors front contre moi... Il m'attaque tout carrément : « Ah! » qu'il me fait tout comme ça... Il gueule au possible, il déclame... « Vous m'emmerdez tous! Vous m'entendez?... C'est compris! Et toi, sale petite crapule! éhontée vadrouille! Où as-tu encore traîné? Depuis huit heures du matin? Hein? Veux-tu répondre? Dis-le? Dis-le, nom de Dieu!... »

Je ne réponds rien d'abord... Ça me revient alors d'un seul coup ce que j'ai fait des commissions... c'est vrai que je rapporte rien! Ah! merde! Quel afur!...

J'y pensais plus au jambonneau!... J'avais déjà tout oublié... Je comprends alors la cadence! Merde! « Et l'argent de ta mère?... Et ses provisions?... Hein? Ah! Ah! » Il exulte!... « Tu vois Clémence!... Ton produit!... Tu vois encore ce que tu as fait... Avec ton incurie crétine! ton imbécile aveuglement... Tu lui donnes des armes à ce voyou-là! Ta confiance impardonnable!... Ta crédulité idiote!... Tu vas lui remettre de l'argent!... Lui confier ta bourse à lui?... Donne-lui tout!... Donne-lui la maison!... Pourquoi pas?... Ah! Ah! je te l'avais pourtant prédit!... Il te chiera dans la main! Ah! Ah! il nous a tout bu! Il nous a tout englouti!... Il pue l'alcool! Il est saoul! Il a attrapé la vérole! La chaude-pisse! Il nous ramènera le choléra! C'est seulement là que tu seras contente!... Ah! Eh bien tu récolteras les fruits! Toi-même, tu m'entends?... Ton fils pourri tu l'as voulu!... Garde-le alors! Toi toute seule!... Putain de bordel de Bon Dieu de sort!... »

Il se remonte encore la pendule!... Il se surpasse! Il se gonfle à bloc!... Il se dégrafe tout le devant de la chemise... Il se dépoitraille...

« Tonnerre de bordel de Nom de Dieu! Mais il est canaille jusqu'au sang! Il s'arrêtera plus devant rien!... Tu devrais tout de même savoir!... Ne rien lui confier!... Pas un centime! Pas un sou!... Tu me l'avais juré quinze fois! vingt fois! Cent mille fois!... Et quand même il faut que tu recommences! Ah! tu l'es incorrigible! »

Il rebondit dessus son tabouret... Il vient exprès pour m'insulter en face... Il traverse encore toute la pièce. Il me bave dans la tronche, il se boursoufle à plein... il s'enfurie vis-à-vis... C'est sa performance d'ouragan!... Je vois ses yeux tout contre mon blaze... Ils se révulsent drôle... Ils lui tremblotent dans ses orbites... C'est une tempête entre nous deux. Il bégaye si fort en rage qu'il explose de postillons... il m'inonde! Il me trouble la vue, je suis éberlué... Il se trémousse avec tellement de force qu'il s'en arrache les pansements du cou. Il regigote doublement... Il se met de traviole pour m'agonir... Il m'agrafe... Je le repousse et je fais à cet instant un brutal écart... Je suis déterminé aussi... Je veux pas qu'il me touche le sale fias... Ça l'interloque une seconde...

— Ah! alors? qu'il me fait comme ça... Ah! Tiens! si je me retenais pas!...

— Vas-y! que je lui dis... Je sens que ça monte...

— Ah! petit fumier! Tu me défies? Petit maquereau! Petite ordure! Regardez cette insolence! Cette ignominie! Tu veux notre peau? Hein? N'est-ce pas que tu la veux? Dis-le donc tout de suite!... Petit lâche! Petite roulure!... Il me crache tout ça dans la tête... Il retourne aux incantations...

« Bordel de Bon Dieu de saloperie! Qu'avons-nous fait ma pauvre enfant pour engendrer une telle vermine? pervertie comme trente-six potences!... Roué! Canaille! Fainéant! Tout! Il est tout calamité! Bon à rien! Qu'à nous piller! Nous rançonner! Une infection! Nous écharper sans merci!... Voilà toute la reconnaissance! Pour toute une vie de sacrifices! Deux existences en pleine angoisse! Nous les vieux idiots! les sales truffes toujours ! Nous toujours!... Hein dis-le encore! dis, cancre à poison! Dis-le donc! Dis-le là tout de suite, que tu veux nous faire crever!... Crever de chagrin! de misère! que je t'entende au moins avant que tu m'achèves! Dis, gouape infecte! »

Ma mère, alors se soulève, elle se ramène à cloche-pompe, elle veut s'opposer entre nous...

« Auguste! Auguste! Écoute-moi, voyons! Écoute-moi! Je t'en supplie! Voyons Auguste! Tu vas te remettre sur le flanc! Songe à moi, Auguste! Songe à nous! Tu vas te rendre tout à fait malade! Ferdinand! Toi, va-t'en mon petit! va dehors! Reste pas là!... »

Je bouge pas d'un pouce. C'est lui qui se rassoit...

Il s'éponge, il grogne!... Il tape un, deux coups d'abord sur encore les lettres du clavier... Et puis il rebeugle... Il se tourne vers moi, il me pointe du doigt, il me désigne... Il fait le solennel...

« Ah! Tiens! Je peux bien l'avouer aujourd'hui!... Comme je le regrette! Comme j'ai manqué d'énergie! Comme je suis coupable de ne pas t'avoir salement dressé! Nom de Dieu de Bon Dieu! Dressé! Quand il était temps encore! C'est à douze ans, m'entends-tu! C'est à douze ans pas plus tard qu'il aurait fallu te saisir et t'enfermer solidement! Ah oui! Pas plus tard! Mais j'ai manqué d'énergie!... T'enfermer en correction... Voilà! C'est là que t'aurais été maté!... Nous n'en serions pas où nous sommes!... A présent, les jeux sont faits!... La fatalité nous emporte! Trop tard! Trop tard! Tu m'entends, Clémence? Beaucoup trop tard! Cette crapule est irrémédiable!... C'est ta mère qui m'a empêché! Tu payeras maintenant, ma fille! »

Il me la montre qui boquillonne gémissante, tout autour de la cambuse. « C'est ta mère! Oui, c'est ta mère! Tu n'en serais pas là, aujourd'hui, si elle m'avait écouté... Ah! Bordel de bon sang non! Ah! Bordel de Dieu!... »

Il défonce encore le clavier... des ramponneaux des deux poings... Il va sûrement tout détruire.

« Tu m'entends Clémence? Tu m'entends? Je t'ai assez dit!... T'ai-je assez prévenue? Je savais ce que ça serait aujourd'hui! »

Il va encore éclater... Son courroux le repossède... Il regonfle de partout... de la tronche et des châsses... Ça lui révulse les orbites... Elle tient plus elle sur sa quille à force de trébucher partout. Il faut qu'elle regrimpe sur le plume... Elle s'affale... Elle retrousse tout le haut, toutes ses cottes... Elle se redécouvre toutes les cuisses, le bas du ventre... Elle se tord dans les douleurs... Elle se masse comme ça tout doucement... elle en est repliée en deux...

— Ah! mais voyons! Recouvre-toi! Recouvre-toi donc, c'est infect!...

— Ah! je t'en prie! Je t'en prie! Je t'en supplie, Auguste! Tu vas tous nous rendre malades!... Elle en pouvait plus... Elle réfléchissait plus du tout...

— Malades? Malades?... Ça le traverse comme une fusée! C'est un mot magique!... Ah ben! Nom de Dieu c'est un comble! Il s'esclaffe... Ça c'est une révélation!... Il remonte encore au pétard... « Mais c'est lui! Tu ne le vois donc pas, dis Ingénue?... Mais c'est lui ce petit apache... Mais à la fin, nom de Dieu! vas-tu comprendre que c'est lui, ce petit infernal fripouille qui nous rend tous ici malades! L'abjecte vipère!

Mais c'est lui qui veut notre peau! Depuis toujours qu'il nous guette! Il veut notre cimetière! Il le veut!... Nous le gênons! Il ne s'en cache même plus!... Il veut nous faire crever les vieux!... C'est l'évidence! Mais c'est clair! Et le plus tôt possible encore! Il est incroyable! Mais il est pressé! C'est nos pauvres quatre sous! C'est notre pauvre croûte à nous qu'il guigne! Tu ne vois donc rien? Mais oui! Mais oui! Il sait bien ce qu'il fait le gredin! Il le sait le petit salaud! Le charognard! La petite frappe! Il a pas les yeux dans sa poche! Il nous a bien vus dépérir! Il est aussi vicieux que méchant! Moi je peux te le dire! Moi je le connais si tu le connais pas! Ç'a beau être mon fils!... »

Il recommence ses tremblements, il saccade de toute sa carcasse, il se connaît plus... Il crispe les poings... Tout son tabouret craque et danse... Il se rassemble, il va ressauter... Il revient me souffler dans les narines, des autres injures... toujours des autres... Je sens aussi moi monter les choses... Et puis la chaleur... Je me passe mes deux mains sur la bouille... Je vois tout drôle alors d'un seul coup!... Je peux plus voir... Je fais qu'un bond... Je suis dessus! Je soulève sa machine, la lourde, la pesante... Je la lève tout en l'air. Et plac!... d'un bloc là vlac!... je la lui verse dans la gueule! Il a pas le temps de parer!... Il en culbute sous la rafale, tout le bastringue à la renverse!... La table, le bonhomme, la chaise, tout le fourniment viré en bringue... Tout ça barre sur les carreaux... s'éparpille... Je suis pris aussi dans la danse... Je trébuche, je fonce avec... Je peux plus m'empêcher... Il faut là, que je le termine le fumier salingue! Pouac! Il retombe sur le tas... Je vais lui écraser la trappe!... Je veux plus qu'il cause!... Je vais lui crever toute la gueule... Je le ramponne par terre... Il rugit... Il beugle... Ça va! Je lui trifouille le gras du cou... Je suis à genoux dessus... Je suis empêtré dans les bandes, j'ai les deux mains prises, Je tire. Je serre. Il râle encore... Il gigote... Je pèse... Il est dégueulasse... Il couaque... Je pilonne dessus... Je l'égorge... Je suis accroupi... Je m'enfonce plein dans la bidoche... C'est moi... C'est la bave... Je tire... J'arrache un grand bout de bacchante... Il me mord, l'ordure!... Je lui trifouille dans les trous... J'ai tout gluant... mes mains dérapent... Il se convulse... Il me glisse des doigts... Il m'agrafe dur autour du cou... Il m'attaque la glotte... Je serre encore.

Je lui sonne le cassis sur les dalles... Il se détend... Il redevient tout flasque... Il est flasque en dessous mes jambes... Il me suce le pouce... Il me suce plus... Merde! Je relève la tête au moment... Je vois la figure de ma mère tout juste là au ras de la mienne... Elle me regarde, les yeux écarquillés du double... Elle se dilate les châsses si larges que je me demande où on est!... Je lâche le truc... Une autre tête qui surgit des marches!... au-dessus du coin de l'escalier... C'est Hortense celle-là! C'est certain! Ça y est! C'est elle! Elle pousse un cri prodigieux... « Au secours! Au secours! » qu'elle se déchire... Elle me fascine alors aussi... Je lâche mon vieux... Je ne fais qu'un saut... Je suis dessus l'Hortense!... Je vais l'étrangler! Je vais voir comment qu'elle gigote elle! Elle se dépêtre... Je lui barbouille la gueule... Je lui ferme la bouche avec mes paumes... Le pus des furoncles, le sang plein, ça s'écrase, ça lui dégouline... Elle râle plus fort que papa... Je la cramponne... Elle se convulse... Elle est costaude... Je veux lui serrer aussi la glotte... C'est la surprise... C'est comme un monde tout caché qui vient saccader dans les mains... C'est la vie!... Faut la sentir bien... Je lui tabasse l'occiput à coups butés dans la rampe... Ça cogne... Elle ressaigne des tiffes... Elle hurle! C'est fendu! Je lui fonce un grand doigt dans l'œil... J'ai pas la bonne prise... Elle se dégrafe... Elle a rejailli... Elle se carapate... Elle a de la force... Elle carambole dans les étages... Je l'entends hurler du dehors... Elle ameute... Elle piaille jusqu'en haut... « A l'assassin! A l'assassin!... » J'entends les échos, les rumeurs. Voilà une ruée qui s'amène... ça cavalcade dans la boutique, ça grouille en bas dans les marches... Ils se poussent tous à chaque étage... Ils envahissent..... J'entends mon nom... Les voilà! Ils se concertent encore au deuxième... Je regarde... Ça émerge, c'est Visios! C'est lui le premier qui débouche... Depuis l'escalier, il a fait qu'un bond... Il est là, campé, en arrêt, farouche, résolu... Il me braque tout contre un revolver... Sur la poitrine... Les autres fias, ils me passent par derrière, ils m'encerclent, ils m'engueulent, ils groument... Ils me filent des menaces, des injures... Le vieux est toujours dans les pommes... Il est resté écroulé... Il a un petit ruisseau de sang qui lui part de sous la tête... J'ai plus la colère du tout... C'est différent... Il se baisse le Visios, il touche le paquet, il grogne papa, ça râle un peu...

Les autres vaches, ils me rebousculent, ils me poussent, ils sont les plus forts... Ils sont extrêmement brutaux... Ils me projettent dans l'escalier... Ils écoutent même pas ma mère... Ils me forcent dans la pièce en dessous... Je prends tous les coups, comme ils viennent... Je résiste plus... Il m'en arrive de tout le monde, surtout des coups dans les burnes... Je peux plus rien répondre... C'est Visios, le plus féroce!... Je prends un coup de godasse en plein ventre... Je trébuche... Je me baisse pas... Je reste là, collé au mur... Ils s'en vont... Ils me crachent encore dans la gueule... Ils me referment à clef.

Au bout d'un instant, tout seul, je suis pris par les tremblements. Des mains... des jambes... de la figure... et de dedans partout... C'est une infâme cafouillade... C'est une vraie panique des rognons... On dirait que tout se décolle, que tout se débine en lambeaux... Ça trembloche comme dans une tempête, ça branle la carcasse, les dents qui chocottent... J'en peux plus!... J'ai le trou du cul qui convulse... Je chie dans mon froc... J'ai le cœur qui bagotte dans la caisse si précipité que j'entends plus les rumeurs... ce qu'ils deviennent... J'ai les genoux qui cognent... Je m'allonge tout du long par terre... Je sais plus ce qui existe... J'ai la trouille... J'ai envie de gueuler... Je l'ai pas estourbi quand même? Merde! Ça m'est égal, mais j'ai l'oignon qui ferme, qui s'ouvre... C'est la contraction... C'est horrible...

Je repense à papa... Je dégouline de sueur et de la froide qui reste... J'en avale du nez... J'ai du sang... Il m'a arraché l'enfoiré!... J'ai pas appuyé... Jamais je l'aurais cru si facile, si mou... C'était la surprise... je suis étonné... C'était facile à serrer... Je pense comment que je suis resté avec les mains prises devant, les doigts... la bave... et qu'il me tétait... Je peux plus m'arrêter de tremblote... Je suis vibré dans toute la barbaque... Serrer voilà! J'ai la grelotte dans la gueule... Je gémis à force! Je sens maintenant tous les coups, tous les ramponneaux des autres vaches... C'est pas supportable la frayeur!... C'est le trou du cul qui me fait le plus mal... Il arrête plus de tordre et de renfrogner... C'est une crampe atroce.

Dans la piaule comme ça bouclé, étendu tout le long sur le dallage, j'ai tremblé encore longtemps, je m'en allais cogner partout... J'allais choquer dans l'armoire... Je faisais un bruit de castagnettes... J'aurais jamais cru que je pouvais tenir dans l'intérieur une tempête pareille... C'était pas croyable comme saccades... Je cavalais comme une langouste... Ça venait du fond... « Je l'ai estourbi ! » que je me disais... J'en étais de plus en plus certain et puis alors un moment j'ai entendu comme des pas... des gens qui discutaient le coup... Et puis qui poussaient le lit en haut...

« Ça y est ! Les voilà qui le transportent... » Après encore un moment, j'ai entendu alors sa voix... La sienne !... Il était seulement sonné ! « J'ai dû lui défoncer le cassis ! Il va crever tout à l'heure !... » que je me suis mis à penser... Ça va être encore bien pire !... Toujours il était sur mon lit... J'entendais les ressorts... Enfin je savais rien. Et puis alors le cœur me soulève... Je commence à vomir... Je me poussais même pour me faire rendre... Ça me soulageait énormément... J'ai tout dégueulé... La grelotte m'a repris... J'en gigotais tellement fort, que je me reconnaissais plus... Je me trouvais étonnant moi-même... J'ai vomi le macaroni... J'ai recommencé, ça me faisait un violent bien. Comme si tout allait partir... Partout sur le carreau j'ai dégueulé tout ce que j'ai pu... Je me poussais dans la contraction... Je me cassais en deux pour me faire rendre encore davantage et puis les glaires et puis de la mousse... Ça filait... ça s'étendait jusque sous la porte... J'ai tout vomi la tambouille d'au moins huit jours auparavant et puis en plus de la diarrhée... Je voulais pas appeler pour sortir... Je me suis traîné jusqu'au broc qu'était debout près de la cheminée... J'ai chié dedans... Et puis je tenais plus d'équilibre... J'avais la tête qui tournait trop... Je me suis écroulé à nouveau, j'ai tout lâché sur le dallage... J'ai foiré encore... C'était une débâcle marmelade...

Ils ont dû m'entendre farfouiller... Ils sont venus ouvrir... Ils ont jeté un œil dans la pièce... Ils ont refermé encore à clef... Après peut-être dix minutes, c'est l'oncle Édouard qu'est entré... Il était absolument seul... J'avais pas remis ma culotte... j'étais comme ça en pleine cascade... Il avait pas peur de moi... « Rhabille-toi maintenant! qu'il m'a dit... Descends en avant, je t'emmène... » Il a fallu qu'il me donne la main... Je pouvais pas me reboutonner tellement que je tremblais de partout... Enfin j'ai fait comme il me disait... Je suis passé devant lui pour descendre... Y avait plus personne dans notre escalier, ni dans la boutique non plus. Tout le monde était débiné... Ils devaient être rentrés chez eux... Ils avaient de quoi raconter...

Au cadran, là-haut, sous le vitrage, il était quatre heures et quart... Il faisait déjà un petit jour...

Au bout du Passage, on a fait relever le gardien pour qu'il ouvre la grille. « Vous l'emmenez alors? » qu'il a demandé à mon oncle...

— Oui! il va coucher chez moi!...

— Eh bien! à vous toute la chance! A votre bonne santé, cher Monsieur! Vous avez un beau phénomène!... qu'il a répondu.

Il a refermé derrière nous et à double tour. Il est retourné dans sa turne. Il ramenait encore de loin : « Ah ben merde! Il est frais le coco! »

On a pris avec mon oncle, toute la rue des Pyramides... On a traversé les Tuileries... Arrivés au Pont Royal, j'avais toujours la tremblote... Le vent du fleuve, il réchauffe pas. Alors, tout en avançant, il m'a raconté l'oncle Édouard comment ils étaient venus le chercher... C'était Hortense paraît-il... Il était déjà endormi... C'était pas tout près son bled... C'était plus loin que les Invalides, derrière l'École Militaire... rue de la Convention, avant la rue de Vaugirard... J'osais pas demander d'autres détails... On marchait tout à fait vite... Et puis je pouvais pas me réchauffer... Je claquais toujours des dents...

« Ton père va mieux! qu'il m'a fait un moment donné... Mais il restera sûrement couché encore deux ou trois jours... Il ira pas au bureau... Le docteur Capron est venu... » C'est tout ce qu'il m'a dit.

On a pris par la rue du Bac et puis à droite jusqu'au Champ de Mars... C'était au diable son « garno »... Enfin on arrive... C'est là!... Il me le montre son domicile, une petite maison au fond d'un jardin... Au deuxième sa crèche... J'osais pas me plaindre de la fatigue... mais quand même je ne tenais plus en l'air... Je me rattrapais après la rampe. Il faisait maintenant complètement jour... Une crise m'a repris dans l'étage, une nausée terrible! Il me conduisit lui-même aux chiots... J'ai dégueulé encore longtemps... Ça revenait... Il sort un lit-cage du placard... Il ôte un matelas à son lit... Il m'installe dans une autre pièce... Il me passe aussi une couverture... Je m'affale dessus... Il me déshabille... Je crache encore tout un flot de glaires... Enfin, je m'endors par à-coups... C'est un cauchemar qui m'attrape... j'ai sommeillé que par sursauts...

La façon qu'il s'est arrangé l'oncle Édouard pour que mon père insiste plus... Qu'il me foute entièrement la paix... Je l'ai jamais sue exactement... Je crois qu'il a dû lui faire comprendre que son truc disciplinaire, de m'envoyer à la Roquette, c'était pas encore si peinard... Que j'y resterais peut-être pas toujours !... Que je m'échapperais peut-être tout de suite... exprès pour venir le buter... et puis qu'alors cette fois-là je le ratatinerais pour le compte... Enfin il s'est débrouillé !... Il m'a pas fait de confidences... Je lui en demandais pas non plus.

Chez l'oncle, son logement, c'était gentiment situé, c'était riant, agréable... Ça dominait sur les jardins rue de Vaugirard, rue Maublanc... Y en avait des ribambelles de petits bosquets, de potagers, devant et derrière... Ça grimpait les chèvrefeuilles tout autour des fenêtres en façades... Chacun avait son petit carré entre les maisons, radis, salades et même des tomates... et de la vigne ! Ça me rappelait tout ça ma laitue... Elle m'avait pas porté bonheur ! Je me sentais faible extrêmement comme si je relevais d'une maladie. Mais dans un sens je me trouvais mieux. Je me sentais plus du tout traqué au domicile de l'oncle Édouard !

Je recommençais à respirer !...

Dans sa chambre à lui, il y avait comme embellissement, des séries entières de cartes, épinglées en éventails, en fresques, en guirlandes... Les « Rois du volant »... Les « Rois de la pédale » et les « Héros de l'aviation »... Il se les payait toutes au fur et à mesure... Son projet final c'était que ça forme une tapisserie, que ça recouvre entièrement les murs... Ça serait plus bien long à présent... Paulhan et sa petite calotte en fourrure... Rougier, le grand tarin tordu... Petit-Breton, mollet d'acier, maillot de zèbre!... Farman, la barbe... Santos-Dumont fœtus intrépide!... Le vicomte Lambert, spécialiste de la tour Eiffel... Latham, le grand désabusé!... La « Panthère noire » Mac Namara... Sam Langford le tout en cuisses!... Une centaine d'autres gloires encore... aussi de la boxe forcément!...

On avait pas la mauvaise vie... On s'arrangeait pas mal du tout... Mon oncle, en rentrant de son business et des mille démarches pour sa pompe il me parlait des « évents » sportifs... Il supputait tous les risques... Il connaissait toutes les faiblesses, les tics, les astuces des champions... On déjeunait, on dînait sur la toile cirée, on faisait la tambouille ensemble... On discutait le coup en détail, les chances de tous les favoris...

Le dimanche, on était gonflés... Sur les dix heures du matin, dans la grande Galerie des Machines c'était fantastique comme coup d'œil... On arrivait bien en avance... On se piquait là-haut dans le virage... On s'embêtait pas une seconde... Il bagottait sec l'oncle Édouard, d'un bout de la semaine à l'autre... C'était un écureuil aussi... C'était pas encore au point absolument comme il voulait son histoire de pompe... Il avait même beaucoup d'ennuis à cause des brevets... Il comprenait pas très bien les difficultés... Ça venait surtout de l'Amérique... Mais de bonne ou de mauvaise humeur il me faisait jamais des discours... Jamais il parlait de sentiments... C'est ce que j'estimais bien chez lui... En attendant, il m'hébergeait. Je demeurais dans sa seconde pièce. Mon sort était en suspens. Mon père voulait plus me revoir... Il continuait ses bafouillages... Ce qu'il aurait voulu par exemple c'est que je parte au régiment... Mais j'avais pas encore l'âge... Je comprenais tout ça par bribes... L'oncle, il aimait pas qu'on en cause... Il aimait mieux parler des sports, de sa pompe, de boxe, d'ustensiles... de n'importe quoi... Les sujets brûlants ça lui faisait mal... et à moi aussi...

Tout de même à propos de ma mère, il devenait un peu plus bavard... Il me ramenait comme ça des nouvelles... Elle pouvait plus marcher du tout... Je tenais pas beaucoup à la revoir... À quoi ça aurait servi?... Elle disait toujours les mêmes choses... Enfin le temps a passé... Une semaine, puis deux, puis trois... Ça pouvait pas s'éterniser... Je pouvais pas prendre des racines... Il était gentil, mon oncle, mais précisément... Et puis alors comment vivre? Rester toujours à sa charge?... C'était pas sérieux... J'ai fait une petite allusion... « On verra plus tard! », qu'il a répondu... C'était pas du tout pressé... Qu'il s'en occupait...

Il m'a appris à me raser... Il avait un système spécial, subtil et moderne et remontable dans tous les sens et même à l'envers... Seulement alors si délicat, que c'était un blot d'ingénieur quand il fallait changer la lame... Ce petit rasoir si sensible c'était un autre nid à brevets, une vingtaine en tout, m'a-t-il expliqué.

C'est moi qui préparais la table, qu'allais chercher les provisions... Je suis resté comme ça dans l'attente et la fainéantise encore presque un mois et demi... à me prélasser comme une gonzesse... Jamais ça m'était arrivé... Je faisais aussi la vaisselle. Y avait pas d'excès au chiffon!... Après, je me promenais où je voulais... Exactement!... C'était une affaire!... J'avais pas un but commandé... Rien que des véritables balades... Il me le répétait tous les jours, avant de sortir, l'oncle Édouard. « Va te promener! Va donc Ferdinand! Comme ça droit devant toi... T'occupe pas du reste!... Va par où ça te fera plaisir!... Si t'as un endroit spécial, vas-y! Vas-y donc! Jusqu'au Luxembourg si tu veux!... Ah! Si j'étais pas si pris... J'irais moi voir jouer à la Paume... J'aime ça moi la Paume... Profite donc un peu du soleil... Tu regardes rien, t'es comme ton père!...» Il demeurait encore un instant. Il bougeait plus, il réfléchissait... Il a rajouté... « Et puis tu reviendras tout doucement... Je rentrerai ce soir un peu plus tard... » Il me donnait en plus, un petit flouze, des trente sous, deux francs... « Entre donc dans un cinéma... si tu passes par les boulevards... T'as l'air d'aimer ça les histoires... »

De le voir aussi généreux... et moi de lui rester sur le râble, ça commençait à me faire moche... Mais j'osais pas trop raisonner. J'avais trop peur qu'il se formalise... Depuis toute cette comédie je me gafais dur des conséquences... J'attendrais donc encore un peu que ça se rambine de soi-même... Pour ne pas occasionner des frais je lavais tout seul mes chaussettes pendant le temps qu'il était sorti... Chez lui c'était disposé, pas les pièces en enfilade, mais les unes assez loin des autres.

La troisième, près de l'escalier, elle était curieuse, ça faisait comme un petit salon... mais presque avec rien dedans... une table au milieu, deux chaises et un seul tableau sur le mur... Une reproduction, une immense, de « l'Angélus » de Millet... Jamais j'en ai vu d'aussi large!... Ça tenait tout le panneau entier... « C'est beau ça hein, Ferdinand? » qu'il demandait l'oncle Édouard à chaque fois qu'on passait devant pour aller à la cuisine. Parfois on demeurait un instant pour le contempler en silence... On parlait pas devant « l'Angélus »... C'était pas les « Rois du volant »!... C'était pas pour les bavardages!

Je crois qu'au fond l'oncle, il devait se dire que ça me ferait joliment du bien d'admirer une œuvre pareille... Que pour une vacherie comme la mienne c'était comme un genre de traitement... Que peut-être ça m'adoucirait... Mais il a jamais insisté... Il se rendait tout à fait compte des choses délicates... Il en parlait pas, voilà tout... C'était pas seulement un homme pour la mécanique l'oncle Édouard... Faudrait pas confondre... Il était extrêmement sensible on peut pas dire le contraire... C'est même enfin à cause de ça que j'étais de plus en plus gêné... Ça me tracassait de plus en plus de rester là comme un plouc à goinfrer sa croûte... Un vrai sagouin culotté... Merde!... Ça suffisait...

Je lui ai demandé une fois de plus, je me suis risqué, si y aurait pas d'inconvénient à ce que je me remette en campagne... que je relise un peu les « annonces »... « Reste donc par ici! qu'il m'a fait... T'es pas bien? Tu souffres de quelque chose mon zouave? Va donc te promener! Ça te vaudra mieux!... Te mêle de rien!... Tu vas te refoutre dans tes andouilles!... C'est moi qui vais te trouver le boulot! Je m'en occupe suffisamment! Laisse-moi faire tranquille! Fourre pas ton blaze de ce côté-là! T'as encore trop la pétasse! Tu peux seulement que tout bouziller... T'es trop nerveux pour l'instant! Et puis je me suis entendu avec ton père et ta mère... Va encore faire des balades... Ça durera sûrement pas toujours! Va par les quais jusqu'à Suresnes! Prends le bateau, tiens! Change-toi d'air! Y a rien de meilleur que ce bateau-là! Descends à Meudon si tu veux! Change-toi les idées!... Dans quelques jours je te dirai... Je vais avoir quelque chose de très bien!... Je le sens! ...J'en suis sûr!... Mais il faut rien brutaliser!... Et j'espère que tu me feras honneur!...

— Oui mon oncle!...

Des hommes comme Roger-Marin Courtial des Pereires on en rencontre pas des bottes... J'étais encore, je l'avoue, bien trop jeune à cette époque-là pour l'apprécier comme il fallait. C'est au « Génitron » le périodique favori (vingt-cinq pages) des petits inventeurs-artisans de la Région Parisienne que mon oncle Édouard eut la bonne fortune de faire un jour sa connaissance... Toujours à propos de son système pour l'obtention d'un brevet, le meilleur, le plus hermétique, pour tous genres de pompes à vélos... Pliables, emboutibles, souples ou réversibles.

Courtial des Pereires, il faut bien le noter tout de suite, se distinguait absolument du reste des menus inventeurs... Il dominait et de très haut toute la région cafouilleuse des abonnés du Périodique... Ce magma grouillant de ratés... Ah non! Lui Courtial Roger-Marin, c'était pas du tout pareil! C'était un véritable maître!... C'était pas seulement des voisins qui venaient pour le consulter... C'était des gens de partout : de Seine, Seine-et-Oise, des abonnés de la Province, des Colonies... de l'Étranger voire!...

Mais fait remarquable, Courtial dans l'intimité, n'éprouvait que du mépris, dégoût à peine dissimulable... pour tous ces tâcherons minuscules, ces mille encombreurs de la Science, tous ces calicots dévoyés, ces mille tailleurs oniriques, trafiqueurs de goupilles en chambre... Tous ces livreurs étourdis, toujours saqués, traqués, cachectiques, acharnés du « Perpétuel » de la quadrature des mondes... du « robinet magnétique »... Toute l'infime pullulation des cafouillards obsédés... des trouvailleurs de la Lune!...

Il en avait marre d'eux tout de suite, rien qu'à les regarder un peu, les entendre surtout... Il était contraint de faire bonne mine pour les intérêts du cancan... C'était sa routine, son casuel.. Mais c'était sale et pénible... Encore s'il avait pu se taire!... Mais il devait les réconforter! les flatter! Les évincer tout doucement... selon le cas et la manie... et surtout leur prendre une obole!... C'était à qui le premier parmi tous ces forcenés, ces effroyables miteux s'échapperait un peu plus tôt... Encore cinq minutes!... De son garno... de son échoppe... de l'omnibus, de la soupente, le temps de pisser... pour... foncer encore plus vite jusqu'au « Génitron »... s'écrouler là, devant le bureau à des Pereires en rupture de chaînes... Haletant... hagard... crispé de frayeur, agiter encore la marotte... poser encore à Courtial des colles infinies... toujours et quand même à propos des « moulins solaires »... de la jonction des « petites effluves »... du recul de la Cordillère... de la translation des comètes... tant qu'il restait un pet de souffle au fond de la musette fantasque... jusqu'au dernier soubresaut de l'infecte carcasse... Courtial des Pereires, secrétaire, précurseur, propriétaire, animateur du « Génitron », avait toujours réponse à tout et jamais embarrassé, atermoyeur ou déconfit!... Son aplomb, sa compétence absolue, son irrésistible optimisme le rendaient invulnérable aux pires assauts des pires conneries... D'ailleurs, il ne supportait jamais les longues controverses... Tout de suite, il bloquait, il prenait lui-même le commandement des débats... Ce qui était dit, jugé, entendu... l'était finalement et une sacrée fois pour toutes!... Il s'agissait pas d'y revenir... ou bien, il se fâchait tout rouge... Il carambouillait son faux col... Il explosait en postillons... Il lui manquait d'ailleurs des dents, trois sur le côté... Ses verdicts, dans tous les cas, les plus subtils, les plus douteux, les mieux sujets aux ergotages devenaient des vérités massives, galvaniques, irréfutables, instantanées... Il suffisait qu'il intervienne... Il triomphait d'autorité... La chicane existait plus!

Au moindre soupir divergent il laissait cours à son humeur et le consultant martyr ne pesait pas lourd dans la danse!... Retourné à l'instant même, écrabouillé, déconfit, massicoté, évaporé sans appel!... C'était plus qu'une fantasia, une voltige sur un volcan!... Il en voyait trente-six chandelles, le pauvre effronté!... Courtial aurait fait, dans ce cas-là, tellement qu'il était impérieux dès qu'il se mettait en colère, recroqueviller dans sa poche le plus insatiable des maniaques, il l'aurait fait tout de suite dissoudre dans un trou de souris.

Il était pas gros Courtial, mais vivace et bref, et petit costaud. Il annonçait lui-même son âge plusieurs fois par jour... Il avait cinquante piges passées... Il tenait encore bon la rampe grâce aux exercices physiques, aux haltères, massues, barres fixes, tremplins... qu'il pratiquait régulièrement et surtout avant le déjeuner, dans l'arrière-boutique du journal. Il s'était aménagé là, un véritable gymnase entre deux cloisons. Ça faisait exigu forcément... Cependant il évoluait aux agrès tel quel... Dans les barres... avec une aisance étonnante... C'était l'avantage de sa taille qu'il pivotait comme un charme... Où il butait par exemple et même avec brutalité c'est quand il prenait son élan autour des anneaux... Il ébranlait dans le cagibi comme un battant de cloche! Baoum! Baoum! On l'entendait sa voltige! Jamais je l'ai vu au plus fort de la chaleur ôter une seule fois son froc, ni sa redingote, ni son col... Seulement ses manchettes et sa cravate à système.

Il avait Courtial des Pereires, une raison majeure de se maintenir en parfaite forme. Il fallait qu'il garde soigneusement son physique et sa souplesse. Il en avait nettement besoin... En plus d'être comme ça inventeur, auteur, journaliste, il montait souvent en sphérique... Il donnait des exhibitions... Le dimanche surtout, dans les fêtes... Ça gazait presque toujours bien, mais quelquefois y avait du pétard, des émotions pas ordinaires... Et puis c'était pas encore tout!... De cent manières différentes son existence fort périlleuse, farcie d'imprévus, lui ménageait des surprises... Il avait toujours connu ça! C'était sa nature!... Il m'a expliqué ce qu'il voulait...

« Les muscles, Ferdinand, sans l'esprit, c'est même pas du cheval! Et l'esprit quand y a plus les muscles c'est de l'électricité sans pile! Alors tu sais plus où la mettre! Ça s'en va pisser partout! C'est du gaspillage... C'est la foire!... » C'était son avis. Il avait d'ailleurs rédigé sur ce même sujet quelques ouvrages fort concluants : « La pile humaine. Son entretien. » Il était « culturiste » comme tout et bien avant que le mot existe. Il voulait la vie diverse... « Je veux pas finir en papier! » Voilà comment il me causait.

Il aimait ça, lui les sphériques, il était aéronaute presque de naissance, depuis sa toute première jeunesse avec Surcouf et Barbizet... des ascensions très instructives... Pas des performances! ni des raids! ni des bouleversantes randonnées! Non! rien de tapageur, de pharamineux! d'insolite! Il les avait en horreur lui, les chienlits de l'atmosphère!... Que des envols démonstratifs! des ascensions éducatives!... Toujours scientifiques!... C'était sa formule absolue. Ça faisait du bien pour son journal, ça complétait son action. Chaque fois qu'il avait ascendu, il rapportait des abonnés. Il possédait un uniforme pour monter dans la nacelle, il y avait droit sans conteste comme capitaine à trois galons, aéronaute « fédératif, breveté, agrégé ». Il comptait plus ses médailles. Sur son costard le dimanche, ça lui faisait comme une carapace... Lui-même il s'en foutait pas mal, il était pas ostentatoire, mais pour l'assistance ça comptait, il fallait du décorum.

Jusqu'au bout, qu'il est resté Courtial des Pereires, défenseur résolument, des « beaucoup plus légers que l'air ». Il pensait déjà aux héliums! Il avait trente-cinq ans d'avance! C'est pas peu dire! Le « Zélé » son vétéran, son grand sphérique personnel, il reposait entre les sorties, dans la cave même du bureau, au 18 Galerie Montpensier. On ne le sortait en général que le vendredi avant dîner pour préparer les agrès, rafistoler toute la trame avec d'infinies précautions, les plis, les enveloppes, les ficelles remplissaient le gymnase miniature, la soie boursouflait dans les courants d'air.

Lui, non plus, Courtial des Pereires, il arrêtait jamais de produire, d'imaginer, de concevoir, résoudre, prétendre... Son génie lui dilatait dur le cassis du matin au soir... Et puis même encore dans la nuit c'était pas la pause... Il fallait qu'il se cramponne ferme contre le torrent des idées... Qu'il se garde à carreau... C'était son tourment sans pareil... Au lieu de s'assoupir comme tout le monde, les chimères le poursuivant, il enfourchait d'autres lubies, des nouveaux dadas!... Vroutt!... L'idée de dormir s'enfuyait!... ça devenait vraiment impossible... Il aurait perdu tout sommeil s'il ne s'était pas révolté contre tout l'afflux des trouvailles, contre ses propres ardeurs... Ce dressage de son génie lui avait coûté plus de peine, de vrais surhumains efforts que tout le reste de son œuvre!... Il me l'a souvent répété!...

Quand il était quand même vaincu, après bien des résistances, qu'il se sentait comme débordé par ses propres enthousiasmes, qu'il commençait à y voir double, à y voir triple... à entendre des drôles de voix... il avait plus guère qu'un moyen pour réprimer ces virulences, pour retomber dans la cadence, pour reprendre toute sa bonne humeur, c'était un petit coup d'ascension! Il se payait un tour dans les nuages! S'il avait eu plus de loisirs, il serait monté bien plus souvent, presque tous les jours en somme, mais c'était pas compatible avec le roulement du canard... Il pouvait monter que le dimanche... Et déjà c'était compliqué... Le « Génitron » l'accaparait, sa permanence c'était là! Y avait pas à plaisanter... Les inventeurs c'est pas des drôles... Toujours à la disposition! Il s'y collait courageu-

sement, rien ne rebutait son zèle, ne déconcertait sa malice...
ni l'abracadabrant problème, ni le colossal, ni l'infime... Avec
des grimaces, il digérait tout... Depuis le « fromage en poudre »,
« l'azur synthétique », la « valve à bascule », les « poumons
d'azote », le « navire flexible », le « café crème comprimé »
jusqu'au « ressort kilométrique » pour remplacer les combus-
tibles... Aucun des essentiels progrès, en des domaines si divers,
n'entra dans la voie pratique, sans que Courtial eût l'occasion,
à maintes reprises à vrai dire, d'en démontrer les mécanismes,
d'en souligner les perfections, et d'en révéler aussi toujours
impitoyablement les honteuses faiblesses et les tares, les aléas
et les lacunes.

Tout ceci lui valut bien sûr de très terribles jalousies, des
haines sans quartier, des rancunes coriaces... Mais on le trouvait
insensible à ces contingences falotes.

Aucune révolution technique, tant qu'il tint la plume, au
journal, ne fut déclarée valable, ni même viable, avant qu'il
l'ait reconnue telle, amplement avalisée dans les colonnes du
« Génitron ». Ceci donne une petite idée de son autorité réelle.
Il fallait en somme qu'il dote chaque invention capitale de son
commentaire décisif... Il leur donnait pour mieux dire « l'Auto-
risation »! C'était à prendre ou à laisser. Si Courtial déclarait
comme ça dans sa première page que l'idée n'était pas rece-
vable! Holà! Holà! funambulesque! hétéroclite! qu'elle péchait
salement par la base... la cause était entendue! Ce fourbi
ne s'en relevait pas!... Le projet tombait dans la flotte. S'il
se déclarait au contraire absolument favorable... l'engouement
ne tardait guère... Tous les souscripteurs radinaient...

Dans son magasin-bureau, sur la perspective des jardins,
tout à l'abri des Arcades, Courtial des Pereires, ainsi, grâce
à ses deux cent vingt manuels entièrement originaux, répandus
à travers le monde, grâce au « Génitron » périodique, participait
péremptoirement et d'une façon incomparable au mouvement
des sciences appliquées. Il commandait, aiguillait, décuplait
les innovations nationales, européennes, universelles, toute la
grande fermentation des petits inventeurs « agrégés »!...

Bien sûr, ça ne marchait pas tout seul, il devait attaquer,
se défendre, parer aux tours de cochon. Il magnifiait, écrasait,
imprévisiblement d'ailleurs, par la parole, la plume, le manifeste, la confidence. Il avait un jour, entre autres, c'était à

391

Toulon vers 1891, provoqué un début d'émeute par une série de causeries sur « l'orientation tellurique et la mémoire des hirondelles »... Il excellait, c'est un fait, dans le résumé, l'article, la conférence, en prose, en vers et quelquefois, pour intriguer, en calembours... « Tout pour l'instruction des familles et l'éducation des masses », telle était la grande devise de toutes ses activités.

« Génitron », Polémiques, Inventions, Sphérique, c'était la gamme de ses mobiles, d'ailleurs chez lui inscrits partout sur tous les murs de ses bureaux... au frontispice, à la devanture... on ne pouvait pas s'égarer ! Les plus récentes, les plus complexes emberlificotées controverses, les plus ardues, les plus subtilement astucieuses théories, physiques, chimiques, électrothermiques ou d'hygiène agricole, se rendaient, se ratatinaient comme des chenilles au commandement de Courtial sans plus tortiller davantage... Il les sonnait, les dégonflait en moins de deux... On leur voyait immédiatement le squelette, la trame... C'était un esprit Rayons X... Il ne lui fallait qu'une heure d'efforts et de furieuse application pour retaper une fois pour toutes les plus pires enculaillages, les plus prétentieuses quadratures à l'alignement du « Génitron », à la comprenette si hostile des plus calamiteux connards, du plus confus des abonnés. C'était un boulot magique qu'il enlevait superbement, la synthèse explicative, péremptoire, irrécusable des pires hypothèses saugrenues, les plus ergoteuses alambiquées, insubstantielles... Il aurait fait par conviction passer toute la foudre entière dans le petit trou d'une aiguille, l'aurait fait jouer sur un briquet, le tonnerre dans un mirliton. Telle était sa destinée, son entraînement, sa cadence, de mettre l'univers en bouteille, de l'enfermer par un bouchon et puis tout raconter aux foules... Pourquoi ! et comment !... Moi-même j'étais effrayé plus tard, vivant avec lui, de ce que j'arrivais à saisir dans une journée de vingt-quatre heures... rien que par bribes et allusions... Pour Courtial rien n'était obscur, d'un côté y avait la matière toujours fainéante et barbaresque et de l'autre y avait l'esprit pour comprendre entre les lignes... Le « Génitron » *invention, trouvaille, fécondité, lumière !*... C'était le soustitre du journal. On travaillait chez Courtial sous le signe du grand Flammarion, son portrait dédicacé tenait le milieu de la vitrine, on l'invoquait comme le Bon Dieu, dès la moindre contestation, pour un oui, pour un non! C'était le suprême recours, la providence, le haricot, on ne jurait que par le Maître et un peu aussi par Raspail. Courtial avait consacré douze manuels rien qu'aux synthèses explicites des découvertes d'Astronomie et quatre manuels seulement au génial Raspail, aux guérisons « naturalistes ».

Ce fut une fameuse bonne idée, qu'eut en somme un jour l'oncle Édouard, de se rendre lui-même au « Génitron » pour tâter un peu le terrain au sujet d'un petit emploi. Il avait un autre motif, il venait aussi le consulter à propos de sa pompe à vélo... Il connaissait des Pereires depuis fort longtemps, depuis la publication de son soixante-douzième manuel, celui parmi tous les autres, qu'était encore le plus lu, le plus répandu dans le monde, celui qui avait le plus valu pour sa gloire, sa belle célébrité : « L'équipement d'une bicyclette, ses accessoires, ses nickels, sous tous les climats de la terre, pour la somme globale de dix-sept francs quatre-vingt-quinze. » L'opuscule « manufacteur » au moment dont je parle en était chez Ber- douillon et Mallarmé, les éditeurs spécialistes, quai des Augus- tins, à sa trois centième édition!... La faveur, l'engouement universels suscités dès la parution par cet infime, trivial ouvrage peuvent à présent de nos jours difficilement s'imaginer... Toutefois « l'Équipement des Vélos » par Courtial Marin des Pereires représenta vers 1900, pour le cycliste néophyte, une sorte de catéchisme, un « chevet », la « Somme »... Courtial savait faire d'ailleurs et d'une manière fort pertinente toute sa critique personnelle. Il ne se grisait pas pour si peu! Sa célébrité croissante lui valut, évidemment, un courrier tou- jours plus massif, d'autres visites, d'autres importuns plus tenaces, des corvées nouvelles, des polémiques plus acides... Bien peu de joies!... On venait le consulter de Greenwich et de Valparaiso, de Colombo, de Blanckenberghe, sur les variables problèmes de la selle « incidente » ou « souple »? sur le surme- nage des billes?... sur la graisse dans les parties portantes?... le meilleur dosage hydrique pour inoxyder les guidons... Gloire pour gloire, il ne pouvait pas beaucoup renifler celle qui lui venait de la bicyclette. Il avait depuis trente ans, ainsi répan- dant par le monde la semence de ses opuscules, rédigé bien d'autres manuels et des vraiment plus flatteurs et des synthèses explicatives de haute valeur et d'envergure... Il avait en somme

393

en cours de carrière expliqué à peu près tout... Les plus hautaines, les plus complexes théories, les pires imaginations de la physique, chimie, des « radios-polarites » naissantes... La photographie sidérale... Tout y avait passé peu ou prou à force d'en écrire. Il éprouvait pour cela même une très grande désillusion, une véritable mélancolie, une surprise bien déprimante, à se voir comme ça préféré, encensé, glorieux, pour des propos de chambre à air et des astuces de « pignons doubles »!... Personnellement pour commencer, il avait horreur du vélo... Jamais il avait appris, jamais il était monté dessus... Et question de mécanique c'était encore pire... Jamais il aurait pu démonter seulement une roue, même la chaîne...! Il ne savait rien foutre de ses mains à part la barre fixe et le trapèze... Il était des plus malhabiles, comme trente-six cochons réellement... Pour enfoncer un clou de travers il se déglinguait au moins deux ongles, il se flanquait tout le pouce en bouillie, ça devenait tout de suite un carnage dès qu'il touchait un marteau. Je parle pas des tenailles, bien sûr, il aurait arraché le pan de mur... le plafond... la crèche entière... Il restait plus rien autour... Il avait pas un sou de patience, son esprit allait bien trop vite, trop loin, trop intense et profond... Dès que la matière lui résistait, il se payait une épilepsie... Ça se terminait en marmelade... C'est seulement par la théorie qu'il arrangeait bien les problèmes... Question de la pratique, par lui-même, il savait juste faire les haltères et seulement dans l'arrière-boutique... et puis en plus le dimanche escalader la nacelle et commander son « Lâchez tout »... et se recevoir plus tard « en boule »... Si il se mêlait de bricoler comme ça de ses propres doigts, ça finissait comme un désastre. Dès qu'il bougeait un objet, il le foutait tout de suite par terre, en bas, à l'envers, ou bien il se le projetait dans l'œil... On peut pas être excellent dans n'importe quoi! Il faut bien se faire une raison... Mais dans l'immense choix de ses œuvres, il en avait une toute spéciale, dont il tirait une grande fierté... C'était sa vraie corde sensible... Il suffisait qu'on l'effleure pour qu'il frémisse immédiatement... Il fallait y revenir souvent pour qu'il vous traite en copain. Question des « synthèses » c'était on peut le dire sans bobard, un inégalable joyau... une pharamineuse réussite... « L'œuvre complète d'Auguste Comte, ramenée au strict format d'une « prière positive » en vingt-deux versets acrostiches »!...

394

Pour cette inouïe performance, il avait été fêté, presque immédiatement, à travers toute l'Amérique... la latine... comme un immense rénovateur. L'Académie Urugayenne réunie en séance plénière quelques mois plus tard l'avait élu par acclamations « Bolversatore Savantissima » avec le titre additif de « Membre Adhérent pour la vie »... Montevideo, la ville, point en reste, l'avait promu le mois suivant « Citadinis Eternatis Amicissimus ». Courtial avait bien espéré, qu'avec un surnom pareil, et en raison de ce triomphe il allait connaître d'autre gloire, d'un genre un peu plus relevé... qu'il allait pouvoir prendre du large... Prendre la direction d'un mouvement de haut parage philosophique... « Les Amis de la Raison Pure »... Et puis point du tout! Balle Peau! Pour la première fois de sa vie il s'était foutu le doigt dans l'œil! Il s'était entièrement gouré... Le grand renom d'Auguste Comte exportait bien aux Antipodes, mais ne retraversait plus la mer! Il collait sur la Plata, indélébile, indétachable. Il rentrait plus au bercail. Il restait « pour Américains » et cependant pendant des mois, et encore des mois de suite, il avait tenté l'impossible... Tout entrepris au « Génitron », noirci colonnes après colonnes, pour donner à sa « prière » un petit goût entraînant bien français, il l'avait déduite en « rébus », retournée comme une camisole, parsemée de menues flatteries... rendue revancharde... cornélienne... agressive et puis péteuse... Peine perdue!

Le buste même d'Auguste Comte, longtemps hissé en très bonne place, il plaisait pas aux clients, à la gauche du grand Flammarion, il a fallu qu'on le supprime. Il faisait du tort. Les abonnés renâclaient. Ils aimaient pas Auguste Comte. Autant Flammarion leur semblait nettement populaire, autant Auguste les débectait. Il jetait la poisse dans la vitrine... C'était comme ça! Rien à chiquer!

Courtial, certains soirs, beaucoup plus tard, quand le bourdon le travaillait un peu, il prononçait des drôles de mots...

— Un jour, Ferdinand, je partirai... Je partirai au diable, tu verras! Je partirai très loin... Je m'en irai tout seul... Par mes propres moyens!... Tu verras!...

Et puis il restait comme songeur... Je voulais pas l'interrompre. Ça le reprenait de temps en temps... Ça m'intriguait bien quand même...

395

Avant d'entrer chez des Pereires, mon oncle Édouard pour me caser avait tenté l'impossible, remué ciel et terre, il s'était arrêté devant rien, il avait déjà usé à peu près toutes ses ficelles... Dans chaque maison, où il passait, il parlait de moi en très bons termes... mais ça donnait pas de résultat... Sûrement qu'il me gardait de très bon cœur dans son logement de la Convention, mais enfin il était pas riche... ça pouvait pas durer toujours! C'était pas juste que je le rançonne... Puis j'encombrais son domicile... c'était pas très vaste son bocal... j'avais beau faire semblant de dormir quand il se ramenait une mignonne... sur la pointe des pieds... sûrement quand même je le gênais.

D'abord de nature il était extrêmement pudique. Et puis, on aurait jamais cru, dans un certain nombre de cas tout à fait timide... C'est ainsi qu'avec Courtial, même après des mois de relations, il était pas encore très libre. Il l'admirait sincèrement et il osait rien lui demander... Il avait encore attendu avant de lui parler de mon histoire... et cependant ça le démangeait... Il se sentait comme responsable... que je reste ainsi sur le sable... sans situation aucune...

Un jour, à la fin, quand même il s'est enhardi... En badinant sans avoir l'air. Il a posé la petite question... S'il aurait pas besoin des fois, pour son bureau des Inventeurs, ou pour son aérostation, d'un petit secrétaire débutant?... L'oncle Édouard, il ne se leurrait guère sur mes aptitudes. Il s'était bien rendu compte que dans les boulots réguliers je me démerdais franchement mal. Il voyait les choses assez juste. Que pour mon genre

et ma balance, ce qui serait plutôt indiqué c'était les trucs
« en dehors », des espèces d'astuces capricieuses, des manigances à la « godille ». Avec Courtial, tous ses fourbis probléma-
tiques, ses entourloupes à distance, j'avais des chances de
m'arranger... Voilà ce qu'il pensait.

Courtial, il se teignait les tiffes en noir ébène et la moustache,
la barbiche il la laissait grise... Tout ça rebiffait « à la chat »
et les sourcils en révolte, touffus, plus agressifs encore, nettement diaboliques, surtout celui de gauche. Il avait les pupilles
agiles au fond des cavernes, des petits yeux toujours inquiets,
qui se fixaient soudain, quand il trouvait la malice. Alors, il se
marrait un bon coup, il s'en secouait fort toute la tripe, il se
tapait les cuisses violemment et puis il restait comme figé par
la réflexion une seconde, comme admiratif du truc...

C'est lui, Courtial des Pereires, qu'avait obtenu en France,
le second permis de conduire pour automobile de course. Son
diplôme encadré d'or et puis sa photo « jeune homme », au volant
du monstre avec la date et les tampons, nous l'avions au-dessus
du bureau. Ça avait fini tragiquement... Il me l'a souvent
raconté :

« J'ai eu de la veine! qu'il admettait. Ça je t'assure! Nous
arrivions au Bois-le-Duc... une carburation splendide... Je ne
voulais même pas ralentir... J'aperçois l'institutrice... grimpée
en haut du remblai... Elle me faisait des signes... Elle avait lu
tous mes ouvrages... Elle agitait son ombrelle... Je ne veux pas
être impoli... Je freine à hauteur de l'école... A l'instant je suis
entouré, fêté!... Je me désaltère... Je ne devais plus stopper qu'à
Chartres... dix-huit kilomètres encore... Le dernier contrôle...
J'invite cette jeune fille... Je lui dis : « Montez Mademoiselle...
montez donc à côté de moi! Prenez donc place! » Elle hésite,
elle tergiverse la mignonne, elle fait la coquette un peu... J'insiste... La voilà qui s'installe... Nous démarrons... Depuis
le matin, à chaque contrôle, surtout à travers la Bretagne,
c'était du cidre et encore du cidre... Ma mécanique vibrait
très fort, gazait parfaitement... Je n'osais plus du tout ralentir...
Et pourtant j'avais très envie!... Enfin il faut que je cède!...
Je freine donc encore un peu... J'arrête tout, je me lève, je
saute, j'avise un buisson... Je laisse la belle au volant! Je lui
crie de loin! « Attendez-moi! Je reviens dans une seconde!... »
A peine effleurais-je ma braguette, que je me sens, vous enten-

dez! Assommé! Enlevé! Propulsé effroyablement! tel un fétu par la bourrasque! Baoum! Formidable! une Détonation inouïe!... Les arbres, les feuillages alentour sont arrachés, fauchés, soufflés par la trombe! L'air s'embrase! Je me retrouve au fond d'un cratère et presque évanoui... Je me tâte!... Je me rassemble!... Je rampe encore jusqu'à la route!... Le vide absolu! La voiture? Vacuum mon ami! Vacuum! Plus de voiture! Évaporée!... Foudroyée! Littéralement! Les roues, le châssis... Chêne!... pitchpin! calcinés!... Toute la membrure... Que voulez-vous! Je me traîne aux environs, je me démène d'une motte à l'autre! Je creuse! Je trifouille! Quelques miettes de-ci, de-là! quelques brindilles... Un petit morceau d'éventail, une boucle de ceinture! Un des bouchons du réservoir... Une épingle à cheveux! C'est tout!... Une dent dont je ne fus jamais sûr!... L'enquête officielle n'a rien résolu!... Rien élucidé!... C'était à prévoir... Les causes de ce formidable embrasement demeurent pour toujours mystérieuses... C'est presque deux semaines plus tard à six cents mètres de l'endroit, qu'il fut retrouvé dans l'étang et d'ailleurs après maints sondages un pied nu de cette demoiselle à moitié rongé par les rats.

« Pour ma part, sans être absolument formel, une des nombreuses hypothèses qui furent à ce moment émises pour expliquer cette ignition, si terriblement détonante, pourrait peut-être à la rigueur me satisfaire... Le cheminement imperceptible d'un de nos « fusibles allongés »... Il suffisait, qu'on y songe! que par l'entraînement des cahots, des petites saccades successives, cette mince tringlette en minium vienne par hasard trembloter, ne fût-ce que l'espace d'une seconde! un dixième de seconde! contre les tétines de l'essence... Immédiatement tout éclatait!... Une mélinite prodigieuse! L'obus vivant!... Telle était mon bon ami la précarité du système. Je suis revenu à cet endroit, longtemps après la catastrophe... Ça sentait toujours le brûlé!... D'ailleurs à ce stade fort critique du progrès des automobiles il fut observé à bien des reprises de telles fantastiques explosions, presque aussi massives! en pulvérisations totales! Des disséminations atroces! Des propulsions gigantesques!... Je ne pourrais leur comparer à l'extrême rigueur que les déflagrations subites de certains brasiers d'Air liquide... Et encore!... Je ferais mes réserves!... Celles-ci sont en effet banales! Absolument explicables... Et de fond en comble!

398

Aucun doute! Aucune énigme! Tandis que le mystère subsiste presque tout entier quant aux causes de ma tragédie!... Avouons-le très modestement! Mais quelle importance aujourd'hui? Aucune!... On n'utilise plus les « fusibles » depuis Belle Lurette! Ne retardons pas à plaisir!... D'autres problèmes nous requièrent... Mille fois plus originaux! Comme c'est loin, tout ça mon ami! On ne travaille plus au « minium! » Personne!... »

Courtial n'avait point adopté, comme moi, dans son habillement le col en celluloïd... Il avait son propre système pour rendre inusables, insalissables, imperméables, les faux cols en toile ordinaire... C'était une sorte de vernis dont on passait deux ou trois couches... Ça tenait pendant six mois au moins... à l'abri des souillures de l'air et des doigts, des transpirations. C'était un très bel enduit à base de pure cellulose. Le sien de faux col, le même, il le gardait depuis deux ans. Par pure et simple coquetterie il le repeignait tous les mois! un coup de badigeon! Ça lui donnait de la patine, le ton, l'orient même, des antiques ivoires. Le plastron pareil. Mais alors bien contrairement à ce qu'assurait la notice, les doigts marquaient tout à fait net sur le col enduit... Ils restaient en larges macules surajoutées les unes aux autres! Ça faisait un Bertillon total, l'affaire était pas au point. Il l'avouait de temps en temps lui-même. Il lui manquait aussi un nom pour intituler cette merveille. Il se réservait d'y penser quand le moment serait venu.

En hauteur, Courtial des Pereires, il avait vraiment rien en trop! Il fallait pas qu'il perde un pouce... Il se mettait des très hauts talons, d'ailleurs il était difficile, question des chaussures... Toujours des empeignes de drap beige et petits boutons de nacre... Seulement il était comme moi, il cocotait dur des panards... Il était terrible à renifler arrivé le samedi tantôt... C'était le dimanche matin qu'il faisait sa toilette, j'étais averti. La semaine, il avait pas le temps. Je savais tout ça... Sa femme je l'avais jamais vue, il me racontait ses faits et gestes. Ils demeuraient à Montretout... Pour les pieds, y avait pas que lui... C'était la terreur à l'époque... Quand il venait des inventeurs, qu'ils arrivaient comme ça en nage, presque toujours de fort loin, ça devenait quand même difficile de les écouter jusqu'au bout, même avec la porte grande ouverte sur le grand jardin du Palais... Ce qu'on arrivait à renifler à certains moments c'était pas croyable... Ils parvenaient à me dégoûter de mes propres nougats.

Les bureaux du « Génitron » en fait de terrible désordre, de capharnaüm absolu, de pagaye totale, on pouvait pas voir beaucoup pire... Depuis le seuil de la boutique jusqu'au plafond du premier, toutes les marches, les aspérités, les meubles, les chaises, les armoires, dessus, dessous, c'était qu'enfoui sous les papelards, les brochures, tous les invendus à la traîne, un méli-mélo tragique, tout crevassé, décortiqué, toute l'œuvre à Courtial était là, en vrac, en pyramides, jachère... On discernait plus le dictionnaire, les cartes des traités, les mémoires oléographiques dans le tumulus dégueulasse. On pénétrait au petit bonheur, en tâtonnant un peu la route... on enfonçait dans une ordure, une fuyante sentine... dans la tremblotante falaise... Ça s'écroulait tout d'un coup! Tout soudain la cataracte!... Les plans, les épures en bombe! les dix mille kilos grafouillés vous déambulaient dans la gueule!... Ça déclenchait d'autres avalanches, une effroyable carambole de toute la paperasse bouillonneuse sur un ouragan de poussière... un volcan foireux d'immondices... Ça menaçait la digue de rompre chaque fois qu'on vendait pour cent sous!...

Lui poutant ça l'alarmait pas... Il trouvait même pas ça terrible, il ressentait nullement le désir de changer l'état des choses de modifier sa méthode... Mais pas du tout! Il se retrouvait à merveille dans ce chaos vertigineux... Jamais il cherchait bien longtemps le livre qu'il voulait pingler... Il tapait là dedans à coup sûr... En plein dans n'importe quel tas... Il faisait voler tous les débris, il fourgonnait ardemment à plein monticule, il piquait de précision à l'endroit juste du bouquin... Chaque fois c'était le miracle... Il se fourvoyait bien rarement... Il avait le sens du désordre... Il plaignait tous ceux qui l'ont pas... Tout l'ordre est dans les idées! Dans la matière pas une trace!... Quand je lui faisais ma petite remarque que ça m'était bien impossible de me dépêtrer dans cette pagaye et ce vertige, alors c'est lui qui faisait vilain et il m'incendiait... Il me laissait même pas respirer... Il prenait d'autor l'offensive... « Évidemment Ferdinand, je ne vous demande pas l'impossible! Jamais vous n'avez eu l'instinct, la curiosité essentielle, le désir de vous rendre compte... Ici! malgré tout! c'est pas les bouquins qui vous manquent!... Vous vous êtes jamais demandé, mon pauvre petit ami, comment se présente un cerveau?... L'appareil qui vous fait penser? Hein? Mais non! Bien sûr! ça vous intéresse pas du tout!... Vous aimez mieux regarder les filles? Vous ne pouvez donc pas savoir! Vous persuader bien facilement du premier coup d'œil sincère, que le désordre, mais mon ami c'est la belle essence de votre vie même! de tout votre être physique et métaphysique! Mais c'est votre âme Ferdinand! des millions, des trillions de replis... intriqués dans la profondeur, dans le gris, tarabiscotés, plongeants, sous-jacents, évasifs... Illimitables! Voici l'Harmonie, Ferdinand! Toute la nature! une fuite dans l'impondérable! Et pas autre chose! Mettez en ordre Ferdinand, vos pauvres pensées! Commencez par là! Non par quelques substitutions grimacières, matérielles, négatives, obscènes, mais dans l'essentiel je veux dire! Allez-vous pour ce motif, vous précipiter au cerveau, le corriger, le décaper, le mutiler, l'astreindre à quelques règles obtuses? au couteau géométrique? le recomposer dans les règles de votre crucifiante sottise?... L'organiser tout en tranches? comme une galette pour les Rois? avec une fève dans le milieu! Hein? Je vous pose la question. En toute franchise? Serait-ce du propre? du joli? Le bouquet! En vous Ferdinand, bien sûr! l'erreur accable l'âme! Elle fait de vous comme de tant d'autres : un unanime « rien du tout »! Au grand désordre instinctif! Pensées prospères! Tout à ce prix, Ferdinand!... L'Heure passée point de salut!... Tu restes, je le crains, pour toujours dans ta poubelle à raison! Tant pis pour toi! C'est toi le couillon Ferdinand! le myope! l'aveugle! l'absurde! le sourd! le manchot! la bûche!... C'est toi qui souilles tout mon désordre par tes réflexions si vicieuses... En l'Harmonie, Ferdinand, la seule joie du monde! La seule délivrance! La seule vérité!... L'Harmonie! Trouver l'Harmonie! Voilà!... Cette boutique est en Har-mo-nie!... M'entends-tu? Ferdinand? comme un cerveau pas davantage! En ordre! Pouah! En ordre! Enlève-moi ce mot! cette chose! Habituez-vous à l'Harmonie! et l'Harmonie vous retrouvera! Et vous retrouverez tout ce que vous cherchez depuis si longtemps sur les routes du Monde... Et encore bien davantage! Bien d'autres choses! Ferdinand! Un cerveau Ferdinand! que vous retrouverez tous! Oui! Le « Génitron! » C'est un cerveau! Est-ce assez clair? Ce n'est pas ce que tu désires? Toi et les tiens?... Une vaine embuscade de casiers! Une barricade de brochures! Une vaste entreprise mortifiante! Une nécropole de Chartistes! Ah jamais ça! Ici tout est mouvant! Ça grouille! Tu te plains? Ça gigote, ça bouge! Vous y touchez un petit peu! Risquez donc un petit doigt! Tout s'émeut! Tout frémit à l'instant même! Ça ne demande qu'à s'élancer! fleurir! resplendir! Je n'abolis pas pour vivre, moi! Je prends la vie telle qu'elle se pose! Cannibale Ferdinand? Jamais!... Pour la ramener à toute force à mon concept de fouille-crotte! Pouah! Tout branle? Tout s'écroule? Eh! Tant mieux! Je ne veux plus compter les étoiles 1! 2! 3! 4! 5! Je ne me crois pas tout permis! Et le droit de rétrécir! corriger! corrompre! tailler! repiquer!... Hein!... Où donc l'aurais-je pris? De l'infini? Dans la vie des choses? C'est pas naturel, mon garçon! C'est pas naturel! C'est des manigances infâmes!... Je reste bien avec l'Univers moi! Je le laisse tel que je le trouve!... Je ne le rectifierai jamais! Non!... L'Univers, il est chez lui! Je le comprends! Il me comprend! Il est à moi quand je le demande! Quand j'en veux plus je le laisse tomber! Voilà comment les choses se passent!... C'est une question cosmogonique! J'ai pas d'ordre à donner! Tu n'as pas d'ordre! Il n'a pas d'ordre! Buah! Buah! Buah!... »

Il se mettait franchement en colère, comme quelqu'un qu'est bien dans son tort...

Les petits ouvrages à Courtial étaient traduits en bien des langues, on en vendait jusqu'en Afrique. L'un de ses correspondants était absolument nègre, c'était le chef d'un Sultanat en Haut Oubanghi Chari-Chad. Il se passionnait ce garçon pour les ascenseurs en tout genre. C'était son rêve, sa manie!... On lui avait fait parvenir toute la documentation... Il en avait jamais vu en réalité. Courtial avait publié vers 1893 un véritable traité « De la Traction Verticale ». Il connaissait tous les détails, les multiples applications, hydrauliques, balistiques, « l' électro-récupérative »... C'était un ouvrage de valeur, absolument irréfutable, mais pourtant qui ne constituait dans l'ensemble de son œuvre qu'un modeste et frêle apport. Son savoir, c'était bien simple, embrassait tous les domaines.

Les officiels le boudaient, le traitaient par-dessous la jambe, mais il était bien difficile, même au plus ranci des cuistres de se passer de ses manuels. Dans un grand nombre d'écoles, ils figuraient en plein programme. On ne pouvait rêver plus commode, plus simple, plus assimilable, c'était du tout cuit! Ça se retenait, ça s'oubliait, sans fatigue aucune. On calculait « grosso modo » comme ça en causant, pour ne parler que de la France, qu'une famille au moins sur quatre possédait dans son armoire une « Astronomie des Familles », une « Économie sans Usure » et la « Fabrication des Ions »... Une au moins sur douze sa « Poésie en couleurs », son « Jardinier sur les Toits », « L'Élevage des poules au Foyer ». Ceci pour ne mentionner que les applications pratiques... Mais il avait à son actif toute une autre série d'ouvrages (en multiples livraisons) alors de véritables classiques ! « La Révélation Hindoustane », « L'Histoire des Voyages polaires de Maupertuis jusqu'à Charcot ». Alors des masses considérables ! De quoi lire pour plusieurs hivers, plusieurs kilos de récits...

Tout le monde avait commenté, scruté, copié, plagié, démarqué, bafoué, pillé son fameux « Médecin pour soi » et le « Réel langage des Herbes » et « l'Électricité sans ampoule »!... Autant de brillants, aimables, définitifs assouplissements de sciences pourtant assez ardues, complexes en elles-mêmes, périlleuses, qui seraient demeurées, sans Courtial, hors la portée du grand public, c'est-à-dire crâneuses, hermétiques, et disons-le pour tout conclure, sans flatterie exagérée, à peu près inutilisables...

Peu à peu, à force de vivre avec Courtial dans la grande intimité, j'ai bien saisi sa nature... C'était pas extrêmement brillant tout à fait en dessous. Il était même assez carne, mesquin, envieux et sournois... Maintenant, demeurant équitable, il faut bien admettre que c'était un terrible afur le boulot qu'il s'envoyait! de se démerder comme un perdu, à longueur d'année, c'est exact, contre la bande des grands maniaques, les abonnés du « Génitron »...

Il passait des heures horribles, absolument ravagées... dans un déluge de conneries... Il fallait qu'il tienne quand même, qu'il se défende, qu'il renvoye les coups, qu'il emporte toutes les résistances, qu'il leur laisse la bonne impression, qu'ils s'en aillent tous assez heureux avec l'envie de revenir...

D'abord il a renâclé, Courtial, pour me prendre à son service. Il y tenait pas... Il me trouvait un peu trop grand, un peu trop large, un peu costaud pour sa boutique. Déjà on pouvait plus remuer tellement c'était un fouillis... Et cependant j'étais pas coûteux. On m'offrait au « pair », juste le logement, la nourriture... Mes parents étaient bien d'accord. Je n'avais pas besoin d'argent! qu'ils répétaient à mon oncle... J'en ferais sûrement mauvais usage... Ce qu'était beaucoup plus essentiel, c'est que je retourne plus chez eux... C'était l'avis unanime de toute la famille, des voisins aussi et de toutes nos connaissances... Qu'on me donne à faire n'importe quoi! qu'on m'occupe à n'importe quel prix! n'importe où et n'importe comment! Mais qu'on me laisse pas désœuvré! et que je reste bien à distance. D'un jour à l'autre, de la façon que je débutais, je pouvais

foutre le feu au « Passage! » C'était le sentiment général...
Y aurait bien eu le régiment... Mon père il demandait pas
mieux... Seulement j'avais toujours pas l'âge... Il me manquait
au moins dix-huit mois... Du coup, l'occasion des Pereires et
son vaillant « Génitron » ça tombait joliment à pic, c'était
réellement une aubaine!...

Mais il a beaucoup hésité, tergiversé le Courtial... Il a
demandé à sa femme ce qu'elle en pensait? Elle a pas fait
d'objection... Au fond, elle s'en fichait pas mal, elle venait
jamais aux Galeries, elle restait à Montretout, dans son pavillon. Avant qu'il se décide, je suis retourné le voir tout seul au
moins une dizaine de fois... Il parlait beaucoup d'abondance...
toujours, et tout le temps... Moi, je savais très bien écouter...
Mon père!... L'Angleterre!... J'avais écouté partout... Dès lors,
j'avais l'habitude!... Ça ne me gênait pas du tout! J'avais pas
besoin de répondre. C'est comme ça que je l'ai séduit... En fer-
mant ma gueule... Un soir, il m'a dit finalement :

— Voilà mon garçon! Je vous ai fait attendre pas mal, mais
maintenant j'ai bien réfléchi, vous allez rester chez moi! Je
crois que nous pouvons nous entendre... Seulement, il ne faut
rien me demander... Ah! non! pas un sol! Pas un pélot! Ah!
pas moyen! Ah! cela non! N'y comptez pas! N'y comptez
jamais! J'ai déjà un mal incroyable dans l'état capricieux des
choses à joindre les deux bouts! à faire les frais du « périodique »,
à tranquilliser l'imprimeur! je suis harcelé! perclus! rendu!
Vous m'entendez bien! On me quémande nuit et jour! Et
l'imprévu des clichés? De nouvelles charges? A présent? N'y
songeons pas!... Ce n'est point une industrie! Un négoce!
Quelque fructueux monopole! Ah ça mais non! Nous n'avons
qu'un frêle esquif au vent de l'esprit!... Et que de tempêtes
mon ami, que de tempêtes!... Vous embarquez? Soit. Je vous
accueille! Je vous prends! Soit ! Montez à bord! Mais je vous le
dis bien d'avance! Pas un doublon dans les cales! Rien dans les
mains! Peu dans les poches! Point d'amertume! Point de ran-
cœur!... Vous préparerez le déjeuner! Vous coucherez à l'entresol, j'y couchais moi-même autrefois... dans le bureau tunisien...
Vous arrangerez votre sopha... L'on y demeure parfaitement...
Vous y serez joliment tranquille! Ah veinard!... Vous verrez
un peu sur le soir! quel séjour! Quel calme! Le Palais-Royal
est à vous absolument tout entier à partir de neuf heures!...

Vous serez heureux Ferdinand!... A présent, tenez! moi-même!
qu'il pleuve, qu'il gronde, qu'il rafale! Il faut que je m'envoie
Montretout! C'est une sujétion infecte! Je suis attendu! Ah!
je vous assure que c'est souvent abominable! Je suis excédé
au point de m'en projeter sous les roues quand je regarde la
locomotive!... Ah! je me retiens! C'est pour ma femme! Un
peu aussi pour mes essais! Mon jardin radio-tellurique! Enfin!
tout de même! J'ai rien à dire! Elle a beaucoup supporté!
Et elle est charmante quand même! Vous la verrez un de ces
jours Madame des Pereires! Son jardin lui fait si plaisir!...
C'est tout pour elle! Elle a pas grand'chose dans la vie! Ça et
puis son pavillon! Et puis un peu moi, tout de même! Je
m'oublie! Ah! c'est drôle! Allons assez rigolé! C'est conclu!
C'est bien ainsi Ferdinand! Topez là! En bon accord? D'homme
à homme! Bien! Dans la journée, vous ferez nos courses. Vous
n'en manquerez pas! Mais n'ayez crainte Ferdinand, je veux
aussi vous entreprendre, vous guider, vous armer, vous élever
à la connaissance... Point de salaire! Certes! Soit! Nonimal
c'est-à-dire! Mais du spirituel! Ah! vous ne savez pas Ferdinand
ce que vous allez gagner? Non! non! non! Vous me quitterez
Ferdinand, un jour... forcément... Sa voix devenait déjà triste.
Vous me quitterez... Vous serez riche! Oui! riche! Je le dis!...

Il m'en faisait ouvrir la gueule, je restais béant.

« Vous me comprenez, tout n'est pas dans un porte-monnaie!... Ferdinand! Non! Il n'y a rien dans un porte-monnaie!
Rien!... »

C'était bien aussi mon avis...

« Et puis d'abord, songeons-y! Que je vous fasse d'abord
un titre! Une raison d'être! C'est capital dans nos affaires!
Une présentation légitime!... Je vais vous mettre sur les
papiers, sur tous les papiers! « Secrétaire du Matériel. » Hein?
Ça me paraît des plus convenables... Ça vous va? Pas prétentieux?... Pas vague?... Ça va? »

Ça m'allait absolument... Tout m'allait... Mais le condé
du matériel c'était pas honoraire du tout... Ça existait comme
boulot!... Il m'a affranchi d'emblée... C'est bien moi qui
devais me taper toute la bagotte des livraisons avec la voiture
à bras... Tous les va-et-vient de l'imprimeur... Et puis c'était
moi encore le responsable pour les accrocs du grand sphérique...
c'est moi qui devais lui retrouver tous ses instruments à la

traîne, baromètres, haubans, toutes les petites broutilles, toute
la quincaille... C'est moi qui raccommodais les gnons et la
grande enveloppe... C'est moi qui rafistolais avec un filin et
la colle. C'est moi qui refaisais tous les nœuds avec les câbles,
les cordelettes... les agrès qui pétaient en route... Le « Zélé »
c'était un sphérique infiniment vénérable qui tenait une sacrée
bouteille, même comme ça au fond de la cave saupoudré dans
la naphtaline... des asticots par myriades venaient se régaler
dans ses plis... Heureusement encore que les rats ils se dégoû-
taient du caoutchouc... y avait que des toutes petites souris
qui croûtaient la trame. Je lui ai cherché au « Zélé » tous ses
accrocs, ses moindres lacunes, je le réparais en « fonds de
culotte » « surjeté » « rebordé », « plissé », ça dépendait des
fissures... Il foirait d'un peu partout, je le ravaudais des heures
entières, ça finissait par me passionner...

Dans le cagibi du gymnase, y avait tout de même un peu
plus de place... Et puis il fallait pas qu'ils me voyent... les visiteurs de la boutique...

Un jour ou l'autre, c'était compris dans notre accord solennel, je devais aussi monter dans le truc, à l'altitude de trois
cents mètres... Un dimanche quelconque... Je serais le « second »
aux ascensions... Je changerais alors de titre... Il me disait
ça, je suppose, pour que je reprise avec plus de soin... Il était
extrêmement rusé dessous ses sourcils l'escogriffe !... Il me biglait
de son petit œil vicelard... Je le voyais venir, moi aussi... Il
était bourreur comme pas deux !... Il me faisait « monter » à
l'avance !... Enfin on bouffait assez bien dans l'arrière-boutique... J'étais pas très malheureux... Il fallait bien qu'il me
possède ! Il aurait pas été patron !

Pendant comme ça que je trafiquais dans le fond de mes
coutures, il venait me rencarder généralement sur les quatre
heures.

— Ferdinand ! Je ferme le magasin... Si on vient... Si ils
me demandent... tu répondras que je suis parti depuis
cinq minutes, d'ailleurs je me dépêche ! Je serai revenu
bientôt !

J'ai su, à force, où il allait. Il cavalait aux « Émeutes » le
petit bar du Passage Villedo, au coin de la rue Radziwill pour
les « résultats des courses »... C'était l'heure précise... Il m'en
disait rien de très net... Mais je savais quand même... S'il avait

gagné il sifflait un air de « Matchiche »... C'était pas souvent...
S'il avait perdu... il bouffait sa chique, il crachait partout...
Il vérifiait sur le « Turf ». Il le laissait traîner dans les coins,
son canard des pronostics. Il cochait ses « dadas » au bleu...
C'est ça le premier vice que j'y ai découvert.

S'il avait un peu tiqué pour m'introduire dans sa musique, c'était surtout à cause des « gayes »... Il avait peur que je bafouille... que je répète aux alentours qu'il jouait à Vincennes... que ça revienne aux abonnés. Il me l'a dit un peu plus tard... Il perdait énormément, il avait pas beaucoup de veine, martingale ou yeux fermés, il revoyait rien de ses paris... Sur Maisons, Saint-Cloud, Chantilly... C'était toujours le même tabac... C'était un véritable gouffre... Tous les abonnements y passaient dans la fantasia!... Et le pèze du sphérique aussi il allait se noyer à Auteuil... Elle se beurrait, la race chevaline! Longchamp! La Porte! Arcueil-Cachan! Et youp! Et yop! Et youp! la la! Caracole! Sautez muscade! Je voyais la caisse s'amincir, le mystère était pas loin... Le petit flouze toujours en casaque! au trot! à la cloche! placé! quart! gagnant! de n'importe quelle subtile manière!... Il rentrait jamais des épreuves! On se tapait des petits haricots pour douiller quand même l'imprimeur... Ma blanquette elle faisait la semaine, et on mangeait sur nos genoux avec une serviette, au fond du bureau... Je trouvais pas ça risible au flan!... Quand il avait pris la culotte il expliquait rien, il avouait jamais... Seulement, il devenait rancuneux, tatillonneux, agressif à mon égard... Il abusait de sa force.

Après deux mois à l'essai, il avait parfaitement saisi que je me plairais jamais ailleurs... Que le condé du « Génitron » c'était entièrement pour mon blaze, que ça me bottait exactement, qu'autre part dans un autre jus je serais toujours impossible... C'était écrit dans mon Destin... Quand des fois il avait

410

gagné il remettait rien dans la caisse, il devenait encore plus sordide, on aurait dit qu'il se vengeait. Il aurait étrillé un sou... Sournois et menteur comme toujours, comme une douzaine de soutiens-gorge... Il me racontait des tels bobards, que la nuit ça m'en remontait... Je me les racontais à nouveau, tellement qu'ils étaient durailles! Crapules! Et pesants!... Ils me réveillaient en sursaut. Ils étaient quelquefois trop fortiches, imaginés de telle façon, n'importe quoi... pour pas me banquer... Mais quand il rentrait de la Province, qu'il avait fait une sensation, qu'il avait bien ascendu... qu'ils l'avaient soufflé de compliments... que le « Zélé » par exemple avait pas trop crevé sa toile... alors il lui survenait des bouffées prodigues... Il se lançait dans la dépense... Il nous ramenait des tas de boustife par la porte de l'arrière-boutique... des paniers complets... Pendant huit jours on s'entonnait qu'on en pouvait plus mâcher, à s'en péter les bretelles... Il fallait bien que j'en profite, après ça serait la disette!... ça recommençait les ravigotes!... on rallongeait les marengos... aux cornichons... avec sardines... aux petits oignons... et puis aux environs du terme c'était strictement la panade avec ou sans les pommes de terre... Lui encore, il avait sa chance, il remangeait le soir à Montretout, avec sa daronne! Il maigrissait pas... moi c'était balle-peau!

Mais aussi, à force de ceintures, je me suis dessalé... toujours avec les « abonnements »... Question des finances y avait pas de rentrées régulières... Rien que des « sorties »... Il se donnait un mal énorme pour sa comptabilité... Il devait la montrer à sa femme. Ce contrôle l'exaspérait... Ça le foutait en rogne infecte... Il transpirait pendant des heures... Rien que des queues et des zéros...

Enfin, tout de même, y a un chapitre où il m'a jamais truqué, jamais déçu, jamais bluffé, jamais trahi même une seule fois! C'est pour mon éducation, mon enseignement scientifique. Là, jamais il a flanché, jamais tiqué une seconde!... Jamais il a fait défaut! Pourvu que je l'écoutasse, il était constamment heureux, ravi, comblé, satisfait... Toujours je l'ai connu prêt à me sacrifier une heure, deux heures, et davantage, parfois des journées entières pour m'expliquer n'importe quoi... Tout ce qui peut se comprendre et se résoudre, et s'assimiler, quant à l'orientation des vents, les cheminements de la lune, la force des calorifères, la maturation des concombres et les reflets de l'arc-en-ciel... Oui! Il était vraiment possédé par la passion didactique. Il aurait voulu m'enseigner toute la totalité des choses et puis aussi de temps à autre me jouer un beau tour de cochon! Il pouvait pas s'en empêcher! ni dans un cas ni dans l'autre! Je pensais bien moi, à tout ça, dans l'arrière-boutique tout en réparant son bastringue... C'était sa nature foncière, c'était un homme qui se dépensait... Il fallait qu'il se lance à bloc dans un sens ou bien dans l'autre, mais alors vraiment jusqu'au bout. Il était pas ennuyeux! Ah ça on pouvait pas dire! Ce qui me piquait la curiosité c'était d'un jour aller chez lui... Il me parlait souvent de sa daronne, mais jamais il me la montrait. Elle venait jamais au bureau, elle aimait pas le « Génitron ». Elle devait avoir ses motifs.

Quand ma mère a été bien sûre que j'étais bien casé, que je partirais pas tout de suite, que j'avais un emploi stable chez ce des Pereires, elle est venue exprès, elle-même, au Palais-Royal, m'apporter du linge... C'était un prétexte au fond... pour se rendre un peu compte... du genre et de l'aspect de la maison... Elle était curieuse comme une chouette, elle voulait tout voir, tout connaître... Comment il était le « Génitron »?... La façon dont j'étais logé? Si je mangeais suffisamment?

De sa boutique jusque chez nous c'était pourtant pas très loin... A peine un quart d'heure à pied... En arrivant malgré ça elle en râlait de fatigue... Entièrement sonnée qu'elle était... Je l'ai aperçue à grande distance... du bout de la Galerie. Je causais avec un abonné. Elle s'appuyait sur les devantures, elle stationnait sans avoir l'air... elle se reposait tous les vingt mètres... Ça faisait plus de trois mois déjà qu'on s'était pas vus... Je l'ai trouvée d'une extrême maigreur et puis elle s'était comme bistrée, jaunie, froncée des paupières et des joues, toute ridée tout autour des yeux. Elle avait l'air vraiment malade... Une fois qu'elle m'a eu donné comme ça mes chaussettes, mes caleçons et mes grands mouchoirs, elle m'a tout de suite parlé de papa, sans que je lui aie rien demandé... Il s'en ressentirait pour la vie, qu'elle m'a aussitôt sangloté, des conséquences de mon attaque. Déjà, on l'avait ramené deux fois en voiture du bureau... Il tenait plus en l'air... Il était tout le temps sujet à des défaillances... Il lui faisait me dire qu'il me pardonnait volontiers, mais qu'il voulait plus me recauser... avant très longtemps d'ici... avant que je parte au régiment... avant que j'aie changé tout à fait d'allure et de mentalité... avant que je revienne du service... Courtial des Pereires, il rentrait juste de faire son tour, et probablement des « Émeutes ». Il devait avoir peut-être paumé un peu moins que d'habitude... Toujours est-il qu'il est devenu là, de but en blanc, extrêmement aimable, accueillant, amène au possible... « Enchanté de la voir »... Et à mon sujet? Rassurant! Il s'est mis tout de suite dans les frais pour séduire ma mère, il a voulu qu'elle monte en haut pour causer un peu avec lui... dans son bureau personnel... à l'entresol « tunisien »... Elle avait du mal pour le suivre... C'était un terrible tire-bouchon, surtout jonché des tas d'ordures et des paperasses qui dérapaient. Il était extrêmement fier de son « bureau tunisien ». Il voulait le montrer à tout le monde... C'était un ensemble atterrant dans le style hyper-fouillasson, avec des crédences « Alcazar »... On pouvait pas rêver plus tarte... Et puis la cafetière mauresque... les poufs marocains, le tapis « torsades » si crépu, emmagasinant lui tout seul la tonne solide de poussière... Jamais on n'avait rien tenté... Même une ébauche de nettoyage... D'ailleurs les amas d'imprimés, les cascades, les monceaux d'épreuves, de plombs, de morasses à la traîne, rendaient tout effort dérisoire... Et même il faut bien l'avouer, ça pouvait devenir très dangereux... C'était un véritable risque de venir troubler l'équilibre... Tout ça devait rester tranquille, bouger en tout le moins possible... Le mieux encore, on se rendait compte, c'était de semer au hasard, au fur et à mesure, d'autres nouveaux papiers litières. Ça donnait quand même un peu de fraîcheur en surface... et une sorte de coquetterie.

Je les entendais, qui se parlaient... Courtial lui déclarait tout net, qu'il avait discerné chez moi des aptitudes très réelles pour le genre de journalisme qui faisait fortune au « Génitron »... Le reportage!... L'enquête technique!... La mise au point scientifique! La critique désintéressée... que j'arriverais sans aucun doute... qu'elle pouvait s'en retourner tranquille et dormir sur ses deux oreilles... que l'avenir me souriait déjà... qu'il m'appartiendrait entièrement aussitôt que j'aurais acquis toutes les connaissances essentielles. C'était une question de simple routine et de patience... Il m'inculquerait à mesure tout ce dont j'aurais besoin... Mais tout cela, peu à peu!... Ah!

Oh! il était l'ennemi des hâtes! Des précipitations sottes!...
Il ne fallait rien brusquer! Rien vouloir déclencher trop vite!
L'idiot bousillage! Je manifestais d'ailleurs, toujours d'après
ses ragots, un très vif désir de m'instruire!... En plus, je devenais adroit. Je m'acquittais parfaitement des petites tâches
qui m'incombaient... Je m'en tirais à mon honneur... Je deviendrais malin comme un singe! Empressé! Futé! Laborieux!
Discret! Enfin la tarte à la crème! Il arrêtait plus... C'était
la première fois de sa vie à ma pauvre mère qu'elle entendait
parler de son fils en des termes aussi élogieux... Elle en revenait
pas... A la fin de cet entretien, au moment de se séparer, il a
tenu à ce qu'elle emporte tout un carnet « d'abonnements »
qu'elle pourrait sans doute bien placer au hasard de ses relations... et de ses rencontres... Elle a promis tout ce qu'il voulait.
Elle le regardait tout éberluée... Courtial, il ne portait pas de
chemise, seulement son plastron verni par-dessus son gilet
de flanelle, mais celui-ci dépassait toujours du faux col largement, il le prenait de très grande taille, ça formait en somme
colerette et bien sûr tout à fait crasseuse... L'hiver il s'en
mettait deux l'un par-dessus l'autre... L'été, même pendant les
chaleurs, il gardait la grande redingote, le col laqué un peu plus
bas, pas de chaussettes, et il sortait son canotier. Il en prenait
un soin extrême... C'était un exemple unique, un véritable
chef-d'œuvre, dans le genre sombrero, un cadeau d'Amérique
du Sud, une trame rarissime! Impossible à réassortir... C'était
simple, ça n'avait pas de prix!... Du premier juin au quinze
septembre, il le gardait sur sa tête. Il ne l'ôtait presque jamais.
Il fallait un prétexte terrible, il était sûr qu'on le lui volerait!...
Le dimanche ainsi, au moment des ascensions c'était sa plus
vive inquiétude... Il était bien forcé quand même de me l'échan-
ger pour sa casquette, la haute à galons... Ça faisait partie de
l'uniforme... Il me le confiait à moi le trésor... Mais aussitôt
qu'il retouchait terre, à peine qu'il avait boulé, en lapin, en
pleine mouscaille, rebondi sur les sillons, c'était vraiment son
premier cri : « Hé mon panama! Ferdinand! Mon panama!
Nom de Dieu!... »
     Ma mère a tout de suite remarqué l'épaisseur du gilet
de flanelle et la finesse du beau chapeau... Il lui a fait tâter
la tresse pour qu'elle se rende compte... Elle est demeurée
admirative un bon moment à faire : « Oh! Ttt! Oh! Ttt! »...

« Ah ! Monsieur ! ça je le vois bien ! C'est une paille comme on en fait plus »... qu'elle s'est extasiée !...

Tout ceci à ma bonne maman ça lui redonnait de la confiance... lui semblait d'excellent augure... Elle aimait particulièrement les gilets de flanelle. C'était une preuve de sérieux qui l'avait jamais trompée. Après les « au revoir » attendris elle s'est remise peu à peu en route... Je crois que pour la première fois de son existence et de la mienne elle se trouvait un peu moins inquiète quant à mon avenir et mon sort.

C'était parfaitement exact que je me donnais au boulot!...
J'avais pas de quoi me les rouler... du matin au soir... En plus
des « cargos » d'imprimeries, j'avais le « Zélé » à la cave, les
infinis rafistolages et puis encore nos pigeons dont il fallait
que je m'occupe deux, trois fois par jour... Ils restaient ces
petits animaux, à longueur de semaine, dans la chambre de
bonne, au sixième, sous les lambris... Ils roucoulaient éperdument... Ils s'en faisaient pas une seconde. C'était le dimanche
leur travail, pour les ascensions, on les emmenait dans un
panier... Courtial soulevait leur couvercle à deux ou trois
cents mètres... C'était le « lâcher » fameux... avec des « messages »!... Ils rentraient tous à tire-d'aile... Direction : le Palais-
Royal!... On leur laissait la fenêtre ouverte... Ils flânaient
jamais en route, ils aimaient pas la campagne ni les grandes
vadrouilles... Ils revenaient automatique... Ils aimaient beaucoup leur grenier et « Rrou!... et Rrou!... Trouu!... Rrouu!... »
Ils en demandaient pas davantage. Ça ne cessait jamais...
Toujours ils étaient rentrés bien avant nous autres. Jamais
j'ai connu pigeons aussi peu fervents des voyages, si amoureux
d'être tranquilles... Je leur laissais pourtant tout ouvert...
Jamais l'idée leur serait venue d'aller faire un tour au jardin...
d'aller voir un peu les autres piafs... les autres gros gris roucou-
lards qui batifolent sur les pelouses... autour des bassins...
un peu les statues! sur Desmoulins!... sur le Totor!... qui lui
faisaient des beaux maquillages!... Rien du tout! Ils frayaient
tout juste entre eux... Ils se trouvaient bien dans leur soupente,
ils bougeaient que contraints, forcés, tassés en vrac dans leur

417

cageot... Ils coûtaient quand même assez cher, à cause de la graine... Il en faut des quantités, ça brûle beaucoup les pigeons... C'est vorace ! on dirait pas ! A cause de leur température tout à fait élevée normalement, quarante-deux degrés plus quelques dixièmes... Je ramassais soigneusement la crotte... J'en faisais plusieurs petits tas tout le long du mur et puis je laissais tout sécher... Ça nous dédommageait quand même sur leur nourriture... C'était un engrais excellent... Quand j'en avais plein un sac, à peu près deux fois par mois, alors Courtial l'emportait, ça lui servait pour ses cultures... à Montretout sur la colline. Il avait là sa belle maison et puis son grand jardin d'essais... y avait pas un meilleur ferment...

Je m'entendais tout à fait bien avec les pigeons, ils me rappelaient un peu Jonkind... Je leur ai appris à faire des tours... Comme ça à force de me connaître... Bien sûr, ils me mangeaient dans la main... Mais j'obtenais beaucoup plus fort, qu'ils tiennent tous les douze ensemble perchés sur le manche du balai... J'arrivais ainsi, sans qu'ils bougent, sans qu'un seul veuille s'envoler à les descendre... et les remonter du magasin... C'était vraiment des sédentaires. Au moment de les foutre dans le panier quand il fallait bien qu'on démarre ils devenaient horriblement tristes. Ils roucoulaient plus du tout. Ils rentraient la tête dans les plumes. Ils trouvaient ça abominable.

Deux mois ont passé encore... Peu à peu comme ça Courtial il s'est mis bien en confiance. Il était maintenant persuadé qu'on était faits pour s'entendre... Je présentais bien des avantages, j'étais pas très difficile sur la nourriture ni sur la rétribution ni sur les heures de boulot... Je récriminais pas chouia !... Pourvu que je soye libre le soir, qu'après sept heures on me foute la paix, je me considérais bien servi...

A partir de la minute où il barrait prendre son train je devenais moi le seul patron de la bastringue et du journal... J'éliminais les inventeurs... Je leur donnais la bonne parole et puis je m'élançais en croisière, souvent vers la rue Rambuteau, avec la carriole au cul, pour le départ des « Messageries », une pleine brouette de « cancans ». Au début de la semaine, j'avais toute la morasse à reprendre, les typos, le clichage, les gravures. Ça faisait en plus des pigeons, du « Zélé », des maintes autres bricoles, un manège qui n'arrêtait pas... Lui, il remontait vers son bled. Il avait là-bas, qu'il me disait, du travail urgent. Hum ! La néo-agriculture !... qu'il me racontait comme ça sans rire... mais je croyais bien que c'était du bourre... Quelquefois il oubliait de revenir, il restait deux, trois jours dehors... J'étais pas inquiet pour ça... Je me détendais un peu, j'en avais besoin... Je donnais à bouffer aux oiseaux là-haut dans les combles, et puis j'accrochais ma pancarte : « C'est fermé pour aujourd'hui » en plein milieu de la vitrine... J'allais m'installer peinard sur un banc dessous les arbres, à proximité... De là je surveillais la cambuse, les allées et venues... Je regardais venir le monde, toujours la même bande de cloches, les mêmes maniaques, les mêmes tronches d'hagards, la horde des râleux, des abonnés récalcitrants... Ils se cognaient dans l'inscription. Ils saccageaient le bec-de-cane, ils se barraient, j'étais bien content.

Quand il revenait de sa bordée, l'autre polichinelle, il avait une drôle de mine... Il me regardait curieusement pour voir si je me gourais pas...

— J'ai été retenu, tu sais, l'expérience était pas au point... Je croyais jamais en sortir!...

— Ah! Ça c'est dommage, que je faisais... J'espère que vous êtes content?...

Peu à peu, de fil en aiguille, il m'en a dit davantage, encore un peu plus tous les jours, il m'a donné tous les détails sur tous les débuts de son business... Y en avait des pas ordinaires! Des trucs à se faire bien étendre. Comment ça s'était goupillé, et puis tous les aléas, les condés les plus périlleux, les petites ristournes en profondeur... Enfin, il m'a bien affranchi, ce qui devient tout à fait rare, si on songe un petit instant à son caractère saligaud, à ses méfiances innombrables, à ses déboires calamiteux... C'était pas un homme qu'aimait se plaindre... Il en avait eu des échecs et des contredanses! A pas croire vraiment!... C'était pas toujours la pause, le trafic, la copinerie des inventeurs!... Il faut pas confondre Chacals! Chacos!... et petites saucisses!... Ah non! Y en avait parmi, de temps en temps qu'étaient des véritables sauvages, absolument diaboliques, qui ressautaient comme des mélinites dès qu'ils se sentaient enveloppés... Évidemment pourtant bien sûr on peut pas contenter tout le monde! Le diable et son train! Ça serait trop commode! J'en savais moi-même quelque chose!... Il me donnait à propos là un exemple de malignité qu'était vraiment terrifique! Jusqu'où ça pouvait conduire...

En 1884, il avait reçu commande par les éditeurs de « l'Époque » Beaupoil et Brandon, Quai des Ursulines, d'un manuel d'instruction publique destiné au second programme des Écoles Préliminaires... Un travail forcément succinct, mais fignolé cependant, élémentaire certes, mais compact! Spécifiquement condensé... « L'Astronomie domestique » s'intitulait cet opuscule et puis par la même occasion : « Gravitation. Pesanteur. Explication pour les Familles. » Il se précipite donc au boulot... Il s'y colle séance tenante... Il aurait pu se contenter de livrer à la date convenue un petit ouvrage en bref, expédié à la va-je-te-pousse! à coups d'emprunts malencontreux dans les « Revues » étrangères... Des citations momentanées... mal tronquées! Perverties! Hâtives! et bâtir six, quatre! deux! une nouvelle cosmogonie encore mille fois plus miteuse que toutes les autres miniatures, entièrement fausse et sans raison... Complètement inutilisable!... Courtial, on le savait d'avance, ne mangeait pas de ce pain-là. C'était une conscience! Son souci majeur, avant tout, avant de se mettre à l'ouvrage, c'était des résultats tangibles... Il voulait que son lecteur, en personne lui-même se forme sa propre conviction, par ses propres expériences... quant aux choses les plus relatives, des astres et de la pesanteur... Qu'il découvre lui-même les lois... Il voulait ainsi l'obliger ce lecteur, toujours fainéasson, à des entreprises très pratiques et point seulement le contenter par une ritournelle de flatteries... Il avait ajouté au livre un petit guide de construction pour le « Télescope Familial »... Quelques carrés de cartonnage fournissaient la chambre noire... un jeu de miroirs pacotille... un objectif ordinaire... Quelques fils plombés... un tube d'emballage... On s'en tirait en suivant strictement les clauses pour dix-sept francs soixante-douze (devis au carat)... Pour ce prix (en plus de ce passionnant et si instructif montage) on devait obtenir chez soi, non seulement une vue directe des principales constellations, mais encore des photographies de la plupart des grands astres de notre zénith... « Toutes les observations sidérales à la portée des familles »... C'était la formule... Plus de vingt-cinq mille lecteurs, dès la parution du manuel, se mirent sans désemparer à la construction de l'objet, le merveilleux appareil photosidéral miniature...

Je l'entends encore des Pereires, me raconter avec détails tous les malheurs qui s'ensuivirent... L'effroyable méprise des Autorités compétentes... leur partialité abjecte... Combien ce fut tout ça pénible, infect, écœurant... Combien de libelles il avait reçus. Menaces... Défis... Mille missives comminatoires... Des sommations juridiques... Comme il avait dû s'enfermer, se calfeutrer dans son garno!... Il demeurait alors rue Monge... Et puis traqué de plus en plus, s'enfuir jusqu'à Montretout, tellement qu'ils étaient les voyeurs, rageurs, vicieux, insatiables, déçus par la Télescopie... le drame avait duré six mois... et c'était pas encore fini!... Certains amateurs rancuneux, encore plus poisseux que les autres ils profitaient du dimanche... Ils arrivaient à Montretout escortés de toutes leurs familles pour botter les fesses du patron... Il n'avait pu recevoir presque personne pendant un an... L'affaire « photosidérale » c'était qu'un petit exemple parmi beaucoup d'autres! de ce qui pouvait jaillir du profond des masses dès qu'on tentait de les éduquer, de les élever, de les affranchir...

« Moi, je peux dire, tenez Ferdinand, que moi j'ai souffert pour la Science... Pire que Flammarion, c'est certain! pire que Raspail! pire que Montgolfier encore! Moi en petit évidemment! J'ai tout fait! J'ai fait davantage! » Il me répétait ça bien souvent... Je répondais rien... Il me toisait de profil... douteux... Il voulait voir l'impression... Alors il piquait en plein tas dans la carambouille... après son dossier... Il l'extirpait au jugé de sous l'énorme tumulus... Il l'époussetait à petits coups... Il se ravisait... Il l'ouvrait prudemment devant moi...

« J'y réfléchis!... Je me repens... A mon tour, je suis peut-être un petit peu chargé d'amertume! entraîné par mes souvenirs!... Je suis peut-être un peu injuste... Grand Dieu! J'ai bien quelques raisons!... Je te demande? J'ai oublié chemin faisant, et cela vraiment c'est très mal... pas exprès bien sûr! pas exprès! les plus touchants, peut-être en somme les plus sincères, les plus exquis témoignages... Ah! tous ne m'ont point méconnu!... La hideur du genre humain n'est pas absolument totale! Non! Quelques âmes élevées, de-ci, de-là, par le monde... ont su reconnaître ma complète bonne foi! Voici! Voilà! Encore une autre! » Il extrayait au hasard des lettres, des mémoires, de ses recueils d'observations... « Je vais t'en lire une, parmi d'autres! »

« *Cher Courtial, cher maître et vénéré précurseur! C'est bien grâce à vous, à votre admirable et si scrupuleux télescope (des familles) que j'ai pu voir hier à deux heures et sur mon propre balcon toute la lune, dans sa totalité* complète *et les montagnes et les rivières, et même je pense une forêt... Peut-être même un lac! J'espère bien voir aussi Saturne, avec mes enfants, dans le cours de la semaine prochaine, comme c'est indiqué (aux lettres italiques) sur votre « calendrier sidéral » et aussi Bellegophore un peu plus tard, dans les derniers jours de l'automne, comme vous l'avez vous-même écrit à la page 242... A vous cher, gracieux et bienveillant maître, à vous de corps, de cœur, d'esprit ici-bas et dans les étoiles.*

« *Un transformé.* »

Il gardait toujours comme ça, dans son dossier mauve et lilas, toutes les babilles admiratives. Les autres, les défavorables, les menaçantes, les draconiennes, les pustuleuses, il les brûlait séance tenante. Pour ça tout au moins, il préservait un certain ordre... Autant de poisons en fumée! qu'il m'annonçait à chaque fois en mettant le feu à ces horreurs... Que de mal on pourrait détruire si tout le monde en faisait autant! Moi, je crois, que les favorables, il se les écrivait à lui-même... Il les montrait aux visiteurs... Il me l'a jamais très positivement avoué... Y avait des sourires quelquefois... J'approuvais pas complètement. Il se rendait un petit peu compte que je sentais bien la vapeur. Du coup, il me faisait la gueule... Je montais nourrir les pigeons ou je descendais au « Zélé »...

J'allais aussi pour lui maintenant « banquer » ses mises aux « Émeutes » au coin du Passage Radziwill. Il aimait mieux que ça soye moi, à cause des clients, que ça pouvait lui faire du tort... Sur « Cartouche » et « Lysistrata » dans Vincennes « première au galop »... Et youp! lala!...

« Tu diras bien que c'est ton plâtre! »... Il devait de l'argent à tous les « boucs ». Il tenait pas du tout à se faire voir. Le mec qui prenait le plus de paris, entre les soucoupes, il avait un drôle de nom, il s'appelait Naguère... Il avait le truc pour bégayer, pour bafouiller tous les gagnants... Il faisait comme ça, je le crois, exprès, pour qu'on se trompe un tout petit peu... Après il contestait le tout... Il faisait sauter le numéro... Moi je lui faisais toujours écrire... On perdait quand même.

Je ramenais les « Échos des Turfs », ou alors la « Chance »... Si sa culotte était forte, il me faisait, encore ce culot, une petite séance... Il recevait plus les inventeurs... Il les renvoyait tous aux pelotes avec leurs maquettes, leurs graphiques... — Allez-vous-en tous, vous torcher! C'est pas travaillé, ces épures!... Vous avez pas la migraine!... Ça sent le cambouis, la margarine! Des idées, comme ça? des nouvelles? mais j'en pisse moi, trois pots par jour!... Vous avez pas des fois honte? Vous sentez pas la catastrophe? Vous osez venir présenter ça? A moi?

423

Qui suis submergé par les inepties! Hors d'ici! Tudieu! Dilapidateurs! Fainéants de l'âme! et de corps!...

Il se faisait virer le mecton, il rebondissait dans la porte, il volait avec son rouleau. Courtial il en avait plein le bouc! Il voulait penser à autre chose... C'est moi qu'étais la diversion, il me cherchait n'importe quelle salade... « Toi, n'est-ce pas, tu ne te doutes de rien! Tu écouteras n'importe quoi! Tu n'as rien à faire au fond... Mais moi, tu comprends mon ami, ça n'est pas du tout le même afur... Ah pas du tout le même point de vue!... J'ai un souci moi... Un souci métaphysique! Permanent! Irrécusable! Oui! Et qui ne me laisse pas tranquille! Jamais! Même comme ça quand j'en ai pas l'air! Quand je te cause de choses et d'autres! Je suis tracassé!... relancé!... parcouru par les énigmes!... Ah voilà! tu ne t'en doutais pas! Ça te surprend bien? Tu n'en as pas la moindre idée? »

Il me fixait à nouveau, comme s'il ne m'avait encore vraiment jamais bien découvert... Il se rebiffait les bacchantes, il s'époussetait les pellicules... Il allait chercher la laine pour se la passer sur ses tatanes... Tout en faisant ça, il continuait à m'évaluer...

— Toi n'est-ce pas, qui te laisses vivre! Qu'est-ce que ça peut te faire? Tu t'en fous au maximum des conséquences universelles que peuvent avoir nos moindres actes, nos pensées les plus imprévues!... Tu t'en balances!... Tu restes hermétique n'est-ce pas? calfaté!... Bien sanglé au fond de ta substance... Tu ne communiques avec rien... Rien n'est-ce pas? Manger! Boire! Dormir! Là-haut bien peinardement... emmitouflé sur mon sopha!... Te voilà comblé... Bouffi de tous les bien-être... La terre poursuit... Comment? Pourquoi? Effrayant miracle! son périple... extraordinairement mystérieux... vers un but immensément imprévisible... dans un ciel tout éblouissant de comètes... toutes inconnues... d'une giration sur une autre... et dont chaque seconde est l'aboutissant et d'ailleurs encore le prélude d'une éternité d'autres miracles... d'impénétrables prodiges, par milliers!... Ferdinand! millions! milliards de trillions d'années... Et toi? que fais-tu là. au sein de cette voltige cosmologonique? du grand effarement sidéral? Hein? Tu bâfres! Tu engloutis! Tu ronfles! Tu te marres!... Oui! Salade! Gruyère! Sapience! Navets! Tout! Tu t'ébroues dans ta propre fange! Vautré! Souillé! Replet! Dispos! Tu ne demandes rien! Tu passes à travers les étoiles... comme à travers les gouttes de mai!... Alors! tu es admirable Ferdinand! Tu penses véritablement que cela peut durer toujours?...

Je répondais rien... Je n'avais pas d'opinion fixe sur les étoiles, ni sur la lune, mais sur lui-même, la saloperie!... alors j'en avais bien une. Et il le savait bien la tante!...

— Tu chercheras à l'occasion, là-haut, dans la petite commode. Tu les mettras toutes ensemble. J'en ai reçu au moins une centaine de lettres du même genre. Je voudrais tout de même pas qu'on me les prenne!... Tu les classeras, tiens!... T'aimes ça l'ordre!... Tu te feras plaisir!... — Je savais bien ce qu'il désirait... Il voulait encore me bluffer!... — Tu trouveras ma clef au-dessus du compteur... Moi je m'absente un peu! Tu vas refermer le magasin... Non, tu vas rester pour répondre... — Il se ravisait... — Tu diras que je suis parti! loin!... très loin!... en expédition!... que je suis parti au Sénégal!... à Pernambouc!... au Mexique!... où tu voudras!... Sacredié!... pour aujourd'hui, c'est bien suffisant!... J'en ai une véritable nausée de les voir sortir du jardin... Rien que de les apercevoir, je me trouverais mal!... Ça m'est égal!... Dis-leur ce que tu veux... Dis-leur que je suis dans la Lune!... que c'est pas la peine de m'attendre... Ouvre-moi la cave à présent! Tiens bon le couvercle! Me le laisse pas retomber sur la gueule comme la dernière fois!... C'était sûrement intentionnel!...

Je répondais pas à ces mots-là... Il s'engageait dans l'ouverture. Il descendait deux, trois échelons... Il attendait un petit instant, il me déclarait encore...

— Tu n'es pas mauvais, Ferdinand... ton père s'est trompé sur ton compte... Tu n'es pas mauvais... T'es informe! informe voilà!... proto-plas-mique! De quel mois es-tu, Ferdinand? En quel mois naquis-tu veux-je dire!... Février? Septembre? Mars?

— Février, Maître!...

— Je l'aurais parié cent sous! Février! Saturne! Que veux-tu devenir! Pauvre nigousse! Mais c'est insensé! Enfin baisse la trappe! Quand je serai complètement descendu! Tout à fait en bas, tu m'entends? Pas avant surtout! Que je me casse pas les deux guisots! C'est une échelle en rillette! elle flanche du milieu!... Je dois toujours la réparer! Amène!... Il gueulait encore du tréfonds de la cave... Et surtout pas d'importuns!

Pas d'emmerdeurs! Pas d'ivrognes! T'entends, je n'y suis pour personne! Je m'isole! Je m'isole absolument!... Je resterai peut-être parti deux heures... peut-être deux jours!... Mais je veux pas qu'on me dérange! Ne t'inquiète pas! Peut-être que je remonterai jamais! Tu n'en sais rien! s'ils te le demandent!... En méditation complète!... T'as saisi?...

— Oui, Maître!

— Totale! Exhaustive! Ferdinand! Retraite exhaustive!...

— Oui, Maître...

Je renvoyais le truc à pleine volée avec une explosion de poussière! Ça tonnait comme un canon... Je poussais les journaux sur la trappe, c'était entièrement camouflé... on voyait plus l'ouverture... Je montais nourrir les pigeons... Je restais là-haut un bon moment... Quand je redescendais, s'il était encore dans le trou, je me demandais toujours quand même si il était rien arrivé!... J'attendais encore un peu... Une demi-heure... trois quarts d'heure... et puis je commençais à trouver que la comédie suffisait... Je soulevais alors un peu le battant et je regardais dans l'intérieur... Si je le voyais pas, je faisais du raffut!... Je sonnais le battant contre les planches... Il était forcé de répondre... Ça le faisait ressortir du néant... Il roupillait presque toujours à l'abri du vasistas dans les replis du « Zélé » dans la grande soie, les gros bouillons... Il fallait aussi que j'y travaille... Je le faisais décaniller... Il remontait au niveau du sol... Il rapparaissait... Il se frottait les châsses... Il retapait sa redingote... Il se retrouvait tout étourdi dans la boutique...

— Je suis ébloui Ferdinand! C'est beau... C'est beau... C'est féerique!

Il était pâteux, il était plus très bavard, il était calmé... Il faisait comme ça avec sa langue : « Bdia! Bdia! Bdia! »... Il sortait du magasin... Il vacillait d'avoir dormi. Il s'en allait comme un crabe dans la diagonale... Cap : le pavillon de la Régence!... Le café, le genre volière en faïence, à jolis trumeaux, qu'était encore à l'époque au milieu du parterre moisi... Il se laissait choir au plus proche... sur le guéridon près de la porte... Moi, de la boutique je l'observais bien... Il se tapait d'abord sa verte... C'était facile de le bigler... Toujours nous avions en vitrine le fort joli télescope... L'exemplaire du grand concours... Il faisait peut-être pas voir Saturne, mais on voyait bien des Pereires comment qu'il sucrait sa « purée ». Après ça c'était « l'oxygène » et puis encore un vermouth... On distinguait bien les couleurs... Et juste avant de prendre son dur le fameux grog le « der des der ».

Après son terrible accident, Courtial avait fait le vœu, absolument solennel, de ne plus jamais, à aucun prix, reprendre le volant dans une course... C'était fini! Terminé! Il avait tenu sa promesse... Et même encore vingt ans plus tard il fallait presque qu'on le supplie pour qu'il se décide à conduire au cours d'inoffensives promenades... ou bien en certaines circonstances pour d'anodines démonstrations. Il était beaucoup plus tranquille dans son sphérique en plein vent...

Toute son œuvre sur la « mécanique » tenait dans les livres... Il publiait d'ailleurs toujours bon ou mal an deux traités (avec les figures) sur l'évolution des moteurs et deux manuels avec planches.

L'un de ces petits opuscules avait été à l'origine de très virulentes controverses et même de quelque scandale! Nullement par sa faute au surplus! Le fait, c'est notoire, de quelques aigrefins véreux ayant travesti sa pensée dans un but de lucre imbécile! Pas du tout dans sa manière! Voici le titre dans tous les cas :

« L'Automobile sur mesure pour 322 Francs 25. *Guide de construction intégrale. Manufacture entière chez soi. Quatre places, deux strapontins, tonneaux d'osier, 22 kilomètres à l'heure, 7 vitesses et 2 marches arrière.* » Rien que des pièces détachées! achetées n'importe où! assemblées au goût du client! selon sa personnalité! selon la vogue et la saison! Ce petit traité fit fureur... entre les années 1902-1905... Ce manuel, c'était un progrès, contenait non seulement les plans, mais encore toutes les épures au deux-cent millième! Photos, références, profils... tous impeccables et garantis.

Il s'agissait de lutter, sans perdre une seconde, contre le péril naissant des fabrications « en série ». Des Pereires malgré son culte du progrès certain, exécrait depuis toujours, toute la production standard... Il s'en montra dès le début l'adversaire irréductible... Il en présageait l'inéluctable amoindrissement des personnalités humaines par la mort de l'artisanat...

A l'époque de cette bataille pour l'automobile sur mesure, Courtial était déjà presque célèbre dans le milieu des novateurs pour ses recherches originales, extrêmement audacieuses, sur le « Chalet Polyvalent », la demeure souple, extensible, adaptable à toutes les familles! sous tous les climats!... « La maison pour soi » absolument démontable, basculable (transportable évidemment), rétrécissable, abrégeable instantanément d'une ou deux pièces à volonté, selon les besoins permanents, passagers, enfants, invités, vacances, modifiable à la minute même... Selon toutes les exigences, les goûts de chacun... « Une maison vieille, c'est celle qui ne bouge plus!... Achetez jeune! Faites souple! Ne bâtissez pas! Montez! Bâtir c'est la mort! On ne bâtit bien que des tombes! Achetez vivant! Demeurez vivants! Le « Chalet Polyvalent » marche avec la vie!... »

Tel était le ton, l'allure du manifeste rédigé tout par lui-même, à la veille de l'Exposition : « L'Avenir de l'Architecture » au mois de juin 98 dans la Galerie des Machines. Son opuscule de la construction ménagère avait provoqué presque immédiatement un extraordinaire émoi chez les futurs retraités, les pères de famille à revenus minimes, chez les fiancés sans abri et les fonctionnaires coloniaux. On le harcelait de demandes, des quatre coins de la France, de l'Étranger, des Dominions... Son chalet, tel quel, entièrement debout, toit mobile, 2 492 clous, 3 portes, 24 travées, 5 fenêtres, 42 charnières, cloisons en bois ou tarlatane, suivant la saison, fut primé « hors classe » imbattable... Il s'érigeait à la dimension désirée avec l'aide de deux compagnons et sur n'importe quel terrain en 17 minutes 4 secondes!... L'usure était insignifiante... la durée donc illimitée!... « Seule, la résistance est ruineuse! Il faut qu'une maison entière joue, ruse comme un véritable organisme! flotte! s'efface même dans les remous du vent! dans la tempête et la bourrasque, dans les paroxysmes orageux! Dès qu'on l'oppose, inqualifiable sottise! aux déchaînements naturels c'est le désastre qui s'ensuit!... Qu'exiger de la structure? la plus massive? la plus galvanique? la mieux cimentée? Qu'elle défie les éléments? Folie suprême! Elle sera c'est bien fatal, un jour ou l'autre bouleversée, complètement anéantie! Il n'est, pour s'en convaincre un peu, que de parcourir l'une de nos si belles et si fertiles campagnes! Notre magnifique territoire! n'est-il point jonché, du Nord au Midi, de ruines mélancoliques! d'autrefois fières demeures! Altiers manoirs! parure de nos sillons, qu'êtes-vous devenus? Poussières! »

« Le « Chalet Polyvalent » souple lui! tout au contraire s'accommode, se dilate, se ratatine suivant la nécessité, les lois, les forces vives de la nature! »

« Il plie beaucoup, mais ne rompt pas... »

Le jour même qu'on inaugurait son stand, après le passage du Président Félix Faure, la parlote et les compliments, la foule rompit tous les barrages! service de garde balayé! Elle s'engouffra si effrénée entre les parois du chalet, que la merveille fut à l'instant arrachée, épluchée, complètement déglutie! La cohue devint si fiévreuse, si désireuse, qu'elle **e**omburait la matière!... L'exemplaire unique ne fut point détruit à proprement dire, il fut aspiré, absorbé, digéré entièrement sur place... Le soir de la fermeture, il n'en restait plus une trace, plus une miette, plus un clou, plus une fibre de tarlatane... L'étonnant édifice s'était résorbé comme un faux furoncle! Courtial en me racontant ces choses, il en restait déconcerté à quinze ans de distance...

« J'aurais pu certainement m'y remettre... C'était un domaine, je le crois, où je m'entendais à merveille, sans me flatter. Je ne craignais personne pour l'établissement « au carat » d'un devis de montage sur terrain... Mais d'autres projets plus grandioses m'ont détourné, accaparé... Je n'ai jamais retrouvé le temps essentiel pour recommencer mes calculs sur les « index de résistance »... Et somme toute, malgré le final désastre ma démonstration était faite!... J'avais permis par mon audace, à certaines écoles, à certains jeunes enthousiastes de se découvrir!... de manifester bruyamment! de trouver ainsi leur voie... C'était bien justement mon rôle! Je n'avais point d'autres désirs! L'Honneur était sauf! Je n'ai rien demandé,

Ferdinand! Rien convoité! Rien exigé des Pouvoirs! Je suis retournés à mes études... Aucune intrigue! Aucune cautèle! Or écoute!... quelques mois passent... Et devine ce que je reçois? Presque coup sur coup? Le « Nicham » d'une part, et huit jours après, les « Palmes Académiques »!... Là vraiment j'étais insulté! Pour qui me prenaient-ils soudain? Pourquoi pas un bureau de tabac? Je voulais renvoyer toutes ces frelateries au Ministre! J'ai voulu prévenir Flammarion : « N'en faites rien! N'en faites rien! Acceptez! acceptez! m'a-t-il répondu... Je les ai aussi! » Dans ce cas-là, j'étais couvert! Mais quand même, ils m'avaient tous salement flouzé!... Ah! les ordures indéniables! Mes plans furent tous démarqués, copiés, plagiés, entends-tu! de mille façons bien odieuses! Et absolument maladroites... par tant d'architectes officiels, bouffis, culottés, sans vergogne que j'ai écrit à Flammarion... Au jeu de me dédommager on me devait au moins la Cravate!... Au jeu des honneurs, je veux dire!... Tu me comprends, Ferdinand! Il était bien de mon avis, mais il m'a plutôt conseillé de me tenir encore peinard, de ne pas déclencher d'autres scandales... que ça lui ferait lui-même du tort... De patienter encore un peu... que le moment n'était pas très mûr... En somme j'étais son disciple... je ne devais pas l'oublier... Ah! je ne ressens nulle amertume, crois-moi bien! Certes! les détails m'attristent encore! Mais c'est bien tout! Absolument!... Une leçon mélancolique... Rien de plus... J'y repense de temps à autre... »

Je savais quand ça le reprenait ce cafard des architectures, c'était surtout à la campagne... Et au moment des ascensions... quand il allait passer la jambe pour escalader la nacelle... Il lui revenait un coup de souvenirs... C'était peut-être aussi en même temps un petit peu la frousse qui le faisait causer... Il regardait au loin, le paysage... Comme ça dans la grande banlieue, surtout devant les lotissements, les cabanes, les gourbis en planches! Il s'attendrissait... Il lui passait une émotion... Les bicoques, les plus biscornues, les loucheuses, les fissurées, les bancales, tout ça qui crougnotte dans les fanges, qui carambouille dans la gadoue, au bord des cultures... après la route... « Tu vois bien tout ça, Ferdinand, qu'il me les désignait alors, tu vois bien toute cette infection? » Il décrivait d'un geste énorme... Il embrassait l'horizon... Toute la moche cohue des guitounes, l'église et les cages à poules, le lavoir et les écoles... Toutes les cahutes déglinguées, les croulantes, les grises, les mauves, les réséda... Toutes les croquignoles du plâtras...

— Ça va hein? C'est bien abject?... Eh bien, j'y suis pour beaucoup! C'est moi! C'est moi le responsable! Tu peux le dire, c'est à moi tout ça, Ferdinand! Tu m'entends bien? C'est à moi!...

— Ah! que je faisais comme ébaubi. Je savais que c'était sa séance... Il enjambait par-dessus bord... Il sautait dans le carré d'osier... Si le vent soufflait quand même pas trop... il gardait son panama... Il préférait encore beaucoup... mais il se le nouait sous le menton avec un large ruban... C'est moi qui mettais sa casquette... « Lâchez tout! » Ça débloquait au millimètre... d'abord extrêmement doucement... et puis un petit peu plus vite... Il fallait bien qu'il se dégrouille pour passer par-dessus les toits... Il lâchait jamais son sable... Il fallait pourtant qu'il monte... On gonflait jamais à bloc... Ça coûtait treize francs la bonbonne...

Quelque temps après l'avatar du « Chalet par soi », le fol émiettement par la foule, Courtial des Pereires s'était brusquement décidé à reviser toute sa tactique... « Les fonds d'abord! » voilà comment il parlait!... Telle était sa nouvelle maxime. « Plus d'aléas! Que du solide! » ... Il avait conçu un programme entièrement d'après ces données... Et des fondamentales réformes!... Toutes absolument judicieuses, pertinentes...

Il s'agissait d'améliorer, de prime abord, envers et contre tous obstacles la condition des inventeurs... Ah! il partait de ce principe que dans le monde de la trouvaille les idées ne manqueraient jamais! Qu'il y en a même toujours de trop! Mais que le capital par contre il est horriblement fuyard! pusillanime! et fort farouche!... Que tous les malheurs de l'espèce et les siens en particulier proviennent toujours du manque de fonds... de la méfiance du disponible... du crédit terriblement rare!... Mais tout ça pouvait s'arranger!... Il suffisait d'intervenir, de remédier à cet état par quelque heureuse initiative... D'où la fondation immédiate aux Galeries Montpensier même, derrière le bureau tunisien, entre la cuisine et le couloir, d'un « Coin du Commanditaire »... Une petite enclave, très spéciale, meublée extrêmement simplette : une table, une armoire, un casier, deux chaises, et pour dominer les débats, « de Lesseps », fort joli buste sur l'étagère supérieure, entre les dossiers, toujours des dossiers...

En vertu des nouveaux statuts, n'importe quel inventeur, moyennant cinquante et deux francs (totalité versée d'avance), avait droit dans notre journal à trois insertions successives de tous ses projets, absolument « ad libitum » même les plus inouïes fariboles, les plus vertigineux phantasmes, les plus saugrenues impostures... Tout ça fournissait quand même deux belles colonnes du « Génitron », plus dix minutes d'entretien particulier, technique et consultatif avec le Directeur Courtial... Enfin, pour rendre la musique un peu plus flatteuse encore, un diplôme oléographique de « membre dépositaire au Centre des Recherches *Eureka* pour le financement, l'étude, l'équilibre, la mise en valeur immédiate des découvertes les plus utiles au progrès de toutes les Sciences et de l'Industrie!... »

Pour faire tomber les cinquante points c'était jamais si commode!... Y avait toujours du tirage... Même en donnant la chansonnette... en se dépensant du baratin... Ils renâclaient presque toujours au moment de douiller, même les plus absolus fadas, il leur passait une inquiétude... Même comme ça dans leur délire, ils sentaient malgré tout la vape... Que c'était un petit flouze qu'ils reverraient jamais... « Constitution du dossier »... ça s'intitulait notre astuce...

Courtial se chargeait dès lors, c'était ainsi entendu, de toutes les démarches essentielles, les petites comme les grandes approches, entrevues... recherches d'arguments... réunions... discussions prémonitoires, défense des mobiles, tout ce qu'il fallait en somme pour attirer, amadouer, convaincre, enthousiasmer, tranquilliser un Consortium... Tout ceci, bien entendu, en temps opportun!... Là-dessus on ne rigolait pas!... Point de hâte!... Point de cafouillages!... De brutalité!... Nous la craignions... La brusquerie fait tout rater! C'est la précipitation qui culbute tous les pronostics!... Les plus fructueuses entreprises sont celles qui mûrissent très lentement!... Nous étions extrêmement ennemis, implacablement hostiles à tout bousillage précoce... à toute hystérie!... « Tout commanditaire est un vrai oiseau pour s'enfuir, mais une tortue sur la douille. »

L'inventeur, afin qu'il entrave le moins possible les pourparlers, toujours si tellement délicats, devait déblayer tout le terrain... rentrer immédiatement chez lui... fumer sa pipe en attendant... ne plus s'occuper du manège... Il serait dûment averti, convoqué, instruit du détail, dès que son histoire prendrait tournure... Cependant c'était fort rare, qu'il reste comme ça peinard au gîte!... A peine une semaine d'écoulée, il revenait déjà à la charge... pour demander des nouvelles... Nous apporter d'autres maquettes... Les compléments des projets... Des épures supplémentaires... Des pièces détachées... Il revenait encore et quand même, on avait beau râler très fort, il se ramenait de plus en plus... lancinant, inquiet, navré... Un coup il se foutait à beugler dès qu'il se rendait un peu compte... Il faisait une crise plus ou moins grave... Et puis on le revoyait plus... Y en avait qu'étaient pas si cons... mais c'était un tout petit nombre... qui parlaient d'aller au pétard, par les voies légales, porter la plainte au commissaire, si on rendait pas leur pognon... Courtial, il les connaissait tous. Il se débinait à leur approche. Il les voyait arriver de loin, de l'autre côté des arcades... C'était pas croyable comme il avait l'œil perçant pour le repérage d'énergumènes... C'était rare qu'il se fasse poisser... Il se tirait dans l'arrière-boutique agiter un brin les haltères, mais encore plutôt à fond de cave... Là il était encore plus sûr... Il refusait tout entretien... Le dabe qui revoulait sa mise il écumait pour des pommes...

— Tiens-le! Ferdinand! Tiens-le bien! qu'il me recommandait cette salope. Tiens-le! Pendant que je réfléchis!... Je le connais de trop ce prolixe! Ce bouzeux de la gueule! chaque fois qu'il vient m'interviewer j'en suis pour deux heures au moins!... Il m'a fait perdre déjà dix fois tout le fil de mes déductions! C'est une honte! C'est un scandale! Tue-le ce fléau! Tue-le! je t'en prie Ferdinand! Le laisse plus courir par le monde!... Brûle! Assomme! Éparpille ses cendres! Je m'en fous résolument! Mais de grâce à aucun prix, tu m'entends, ne me l'amène! Dis que je suis à Singapour! à Colombo! aux Hespérides! Que je refais des berges élastiques à l'Isthme de Suez et Panama. C'est une idée!... N'importe quoi! Tout est bon pour pas que je le revoye!... Grâce, Ferdinand! Grâce!...

C'était moi donc, raide comme balle, qui prenais l'averse en entier... J'avais un système, je veux bien... J'étais comme le « Chalet par soi », je l'abordais en souplesse... J'offrais aucune résistance... Je pliais dans le sens de la furie... J'allais encore même bien plus loin... Je le surprenais le dingo par la virulence de ma haine envers le dégueulasse Pereires... je le baisais à tous les coups en cinq sec... au jeu des injures atroces!... Là j'étais parfaitement suprême!... Je le vilipendais! stigmatisais! couvrais d'ordures! de sanies!... Cette abjecte crapule! cette merde prodigieuse! vingt fois pire! cent fois! mille fois encore pire qu'il avait jamais pensé seul!...

Je lui faisais de ce Courtial, pour sa réjouissance intime, à pleine gueule vocifération, une bourriche d'étrons plastiques, fusibles, formidablement écœurants... C'était pas croyable d'immondice!... Ça dépassait tout! Je m'en donnais à plein tuyau... J'allais trépigner sur la trappe juste au-dessus de la cave, en chœur avec le maboul... je les surpassais tous de beaucoup question virulence par l'intensité de ma révolte, la sincérité, l'enthousiasme destructeur! mon tétanisme implacable... la Transe... l'Hyperbole... le gigotage anathémique... C'était vraiment pas concevable à quel prodigieux paroxysme je parvenais à me hausser dans la colère absolue... Je tenais tout ça de mon papa... et des rigolades parcourues... Pour l'embrasement je craignais personne!... Les pires insensés délirants interprétatifs dingos, ils existaient pas quand je voulais un peu m'y mettre, m'en donner la peine... j'avais beau être jeune... Ils s'en allaient de là, tous vaincus... absolument ahuris par l'intensité de ma haine... mon incoercible virulence, l'éternité de vengeance que je recélais dans mes flancs... Ils m'abandonnaient dans les larmes le soin d'écraser bien cette fiente, tout ce Courtial abhorré... ce bourbier de vices... de le couvrir en foutrissures imprévisibles, bien plus glaireux que le bas des chiots! Un amas d'inouïe purulence! d'en faire une tarte, la plus fétide qui puisse jamais s'imaginer... de le redécouper en boulettes... de le raplatir en lamelles, d'en plâtrer tout le fond des latrines, entre la tinette et la fosse... De le coincer là, une fois pour toutes... qu'on chierait dessus à l'infini!...

Dès qu'il était barré le copain, qu'il était assez éloigné... Courtial se ramenait vers la trappe... Il soulevait un peu son battant... Il risquait d'abord un œil... Il remontait à la surface...

— Ferdinand! Tu viens de me sauver la vie... Ah! Oui! La vie!... C'est un fait! J'ai tout entendu! Ah! C'est exactement tout ce que je redoutais! Ce gorille m'aurait disloqué! Là sur place! Tu t'es rendu compte!... Il se ravisait alors un peu. Une inquiétude lui passait d'après ce que j'avais hurlé... La bonne séance avec le mec...

— Mais je n'ai pas au moins Ferdinand! dis-moi-le tout de

suite, baissé tant que ça, dans ton estime? Tu me le dirais?
Tu ne me cacherais rien, n'est-ce pas? Je m'expliquerai si tu
veux? Vas-y!... Ces comédies, je veux le croire, n'affectent en
rien ton sentiment? Ce serait trop odieux! Tu me gardes toute
ton affection? Tu peux, tu le sais, entièrement compter sur
moi! Je n'ai qu'une parole! Tu me comprends! Tu commences
à me comprendre n'est-ce pas? Dis-moi un peu si tu commences?

— Oui! Oui! C'est exact... Je crois... Je crois que je suis
bien en train...

— Alors, écoute-moi encore mon cher Ferdinand!... Pendant
l'incartade de ce fou... je songeais à cent mille choses... pendant
qu'il nous écœurait... tonitruait ses délires... Je me disais mon
pauvre Courtial! Toutes ces rumeurs! ces cafouillages, ces fracas infâmes, ces calembredaines mutilent atrocement ton
destin... Sans rien ajouter à ta cause! Quand je dis la cause!
Comprends-moi! Il est pas question d'argent! C'est le frêle
trésor que j'invoque! La grande richesse immatérielle! C'est
la grande Résolution! L'acquit du thème infini! Celui qui doit
nous emporter... Comprends-moi plus vite, Ferdinand! Plus
vite! Le temps passe! Une minute! Une heure! A mon âge?
mais c'est déjà l'Éternité! Tu verras! C'est tout comme Ferdinand! C'est tout comme! — Ses yeux se mouillaient... —Écoute
encore Ferdinand! J'espère qu'un jour tu me comprendras tout
à fait... Oui!... Tu m'apprécieras vraiment! Quand je ne serai
plus là pour me défendre!... C'est toi Ferdinand! qui posséderas
la vérité!... C'est toi qui réfuteras l'injure!... C'est toi! J'y
compte Ferdinand! Je compte sur toi!... Si on vient alors te
dire... de bien des endroits divers : « Courtial n'était qu'un
salopiaud, la pire des charognes! Un faussaire! Y avait pas deux
ordures comme lui... » Que répondras-tu Ferdinand?... Seulement ceci... Tu m'entends? « Courtial n'a commis qu'une
erreur! Mais elle était fondamentale! Il avait pensé que le
monde attendait l'esprit pour changer... Le monde a changé...
C'est un fait! Mais l'esprit lui n'est pas venu!... » C'est tout ce
que tu diras! Absolument tout! Jamais autre chose! Tu n'ajou-
teras rien!... L'ordre des grandeurs Ferdinand! L'ordre des
grandeurs! On peut faire entrer peut-être le tout petit dans
l'immense... Mais alors comment réduire l'énorme à l'infime?
Ah! Tous les malheurs n'ont point d'autre source! Ferdinand!
Point d'autre source! Tous nos malheurs!... »

Quand il avait comme ce tantôt-là éprouvé une extraordinaire pétoche, il se sentait pris à mon égard d'une très touchante sollicitude. Il voulait plus du tout que je boude...

— Vas-y, Ferdinand! Va te promener! qu'il me disait alors... Va donc jusqu'au Louvre! Ça te fera beaucoup de bien! Va-t'en donc jusqu'aux Boulevards! Tu aimes ça toi Max Linder! Notre turne est encore empestée par les senteurs de ce mammouth! Allons-nous-en! Filons vite! Ferme-moi la cambuse! Suspends l'écriteau! Viens me rejoindre aux « Trois Mousquetons »! Je paye les gobelets! Prends l'argent dans le tiroir de gauche... Je sortirai pas en même temps que toi!... Je vais me tirer par le couloir... Repasse donc par les « Émeutes »... Tu verras un peu le Naguère!... Demande-lui s'il a du nouveau?... T'as bien placé sur « Schéhérazade »? et tes « reports » sur « Violoncelle »? Hein? Toujours n'est-ce pas pour toi seul? Tu ne sais même pas où je me trouve!... Tu m'entends?

Il me faisait de plus en plus souvent le coup de la Grande Résolution... Il se débinait au sous-sol, soi-disant pour méditer, comme ça pendant des heures entières... Il emmenait un gros bouquin et sa grosse bougie... Il devait avoir des ardoises chez tous les « boucs » du quartier, non seulement aux « Grandes Émeutes », au môme Naguère, mais encore aux « Mousquetons » et même à la Brasserie Vigogne rue des Blancs-Manteaux... Là, c'était un vrai coupe-gorge... Il interdisait qu'on le dérange... Moi, j'étais pas toujours content... Ça me forçait sa fantaisie, d'aller répondre en personne à tous les cinglés du casuel... les abonnés mal embouchés, les petits curieux, les grands maniaques... Ils me déferlaient par bordées... Je les prenais tous sur les endosses... les récrimineurs en tous sens... la bande immonde des rumineux... les illuminés de la bricole... Il arrêtait pas d'en jaillir... d'entrer et sortir... Pour la sonnette c'était la crise... Elle grêlait continuellement... Moi ça m'empêchait toutes ces distractions d'aller réparer mon « Zélé »... Il embarrassait toute la cave Courtial avec ses conneries... C'était pourtant mon vrai boulot !... C'est moi qu'étais responsable et répréhensible au cas qu'il se casserait la hure... Il s'en fallait toujours d'un fil !... C'était donc cul son procédé... J'ai fait la remarque à la fin, à ce propos-là parmi tant d'autres, que ça pouvait plus continuer... que je marchais plus !... que je m'en tamponnais désormais... qu'on courait à la catastrophe !... C'était pur et simple... Mais il m'écoutait à peine ! Ça lui faisait ni chaud ni froid... Il disparaissait de plus en plus. Quand il était au sous-sol il voulait plus que personne lui cause !...

439

Même sa calebombe elle le gênait... Il arrivait à l'éteindre pour mieux réfléchir.

J'ai fini, comme ça par lui dire... il m'avait tellement agacé, que je me contenais plus... qu'il devrait aller dans l'égout! Qu'il serait encore bien plus tranquille pour chercher sa résolution!... du coup alors, il m'incendie!...

— Ferdinand! qu'il m'interpelle! Comment? C'est toi qui me parles ainsi? A moi? Toi, Ferdinand? Arrête! Juste Ciel et de grâce! Pitié! Appelle-moi ce que tu voudras! Menteur! Boa! Vampire! Engelure! si les mots que je prononce ne sont point la stricte expression de l'ineffable vérité! Tu as bien voulu, n'est-ce pas, Ferdinand? supprimer ton père? Déjà? Ouais! C'est un fait! Ce n'est pas un leurre? Quelque fantasmagorie? C'est la réalité même! extraordinairement déplorable!... Un exploit dont plusieurs siècles ne sauraient effacer la honte! Certes! Ouais! Mais absolument exact! Tu ne vas pas nier à présent? Je n'invente rien! Et alors? Maintenant? Que veux-tu? dis-moi? Me supprimer à mon tour? Mais c'est évident! Voilà! C'est simple! Profiter!... Attendre!... Saisir le moment favorable!... Détente... Confiance... Et m'occire!... M'abolir!... M'annihiler!... Voilà ton programme!... Où avais-je l'esprit? Ah! Décidément Ferdinand! Ta nature! Ton destin sont plus sombres que le sombre Érèbe!... O tu es funèbre Ferdinand! sans en avoir l'air! Tes eaux sont troubles! Que de monstres Ferdinand! dans les replis de ton âme! Ils se dérobent et sinuent! Je ne les connais pas tous!... Ils passent! Ils emportent tout!... La mort!... Oui! A moi! Auquel tu dois dix mille fois plus que la vie! Plus que le pain! Plus que l'air! Que le soleil même! La Pensée! Ah! C'est le but que tu poursuis, reptile? N'est-ce pas! Inlassable! Tu rampais!... Divers... Ondoyant! Imprévu toujours!... Violences... Tendresse... Passion... Force... Je t'ai entendu l'autre jour!... Tout t'est possible, Ferdinand! Tout! l'enveloppe seule est humaine! Mais je vois le monstre! Enfin! Tu sais où tu vas? M'avait-on prévenu? Ah ça oui! Les avis ne m'ont point manqué... Cautèle!... Sollicitude!... et puis soudain sans une syllabe douteuse... toutes les frénésies assassines! Frénésies!... La ruée des instincts! Ah! Ah! Mais c'est la marque mon ami! Le sceau absolu! La foudre du criminel... Le congénital! Le pervers inné!... Mais c'est toi! Je l'ai là! Soit! mon ami!... Soit! Devant toi, tu n'as pas un lâche! Le foutriquet peut-être que tu comptais terroriser! Ah mais non! Mais non! Mais non! Je fais face à tout mon Destin! Je l'ai voulu! J'irai jusqu'au bout! Achève-moi donc si tu le peux!... Vas-y! Je t'attends! De pied ferme! Ose! Tu me vois bien? Je te défie, Ferdinand! Tu m'excites dirai-je! Tu m'entends? Tu m'exaspères! Je ne suis pas dupe! Entièrement conscient! Regarde l'Homme dans le blanc des yeux! J'avais évalué tous mes risques!... Le jour de ton accueil ici! Que ce soit ma suprême audace! Allons vas-y! Frappe! Je fais face au crime! Fais vite!...

Je l'ai laissé encore baver... je regardais ailleurs... les arbres... Au loin dans le jardin... les pelouses... les nourrices... la volée des piafs qui sautillent à travers les bancs... le jet d'eau qui caracole... dans les bouffées de brises... Ça valait mieux que de lui répondre!... Que me retourner même pour le voir... Il savait pas si bien dire... C'était juste au poil que j'y branle tout le presse-papier dans la gueule... le gros mastoc, l'Hippocrate... il me grattait le dedans de la main... Il pesait au moins trois kilos... J'avais du mal... Je me contenais... J'avais du mérite... Il continuait encore la tante!...

— Les jeunes gens au jour d'aujourd'hui ont le goût du meurtre! Tout ça Ferdinand! moi je peux te dire, ça finit Boulevard Arago! Avec la cagoule mon ami! Avec la cagoule! Malheur de moi! Juste Ciel! J'aurai été responsable!...

J'en connaissais moi aussi des mots... Je me sentais monter la moutarde... Y en avait la coupe!... « Maître! Maître! allez donc chier! que je lui faisais au moment même. Allez chier tout de suite! Allez chier très loin! Moi, je ne vous tue pas! Moi, je vous déculotte! Moi, je vais vous tatouer les fesses! Moi! comme trente-six bottes de pivoines... que je vais vous bâcler le trou du cul! Et avec de l'odeur en plus! Ah! Voilà ce qui va vous advenir! Que vous déconniez seulement qu'une petite traviole de plus! »

J'allais l'agrafer pour de bon... Il était vivace le bougre... Il carrait dans l'arrière-boutique... Il voyait bien que c'était sérieux! que j'avais fini de supporter... Il restait dans son bobino... Il tripotait ses barres fixes... Il me foutait la paix un moment... Il avait été assez loin... Un peu plus tard, il repassait... Il retraversait la boutique... Il prenait par le couloir à gauche, il filait en ville... Il remontait pas à son bureau... Enfin, je pouvais bosser tranquille.

C'était pas une petite pause de recoudre, remboutir, rafistoler la moche enveloppe, reglinguer ensemble des pièces qui tenaient plus... C'était un tracas infini... Surtout que pour mieux regarder de près je m'éclairais à l'acétylène... Comme ça dans la cave c'était extrêmement imprudent... auprès des substances adhésives... qui sont toujours pourries de benzine... Ça dégoulinait de partout... Je me voyais déjà torche vivante!... L'enveloppe du « Zélé » c'était une périlleuse affaire, en maints endroits une vraie passoire... D'autres déchirures! D'autres raccrocs! Toujours encore des plus terribles à chaque sortie, à chaque descente! A la traînée d'atterrissage à travers labours!... Au revers de toutes les gouttières... Dans l'enfilade des mansardes, surtout les jours de vent du Nord!... Il en avait laissé partout des grands lambeaux, des petits débris, dans les forêts, après les branches, entre les clochers! Les remparts... Il emmenait des cheminées en tôle! des toits! des tuiles au kilo! des girouettes à chaque sortie! Mais les éventrages les plus traîtres, les plus affreuses déchirures, c'était les fois qu'il s'empalait sur un poteau télégraphique!... Là souvent il se fendait en deux... Faut être juste pour des Pereires il courait des fameux risques avec ses sorties aériennes. La montée toujours c'était extrêmement fantaisiste... Ça tenait toujours du miracle, à cause du gonflage minimum... Pour les raisons d'économie!... Mais ce qui devenait effroyable c'était les descentes avec tout son bastringue foireux... Heureusement y avait l'habitude! C'est pas le métier qui lui manquait. Il chiffrait déjà, lui tout seul, au moment où je l'ai connu, 1 422 ascensions! Sans compter celles en « captif »... Ça lui faisait un joli total! Il avait toutes les médailles, tous les diplômes, les brevets... Il connaissait tous les trucs, mais c'était ses atterrissages qui m'éblouissaient constamment... Je dois dire que c'était merveilleux comme il retombait sur ses pompes! Dès que le bout du « rope » raclait la terre... que le fourbi ralentissait il se ramassait tout en boule au fond du panier... quand l'osier touchait la mouscaille... que tout le bordel allait rebondir... il sentait son moment exact... Il giclait comme un guignol... Il se déroulait en bobine... un vrai jockey pour la chute... boudiné dans sa couverture, il se faisait rarement une atteinte... Il s'arrachait pas un bouton... Il perdait pas une seconde... Il partait dare-dare en avant... Il bagottait dans les sillons... Il se retournaît plus... Il piquait derrière le « Zélé »... tout en sonnant dans son petit bugle qu'il emportait en bandoulière... Il faisait le raffût lui tout seul... la vache! Le cross durait très longtemps avant que tout le fourbi s'affaisse... Je le vois encore dans les sprints... C'était un spectacle de grande classe, en redingote, panama... Mes sutures autoplastiques faut dire les choses assez franchement... elles tenaient en l'air plus ou moins... mais il les aurait pas faites, par lui-même... Il était pas assez patient, il aurait tout bouzillé encore davantage... C'était un art, à la fin, cette routine des reprises! Malgré des ruses infinies, ma grande ingéniosité, je désespérais fort souvent sur cette garce enveloppe... Elle en voulait vraiment plus... Depuis seize ans, qu'on la sortait en toutes circonstances, à toutes les sauces, les tornades, elle tenait plus que par les surjets, des rafistolages étranges... Chaque gonflement c'était un drame!... A la descente, à la traînée, c'était encore pire... Quand il manquait toute une bande, j'allais faire un prélèvement dans la vieille peau de « l'Archimède »... Il était celui-là plus que des pièces, des gros lambeaux dans un placard, en vrac, au sous-sol... C'était le ballon de ses débuts, un « captif » entièrement « carmin », une baudruche d'énorme envergure. Il avait fait vingt ans, les foires!... J'y mettais bien de la minutie pour recoller tout, bout à bout, des scrupules intenses... Ça donnait des curieux effets... Quand il s'élevait au « Lâchez tout » le « Zélé » au-dessus des foules, je reconnaissais mes pièces en l'air... Je les voyais godailler, froncer... Ça me faisait pas rire.

Mais en plus y avait les démarches, les préliminaires... Ce condé des ascensions c'était pas un nibé tout cuit!... Il faudrait pas croire... Ça se préparait, ça se boutiquait, ça se discutait des mois et des mois d'avance... Il fallait qu'on corresponde par tracts, par photographies. Semions la France de prospectus!... Repiquer tous les notables!... se faire salement agonir par les Comités festoyeurs, toujours énormément radins... En plus donc des inventeurs nous recevions pour le « Zélé » un courrier du tonnerre de Dieu!...

J'avais appris avec Courtial à rédiger genre officiel. Je me débrouillais pas trop mal... Je ne faisais plus beaucoup de fautes... Nous avions un papier « ad hoc » pour la conduite des pourparlers avec un en-tête de bon goût « Section Parisienne des Amis du Ballon Libre »...

On baratinait les mairies dès la fin de l'hiver! Les programmes pour la saison s'élaboraient au printemps!... Nous devions, nous autres, en principe, avoir déjà tous nos dimanches entièrement retenus un peu avant la Toussaint... On harcelait par téléphone tous les présidents de Comités. C'était encore moi dans ce coup-là, qui me tapais la poste. J'y allais aux heures d'affluence... J'essayais de trisser sans douiller! Je me faisais recueillir à la porte...

On avait lancé nos appels pour toutes les foires, les réunions, les kermesses, dans la France entière! Y avait pas de petits endroits! Tout était mangeable et possible! Mais de préférence, bien sûr, on essayait malgré tout de pas s'éloigner de Seine-et-Oise... Seine-et-Marne au plus! C'était les transports du bastringue qui nous foutaient tout de suite à cul, des sacs, des bonbonnes, de la came, de tout notre fourniment bizarre. Pour que le jeu vaille la chandelle, il fallait qu'on soye rentrés le soir même au Palais-Royal. Sinon c'était du débours! Courtial, il présentait un devis vraiment étudié au plus juste! Tout à fait modeste et correct : deux cent vingt francs... Gaz pour le gonflage en plus, pigeons au « Lâcher » deux francs pièce!... On stipulait pas la hauteur... Notre rival le plus connu et peut-être encore le plus direct, c'était le capitaine Guy des Roziers, il demandait lui, bien davantage! Sur son ballon « L'Intrépide » il faisait des tours périlleux!... Il montait avec son cheval, il restait en selle tout là-haut! à quatre cents mètres garantis!... Il coûtait cinq cent vingt-cinq francs, retour payé par la Commune. Mais ceux qui nous damaient le pion encore plus souvent que l'écuyer, c'étaient l'Italien et sa fille « Calogoni et Petita »... Ceux-là, on les retrouvait partout! Ils plaisaient énormément, surtout dans les garnisons! Ils étaient extrêmement coûteux, ils faisaient au ciel, mille cabrioles... Ils lançaient en plus des bouquets, des petits parachutes, des cocardes, à partir de six cent vingt mètres! Ils demandaient huit cent trente-cinq francs et un contrat pour deux saisons!... Ils accaparaient réellement...

Lui Courtial, son genre, son renom c'était pas du tout à l'esbroufe! Pas la performance dramatique! Non! C'était tout à fait le contraire! La manière nettement scientifique, la fructueuse démonstration, l'envol expliqué, la jolie causerie préalable, et pour terminer la séance le gracieux « lâcher » des pigeons... Il les prévenait lui-même toujours, en petit laïus préliminaire : « Messieurs, Mesdames, Mesdemoiselles... Si je monte encore à mon âge, c'est pas par vaine forfanterie! Ça vous pouvez croire! Par désir d'épater les foules!... Regardez un peu ma poitrine! Vous y verrez épanouie toutes les médailles les plus connues, les plus cotées, les plus enviées de la valeur et du courage! Si je monte, Mesdames, Messieurs, Mesdemoiselles, c'est pour l'instruction des Familles! Voilà le but de toute ma vie! Tout pour l'éducation des masses! Nous ne nous adressons ici à aucune passion malsaine! non plus qu'aux instincts sadiques! aux perversités émotives!... Je m'adresse à l'intelligence! A l'intelligence seulement! »

Il me le répétait pour que je sache : « Ferdinand, souviens-toi toujours que nos ascensions doivent conserver à tout prix leur cachet! L'estampille même du « Génitron »... Elles ne doivent jamais dégénérer en pitreries! en mascarades! en fariboles aériennes! en impulsions d'hurluberlus! Non! Non! et non! Il nous faut rester dans la note, dans l'esprit même de la Physique! Certes, nous devons divertir! ne pas l'oublier! Nous sommes payés pour cela! C'est justice! Mais mieux encore, si possible, susciter chez tous ces rustres l'envie d'autres notions précises, de connaissances véritables! Nous élever certes. Il le faut. Mais élever aussi ces brutes, celles que tu vois, qui nous entourent, la gueule ouverte! Ah! c'est compliqué, Ferdinand!... »

Jamais, c'est un fait, il n'aurait quitté le sol, sans avoir avant toute chose dans une causerie familière expliqué tous les détails, les principes aérostatiques. Pour mieux dominer l'assistance, il se juchait en équilibre sur le bord de la nacelle, extraordinairement décoré, redingote, panama, manchettes, un bras passé dans les cordages... Il démontrait, à la ronde, le jeu des soupapes et des valves, du guiderope, des baromètres, les lois du lest, des pesanteurs. Puis entraîné par son sujet, il abordait d'autres domaines, traitant, devisant, à bâtons rompus toujours, de la météorologie, du mirage, des vents, du cyclone... Il abordait les planètes, le jeu des étoiles... Tout arrivait à lui sourire : l'anneau... les Gémeaux... Saturne... Jupiter... Arcturus et ses contours... la Lune... Belgerophore et ses reliefs... Il mesurait tout au jugé... Sur Mars, il pouvait s'étendre... Il la connaissait très bien... C'était sa planète favorite! Il racon-

445

tait tous les canaux, leurs profils et leurs trajets! leur flore!
comme s'il y avait prix des bains! Il tutoyait bien les astres!
Il remportait le gros succès!

Pendant qu'il bavait, ainsi juché, à la cantonade, captivant
la foule, moi je faisais un peu la quête... C'était mon petit
supplément. Je profitais de la circonstance, des palpitations,
des émois... Je piquais à travers les rangées. Je proposais du
« Génitron » à douze pour deux sous! des invendus, des petits
manuels dédicacés... des médailles commémoratives avec le
ballon minuscule, et puis pour ceux que je biglais, qui me
paraissaient les plus vicelards... dans le tassement qui menaient
un pelotage... j'avais un petit choix d'images drôles, amusantes,
gratines... et des transparentes qui remuaient... C'est rare
que je liquide pas tout... L'un dans l'autre, avec un peu de
veine, j'arrivais à me faire vingt-cinq points! C'était une somme
pour l'époque! Dès que j'avais tout rétamé, que j'avais fait
ma récolte, je filais un petit signe au maître... Il renversait
sa vapeur... Il bloquait sa parlerie... Il redescendait dans son
panier... Il rajustait son panama... il amarrait toutes ses
tringles, il dénouait la dernière écoute, et il décalait tout doucement. J'avais plus que le suprême filin... C'est moi qui
donnais : « Lâchez-tout »... Il me renvoyait un coup de son
bugle... Guiderope à la traîne... Le « Zélé » prenait l'espace!...
Jamais je l'ai vu s'envoler droit... Il était flasque dès le début...
On le gonflait, pour bien des raisons, qu'avec une extrême
réserve... Il barrait donc en traviole... Il chaloupait au-dessus
des toits. Ça faisait avec ses raccrocs un gros arlequin en couleurs... Il batifolait dans les airs en attendant un vrai coup de
brise... il pouvait bouffir qu'en plein vent... Tel un vieux jupon
sur la corde, il était calamiteux... Même les plus bouzeux
campagnols ils s'apercevaient bien de la chose... Tout le monde
se marrait de le voir partir tituber dans les toits... Moi je
rigolais beaucoup moins!... Je le prévoyais l'horrible accroc, le
décisif! Le funeste! La carambouille terminale... Je lui faisais
mille signes d'en bas... qu'il laisse choir tout de suite le sable!...
Il était jamais très pressé... Il avait peur de monter trop...
C'était pas tellement à craindre!... Question qu'il s'éloigne
c'était guère possible, vu l'état des toiles!... Mais le bec dont je
me gourrais, c'était qu'il rechute en plein village... Ça c'était
toujours à deux doigts et la perte avec... qu'il vienne frôler

dans l'école... qu'il emmène le coq de l'église... qu'il s'enfourche dans une gouttière!... Qu'il s'arrête en pleine mairie!... qu'il s'écroule dans le petit bois. Ça suffisait amplement s'il arrivait à gagner ses cinquante ou soixante mètres... je calculais au petit bonheur... c'était le maximum... Son rêve à Courtial, dans l'état de son attirail, c'était de jamais dépasser le premier étage des maisons... Ça pouvait s'admettre facilement... Après ça devenait de la folie... D'abord on aurait jamais pu la gonfler à bloc sa besace... Avec une, deux bonbonnes en plus, ça se serait fendu à coup sûr et du haut en bas... Il s'écarquillait en grenade de la soupape à la valve!... Après qu'il avait franchi la dernière chaumière, dépassé les derniers enclos, alors il faisait le vide du sable. Il se décidait, il culbutait tout son restant... Quand il avait plus de lest du tout... ça lui faisait faire un petit bond... Une saccade d'une dizaine de mètres... C'était l'instant des pigeons... Il ouvrait vivement leur panier... Les bestioles filaient comme des flèches... Alors, c'était aussi le moment que je démerde pour mon compte... C'était son signe de la descente!... Je peux dire que je trissais vinaigre... Il fallait faire du tragique pour ameuter les croquants!... qu'ils radinent tous après le ballon... qu'ils nous aident vite à tout replier... l'énorme camelote en valdraque... à tout rembarquer à la gare... à pousser la charge sur le palan... C'était pas fini! Le mieux qu'on avait découvert pour qu'ils se barrent pas tous à la fois... qu'ils se manient encore pour nous autres, qu'ils accourent à la suite en foule, c'était de leur jouer la catastrophe... Ça prenait presque à coup sûr... Autrement nous étions roustis... pour qu'ils s'y colletinent au boulot, il aurait fallu qu'on les douille... Du coup, on s'y retrouvait plus!... C'était à prendre ou à laisser...

Je poussais des gueulements farouches! Je me désossais comme un putois! Je me précipitais à toutes pompes à travers des fondrières dans la direction de la chute... J'entendais son bugle... « Au feu!... Au feu!... que je hurlais... Regardez! Regardez! les flammes!... Il va foutre le feu partout! Il y en a pardessus les arbres!... » Alors, la horde s'ébranlait... Ils radinaient à la charge... Ils fonçaient à ma poursuite! Dès que Courtial m'apercevait avec la meute des manants, il tirait sur toutes les soupapes... Il éventrait toute la boutique du haut jusqu'en bas!... Le truc s'effondrait dans les loques... Il s'affalait dans la mouscaille, perclus, flapi! foirante la baudruche!... Courtial giclait du panier... Il rebondissait sur ses panards... Il soufflait encore un coup de bugle pour le ralliement... Et il recommençait un discours! Les péquenouzes ils étaient hantés par la frousse que le truc prenne feu, qu'il aille incendier les meules... Ils s'écrasaient sur le bazar pour empêcher qu'il bouffonne... Ils m'empilaient tout ça en tas... Mais ça faisait une très moche épave!... tellement qu'il s'était arraché après toutes les branches... Il avait perdu tant d'étoffe, des lambeaux tragiques... Il ramenait des buissons entiers... entre sa baudruche et le filet... Les sauveteurs ravis, comblés, trépignants dans les émotions, arrimaient Courtial en héros sur leurs robustes épaules... Ils l'emportaient en triomphe... Ils partaient le fêter au « débit »... et jusqu'à plus soif! Moi, il me restait toute la corvée, le plus sale dégueulasse afur... Extirper des fondrières tout notre bastringue avant la nuit... de la glèbe et des sillons... Récupérer tous nos agrès, les ancres, les poulies, les chaînes, toute la quincaille en vadrouille... Le guiderope, ses deux kilomètres... le loch, les taquets, semés au hasard, dans les avoines et les pâtures, le baromètre, et la « pression anéroïde »... une petite boîte en maroquin... les nickels qui sont si coûteux... Un vrai pic-nic moi que je dis!... Apaiser par la gaudriole, les promesses et mille calembours, les pires croquants répulsifs... Leur faire en plus bagotter à coups de facéties graveleuses, en termes absolument gratuits, toute cette engeance épuisante, ces sept cents kilos de falbalas! L'enveloppe déchiquetée en liquette, les restants de l'affreux catalfaque! Balancer toute cette carambouille dans le tout dernier fourgon, juste au moment que le train démarre! Merde! Il faut bien expliquer! C'était pas un petit tour de force! Quand je rejoignais enfin Courtial par l'enfilade des couloirs, le train déjà bien en route, je le retrouvais dans les troisièmes, mon numéro! Absolument tranquillisé, prolixe, crâneur, explicatif, fournissant à l'auditoire toute une brillante démonstration... Les conclusions de l'aventure!... Tout galanterie envers la brune vis-à-vis... soucieux des oreilles enfantines... réprimant la verte allusion... mais badin, piquant tout de même... éméché d'ailleurs, jouant de la médaille et du torse... Il picolait encore la vache! La bonne humeur! la régalade! le coup de rouquin général! Tous gobelet en main... Il se tapait la cloche en tartines... Plus besoin

de s'en faire... Il demandait pas de mes nouvelles!... Je l'avais
sec... j'aime autant le dire!... Je la lui coupais la gaudriole!

— Ah! C'est toi, Ferdinand? C'est toi?...

— Oui, mon cher Jules Verne!...

— Assois-toi là, mon petit! Raconte-moi vite!... Mon secrétaire... Mon secrétaire!...

Il me présentait...

— Alors dis-moi donc, ça va là-bas au fourgon?... Tu as
tout arrangé?... Tu es content?...

Je faisais fort nettement la gueule, j'étais pas content...
Je mouffetais rien...

— Ça ne va pas alors?... Y a quelque chose?...

— C'est la dernière fois!... que je disais comme ça, extrêmement résolu... tout à fait sec et concis...

— Comment? Pourquoi la dernière fois? Tu plaisantes?
A cause de...?

— Elle est plus du tout réparable... Et je ne plaisante pas
du tout!...

Il tombait un vrai silence... C'était fini les effets et la mortadelle. On entendait bien les roues... tous les craquements... la
lanterne qui branlait là-haut dans son verre... Il essayait de
voir ce que je pensais dans la petite lumière... Si je rigolais pas
un peu. Mais je tiquais pas d'un œil!... Je restais extrêmement
sérieux... Je tenais à mes conclusions...

— Tu crois alors, Ferdinand? Tu n'exagères pas?...

— Du moment que je vous le dis!... Je le sais bien quand
même...

J'étais devenu expert en trous... Je souffrais plus la contradiction... Il se renfrognait dans son coin... C'était fini la conférence!... On se reparlait plus...

Tous les autres, sur leurs banquettes, ils se demandaient
ce qui arrivait... Ba da dam! Ba da dam! comme ça d'un cahot
sur l'autre... Et puis la goutte d'huile qui tombe d'en haut du
lampion... Toutes les têtes qui hochent... qui s'affaissent.

449

S'il existe un truc au monde, dont on ne doit jamais s'occuper qu'avec une extrême méfiance, c'est bien du mouvement perpétuel!... On est sûr d'y laisser des plumes...

Les inventeurs, dans leur ensemble, ça peut se répartir par marotte... Y en a des espèces entières qui sont presque inoffensives... Les passionnés des « Effluves », les « telluriques » par exemple, les « centripètes »... C'est des garçons fort maniables, ils vous déjeuneraient dans la main... dans le creux... Les petits trouvailleurs ménagers c'est pas une race très dure non plus... Et puis tous les « râpe-gruyère »... les « marmites sino-finlandaises », les cuillers à « double manche »... enfin tout ce qui sert en cuisine... C'est des types qui aiment bien la tambouille... C'est des bons vivants... Les perfectionneurs du « métro »?... Ah! il faut déjà faire gaffe! Mais les tout à fait sinoques, les véritables déchaînés, les travailleurs au vitriol, viennent presque eux tous du « Perpétuel »... Ceux-là, ils sont résolus à n'importe quoi, pour vous prouver la découverte!... Ils vous retourneraient la peau du bide, si vous émettiez un petit doute... c'est pas des gens pour taquiner...

J'ai connu comme ça, chez Courtial, un garçon de bains-douches, qu'était fanatique... Il parlait que de son « pendule » et jamais encore qu'à voix basse... avec le meurtre dans les yeux... On avait aussi la visite d'un substitut de procureur en Province... Il venait exprès du Sud-Ouest pour nous apporter son cylindre... un tube énorme en ébonite, qu'avait une soupape centrifuge, et un démarreur électrique... Dans la rue c'était facile à le repérer, même de très loin, il marchait jamais

que de biais, comme un véritable crabe, le long des boutiques...
Il neutralisait ainsi les attirances de Mercure et puis les effluves
du Soleil, les « ioniques » qui traversent les nuages... Il quittait
jamais non plus son énorme foulard autour des épaules, ni jour
ni nuit, en amiante tressé fil et soie... Ça c'était son détecteur
d'ondes... S'il entrait dans l' « interférence »... Immédiatement,
il frissonnait... des bulles lui sortaient des narines...

Courtial il les connaissait tous et depuis une paye !... Il savait
à quoi s'en tenir... Il en tutoyait un grand nombre. On s'en
dépêtrait pas trop mal... Mais un jour l'idée lui est venue de
monter avec eux le « Concours » !... C'était vraiment alors folie !
Tout de suite j'ai poussé le cri d'alarme !... Je l'ai hurlé immédiatement... Tout ! mais pas ça !... Aucun moyen de le retenir !...
Il avait très besoin de pognon et puis de liquide immédiat...
C'était tout à fait réel qu'on éprouvait un mal affreux à finir
nos mois... qu'on devait déjà au moins six numéros du « Génitron », à Taponier, l'imprimeur... On avait donc bien des
excuses... Les ascensions, d'autre part, ne rendaient plus comme
avant... Déjà les aéroplanes nous faisaient un tort terrible...
Déjà en 1910, les péquenots ils s'agitaient... Ils voulaient voir
des avions... Nous pourtant, on correspondait éperdument...
pour ainsi dire sans relâche... On se défendait pied à pied...
On relançait tous les bouseux... Et les archevêques... Et les
Préfectures... Et les dames des Postes... et les pharmaciens...
les Expositions horticoles... Rien qu'au printemps 1909, nous
avons fait imprimer plus de dix mille circulaires... On se défendait donc à outrance... Mais aussi, faut dire que Courtial il
rejouait aux courses. Il était retourné aux « Émeutes »... Il
avait dû régler Naguère... Enfin toujours, ils se recausaient...
je les avais bien vus... Il avait gagné comme ça, mon dabe,
en une seule séance, à Enghien, d'un coup six cents francs sur
« Carotte » et puis encore sur « Célimène » deux cent cinquante à
Chantilly... Ça l'avait grisé... Il allait risquer davantage...

Le lendemain matin, il m'arrive comme ça tout chaud
dans la boutique... Il m'attaque d'autor...

— Ah ! dis-donc Ferdinand ! La veine ! La voilà ! C'est la
veine !... Voici !... Tu m'entends, dix ans, dix années !... que je
trinque presque sans arrêt !... Ça suffit !... J'ai la main !... Je la
laisse plus tomber !... Regarde !... Il me montre le « Croqui-
gnol » un nouveau canard des courses qu'il avait déjà tout

biffé... en bleu, rouge, vert, jaune! Je lui réponds moi aussitôt...

— Attention, Monsieur des Pereires! Nous sommes déjà le 24 du mois... Nous avons quatorze francs en caisse!... Taponier est bien gentil... assez patient, il faut le dire, mais enfin quand même, il veut plus livrer notre cancan!... J'aime autant vous prévenir tout de suite! Ça fait trois mois qu'il m'engueule chaque fois que j'arrive rue Rambuteau... C'est plus moi qu'irai le relancer! même avec la voiture à bras!

— Fous-moi la paix Ferdinand! Fous-moi la paix... Tu m'obsèdes! Tu me déprimes avec tes ragots... Tes sordidités... Je sens! Je sens! Demain, nous serons sortis d'affaire!... Je ne peux plus perdre une minute dans les ergotages! Retourne dire à ce Taponier... De ma part tu m'entends bien! De ma part cette fois... Ce salaud-là, quand j'y repense! Il est gras à ma santé!... Ça fait vingt ans que je le nourris! Il s'est constitué une fortune! Gonflé! Plusieurs! Colossales! avec mon journal!... Je veux faire encore quelque chose pour ce saligaud! Dis-lui! Tu m'entends! Dis-lui! Qu'il peut miser toute son usine, toute sa bricole, son attirail! son ménage! la dot de sa fille! sa nouvelle automobile! tout! son assurance! sa police! qu'il ne laisse rien à la traîne! la bicyclette de son fils! Tout! retiens bien! Tout! sur « Bragamance » gagnant... je dis « gagnant »! pas « placé »! dans la « troisième »! Maisons, jeudi!... Voilà! C'est comme ça mon enfant!... Je le vois le poteau! et 1 800 francs pour cent sous! Tu m'entends exactement 1 887... en fouille!... Retiens-bien! Avec ce qui me reste sur l'autre « report »... ça nous fera pour tous les deux! 53 498 francs! Voilà! net!... Bragamance!... Maisons!... Bragamance!... Maisons!...

Il a continué à causer... Il entendait pas mes réponses... Il est reparti par le couloir... C'était devenu un somnambule...

Le lendemain, je l'ai attendu, tout l'après-midi... qu'il arrive... qu'il vienne un peu avec les cinquante-trois sacs... Il était passé cinq heures... Le voilà enfin qui s'amène... Je le vois qui traverse le jardin... Il regarde personne dans la boutique... Il vient vers moi directement... Il m'attrape par les épaules... Il me serre dans ses bras... Il bluffe plus... Il sanglote... « Ferdinand! Ferdinand! Je suis un infect misérable! Un abominable gredin... Tu peux parler d'infamie!... J'ai tout perdu

Ferdinand! Tout notre mois, le mien! le tien! mes dettes! les tiennes! le gaz! tout!... Je dois encore la mise à Naguère!... Au relieur, je lui dois dix-huit cents francs... A la concierge du théâtre j'ai emprunté encore trente balles... Je dois encore en plus cent francs au garde-barrière de Montretout!... Je vais le rencontrer ce soir!... Tu vois dans quelle tourbe je m'enfonce! Ah! Ferdinand! Tu as raison! Je croule dans ma fange!... »

Il s'effondrait plus encore... Il se martyrisait... Il faisait... refaisait son total... Combien qu'il devait au fond?... Y en avait toujours davantage... Il s'en trouvait tellement des dettes, que je crois qu'il en inventait... Il a cherché un crayon... Il allait tout recommencer... Je l'ai empêché résolument... Je lui ai fait alors comme ça :

— Voyons! Voyons monsieur Courtial! vous pouvez pas rester tranquille? A quoi que ça ressemble?... Si il revient des clients! de quoi alors on aura l'air? Il faut vous reposer plutôt!...

— Ferdinand! comme tu as raison!... Tu parles plus sagement que ton maître! Ce vieillard putride! Un vent de folie Ferdinand! Un vent de folie!...

Il se tenait la bouille à deux mains...

— C'est incroyable! C'est incroyable!... Après un moment de prostration il est allé ouvrir la trappe... Il a disparu tout seul... Je la connaissais sa corrida!... C'était toujours le même nibé!... Quand il refaisait une sale connerie... après l'étalage des salades, c'était le coup de la méditation... Mais pour la bectance mon ami! Fallait quand même, que je trouve du bulle!... On me faisait du « crédo » nulle part!... ni le boulanger... ni la fruitière... Il comptait bien là-dessus, la vache, que je m'étais fait une petite planque... Il s'était bien gourré quand même que je devais prendre mes précautions... Que moi j'étais pas dans la lune!... C'est moi, qui tournais prévoyant... C'était moi le fin comptable!... Avec la raclure des tiroirs, moi, j'ai tenu encore tout un mois... Et je nous ai fait bouffer pas mal... Et pas de la cropinette au sel!... de la vraie barbaque première!... de la frite à discrétion... et de la confiture « pur sucre »... Voilà comme j'étais.

Il voulait pas taper sa femme... Elle savait rien à Montretout.

L'oncle Édouard qui revenait de Province, qu'on avait pas vu depuis longtemps, il est passé un samedi soir... Il est venu me donner des nouvelles de mes parents, de la maison... Ça continuait leur malchance!... Mon père, malgré tout ses efforts, il avait pas pu partir de la « Coccinelle »... C'était pourtant son seul espoir... A la « Connivence-Incendie » même en tapant bien la machine ils en avaient pas voulu... Ils le trouvaient déjà trop vieux pour un emploi subalterne... et puis d'allure bien trop timide pour un emploi près du public... Donc il avait fallu qu'il y renonce... qu'il se cramponne à son burlingue... qu'il fasse bonne figure à Lempreinte... C'était un coup abominable... Il en dormait plus du tout.

Le baron Méfaize, le chef du « Contentieux-vie » il avait eu vent de ces démarches... Il l'avait depuis toujours en exécration, mon père, il le tourmentait sans arrêt... Il lui faisait remonter tout exprès les cinq étages sur la cour pour lui répéter une fois de plus combien il le trouvait imbécile... qu'il se trompait dans toutes les adresses... C'était d'ailleurs tout à fait faux...

L'oncle Édouard, tout en me causant... il se demandait... il pensait peut-être... que ça ferait plaisir à mes vieux de me revoir un petit moment... Qu'on se raccommode avec mon père... Qu'il avait eu assez de malheur... qu'il avait bien assez souffert... Ça partait d'un bon naturel... Seulement rien qu'à la pensée, il me remontait déjà du fiel... J'avais tous les glaires dans la gueule... J'étais plus bon pour les essais!...

— Ça va! ça va! Ça va mon oncle!... J'ai la pitié! J'ai tout ça... Seulement si je revenais au Passage... moi je peux bien te l'avouer tout de suite... J'y tiendrais pas dix minutes!... Je foutrais le feu à toute la crèche!...

Pour les essais y avait plus mèche!...

— Bon! Bon! C'est bien qu'il a dit. Je voix ce que tu penses!...

Il m'a pas fait d'autres allusions... Il a dû tout leur répéter... Enfin nous en causâmes plus... de ce retour à la famille.

Avec Courtial, c'est entendu... c'était un fait bien indéniable... c'était à longueur de journée une sacrée pagaye... et une entourloupe continuelle... Il me faisait des tours effroyables... et faux comme trente-six cochons. Seulement le soir j'étais tranquille... Une fois qu'il était trissé je faisais ce que je voulais... Je tirais mes plans à ma guise!... Jusqu'à dix heures du matin où il revenait de Montretout... c'était moi quand même le patron... Ça c'est joliment appréciable! Une fois nourris mes pigeons j'étais absolument libre... Je me grattais toujours un petit plâtre sur les reventes au public... Les « Génitrons » de « retour » c'était un micmac... une partie c'était pour mezig... il m'en restait dans les ongles... et sur les ascensions aussi... Ça n'a jamais dépassé la somme de quatre à cinq thunes... mais pour moi, en argent de poche, c'était du Pérou!...

Il aurait bien voulu savoir, le vieux crocodile, où je l'afurais mon petit pèze!... mon aubert mignon!... Il pouvait toujours courir! J'avais la prudence absolue... J'avais bien été à l'école... Il quittait jamais ma fouille ce petit volage, et même une planque bien épinglée dans l'intérieur de mon plastron... La confiance ne régnait pas... Moi, je les connaissais ses cachettes... il en avait trois... Y en avait une dans le plancher... une autre derrière le compteur... (une brique en bascule) et enfin une autre dans la tête même d'Hippocrate! Je lui en ai calotté partout... Il comptait jamais... Il lui venait des doutes à la fin... Mais il avait pas à râler... Il me foutait pas un rond de salaire... Encore c'est moi qui nourrissais!... Soi-disant avec la masse, et pas trop mal... et copieusement... Il sentait qu'y avait rien à dire...

Le soir je me faisais pas de cuistance, j'allais seul à « l'Automatic » au coin de la rue Rivoli... J'avalais debout, un petit morceau... j'ai toujours préféré ça... c'était très vite liquidé... Après je partais en vadrouille... Je faisais le tour par la rue

Montmartre... Les Postes... la rue Étienne-Marcel... Je m'arrêtais à la statue, Place des Victoires, pour fumer une cigarette... C'était un carrefour majestueux... Il me plaisait bien... Là, très tranquille pour réfléchir... Jamais j'ai été si content qu'à cette époque au « Génitron »... Je faisais pas des projets d'avenir... Mais je trouvais le présent pas trop tarte... J'étais rentré sur les neuf heures...

J'avais encore bien du boulot... Toujours des pièces au « Zélé »... Des colis qu'on avait en retard... et des babilles pour la Province... Et puis comme ça, vers les onze heures, je ressortais sous les arcades... C'était le moment curieux... C'était plein de branleuses notre pourtour... tout des traînardes à vingt ronds... Et même encore moins... Une tous les trois ou quatre piliers avec un ou deux clients... Elles me connaissaient bien à force... Souvent elles étaient joviales... Je les faisais monter dans le burlingue au moment des rafles... Elles se planquaient dans les dossiers, elles avalaient la poussière... Elles attendaient qu'ils soyent loin... On s'est fait des drôles de suçages dans le « Coin du Commanditaire »... Moi, j'avais droit à toute la fesse... entièrement à l'œil parce que je biglais bien les approches, de mon entresol, au moment de la crise... quand je voyais pointer les rouquins... Elles se carraient toutes par la petite porte... J'étais le « serre » de la tribu! ni vu!... ni connu... C'est un peu avant minuit qu'on escomptait la bourrique... J'en avais assez souvent une douzaine des mômes dans le capharnaüm du premier... On éteignait la calebombe... Fallait pas mouffeter du tout... On entendait leurs « 43 » passer, repasser sur les dalles... Y avait de la terreur... On aurait dit comme des rats qu'elles se ratatinaient dans leur coin... Après c'était la détente... Le plus beau c'était les histoires... Elles savaient tout sur les Galeries... tout ce qui se trame et qui se trafique... sous les arches... dans les soupentes... dans les arrière-magasins... J'ai tout appris sur le commerce... tous ceux qui se faisaient enculer... toutes les fausses couches... tous les cocus du périmètre... Comme ça, entre onze heures et minuit... J'ai tout appris sur des Pereires, comment qu'il allait cet immonde se faire foutre la flagellation aux « Vases Etrusques » au 216, l'allée d'en face... presque à la sortie du « Français »... et qu'il les aimait sévères... et qu'on l'entendait rugir derrière le rideau de velours... et ça lui coûtait chaque fois vingt-cinq points... comptants! bien sûr!... Et que des semaines c'était pas rare qu'il prenne trois fouettées coup sur coup!...

Ça me faisait rugir, moi aussi, d'entendre des salades pareilles!... Ça m'étonnait plus beaucoup qu'on aye jamais un fifre d'avance... qu'avec la « volée » plus les « gayes » qu'on manque toujours de pognon!... Y avait pas de miracle!...

Celle qui racontait le mieux, c'était la Violette, une déjà vioque, une fille du Nord, toujours en cheveux, triple chignon en escalade et les longues épingles « papillon », une rouquine, elle devait bien avoir quarante piges... Toujours avec une jupe noire courte, moulante, un minuscule tablier rose, et de hautes bottines blanches à lacets et talons « bobines »... Moi, elle m'avait à la bonne... On prenait tous des hoquets rien qu'à l'écouter... tellement qu'elle mimait parfaitement... Elle en avait toujours des neuves... Elle voulait aussi que je l'encule... Elle m'appelait son « transbordeur » à la façon que je la bourrais... Elle parlait toujours de son Rouen! elle y avait passé douze années dans la même maison, presque sans sortir... Quand on descendait à la cave, je lui allumais la bougie... Elle me recousait mes boutons... c'est un travail que j'abhorrais!... Je m'en faisais sauter beaucoup... à cause des efforts du trafic en poussant la voiture à bras... Je pouvais recoudre n'importe quoi... mais pas un bouton... jamais!... Je pouvais pas les supporter... Elle voulait me payer des chaussettes... elle voulait que je devienne coquet... Y avait longtemps que j'en mettais plus... des Pereires non plus, faut être juste... En quittant le Palais-Royal, elle remontait sur la Villette... tout le long ruban à pompes... C'était les clients de cinq heures... Là, elle gagnait encore pas mal... Elle voulait plus être enfermée... De temps en temps, malgré tout, elle passait un mois à l'Hospice... Elle m'envoyait une carte postale... Elle se rappliquait en vitesse! Je connaissais ses coups aux carreaux... Je l'ai eue en bonne amitié pendant près de deux ans... jusqu'à ce qu'on parte des Galeries... Sur la fin elle était jalouse, elle avait des bouffées de chaleur... Elle devenait mauvais caractère...

A la saison des légumes on s'en foutait plein le lampion...
Je les présentais en « jardinière » avec des lardons variés... Il en ramenait des salades! des haricots à plein panier! de Montretout!... De la carotte, du navet, des bottes et des bottes entières et même des petits pois...

Courtial il était porté sur les plats en « sauce ». Moi j'avais appris tout ça dans son manuel de cuisine... Je connaissais toutes les ragougnasses, toutes les manières de faire « revenir ». C'est un genre extrêmement commode... Ça peut être resservi longtemps. Nous possédions un fort réchaud à gaz lampant « Sulfridor », un peu explosif, dans l'arrière-boutique-gymnase... L'hiver, je mettais le pot-au-feu... C'est moi qui achetais la barbaque, la margarine et le frometon... Pour la question des bibines on en ramenait chacun son tour...

La Violette, sur les minuit, elle aimait bien casser la croûte... Elle aimait le veau froid sur du pain... Seulement tout ça coûte assez cher... En plus des autres folles dépenses!

J'ai eu beau me gendarmer... faire entrevoir les pires désastres... il a fallu qu'on y tâte à son « Concours du Perpétuel ». C'était un expédient rapide... Ça devait nous rapporter tout de suite. La foire était sur le pont!... Vingt-cinq francs, c'était le droit d'entrée pour faire partie des épreuves... Doté d'un prix de douze mille balles, première récompense décernée par le « grand Jury des plus hautes sommités mondiales » et puis un autre prix subalterne, accessit-consolation... quatre mille trois cent cinquante francs, ça faisait pas un concours radin!...

Tout de suite, y a eu des amateurs!... Un flux!... Un raz!...

Une invasion!... Des épures!... Des libelles!... et de fort copieux mémoires!... Des dissertations imagées... On a bouffé de mieux en mieux! Mais c'était pas dans l'insouciance! Ah certainement non!... J'étais extrêmement persuadé qu'on la regretterait l'initiative!... Qu'on allait se faire emmouscailler dans tous les sens à la fois... et pas pour de rire!... Qu'on les expierait largement les fafiots qu'on allait tâter!... Les deux... les trois... les peut-être cinq mille... d'imaginations pittoresques!... Que certainement ça nous retomberait en putaines vengeances sur la gauffre... Et que ça tarderait plus bézef...

On en a eu pour tous les goûts, toutes les tendances, toutes les marottes des maquettes pour ce perpétuel!... En « pompes », en volants dynamiques, en tubulures cosmi-terrestres, en balanciers pour les induits... en pendules calorimétriques, en coulisses réfrigérantes, en réflecteurs d'ondes hertziennes!... Y avait qu'à taper dans la masse, on était servi à coup sûr... Au bout d'une quinzaine de jours les énergumènes souscripteurs ont commencé à radiner! en personne! eux-mêmes!... Ils voulaient connaître les nouvelles... Ils vivaient plus depuis notre « Concours ». Ils ont assailli la cambuse... Ils se bigornaient devant notre porte... Courtial s'est montré sur le seuil, il leur a fait un long discours... Il les a reportés à un mois... Il leur a expliqué comme ça que l'un de nos commanditaires s'était cassé l'humérus en se promenant sur la Côte d'Azur... mais qu'il serait bientôt réparé... et qu'ils s'empresserait de venir apporter lui-même son flouze... C'était une affaire entendue... un petit anicroche seulement... C'était pas mauvais comme bobard... Ils sont repartis... mais hargneux... Ils ont dégagé la vitrine... Ils crachaient leur fiel partout... même quelques-uns des grumeaux solides... des genres de têtards... C'était vraiment une vilaine race de maniaques tout à fait dangereux que Courtial avait déclenchée... Il s'en rendait bien un peu compte... Mais il voulait pas en convenir... Au lieu de confesser son erreur, c'est à moi qu'il cherchait noise...

Après le déjeuner, comme ça, en attendant que je passe le jus dans le torchon, il se pressurait le bout du blaze, il se faisait suinter des petites gouttes de graisse, ça sortait comme des asticots, après ça, il se les écrasait entre les deux ongles... infiniment sales et pointus... Il tenait quelque chose comme tarin... le vrai petit chou-fleur... plissé... rissolé... véreux... En plus, il grossissait encore... Je lui faisais remarquer.

On attendait buvant notre jus qu'ils se ramènent en trombe les maniaques, les fébricitants de la goupille... qu'ils recommencent à nous agonir... menacer... piquer l'épilepsie... emboutir la porte... se faire rebondir dans le décor... C'était moi alors Courtial qu'il entreprenait... qu'il essayait d'humilier... Ça le soulageait qu'on aurait dit... Il me saisissait au dépourvu... « Un jour quand même Ferdinand, il faudra que je t'explique quelques trajectoires majeures... quelques ellipses essentielles... Tu ignores tout des grands Gémeaux!... et même de l'Ours! la plus simple!... Je m'en suis aperçu ce matin, quand tu parlais avec ce morpion... C'était pitoyable! Atterrant!... Suppose un peu, qu'un jour ou l'autre un de nos collaborateurs en vienne au cours d'un entretien, à te pousser quelques colles, par exemple sur le « Zodiac »?... ses caractères?... le Sagittaire?... Que trouveras-tu à répondre? Rien! ou à peu près! Absolument rien vaudrait mieux... Nous serions discrédités Ferdinand! Et sous le signe de Flammarion!... Oui! C'est un bouquet! C'est le comble de la dérision! Ton ignorance? Le ciel? Un trou!... Un trou pour toi Ferdinand! Un de plus! Voilà! Voilà le ciel pour Ferdinand! » Il se saisissait alors la tête entre les deux poignes... Il se la balançait de droite à gauche, toujours dans l'emprise... comme si la révélation, comme si une telle aberrance lui devenait d'un coup là devant moi, douloureuse au maximum... qu'il pourrait plus la supporter!... Il poussait de tels soupirs, que j'y aurais écrasé la tronche.

« Mais d'abord au plus urgent! qu'il me faisait alors, brutal... Passe-moi donc, tiens, une vingtaine de ces dossiers! Au hasard! Pique! Je veux les parcourir de suite... Demain matin, je mettrai les notes! Il faut commencer sacrebleu! Qu'on ne me dérange plus surtout! Mets un écriteau sur la porte! « Réunion préliminaire du Comité de la Récompense »... Je suis au premier tu m'entends?... Toi, il fait beau... va faire un tour chez Taponard!... Demande-lui où il en est de notre supplément?... Passe d'abord par les « Émeutes ». Mais n'entre pas! Ne te fais pas repérer! Regarde seulement dans la petite salle si tu vois Naguère?... S'il est déjà parti, alors demande au garçon, mais pour absolument toi-même! Tu m'entends? Pas pour moi du tout!... Combien « Sibérie » elle a fait dimanche dans la « qua-

460

trième » des Drags? Passe pas par devant pour rentrer! Glisse-toi par la rue Dalayrac!... Et qu'on ne me dérange plus surtout! Je n'y suis pas pour un million! Je veux travailler dans le silence! le calme absolu!... » Il montait en haut se calfeutrer dans le bureau tunisien. Comme il avait trop bouffé j'étais tranquille qu'il roupillerait... Moi, j'avais encore des « adresses » pour les comités... toujours les babilles à finir... Je quittais aussi la boutique, j'allais m'installer sous les arbres en face... Je me planquais bien derrière le kiosque. Ça ne me disait rien l'imprimeur... Je savais d'avance ce qu'il me répondrait... J'avais des choses plus urgentes. J'avais les deux mille étiquettes et toutes les bandes à coller... pour le prochain numéro... si l'imprimeur le gardait pas!... C'était pas du tout garanti!... Depuis la quinzaine précédente, il était rentré du pognon avec les mandats du « concours »... Mais nous devions bien davantage! Trois quittances au proprio!... et puis le gaz depuis deux mois... et puis surtout les Messageries...

Pendant que j'étais là en planque, je voyais arriver de très loin le cortège des concurrents... Ils s'élançaient vers la boutique... Ils gigotaient devant la vitrine... Ils secouaient la lourde avec rage!... J'avais emporté le bec-de-cane... Ils auraient tout déglingué... Ils se rencardaient les uns les autres!... Ils échangeaient leurs fureurs... Ils stationnaient encore longtemps... Ils bourdonnaient devant la porte... A quatre, cinq cents mètres de distance j'entendais le ronchonnement... Je pipais pas!... Je me montrais pas... Ils seraient tous radinés en trombes!... Ils m'auraient écartelé!... Jusqu'au soir sept heures encore, il en surgissait des nouveaux... L'autre hideux là-haut, dans son souk, il devait roupiller toujours... A moins qu'il se soye tiré déjà... entendant la meute... par la fine porte de la rue...

Enfin! Y avait pas d'urgence... Je pouvais un peu réfléchir... Ça faisait déjà des années que j'avais quitté les Berlope... et le petit André... Il devait avoir plutôt grandi, ce gniard dégueulasse!... Il devait bagotter ailleurs maintenant... pour des autres darons... Peut-être même plus dans les rubans... On était venus assez souvent par là ensemble tous les deux... Là précisément auprès du bassin, sur le banc à gauche... attendre le canon de midi... C'était loin déjà ce temps-là qu'on était arpètes ensemble... Merde! Ce que ça vieillit vite un môme! J'ai regardé par-ci, par-là, si je le revoyais pas par hasard le petit André...

Y a un placier qui m'avait dit qu'il était plus chez les Berlope... Qu'il travaillait dans le Sentier... Qu'il était placé comme « jeune homme »... Quelquefois, il m'a semblé le reconnaître sous les arcades... et puis non!... C'était pas lui!... Peut-être qu'il était plus tondu?... Je veux dire la couenne comme en ce temps-là... Peut-être qu'il l'avait plus sa tante!... Il devait sûrement être quelque part en train de courir après sa croûte!... sa réjouissance... Peut-être que je le reverrais jamais... qu'il était parti tout entier... qu'il était entré corps et âme dans les histoires qu'on raconte... Ah! c'est bien terrible quand même... on a beau être jeune quand on s'aperçoit pour le premier coup... comme on perd des gens sur la route... des potes qu'on reverra plus... plus jamais... qu'ils ont disparu comme des songes... que c'est terminé... évanoui... qu'on s'en ira soi-même se perdre aussi... un jour très loin encore... mais forcément... dans tout l'atroce torrent des choses, des gens... des jours... des formes qui passent... qui s'arrêtent jamais... Tous les connards, les pilons, tous les curieux, toute la frimande qui déambule sous les arcades, avec leurs lorgnons, leurs riflards et les petits clebs à la corde... Tout ça, on les reverra plus... Ils passent déjà... Ils sont en rêve avec des autres... ils sont en cheville... ils vont finir... C'est triste vraiment... C'est infâme!... les innocents qui défilent le long des vitrines... Il me montait une envie farouche... j'en tremblais moi de panique d'aller sauter dessus finalement... de me mettre là devant... qu'ils restent pile... Que je les accroche au costard... une idée de con... qu'ils s'arrêtent... qu'ils bougent plus du tout!... Là, qu'ils se fixent!... une bonne fois pour toutes!... Qu'on les voye plus s'en aller.

Peut-être deux, trois jours plus tard, on a demandé Courtial au commissariat... Un flic est venu tout exprès... Ça arrivait assez souvent... C'était un peu ennuyeux... Mais ça s'arrangeait toujours... Je le brossais avec grand soin pour la circonstance... Il retournait un peu ses manchettes... Il partait se justifier... Il restait longtemps dehors... Il revenait toujours ravi... Il les avait confondus... Il connaissait tous les textes... tous les moindres alibis, toutes les goupilles de la poursuite... Seulement pour cette rigolade-ci... y avait du sérieux tirage!... C'était pas du tout dans la fouille!... Nos affreux gniards du « Perpétuel » ils emmerdaient les commissaires... celui de la rue des Francs-Bourgeois, il recevait des douze plaintes par jour!... et celui de la rue de Choiseul il était lui à bout de patience... absolument excédé!... Il menaçait de faire une descente... Depuis janvier, c'était plus le même... l'ancien qu'était si arrangeant il avait permuté pour Lyon... Le nouveau c'était un fumier. Il avait prévenu le Courtial que si nous recommencions des manigances de « Concours », il lui foutrait un de ces mandats qui ne serait pas dans une musette!... Il voulait se faire remarquer par le zèle et la vigilance... Il arrivait d'un bled au diable!... Il était plein de sang!... Ah! c'est pas lui qui déchait pour notre imprimeur, le terme et la casse! Il pensait qu'à nous ahurir!... On n'avait même plus le téléphone. On nous l'avait supprimé, il fallait que je saute à la poste... Il était coupé depuis trois mois... Les inventeurs qui réclamaient, ils venaient forcément en personne... Nos lettres on les lisait plus... On en recevait beaucoup de trop!... On était devenus trop nerveux avec ces menaces judiciaires... Question d'ouvrir notre courrier, on prélevait seulement les fafiots... Pour le reste on laissait courir... C'était sauve qui peut!... ça se déclenche vite une panique!...

Courtial il avait beau prétendre... Le commissaire du « Choiseul » il y avait coupé l'appétit, c'était un vrai ultimatum!... Il était revenu blafard...

— Jamais! Tu m'entends, Ferdinand! Jamais!... Depuis trente-cinq années que je labeure dans les sciences!... que je me crucifie! c'est le mot... pour instruire! élever les masses! Jamais on m'a traité encore comme ce salaud-là!... Ça dépasse toute indignation! Oui! Ce blanc-bec!... Ce mince paltoquet!... Pour qui me prend-il, ce lascar?... Pour un collignon dévoyé?... Pour un marchand de contre-marques? Quel arsouille! Quelle impudeur! Une « descente »! Comme au bobinard! Une « descente », il n'a plus que ça dans la gueule! Mais qu'il y vienne donc, ce crétin! Que trouvera-t-il? Ah! on voit bien qu'il est nouveau! Qu'il est puceau dans la région! Un provincial! Je te le dis! Un terreux, sans aucun doute! Il fait du zèle, ce pitoyable! L'imagination! Il se tient plus! L'imagination! Ah! ça lui coûtera plus cher qu'à moi... Ah oui! Nom de Dieu!... Celui de la rue d'Aboukir! Il a voulu y venir aussi! Il l'a voulue sa descente! Il est venu! Il a regardé! Ils ont retourné toute la cambuse! Ces sales dégueulasses dégoûtants... Ils ont tout foutu en l'air et ils sont repartis... *Veni! Vidi! Vici!* Une bande de sales cons miteux! C'était il y a deux ans passés. Ah! je m'en souviens! Et que trouva-t-il ce Vidocq à l'oseille... De la paperasse et du plâtre... Il était couvert de gravats, mon ami! Piteux cloporte! Pitoyable!... Ils avaient creusé partout! Ils avaient pas compris un mot... l'infime cafard!... Ah! Les enfoirés!... Malheureux béotiens crotteux!... Anes légaux... Anes du purin, moi que je dis!...

Il me montrait en l'air, jusqu'au cintre, les piles et les piles... les entassements prodigieux... Les véritables glacis, les promontoires menaçants! Branleurs!... Ça serait bien rare en effet si l'épouvante le prenait pas le commissaire de « Choiseul » devant ces montagnes!... ces avalanches en suspens...

— Une descente! Une descente! Écoute-moi comme ça cause! Pauvre petit! Pauvre gamin! Pauvre larve!...

Il avait beau installer, ces menaces le troublaient quand

même... Il était bien déconfit!... Il y est retourné le lendemain exprès pour le revoir ce jeunot... Pour essayer de le convaincre qu'il s'était gouré sur son compte... Et de fond en comble! Absolument!... Qu'on l'avait noirci à plaisir!... C'était une question d'amour-propre... Ça le rongeait à l'intérieur l'engueulade de ce greluchon... Il touchait même plus aux haltères... Il restait troublé... Il marmonnait sur sa chaise... Il me causait plus que de cette descente... Il négligeait même pour une fois mon instruction scientifique!... Il voulait plus recevoir personne! Il disait que c'était plus la peine! J'accrochais en permanence le petit écriteau « Réunion du Comité ».

C'est à peu près à ce moment-là, quand on parlait de « perquisitions », qu'il a encore recommencé à me faire des remarques sur son avenir... Sur son surmenage... Qu'il en souffrait de plus en plus...

« Ah! qu'il me disait Ferdinand! comme il cherchait des dossiers pour les porter au petit « Quart »... Tu vois ce qu'il me faudrait!... Encore une journée de perdue! Salie! gâchée! pervertie absolument! anéantie en cafouillages!... En crétines angoisses!... C'est que je puisse me recueillir!... Véritablement... Enfin! que je puisse m'abstraire!... Tu comprends?... La vie extérieure me ligote!... Elle me grignote! Me dissémine!... M'éparpille!... Mes grands desseins demeurent imprécis, Ferdinand! J'hésite!... Voilà! Imprécis! J'hésite... C'est atroce! Tu ne me comprends pas? Calamité sans pareille! On dirait une ascension, Ferdinand!... Je m'élève!... Je parcours un bout d'infini! Je vais franchir!... Je traverse déjà quelques nuages... Je vais voir enfin... Encore des nuages!... La foudre m'étonne!... Toujours des nuages... Je m'effraye!... Je ne vois rien!... Non, Ferdinand!... Je ne vois rien! J'ai beau prétendre... Je suis distrait, Ferdinand!... Je suis distrait! » Il trifouillait dans son bouc... Il se rebiffait la moustache!... Il avait la main toute vibrante... On n'ouvrait plus à personne! Même aux maniaques du « Perpétuel »... A force de venir buter, ils ont abandonné l'espoir!... Ils nous foutaient un peu la paix... On n'a pas eu de perquisition... Ils ont pas entamé de poursuites... Mais il y avait eu la chaude alerte...

Il se méfiait de tout à présent Courtial des Pereires, de son bureau tunisien! De son ombre propre! C'était encore trop exposé son entresol personnel, trop facilement accessible!...

Ils pouvaient venir à l'improviste lui sauter sur le paletot... Il voulait plus rien risquer!... A la seule vue d'un client, sa figure passait à la cire!... Il en chancelait presque! Il était vraiment affecté par le dernier trafalgar!... Il préférait de beaucoup sa cave... Il y restait de plus en plus!... Là il était un peu tranquille!... Il méditait à son aise!... Il s'y planquait des semaines entières... Moi je faisais le courant du journal... C'était une chose de routine! Je prélevais des pages dans ses manuels... Je découpais avec soin... Je rafraîchissais des endroits... Je refaisais un peu les titres... Avec les ciseaux, la gomme et la colle, je me débrouillais bien. Je laissais en blanc beaucoup d'espace pour donner des « lettres d'abonnés »... Les reproductions c'est-à-dire... Je faisais sauter les engueulades... Je conservais que les enthousiasmes... Je dressais une liste des souscripteurs... J'attigeais bien la cabane... Quatre queues au bout des zéros!... J'insérais des photographies. Celle de Courtial en uniforme, en poitrine avec les médailles... une autre, du grand Flammarion, cueillant des roses dans son jardin... Ça faisait contraste, ça faisait plaisant... Si des inventeurs s'aboulaient... qui revenaient encore s'informer, me dérangeaient dans ma tâche... j'avais trouvé une autre excuse...

« Il est avec le Ministre! que je répondais raide comme balle. On est venu le chercher hier soir... C'est sûrement pour une expertise... » Ils y croyaient pas tout à fait... mais ils restaient quand même rêveurs. Le temps que je me tire dans le gymnase... « Je vais voir s'il est pas rentré...! »

Ils me revoyaient plus.

Un malheur arrive jamais seul!... Nous eûmes de nouveaux déboires avec le « Zélé » toujours de plus en plus fendu, ravaudé, perclus de raccrocs... tellement perméable et foireux qu'il s'effondrait dans ses cordes!...

L'automne arrivait, ça commençait à souffler! Il flanchait dans la rafale, il s'affaissait, le malheureux, au départ même, au lieu de s'élancer dans les airs... Il nous ruinait en hydrogène, en gaz méthanique... A force de pomper tout de même, il prenait un petit élan... Avec deux ou trois soubresauts il franchissait assez bien les premiers arbustes... s'il arrachait une balustrade, il fonçait alors dans le verger... Il repartait encore une secousse... Il ricochait contre l'église... Il emportait la girouette... Il refoulait vers la campagne... Les bourrasques le ramenaient en vache... en plein dans les peupliers... Des Pereires attendait plus... Il lâchait tous les pigeons... Il envoyait un grand coup de bugle... Il me déchirait toute la sphère... Le peu de gaz s'évaporait... J'ai dû comme ça le ramasser en situation périlleuse aux quatre coins de la Seine-et-Oise, dans la Champagne et même dans l'Yonne! Il a raclé avec son cul toutes les betteraves du Nord-Est. La belle nacelle en rotin, elle avait plus de forme à force... Sur le plateau d'Orgemont, il est resté deux bonnes heures entièrement enfoui, coincé dans le milieu de la mare, un purin énorme! Mouvant, floconnant, prodigieux!... Tous les croquants des abords ils se poêlaient à se casser les côtes... Quand on a replié le « Zélé », il sentait si fortement les matières et le jus de la fosse, et Courtial d'ailleurs aussi, entièrement capitonné, fangeux, enrobé, soudé

467

dans la pâte à merde! qu'on a jamais voulu de nous dans le compartiment... On a voyagé dans le fourgon avec l'ustensile, les agrès, la came.

En rentrant au Palais-Royal, c'était pas fini!... Notre aérostat joli, il empestait encore si fort, comme ça même au tréfonds de la cave, qu'il a fallu que nous brûlions et pendant presque tout l'été au moins dix casseroles de benjoin, de santal et d'eucalyptus... des rames de papier d'Arménie!... On nous aurait expulsés! Y avait déjà des pétitions...

Tout ça encore c'était remédiable... Ça faisait partie des aléas, des avatars du métier... Mais le pire, le coup fatal il nous fut certainement porté par la concurrence des avions... On peut pas dire le contraire... Ils nous soulevaient tous nos clients... Même nos plus fidèles comités... ceux qu'avaient entièrement confiance, qui nous prenaient presque à coup sûr... Péronne, Brives-la-Vilaine, par exemple! Carentan-sur-Loing... Mézeux... Des assemblées de tout repos, entièrement dévouées à Courtial... qui le connaissaient depuis trente-cinq ans... Des endroits où depuis toujours on ne jurait que par lui... Tout ce monde-là se trouvait soudain des bizarres prétextes pour nous remettre à plus tard!... des subterfuges! des foirures! C'était la fonte! la débandade!... C'est surtout à partir de mai et de juin-juillet 1911 que les choses se gâtèrent vraiment... Le dénommé Candemare Julien, pour ne citer que celui-ci, avec sa seule « Libellule » il nous pauma plus de vingt clients!...

Nous avions pourtant consenti à des rabais à peine croyables... Nous allions de plus en plus loin... Nous emportions notre hydrogène... la pompe... le condensimètre... Nous sommes allés à Nuits-sur-Somme pour cent vingt-cinq francs! gaz compris! Et transport en sus!... C'était plus tenable à vrai dire! Les bourgs les plus suppureux... Les sous-préfectures les plus rances ne juraient plus que par cellule et biplan!... Wilbur Wright et les « métinges »!...

Courtial avait bien compris que c'était la lutte à mort... Il a voulu réagir... Il a tenté l'impossible. Il a publié coup sur coup, en pas l'espace de deux mois, quatre manuels et douze articles dans les colonnes de son cancan, pour démontrer « mordicus » que les avions voleraient jamais!... Que c'était un faux progrès!... un engouement contre nature!... une perversion de la technique!... Que tout ça finirait bientôt dans une capi-

lotade atroce! Que lui, Courtial des Pereires, qu'avait trente-
deux ans d'expérience, ne répondait plus de rien! Sa photographie dans l'article!... Mais il était déjà en retard sur le
courant des lecteurs!... Absolument dépassé! Submergé par la
vogue croissante! En réponse à ses diatribes, à ses philippiques
virulentes il ne reçut que des injures, des bordées farouches et
des menaces comminatoires... Le public des inventeurs ne
suivait plus des Pereires!... C'était l'exacte vérité... Il s'est
entêté quand même... Il voulait pas en démordre!... Il a même
repris l'offensive!... C'est ainsi qu'il a fondé la société « La
Plume au Vent » à l'instant même le plus critique!... « Pour
la défense du sphérique, du beaucoup plus léger que l'air! »
Exhibitions! Démonstrations! Conférences! Fêtes! Réjouis-
sances! Siège social au « Génitron ». Il est pas venu dix adhérents! Ça sentait la terrible poisse! Je suis retourné aux rafistolages... Dans « l'Archimède », le vieux captif, j'avais déjà
tellement tapé que je ne trouvais plus un bout de convenable!...
C'était plus que des morceaux pourris!... Et le « Zélé » valait
guère mieux... Il était réduit à la corde! On lui voyait la trame
partout... Je suis payé pour le savoir!

Ce fut un dimanche à Pontoise notre dernière sortie sphérique. On s'était risqué quand même... Ils avaient dit ni oui
ni non!... On l'avait extrêmement dopé le malheureux déconfit,
ramassé les franges dans les coins, retourné dessus-dessous...
On l'avait un peu étayé avec des plaques en cellophane...
du caoutchouc, du fusible et des étoupes de calfats! Mais
malgré tout, devant la Mairie, ce fut sa condamnation, la
crise terminale! On a eu beau lui pomper presque en entier
un gazomètre... Il perdait plus qu'il ne prenait... C'était un
coup d'endosmose, Pereires à tout de suite expliqué... Et puis
comme on insistait, il s'est complètement pourfendu... dans un
bruit d'horrible colique!... L'odeur infecte se répand!... Les
gens se sauvent devant les gaz... Ce fut une panique! une
angoisse!... En plus, voilà, l'énorme enveloppe qui redégringole
sur les gendarmes!... Ça les étouffe, ils restent coincés dans les
volants... Ils gigotaient dessous les plis!... Ils ont bien failli
suffoquer!... Ils étaient faits comme des rats... Au bout de
trois heures d'efforts, on a dégagé le plus jeune!... les autres
ils étaient évanouis... On était plus populaires! On s'est fait
injurier terrible!... Glavioter par les gamins!...

Quand même, on a replié le bastringue... on a trouvé des charitables... Heureusement que le jardin de la fête c'était tout près de la grande écluse!... On a parlé à une péniche... Ils ont bien voulu qu'on se case... Ils descendaient sur Paris... On a viré toute notre camelote au fin fond de la cale... Le voyage s'est bien passé... On a mis à peu près trois jours... Un beau soir, on est parvenus au « Port à l'Anglais »... C'était la fin des ascensions!... On s'était pas mal amusé à bord du chaland... C'était des bonnes gens bien aimables... des Flamands du Nord... On a bu tout le temps du café... tellement qu'on pouvait plus dormir. Ils jouaient bien de leur accordéon... Je vois encore le linge qui séchait sur toute la longueur du capot... Toutes les couleurs les plus vivaces... des framboises, des safrans, des verts, des oranges. Y en avait pour tous les goûts... J'ai appris à leurs petits gniards à faire des bateaux en papier... Ils en avaient jamais vu.

Aussitôt que notre patronne, Madame des Pereires, a connu la fatale nouvelle, sans perdre une minute, elle a rappliqué au Bureau... Je l'avais encore jamais vue... depuis onze mois que j'étais là... Il fallait une vraie catastrophe pour qu'elle se décide à se déranger... Elle se trouvait bien à Montretout.

Comme ça, au premier coup d'œil, avec sa très curieuse allure, je croyais que c'était une « inventrice » qu'elle venait nous parler d'un « système »... Elle arrive dans tous ses états. En ouvrant la porte, extrêmement nerveuse, il faut dire, et indignée au possible, elle trouvait à peine ses mots, son chapeau lui vadrouillait sur la tronche entièrement de travers. Elle portait une voilette épaisse... Je lui voyais pas la figure. Je retiens surtout dans mon souvenir, la jupe en velours noir à pesants godets et le corsage mauve, façon « boléro » avec grands motifs brodés... et semis de perles même couleur... Et parapluie soie changeante... J'ai bien retenu tout ce tableau.

Après quelques parlementages, j'ai fini par la faire asseoir dans le grand fauteuil des clients... Je lui recommande de patienter, que le maître va pas tarder à venir... Mais, tout de suite, c'est elle qui m'empoigne!...

« Ah! mais c'est donc vous, Ferdinand?... C'est bien vous, je ne me trompe pas? Ah! mais vous connaissez les drames?... Alors n'est-ce pas que c'est un désastre?... Mon polichinelle!... Il est arrivé à ses fins!... Il ne veut plus rien faire n'est-ce pas?... » Elle gardait les poings fermés comme ça sur les cuisses! Elle était campée dans le fauteuil! Elle m'interpellait avec une de ces brusqueries!...

« Il ne veut plus rien foutre?... Il en a assez de travailler?...
Il trouve que nous pouvons bien vivre!... Avec quoi? Avec
des rentes? Ah! le va-nu-pieds! Ah! Le jean-foutre, le salo-
piaud! la crapule maudite! Où est-il encore à cette heure-ci? »
Elle cherchait dans l'arrière-boutique!...
— Il est pas là, Madame!... Il est parti voir le Ministre!...
— Ah! le Ministre! Comment vous dites? Le Ministre! —
Elle se fout à rigoler! — Ah! mon petit! Ah! Pas à moi celle-là!...
Pas à moi!... Je le connais mieux que vous, moi, le sagouin!
Ministre! Ah non! Aux maisons closes! Oui, peut-être! Au
cabanon, vous voulez dire! au Dépôt! Oui! Ça sûrement!
n'importe où! A Vincennes! A Saint-Cloud! peut-être!... mais
pour le Ministre! Ah! non!
Elle me fout son parapluie sous le nez...
« Vous êtes complice! Ferdinand! Tenez! complice! voilà!
vous m'entendez? Vous finirez tous en prison!... Voilà où
tous vos trucs vous mènent!... Toutes vos roueries!... vos
salopages!... vos dégueulasses manigances!... »
Elle retombait dans son fauteuil, les coudes sur les genoux,
elle se retenait plus... aux virulentes apostrophes, succédait
la prostration... elle bredouillait dans les sanglots!... Elle
remplissait sa voilette! Elle me racontait toute l'affaire!...
« Allez, je suis bien au courant!... Jamais je voulais venir!
Je savais bien que ça me ferait du mal...! Je sais bien qu'il
est incorrigible!... Ça fait trente ans que je le supporte!... »
Là-bas, elle était tranquille... à Montretout, pour se soigner.
Elle était fragile... Elle aimait plus à se déplacer, à sortir de son
pavillon... Autrefois... Autrefois! Elle avait beaucoup bourlingué avec des Pereires... dans les premiers temps de son
mariage. Maintenant, elle aimait plus le changement... Elle
aimait plus que son intérieur... Surtout à cause de ses épaules
et de ses reins extrêmement sensibles... Si elle se trouvait prise
dehors par la pluie ou par un coup de froid, elle en avait pour
des mois ensuite à souffrir... Des rhumatismes impitoyables,
et puis une bronchite très tenace, un véritable catarrhe...
Comme ça tout l'hiver dernier et encore l'année d'avant...
Parlant des affaires, elle m'a expliqué en détail que leur pavillon
était pas fini d'être payé... Quatorze ans d'économies... Elle
me prenait par la raison et aussi par la douceur...
— Mon petit Ferdinand! Mon petit! Ayez pitié d'une vieille

472

bonne femme!... Moi, je pourrais être votre grand'mère. ne l'oubliez pas! Dites-moi, s'il vous plaît! Dites-moi, je vous en prie! S'il est vraiment perdu le « Zélé »? Avec Courtial je me méfie, je ne sais jamais... Tout ce qu'il me raconte, je peux pas y croire... Comment s'y fier?... Il est toujours tellement menteur!... Il est devenu tellement fainéant... Mais vous, Ferdinand! Vous voyez bien dans quel état!... Vous comprenez mon chagrin!... Vous n'allez pas maintenant me berner avec des sornettes! Vous savez, je suis une vieille aïeule!... J'ai bien l'expérience de la vie!... Je peux bien tout comprendre!... Je voudrais seulement qu'on m'explique...

Il a fallu que je lui répète... Que je lui jure sur ma propre tête, qu'il était foutu, déglingué, pourri le « Zélé »... dehors comme dedans! Qu'il avait plus un fil convenable dans toute son enveloppe!... Sa carcasse ni son panier... Que c'était plus qu'un sale débris... Un infect tesson... absolument irréparable!...

A mesure que je racontais tout, elle se faisait encore plus de chagrin! Mais alors elle avait confiance, elle voyait bien que je trompais pas... Elle a repiqué aux confidences!... Elle m'a tout donné les détails... Comment ça se passait les choses, dans le début de leur mariage... Quand elle était encore sage-femme, diplômée de première classe!... Comment elle aidait le Courtial à préparer ses ascensions... Qu'elle avait abandonné à cause de lui et du ballon toute sa carrière personnelle! Pour pas le quitter une seconde!... Ils avaient fait en sphérique leur voyage de noces!... D'une foire à une autre!... Elle montait alors avec son époux... Ils avaient été comme ça jusqu'à Bergame en Italie!... à Ferrare même... à Trentino près du Vésuve... A mesure qu'elle s'épanchait, je voyais bien que, pour cette femme-là, dans son esprit, sa conviction, le « Zélé » devait durer toujours!... Et les foires de même!... Ça devait jamais s'interrompre!... Y avait pour ça, une bonne raison. Une absolument impérieuse... C'était le solde de leur cambuse! « La Gavotte » à Montretout... Ils devaient encore dessus leur tôle pour six mois de traites et un reliquat... Courtial rapportait plus d'argent... Ils avaient même déjà un retard de deux mois et demi avec cinq délais du foncier... Elle s'en étranglait la voix rien que de raconter cette honte... Ça me faisait songer par le fait, que notre terme à nous était bien en retard aussi pour notre magasin!... Et le gaz alors?... Et le téléphone!... Il en était même

473

plus question!... L'imprimeur livrerait peut-être encore cette fois-ci... Il savait bien ce qu'il goupillait, le Taponier cette belle engeance! Il mettrait saisie sur la boîte... Il se la taperait pour des clous!... C'était dans la fouille!... C'était encore lui le plus vicelard!... On était dans des jolis draps!... Je ressentais toute la mouscaille, toute l'avalanche des machetagouines qui me raffluaient sur les talons... C'était mochement compromis l'avenir et nos jolis rêves!... Y avait plus beaucoup d'illusions!... La vieille poupée elle en râlait dans sa voilette!... Elle avait tellement soupiré qu'elle s'est mise un peu à son aise!... Elle a enlevé son chapeau!... J'ai pu la reconnaître d'après le portrait et la description de des Pereires... J'ai eu la surprise quand même... Il m'avait prévenu de la moustache, qu'elle voulait pas se faire épiler... Et c'était pas une petite ombre!... Ça s'était mis à lui pousser à la suite d'une opération!... On lui avait tout enlevé dans une seule séance!... Les deux ovaires et la matrice!... On avait cru dans les débuts que ça serait qu'une appendicite... mais en ouvrant le péritoine, ils avaient trouvé un fibrome énorme... Opérée par Péan lui-même...

Avant d'être ainsi mutilée, c'était une fort jolie femme, Irène des Pereires, attrayante, avenante et charmeuse et tout!... Seulement depuis cette intervention et surtout depuis quatre ou cinq années, tous les caractères virils avaient pris complètement le dessus!... Des vraies bacchantes qui lui sortaient et même une espèce de barbe!... Tout ça c'était noyé de larmes! Ça coulait abondamment tout pendant qu'elle me causait!... Dans son maquillage, ça dégoulinait en couleurs! Elle s'était poudrée... plâtrée... fardée tant et plus! Elle se faisait des cils d'odalisque, elle se ravalait pour venir en ville!... Le volumineux papeau, avec son massif d'hortensias, elle le remettait... il rebasculait... dans la tourmente, il tenait plus à rien! Il virait à la renverse...! Elle le retapait un coup d'aplomb... Elle renfilait les longues épingles... renouait sa voilette encore. Un moment, je la vois qui fouille dans le fond de ses jupons... Elle sort une grosse pipe en bruyère... Ça aussi, il m'avait prévenu.

« Ça gêne pas ici, que je fume? » qu'elle me demande...

« Non, Madame, mais non, seulement il faut faire attention aux cendres! à cause des papiers par terre! Ça prendrait feu facilement! Hi! Hi! » Il faut bien rigoler un peu...

— Vous fumez pas, vous, Ferdinand?

— Non! Moi, vous savez, j'y tiens pas. Je fais pas assez attention! J'ai peur de finir en torche! Hi! Hi!...

Elle se met à tirer des bouffées... Elle crache par terre! par-ci! par-là!... Elle était un peu calmée!... Elle remet encore sa voilette! Elle relevait seulement un petit coin avec le petit doigt! Quand elle a eu terminé complètement sa pipe... Elle a sorti encore sa blague... Je croyais qu'elle allait s'en bourrer une autre!...

« Dites donc, Ferdinand! qu'elle m'arrête... Une idée qui la traverse, elle se redresse d'un coup... Vous êtes sûr au moins qu'il est pas caché là-haut!... »

J'osais pas trop affirmer... C'était délicat!... Je voulais éviter la bataille...

Ah! elle attend pas! Elle bondit!... « Ferdinand! Vous me trompez! Vous êtes aussi menteur que l'autre!... »

Elle veut plus que je lui explique... Elle m'écarte de son passage... Elle saute dans le petit escalier, dans le tire-bouchon... La voilà qui grimpe en furie... L'autre il était pas prévenu... Elle lui tombe en plein sur le paletot!... J'écoute... j'entends... Tout de suite, c'est un vrai challenge!... Elle lui en casse pour sa thune! D'abord, il y a eu les paires de beignes! et puis des vociférations...

« Regardez-moi ce satyre!... Ce sale voyou!... Cette raclure!... Voilà à quoi il passe son temps!... Je me doutais bien de sa sale musique! J'ai bien fait de venir!... » Elle avait dû juste le tauper comme il rangeait nos cartes postales... les transparentes... dans l'album... celles que je vendais moi, le dimanche!... C'était souvent sa distraction après le déjeuner...

Il était pas au bout de ses peines! Elle écoutait pas ses réponses! « Pornographe! Fausse membrane! Pétroleux! Lavette! Égout! »... Voilà comment qu'elle le traitait!...

Je suis monté, j'ai risqué un œil par-dessus la rampe!... A bout de mots elle s'est ruée sur lui... Il était retourné sur le sopha... Comme elle était lourde et brutale!

« Demande pardon! Demande pardon, choléra! Demande pardon à ta victime! » Il se rebiffait quand même un peu... Elle l'attaquait par son plastron, mais c'était si dur comme matière, qu'elle se coupait là-dedans les deux paumes... Elle saignait... elle serrait quand même...

« T'aimes pas ça? n'est-ce pas? T'aimes pas ça? qu'elle lui criait dans la bigorne... Ah! T'aimes ça! infernale baudruche! Dis, fumier! T'aimes ça, dis, me voir en colère! » Elle était complètement sur lui! Elle lui rebondissait sur le bide! « Ouah! Ouah! Ouah! qu'il suffoquait! Tu m'étouffes grande garce! Tu me crèves! Tu m'étrangles!... » Et puis alors elle l'a relâché, elle saignait trop abondamment... elle est redescendue à toutes pompes... Elle a sauté au robinet... « Ferdinand! Ferdinand! pensez donc un peu, depuis huit jours, vous m'entendez! Depuis huit jours que je l'attends! Depuis huit jours, il n'est pas rentré une seule fois!... Il me ronge! Je me dessèche!... Il s'en fout!... Il m'a écrit juste une carte : « Le ballon est détérioré! Vies sauves! » voilà! C'est tout!... Je lui demande ce qu'il va faire? Insiste pas qu'il me répond!... Fiasco complet!... Depuis ce moment plus un geste! Monsieur ne revient plus du tout! Où est-il? Que fait-il?... Le crédit « Benoiton » me relance pour les échéances!... Mystère total!... Dix fois par jour, ils reviennent sonner... Le boulanger est à mes trousses!... Le gaz a fermé le compteur!... Demain, ils vont m'enlever l'eau!... Monsieur est en bombe!... Moi je me rouille les sangs!... Ce sale raté!... Ce sale vicieux!... Ce dévoyé!... Cette infernale, ignoble engeance! Ce sapajou!... Mais j'aimerais mieux, tenez, Ferdinand! vivre avec un singe véritable!... Je le comprendrais lui à la fin!... Il me comprendrait! Je saurais comme ça où j'en suis! Tandis qu'avec ce détraqué depuis trente-cinq ans bientôt, je ne sais même pas ce qu'il va faire d'une minute à l'autre, dès que j'aurai le dos tourné! Ivrogne! Menteur! Coureur! Voleur! Il a tout!... Et vous pouvez pas savoir comme je le déteste ce salaud-là!... Où est-il? C'est la question que je me pose cinquante fois par jour... Pendant qu'il tourne, que je m'échigne là-bas toute seule! que je me tue pour l'entretenir! pour faire face aux échéances... épargner sur toutes les bougies... Monsieur, lui, disperse! Il sème! Il arrose n'importe quelle pelouse!... et puis toutes ses sales grognasses! avec mon pognon! avec ce que j'ai pu sauver! en me refusant tout! Où ça s'en va-t-il? En dégradations absolues! Je le sais bien quand même! Il a beau se cacher!... A Vincennes!... Au Pari Mutuel!... A Enghien, rue Blondel!... sur le Barbès n'importe quoi d'ailleurs... Il est pas bien difficile pourvu qu'il se déprave! N'importe quel bouge ça lui va!... Tout lui est bon! Monsieur se

vautre! Il dilapide!... Pendant ce temps-là!... moi, je me crève!...
pour faire l'économie d'un sou! Pour une heure de femme de
ménage!... C'est moi qui fais tout! malgré l'état où vous me
voyez!... Je me décarcasse! Je lave par terre! Entièrement!
malgré mes bouffées de chaleur! et même quand j'ai mes rhumatismes!... Je tiens plus sur mes pieds, c'est bien simple!...
je me tue! Et puis alors? C'est pas tout! Quand on nous aura
saisis?... Où ça irons-nous coucher? Peux-tu me le dire? Va-nu-
pieds! Dis, sale andouille! Apache! Bandit! Elle l'interpellait
d'en bas!... Dans un asile tiens bien sûr! Tu connais encore les
adresses? Tu dois t'en souvenir mon lascar!... Il y allait avant
de se marier!... Et sous les ponts! Ferdinand!... C'est là que
j'aurais bien dû le laisser... Parfaitement! Empoisonneur de
ma vie! Avec sa vermine! Sa gale! Il méritait pas davantage!...
Il le connaîtrait son plaisir! Ah! Je t'y ramènerai à Saint-
Louis! Monsieur veut suivre ses passions! C'est un déchaîné,
Ferdinand! Et la pire espèce de sale voyou! On peut le retenir
par nulle part! Ni dignité! Ni raison! Ni amour-propre! Ni
gentillesse!... Rien!... L'homme qui m'a bafouée, bernée,
infecté toute mon existence!... Ah! il est propre! Il est mimi!
Ah! oui alors, je peux le dire! J'ai été cent mille fois bien trop
bonne!... J'ai été poire, Ferdinand! que c'est une vraie rigolade! Ça a l'air d'une farce exprès!... À présent, vous m'entendez, il a cinquante-cinq ans et mèche! Cinquante-six exactement! au mois d'avril! Et qu'est-ce qu'il fait ce vieux saltim-
banque?... Il nous ruine!... Il nous fout franchement sur la
paille!... Et vas-y donc! Monsieur ne résiste plus! Il cède
complètement à ses vices!... Monsieur se laisse emporter!...
Il roule au ruisseau! Et c'est moi encore qui le repêche! Que
je me débrouille! que je m'esquinte!... Monsieur s'en fout
absolument!... Monsieur refuse de se restreindre!... C'est moi
qui le sors du pétrin!... C'est moi qui vais payer ses dettes!
C'est moi, n'est-ce pas, Arlequin?... Son ballon, il l'abandonne!
Il a même plus deux sous de courage!... Voulez-vous savoir
ce qu'il fait à la gare du Nord? au lieu de rentrer directement?...
Vous, vous le savez peut-être aussi? Où y s'en va perdre toutes
ses forces? Dans les cabinets, Ferdinand! Oui! Tout le monde
l'a vu! Tout le monde t'a reconnu, mon bonhomme!... On l'a
vu comme il se masturbait... On l'a surpris dans la salle!
et dans les couloirs des Pas Perdus!... C'est là qu'il s'exhibe!...

Ses organes!... Son sale attirail!... A toutes les petites filles!
Oui, parfaitement! aux petits enfants! Ah! mais y a des plaintes!
Je parle pas en l'air! Oui, mon saligaud!... Et y a longtemps
qu'ils le surveillent!... En plein dans la gare, Ferdinand!
En plein parmi des gens qui nous connaissent tous!... On
est venu me répéter ça!... Qu'est-ce qui me l'a dit? Tu vas pas
nier. Par exemple! Tu vas pas dire que c'est un autre!... Il a
du toupet, ce cochon-là!... Mais c'est le commissaire lui-même,
mon ami!... Il est venu exprès hier au soir... pour raconter ta
pourriture!... Il avait tout ton signalement et même ta photo!...
Tu vois si t'es bien connu!... Ah! c'est pas d'hier! Il t'avait
pris tous tes papiers! Hein, que c'est pas vrai?... Tu le savais
quand même!... C'est bien pour ça! dis fumier, que t'es pas
revenu?... Tu savais bien ce qui t'attendait?... D'ailleurs, il
t'avait bien prévenu!... Des enfants maintenant qu'il lui faut!
Des bébés!... c'est absolument effroyable!... Le jeu! la boisson!
le mensonge!... Prodigue! Malhonnête! Les femmes! Tous les
vices! Des mineures? Tous les travers de sale voyou!... Tout ça,
je le savais bien sûr! J'en ai pourtant assez souffert!... J'ai bien
payé pour connaître! Mais, à présent, des petites filles!...
C'est même pas imaginable!... » Elle le regardait, le fixait de
loin... Il restait sur les marches!... dans l'escalier tire-bouchon...
Il était mieux derrière les barres... Il ne se rapprochait plus...
Il me faisait des signes d'entente qu'il fallait pas l'énerver...
que je reste absolument peinard... Que ça passerait... que je
moufte plus!... En effet, tout de même, elle s'est calmée peu à
peu...

Elle s'est renfoncée dans le fauteuil... Elle s'éventait tout
doucement avec un journal grand ouvert... Elle soufflait...
mouchait... On a pu avec Courtial placer alors quelques mots!...
et puis un petit discours pour essayer de lui faire comprendre
le pourquoi, le comment, de la débâcle... On parlait pas des
gamines... on parlait seulement du ballon!... Ça changeait
toujours un peu... On a insisté pour l'enveloppe... que vraiment
y avait plus mèche... Il essayait des compliments...

« Pour mon Irène là! Ferdinand! Ce qu'il faut bien vous
rendre compte, c'est qu'elle est impressionnable!... C'est une
épouse admirable!... une nature d'élite! Je lui dois tout, Ferdinand! Tout! C'est bien simple! Je peux le crier sur les toits!...
Je ne songe pas une seule minute à méconnaître toute l'affection

478

qu'elle me porte! La grandeur de son dévouement! L'immensité
de ses sacrifices! Non!... Seulement, elle est emportée! Violente
au possible!... C'est le revers de son bon cœur! Impulsive
même! Point méchante! Certes non! La bonté même!... Une
soupe au lait! n'est-ce pas, mon Irène adorée?... » Il s'avançait
pour l'embrasser!...

« Laisse-moi! Laisse-moi, salopiaud!... »

Il ne lui tenait pas rancune.... Il voulait seulement qu'elle
comprenne. Mais elle s'obstinait dans la rogne!... Il avait beau
lui répéter qu'on avait tenté l'impossible!... rajouté dix mille
pièces déjà... recousu... souqué les doublures, en toutes les couleurs, toutes les tailles, que le « Zélé » on avait beau faire et
prétendre... il partait en accordéon... que les mites bouffaient
l'entournure... Et les rats rognaient les soupapes... que ça
tenait plus du tout en l'air! Ni debout! ni raplati! Qu'il serait
piteux même en passoire! même en lavette! en éponge! en
torche-cul!... Qu'il était plus bon à rien!... Elle gardait quand
même des doutes!... On avait beau détailler... lui faire grâce
d'aucune détresse! s'évertuer! jurer! prétendre! même exagérer
si possible!... Elle hochait quand même incrédule!... Elle nous
croyait pas tous les deux!... On lui a montré nos lettres, où c'était
écrit nos déboires... celles qui revenaient d'un peu partout!...
Que même gratuitement, et pour la simple collecte, on nous
éliminait encore... et pas gentiment... on voulait même plus
nous regarder... Les plus lourds que l'air prenaient tout! les
villes d'eau!... les ports!... les kermesses!... C'était la vérité
stricte!... les sphériques on n'en voulait plus... même pour
les « Pardons » en Bretagne!... Y en a un du Finistère,
qui nous récrit tout crûment, comme nous insistions pour
venir :

*Monsieur, avec votre ustensile, vous appartenez aux Musées
et nous n'en possédons point à Kraloch-sur-Isle! Je me demande
vraiment pourquoi on vous laisse encore sortir! Le conservateur
manque à tous ses devoirs! Notre jeunesse par ici ne viole pas
les tombes! Elle veut s'amuser! Essayez de me comprendre une
bonne fois pour toutes!... A bon entendeur!...*

Joël BALAVAIS,
Persifleur local et breton.

479

Elle a trifouillé d'autres dossiers, mais ça lui disait pas grand'-chose... Elle s'est radoucie quand même... Elle a bien voulu qu'on sorte... On l'a emmenée dans le jardin... On l'a installée sur un banc entre nous deux... Cette fois-ci elle reparlait tout à fait sagement... Mais toujours dans sa conviction que le « Zélé » malgré tout était parfaitement réparable... qu'il pouvait encore nous servir... pour deux ou trois fêtes en Province... que ça suffirait largement pour amadouer l'architecte... qu'ils obtiendraient un autre délai... que le pavillon serait sauvé... que c'était une question de courage!... que rien en somme n'était perdu!... Elle quittait pas son opinion... Elle pouvait pas comprendre autre chose... On lui a rebourré sa pipe... Courtial à côté il chiquait. C'est en chiquant presque toujours qu'il finissait ses cigares...

Les gens, les passants, ils regardaient du côté de notre groupe... plutôt intrigués... surtout par la grosse mignonne... Elle avait l'air de m'écouter encore plutôt mieux que son mari... J'ai poursuivi mon boniment, la démonstration tragique... J'essayais de lui faire concevoir sur quels genres d'obstacles on butait... et comment nous nous épuisions en tristes efforts de plus en plus inutiles... Elle me reluquait indécise... Elle croyait que je lui bourrais le mou... Elle s'est remise à chialer...

— Mais vous avez plus d'énergie! Je le vois très bien! ni l'un ni l'autre! Alors c'est moi! Oui, c'est moi seule qui ferai le travail!... C'est moi qui remonterai en ballon! On verra bien si je m'envole pas! Si je monterai pas aux 1 200 mètres! Puisqu'ils demandent des extravagances! à 1 500 mètres! à 2 000 ! A n'importe quoi!... Ce qu'ils demanderont! moi je leur ferai!...

— Tu déconnes, ma grande poulette, qu'il l'a stoppée des Pereires... Tu déconnes effroyablement!... A douze mètres t'y monteras pas avec une enveloppe comme la nôtre!... Et d'une! Tu retomberas dans l'abreuvoir!... Et ça serait pas une solution! Ils voudraient pas de toi malgré tout! Même le capitaine avec son « Ami des Nuages », son cheval! Tout le bazar et son train! Et le Rastoni et sa fille! Son trapèze et ses bouquets... Ils dérouillent plus ni l'un ni l'autre!... On les refuse aussi!... C'est du même! C'est pas nous, Irène! C'est l'époque!... C'est la débâcle qu'est générale... C'est pas seulement pour le « Zélé »...

Il avait beau dire, sacrer les mille noms de Dieu... elle se tenait pas pour battue... Elle se rebiffait même de plus belle...

— C'est vous! qui vous laissez abattre! La mode de leurs aéroplanes? ça sera plus rien l'année prochaine!... Vous vous cherchez des faux-fuyants parce que vous faites tous dans vos frocs!... C'est ça qu'il vaudrait mieux dire! Au lieu de me chercher des pouilles! Si vous aviez du courage... dites-le donc tout de suite... au lieu de me faire des balivernes... vous seriez déjà au boulot!... C'est tout des sottises vos histoires! Et le pavillon alors? qui c'est qui va nous le payer? Avec quoi? Et déjà trois mois de retard! Avec deux délais en plus!... C'est pas avec ton sale cancan!... Il est sûrement couvert de dettes!... Et des sommations jusque-là! J'en suis bien certaine... Tu crois que je connais pas ces choses? Alors tu abandonnes tout? C'est bien décidé, n'est-ce pas? Ma gueule de cochon?... T'en as déjà fait ton deuil! Une maison complète... entière! Dix-huit ans d'économies!... Achetée pierre par pierre... Centimètre par centimètre!... C'est bien le cas de le dire! Un terrain qui prend tous les jours... Tu laisses tout ça aux hypothèques!... Tu plaques!... Tu t'en fous!... C'est là que tu l'as ta débandade... Elle lui montrait comme ça sa tête... C'est pas dans le ballon, c'est là!... Moi je le dis!... Et alors? Finir sous les ponts? Libre à toi!... Libre à toi! Sale dépravé, dégueulasse! T'as même plus honte de ton existence!... Tu vas y retourner, sale vadrouille, avec les cloches de ton genre!... C'est bien de là que je l'ai tiré... Ah oui! pourtant!... Mais moi, Ferdinand, vous savez, j'avais une famille!... Il m'a fauché toute ma vie!.... Il m'a ruiné ma carrière!... Il m'a séparée des miens!... Le vampire! La frappe!... Et ma santé?... Il m'aura comme ça tout bouffé! complètement anéantie... Pour finir dans le déshonneur!... Et allez donc!... Ah! C'est bien commode les hommes! C'est un prodige... Vraiment ça serait pas croyable! Dix-huit années d'économies! de privations continuelles!... de calamités!... Tous les sacrifices de ma part...

Des Pereires de l'entendre maudire comme ça... avec une semblable violence, il en perdait tout son culot!... Il était plus mariole du tout!... Il en a pleuré aussi!... Il a fondu en larmes... Il s'est jeté franchement dans ses bras!... Il implorait son pardon!... Il lui en fit sauter sa pipe!... Ils s'étreignirent fiévreusement! Comme ça, devant tout le monde!... Et ça durait...

Mais, même encore dans l'étreinte, elle continuait à rouscailler... Toujours les mêmes mots...

— Je veux le réparer, Courtial! Je veux le réparer! Je sens que moi je pourrai bien! Je sais qu'il peut encore tenir!... J'en suis sûre!... J'en ferais le pari!... Regarde un peu notre « Archimède »... Il a bien tenu lui quarante ans!... Pense donc, il tiendrait encore!...

— Mais c'était seulement qu'un « captif »... Voyons, ma chouchoute... C'est pas du tout la même usure!...

— Je monterai, moi!... Je te dis!... Je monterai! Si vous autres vous voulez plus!...

Elle en tenait gros sur la pomme... Elle cherchait la combinaison... A toute force elle aurait voulu qu'on se démerde encore.

— Je demande pas mieux, moi, que de t'aider! Tu le sais bien quand même, Courtial!...

— Mais oui! Je le sais bien, mon amour!... C'est pas la question!...

— Je demande pas mieux... Tu sais que je suis pas fainéante!... Je veux même refaire des accouchements si ça pouvait nous servir!... Mais je m'y remettrais... Si je pouvais! Ah! J'attendrais pas!... Même à Montretout! Bon Dieu!... Même pour aider à Colombes celle qu'a pris mon cabinet!... Mais je referais n'importe quoi!... Pour qu'ils viennent pas nous expulser!... Tu vois comme je suis!... D'ailleurs j'ai demandé à droite et à gauche... Mais j'ai plus beaucoup la main... Et puis y a aussi ma figure!... Ça ferait quand même drôle!... J'ai beaucoup changé... qu'ils m'ont dit... Faudrait que je m'arrange un peu... Enfin je ne sais pas!... Que je me rase!... Je veux pas m'épiler!... Elle nous a relevé sa voilette... C'était une impression quand même! comme ça en plein jour... avec la poudre en croûtes! le rouge aux pommettes et son violet aux paupières!... et puis des épaisses bacchantes, même un peu des favoris!... Et les sourcils plus drus encore que ceux à Courtial!... Fournis, sans blague, comme pour un ogre! Évidemment qu'elle leur ferait peur à ses « expectantes » avec une binette si velue!... Il faudrait qu'elle s'arrange beaucoup, qu'elle se modifie toute la figure... Ça faisait réfléchir!...

On est restés encore longtemps, comme ça côte à côte dans le jardin, à se raconter des histoires, des choses consolantes...

La nuit tombait tout doucement... D'un coup, elle a repleuré si fort que c'était vraiment le maximum!... C'était la détresse complète!...

— Ferdinand! qu'elle me suppliait... au moins vous n'allez pas partir? Regardez! où nous en sommes!... Je vous connais pas depuis longtemps! Mais je suis déjà certaine qu'au fond... vous êtes raisonnable, vous, mon petit! Hein?... Et puis d'abord ça s'arrangera!... On m'ôtera pas la conviction!... C'est en somme qu'une très mauvaise passe!... J'en ai vu bien d'autres, allez! Ça peut pas terminer comme ça!... On n'a qu'à s'y remettre tous ensemble!... Un bon coup!... D'abord il faut que je me rende compte!... Je veux essayer par moi-même!...

Elle se relève encore une fois... Elle retourne vers la boutique... Elle s'allume les deux chandelles... On la laisse faire... se débrouiller... Elle ouvre la trappe... Elle se met à descendre... Elle y est restée un bon moment toute seule dans la cave!... à tripoter toute la camelote... à déplier les enveloppes... à tirailler les détritus!... à se rendre compte comme c'était pourri! absolument foireux! en loques!... J'étais tout seul au magasin quand elle est remontée finalement... Elle pouvait plus vraiment rien dire... Elle en était comme étranglée de véritable chagrin... Comme ça dans le fauteuil comme paralysée, complètement avachie... finie... pompée... Son galure à la traîne dessous... Ça l'avait bien sonnée la vioque de constater de visu... Je croyais qu'elle fermerait sa gueule... qu'elle avait plus rien à dire... et puis elle a repiqué une transe... Elle s'y est remise encore quand même!... Au bout peut-être d'un quart d'heure!... Mais c'était des lamentations... Tout doucement qu'elle me causait... comme si c'était dans un songe!...

— C'est fini! Ferdinand!... Je vois... Oui... C'est vrai... Vous aviez pas tort!... C'est fini!... Vous êtes bien gentil, Ferdinand, de pas nous abandonner à présent... Nous deux vieux... Hein? Vous allez pas nous quitter?... Pas si vite quand même?... Hein? Ferdinand? Pas si vite... au moins pendant quelques jours... Quelques semaines... Vous voulez, hein?... Pas? Dites, Ferdinand?...

— Mais oui Madame!... Mais oui bien sûr!...

Courtial, le lendemain matin, comme ça vers onze heures, quand il est revenu de Montretout il était encore bien gêné!... — Alors, Ferdinand? Rien de nouveau?...

— Oh! Non! que je réponds... Rien d'extraordinaire... — Et c'est moi en retour qui le questionne... — Alors? Ça s'est arrangé?...

— Arrangé quoi?... — Il fait l'idiot... — Ah! Vous voulez dire pour hier? — Il enchaîne, il passe à l'esbroufe... — Ah! Écoutez-moi, Ferdinand! Vous avez pas pris quand même des pareils ragots pour argent liquide? Non?... C'est ma femme, c'est entendu!... Je la vénère par-dessus tout... et jamais entre nous deux y a eu ça de véritable dispute!... Bon!... Mais il faut dire quand même ce qui est!... Elle a tous les travers terribles d'une nature aussi généreuse!... Elle est absolue! Despotique! Vous me saisissez, Ferdinand?... Emportée!... C'est un volcan!... Une dynamite!... Dès qu'il nous arrive un coup dur, elle réagit en bourrasque!... Moi-même, parfois, elle m'épouvante!... La voilà partie!... Et je me monte!... Et je me tarabuste!... Et je bafouille!... Et j'en perds la tête!... Et je te déconne à pleins tubes!... Quand on est une fois au courant, ça va!... On se frappe plus!... C'est aussi vite oublié qu'un orage aux courses!... Mais je te le répète, Ferdinand! En trente-deux années de ménage... beaucoup d'émotions certainement! Mais pas une véritable tempête!... Tous les couples ont leurs disputes... Je veux bien qu'en ce moment même nous traversons une vilaine passe!... Ça c'est bien certain... Mais enfin on en a vu d'autres... et franchi des plus redoutables!... C'est pas encore le déluge!... De là nous voir complètement raides!... Destitués! Expulsés!... Vendus!... Séquestrés!... C'est de la sale imagination... Je proteste!... La pauvre chouchoute! Ça serait moi évidemment le dernier à lui en vouloir!... Tout ça bien sûr peut s'expliquer!... C'est dans son pavillon là-bas qu'elle se forge ainsi des chimères!... toute la journée entière toute seule!.... à réfléchir!... Ça la travaille... ça la possède à la fin!... Elle se monte!... Elle se monte!... Elle se rend même plus compte!... Elle voit, elle entend des choses qui n'existent pas!... Elle est d'ailleurs assez sujette depuis son opération... aux fantaisies!... aux impulsions!... Je dirais plus même... Quelquefois, elle extravague un peu!... Ah! oui! à plusieurs reprises, ça m'a étonné... Des vraies hallucinations!... Absolument qu'elle est sincère... C'est comme pour cette plainte... Ah! Là! Là!... T'as reconnu tout de suite, bien sûr?... Tu as compris immédiatement?... C'était même très drôle!... C'était comique!... Mais elle me l'avait déjà fait!... C'est pour ça que j'ai pas ressauté!... Je l'ai laissé finir!... J'avais pas l'air, hein, surpris?... T'as remarqué? J'ai eu l'air de la trouver normale... C'est ça qu'il faut! Pas l'effrayer! Pas l'effrayer!...

— Oui! Oui! J'ai compris tout de suite...

— Ah! ben ça, je me disais aussi... Ferdinand il a pas coupé... il est pas crédule à ce point!... Il a dû comprendre... Non pas qu'elle boive, la pauvre amour!... Non! jamais ça!... C'est une femme absolument sobre!... Sauf pour le tabac... Plutôt même assez puritaine, je dirai dans un sens!... Mais c'est toujours l'opération qui me l'a complètement bouleversée!... Ah! C'était une tout autre femme!... Ah! Si tu l'avais vue avant!... Autrefois!... — Il filait encore regarder dessous les piles de paperasses. — Je voudrais pouvoir te la retrouver sa photo de jeunesse! Son agrandissement de Turin!... Je suis tombé dessus y a pas huit jours... Tu pourrais pas la reconnaître!... Une révolution!... Autrefois, là, je peux t'assurer avant qu'on l'opère... C'était une véritable merveille!... Un port!... Un teint de roses... La beauté soi-même!... Et quel charme, mon ami!... Et la voix!... Un soprano dramatique!... Tout ça « rasibus »! du jour au lendemain!... Au bistouri! C'est pas croyable!... Je peux bien le dire, sans vanité, méconnaissable! C'était même parfois gênant... surtout en voyage!... Surtout

485

en Espagne et en Italie!... où ils sont si cavaleurs... Je me souviens bien, j'étais moi-même, à cette époque, assez ombrageux, susceptible... Je prenais la mouche pour des riens... J'ai été en cent occasions à deux doigts d'un duel!...

Il lui repassait des réflexions... Je respectais son silence... et puis il se remettait en branle...

— Alors, dis donc, Ferdinand! C'est pas tout ça!... Parlons à présent des choses sérieuses!... Si tu allais voir l'imprimeur?... Et puis écoute et sache comprendre!... J'ai retrouvé à la villa... dans le « secrétaire », quelque chose qui peut nous servir!... Si ma femme revenait... qu'elle demande... Tu n'as rien vu!... tu ne sais rien du tout!... Ça n'est qu'une « reconnaissance » pour une breloque et un bracelet... Mais tout ça en or massif! Absolument sûr!... Contrôlé! dix-huit carats!... Voilà les cachets du « Crédit »... On peut faire l'essai!... Tu vas passer chez Sorcelleux, rue Grange-Batelière... Tu lui demanderas ce qu'il en donne? Que c'est pour moi... Un service!... Tu sais bien où c'est?... au quatrième, escalier A... Tu te feras pas voir par la concierge!... Pour combien qu'il me la rachète?... Ça nous ferait quand même une avance!... S'il te dit non... tu repasseras par chez Rotembourg!... rue de la Huchette... Tu lui montreras pas le papier!... Tu lui demanderas s'il est preneur? Simplement comme ça... Et moi alors après j'irai... Celui-là, c'est la pire crapule!...

Le commissaire des « Bons-Enfants » avec ses allures de s'en foutre, c'était tout de même une petite vache. C'est bien au fond à cause de lui qu'ils ont entamé les poursuites. Et que le parquet s'en est mêlé... Pas pendant longtemps bien sûr... Mais assez suffisamment pour bien nous faire chier quand même... On a eu des bourres plein la tôle... Une perquisition pour la forme... Qu'est-ce qu'ils pouvaient nous saisir?... Ils sont repartis tout râleux... Ils avaient pas leur bon motif pour l'inculpation... L'escroquerie était pas bien nette... Ils ont essayé de nous bluffer... Mais on avait nos alibis... On se disculpait très facilement. Courtial il a sorti des textes qu'étaient tous entièrement pour nous... A partir de ce moment ils l'ont convoqué aux « Orfèvres » presque tous les jours... Le Juge il se marrait cinq minutes rien qu'à écouter ses salades... ses protestations... Tout d'abord il lui a dit :

— Avant de présenter votre défense, retournez donc les mandats... Restituez donc vos souscripteurs!... C'est l'abus de confiance votre histoire, une véritable flibusterie caractéristique!

Il ressautait alors, le vieux dabe, en entendant des mots pareils... Il se défendait à tout rompre, pied à pied, désespérément...

— Rendre quoi? Le destin m'accable! On m'exaspère à plaisir! On me harcèle! On me crible! On me ruine! On me piétine! On m'afflige de cent mille façons! Et maintenant? Que veut-il encore? Quelles prétentions? M'extorquer ma dernière gamelle!... A Dache!... Que des rançons imaginaires!

C'est une gageure! Mais c'est un guêpier, ma parole! Un cloaque! Je n'y tiens plus!... La perfidie de tous ces gens? Mais un ange en tournerait canaille!... Et je ne suis point si sublime! Je me défends, mais je m'écœure!... Je le crie!... Lui ai-je tout dit à ce pantin! à ce sagouin! Ce fourbe! Ce foutriquet de basoche!... Toute une existence, Monsieur, vouée au service de la Science! de la vérité! par l'esprit! par le courage personnel!... 1 287 ascensions!... Une carrière toute de périls! Des luttes sans merci!... Contre les trois éléments... Maintenant les coteries mielleuses? Ah! Ah! L'ignorance! La sottise bavarde!... Oui!... Pour la lumière! Pour l'enseignement des familles! Et finir là!... Pouah! Traqué par les hyènes en bandes!... contraint aux pires arguties!... Flammarion viendra témoigner. Il viendra! « Taisez-vous donc des Pereires!... qu'il m'arrête alors ce vaurien, sans aucune trace de politesse, ce petit salopiaud morveux!... Taisez-vous! J'en ai assez de vous écouter... Nous sommes loin de notre sujet!... Votre concours du « Perpétuel »... j'en ai toutes les preuves sous la main... n'est qu'une vaste crapulerie... Encore si c'était votre première!... mais ce n'est que la plus flagrante!... la plus récente!... la plus effrontée de toutes!... Une parfaite imposture, ma foi!... Un attrape-gogos cynique! Vous n'y couperez pas à l'article 222! Monsieur des Pereires!... Vos conditions ne tiennent pas debout!... Vous feriez bien mieux d'avouer... Relisez donc votre prospectus... Regardez donc toutes vos notices!... Un culot phénoménal!... Rien qui puisse passer pour honnête dans un tel concours!... Rien de justifiable!... Aucun contrôle n'est praticable!... Ah! Vous savez vous dérober!... Du tape-à-l'œil... Des poudres aux yeux!... Vous avez d'avance soigneusement élaboré toutes vos clauses qui rendent l'expérience impossible!... C'est du joli!... C'est de l'escroquerie bel et bien... La pure et simple frauduleuse!... Du vol amplement qualifié!... Vous n'êtes qu'un larron, des Pereires! du grand Idéal Scientifique! Vous ne vivez que grâce aux pièges que vous tendez à l'enthousiasme! Aux admirables chercheurs!... Vous braconnez ignoblement dans les fourrés de la Recherche!... Vous êtes un chacal, des Pereires! Une bête honteuse! Il vous faut l'ombre la plus dense! Les taillis inextricables! Toute lumière vous met en déroute! Je la ferai, moi, des Pereires, sur vos œuvres basses! Attention, dangereux spécimen! Fangeux! putride survivant de la faune des ergastules! J'envoie tous les jours aux Rungis des portées entières de crapules infiniment plus excusables!... »

« Mais le « Mouvement perpétuel », c'est un idéal bien humain... que j'ai rétorqué à cette brute!... Déjà Michel-Ange! Aristote! et Léonard de Vinci!... Le Pic de la Mirandole!... »

« Alors, c'est vous qui le jugerez? qu'il m'a réfuté tac au tac... Vous vous sentez éternel?... Il faut l'être, vous entendez bien, pour juger ça valablement le résultat de votre concours!... Là! ah! je vous y prends, cette fois...! N'est-ce pas?... Éternité!... Vous vous dites donc éternel?... Tout simplement!... C'est entendu!... L'évidence même vous accable!... Vous aviez bien l'intention en instituant votre concours de ne jamais en venir à bout!... Ah! c'est bien ça!... Je vous y prends!... de piller tous ces malheureux? Allons, signez-moi ça là-bas! » Il me tendait son porte-plume!... Ah! la vache! C'était le comble des culots! J'avais même pas fait Ouf! ni Youp!... Il me présentait son papelard!... Non, tu vois pas ça d'ici?... Ah! j'en étais comme deux ronds de tarte!... J'ai refusé bien sûr tout net... ça alors, c'était bien un piège!... Une vraiment infecte embuscade! Je me suis pas gêné pour lui dire... Il en revenait pas!... Je suis ressorti la tête haute!...

« — Ça sera pour demain, des Pereires!... qu'il m'a lancé dans le couloir! Vous ne perdez rien pour attendre!...

« Vous sentez-vous éternel? » Non, mais alors quel aplomb! Quelle effronterie fantastique!... Ces sauvages-là parce qu'ils ont avec eux la force, le petit bout de poil et la grande gueule, ils se croient complètement astucieux... Ça vrai! Je peux alors bien le dire!... C'était une réflexion inouïe!... Absolument inédite! Tonnerre de cul et de catacombes! C'était un bouquet! Mais pour me démonter, mon fils, il en faudrait bien davantage! Quand même un petit peu! que des traquenards saugrenus! Ah ben ouizalors!... Toute cette impertinence ignoble ne peut que me fortifier! Voilà comme je pense! Et qu'il advienne ce que pourra! Qu'on m'enlève le boire! le manger! le gîte! le couvert! qu'on m'incarcère! qu'on me torture de toutes façons! Je m'en colle de long en large! J'ai ma conscience... et ça me suffit!... Rien sans elle!... Rien contre elle!... Voilà, Ferdinand! C'est l'Étoile Polaire!...

Je la connaissais moi la formule!... Papa il m'avait rassasié... On a pas idée de ce qu'à l'époque elle travaillait dur la conscience !... Mais c'était pas une solution... Au Parquet ils se tâtaient vraiment s'ils allaient pas le mettre sous verrous... Cependant le truc de l'éternité c'était quand même assez mariole... Ça pouvait bien s'interpréter... On a profité des sursis !... On a lavé du matériel... des vieilles bricoles de la cave... Et même des débris du ballon... Elle est revenue, la rombière, tout spécialement de Montretout... Elle voulait reprendre tout en main, tout diriger à sa guise, surtout la vente de nos bricoles... Tout ce qui nous restait du ballon... On a fait un voyage à « dos » et un autre avec la poussette... On a fourgué surtout au « Temple »... à même le Carreau... On a eu beaucoup d'amateurs... Ils appréciaient bien les petits résidus mécaniques... Et puis pour les « Puces » le samedi on faisait des lots entiers de bouquins... on soldait tout à la « grosse »... et avec des bribes du « Zélé... » Les ustensiles... un baromètre et les cordages... De tout ce bastringue, en bien des séances, on a fini par tirer presque quatre cents points... C'était quand même agréable !... Ça nous a permis d'amadouer un peu l'imprimeur avec un sérieux acompte... Et pour leur « Crédit Benoiton » la moitié d'une traite sur la case ! Mais nos pauvres pigeons voyageurs, à partir de ce moment-là, ils avaient plus bien raison d'être... On les nourrissait pas beaucoup depuis déjà plusieurs mois... parfois seulement tous les deux jours... et ça revenait quand même très cher !... Les graines, c'est toujours fort coûteux, même achetées en gros... Si on les avait revendus... sûrement qu'ils auraient rappliqué comme je les connaissais... Jamais ils se seraient accoutumés à des autres patrons... C'était des braves petites bêtes loyales et fidèles... Absolument familiales... Ils m'attendaient dans la soupente... Dès qu'ils m'entendaient remuer l'échelle... ils roucoulaient double !... Courtial il nous parlait déjà de se les taper à la « cocotte »... Mais je ne voulais pas les donner à n'importe qui... Tant qu'à faire de les occire, j'aimais mieux m'en charger moi-même !... J'ai réfléchi à un moyen... J'ai pensé comme si c'était moi... Moi j'aimerais pas au couteau... non !... j'aimerais pas à être étranglé... non... ! J'aimerais pas être écartelé... détripé... fendu en quatre !... Ça me faisait quand même un peu de peine !... Je les connaissais extrêmement bien... Mais y avait plus à démordre... Il fallait se résoudre à quelque chose... J'avais plus de graines depuis quatre jours... Je suis donc monté un tantôt comme ça vers quatre heures. Ils croyaient que je ramenais de la croûte... Ils avaient parfaitement confiance... Ils gargouillaient à toute musique... Je leur fais : « Allez! radinez-vous, les glouglous! C'est la foire qui continue. Pour la balade, en voiture!... » Ils connaissaient ça fort bien... J'ouvre tout grand leur beau panier, le rotin des ascensions... Ils se précipitent tous ensemble... Je ferme bien la tringle... Je passe encore des cordes dans les anses... Je ligote en large, en travers... Ainsi c'était prêt... Je laisse le truc d'abord dans le couloir. Je redescends un peu... Je dis rien à Courtial... J'attends qu'il s'en aille prendre son dur... J'attends encore après le dîner... La Violette me tape au carreau... Je lui réponds : « Reviens donc plus tard... gironde... Je pars en course dans un moment!... » Elle reste... elle rouscaille...

— Je veux te dire quelque chose, Ferdinand! qu'elle insiste comme ça...

— Barre! que je lui fais...

Alors je monte chercher mes bestioles... Je les redescends de la soupente. Je me mets le panier sur la tête... et je m'en vais en équilibre... Je sors par la rue Montpensier... Je traverse tout le Carrousel... Arrivé au quai Voltaire, je repère bien l'endroit... Je vois personne du tout... Sur la berge, en bas des marches... J'attrape un pavé, un gros... Je l'amarre à mon truc... Je regarde bien encore autour... J'agrafe tout le fourbi à deux poignes et je le balance en plein jus... Le plus loin que je peux... Ça a pas beaucoup fait de bruit... J'ai fait ça automatique...

Le lendemain matin, Courtial, je lui ai cassé net le morceau... J'ai pas attendu... J'ai pas pris trente-six tournures... Il a rien eu à répondre... Elle non plus d'ailleurs, la chérie, qu'était aussi dans le magasin... Ils ont bien vu à mon air que c'était pas du tout le moment de venir me faire chier la bite.

On nous aurait laissés tranquilles qu'on s'en serait tirés presque sûr!... On aurait même sauvé la mise et sans le secours de personne!... Notre « Génitron » périodique, on pouvait pas dire le contraire il se défendait parfaitement... C'était un journal très suivi... Beaucoup de gens se souviennent encore comme il était intéressant!... Vivant!... d'une ligne à l'autre! Du commencement jusqu'à la fin! Toujours parfaitement informé de toutes les choses de la trouvaille et des soucis des inventeurs! De ce côté-là, pas de charibote... Personne l'a jamais remplacé... Mais, ce qui nous foutait tout par terre, c'était l'autre polichinelle avec sa furie des courses... J'étais absolument sûr qu'il devait rejouer encore... Il avait beau me dire le contraire... Je voyais les mandats arriver... « trois thunes » des abonnés nouveaux! et yop si là!... Si je prenais pas la précaution de les planquer à l'instant même ils étaient fondus sur place! C'était fait dans un éclair! Un vrai prestidigitateur!... Comme ça des ponctions continuelles, pas une tôle peut résister! Que ça serait la Banque du Pérou!... Il devait bien le claquer quelque part, notre petit pognon?... Il allait plus aux « Émeutes »... Il avait donc changé son « bouc »? Je me disais : Je saurai bien lequel!... Et puis alors, juste au moment, voilà les poursuites qui recommencent!... Elles rebondissent... On le rappelle à la Préfecture!... La petite charogne des « Bons-Enfants », il laissait pas tomber son os! Il est revenu à l'attaque! Il nous avait dans les pinces!... Il voulait nous faire crever!... Il a retrouvé des autres victimes... du fameux concours! Il est allé fouiller exprès dans les « garnos » des Gobelins... Il les excitait sur notre pomme! Il les remettait en colère! Il les faisait reporter des replaintes!... C'était plus une existence!... Il fallait bien qu'on avise!... Qu'on se décarcasse d'une façon!... A force de ruminer des choses... voilà ce que nous découvrîmes : fallait diviser pour résoudre!... C'était l'essentiel!... Tous les emmerdeurs en deux classes!... D'un grand côté... tous ceux qui ramenaient pour la forme!... Les mélancoliques, les malchanceux de l'existence!... Ces fiotes-là, c'était bien simple, on leur rendrait rien du tout!... Et puis alors d'autre part ceux qui fumaient énormément, ceux qui sortaient pas du pétard... Ceux-là c'était du péril!... Ceux-là il fallait les atteindre, les atténuer de toute urgence!... discuter avec eux le « bout de gras »... Pas tout leur rendre, évidemment!... C'était impossible!... C'était hors de cause!... Mais quand même leur filer une « fleur »... par exemple une thune ou deux... Comme ça ils perdraient pas tout! Ils arriveraient peut-être à comprendre le cas majeur du Destin?... Question alors d'entamer ces jolies démarches, Courtial il a tout de suite pâli... Il s'est dégonflé subito... Il pouvait pas y aller lui-même?... C'était pas concevable!... ça faisait tout à fait foireux qu'il aille traîner les paillassons... Et l'autorité alors?... Ça lui perdait sa contenance vis-à-vis des inventeurs... Il fallait que ça soye plutôt moi qu'irais porter la bonne parole!... Moi j'avais aucun prestige, rien à perdre comme amour-propre... Mais quel condé peu baisant! Je m'en gourais nettement d'avance! J'aurais bien flanché à mon tour, mais alors c'était la culbute!... Si on laissait dériver, c'était la fin du canard!... et puis après la panique!... Et puis après c'était la cloche!... C'était vraiment la tragédie pour que je me tape moi une corvée aussi cafouilleuse...

Enfin je me suis bien ressoufflé, reblindé d'avance. J'ai répété tous les trucs... tout ce que je devais raconter... tout un agencement de bobards... Pourquoi ça n'avait pas collé... dès les préliminaires épreuves!... à cause d'une très grave discussion survenue entre les savants sur un point technique fort controversé... Qu'on referait tout ça l'année prochaine... Enfin une immense musique! Et je fonce dans la bagarre! Bourre, petit!... Je devais d'abord leur rendre leurs plans, toutes les maquettes, les épures, les affûtiaux biscornus!... en même temps que des excuses...

J'abordais les gars par la bande... Je commençais par leur

493

demander si ils avaient pas reçu ma lettre?... pour leur annoncer ma visite?... Non?... Ils avaient un petit sursaut... Ils se voyaient déjà les gagnants!... Si c'était l'heure de la tambouille, on m'invitait à partager! Si ils étaient en famille, alors ma jolie mission, ça devenait devant tant de personnes d'une délicatesse extrême!... Il me fallait des trésors de tact! Ils avaient fait des rêves d'or!... C'était un moment hideux... Fallait pourtant que je les dissuade... J'étais venu exprès pour ça... J'essayais d'y mettre bien des nuances!... Quand le hoquet les prenait, l'envie de brifer leur passait... Ils se redressaient hypnotisés, le regard figé par la stupeur!... Alors je surveillais les couteaux... Y avait du vent dans les assiettes!... Je m'arcboutais le dos au mur... La soupière en guise de fronde!... Prêt à bloquer l'agresseur!... Je poursuivais mon raisonnement. Au premier geste un petit peu drôle, c'est moi qui déclenchais le bastringue! Je visais mon fias en pleine bouille!... Mais, dans la plupart des endroits, cette attitude fort résolue suffisait à me préserver... faisait réfléchir l'amateur... Ça se terminait pas trop mal... en congratulations baveuses... et puis grâce à la vinasse, en chœur de soupirs et de roteries... surtout si je déchais les deux thunes!... Mais, une fois, malgré la prudence et l'habitude que j'avais prise... j'ai quand même durement dérouillé... C'était je me souviens, rue de Charonne, exactement au 72, dans un hôtel qu'existe toujours... Le mec, c'était un serrurier, il bricolait dans sa chambre... je suis bien payé pour le savoir... pas au deuxième, mais au troisième... Pour moi, ce type-là, son boulot, c'était de rassembler des trousses de « cambrioleurs »... Enfin, lui, son invention pour le concours « Perpétuel », ça consistait en un moulin du genre dynamo, à prise « faradique variable »... Il accumulait avec ça les forces de l'orage... Ensuite ça n'arrêtait plus... d'un équinoxe jusqu'à l'autre...

J'arrive donc, j'avise son tôlier en bas, je lui demande le nom : « C'est au troisième! »... Je monte... je frappe... j'étais bien moulu... J'en avais déjà plein mon sac... Je lui lâche le morceau d'un seul coup! Le mec, il répond même pas... Je l'avais moi regardé à peine... C'était un véritable athlète!... J'avais même pas fini de causer... Pas un mot!... « Baoum!... » Il me charge!... la brute m'emboutit!... Je prends tout dans le buffet!... Je bascule... Je cascade à la renverse... un taureau furieux! Je débouline... Je carambole les trois étages... On me ramasse sur le trottoir... J'étais plus qu'un cloque... Un amas sanglant... On m'a ramené dans un sapin! Profitant que j'étais évanoui tous les potes m'avaient fait les fouilles... J'avais même plus mes deux thunes!...

A la suite de cette collision, j'ai encore fait plus salement gaffe... J'entrais pas tout de suite dans les crèches... Je parlementais du dehors... Pour les réclamations de Province nous avions un autre système... On leur certifiait toujours que c'était parti par une lettre leur petit fafiot... que ça pouvait plus tarder... que ça s'était trompé d'adresse... de département... de prénom... de n'importe quoi!... parmi les afflux du concours... A la fin, ils en avaient marre de correspondre avec tout le monde... Ils se ruinaient en timbres-poste...

Avec les furieux, c'est franc... c'est une question de corrida... C'est de sauter la balustrade avant qu'ils vous écornent les tripes!... Mais avec les tendres, les effarouchés, les timides, ceux qui pensent tout de suite au suicide... c'est alors qu'on se trouve à la bourre!... La désillusion est trop forte!... ils supportent pas leur chagrin!... Ils baissent le nez dans la panade, ils bégayent... Ils comprennent plus... La sueur leur perle, les lorgnons chutent... Ils ont la foire dans le visage... C'est pas supportable à regarder... C'est les cocus de la marotte... Y en a qui veulent en finir... Ils s'assoyent, ils se relèvent... ils s'épongent... Ils en croient plus leurs oreilles que leur fourbi fonctionnait mal... Il faut qu'on leur répète doucement, qu'on leur glisse leurs plans dans la main... Ils s'abandonnent au malheur! Ils veulent plus vivre!... plus respirer!... Ils s'écroulent!...

A force d'en dire comme ça des mots, pour les cataplasmes, je me démerdais de mieux en mieux. Je savais les phrases qui consolent... Les « Profundis » des Espérances!... A l'issue de mes visites on restait quelquefois copains... Je m'organisais des sympathies... Du côté de la plainte Saint-Maur, j'en avais tout un groupement... des vrais passionnés de nos recherches... qu'avaient bien compris mes efforts... De la Porte Villemomble à Vincennes j'en connaissais des quantités! des fins tireurs de plans magiques et pas du tout vindicatifs... Et dans la banlieue Ouest aussi... C'est dans une guitoune « ondulée », juste après la Porte Clignancourt, où il y a maintenant des Portugais, que j'ai connu deux « brocos » qu'avaient monté avec des cheveux, des allumettes, sur un « tortil » élastique, trois cordes à violon, un petit système compensateur avec entraînement sur virole qui semblait vraiment fonctionner... C'était la forme hygrométrique!... Le tout tenait dans un dé à coudre!... C'est le seul vraiment « Perpétuel » que j'ai vu marcher un petit peu.

C'est rare les femmes que ça invente... Et pourtant j'en ai connu une... Elle était comptable au chemin de fer. Pendant ses heures de loisir elle décomposait l'eau de la Seine avec une épingle de nourrice. Elle promenait un gros attirail, un appareil pneumatique, une bobine Ruhmkorff dans un haveneau pour la pêche. Y avait en plus une lampe de poche et un élément picrate. Elle récupérait les essences au fil du courant... Et même les acides... Elle se mettait pour ses expériences à la hauteur du Pont Marie, juste en amont du « Lavoir »... Ça la cavalait l'hydrolyse!... Elle était pas très mal roulée... Seulement elle avait un tic et puis elle louchait... Je me suis présenté comme ça du journal... Elle a cru d'abord comme les autres qu'elle venait de gagner le gros lot... Elle a insisté pour que je reste... Elle a été me chercher des roses!... J'avais beau dire et beau faire... Elle comprenait rien... Elle voulait me prendre une photo!... Elle avait un appareil qui marchait par les « infra-rouges »... Il fallait qu'elle ferme les fenêtres... J'y suis retourné encore deux fois... Elle me trouvait joliment beau gosse... Elle voulait que je l'épouse de suite. Elle a continué à m'écrire... et des messages recommandés... Mademoiselle Lambrisse, elle s'appelait... Juliette.

Je lui ai pris une fois cent francs... et une fois cinquante... Mais c'était des cas rarissimes!...

496

Jean Marin Courtial des Pereires il crânouillait plus beaucoup... Il faisait même assez morose... Il prenait peur des phénomènes, des enragés du Concours... Il recevait des lettres anonymes qu'étaient pas à piquer des vers!... Les plus hargneux récalcitrants ils menaçaient de revenir toujours quand même.. de le corriger jusqu'au trognon!... de l'étendre une bonne fois pour toutes!... qu'il puisse plus jamais dans l'avenir arranger personne!... C'était des vengeurs... Alors, dessous la redingote, par-dessus le gilet de flanelle, il s'était posé une cotte de mailles en aluminium trempé... Un autre brevet du « Génitron » qui nous était resté pour compte, « extra-légère imperçable ». Mais ça suffisait pas tout de même pour le rassurer complètement... Dès qu'il apercevait au loin le truand qu'avait pas l'air du tout heureux... qui venait sur nous en grognant, tout de suite il se trissait dans la cave!... Il attendait pas les détails...

— Ouvre-moi la trappe, Ferdinand! Laisse-moi vite passer! C'en est un! Y a pas d'erreur!... Tu diras que je suis parti! Depuis avant-hier! Que je reviens plus!... Au Canada! Que je vais y rester tout l'été! que je chasse là-bas la belette! la zibeline! le grand faucon! Dis-lui que je veux plus le revoir! Pas pour tout l'or du Transvaal! Voilà! Qu'il s'en aille!... Qu'il s'évapore!... Qu'il se disperse!... Mets-lui le feu aux poudres! ce salaud! Qu'il éclate!... Bon Dieu de Nom de Dieu! Dans la cave, comme ça bien close, il se trouvait un peu plus tranquille. C'était maintenant un espace vide depuis qu'on avait tout fourgué, les restes du sphérique, les bricoles... Il pouvait déambuler tout à travers... de long en large, tout à son aise!... Il avait une énorme place... Il pouvait refaire sa gymnastique!... Dans une encoignure, au surplus, il s'était aménagé un « blokos » à toute épreuve... pour qu'on l'aperçoive plus du tout... si il arrivait des assaillants... entre des penderies et des caisses... Il restait là des heures entières... Au moins il m'emmerdait plus... Moi j'aimais bien qu'il disparaisse... Ça me suffisait de la grosse mignonne qui ne quittait plus le magasin... C'est elle maintenant qui cramponnait... Elle voulait mener tout à sa guise... le journal et les abonnés...

Dès deux heures de l'après-midi, elle radinait de Montretout... Elle s'installait dans la boutique, harnachée en grande tenue avec le chapeau « hortensias », la voilette, l'ombrelle et la pipe! Pas d'histoires! Elle attendait les adversaires... Quand ils arrivaient buter dessus, ça leur foutait quand même un choc...

— Asseyez-vous! qu'elle leur disait... Je suis Madame des Pereires... Je connais toutes vos histoires! On ne m'en raconte pas à moi! Parlez donc! Je vous écoute! Mais soyez bref! Je n'ai pas une seconde à perdre! On m'attend pour un essayage...

C'était sa tactique... Presque tous ils se déconcertaient... Y avait la rude intonation, la voix puissante! éraillée certes, mais caverneuse et pas facile à dominer... Ils réfléchissaient une minute... Ils restaient là devant la mémère... Elle relevait un peu sa voilette... Ils apercevaient les bacchantes, toute la peinture, les châsses d'odalisque... Et puis elle fronçait les sourcils... « Alors, c'est tout?... » qu'elle leur demandait... Ils se retiraient en péteux... souvent à reculons... Ils s'effaçaient gentiment!... « Je reviendrai, Madame... Je reviendrai!... »

Voilà qu'un après-midi elle donnait comme ça son audience... Elle finissait un peu de compote... c'était vers quatre heures... il lui fallait ça pour goûter... c'était son régime... sur le coin de la table... Je peux bien me souvenir du jour exact, c'était un jeudi... Le jour fatal de l'imprimeur... Il faisait extrêmement chaud... L'audience tirait à sa fin... Madame avait déjà viré toute une bande de mirontons, des escogriffes du concours, et toujours à l'estomac... Des quémandeurs, des ergoteurs, des bafouilleux... Entièrement à la rigolade... Quand voilà un curé qui rentre... Ça devait pas nous épater... Nous en connaissions quelques-uns... et des abonnés très fidèles... des correspondants fort aimables...

« Asseyez-vous, Monsieur le Curé... » La grande politesse tout de suite! Il s'approprie le grand fauteuil... Je le regarde attentivement... Je l'avais jamais vu ce gonze-là... Certainement que c'était un nouveau. Comme ça, à première impression, il faisait assez raisonnable... même circonspect, pourrait-on dire... Tout à fait calme... bien élevé... Il trimbalait un parapluie... malgré le franchement beau temps... Il va le déposer dans un coin... Il revient, il toussote... Il était plutôt replet... pas hagard du tout... Nous autres on avait l'habitude des véritables originaux... Presque tous nos abonnés, ils faisaient un peu des tics... des grimaces... Celui-ci il semblait bien peinard... Mais le voilà qui ouvre la bouche... et il commence à raconter... Alors je comprends d'un seul coup... Comment qu'il déconne!... Il venait tout droit lui aussi pour nous parler d'un concours... Il lisait notre « Génitron », il l'achetait au numéro... depuis des années... « Je voyage beaucoup! beaucoup!... » Il s'exprimait par grandes saccades... Il fallait tout saisir au vol, des paquets de phrases entortillées... avec des nœuds... des guirlandes et des retours... des bribes qui n'en finissaient plus... Enfin on a tout de même compris qu'il aimait pas notre « Perpétuel »!... Il voulait plus qu'on en cause! Ah! ça non! Il se fâchait tout rouge!... Il avait bien autre chose en tête!... Et ça le tracassait!... Il fallait qu'on marche avec lui!... C'était à prendre ou à laisser!... Ou bien alors contre lui!... Il nous a bien prévenus tout de suite! Qu'on réfléchisse aux conséquences! Plus de « Perpétuel ». Pas sérieux ça! Une calembredaine!... A aucun prix!... C'était autre chose, lui son dada!... On a fini par le savoir... Comme ça d'écheveaux en aiguilles... en dix mille circonlocutions... ce qui lui travaillait le siphon... C'était les Trésors sous-marins!... Une noble idée!... Le sauvetage systématique de toutes les épaves!... De tous les galions « d'Armada » perdus sous les océans depuis le début des âges... Tout ce qui brille... tout ce qui parsème... tout ce qui jonche le fond des mers! Voilà! C'était ça, lui, sa marotte! toute son entreprise!... C'est pour ça qu'il venait nous causer!... Il voulait qu'on s'en occupe... qu'on perde pas une seule minute!... qu'on organise un concours! une compétition mondiale... pour le moyen le meilleur! Le plus sûr! Le plus efficace!... de remonter tous les trésors!... Il nous offrait toutes ses ressources, sa propre fortune, il voulait bien tout risquer... Une garantie formidable pour couvrir déjà tous les frais de mise en route... Forcément, Madame et moi, on se tenait un peu sur les gardes... Mais il insistait beaucoup... Lui le système qu'il voyait, le cureton fantasque, c'était une « Cloche à plongeur »!... qui se déroulerait très profonde! par exemple vers 1 800 mètres!... Qui pourrait ramper dans les creux... appréhender les objets... crocheter, dissoudre les ferrures... absorber les coffres-forts par « succion spéciale »... Il voyait tout ça facilement... C'était à nous, par le canard, d'attirer les compétiteurs... De ce côté-là, nous étions fortiches!... Nous ne redoutions vraiment personne! Il frémissait d'impatience qu'on passe aux épreuves!... Il a même pas attendu qu'on émette une seule objection... ou seulement le début d'un petit doute!... Plaff! comme ça en plein sur la table... Il plaque son paquet de fafiots... Y en avait pour six mille francs!... Il a pas eu le temps de les regarder!... Ils étaient déjà dans ma fouille... La mère Courtial, elle en sifflait!... Je veux battre le fer!... J'attends plus...

— Monsieur le Curé, restez là, je vous en prie! une seconde... Une toute petite! Le temps que je cherche le Directeur... Je vous le ramène à la minute!...

Je saute dans la cave... Je hurle après le vieux... Je l'entends qui ronfle! Je pique droit sur sa guitoune... Je le secoue... Il pousse un cri! Il croyait qu'ils venaient l'arrêter... Il chocotait fort dans son jus... Il tremblochait dans ses hardes...

— Allez! que je lui dis... En l'air! C'est pas le moment des pâmoisons!

Au soupirail, dans le filet de jour, je lui montre le flouze... C'est pas le moment de perdre la voix! Merde!... En deux mots je l'affranchis... Il regarde encore mon pognon... Et une fois par transparence... Il vise les biffetons un par un... Il se reconstitue rapidement! Il s'ébroue, il renifle les fafiots... Je le nettoye! Je lui enlève la paille partout... Il se requinque vite les moustagaches... Le voilà paré! Il remonte au jour... Il se présente dans une brillante forme... Déjà il avait son topo tout prêt dans l'esprit... tout baveux... complètement sonore!... Il nous éblouissait d'emblée sur la question des plongeurs! L'historique de tous les systèmes depuis Louis XIII jusqu'à nos jours! Les dates, les endroits, les prénoms de ces précurseurs et martyrs!... Et les sources bibliographiques... et les Recherches aux Arts et Métiers!... C'était proprement féerique...

Le cureton il en rotait! Il rebondissait sur son siège de joie et de délectation... C'était très exactement tout ce qu'il avait espéré!... Alors comme ça, bien ravi, en plus de son offre précédente... On lui demandait rien!... Il nous assure de deux cents sacs! rubis sur l'ongle! pour tous les frais du concours! Il voulait pas qu'on lésine sur les études préliminaires!... Sur l'établissement des devis!... Pas de chicane, pas de ratiboise!... Nous avons tout accepté... paraphé... conclu!... Alors tout à fait copains il a sorti de sa soutane une carte sous-marine immense... Pour qu'on se rende compte bien tout de suite de l'endroit de tous les trésors!... Où qu'elles étaient englouties toutes ces richesses phénoménales!... depuis vingt siècles et davantage...

On a bouclé la cambuse... On a étalé le parchemin entre nos deux chaises et la table... C'était une œuvre mirifique cette « Carte aux Trésors »... Ça donnait vraiment du vertige... rien qu'en jetant dessus un coup d'œil... Surtout si l'on considère le moment où il survenait ce drôle de Jésus!... après des temps si difficiles! Il nous bluffait pas le cureton!... C'était bien exact sur sa carte tous les flouzes planqués dans la flotte... C'était pas niable! Et près des côtes... avec les relevés « longitudes »... On pouvait bien se figurer que si on la trouvait la cloche pour descendre rien qu'à 600 mètres, ça deviendrait du vrai nougat! On était tranquille comme Baptiste... Nous possédions à la cuiller tous les trésors de l'« Armada »!... Y avait qu'à se baisser pour les prendre... C'était tout à fait le cas de le dire... Rien qu'à trois milles marins de Lisbonne à travers l'embouchure du Tage... gîtait une planque colossale!... Et là, c'était vraiment commode, une entreprise pour débutants!... Si on se payait un peu d'audace, qu'on force un peu la technique... Alors ça prenait d'autres tournures!... On pouvait prétendre raide comme balle remonter tout à la surface le trésor du « Saar Ozimput » englouti dans le Golfe Persique deux mille ans avant Jésus-Christ... Plusieurs coulées de gemmes uniques! Des parures! Des émeraudes d'une magnificence incroyable!... un petit milliard au bas mot... Le lieu précis de ce naufrage, le curé l'avait sur sa carte pointé très exactement... Cent fois, d'autre part, maints sondages, pratiqués au cours des siècles, avaient relevé la position... Pas d'erreur possible!... Ça n'était plus, tous frais à part, qu'un

501

petit problème de chalumeaux... de « fraises oxhydriques »...
Une mise au point... Quand même un petit aléa pour pomper
les trésors du « Saar »... Nous réfléchîmes tout un jour... Et
d'autres minimes « inconnues » dans la législation persane nous
firent un instant tiquer... Et puis nous tenions d'autres blots,
ceux-là entièrement sous la main, sucrés, parfaitement acces-
sibles... dans des mers les plus clémentes!... absolument libres
de requins! Il fallait penser aux plongeurs! Fuyons! Fuyons
les tragédies...

Tous les fonds du globe, en somme, regorgeaient de coffres
inviolés, de galiotes farcies de diamants... Peu de détroits, peu
de criques, de golfes, de rades ou d'embouchures qui ne recé-
lassent sur la carte quelque pharamineux butin!... très facilement renflouable à partir de quelques cents mètres!... Tous les
trésors de Golconde! Galères! Frégates! Caravelles! Bisquines!
pleines à craquer de rubis et Koh-I-Noors! de doublons « triples
effigies »... Les côtes spécialement du Mexique paraissaient à
ce propos positivement indécentes!... Les conquistadores les
avaient semble-t-il pour notre gouverne littéralement rem-
blayées, perclues avec leurs lingots et les pierres précieuses...
Si on insistait réellement et à partir de 1 200 mètres... les
diamants devenaient pour rien!... Par exemple au large des
Açores, pour ne citer que ce cas-là... un vapeur du siècle dernier, le « Black Stranger », un cargo mixte, un courrier du Transvaal en contenait pour plus d'un milliard... lui tout seul (d'après
les plus prudents experts...). Il gîtait sur un fond de roches
à 1 382 mètres et en « porte à faux »!... Déjà crevé par le mitan...
Y avait plus qu'à fouiller les tôles!...

Notre curé en connaissait d'autres, un choix stupéfiant...
Toutes les épaves récupérables... et toutes faciles à vider...
Plusieurs centaines à vrai dire... Il en avait criblé sa carte de
trous pour les prospections... Ça figurait les endroits des
sauvetages les plus urgents... au dixième de millimètre... Ils
étaient en noir, vert ou rouge suivant l'importance du trésor...
Avec des petites croix...

C'était plus que des questions de technique! d'astuce! d'à-
propos!... A nous de démontrer nos talents!... Ça n'a pas
traîné, Ventredieu!... Des Pereires, comme ça, dans la fièvre,
pour pas laisser rien refroidir... saisissant sa plume, une rame,
la règle, la gomme, le buvard, il a rédigé devant nous, s'accom-

pagnant à haute voix, une véritable proclamation!... C'était vibrant!... C'était sincère!... Et puis en même temps minutieux et probe!... Voilà comment qu'il travaillait!... Il a situé tout le problème au poil!... en moins de cinq minutes! dans l'inspiration! C'était un boulot de première!... « Faut pas remettre les choses au lendemain!... Il faut que cet article sorte tout de suite... ça fera un numéro spécial!... » Voilà comment il ordonnait... Le curé il était heureux! Il jubilait... Il pouvait plus causer du tout...

Je ne fis qu'un bond rue Rambuteau... J'emmène tout le pèze dans ma poche... Je laisse seulement cinquante francs pour la grosse mignonne... Merde!... Je m'étais donné assez de mal!... je les aurais laissés dans la caisse, sûrement jamais je les aurais revus!... Le vieux il en faisait une gueule!... Il devait des avances à Naguère... Il avait déjà fait sa mise!... Tout ça c'était plus fort que lui... Mais ça devenait bien préférable que je reste moi le trésorier!... Ça risquait infiniment moins!... On dépenserait que peu à peu... et pas du tout sur les « gayes »... Ah! j'en étais sûr!... C'est moi qui réglerais les notes... Taponier d'abord, premier privilège! son « numéro spécial »!... Il vivait plus cet imprimeur... Quand il a regardé mes « espèces », il en croyait pas ses deux châsses!... Il les a bien visées quand même!... et par transparence!... Du liquide! Il était groggy complètement!... Il savait plus quoi me répondre... Je lui ai réglé six cents francs pour les dettes en retard, et puis encore deux cents autres pour le « numéro » et pour le tam-tam du concours!... Là il s'est alors dépêché... Deux jours après on les a reçus les exemplaires... Expédiés, bandés, collés, timbrés, tout!... Je les ai portés à la grande poste en voiture à bras avec Courtial et Madame!...

Le curé, au moment de sortir, on le lui a bien demandé qu'il nous inscrive son adresse, son nom, sa rue, etc... mais il avait nettement refusé!... Il voulait rester anonyme!... Ça nous intriguait... Évidemment qu'il était drôle! Mais beaucoup moins que tant des autres... C'était un homme corpulent, il avait extrêmement bonne mine, et propre et rasé, à peu près le même âge à Courtial... mais complètement chauve... Il explosait en bégayant dans les poussées de l'enthousiasme!... Il tenait plus alors sur son siège tellement qu'il se trémoussait!... On l'avait trouvé bien optimiste... Certainement bizarre... Mais

enfin, ce qu'il avait prouvé, c'est qu'il avait bien du pognon!...
C'était le vrai commanditaire!... C'était le premier nous qu'on
voyait... Il pouvait être un peu étrange...

En revenant tous trois de la Grande Poste, on a passé juste
devant le « quart » avec la bagnole, rue des Bons-Enfants...
Je fais au vieux : « Arrêtez minute!... Chiche que je l'avertis!...
Je vais lui dire que tout va bien! » Une idée de merdeux qui
me traverse d'aller crâner avec le flouze... d'y dire qu'on était
plein de pognon!... Je bondis donc, je pousse leur porte... Ils
me reconnaissent les poulets :

— Alors, Zigomar?... qu'il me demande celui du pupitre...
Quoi tu viens foutre?... Tu veux faire un tour au local?...

— Non, que je lui dis... Non, Monsieur!... C'est pas pour
moi la cabane! Je venais simplement en passant vous montrer
un petit numéraire... Et je lui sors mes quatre fafiots... Je les
agite devant ses yeux... Voilà que je fais... Et pas volé... Je
viens vous prévenir tout simplement que c'est encore pour un
concours... « La Cloche à plongeur! »...

— Plongeur! Plongeur!... qu'il me répond... Tu vas voir
moi, si je vais te plonger!... Mais tu te fous de ma gueule, ma
parole!... Sale petite craquette morveuse!...

J'ai redescendu encore plus vite... Je voulais pas aller au
pétard... On s'est marré dans la rue!... On a piqué un petit
galop avec la bagnole... On a fait vinaigre jusqu'à la rue du
Beaujolais!...

Forcément un concours pareil pour récupérer les trésors...
ça devait nous attirer les foules... Notre part d'organisateurs
était fixée à seize pour cent sur tout ce qui remonterait en surface!... Ça n'avait rien d'exagéré! Quand même sur « l'Armada » seule, ça nous faisait, en calculant juste, sans forcer
du tout les chiffres, à peu près dans les trois millions... C'était
raisonnable!...

Je dois dire que la grosse mignonne elle voyait pas les choses
dans le sac... Elle reniflait un peu la soupière... Elle gardait
ses appréhensions... Tout de même, elle osait pas ramener...
En somme, c'était du miracle!... Elle se laissait pas envahir...
Elle regardait seulement les « espèces »...

Le vieux alors lui Courtial, il s'en donnait à cœur joie!...
Il y mettait toute la sauce... Il voyait déjà tous les diams
rendus en vrac sur la grève, les émeraudes à la poignée... Les
paillettes en monticules, les lingots... Tout le trésor des Incas,
pompé des galères... « Nous sommes les Pilleurs des Abîmes! »
qu'il gueulait à travers la crèche... Il sautillait... Il gambadait
sur les papelards... Et puis il se fixait tout d'un coup, il se
tapait sur le cassis. « Mais minute! ma cocotte poulette! Tout
ça n'est pas réparti!... » Il recommençait à l'encre rouge et sur
quatre colonnes!... C'était pour la division qu'il devenait
sévère!... Terriblement scrupuleux!... qu'il prévoyait les
pires accrocs... C'était fini la rigolade! Il prenait toutes ses
précautions. Il rédigeait un protocole!

— Ah! je te vois venir, toi, ma grosse choute, tu ne les
connais donc pas encore!... Tu ne sais pas de quoi ils sont capa-

bles?... Moi, qui les pratique tous les jours, je sais ce qui nous pend au blaze... Et moi j'en ai vu des « Mécènes... » et des inventeurs, alors donc?... Moi je les mène depuis quarante ans!... Maintenant, je suis pris entre deux feux!... Ah! C'est le cas de le dire!... Ah! Je ne veux pas être consumé! ratatiné! déconfit!... Au moment où tout se déclenche!... A l'instant exact! Ah ça! vraiment non! Ah! Pas du tout! Nom de Dieu!... Tonnerre de Brest!... La plume à la main, Ferdinand! Vite! Et dans l'autre la balance! Et sur les genoux une carabine! Oui! Voilà du Courtial!... Au poil!... Justice! Respect! Présence!... Je les ai vus créer, moi, tous mes inventeurs miroboles! Tel que je vous cause tous les deux... Des merveilles et des merveilles! des véritables stupéfactions! Et tout au long de ma longue carrière! Autant comme autant je peux bien le dire! et pour la peau presque toujours!... Pour le Gruyère! Pour la Gloire! Pour pire que rien!... Le génie il pourrit sur place!... Voici l'exacte vérité!... Il ne se vend pas! Il se ramasse! Il est « Gratis pro Deo ». C'est moins cher que les allumettes... Mais si vous arrivez gentil! Que vous avez la bouche en cœur! Que vous venez faire un cadeau, une gracieuseté inédite! Ah! mais oui! Vous avez cru ma mie Rontaine à la belle musique! Vous venez encourager le chercheur!... panser les plaies du martyr... Vous arrivez tout innocent avec une petite sardine... Le martyr fait un bond de vingt mètres! c'est l'Affront!... Tout change! Tout est bouleversé! Tout s'écroule! Un éclair! Et c'est l'enfer qui s'entr'ouvre!... L'illuminé tourne au chacal! Vampire! Sangsue! C'est la curée!... Le carnage! Une carambouillade atroce! Pour mieux vous tirer les espèces on vous étripe à l'instant même!... Vous crucifie! Vous vaporise! Plus de quartier! Plus d'âme qui tienne! C'est l'or, mon ami! C'est l'or! Attention!... Tout beau! tout beau, mon copain! Aller farfouiller les abîmes? Mais pour cent points mal répartis, je les connais les zèbres! Ils feraient sauter la mappemonde!... Ah! oui! tel quel! j'exagère pas! Je suis placé pour me rendre compte!... A nos papiers! A nos papiers! Ferdinand! Attention à la détente! Des manuscrits irréprochables! légalisés! paraphés! déposés avant midi chez Maître Van Crock, rue des Blancs-Manteaux! Étude excellente! en triple exemplaire... Notre part d'abord! Et stipulée en majuscules! Aucune contestation possible! Oléographique! Point d'arguments dubitatifs! De ratiocinages perfides! Ah!

506

ça, jamais! Ah! Cureton de la Providence! tu auras bientôt de quoi te plonger! Ah! Il ne peut même pas se rendre compte, le pauvre innocent!... Des cloches?... Mais je donne pas seulement un mois avant qu'on m'en apporte ici au moins trois ou quatre par jour! Que dis-je!... Une douzaine! Et remplissant nos conditions!... 600 mètres?... 1 200?... 1 800?... Je suis extrêmement tranquille! Je ne veux rien dire... Je ne veux pas me prononcer... à lure-lure!... Je veux rester tout impartial!... Veux pas avoir l'air circonvenu!... J'attendrai le jour des épreuves, soit!... Mais j'ai déjà donné quand même, si j'ai bonne mémoire, plusieurs articles très potassés sur la même question... Ah! voyons! je pourrais retrouver les dates exactes... Nous n'étions pas encore mariés!... C'était vers 84 ou 86... Juste avant le Congrès d'Amsterdam... L'Exposition des submersibles... Je pourrai peut-être remettre la main dessus... Ils sont sûrement dans la boutique... J'avais bien expliqué tout ça... C'était dans le « Supplément »... Tiens! Ça me revient!... du « Monde à l'Envers »... Je la vois cette cloche!... Je la vois d'ici!... Renforcée bien entendu... à boulons triples... et doubles parois à crédences!... Ferro-magnétique au sommet!... Ça va tout seul jusque-là!... Coussins taraudés au « millième » sur le pourtour des ballasts... Voilà!... Les rivets en « irido-bronze »... Prodigieux à l'usure marine!... Pas un seul piqueté aux acides après des années dans la flotte!... Trempés au chlorido-sodium! Une surcharge galvanoplastique à pivolet centrifuge!... Une simple affaire de calcul!... Les données sont enfantines! Éclairage radio-diffusible avec projecteur Valadon!... Un peu d'avance et du culot!... Ah! là! là!... Y a pas de quoi se casser les méninges! Pour la tenaille, une grande circulaire « préhensive »... Ça c'est peut-être plus délicat!... Moi je la passerais, moi, cette engeance par la face externe!... Mettons sur du « 23-25 »... C'est un calibre excellent... Les clapets en « rétro-bascule » pour encore plus de sécurité!... La chaîne d'envoi ça va tout seul!... Une « Rotterdam et Durtex » à trois centimètres au maillon... Et si ils veulent toujours plus fort... pour être tout à fait peinards... Le maximum garanti! Qu'ils prennent un « filin-capiton » tressé cuivre et corde et franchement du « 23-34 »! Tu vois ça d'ici?... Les « Rastrata » sont impeccables! Je n'ai pas « d'actions »! Capot renforcé « pneumatique »... brevet « Lestragone »... Et la question des hublots?... Ah! —

507

Il était repris par le doute... Si j'étais eux, je me méfierais des bourrelets des Arsenaux... les fameux « Tromblon-Parmesan ». Ça n'a pas été mirifique sur les sous-marins! Balle Peau! Balle Peau!... On n'a pas tout raconté! Au Ministère, c'est entendu, on les soutient « mordicus »... mais, moi, je garde ma conviction!... Je l'avais prédit d'ailleurs... Aux pressions moyennes ils se défendent encore... Jusqu'à dix kilos carrés on peut voir venir... Mais à partir de « vingt-dixièmes »?... C'est du papier de soie mon ami!... Les poissons passent au travers... On m'ôtera pas ma certitude... Enfin, je suis certain qu'ils y pensent... Je ne peux pas les influencer!... Je ne citerai même pas mon article! Ah! non alors!... Ah! et puis si! Je le citerai tiens!... Intégralement... Après tout c'est bien mon devoir... N'est-ce pas, chère Irène? C'est ton avis? Et le tien aussi, Ferdinand? Que je dois me prononcer? C'est un moment grave après tout!... C'est maintenant l'instant ou jamais!... Je suis là! C'est moi qui préside! Je dois leur faire mes réflexions! Et pas dans dix ans! Aujourd'hui! Elles ont bien leur petite valeur!... Et puis, tiens, suffit les phrases!... C'est très joli de conseiller, de jouer les Gérontes, les Académies, les Grosses Têtes!... Mais ça n'est pas suffisant!... Non!... J'ai toujours payé de ma personne!... Ici!... Là-bas!... Ailleurs!... Partout! Irène m'est témoin!... Jamais éludé un péril! Jamais!... En quel honneur?... Dans leur fourbi? Mais j'y descendrai moi-même!... Peut-être pas la première fois... Mais sûrement alors à la seconde!... On pourra pas m'empêcher!... C'est exactement mon rôle!... Ça m'appartient! C'est entendu!... C'est indispensable, je dirai... Ça sera moi, mon regard, mon autorité, leur seul véritable contrôle! Aucune erreur à ce sujet!

— Ah! qu'elle sursaute alors la vioque, comme si on venait de lui mordre les fesses... Ah! ça non alors... Ah! certainement pas!... J'irai plutôt couper la corde! Telle que tu me vois! Alors ça vraiment c'est complet! Jamais tu m'entends! Jamais je te laisserai descendre! T'as pas fait assez l'imbécile? Jamais dans leur truc! T'es pas un poisson quand même?... Laisse-les donc plonger ces mabouls! C'est leur affaire!... C'est pas la tienne!... Mais pas du tout!...

— Mabouls! Mabouls! T'as plus un petit sou de logique! Un liard de suite dans l'esprit!... M'as-tu assez canulé pour que je remonte dans les airs? Oui ou merde? T'en voulais-t-y pas du

sphérique? Une rage infernale! t'en étais folle simplement!
« Zélé! Zélé! » Tu pouvais pas dire autre chose... Et je suis pas
un oiseau!...

— Oiseau! Oiseau! Tu m'insultes! Tu me cherches encore
une querelle!... Ça va! Je vois bien ce que tu veux, salop!...
Tu veux, je le sais! Tu veux te tirer! Tu veux repartir en
vadrouille!...

— Où ça? Dans le fond des mers?...

— Fond des mers!... Fond des mers!... Mon œil!...

— Ah! Laisse-moi! Laisse-moi, Irène! Comment veux-tu
que je réfléchisse? Tu t'acharnes à tout barbouiller! Avec tes
impulsions idiotes!... Toutes tes frénésies insolites!... Laisse-
moi réfléchir posément!... L'heure, il me semble, est assez
grave!... Ferdinand, toi! Garde la boutique! Et ne me parlez
plus surtout!

Il redonnait maintenant des ordres... Il reprenait du ton...
de la couleur... voire de l'insolence... Il sifflait son air de charme,
le « Sole Mio » des grands jours...

— Oui! C'est encore mieux que je sorte! Je vais respirer...
Il te reste bien cent francs, dis, petit?... Je vais passer payer le
téléphone!... Ça me promènera!... Il est temps qu'ils nous le
remettent... Tu trouves pas?... On en a besoin!...

Il est demeuré comme ça sur le pas de la porte... Il était
pas décidé... Il regardait sous les Galeries... Il a filé vers la
gauche plutôt donc vers les « Émeutes »... S'il était parti sur la
droite, c'était plutôt pour les « Vases » et son martinet... Dès
que dans l'existence ça va un tout petit peu mieux, on ne pense
plus qu'aux saloperies.

On peut pas dire le contraire, ce fut une véritable orgie, question de la vente au numéro... C'était la ruée continuelle!... Ils prenaient la turne en trombe... Encore après neuf heures du soir, il radinait des abonnés pour réclamer leur supplément... Toute la journée c'était la foire!... Le magasin, il fléchissait sous le poids des curieux... le pas de la porte était usé par leurs piétinements!... C'était des Pereires qui haranguait!... Comme ça, tout debout sur le comptoir... Il distribuait à pleines mains... Moi j'étais toujours en route... Je tarabustais l'imprimeur... Je faisais sans cesse la navette!... avec le « crochet ». La bagnole c'était trop long dans le faubourg Montmartre... Je ramenais au fur et à mesure tous les numéros brochés...

La grosse mignonne elle faisait les bandes... pour les départs de Province... C'était important aussi!... On en parlait un peu partout du Concours de la « Cloche profonde »... C'était devenu un événement!...

L'oncle Édouard, bien sûr, avait entendu des échos! Il est passé aux Galeries... Il est rentré par la petite porte... Il était joliment heureux que notre « canard » reprenne des plumes!... Il avait pas été tranquille... Il me voyait encore à la bourre... en train de chercher un autre nibé!... Et puis voilà juste qu'on remontait dans les pleines faveurs!... On avait un vent magnifique! C'était incroyable comme succès!...

L'espoir du trésor, c'est magique! Y a rien qui puisse se comparer!... Le soir encore après mes courses, quand je revenais de l'automatique, je recommençais des paquets... et jusqu'à des onze heures du soir... La Violette elle m'a bien prévenu...

— Tu te forces! T'es con! T'en auras pas la reconnaissance!...
Si tu te crèves... qui donc qui va te rambiner?... C'est pas ton
dabe à coup sûr!... Paye-moi donc une menthe, mon petit
pote!... Je vais te chanter la « Fille à Mostaganem »... Tu vas
voir comme tu vas m'aimer!... Dans ce cas-là elle relevait sa
jupe par devant et par derrière... Comme elle portait pas de
pantalons, ça faisait vraiment la danse du ventre... Elle se
donnait comme ça en plein vent... au beau milieu de la Galerie...
Les autres grognasses elles rappliquaient... et puis avec presque toujours trois ou quatre clients chacune... Des pilons, des
paumes-quéquettes, des voyeurs fauchés... « Vas-y, Mélise!
Pisse pas de travers! » Elle se la saccadait bien la fente... Elle
se faisait tremblocher la moule!... Les autres, ils tapaient dans
leurs mains, c'était une vraie frénésie, la danse tunisienne...
Toujours ça ramenait plein de curieux. Après ça, je lui payais
sa menthe... On finissait tous aux « Émeutes »...

Son coin à la Violette, c'était plutôt vers la balance, derrière
le plus gros des piliers, dans la Galerie d'Orléans... Elle prenait
pas deux minutes pour tirer un jus... Si elle piquait un vrai
cave, elle l'embarquait au « Pélican » à deux pas... en face du
Louvre... C'était quarante sous la chambre... Elle aimait bien
son Pernod sec... On lui faisait rechanter sa chanson :

> L'Orient Féerique est venu...
> S'asseoir sous ma ten-en-te...
> Il avait le cul tout nu...
> Un œil dans le bas-ven-en-tre...

Ça faisait pas bouillir ma marmite... Souvent elle collait...
lancée dans les commérages... Quand je voulais la faire trisser,
j'avais qu'un moyen.

— Rentre!... que je lui faisais... Rentre, la môme! Tu vas
m'aider pour les ficelles.

— Attends que j'en suce encore un autre!... Attens-moi mon
petit rossignol... Il faut bien que je fasse ma soirée...

Je pouvais jamais compter dessus!... Elle cherchait tout de
suite une esquive... Elle se dégonflait immédiatement... A
part le recousage des boutons qu'était sa manie, j'ai jamais
pu rien en tirer pour des vrais boulots... Elle défaillait à l'instant même... C'était un moyen magique.

A peine une semaine plus tard, les solutions, les projets ont commencé à raffluer... à la belle cadence d'une centaine par jour. « Ad libitum », c'était marqué dans les conditions... Ils s'étaient pas embarrassés par les contingences... Ils s'étaient permis presque tout!... Dans l'ensemble, au premier coup d'œil, c'était extrêmement fadé comme textes et comme précisions... Ils s'étaient bien mis en branle nos admirables chercheurs!...

C'était plutôt extravagant comme propositions balistiques! mais y avait du bon dans le détail!... On en sortirait quelque chose... D'une façon fort générale, quand ils se servaient de petits papiers, de format exigu bistrot, c'était presque à coup certain pour nous vanter les épures de quelque engin phénoménal, une cloche plus grande que l'Opéra... et sur les plans démesurés, dix-huit formats « octavo », il s'agissait presque à coup sûr de petites sondes de vingt centimètres.

Dans cette sarabande de marottes, y avait à boire et à manger! Tous les systèmes, les fantaisies, les subterfuges, pour aller chercher nos trésors... Certains caissons proposés prenaient la forme d'un éléphant!... D'autres plutôt le genre hippopotame... Une majorité, on pouvait bien s'y attendre, avait pris la forme des poissons... Certains autres des aspects humains... des vraies personnes et des figures... L'une même notait l'inventeur, c'était sa propriétaire, ressemblante très fidèlement, avec des yeux qui brillaient à partir de huit cents mètres... en rotations concentriques... pour attirer toute la faune... le tréfonds des mers...

A chaque courrier, sur la table, ça ne cessait pas de rejaillir! éblouir, caracoler, les solutions mirifiques!... On attendait plus que notre cureton. Il avait promis de revenir le dernier jeudi du mois!... C'était fixé, entendu... On était là solide au poste... Il devait ramener dix mille francs... C'était l'avance sur notre part!... Ça devait nous permettre tout de suite de liquider quelques drapeaux, les plus urgents dans le quartier, de faire revenir notre téléphone! De faire passer des belles photos dans un « numéro tout spécial »!... Entier consacré à la Cloche!... Déjà, on parlait beaucoup de nous dans les organes de grande presse pour le sauvetage des sous-marins, pas seulement pour repêcher les fabuleux flouzes engloutis... C'était juste l'année qui suivit la catastrophe du « Farfadet »... L'émotion était encore vive... Nous avions sûrement l'occasion d'une reconnaissance nationale!...

Cependant toutes ces perspectives ne grisaient guère la grosse mignonne!... Elle faisait même plutôt une sale gueule! Elle voulait le revoir le curé avant de marcher davantage... Elle l'attendait donc ce jeudi avec impatience... Elle me demandait dix fois par heure, si quelquefois je l'apercevais pas?... au bout des Galeries?... Et le patron?... Où qu'il pouvait encore être...? Il tirait sûrement sa bordée?... Il était pas dans la cave?... Non?... Il était barré depuis le matin... On venait nous le réclamer de partout!... Ça devenait assez inquiétant... Je dis à la vieille : « Attendez-moi! Je cours jusqu'aux « Émeutes »... A peine sur le pas de la porte... Je l'aperçois Monsieur qui flanoche, qui traverse tout doucement le jardin... Il guigne les nourrices... Il s'en fait pas une petite miette... Il sifflote la vache! Il a des bouteilles plein les bras... Je bondis... Je saute... Je l'aborde...

— Eh bien! Ferdinand! Eh bien! T'as l'air joliment nerveux... Ça brûle chez nous?... Quelque chose qui ne va pas?... Il est arrivé?

— Non! que je lui fais... Il est pas là!...

— Alors il va venir bientôt!... qu'il me répond bien tranquille... Voilà du Banyuls toujours... et un Amer!... de l'Anisette! et des biscuits!... Je sais pas ce qu'il aime ce cureton!... Un curé qu'est-ce que ça picole?... De tout, je l'espère!... Il voulait qu'on fête la chose... Je crois sincèrement, Ferdinand! que nous avançons désormais sur une Royale Route... Ah oui!

ça s'annonce... Ça se dessine!... Ah! Je regardais les plans ce matin!... Encore un de ces arrivages! Un torrent d'idées, mon colon!... Une fois passée l'avalanche... moi! Je vais alors faire un de ces tris!... De tout ce qui peut prendre une tournure... De tout ce qui doit être oublié... C'est pas lui qui peut faire ça... Moi je veux qu'il me laisse carte blanche! Pas d'empirisme!... Des connaissances! Ça va se discuter dès tantôt!... Et puis, tu comprends, c'est pas tout! Et le répondant? Je peux pas m'engager à lure-lure! Ah non! Ça serait trop commode! C'est plus de mon âge! Ah! mais non!... Un compte en banque! D'abord! Avant tout!... Et deux cents billets sur la table! Signatures conjointes! Lui et moi! Je convoque les constructeurs!... On s'engage!... On peut causer!... On sait ce qu'on dit!... Nous ne sommes plus tout de même des puceaux! Un petit doute cependant l'effleure...

— Tu crois que tout ça va lui plaire?...

— Ah!... que je fais... Je suis bien tranquille... J'en étais absolument sûr.

Ainsi, tout en bavardant, nous nous rapprochons du journal... On attend encore un peu... Toujours aucun curé en vue! Ça devenait quand même assez tarte!... Madame des Pereires, fort nerveuse, essayait de remettre un peu d'ordre... Que ça ait pas l'air trop étable... Déjà que c'était normalement une terrible pétaudière, alors depuis cette cohue, y avait plus un sifflet d'espace!... Un fumier énorme!... Un cochon retrouvait pas ses petits... Une litière en pleine éruption... absolument écœurante... du plancher jusqu'au deuxième... papelards fendus, bouquins crevassés, manuels pourris, manuscrits, mémoires, tout ça rendu en serpentins... nuées de confetti voltigeurs... Tous les encartages dépiautés, en vrac, en mélasse... Ils avaient même, ces voyous, embarqué toutes nos belles statues!... Décapité le Flammarion! Sur l'Hippocrate plaqué en buvard des belles bacchantes toutes violettes... On a extirpé du tumulte avec un mal invraisemblable, trois chaises, la table et le grand fauteuil. On a chassé les clients... On a dégagé un espace pour recevoir le saint homme...

A cinq heures et demie tapant, en retard de seulement trente minutes... le voilà là-bas, qui s'annonce... Je l'aperçois, moi, qui traverse par la Galerie d'Orléans... Il était porteur d'une serviette, une noire extrêmement bourrée... Il entre...

On le salue. Il pose son fardeau sur la table... Tout va bien!
Il s'éponge... Il avait dû marcher très vite... Il cherchait son
souffle... La conversation débute... C'est Courtial qui mène le
train... La vieille, elle, monte à l'Alcazar... elle en redescend
quelques dossiers, les plus remarquables!... Y en a déjà un
vrai petit choix! elle pose le tout près de la serviette. Il sourit
agréablement... Il a l'air assez satisfait... Il feuillette comme
ça d'un doigt vague... Il pique au hasard... Il semble pas très
résolu... Nous attendons, nous ne bougeons pas... qu'il veuille
bien faire ses réflexions... Nous respirons très prudemment...
Il trifouille encore quelques pages... et puis il plisse toute sa
figure!... C'est un tic!... Encore un autre! Une saccade vraiment hideuse! Mais c'est la crise!... Comme une vraie transe
qui le saisit... Il rejette alors toute cette paperasse... Il balance
tout dans la vitrine... Et puis il s'attrape la tétère... Il se la
tripote à deux mains. Il se la malaxe, il se la trifouille... Il se
pince, il se pétrit tout le menton... et les joues, le gras, les plis,
le nez aussi, les oreilles... C'est une satanée convulsion!... Il se
rabote les châsses, il se relaboure le cuir chevelu... Et puis
brutalement il s'incline... D'un coup il se baisse, le voilà par
terre... Il replonge toute la tête dans les papiers... Il renifle
toute la masse... Il grogne, il souffle extrêmement fort... Il en
étreint une grande brassée et puis... Wouaff!... Il lance tout en
l'air!... Il envoie tout dans le plafond... Ça pleut les papelards,
les dossiers, les plans, les brochures... On en a partout... On se
voit plus... Une fois... deux fois... Il recommence! Toujours
poussant des hurlements! des joyeux!... il est jubileur! Il
gigote... il fouille encore... Les gens s'attroupent devant notre
porte... Il retourne toute sa serviette... Il en tire des autres
journaux, rien que des coupures, des brasses entières... Il éparpille aussi tout ça... Parmi, je vois bien... y a du biffeton!...
J'ai repéré dans la paperasse!... Je les vois qui s'envolent...
Je vais piquer les ramasser... Je sais comment faire... Mais
voilà deux costauds qui chargent... A coups d'épaules ils bran-
lent la porte... Ils écartent... Ils bousculent la foule. Ils passent.
Ils sautent sur le curé. Ils le ceinturent, ils l'écrabouillent, ils le
renversent, le bloquent à terre... Ah! il étrangle la pauvre
vache! Il va râler sous la table... « Police! » qu'ils nous font à
nous... Ils l'extirpent par les nougats... Ils s'assoient sur le
malheureux...

— Vous le connaissez depuis longtemps? qu'ils nous demandent alors...

C'est des Inspecteurs... Le plus hargneux, il nous sort sa carte... On répond vite qu'on y est pour rien!... Absolument! Le cureton, il gigote toujours... Il se débat la pauvre tranche... Il trouve moyen de se remettre à genoux... Il pleurniche... Il nous implore... « Pardon!... Pardon!... qu'il nous demande... C'était pour mes petits pauvres... Pour mes aveugles... Pour mes petits sourds et muets... » Il supplie qu'on le laisse quêter...

« Ta gueule! On te demande rien!... Il est enragé ce sale con-là... T'as pas fini de nous faire l'arsouille!... » Celui qu'a montré sa carte, il lui fout alors un coup de boule tellement sonore et placé, que le cureton il en fait un couac!... Il s'écroule! Il parle plus!... Ils lui passent tout de suite les menottes... Ils attendent encore un moment... Ils respirent... Ils le requinquent debout à coups de pompes. C'est pas terminé. Il faut encore que Courtial il leur signe une « constatation » et puis encore un autre faf... « dorso-verso »... L'un des bourriques, le moins sévère, il nous explique un petit peu la nature du dabe foliche... C'était vraiment un curé... et même un chanoine honoraire!... Monsieur le Chanoine Fleury!... Voilà comment qu'il s'appelait... C'était pas son premier paillon... ni sa première déconfiture... Il avait déjà fait « bon » tous les membres de sa famille... pour des mille et des milliers de francs... Ses cousins... ses tantes... les petites sœurs de Saint-Vincent de Paul... Il avait piqué tout le monde... Les marguilliers du Diocèse... le bedeau et même la chaisière... Il lui devait au moins deux mille francs... Tout ça, pour des entourloupes qu'avaient ni sens, ni principes... Maintenant, il tapait dans la caisse, celle des Sacrements... On l'avait surpris par deux fois... en train de carambouiller le coffret. Tout le « Denier de Jeanne d'Arc » on l'avait retrouvé dans sa chambre forcé au ciseau... Il travaillait du trésor... On s'était aperçu trop tard... Maintenant on allait l'enfermer... C'était son Évêque à Libourne qui réclamait l'internement...

Y avait la foule, sous nos arcades... Ils se régalaient, ils perdaient rien de la belle séance... Et les commentaires allaient fort... Ça ruminait énormément... Ils apercevaient les fafiots qu'étaient répandus dans la case... Mais moi aussi j'avais bien biglé... J'avais eu la présence d'esprit... J'en avais déjà sauvé quatre et une pièce de cinquante francs... Ils poussaient des

Ah! Aha! Oh! Oho! Ils m'avaient bien vu travailler les pougnassons devant la vitrine!... Notre curé, les bourres ils l'ont propulsé dans le gymnase... Il faisait encore des résistances... Il fallait qu'ils repassent par derrière pour l'embarquer dans un fiacre... Il se cramponnait de toutes ses forces... Il voulait pas partir du tout...

« Mes pauvres! mes pauvres pauvres!... » qu'il arrêtait pas de mugir. Le sapin est arrivé quand même, après bien du mal...

Ils l'ont halé dans l'intérieur... Il a fallu qu'ils l'arriment, qu'ils le souquent sur la banquette avec de la corde... Il tenait pas quand même en place... Il nous envoyait des baisers... C'est honteux ce qu'ils le torturaient!... Le fiacre pouvait plus démarrer, les gens ils se mettaient devant le cheval... Ils voulaient regarder dans le caisson... Ils voulaient qu'on ressorte le chanoine... Enfin grâce à des autres flics... ils ont dégagé la voiture... Tous les pilonneurs alors ils ont reflué devant la boutique... Ils comprenaient rien! Ils arrêtaient plus de nous conspuer...

La grande mignonne, tant d'injures, ça lui fit monter la moutarde... Elle a voulu que ça cesse de suite... Elle a fait ni une ni deux... Elle a bondi sur la lourde... Elle ouvre, elle sort, elle se présente, elle les affronte...

— Eh bien? qu'elle leur dit... Qu'est-ce que vous avez?... Bande de paumés! Bande de saindoux! Vous êtes que des sales morveux! Allez-vous-en vous gratter! Malfrins! Cressons! De quoi que vous êtes pas contents?... Vous le connaissiez pas, vous, ce bigleux?... C'était culotté d'attitude... Mais ça n'a pas pris quand même... Ils l'ont encore plus agonie!... Ils ont redoublé en beuglements. Ils glaviotaient plein notre vitre. Ils balançaient des graviers... C'était du massacre bientôt... Il a fallu qu'on se carre en trombe... et par derrière... à toutes tatanes!...

Après un pareil Trafalgar on ne savait plus quelle contenance prendre... Comment maintenant les dissuader, les énergumènes ? C'était devenu très rapidement la « Cloche au Trésor Fond des Mers » une corrida aussi farouche qu'avec le « Mouvement Perpétuel »... Ça bardait du matin au soir... Et souvent encore dans la nuit ils arrivaient à me réveiller avec leurs vociférations. Un défilé d'hurluberlus exorbités jusqu'aux sourcils, qui se dépoitraillaient devant la porte, gonflés, soufflés de certitudes, de solutions implacables... C'était pas marrant à regarder... Il en surgissait toujours d'autres !... Ils bouchaient la circulation... Une sarabande de possédés !...

Ils étaient si entassés, tellement grouillants dans la boutique, embistrouillés dans les chaises, raccrochés sur les monticules, emmitouflés dans les paperasses, qu'on pouvait plus rien entrer prendre... Ils voulaient seulement rester là, nous convaincre encore une minute, avec les détails inédits...

Si encore, au moins, on leur avait dû quelque chose ! Qu'ils aient tous versé une avance, une ristourne, une inscription, on aurait compris peut-être qu'ils ne soient pas heureux, contents, qu'ils partent en pétard, qu'ils s'insurgent !... Mais c'était pas notre cas du tout !... Par extraordinaire exception ! On leur devait vraiment rien ! C'était ça le plus fort ! Ils auraient pu nous en tenir compte !... Que nous n'agissions point par lucre ! Que c'était en somme une affaire de Sport et d'Honneur !... Pure et simple ! Qu'on était absolument quittes... Ah ! mais alors pas du tout !... C'était exactement le contraire ! Ils faisaient la révolution pour le plaisir d'être emmerdants !...

Ils nous en voulaient mille fois plus! Ils se montraient mille fois plus charognes! râleurs! écumeux! que jamais auparavant qu'on les saignait jusqu'à l'os!... C'étaient des véritables démons!... Chacun gueulait comme à la Bourse pour la défense de son bastringue!... Et puis tous ensemble!... Ça faisait un vacarme effroyable...

Personne pouvait plus attendre!... Chacun fallait qu'on lui construise à la minute! pas une seconde! son abracadabrant système!... Que ça fume!... Et que ça fonctionne!... Ils avaient une hâte immonde de descendre tous au fond de la mer!... Pour chacun son trésor à lui!... Ils voulaient tous être les pre-miers! Que c'était dans nos « conditions »! Ils brandissaient notre papelard!... On leur a bien hurlé pourtant qu'on en avait salement marre de leurs entourloupes de dégueulasses... de supporter leur cohue!... que tout ça c'était du bourre mou!... Mon Courtial est grimpé exprès, dans l'escalier tire-bouchon pour leur dire toute la vérité... Il l'a hurlée à tue-tête au-dessus de la foule... Il avait mis son chapeau de forme tellement c'était solennel... Un aveu complet, j'étais là... Un miracle comme on verra plus!... Il leur a bien spécifié qu'on n'avait plus de commanditaire! Que c'était fini... enterré... Pas plus de mil-lions que de beurre au cul!... Il leur a spécifié encore que les bourres l'avaient enfermé... Celui qu'on pensait, le curé... Qu'il en ressortirait jamais! Qu'il avait la camisole, que tout le business était à l'eau!... « A l'eau! A l'eau!... » Ils trépignaient d'enthousiasme en entendant ces paroles... Ils reprenaient tous en chœur : « Dans l'eau! Courtial! Dans l'eau! A l'eau!... » Ils revenaient toujours plus nombreux, rapporter des nou-veaux projets... Ils se fendaient grassement la gueule si on voulait parlementer... Ça prenait absolument plus... Leur conviction était bien faite... Ils savaient tous qu'il faut souffrir quand on a la foi! La foi qui soulève les montagnes, qui renverse les mers... Ils en avaient une terrible... Ils craignaient personne pour la foi! Ils étaient d'ailleurs convaincus qu'on voulait nous garder tout le plâtre pour pas partager avec eux!... Ils restaient donc devant la porte... Ils surveillaient les issues... Ils s'installaient le long des grilles... Ils s'allongeaient commo-dément... Ils étaient plus du tout pressés... Ils avaient la conviction... Ils y croyaient dur comme fer!... C'était plus la peine qu'on insiste... Ils nous auraient crevés sur place à la plus petite tentative de dénégation... Ils devenaient de plus en plus cruels... Les plus canailles, les plus retors, ils faisaient le tour par la coulisse... Ils arrivaient par le gymnase... Ils nous faisaient signe de les rejoindre... Dans un coin comme ça chuchotant, ils proposaient des arrangements, des augmentations de la ristourne... quarante pour cent au lieu de dix pour notre propre blaze sur le premier butin sorti... Qu'on s'occupe d'eux immédiatement, avant tous les autres... Ils nous estimaient fort cupides!... Ils voulaient déjà nous corrompre... Ils nous faisaient miroiter des « fleurs »!

Courtial il voulait plus rien regarder, ni causer, ni même les entendre!... Il voulait même plus sortir... Il avait peur qu'on le repère... Le mieux c'était encore sa cave.

— Toi, qu'il me disait... Sors d'ici!... Ils vont finir par te sonner! Va t'asseoir là-bas sous les arbres... de l'autre côté du bassin... C'est mieux qu'ils nous voyent pas ensemble... Il faut qu'ils s'épuisent!... Laisse-les tous gueuler tant qu'ils peuvent!... C'est une corrida de huit, dix jours!...

Il se trompait dans l'estimation, ça a duré bien davantage...

Heureusement qu'on avait sauvé quand même un petit fond de pécule... Ce que j'avais piqué au chanoine... Presque à peu près deux mille francs... On s'était dit qu'avec ce bulle, une fois la tourmente conjurée, on lèverait le camp par une belle nuit... On transborderait notre matériel et on irait se faire voir ailleurs!... Dans un autre quartier!... L'endroit était plus possible... On monterait un autre « Génitron » sur des données toutes nouvelles... avec des autres inventeurs... On parlerait plus du tout de la « Cloche »... C'était en somme assez faisable, c'était une question de deux, trois semaines à supporter les avanies...

Entre temps, la grosse mignonne, j'ai eu toutes les peines du monde à lui faire comprendre qu'il valait mieux qu'elle reste chez elle dans son pavillon de Montretout... Qu'elle attende donc la fin de l'orage!... Elle voulait pas m'écouter, elle croyait pas au péril!... Moi, je le connaissais notre public... Elle les excitait beaucoup avec ses manières, sa pipe, sa voilette... C'était des bobards continuels... En plus, elle leur tenait tête... ça pouvait très mal terminer... Elle risquait net de se faire étendre... Il passe parmi les inventeurs des bouffées terribles, des impulsions qu'ils se connaissent plus... Ils étripent tout sur leur passage! Certes, elle aurait pas cané... elle se serait défendue comme une lionne, mais pourquoi encore d'autres drames?... On avait rien à gagner!... Ça sauverait pas leur pavillon!... Elle avait fini par admettre, après bien des flots de salive et des soupirs à cœur fendre...

Ce jour-là, elle était pas venue... Courtial roupillait dans la cave... On avait déjeuné ensemble, aux « Escargots », chez

521

Raoul, assez bien ma foi, au coin du Faubourg Poissonnière. Il s'était refusé rien... J'ai pas moisi dans la boutique... Je suis ressorti presque aussitôt... pour m'installer à bonne distance comme d'habitude sur le banc d'en face, en retrait sur la rotonde... De là, je surveillais les abords... Je pouvais même intervenir si les choses vraiment tournaient mal... Mais c'était un jour tranquille... Rien de particulier... Toujours les mêmes groupes parlocheurs, bavocheurs, qui fermentaient dans les pourtours... depuis le début de l'autre semaine ça durait comme ça... Vraiment rien d'extravagant !... J'aurais eu tort de me cailler... ça mijotait sans pétard... Et même un peu après quatre heures un certain calme s'est établi !... Ils se sont assis en queue leu leu... Ils parlaient plutôt en murmures... Ils devaient être très fatigués... Une vraie ribambelle tout le long des autres devantures... Ça sentait la lassitude... Ça pouvait plus durer longtemps... Je songeais déjà aux perspectives... qu'il allait falloir nous trisser... Emmancher des autres goupilles !... Piquer, paumer encore des « caves » ! Et puis encore des autres business !... On avait bien notre pécule... Mais combien qu'il pouvait durer ? Peuh ! Peuh ! Peuh ! C'est pas grand'chose à faire fondre deux billets de mille francs !... Si on voulait remonter le journal !... et puis douiller leur pavillon !... C'était pas possible, à vrai dire, de faire les deux à la fois !... Enfin, j'étais dans mes songeries... très absorbé profondément... quand du plus loin... dans l'impasse du Beaujolais, j'aperçois un grand fias tout seul qui faisait un boucan du tonnerre !... qui gesticule de tous ses membres !... Il se ramène, il bondit, il caracole jusque devant notre porte... Il attrape le bec-de-cane... Il secoue la lourde comme un pommier... Il gueule après des Pereires !... Il est absolument furieux, hors de lui-même, ce garçon !... Avant de se barrer il s'escrime un bon moment... Personne ne répond... Il barbouille toute la devanture avec un pinceau et de la couleur verte... Ça doit être des saloperies !... Il se débine... toujours en grande ébullition... Enfin, on avait vu pire !... C'était pas tragique !... Je redoutais bien davantage...

Il se passe encore une heure ou deux... Le soleil commence à tomber... Voilà les six heures qui sonnent... C'était le moment désagréable, celui dont je me méfiais le plus... L'heure dégueulasse par excellence pour les raffuts, les bagarres... surtout

avec notre clientèle... C'est l'instant foireux où tous les magasins relâchent leur petits maniaques, leurs employés trop
ingénieux... Tous les folichons sont en bombe!... Le grand
éparpillage des fabriques, des manutentions... Ils se précipitent,
ils sont nu-tête, ils cavalent derrière l'omnibus!... les artisans
tracassés par les effluves du Progrès!... Ils profitent des derniers
instants!... De la fin du jour... Ils se dératent, ils se décarcassent! C'est des sobres, des gens qui boivent l'eau... Ils
courent comme des zèbres. C'est le grand moment des
bigornes!... Ça m'en foutait mal au ventre, rien que de les sentir
rappliquer!... Ils nous tombaient sur la cerise toujours en guise
d'apéritif!...

Je réfléchissais encore un peu... Je pensais aussi à la soupe...
Que j'allais réveiller Courtial... qu'il m'avait demandé cinquante francs. Mais là soudain je sursaute!... Il me parvient
une grande clameur! Par la Galerie d'Orléans... ça s'amplifie,
ça se rapproche!... C'est beaucoup plus qu'une rumeur... Ça
gronde! C'est l'orage!... C'est un tonnerre sous le vitrail!...
Je m'élance! Je saute jusqu'à la rue Gomboust, d'où paraissait
venir le plus de boucan... Je tombe là sur une horde, des possédés tout hagards, des brutes mugissantes écumeuses... Ils
doivent être au moins deux mille dans le long couloir à beugler!... Et il en jaillit toujours d'autres, des rues adjacentes...
Ils sont comprimés, pressurés autour d'une prolonge, une sorte
de camion très trapu... Juste au moment où j'arrive, ils sont
en train d'écarteler la double grille du jardin... Ils arrachent
tout d'un seul élan... C'est formidable, cette plate carriole,
comme bélier... Ils culbutent les deux arcades... Des pierres
de taille comme des fétus!... Ça s'écroule, ça débouline! ça éclate
en miettes à droite et à gauche... C'est terrifiant absolument...
Ils dévalent dans un tonnerre!... attelés à l'infernale bastringue... La terre tremble à quinze cents mètres!... Ils rebondissent dans les caniveaux... Faut se rendre compte de la frénésie!... Comme ça gambille, et ça sursaute tout autour de leur
catafalque! tous entraînés dans la charge!... J'en crois pas mes
yeux!... Ils sont effrénés!... Ils sont au moins cent cinquante
rien qu'à barder dans les traits!... à cavaler sous les voûtes
avec l'énorme charge au cul!...

Les autres possédés ils s'acharnent, ils s'emberlifiquent,
ils se démembrent pour s'agripper mieux au timon... sur la

carène... dans les essieux!... Je me rapproche de leur sarabande...
Ah! Je les discerne, nos inventeurs!... Ils y sont à peu près
tous!... Je les reconnais presque un par un!... Voilà De la
Gruze, le garçon de café... il a encore ses chaussons!... Et
Carvalet le tailleur... Il a du mal à courir! Il perd sa culotte!...
Voici Bidigle et Juchère, les deux qui inventent ensemble... qui
passent toutes les nuits aux Halles... qui portent des paniers...
Je vois Bizonde! Je vois Gratien, celui de la bouteille invisible!
Je vois Cavendou... Je vois Lanémone et ses deux paires de
lunettes!... qu'a trouvé le chauffage au mercure!... Je les aperçois, tous les charognes!... Ils hurlent au massacre! Au meurtre!
Ils sont vraiment des fous furieux!... Je grimpe alors après la
grille! Je domine l'émeute!... Je le vois alors bien, sur le siège,
le grand frisé qui les excite, leur meneur en chef!... Je vois
tout le fourbi monumental!... C'est une carapace en fonte... cette
fantastique saloperie!... C'est la cloche à Verdunat! La blindée
totale!... Pas d'erreur!... Je l'ai vue cent fois en maquette!
le fameux projet!... Je peux bien la reconnaître! Avec les
hublots lumineux! faisceaux divergents!... C'est un comble!
Le voilà lui-même, dépoitraillé, Verdunat!... Il surplombe son
appareil! Il est grimpé sur le sommet! Il vocifère! Il rassemble
les autres paumés! Il exhorte! Il va les relancer à la charge!...
Je sais bien, il nous avait prévenus, absolument catégorique
qu'il la ferait construire quand même, malgré nos avis! à ses
propres frais!... Avec toutes ses économies!... On voulait pas
le prendre au sérieux... C'était pas le premier qui bluffait!...
C'étaient des teinturiers à Montrouge, de père en fils, les
Verdunat!... Il a entraîné la famille!... Ils sont là, tous descendus!... Ils gambadent autour de la cloche!... Ils se lâchent pas...
la main dans la main... C'est la farandole... maman, grand-
père et petits loupiots... Ils nous apportent leur ustensile...
Il nous l'avait bien promis... Et moi, qui refusais de le croire!...
Ils poussent le monstre depuis Montrouge! Tout le brelan des
dingos! C'est la sauvage coalition!... Je rafistole tout mon
courage... Je peux déjà prévoir le pire!... Ils me reconnaissent...
Ils me vitupèrent! C'est la furie générale!... Ils en ont contre
toutes mes tripes!... Ils me glaviotent tous d'en bas... Ils me
vomissent! Je dis :
— Pardon! Écoutez-moi! Minute!... — Un silence... — Vous
ne comprenez pas très bien!

— Descends par ici! petit fumier!... Qu'on t'encule une bonne fois pour toutes!... Empalé de mes burnes! Girouette! Marcassin! Raclure! Où qu'il est ton vieux zigomar?... Qu'on lui retourne un peu les boyaux!...

Voilà comment qu'ils m'écoutaient!... C'était pas la peine que j'insiste... Heureusement j'ai pu rebondir!... Je me suis planqué derrière le kiosque... j'ai crié « Au secours! » alors et de toutes mes forces!... Mais il était déjà trop tard... On m'entendait plus dans le jardin tellement ça bardait... tonnait... fulgurait... Et juste devant notre porte c'était le carnage maximum! Je les avais comme émoustillés avec mes paroles! enfuriés encore davantage!... Ils étaient au paroxysme!... Ils détellent donc toutes les bricoles!... Ils sortent du timon... Ils braquent l'infernal engin juste par le travers de l'allée... bout sur la devanture!... Les clameurs redoublent... Les possédés de toutes les Galeries, des pourtours foncent sur la cloche au ralliement... La meute derrière s'arc-boute! « A la une! A la deusse! Et yop! et youp! Hisse! » La masse s'ébranle!... Ils la propulsent d'un seul battant!... toute la catapulte dans la vitre... Tout vole en éclats!... La boiserie cède! crève! s'éparpille! Tout a sauté!... Une avalanche de vitrerie...! Le monstre pénètre, force, vacille, écrabouille! Le « Génitron » tout entier s'effondre dans un torrent de gravats!... Notre escalier tire-bouchon, le coin du commanditaire, tout l'entresol tunisien... j'ai le temps de les voir s'écrouler dans une cataracte de paperasses et puis dans l'explosion de poussière!... Un nuage alors gigantesque rebondit, blanchit, remplit d'un coup tous les jardins, les quatre galeries... Ils étouffent la horde!... Ils sont enveloppés dans les plâtres... Ils crachent! Ils toussent! Ils suffoquent! Ils poussent quand même sur leur déluge... la ferraille... les glaces... les plafonds suivent dans la cascade!... La cloche sursaute! le plancher brise, crevasse, s'entr'ouvre... Elle balance l'effroyable machine, elle danse au bord du précipice!... Elle incline... Elle bascule au fond... Merde!... C'est la capilotade!... Un tonnerre qui roule jusqu'au ciel!... des cris stridents... si atroces... figent subito toute la meute!... Tous les jardins sont voilés par la dense poussière... Les agents radinent enfin... Ils cherchent à tâtons le lieu du désastre... Ils se mettent en barrage autour des décombres... Des autres bourres rappliquent au pas de course!... Les émeutiers se disjoignent... s'éparpillent!...

devant leur charge... Ils vont repiquer un autre galop dans les pourtours du restaurant... L'émotion les fait grelotter...

Les flics dégagent les curieux aux abords de la catastrophe!... Les mutins, moi je les connais tous!... Je pourrais à présent les donner! Ça serait bien facile... Je sais, moi, qui qu'est le plus perfide! le plus vicelard dans la bande! le plus ardent... le plus fumier! J'en connais, moi, qui feraient dix berges! Oui! Mais je suis pas gras pour les vengeances! Ça rendrait seulement les choses encore un petit peu plus tartes!... et puis voilà tout... Je veux parer au plus nécessaire!... Je me lance dans la cohue... Je me rapproche des groupes... Je me fais reconnaître par les bourres... « Vous avez vu le patron? Courtial des Pereires? » que je demande à tous les échos!...

Personne l'avait vu! Moi je l'avais quitté à midi!... Un coup je repère le commissaire... C'était celui des Bons-Enfants... Le même exact petit pourri qui nous avait tant tracassés!... Je m'approche... Je lui signale la disparition... Il m'écoute... Il est sceptique... « Vous croyez?... » qu'il me fait... Il est incrédule... « Mais j'en suis certain! »... Alors il descend avec moi par les côtés de la crevasse... On va fouiller tous les deux... Je crie!... J'appelle!... « Courtial! Courtial!... Debout! debout! » Nous hurlons ensemble avec les agents... Une fois! deux fois! dix fois!... Je repasse au bord de tous les trous!... Je me penche encore sur les abîmes!... « Il est sûrement au bordel! » qu'il me remarque l'autre, le triste aspic!... On allait abandonner... quand subitement j'entends une voix!

« Ferdinand! Ferdinand! T'as pas une échelle?... »

C'est lui, c'est lui! Y a pas d'erreur! Il émerge d'un profond glacis... Il se dépêtre à grands efforts!... Il a la gueule en farine... On lui lance une forte corde... Il s'agrippe... On le hisse! Il est sorti du cratère!... Il est indemne!... Il nous rassure!... Il a seulement été coincé, surpris, enserré, absolument fermé à bloc entre la cloche et la muraille!... Mais son galure, il le retrouve plus!... Ça l'agace d'abord... Il tempête... Sa redingote a souffert!... Il insiste pas... Il refuse n'importe quel secours... Il refuse d'aller au potard... C'est lui maintenant qui toise les cognes... « J'irai déposer, Messieurs », qu'il leur dit comme ça... Sans demander son reste, il enjambe la balustrade et les poutrelles et les décombres... Nous voilà dehors... « Place!... Place!... » Il écarte la foule!... Sa redingote n'a plus de basques...

Il est complètement défroqué... Il est poudreux, il fait pierrot, il perd sa bourre en cavalant... Il se dépêche encore davantage... Il m'entraîne vers la sortie du côté du Louvre... Il me cramponne par la manche. Il a une sacrée tremblote... Il crâne plus du tout...

— Allez! Allez! Vinaigre, Ferdinand! Regarde un peu toi par derrière! Personne n'a suivi?... T'es sûr? Bagotte, mon fiston!... Jamais on reviendra par ici! Jamais dans cette turne... C'est un piège infâme! Ça je peux t'assurer! La cabale est évidente!... J'écrirai au Propriétaire!

Comme ça une fois notre bureau réduit en petites miettes j'avais plus d'endroit pour coucher... Alors on a décidé, d'un commun accord que je rentrerais à Montretout !... On est repassé par les « Émeutes »... Il pouvait pas prendre le « dur » avec sa redingote en bribes !... Le patron, par gentillesse, lui a prêté un vieux costard. On a discuté un peu avec deux énergumènes... Il avait des trous, Courtial, plein son pantalon... Il a fallu qu'on le recouse... Tout le monde avait vu les bagarres, entendu les cris, l'énorme barouf... tout le monde était passionné !... Même le Naguère, il prenait part... Il voulait faire quelque chose, organiser une collecte... J'ai dit qu'on avait pas besoin !... Ça m'aurait fait mal d'accepter !... Que nous avions encore des sous ! Il s'était assez beurré à la santé de notre vieux fias !... Il pouvait se montrer généreux !... Du coup il a réglé les verres, encore une tournée et puis même une autre.

Il faisait plutôt déjà chaud... C'était au moins de juin, à la fin... Avec toute cette terrible poussière, on a fini en discutant, comme ça la gorge bien croustillante, par vider au moins dix, douze litres !... On est repartis en zigzag... Il était tout à fait tard !... Encore bien émus !... A la gare du Nord, on a eu le dernier train de justesse !...

A Montretout, fort heureusement, il faisait une nuit pleine d'étoiles !... et même un petit clair de lune ! On pouvait presque voir le chemin... Cependant, pour pas se foutre dedans, parmi les sentiers de Montretout, surtout à partir des hauteurs, il fallait faire joliment gaffe !... Il était pas encore question ni de réverbères ni de pancartes !... C'était à l'estime, au tact, à

l'instinct qu'on se dirigeait... Qu'on se repérait dans les
bicoques... Ça pouvait très mal terminer... Y avait toujours
au moins comme ça, à la suite de bévues tragiques, presque
quatre ou cinq meurtres par an!... Des égarés... des présomp-
tueux, qui se trompaient dans les pavillons!... qui s'aventu-
raient dans les grilles!... qui sonnaient juste où fallait pas!...
Ils se faisaient les pauvres insolites étendre raides d'un grand
coup de salve... Au revolver d'ordonnance... à la carabine
Lebel... et puis achever en moins de deux par la meute du lotisse-
ment... Un ramassis impitoyable des pires carnassiers fous
féroces, recrutés rien qu'en clebs bâtards... horriblement agressifs, spécialement dressés dans ce but... Ils se ruaient à l'étri-
pade... Il restait rien du malheureux... Faut dire aussi, pour
s'expliquer, que c était juste au moment des exploits de la
bande à Bonnot, qu ils terrorisaient depuis six mois la région
Nord-Ouest, et qu'ils tenaient encore le large!...

Tout le monde était dans les transes! La méfiance était
absolue... On connaissait ni père ni mère, une fois la lourde
refermée... Malheur au perdu!...

Le possédant économe, l'épargnant méticuleux, tapi derrière
ses persiennes passait sa nuit aux aguets, ne roupillant que
d'un œil, les mains crispées sur son arme!...

Le cambrioleur futé, le vagabond torve, aussitôt l'indice...
pouvaient s'estimer branchus, occis, trucidés!... Il aurait fallu
un miracle pour qu'ils remportent leurs roupignolles!... Une
vigilance impeccable!... Une ombre entièrement meurtrière...

Courtial était pas tranquille là, sous la « marquise » de la
gare!... Il se représentait le retour... le chemin... les embus-
cades variées... Il réfléchissait un petit peu!... « En avant! »...
Dès les premiers pas sur la route, il s'est mis à siffler très fort...
une sorte de tyrolienne!... C'était l'air du ralliement... Ça devait
nous faire reconnaître à travers les passes périlleuses!... Nous
nous engagions dans la nuit... La route devint extrêmement
molle, défoncée! fondante!... On discernait assez vaguement
des masses dans les ombres... des autres contours de bicoques...
Nous fûmes aboyés, hurlés, vociférés, au passage de chaque
barricade... La meute se donnait à pleine rage... Nous marchions
le plus vite possible, mais il s'est mis à pleuvoir! Une immense
mélasse! Le chemin montait tout de travers.

— Nous allons... qu'il m'avertit... à la pointe même de

Montretout! C'est l'endroit le plus élevé... Tu vas voir comme on domine!

Leur maison, la « Gavotte », c'est le sommet de la région. Il me l'avait expliqué souvent, ça couronnait tout le paysage!... Il voyait tout Paris de sa chambre... Il commence à s'essouffler!... Pourtant c'est pas une boue épaisse! Si c'était l'hiver alors?... Enfin, plus loin, après le détour, je discerne des signes, la lumière qui bouge... qui s'agite... « C'est ma femme, qu'il s'écrie alors!... Tu vois qu'elle me parle en code : C...H...A...M... Une fois en bas! Deux fois en haut! »... Enfin y avait plus d'erreur!... On grimpait quand même toujours... On se dépêchait de plus en plus!... Vannés, soufflotants... Nous arrivons dans son enclos... Notre rombière avec sa lanterne, elle dégringole de son perron... elle se précipite sur le dabe... C'est elle qui va au pétard... elle me laisse pas placer un seul mot... Déjà depuis avant huit heures qu'elle faisait des signes à chaque train!... Elle est parfaitement outrée... Et puis en plus moi qu'étais là? C'était pas prévu!... Qu'est-ce que je venais faire?... Elle nous pose des questions pressantes... Elle s'aperçoit tout d'un coup qu'il a changé sa roupane!... On est bien trop fatigués pour se lancer dans les nuances!... Merde alors!... On rentre dans la crèche... On s'assoit dans la première pièce... On lui casse là net tout le morceau! Elle se gourait bien, évidemment avec ce retard... d'une tuile d'une certaine importance... Mais alors, comme complète foirade, elle pouvait pas tomber sur pire!... Vlac! comme ça, en plein dans la gueule!... Elle en restait comme vingt ronds de mou... elle tremblochait de toute la face et même des bacchantes... Elle pouvait plus sortir un son!... Enfin c'est revenu par des pleurs...

— Alors, c'est fini, Courtial?... C'est fini, dis-moi?... Elle s'est effondrée sur sa chaise... Je croyais qu'elle allait passer... On était là tous les deux... On s'apprêtait à l'étendre tout du long par terre!... Je me levais pour ouvrir la fenêtre... Mais elle se repique en frénésie!... Elle rejaillit de son siège... Elle vibre de toute la carcasse!... Elle se requinque... C'était passager la détresse! La revoilà debout! Elle vacille un peu sur ses bases... Elle se replante de force... Elle fout une grande claque sur la table... Sur la toile cirée...

— Bon sang! C'est trop fort à la fin! qu'elle gueule d'un grand coup comme ça...

— Trop fort! Trop fort! Tu l'as dit!... Il se monte aussi
en colère. Elle le trouve tout cabré devant elle... Elle trouve
tout de suite à qui causer... Il glousse comme un coq...

— Ah! C'est trop fort...! Ah! C'est trop fort?... Moi, mon
amie, je regrette rien!... Non! Non!... Parfaitement!... Absolument rien du tout!...

— Ah! Tu regrettes rien, sacré salopard?... Ah! T'es bien
content, n'est-ce pas?... Et le pavillon alors? T'as pensé aux
traites? C'est samedi qu'ils reviennent, mon garçon!... C'est
samedi, pas un jour de plus!... Tu les as, toi, les douze cents
francs?... Tu les as sur toi?... Ils sont promis, ça tu le sais bien!...
Ils sont déjà escomptés!... A midi ils reviennent! Tu les as
sur toi?... Pas à une heure! A midi!

— Merde! Merde! et contre-merde! à la fin!... Je m'en fous
de ton pavillon... Tu peux en faire des cropinettes!... Les
événements me libèrent... Me comprends-tu?... Dis ma buse?...
Ni amertume! Ni rancune! Ni dettes! Ni protêts!... Je m'en
fous! Tu m'entends bien? Je chie sur le tout! Oui!...

— Chie! Chie! Dettes! Dettes! Mais est-ce que t'as le pognon
sur toi, dis, mon grand cave?... Ferdinand, il a six cents points
en tout et pour tout! Je le sais bien quand même!... Vous les
avez, Ferdinand?... Vous les avez pas perdus? Mais c'est mille
deux cents francs qu'ils viendront chercher, c'est pas six!...
Tu le sais pas encore?...

— Pfoui! Pfoui! Jamais un pas en arrière!... La gangrène!
Tu viens défendre la gangrène?... Amputation!... Me comprends-
tu, mortadelle? Amputation haute! Tu as donc bu tout le vin
blanc? Je le sens d'ici! Haute! L'ail! oui! Sauver quoi? Tiens
tu pues de la gueule! Le moignon pourri! Les larves? Les
mouches? Le bubon! Jamais la viande pustulente! Jamais une
démarche! Une seule! Tu m'écoutes?... Jamais poissarde!
moi vivant!... La défaite! La palinodie! La cautèle! Ah non!
l'orteil! Que je roule aussi la saucisse à ceux qui me poignar-
dent?... Moi? Jamais!... Ferdinand! tu m'entends bien?...
Profite de tout ce que tu vois! Regarde! Essaye de comprendre
la grandeur, Ferdinand! Tu n'en verras pas beaucoup!

— Mais, ma parole! C'est toi qu'as bu!... Mais vous avez
bu tous les deux!... Ils m'arrivent saouls, ces fumiers!... Ils
m'engueulent encore!

— La grandeur! Le détachement, crétine! Mon départ!

Tu sais ça?... Tu ne sais rien!... Au loin! Plus loin!... que je te
dis!... Mépris des provocations, les pires! Les plus écœurantes!
Que peut germer d'indicible dans ces outres immondes? Hein?
Ces effroyables galeux?... La mesure de mon essence? C'est
noblesse, Boudin!... Tu m'entends?... Toi qui pues l'acide
aliacique?... Tu vois ça? dis échalotte? Noblesse! Tu m'écoutes?
Pour ta « Gavotte »? merde! merde! merde!... Noblesse!
Lumière! Inouïe sagesse!... Ah! O! Délirants lansquenets!...
Faquins de tous les pillages!... O Marignan! O ma déroute,
petit Ferdinand du malheur!... Je n'en crois plus ici ni mes
yeux! ni ma propre voix!... Je suis féerique! Je suis comblé!
Retour des choses!... Moi hier encore au zénith! Perclus de
faveurs! Moi qu'on adule! Moi qu'on plagie! Moi qu'on harcèle!
Qu'on fête alentour divinement! Que dis-je? Qu'on prie des
quatre coins du monde! Tu l'as vu? Tu l'as lu!... Et puis
aujourd'hui?... Patatrac! Broum!!!... Plus rien! La foudre
est tombée!... Rien!... L'atome, c'est moi!... Mais l'atome
Ferdinand, c'est tout!... L'exil Ferdinand!... L'exil? — Sa
voix sombrait dans la tristesse... — Oui! C'est cela! Je me
découvre! Le destin m'ouvre les portes! L'exil? Soit! A nous
deux!... Depuis trop longtemps, je l'implore! C'est fait!...
Le coup m'atteint! Transcendant! Hosanna! Irrévocable!
Toute la félonie se débusque!... Enfin!... Elle me le devait!...
Depuis tant d'années qu'elle me traque! me mine! m'épuise!...
Compensation!... Elle se montre! Je la découvre! Moi je la
viole absolument! Oui! Forcée, bouillonnante... En pleine
place publique!... Quelle vision, Ferdinand!... Quel spectacle!
Je suis comblé mon Irène!... Écumante! sanglante! hurleuse!
tu m'entends?... Nous l'avons vue ce tantôt même assaillir
notre fier journal! Se ruer à l'assaut de l'esprit! Ferdinand
ici m'est témoin! Blessé! Meurtri, certes! Mutilé!... Je me
contracte! Je me rassemble! Je m'arrache à ce cauchemar!
Ah! l'abominable combat! Mais la poche a bien crevé! le fiel
a giclé partout! J'en ai pris, moi, plein les yeux! Mais l'esprit
n'a point souffert. O la fière, la pure récompense! Oh! Point
de compromis surtout! Vous m'entendez tous! Que j'aille
à présent cajoler mes bourreaux?... Le fer! Le fer! Le feu
plutôt!... Tout! Mais pas ça! Ah! Pouah!... Les dieux se concertent! Soit!... Ils me font l'honneur du plus amer des présents!
Le don! La haine! La haine des vautours!... L'exil?... Le refu-

serais-je? Moi? Ce serait mal m'estimer!... Ils m'éprouvent?
Bien!... Il en ricanait d'avance!... Ils m'éprouvent?... Flatté!...
J'en rugirais d'orgueil!... Trop cruel?... Hum! Hum! Nous
verrons!... C'est une affaire de Dieux à hommes!... Tu veux
savoir, Ferdinand, comment je me débrouille? A ton aise,
mon ami! A ton aise!... Tu ne vas pas t'embêter! Tiens Ferdinand! Toi qui bagottes, tu connais bien le Panthéon?...
Dis, pauvre confus?... Tu n'as rien remarqué? Tu l'as jamais vu
le « Penseur »? Il est sur son socle... Il est là... Que fait-il?
Hein, Ferdinand? Il pense mon ami! Oui! Ça seulement! Il pense!
Eh bien! Ferdinand! Il est seul!... Voilà! Moi aussi je suis seul!...
Il est nu! Moi aussi je suis nu!... Que feriez-vous pour moi?
pauvres petits?... Il nous prenait en pitié! tous les deux la
grosse mignonne!... Rien! Toi encore!... pauvre gamin éberlué
par les endocrines! navré de croissance! Invertébré pour tout
dire! Pauvre gastéropode que le moindre songe annihile...
Quant à ma pauvre farfadette, que me donnerait-elle? d'utile?
d'inutile? Un attendrissant écho de nos années mortes...
Preuves! Épreuves défuntes! Hivers décatis! Horreurs!...

— Comment tu m'appelles?... Répète-le un peu!... Dis vite
que je t'entende!... Les derniers mots avaient pas plu... Tu
me mets en boîte? dis, ordure?

Elle aimait pas les allusions... Elle le menaçait de la potiche,
elle voulait des autres détails... pour ce qu'il venait de prétendre!...

— L'écoutez pas, Ferdinand! L'écoutez pas!... C'est encore
que des autres mensonges! Il a jamais que ça dans la bouche!...
Qu'est-ce que t'as fait dans la cuisine?... Dis-le-moi là donc tout
de suite!... Avec ma guimauve?... Tu ne sais pas?... Il m'a volé
ça aussi!... Et sur ma toilette? Le bicarbonate? Tu ne sais pas
non plus?... T'en as fait aussi un lavement?... Me dis pas le
contraire! Et l'eau de Vals? Où c'est que tu l'as mise?... Il
respecte rien! Je l'avais ramenée tout exprès pour la prendre
dimanche!...

— Laisse-moi, voyons!... Laisse-moi un peu me recueillir!...
Tu m'assailles. Tu m'exaspères! Tu me harcèles!... Comme tu es
obtuse, ma mignonne!... ma bonne... ma douce! ma chérubine!...

Elle s'arrache alors son galure, elle se renifle la morve un
bon coup, elle tâte le dossier de la grosse chaise, une grosse
mastoc, une massive...

— Réponds-moi donc! qu'elle le somme!... Où que tu l'as mise ma guimauve?...

Il peut rien répondre... elle commence à soulever l'objet... elle agrippe les deux montants... Il a bien vu le geste... Il plonge vers la table à ouvrage... Il l'agrafe par-dessous la caisse... Ils ont ce qui faut tous les deux!... Ça va être une explication!... Je me planque dans l'angle de la cheminée... Il parlemente...

— Ma grande chouchoute! Je t'en prie! Je t'en supplie, mon cher trésor! Écoute-moi! Seulement un mot avant que tu t'emportes davantage!... Écoute-moi! Ne casse rien!... J'ai tout vendu! Mon Dieu! Tout vendu!

— Vendu? Vendu?... Tout vendu quoi?...

— Mais tout! Oui! tout! Depuis ce matin même! Je me tue à te dire! Tout au « Crédit Lémenthal! »... à Monsieur Rambon! Tu le connais bien? Au Contentieux! Y avait plus autre chose à faire! C'est fini! Tout liquidé! Soldé! Lavé! Voilà! Tu me comprends? T'as compris maintenant, ma langouste? Ça coupe la chique hein? Ça te calme pas? Demain que je te dis!... Demain matin qu'ils viendront!...

— Demain? Demain? Demain matin?... Elle faisait l'écho... C'était dans un rêve encore!...

— Oui, demain! J'ai fait le nécessaire! T'as plus qu'à signer la créance!

— Ah! vache! de saligaud de vache! Ah! Il m'étripe, le voyou! Jamais j'aurais cru possible!... Et moi, empotée!...

Elle laisse alors retomber la chaise, elle s'affale dessus, elle reste là bras ballants parfaitement sonnée... Elle renifle et c'est tout!... Elle est pas vraiment la plus forte... Il est parvenu à ses fins!... Elle le regarde à travers la table, de l'autre côté de la cambuse, son gniard atroce, comme on regarde la pieuvre dégueulasse, l'exorbitant monstre, à travers la vitre d'aquarium... L'énorme cauchemar d'un autre monde!... Elle pouvait pas en croire ses yeux... Vraiment elle y pouvait plus rien... C'était plus la peine d'essayer!... Elle renonçait, complètement battue!... Elle se laissait aller au chagrin... Elle sanglotait si violemment contre son buffet, elle cognait si fort de la tête... que la vaisselle se débinait, cascadant par terre... Lui, s'arrêtait pas pour si peu!... Il exploitait son avantage... Il renforçait sa position...

— Alors, Ferdinand! Hein? Tu vois? tu conçois peut-être?...
T'arrives à te représenter l'intrépidité passionnelle?... Tu saisis?
Ah! ma décision vient de loin... et sagement, nom de Dieu,
mûrie... Des exemples? Des Émules? Nous en avons, Madame,
combien? Mais des bottes! Et des plus illustres! Marc-Aurèle?
Parfaitement! Que faisait-il, lui, ce dabe? En des conjonctures
fort semblables? Harassé! honni! traqué! Succombant presque
sous le fatras des complots... les plus abjects... Les perfidies...
les pires assassines!... Que faisait-il dans ces cas-là?... Il se
retirait, Ferdinand!... Il abandonnait aux chacals les marches
du Forum! Oui! C'est à la solitude! à l'exil! qu'il allait demander
son baume! La nouvelle vaillance!... Oui!... Il s'interrogeait
lui seul!... Nul autre!... Il ne recherchait point les suffrages des
chiens enragés!... Non! Pffou!... Ah! l'effarante palinodie!...
Et le pur Vergniaud? L'ineffable? A l'heure du carnage,
quand les vautours se rassemblent sur le charnier? Que l'odeur
en monte toute fadasse?... Que fait-il, lui, le pur des purs?...
Le cerveau même de la sagesse?... En ces minutes saccagées
où tout mensonge vaut une vie?... Va-t-il se reprendre en
paroles? Renier? Mâcher l'immondice?... Non! Il gravit seul
son calvaire!... Seul il domine!... Il se détache!... Il prélude
seul au grand silence!... Il se tait! Voilà Ferdinand! Je me
tais aussi, Nom de Dieu!...

Des Pereires, qui n'était pas tellement grand, il se redressait
dans la piaule pour mieux m'exhorter... Mais il était coincé
quand même entre le poêle et le gros buffet... Il avait pas
beaucoup de place... Il nous regarde là tous les deux... Il nous
regarde encore... Une idée lui germe!...

— Vous voulez pas, qu'il dit... sortir?... Faire un petit tour?...
Je veux rester seul!... Rien qu'une minute!... Je veux arranger
quelque chose!... De grâce! de grâce! une seconde!...

C'était salement saugrenu comme proposition, à l'heure
qu'on était surtout! La daronne ainsi sur le seuil, toute rata-
tinée dans son châle, elle faisait vilain!

— Tu nous fous dehors alors?... Mais t'es devenu complètement bringue!

— Laissez-moi au moins dix minutes!... Je vous en demande
pas davantage! C'est indispensable! Impérieux! Irrémissible!
C'est un petit service!... Laissez-moi une seconde tranquille!
Une seconde vraiment tout seul!... Vous voulez pas? C'est pas

compliqué... Allez vous promener dans le jardin! Il fait bien meilleur que dedans!... Allez! Allez! Je vous ferai signe! Vous comprenez pas?...

Il insistait absolument. Il avait plus sa grande cave comme au « Génitron » pour réfléchir à sa guise!... Il avait que les trois petites pièces pour déambuler... Entêtés, butés, raisonneurs, je voyais qu'ils allaient se prendre aux tiffes!... si je l'emmenais pas, la daronne... C'était elle la plus râleuse... Je l'entraîne donc vers le couloir...

— On reviendra dans cinq minutes!... que je lui fais comme ça... Laissez-moi faire!... Laissez-le tranquille... Il est emmerdant... Vous, d'abord, il faut que je vous cause...

Elle a voulu reprendre sa lanterne... C'était pas un moment commode pour entreprendre des promenades!... Il faisait tout de même un peu frais! Je peux dire qu'elle était en rage... Elle en avait gros sur la pomme... Elle arrêtait plus de glapir.

— Il m'a fait ça, le pourceau! le satyre! la finie canaille! A moi, Ferdinand!... A moi!...

Elle s'agitait le long de la barrière... Elle trébuchait un petit peu en avant avec son lampion... Elle marmonnait toutes les injures... On est passés devant des châssis... Là, elle a voulu qu'on s'arrête... Tout en chialant, reniflant, il a fallu qu'elle me montre... qu'elle soulève les grands palans... que je voye bien les pousses... les petits brins... la fine nature du terreau... « Tout ça, Ferdinand! Tout ça! vous m'entendez? C'est moi qui les ai plantés... Moi toute seule!... Ça c'est pas lui! Ah! non! bien sûr! »... Il fallait que je regarde encore... Et les petits navets... Et les petites limaces!... La soucoupe pour le potiron... Elle soulevait tous les couvercles... tous les cadres... Et y en avait des chicorées!... On a fait le tour de chaque rectangle... A la fin, elle en pouvait plus... Elle me racontait, au fur et à mesure, combien elle avait du mal pendant les sécheresses! C'est elle qui pompait aussi, qui portait les brocs... de là-bas... du robinet... au bout des allées... Son chagrin lui coupait la chique... Elle s'est assise, elle s'est relevée... Il a fallu que j'aille me rendre compte du grand tonneau pour l'eau des pluies... qu'il était pas suffisant...

— Ah! C'est vrai!... qu'elle ressaute après ça... Vous connaissez pas son système!... Ah! C'est pourtant bien coquet! Sa belle invention?... Vous connaissez donc pas du tout?... Ça,

pourtant, c'est une engeance! Ah! Il a jamais fait mieux!
Et je me suis pourtant opposée! Ça vous pouvez croire! Ah! là
là! Ce que j'y ai pas dit! Comment que je me suis gendarmée!...
Rien à faire! Absolument! Buté comme trente-six mille mules!
Il m'a foutu sur la gueule! Mais, moi, je l'ai pas caressé! Ça
vous pouvez croire! Et pour arriver à quoi? A ce qu'il me démo-
lisse tout le bon côté de la palissade!... Et encore dix-huit rangs
de carottes! Simplement dix-huit!... Vingt-quatre artichauts!...
Pour trafiquer quoi? Un hangar!... Et faut voir dans quel état!...
Un cochon retrouverait pas ses œufs!... Une vraie poubelle que
je vous dis! Une fosse vidangère! Voilà ce qu'il m'a fait dans
mon coin!...

On est partis de ce côté-là, elle me guidait avec sa lumière...

C'était une petite cahute en réalité... Comme renfermée
sous la terre... presque complètement enfouie... juste le toit
qui émergeait... Dedans j'ai biglé sous les bâches... tout des
détritus!... rien que des instruments déglingués... Tout ça
en complète valdraque... et puis une grosse dynamo, complètement farcie, rouillée... un réservoir à l'envers... un volant
tordu... et puis un moteur d'un cylindre... C'était ça l'invention
de Courtial... J'étais un petit peu au courant... Le « Générateur
des Ondes »!... Ça devait faire pousser les plantes... C'était
une idée... Dans les séries du « Génitron » nous possédions
à ce propos un entier numéro spécial sur « L'avenir de l'Agriculture par le Radio-tellurisme »... Et puis encore trois manuels
et toute une ribambelle d'articles (avec quatre-vingts figures)...
pour la manière de s'en servir... Il avait au surplus donné
deux conférences au Perreux, une à Juvisy pour convaincre
les petits producteurs... Mais ça les avait pas secoués... Et
pourtant, selon des Pereires, à l'aide du « polarimètre », c'était
qu'un jeu de diriger sur les racines de tel légume ou de telle
plante ces faisceaux d'Induits Telluriques, hormis cela ridi-
culement éparpillés, dispersés, complètement perdus pour
tout le monde!... « Je vous apporte, qu'il leur disait, mon arro-
sage sub-racinal, infiniment plus utile encore que n'importe
quelle flotte! L'averse électrique! La Providence du haricot! »
Toujours d'après ses données, avec un peu d'appareillage,
c'était plus qu'une rigolade de faire gonfler un salsifis au
gabarit d'un gros navet... Toutes les gammes fécondes du magné-
tisme infra-terrestre, à la disposition parfaite!... Croissance de

tous les légumes selon les besoins de chacun! En saison! Hors saison!... C'était beau quand même!...

Tracassé, malheureusement, par tant de soucis journaliers, les anicroches continuelles, tous les pépins du « Génitron », il avait pas pu bien finir la mise au point du système... Surtout ses condensateurs... Ils marchaient pas synchroniques... c'était une question de surveillance... Il pouvait guère les faire tourner que deux ou trois heures le dimanche... Comme ondes c'était insuffisant... Mais, pendant les jours de la semaine, il avait d'autres chats à fouetter! Il avait assez du cancan et des différents concours!... Elle y croyait pas du tout, Madame des Pereires, à ce bastringue tellurique... « Je lui ai répété bien des fois... mais, que je serine, que je chante, que je flûte! n'est-ce pas, c'est pareil au même?... « Il marchera jamais ton bazar! C'est pas Dieu possible! Ça va être encore une sottise!... Tu vas défoncer la maison avec tes tranchées! C'est tout ce qu'on aura comme légumes! Les courants d'électricité? puisque c'est ça que tu veux avoir!... Ils restent pas dans la terre! Ils vont en l'air petit idiot!... C'est bien connu! A preuve les orages! Y a qu'à regarder sur les routes!... Ils dépenseraient pas tant d'argent pour mettre leurs fils téléphoniques! Et alors les paratonnerres? L'État est pas fou quand même! Si ils pouvaient s'épargner, eh bien! ils feraient pas tant de travaux!... » J'aurais dit n'importe quoi pour qu'il me défonce pas le potager!... « Tu déconnes! Tu déconnes! » Il me répond jamais que des injures aussitôt qu'il voit que j'ai raison!... Il s'obstine!... qu'il s'en ferait plutôt éclater!... Ah! je le connais moi le bonhomme!... Prétentieux? Orgueilleux? Lui? Un paon mais c'est rien!... Écoutant jamais que les bêtises!... Ah! c'est un joli cadeau! depuis vingt-huit ans que je l'endure! Ah! Je suis servie!... Toute la bile que je peux y mettre... et quand même ça sert de rien!... Il va nous vendre!... Il nous solde! Positivement!... Il vendrait sa chemise! Il vendrait la vôtre, Ferdinand! Il vend tout!... Quand la folie le prend de changer!... c'est plus un homme, c'est un vrai tambour de sottises! C'est les foires qui l'ont perdu! Plus il vieillit, plus il se dérange! Plus il se fêle!... Moi je m'en aperçois! Je suis pas dupe! C'est un Infernal! Ferdinand!... C'est pas une maladie son cas! C'est une catastrophe! Mais moi je peux plus le suivre!... Plus du tout!... Je lui ai dit dans les débuts quand il a parlé de son système... « Tu t'occupes toujours de choses, Courtial! qui te regardent pas!... L'agriculture t'y connais rien!... Pas plus que sur les ascenseurs ou les fabriques de pianos!... » Mais il veut toujours tout savoir! C'est son vice à lui, ça d'abord... Tout connaître! Foutre son nez dans toutes les fentes! C'est le « touche-à-tout » véritable! Sa perte, c'est la prétention!... Un jour, il revient, c'est la chimie!... Le lendemain, c'est les machines à coudre!... Après-demain, ce sera la betterave! Toujours quelque chose de plus neuf!... Bien sûr qu'il arrive à rien!... Son genre à lui, c'est les ballons! Moi je n'en ai jamais démordu! J'ai jamais arrêté de lui dire! « Courtial! ton sphérique! Courtial! ton sphérique! C'est la seule chose que tu saches faire! Ailleurs tu prendras que des gadins! C'est pas la peine que tu insistes! Ton blot, c'est les ascensions! Y a que ça qui pourra nous sortir! Si tu t'acharnes dans les autres trucs, tu te casseras la gueule! Nous finirons à Melun! On fera des fleurs en papier! » Je lui ai mille fois dit, prédit, ressassé! Mais va te faire coller, vieille tartine! Le ballon? Il voulait même plus que j'en cause tellement qu'il est enfoiré quand il a sa tête de cochon! On peut pas me dire le contraire! C'est moi qui supporte! Monsieur était « écrivain »... Je comprenais rien aux choses! Il est « savant », il est « apôtre »! Il est je sais quoi! Un vrai « Jean-Foutre » en personne!... Un vrai pillard! Polichinelle! Sale raclure!... Sauteur!... Un clochard, moi je vous le dis! Sans conscience ni maille! Une vraie cloche pleine de morbaques, voilà ce qu'il mérite! Et puis il l'aura! Voilà la vraie fin pour tout ça! Oui! Voilà comment qu'il est devenu!... Il foire partout! Il sait plus même où mettre la tête!... Il croit que je m'en rends pas compte!... Il a beau baver des heures! Moi, je m'étourdis pas! Je sais quand même à quoi m'en tenir!... Mais ça va pas se passer tout seul!... Ah! mais non! Faudrait pas qu'il se goure! Ah! minute! minute! Ah! mais je suis pas bonne!... »

Elle revenait à son idée fixe!... Elle a reparlé du « Zélé »... Des premiers temps de son mariage... Des sorties avec le sphérique... Déjà il était pas facile à gonfler à bloc... Ils avaient jamais assez de gaz... C'était une enveloppe fragile et pas très imperméable... Enfin quand même ils étaient jeunes et c'était la belle époque... Elle faisait les ascensions le dimanche avec des Pereires... Dans la semaine, elle était sage-femme... Elle posait aussi des ventouses, des scarifiées... les petits soins... Elle avait bien connu Pinard qu'avait accouché la Tzarine... A en parler elle s'excitait... c'était un accoucheur mondial... Moi je trouvais qu'il faisait frisquet entre les carrés potagers... C'était déjà tout bleuâtre le ciel et les alentours... Je grelottais en piétinant, en battant la semelle... On remontait la petite allée pour la centième fois!... On la redescendait encore... Elle me reparlait des hypothèques!... C'était de la meulière leur guitoune... Ça devait encore coûter pas mal!... Si je croyais que c'était exact qu'il avait vraiment tout soldé?... Moi je pouvais pas tout connaître... Il était secret et sournois! Moi je le connaissais même pas ce Monsieur Rambon!... Je l'avais jamais vu... Et le Crédit Lémenthal? Je savais pas non plus!... En somme je savais rien du tout!...

Comme ça en regardant au loin, on commençait à deviner la forme des autres boîtes... Et puis après le grand terrain vague... les hautes cheminées... la fabrique d'Arcueil... celle qui sentait fort la cannelle par-dessus la vigne et l'étang... On voyait maintenant les villas tout alentour... et tous les calibres!... Les coloris peu à peu... comme une vraie bagarre... qu'elles s'attaqueraient dans les champs, en fantasia, toutes les mochetées!... Les rocailleuses, les raplaties, les arrogantes, les bancroches... Elles carambolent les mal finies!... les pâles! les minces! les fondantes... Celles qui vacillent après la charpente!... C'est un massacre en jaune, en brique, en mi-pisseux... Y en a pas une qui tient en l'air!... C'est tout du joujou dans la merde!...

Dans l'enclos, juste à côté, y avait un vrai petit monument, une église en réduction, en bois découpé, une espèce de Notre-Dame, une fantaisie d'ébéniste!... Dedans, il élevait des lapins...

Elle causait, jactait encore, elle m'expliquait tout, la daronne!... A la fin, elle l'avait sec... elle trouvait plus le fil de rien... elle en a eu marre... Ça faisait au moins deux bonnes heures complètes qu'on était dehors dans la bise!...

— Ça suffit! Il se fout de notre fiole... Il nous fait quand même assez chier avec ses grimaces!... Je vais le sortir aussi, moi, tiens... Je vais l'assaisonner ce sale voyou!... Venez par ici, Ferdinand! Par la porte de la cuisine! Il abuse ce sale pantin... Quand j'aurai une pleurésie!... Elle grimpe dare-dare jusqu'au perron... Au moment qu'elle ouvre la porte, le voilà juste le des Pereires, il débouche... il surgit de l'ombre... Il venait justement nous chercher... Il était drôlement attifé... Il s'était entièrement revêtu avec le grand tapis de table!... Il se l'était passé en pèlerine avec un trou pour la tête et refermé avec des « nourrices » et puis une grosse corde en ceinture... Il descend comme ça les cinq marches, il me saisit le bras au passage... il a l'air absorbé à fond... tout possédé par quelque chose... Il m'entraîne au bout du jardin, là-bas sur le dernier carré de châssis... Il se baisse, il arrache un radis, il me le montre, il me le met sous le pif...

— Tu vois?... qu'il me fait... Regarde-le bien!... Tu le vois?... Tu vois sa grosseur?... Et ce poireau? Tu le vois aussi? Et puis encore, dis, cet autre?...

Un drôle de légume d'ailleurs que je reconnais pas...

— Le vois-tu?...

— Oui! Oui! que je réponds.

— Viens alors par ici! Vite! Vite! Il me traîne vers l'autre bout du jardin... Il s'incline, il se met à genoux, il rampe, il passe le bras tout entier à travers la palissade... Il souffle... Il trifouille chez le mec à côté... Il arrache encore un radis... Il me le ramène... Il me le présente... Il veut que je compare... Il triomphe!... Celui-là de chez le voisin, il est vraiment tout petit... absolument minuscule... Il existe à peine... Et pâle! il me les met tous les deux sous le nez... le sien et le rabougri...

— Compare, Ferdinand! Compare!... Compare! Je ne t'influence pas! Conclus par toi-même!... Je ne sais pas ce qu'elle a pu te dire Madame des Pereires! mais regarde un peu!... Examine! Soupèse!... Ne te laisse en rien troubler!... Le gros : Le mien!... Avec tellurie! Regarde! Le sien! Sans tellurie! Infime! Compare! Voilà! Je n'ajoute rien! Pourquoi te brouiller... Conclusions seulement!... Conclusions!... Ce qu'on peut faire!... Ce qu'on doit faire!... « Avec »!... Et moi je ne possède ici, notons-le très précisément, dans ce champ extrêmement hostile par sa contexture, qu'un simple auxiliaire tellurique!... Auxiliaire! Je te le répète!... Pas le grand modèle « Tourbillon »!... Ajoutons bien entendu... Conditions très essentielles! Toutes les racines doivent être portantes! Ah! oui! portantes! Et sur terrain « ferro-calcique!... » et si possible magnésie... Sans ça rien à faire!... Juge donc par toi-même... Tu me comprends? Non?... Tu me comprends pas? Tu es comme elle!... Tu ne comprends rien!... Mais oui! Mais oui! exactement!

Des aveugles! Et le gros radis cependant! Tu le vois tout de même? Là dans ta paume? Et le petit, tu le vois bien aussi? Le chétif! l'infime!... Cet avorton de radis?... C'est pourtant bien simple un radis?... Non, c'est pas simple? Tiens, tu me désarmes!... Et un radis très gros, Ferdinand?... Suppose un énorme radis!... Tiens, gros comme ta tête!... Suppose que je le gonfle ainsi, à coup de bouffées telluriques, moi! ce tout petit ridicule!... Alors? Hein? Comme un vrai ballon!... Ah? et que j'en fasse comme ça cent mille!... des radis! Toujours des radis! De plus en plus volumineux... Chaque année à volonté!... Cinq cent mille!... D'énormes radis! des poires!... Des vrais potirons de radis!... Ah! comme ils en auraient jamais vu!... Mais je supprime d'un seul coup tous les petits radis! J'épure le marché! Je truste! J'accapare! Finie! Impossible! Toute cette broutille végétale! Ces brimborions! Ce sale fretin potager. Terminées les bottes minuscules! Ces expéditions mineures!... Les conservations par miracle!... Gaspillages! mon ami! Désuétudes!... Coulages!... Honteux!... Je veux des radis immenses! Voilà la formule! L'avenir appartient au radis! Le mien!... Et qui m'empêchera?... La vente? Le monde entier!... Est-il nutritif mon radis? Phénoménal!... De la farine de radis cinquante pour cent plus riche que l'autre... « Le pain radineux » pour la troupe!... Bien supérieur à tous les froments d'Australie!... J'ai les analyses!... Alors tu y penses? Ça s'éclaire? Ça ne te dit rien? A elle non plus!... Mais moi!... Si je m'adonne au radis... pour prendre le radis comme exemple! J'aurais pu choisir le navet!... Mais prenons le radis!... La surprise sera plus vive! Ah! Alors! Je m'en occupe!... A fond désormais!... A fond! tu m'entends... Tu vois d'ici?...

Il m'agrippe toujours, il m'entraîne vers la perspective... vers le côté Sud... De là, c'est exact... on aperçoit tout Paris!... C'est comme une bête immense la ville, c'est écrasé dans l'horizon... C'est noir, c'est gris... ça change... ça fume... ça fait un bruit triste, ça gronde tout doucement... ça fait comme une carapace... des crans, des trous, des épines qui raccrochent le ciel... Il s'en fout, des Pereires, il cause... Il interpelle le décor... Il se redresse contre la balustrade... Il fait la voix grave... Ça porte là-bas... ça s'amplifie au-dessus des carrières d'éboulements...

« Regarde, Ferdinand! Regarde!... » Je m'écarquille encore

un coup... Je fais un effort suprême... Je suis vraiment bien
fatigué... Je voudrais pas qu'il remette tout ça...

— Plus loin, Ferdinand! Plus loin!... La vois-tu à présent
la ville? Au bout! Tu vois Paris? La capitale?...

— Oui! Oui!... Oui!... C'est bien exact!...

— Ils mangent, n'est-ce pas?...

— Oui! monsieur Courtial!...

— Tous les jours, n'est-ce pas?...

— Oui! Oui!... Oui!...

— Eh bien!... Écoute-moi encore!...

Silence... Il brasse l'air magnifiquement... Il se déploie...
Il débride un peu sa houppelande... Il a des gestes pas ordinaires... Il va relancer des défis?... Il ricane d'avance... Il est
sardonique... Il repousse... éloigne... une vision... un fantôme... Il se tapote le ciboulot... Ah! là oui! Bon Dieu! Par exemple! Il s'était trompé! Ah! mégarde! Et depuis longtemps!
Ah! Erreur n'est pas compte!... Il m'interroge... Il m'interpelle!...

— Dis donc, ils mangent, Ferdinand!... Ils mangent! Oui
voilà! Ils mangent... Et moi, pauvre fou! Où étais-je?... O
futile vaillance! Je suis puni! Touché!... Je saigne! C'est bien
fait! Oublier? Moi?... Ah! Ah! Ah! Je vais les prendre pour ce
qu'ils sont!... Où ils sont! Dans leur ventre, Ferdinand! Pas
dans leur tête! Dans leur ventre! Des clients pour leurs ventres!
Je m'adresse au ventre, Ferdinand!...

Il s'adresse à la ville aussi... Tout entière! Là-bas qui gronde
dans la brume...

— Siffle! Siffle, ma garce! Râle! et Rugis! Grogne! je t'entends!... Des goinfres!... Des gouffres!... Ça va changer, Ferdinand!... Des goinfres! je te dis!...

Il se rassure. C'est la confiance! Il me sourit!... Il se sourit...

— Ah! C'est bien fini! Ça je te jure!... Ah ça! tu peux me
croire! Tu peux servir de témoin! Tu peux le dire à la patronne!
Ah! La pauvre choute! Ah! C'est terminé nos misères! Ah!
J'ai compris! C'est entendu! L'esprit souffre!... On le bafoue!
On me pourchasse! On me glaviote! En plein Paris! Bien!
Bon! Soit! Qu'ils aillent tous se faire pustuler!... Que la lèpre
les dissèque! Qu'ils fricassent en cent mille cuves remplies
de morves et cancrelats! J'irai les touiller moi-même! Qu'ils
macèrent! Qu'ils tourbillonnent sous les gangrènes! C'est pain

bénit pour ces purulents! S'ils veulent m'avoir, je n'y suis plus!..
Assez par l'esprit! Funérailles!... Aux tripes, Ferdinand!...
Aux ferments coliques! Ouah! A la bouse! Oh! patauger! Pouh!
Mais c'est la noce! Défi? Me voici! De quelles semences je me
chauffe? Courtial! Lauréat du Prix Popincourt! Nicham et
tous autres! mille sept cent vingt-deux ascensions!... De radis!
Par les radis! Oui! Je te montrerai! Toi aussi tu me verras!
O Zénith! O mon Irène! O ma terrible jalouse!... Pas une heure
à perdre!... Il examinait un peu.

— Dans ces graviers d'alluvions... Ce terreau sableux?
Jamais! Ici? Pouah! Mes preuves sont faites! Petite culture!
Ça suffit!... Pas de temps à perdre! Il repiquait en ricanements
à la simple supposition!... C'était trop drôle!...

« Oh! la la! Otez-moi tout ça!... » Il balayait la pauvre cambuse...

— A la campagne! Ah! là! Oui! A la campagne? Ah! Là
j'en suis! L'espace? La forêt?... Présent!... Des élevages?...
Mamelles? Foin! Volailles! Soit!... Et tu peux me croire, du
radis!... Regarde-moi bien!... Et alors avec toutes les ondes!..
Toutes tu m'entends?... Des vraies ondes!... Tu verras tout ça,
Ferdinand! Tout! Toute la sauce!... des orgies d'ondes!...

La daronne elle tenait plus debout sur ses pattes. Elle s'était
arc-boutée contre la palissade... Elle ronflait un peu... Je l'ai
secouée pour qu'elle rentre aussi...

« Je vais vous faire un peu de café!... Je crois qu'il en reste!... »
Voilà ce qu'elle a dit... mais on a eu beau chercher... il avait
tout bu la vache!... Et puis tout bouffé les restants... Y avait
plus rien dans le placard... Pas une miette de pain! Un camembert presque entier!... Et pendant qu'on crevait nous autres!...
Même le fond des haricots, il l'avait fini!... Merde! Là du coup
je l'avais mauvaise!...

On a gueulé pour qu'il rentre... « Je vais au télégraphe!
qu'il répondait de loin... Je vais au télégraphe!... » Il était déjà
sur la route... Il était pas fou.

Toute la journée on a pioncé... C'est le lendemain qu'on devait déguerpir!... C'était absolument exact qu'il avait soldé la bicoque! et en plus une partie des meubles... Tout ça dans le même prix... L'entrepreneur qui la rachetait il avait versé par surcroît une petite avance pour qu'on se barre plus vite... Il fallait voir sa pétoche qu'on la lui détruise sa cambuse avant de s'en aller!...

Le jour même, ce midi-là, pendant qu'on bouffait, il faisait les cent pas devant notre grille. On voulait pas le laisser rentrer. On l'avait déjà viré à plusieurs reprises... Il devait nous laisser finir... Merde! Il tenait plus en place, cet affreux! Il était terrible à regarder... Il était tellement excédé qu'il attrapait tout son galure, il croquait les rebords... Il les arrachait... Il repartait en bagotte, les mains crispées derrière son dos... Voûté, sourcilleux. Il allait, venait, comme bête en cage! Et c'est lui pourtant qu'était sur la route! La route est large!... En plus, tous les cinq minutes, il nous criait un bon coup à travers la porte : « Esquintez surtout pas mes gogs! J'ai vu la cuvette! Elle était intacte! Faites attention à mon évier! Ça coûte deux cents francs pour un neuf!... »

Un moment, il en pouvait plus!... Il entrait quand même dans le jardin. Il faisait trois pas dans l'allée... On descendait tous au pas de charge... On le refoulait encore dehors... Il avait pas le droit! Courtial en était outré de ce culot monstre!...

« Vous ne prendrez possession qu'à six heures du soir! Au crépuscule! cher Monsieur, au crépuscule!... Ce fut nettement spécifié dans nos conditions... » Y avait de quoi perdre toute mesure!...

545

L'autre il retournait en faction. Il ronchonnait de plus en plus. Au point qu'on a fermé la fenêtre pour pouvoir mieux discuter de nos affaires entre nous... Comment qu'on allait se trisser?... De quel côté? plutôt qu'un autre? Combien il restait comme pognon? Celui à Courtial? et le mien?...

Des Pereires, avec son plan d'agriculture, sa mécanique radio-terrestre, ça devait nous coûter des sommes folles! Il jurait que ça serait pas très cher... Enfin, c'était une aventure... Il fallait qu'on le croie sur parole... Il avait déjà un endroit pour cette tentative... A la lisière de Seine-et-Oise... Un petit peu vers le Beauvaisis... Une occasion admirable. D'après lui toujours... une ferme qu'on nous laisserait pour rien... D'ailleurs, c'était presque entendu avec son agence... Le voyou, il nous enveloppait! On était fait dans son business!... Il avait télégraphié... Il nous a sorti une annonce, d'une feuille « L'Écho du Terroir ». Il se régalait de voir notre tronche en écoutant ça... La grosse mignonne et moi-même on faisait pas beau... « Terrain de plusieurs tenants, exposé au Sud. Culture maraî- chère préférable mais non imposée. Bâtiments parfait entre- tien... », etc.

— Du cran! Du cran! Palsambleu! Qu'est-ce que vous vou- liez que je découvre? Un chalet au Bois de Boulogne?... à Baga- telle?... Il fallait me prévenir!... C'était pourtant un chopin! A la page des « Propriétés »... Il se régalait des perspectives... Il savait lire entre les lignes... C'était maintenant ou jamais!...

Notre acquéreur du pavillon, à mesure qu'on déjeunait, il augmentait son raffut, crispé sur la grille... Il nous faisait vraiment pitié avec ses yeux hors de la tête... Ils lui retombaient sur les joues. Il avait tellement hurlé qu'il pouvait plus refer- mer la bouche... Il lui venait maintenant plein de bulles... Il tiendrait pas jusqu'à six heures!... C'était atroce sa convoi- tise!... « Pitié! Pitié » qu'il suppliait.

Il a fallu que Courtial précipite un peu le fromage, qu'il fasse un saut au télégraphe pour confirmer son « option ». On a laissé rentrer le client. Il léchait les marches du perron, le malheureux, de reconnaissance!...

Avec Madame des Pereires, on s'est mis nous deux aux baga- ges... Au rassemblement de toutes les nippes, des casseroles et des matelas... Tout ce qui n'était pas vendu!... Ce qu'on empor- tait dans l'aventure!... En plus, moi, je devais encore, à la faveur des ténèbres, pousser une reconnaissance jusqu'aux Arcades Montpensier... Je devais me rendre compte là-bas, sur place, si vraiment je pouvais rien sauver?... Si je trouverais pas un moyen de repêcher notre « Polycopie » la si neuve machine, notre fierté! si belle, si indispensable... Et le petit fourneau « Mirmidor »? qui marchait à l'huile?... et peut-être aussi en même temps trois ou quatre « grosses » de vieilles brochures?... Surtout les cosmogonies qu'étaient sur « Alfa »! auxquelles il tenait tant Courtial... Ils avaient peut-être pas eu, les brutes, l'occasion, le temps, de tout détruire? De tout foutre en bombe?... Peut-être qu'il en restait un peu sous les détritus?... Et l'altimètre miniature?... Un cadeau de l'Amérique du Sud!... Courtial en aurait du chagrin qu'il soye pas sauvé du sinistre!... Enfin! Je ferais la tentative!... C'était entendu comme ça!... Seulement, ce qu'était beaucoup moins drôle, c'est qu'elle prétendait venir aussi!... Elle avait pas tellement confiance! Elle voulait se rendre compte par elle-même!... Question de récupérer, elle voulait pas me laisser tout seul! « J'irai avec vous, Ferdinand! J'irai avec vous!... » Elle avait pas vu tout le désastre de ses propres yeux!... Elle conservait quelques espoirs!... Elle croyait peut-être qu'on la charriait...

Courtial est revenu de la Poste. On est passé dans la chambre avec Madame des Pereires pour vider les derniers placards... Lui c'était bien à son tour à se débattre avec l'autre enflure... qu'arrêtait pas de protester qu'on violait les conditions!... Il a fallu qu'on se bute presque pour pouvoir reprendre nos fringues et quelques serviettes en plus... Ça lui avait redonné du sang d'être rentré en possession. On l'a refoutu encore dehors, pour lui apprendre les bonnes manières! Il s'est mis alors, cet affreux, à tirer tellement sur les barres, qu'il a retourné toute la grille... Il s'est coincé dedans... Il était pris comme un rat!... Jamais j'avais vu chez un homme des contorsions aussi atroces! C'était un acquéreur terrible!... Il s'est même pas aperçu, tellement il était disloqué, qu'on se débinait la vieille et moi... On a pris un train omnibus...

En arrivant à Paris, il était déjà fort tard... On s'est dépêchés... Dans les Galeries du Palais nous n'avons rencontré personne... Toutes les boutiques des voisins elles étaient bouclées... La nôtre c'était plus qu'un trou... une béance énorme... Un gouffre avec des grandes poutres branlantes au travers... La vieille alors elle se rendait compte que c'était une vraie catastrophe!... Qu'il restait rien du « Génitron »! Que c'était pas une rigolade!... Rien plus qu'un sale fatras infect... En se penchant tout au-dessus du trou, on gaffait bien les détritus... On arrivait même à reconnaître des grands morceaux de notre Alcazar!... Le Coin du Commanditaire!... en dessous de l'énorme avalanche, du torrent des cartonneries, des ordures!... Et puis aussi y avait la cloche, la monstrueuse! La catapulte! Elle avait sombré tout de traviole... entre la charpente et la cave... Elle bouchait même toute la crevasse!... La mère Courtial en regardant ça elle a voulu tâter quand même, descendre par en dessous... Elle était bien convaincue qu'elle trouverait quelque chose à sauver... Je l'ai bien prévenue ce qu'elle risquait comme ça... en touchant... de faire chavirer tout le décombre!... que le tout lui écrase la gueule!... Elle a insisté... Elle s'est lancée en équilibre sur la solive en suspens... Je lui tenais, moi la main... d'en haut... Je bandais que d'une de la voir branler au-dessus du gouffre... Elle avait tout ficelé ses jupes, retroussées autour de la taille. Elle a biglé un interstice entre la muraille et la cloche... Elle s'est faufilée toute seule... Elle a disparu dans le noir... Je l'entendais qui farfouillait dans tout le fond de l'abîme... Je l'ai rappelée alors... j'avais trop la trouillle... Ça faisait de l'écho comme dans une grotte... Elle me répondait plus... Au bout peut-être d'une demi-heure, elle s'est remontée à l'orifice... C'est elle qui m'appelait à son aide... Je l'ai rattrapée heureusement par les anses de son caraco... Je l'ai hissée de toutes mes forces... Elle a émergé en surface. Elle était tout enlisée dans un bloc d'ordures... C'était plus qu'un paquet énorme... J'ai tout souqué sur le rebord... C'était extrêmement pénible!... Y avait une dure résistance... Je voyais bien qu'elle tirait quelque chose encore en plus derrière elle... Tout un grand lambeau de ballon!... Tout un empiècement de « l'Archimède... »! Une très grande largeur! Le palan rouge « des déchirures »... Je le connaissais bien ce débris-là!... C'est moi-même qui l'avais planqué entre le compteur et le soupirail. Elle avait l'excellente mémoire!... Elle était joliment heureuse...

— Ça nous servira, tu sais! qu'elle me faisait guillerette... Ça, c'est du vrai caoutchouc! du vrai! pas du flan!... T'as pas idée comme c'est solide...

— Mais oui! Mais oui!... Je le savais bien, je l'avais assez dépiauté pour faire des raccords dans la peau du nôtre... En tout cas, ça pesait lourd et c'était volumineux... Même replié au plus menu, ça faisait quand même un vrai paquesson... haut et presque lourd comme un homme... Elle a pas voulu le laisser là... Elle a voulu le prendre à toute force...

— Enfin, pressons-nous... que je lui dis... Elle était costaud, elle se l'est arrimé sur l'échine. Elle bagottait avec ça... Je l'ai raccompagnée dare-dare jusqu'à la rue Radziwill... A ce moment-là, je lui ai dit :

— Allez devant toujours, Madame, mais maintenant vous pressez plus! Allez tout doucement!... Arrêtez-vous tous les coins de rue. Faites bien attention aux voitures! Vous avez tout le temps devant vous! Je vous suis!... Je vous rejoindrai rue La Fayette! Il faut que je passe par les « Émeutes... »! C'est pas la peine qu'ils vous voient... J'ai laissé une clef au garçon!... La clef du grenier!... Je veux remonter encore un coup...

C'était qu'un prétexte pour revenir un peu sur mes pas. Je voulais regarder sous les arcades si je trouverais pas la Violette... Elle se tenait plutôt à présent vers la Galerie Coloniale... plus loin que la Balance... De longue distance, elle me bigle!... Elle me fait : « Yop! Yop!... » Elle radine... Elle m'avait vu avec la vieille... Elle avait pas osé se montrer... Alors, là, on cause franchement et elle me raconte tous les détails... Comment ça s'était passé depuis notre départ... Depuis l'instant de la catastrophe... Quelle salade! Ça n'avait pas cessé de barder une seule brève minute!... Même aux femmes que la police avait posé mille questions!... Des véritables baratins à propos de nos habitudes!... Si l'on vendait pas de la « came »? Si on se faisait pas miser?... Si on tenait pas des « paris »? Des images salopes? Si on recevait des étrangers? Si on avait des revolvers? Si on recevait des anarchistes?... Les mômes elles s'étaient affolées... Elles osaient même plus revenir devant nos décombres!... Elles tapinaient à présent dans les autres Galeries... Et puis alors une pétoche noire qu'on leur ôte leur carte!... C'était pour elles les conséquences!... Tout le monde se plaignait... Tous les commerçants limitrophes ils étaient à la caille aussi... Ils se trouvaient montés contre nous que c'était à peine croyable... Soufflés à bloc, paraît-il... comme indignation... comme fureur! Une pétition qu'était partie au Préfet de la Seine...

Qu'on nettoye le Palais-Royal!... Que ça soye plus un lieu de débauche! Qu'ils faisaient déjà pas leurs affaires! Ils voulaient pas encore en plus être corrompus, par nous, fumiers phénomènes!... Violette, elle qui me blairait bien, son désir, c'était que je reste... Seulement elle était persuadée que, si on revenait sur les lieux, ça allait faire un foin atroce et qu'on nous embarquerait d'autor... C'était dans la fouille! Il fallait plus qu'on insiste!... Démarrer!... qu'on nous revoye plus!... Il fallait pas jouer du malheur!... C'était bien aussi mon avis!... Barrer, voilà tout! Mais moi, qu'est-ce que j'allais faire? Travailler comment? Ça la souciait un petit peu... Je pouvais pas beaucoup lui dire!... Je le savais pas très bien moi-même... Ça serait pour sûr à la campagne... Alors, tout de suite, elle a trouvé, en entendant ces mots-là, qu'elle pourrait sûrement venir me voir... surtout si elle retombait malade!... Ça lui arrivait de temps à autre! A chaque coup, il fallait qu'elle parte au moins deux à trois semaines, non seulement pour sa maladie, mais aussi pour ses poumons... Elle avait craché du sang... A la campagne, elle toussait plus... C'était absolument souverain... Elle prenait un kilo par jour... Ainsi fut-il entendu... bien conclu entre nous deux... Mais c'est moi qui devais lui écrire, le premier, à la poste restante... Les circonstances m'ont empêché... On a eu des telles anicroches... que j'ai pas pu tenir ma parole... Je remettais toujours ma lettre à la semaine suivante... C'est seulement des années plus tard que je suis repassé par le Palais... C'était alors pendant la guerre... Je l'ai pas retrouvée avec les autres... J'ai bien demandé à toutes les femmes... Son nom même, Violette... leur disait plus rien... Personne se souvenait... Toutes, elles étaient des nouvelles...

C'est donc en courant qu'on s'est quittés cette nuit-là. C'est bien le cas de le dire... Il fallait que je me décarcasse!... Je voulais faire un saut encore jusqu'au Passage Bérésina, pour avertir un peu mes dabes que je me barrais en Province avec les Pereires... qu'ils se mettent pas à faire les chnoques... à me faire pister par les bourriques...

Ma mère, quand je suis arrivé, elle était encore en bas, dans son magasin, à rafistoler ses camelotes, elle revenait de porter son choix, du côté des Ternes... Mon père il est descendu... Il nous entendait causer... Je l'avais pas revu depuis deux ans. Le gaz que ça vous fait déjà des têtes absolument livides, alors lui, du coup comme pâleur, c'était effroyable!... A cause peut-être, de la surprise, il s'est mis à bégayer tellement qu'il a fallu qu'il se taise... Il pouvait plus dire un seul mot!... Il comprenait pas non plus... ce que je m'évertuais à expliquer. Que je m'en allais à la campagne... C'est pas qu'il faisait de la résistance... Non!... Ils voulaient bien n'importe quoi! Pourvu que je retombe pas « fleur »... à leur charge encore un coup!... Que je me débrouille ici! ailleurs! n'importe comment! Ils s'en foutaient!... dans l'Ile-de-France ou au Congo... Ça les gênait pas du tout!

Il faisait perdu, mon papa, dans ses vieux vêtements! Ses falzars surtout y tenaient plus à rien!... Il avait tellement maigri, ratatiné de toute la tronche, que la coiffe de sa grande casquette, elle lui voguait sur le cassis... elle se barrait à travers les yeux... Il me regardait par en dessous... Il saisissait pas le sens des phrases... J'avais beau lui répéter que je croyais avoir un avenir dans l'agriculture... « Ah! Ah! » qu'il me répondait... Il était même pas surpris!...

— J'ai eu, dis donc... dis-moi, Clémence?... bien mal à la tête... Cet après-midi... Et pourtant c'est drôle... il a pas fait chaud?...

Ça le laissait encore tout rêveur... Il pensait qu'à ses malaises... Il pouvait plus s'intéresser que je reste ou que je m'en aille!... par-là ou par-ci! Il se morfondait suffisamment... surtout depuis son grave échec à la « Connivence-Incendie »... Il pouvait plus s'interrompre de ruminations... C'était un coup effroyable... Au Bureau à la « Coccinelle », il continuait à souffrir... Ça n'arrêtait plus du tout les meurtrissures d'amour-propre!... Autant comme autant! Il subissait des telles misères que pendant certaines semaines il se rasait même plus du tout... Il était trop ébranlé... Il refusait de changer de chemise...

Au moment où j'arrivais, ils avaient pas encore becqueté... Elle m'a expliqué les temps difficiles, les aléas du magasin... Elle mettait le couvert. Elle boitait un peu différent, peut-être plutôt un peu moins... Elle souffrait quand même beaucoup, mais surtout maintenant de sa jambe gauche. Elle arrêtait plus de renifler, de faire des bruits avec sa bouche... dès le moment qu'elle s'asseyait pour bercer un peu sa douleur... Il rentrait, lui, juste de ses courses, de faire quelques livraisons... Il était très affaibli. Il transpirait de plus en plus... Il s'est aussi installé... Il parlait plus, il rotait plus... Il mangeait seulement avec une extrême lenteur... C'était des poireaux... De temps à autre, par sursaut, il revenait un peu à la vie... Deux fois seulement, à vrai dire, pendant que j'étais là... Ça lui venait en ronchonnements... des insultes dans le fond de son assiette, toutes rauques... toutes sourdes... : « Nom de Dieu! Nom de Dieu de merde!... » Il recommençait à groumer... Il se soulevait... Il quittait la table, il partait comme ça vacillant!... jusque devant la petite cloison qui séparait de la cuisine... celle qu'était mince comme une pelure!... Il tapait dessus deux, trois coups... Il en pouvait plus... Il se ramassait à reculons... Il se tassait sur son escabeau... les yeux plongeant vers le dallage... bas sous lui... les bras ballants... Ma mère lui remettait sa casquette en douceur... tout à fait droite... Elle me faisait des signes pour pas que je le regarde... Elle avait maintenant l'habitude. D'ailleurs, ça pouvait plus le gêner... Il se rendait même plus bien compte... Il était bien trop enfermé dans ses malheurs de bureau... Ça lui accaparait la bouille... Depuis deux, trois mois, il ne dormait plus qu'une heure de nuit... Il en avait la tête ficelée par toute l'inquiétude... comme un seul paquet... le reste le concernait plus... Même les choses de leur commerce, il s'en foutait à présent... Il voulait plus qu'on lui en cause... Ma mère ça l'arrangeait bien... Je savais plus vraiment quoi dire... Je me tenais comme un panaris, j'osais plus bouger! J'ai essayé un peu quand même de raconter mes propres histoires... Les petites aventures... Pas toute la réalité!... des choses seulement pour les distraire, des petites balivernes innocentes pour faire passer l'embarras!... Alors, ils m'ont fait une gueule! Rien qu'à m'entendre badiner!... Ça donnait juste l'effet contraire!... Ah! merde! Moi j'en avais tringle!... Je fumais alors moi aussi!... Moi aussi merde à la fin!... J'avais bien toute la caille au cul! Moi aussi, j'étais bien sonné! autant comme autant!... Je venais pas leur quémander! Ni flouze! ni pitance!... Je leur demandais rien du tout!... Seulement je voulais pas m'enfoirer avec des soupirs à la con!... Parce que je pleurais pas dans les tasses!... que je broutais pas dans leurs chagrins... Je venais pas pour être consolé!... Ni pour jérémiader en somme... Je venais simplement dire « au revoir »... Merde! Un point, c'est tout!... Ils auraient pu être contents...

A un moment, j'ai dit comme ça, en manière de plaisanterie :

— Je vous enverrai de la campagne des graines de volubilis!... Ça poussera bien au troisième!... ça grimpera sur le
vitrage!...

Je disais ce que je trouvais un petit peu...

— Ah! On voit bien que c'est pas toi qui te démènes! qui
t'échines ici! Qui te décarcasses en dix-huit! pour faire face aux
obligations! Ah! c'est joli l'insouciance...

Ah! merde! y en avait que pour eux des détresses, des
marasmes, des épreuves horribles. Les miens ils existaient
pas en comparaison! C'était que seulement par ma faute, si je
me mettais dans la pétouille!... toujours d'après eux, les
vaches... C'était une putaine astuce! Merde et contre-merde!
Le culot! La grande vergogne! Tandis qu'eux, ils étaient victimes!... Innocents! toujours Martyrs! Il fallait pas comparer!...
Il fallait pas que je me trompe avec ma fameuse jeunesse!...
Et que je me fourvoye à perpète!... C'est moi, qui devais
écouter! C'est moi qui devais prendre la graine!... Toujours...
Gomme! Et Ratagomme! C'était entendu!... Rien qu'à m'observer, comme ça, à table, devant les fayots (après c'était du
gruyère), tout le passé revenait devant maman... Elle avait du
mal à retenir ses larmes, sa voix chevrotait... Et puis elle aimait
mieux se taire!... C'était du vrai sacrifice... J'aurais bien
demandé pardon, pour toutes mes fautes, mes caprices, mes
indicibles dévergondages, mes forfaits calamiteux!... Si y avait
eu que ça pour la remettre!... Si c'était seulement la cause qu'elle
se refoutait à gémir!... Si c'était seulement la raison qui lui
fendait le cœur!... Je lui aurais bien demandé pardon! Et puis
je me serais barré tout de suite!... J'aurais bien, pour en
finir, avoué que j'avais une veine inouïe! Une chance pas
croyable! que j'étais un gâté terrible!... Que je passais mon
temps à me marrer!... Bon! J'aurais dit n'importe quoi pour
qu'on en termine... Je regardais déjà la porte... Mais elle me
faisait signe de rester... C'est lui qu'est monté dans sa chambre...
Il se sentait pas bien du tout... Il se raccrochait après la rampe...
Il a mis au moins cinq minutes pour arriver jusqu'au troisième...
Et puis une fois comme ça seuls, elle a repiqué de plus belle
aux condoléances... Elle m'a donné tous les détails... Comment
qu'elle s'y prenait maintenant pour joindre les deux bouts!...
Son nouveau condé... Qu'elle sortait tous les matins, pour une
maison de passementeries... qu'elle s'était fait depuis trois mois,

presque deux cents francs de commission... L'après-midi, elle se soignait; elle restait au magasin avec sa jambe sur une chaise... Elle voulait plus voir le Capron... Il parlait que d'immobilité!... Il fallait pourtant qu'elle remue!... C'était sa seule raison d'être... Elle aimait mieux se traiter toute seule avec la méthode Raspail... Elle avait acheté son livre... Elle connaissait toutes les tisanes... tous les mélanges... les infusions... Et puis une huile de réséda pour se masser la jambe le soir... Il lui venait quand même des furoncles, mais ils étaient supportables comme douleur et comme gonflement. Ils crevaient presque tout de suite. Elle pouvait marcher avec... C'était le principal!... Elle m'a fait voir toute sa jambe... La chair était toute plissée comme enroulée sur un bâton, à partir du genou... et jaune... avec des grosses croûtes et puis des places où ça suintait... « C'est plus rien aussitôt que ça rend!... Tout de suite ça soulage, ça va mieux... mais c'est avant que c'est terrible, tant que c'est encore tout violet! que ça reste fermé!... Heureusement que j'ai mon cataplasme!... Sans ça, je sais pas ce que je pourrais faire!... Ça m'aide, tu n'as pas une idée!... Aurtrement je serais une infirme! »... Et puis elle m'a reparlé d'Auguste... de la façon qu'il se minait lui... qu'il commandait plus ses nerfs... de toutes ses terreurs nocturnes... Sa peur de la révocation... c'était la plus terrible de toutes ... ça le réveillait en panique... Il se redressait d'un bond sur le lit... « Au secours! Au secours! » qu'il hurlait... et la dernière fois si intense, que tous les gens du Passage avaient sursauté... Ils avaient bien cru un moment que c'était encore une bataille!... Que j'étais revenu l'étrangler! Ils rappliquaient tous au galop! Papa une fois dans ses transes il se connaissait plus... C'était la croix et la bannière pour qu'il se renfonce dans son plume... Ils avaient dû lui appliquer pendant plusieurs heures ensuite des serviettes glacées sur la tête... Depuis le temps qu'elles duraient ces crises... toujours un peu plus épuisantes... C'était un tourment infernal!... Il sortait plus du cauchemar... Il savait plus ce qu'il racontait... Il reconnaissait plus les personnes... Il se trompait entre les voisins... Il avait très peur des voitures... Souvent le matin alors comme ça quand il avait pas fermé l'œil c'est elle qui le reconduisait jusqu'à la porte des Assurances... au 34 de la rue de Trévise... Mais là c'était pas terminé... Il fallait encore qu'elle entre pour demander au concierge si il

avait pas du nouveau? Si il avait rien appris?... à propos de
mon père... Si il était pas révoqué?... Il distinguait plus du
tout le vrai de l'imaginatif... Sans elle absolument certain!...
jamais qu'il y serait retourné!... Mais alors il serait devenu
dingue... parfaitement louf de désespoir... Ça faisait pas l'ombre
d'un petit doute... C'était un terrible équilibre pour qu'il
sombre pas complètement... C'est elle qui faisait toute la
voltige... Y avait pas un moment à perdre pour lui remonter sa
pendule... Et puis pour la croûte au surplus ça venait pas tout
seul!... il fallait encore qu'elle taille... pour ses passementeries... à travers Paris... piquer du client dare-dare... Elle
trouvait encore moyen d'ouvrir quand même notre boutique...
quelques heures l'après-midi... Que ça végète au Passage,
mais que ça chavire pas complètement!... Et la nuit tout était
à refaire! Pour qu'il lui vienne pas plus d'angoisses, que ses
terreurs augmentent pas... elle disposait sur une table, dans le
milieu de la chambre, une petite lampe en veilleuse. Et puis
encore au surplus, pour qu'il puisse peut-être s'endormir un
petit peu plus vite elle lui bouchait les deux oreilles avec des
petits tampons d'ouate imbibés dans la vaseline... Il sursautait au moindre bruit... Dès qu'on bagottait dans le Passage...
Et ça commençait de très bonne heure avec le laitier... Ça
résonnait énormément à cause du vitrage... Comme ça avec
des tampons c'était quand même un petit peu mieux... Il le
disait lui-même...

Ma mère elle éprouvait bien sûr, on peut bien facilement
se rendre compte, tout un surcroît de fatigue énorme d'être
obligée de le soutenir constamment mon père jour et nuit...
Sans cesse sur la brèche... A lui remonter son moral... à le
défendre contre les obsessions! Eh bien! elle se plaignait pas
trop! Si j'avais pas fait, moi, ma vache! que j'aie pris l'air de
me repentir!... De me rendre bien compte de tous mes vices...
de ma charogne ingratitude... ça lui aurait versé du baume...
Ça c'était visible!... Elle se serait comme tranquillisée... Elle
se serait dit : « Tiens! mon fifi, il te reste quand même quelques
petites chances... Tout espoir n'est pas perdu!... Son cœur
est pas tout en pierre! Il est pas si dénaturé, absolument irrémédiable!... Il pourra peut-être s'en sortir... » C'était une lueur
dans sa détresse... Une consolation adorable... Mais j'étais pas
bon du tout... J'aurais eu bel et beau faire, ça me serait pas

sorti du trognon... J'aurais jamais pu... Sûr que j'avais du chagrin... Sûr que je la trouvais bien malheureuse! C'était au fait bien véritable! Mais j'avais pas du chagrin pour aller le baver devant personne! Et surtout pas devant elle!... Et puis quand même alors... tout de même... Quand j'étais petit dans leur tôle... que je comprenais rien à rien... Qui c'est qui prenait sur la gueule? C'était pas alors elle seulement!... Moi aussi!... Moi toujours!... Et qu'elle m'en remettait largement... J'ai dégusté moi la pâtée!... La jeunesse! La merde!... Toujours qu'elle s'était bien dévouée, sacrifiée faut dire... Bon! Ça va!... Ça me faisait infect de repenser à tout ça, là, si fortement... Et merde! C'était de sa faute aussi! J'y repensais jamais moi tout seul!... Ça me faisait encore plus sinistre... que tout le reste des infections... C'était pas du tout la peine que j'essaye de lui dire quelque chose!... Elle me regardait toute navrée, comme si je venais moi de la battre! Il fallait mieux que je me trisse!... On allait encore s'agonir... Je la laissais pourtant bien se répandre... j'ouvrais pas la bouche... Elle pouvait y aller, c'était libre!... Elle s'en est payée une bonne tranche... Elle m'en a filé des conseils!... Toutes les excellentes paroles, je les ai encore entendues!... Tout ce qu'était indispensable pour me relever ma morale!... Pour que je cède plus à mes instincts! pour imiter, bien profiter des bons exemples!... Elle voyait que je me retenais, que je voulais pas lui répondre... Alors elle a changé de méthode... Elle a eu peur de m'agacer, elle m'a fait ça aux gâteries... Elle a été dans le buffet, me chercher un flacon de sirop... C'était pour moi, pour emporter à la campagne... puisque j'y allais... Et puis encore une autre bouteille d'un élixir fortifiant... Il a fallu qu'elle insiste sur ma terrible habitude de manger beaucoup trop vite!... que je me détruirais l'estomac... Et puis enfin, elle m'a demandé si j'avais pas besoin d'argent... pour mon voyage ou autre chose? « Non! Non! que j'ai répondu... Nous avons tout ce qu'il nous faut!... » Je lui ai même montré le capital... Je l'avais tout en billets de cent francs... Alors?... Pour conclure, j'ai promis d'écrire, de les tenir bien au courant... de la façon que ça tournerait notre exploitation... Elle comprenait rien dans des mots pareils... C'était un monde inconnu... Elle faisait confiance à mon patron!... J'étais tout près de l'escalier, je me levais, je reficelais mon baluchon...

— Peut-être, qu'il vaut mieux malgré tout qu'on le réveille pas maintenant ton père?... Hein?... Qu'est-ce que tu penses?... Il dort peut-être... Tu ne crois pas?... Tu as vu... comme ça le retourne la moindre émotion?... De te voir t'en aller, j'ai une peur encore que ça le bouleverse!... Tu crois pas que c'est plus prudent?... Vois-tu qu'il me refasse un accès! Comme il m'a fait il y a trois semaines!... Je pourrais plus jamais le rendormir!... Je sais pas ce que je ferais pour éviter!... C'était bien aussi mon avis... Je trouvais ça des plus raisonnables... de me tirer tout à fait en douce... de profiter du courant d'air... On s'est chuchoté des « au revoir »... Elle me rancardait encore un peu à propos de mon linge... J'ai pas écouté la suite... J'ai filoché dans le Passage... et puis dans la rue au pas de course... Je poulopais sec... J'avais du retard! même beaucoup!... Il était juste minuit au cadran doré du « Lyonnais »... Courtial et sa grande mignonne ils m'attendaient depuis deux bonnes heures devant l'église Saint-Vincent-de-Paul... avec leur voiture à bras!... J'ai grimpé toute la rue d'Hauteville en quatrième pompe!... De très loin je les ai aperçus sous un bec de gaz... C'était un vrai déménagement... C'est lui qu'avait tout transbordé! Il avait sué pour un coup!... Il avait dû vider la crèche envers et quand même!... Il avait dû buter le daron (à la rigolade!)... La carriole elle s'enfonçait, tellement qu'elle était pesante et remplie de bricoles!... La dynamo et le moteur dessous les matelas et les fringues!... Les doubles rideaux, la cuisine entière!... Il avait sauvé le maximum!... On pouvait bien le féliciter! Il avait remis une redingote, une autre, que je connaissais pas... Je me demande où qu'il l'avait retrouvée?... Une gris perle!... J'ai fait la remarque!... C'était de sa jeunesse! Il avait relevé les basques avec des épingles. La vieille avait plus son chapeau, « l'hortensia aux cerises »! Il était planté à présent tout au sommet de la bagnole... C'était pour pas l'abîmer!... Elle s'était mis à la place un très joli châle andalou entièrement brodé, couleurs éclatantes... Ça faisait bien sous leur réverbère... Elle m'a expliqué tout de suite, que pour faire des longs voyages c'était vraiment le plus pratique... que ça préservait bien les cheveux.

Alors, enfin rassemblés, après encore des discussions à propos d'un vieil horaire, on a démarré tout doucement... Moi, j'étais heureux, je peux bien le dire!... Elle est raide la rue

La Fayette!... surtout à partir de l'église et jusqu'au coin de la pharmacie!... Il fallait pas qu'on s'endorme... C'était lui-même des Pereires qui s'est attelé dans la bricole... Nous deux avec la daronne on poussait derrière... « Et vas-y petit!... Et je te connais bien!... Et que je te pousse! Et tant que ça donne... » Seulement on était trop en retard!... On a raté notre train quand même!... Et c'était de ma faute!... C'était plus du « minuit quarante!... » C'était maintenant le « deux heures douze!... » Le « premier » du jour!... Pour celui-là par exemple, nous avions de l'avance!... cinquante minutes presque!... On a eu tout le temps pour démonter notre chignole... Elle était pliable, réversible... et transbahuter tout le bazar!... une fois de plus!... dans le fourgon de la queue. Et puis encore bien du temps de reste pour nous jeter comme jus deux crèmes, un mazagran, un « déjeuner » coup sur coup! Au beau « Terminus... »! Nous étions tous les trois terribles sur la question du moka... Portés comme personne!... Et c'est moi qui tenais la caisse.

C'est à Persant-la-Rivière, qu'on a débarqué... En tant que village ça se présentait gentiment, entre deux collines et des bois... Un château avec des tourelles pour couronner le décor... Le barrage, en bas des maisons, faisait son fracas majestueux... C'était en somme bien coquet... On aurait pu choisir plus mal, même pour des vacances!... Je l'ai fait remarquer à la vieille chouette... Mais elle était pas disposée... On avait un putain de boulot pour démarrer le matériel, sortir notre moteur du fourgon... Il a fallu qu'on demande des aides...

Le chef de gare, il inspectait notre attirail. Il a cru qu'on était « forains... » qu'on arrivait pour la fête!... donner des soirées de cinéma!... Il nous jugeait sur la démise... Pour la fête, il faudrait qu'on repasse!... Elle était finie depuis quinze jours!... Des Pereires a pas voulu qu'il demeure comme ça dans l'erreur! Il l'a éclairé tout de suite ce petit nougat!... Mis parfaitement au courant de tous nos projets... Il voulait parler au notaire! Et séance tenante!... Il s'agissait pas de rigolade! mais de « Révolution Agricole... »! Rapidement un brelan de terreux est venu fouiner dans notre bazar... Ils s'amalgamaient autour de la bâche... Ils se faisaient mille réflexions sur nos ustensiles. On pouvait plus pousser tout ça nous trois seulement, sur la route!... C'était bien trop lourd!... On l'avait vu rue La Fayette!... C'était bien trop loin aussi notre bled agricole... Il nous fallait au moins un cheval!... Ils ont opposé les croquants tout de suite pas mal d'inertie!... Enfin on a pu partir!...

Notre grosse mignonne, une fois installée sur le siège, elle s'est rallumé une bonne pipe!... Dans l'assistance, ils se pariaient qu'elle était aussi un homme habillé en femme!...

Pour arriver à notre domaine à Blême-le-Petit, y avait encore onze kilomètres! et avec des rampes nombreuses!... Ils nous ont prévenus à Persant... Des Pereires s'était déjà soigneusement documenté par-ci, par-là, dans les groupes... Il avait pas été long à signer tous ses papiers... Il avait houspillé le notaire... Il prospectait à présent la verte campagne du haut de la voiture... On a emmené un paysan... La carte étalée sur les genoux Courtial pendant tout le trajet a pas arrêté de causer.... Il commentait chaque relief, chaque ondulation du terrain... Il recherchait les moindres ruisseaux... de loin, la main en visière... Il les retrouvait pas toujours... Il nous fit une vraie conférence qui dura au moins deux bonnes heures, cahin-caha, sur les possibilités, les retards du développement, les essors et les faiblesses agronomiques d'une région dont « l'infrastructure métallo-géodésienne » ne lui revenait pas complètement... Ah! ça!... Il l'a dit tout de suite! à plusieurs reprises!... Il se lancerait pas sans analyses!... Il faisait un temps magnifique.

Les choses à Blême-le-Petit n'étaient pas absolument comme avait annoncé le notaire. On a mis deux jours entiers avant de s'en apercevoir...

La ferme était bien délabrée... Ça c'était prévu dans les textes ! Le vieux qui la tenait en dernier il venait de mourir deux mois plus tôt et personne dans toute la famille n'avait voulu le remplacer... Personne ne voulait du terrain, ni du gourbi, ni même du hameau, semblait-il... On est entré dans d'autres masures un peu plus loin... On a frappé à toutes les portes... On a pénétré dans les granges... Y avait plus un signe de vie... Près de l'abreuvoir, à la fin, on a découvert quand même dans le fond d'une espèce de soupente, deux vieux croquants si âgés qu'ils pouvaient plus quitter leur piaule... Ils étaient devenus presque aveugles... et sourds alors tout à fait... Ils se pissaient tout le temps l'un sur l'autre... Ça semblait leur seule distraction... On a essayé de leur causer... Ils savaient pas quoi nous répondre... Ils nous faisaient des signes qu'on s'en aille... qu'on les laisse tout à fait tranquilles... Ils avaient perdu l'habitude qu'on leur rende visite... On leur faisait peur.

J'ai pas estimé moi, ça d'un très bon présage!... Cette manière de hameau vide... Ces portes toujours entrebâillées... Ces deux vieux qui nous en voulaient... Ces hiboux partout...

Au contraire, lui des Pereires, il trouvait tout ça parfait!... Il se sentait tout ragaillardi par le bon air de la campagne... Il a voulu tout d'abord se vêtir convenablement... Ayant perdu son panama, il a bien fallu qu'il emprunte un chapeau à la grande chérie... Une paille souple, immense, avec une bride mentonnière... Il conserva sa redingote, la très belle grise... plus chemise souple et lavallière et puis enfin des sabots!... (qu'il a jamais bien supportés)... Des longues marches à travers les champs, il revenait toujours pieds nus... Et pour faire vraiment « laboureur » il quittait pas sa « pelle-bêche »... Il la portait allégrement sur son épaule droite. Nous allions ainsi, chaque tantôt, prospecter les terrains en friche, chercher un emplacement convenable pour l'ensemencement des radis.

Madame des Pereires s'occupait de son côté... C'est elle qui s'appuyait les courses, qui tenait la chaumière... enfin et surtout c'est elle qui s'envoyait le marché de Persant deux fois par semaine. Elle préparait notre tambouille... Elle rafistolait le matériel que ça devienne logeable un peu... Sans elle, on aurait plus bouffé tellement c'était un tintouin la cuisine dans l'âtre!... rien que pour se faire cuire une omelette tout ce qu'il fallait rallumer! comme tisons! comme braises!... Ça vous coupait l'appétit!...

Nous deux, des Pereires on se levait pas de très bonne heure, il faut reconnaître!... Ça la faisait déjà râler!... Elle voulait toujours qu'on dégrouille! Qu'on fasse quelque chose de bien utile!... Mais une fois qu'on était sortis... on avait plus envie de revenir... Elle entrait dans des autres colères... Elle se demandait la pauvre daronne ce qu'on foutait si longtemps dehors?... Des Pereires ça lui faisait plaisir nos grandes excursions... Il découvrait tous les jours des nouveaux aspects du pays... et grâce à la carte ça devenait instructif en diable... Retantôt, comme ça au coin d'un bois... ou au revers d'un talus... on se planquait confortablement... dès qu'il faisait un peu de chaleur... On emportait des canettes... Pereires, il pouvait méditer... Je le dérangeais pas beaucoup... J'arrivais à somnoler... Il se parlait tout seul... Sa « pelle-bêche » en terre, enfoncée tout à côté de nous... Le temps passait gentiment... C'était un changement réel... la tranquillité... la paix des bocages!... Mais le pèze il foutait bien le camp... C'est elle maintenant qui s'inquiétait... Elle refaisait les comptes tous les soirs.

Question de costume, je me suis vite mis à la page... Peu à peu la terre ça vous prend... On oublie les contingences... Je m'étais finalement arrangé un solide petit ensemble avec des culottes cyclistes et un pardessus demi-saison dont j'avais coupé à moitié les basques, le reste pris dans mon grimpant, bouffant... un peu chaud, mais commode... Ça me faisait reconnaître de très loin... Le tout rehaussé de ficelles... de sustentations ingénieuses. La grande mignonne elle s'est rendue à notre avis, elle a porté des pantalons, aussi, comme un homme... elle avait plus une jupe à se mettre. Elle trouvait ça bien plus pratique... Elle se rendait ainsi au marché. Les mômes de l'école, ils l'attendaient à l'entrée du bourg. Ils la provoquaient, ils la bombardaient de fiente, de culs de bouteilles et de gros cailloux... Ça finissait en bagarre !... Elle se laissait pas démolir !... Les gendarmes sont intervenus... Ils lui ont demandé ses papiers !... Elle a pris les choses de très haut ! « Je suis, Messieurs, une honnête femme ! qu'elle a répondu !... Vous pouvez me suivre !... » Ils ont pas voulu.

Il a fait un bien bel été!... C'était à croire réellement qu'on en verrait jamais la fin!... Ça porte à flâner, la chaleur... Avec des Pereires, après son petit pousse-café, nous prenions la clef des champs... et puis tout l'après-midi on s'en allait au petit bonheur à travers guérets et sillons. Si on rencontrait un terreux... « Bonjour! » qu'on lui faisait poliment... On menait une vie bien agréable!... Ça nous rappelait à tous les deux les beaux jours de nos ascensions... Mais jamais il fallait causer de nos déboires stratosphériques devant Madame des Pereires... Ni du « Zélé »!... Ni de « l'Archimède »!... Ou alors, elle fusait en larmes... Elle retenait plus sa douleur... Elle nous traitait comme des pourris... On parlait plutôt de choses et d'autres... Fallait pas revenir sur notre passé!... Fallait faire gaffe quant à l'avenir... L'évoquer avec mille prudences... L'avenir aussi c'est délicat... Le nôtre il avait du flottement... Il se dessinait pas beaucoup... Courtial hésitait toujours... Il préférait attendre encore et puis ne se lancer qu'à coup sûr... Entre chaque méditation, au cours de nos après-midi, pendant qu'on vagabondait, il donnait par-ci, par-là, des petits coups de bêche prospecteurs... Il se baissait pour examiner, soupeser, scruter la terre remuée fraîche... Il la pressurait, il la rendait toute poudreuse... Il se la faisait filtrer dans les doigts comme s'il voulait retenir de l'or... Enfin, il tapait dans ses mains, il soufflait dessus un grand coup très fort... Ça s'envolait!... Il faisait la moue!... « Pstt! Ptstt! Ptstt!... Pas fameux ce terrain-là, Ferdinand! Pas riche! Hm! Hm! Comme j'ai peur pour les radis! Hm! Peut-être pour de l'artichaut?... Et

encore?... Et encore!... Oh! là! là! C'est bien chargé en magnésium!... » Nous repartions sans conclure.

A table, sa femme nous demandait pour la centième fois
si on l'avait notre légume?... Si c'était enfin choisi?... Que ça
serait peut-être le moment?... Elle proposait les haricots...
pas discrètement, je dois le dire!... Il sursautait d'emblée
Courtial en entendant une chose pareille!...

— Des haricots?... Des haricots?... Ici?... Dans ces failles?...
Tu entends, Ferdinand?... Des haricots? dans un terrain sans
manganèse! Et pourquoi pas des petits pois?... Hein?... des
aubergines! pendant que tu y es!... C'est un comble!... Il était
outré!... Du vermicelle! Te dis-je!... Des truffes!... Tiens!
des truffes!...

Il s'en dandinait longtemps à travers la turne... grognant
comme un ours... Ça durait des heures entières, le courroux
que lui provoquait toute proposition insolite... Là-dessus il
était intraitable! Le choix libre! la sélection scientifique!...
Elle partait se coucher toute seule, dans son débarras sans
fenêtre, une espèce d'alcôve, qu'elle s'était aménagée contre les
traîtres courants d'air... entre la batteuse et le pétrin... On
l'entendait sangloter de l'autre côté de la cloison... Il était dur
avec elle...

Ça vraiment on peut pas dire qu'elle ait jamais manqué
de courage ni de persévérance!... ni d'abnégation... Pas un seul
jour! pour rapproprier cette vieille turne elle a réussi des prodiges!... Elle arrêtait pas de trafiquer... Rien marchait plus...
tirait plus... ni la pompe, ni le moulin qui devait monter l'eau...
L'âtre il s'écroulait dans la soupe... Il a fallu qu'elle mastique
toutes les fentes dans les clôtures, qu'elle bouche elle-même
tous les trous... toutes les fissures de la cheminée... qu'elle
rafistole les volets, qu'elle remette des tuiles, des ardoises...
Elle grimpait sur toutes les gouttières... Mais cependant au
premier orage il a plu beaucoup dans les piaules envers et
quand même... par les trous du toit... On mettait là-dessous
des timbales... une pour chaque rigole... De réformes en transformations, elle s'appuyait des vrais boulots, pas que des petites
bricoles!... Elle a remplacé comme ça les gonds énormes de la
grande porte, la grande « maraîchère »... L'ébénisterie... la
serrurerie... rien lui faisait peur... Elle devenait parfaitement
adroite... On aurait dit un compagnon... Et puis bien sûr,
tout le ménage et la tambouille c'était son business... Elle le
disait bien elle-même, aucune entreprise lui faisait peur,
hormis la lessive!... De ça, y en avait de moins en moins...
Nous avions le trousseau « minimum »... Des chemises à peine...
et des chaussures plus du tout...
Pour les lézardes des gros murs, elle s'était gourée un petit
peu, elle avait loupé son plâtre!... Des Pereires, il faisait la
critique, il aurait voulu qu'on recommence... seulement nous
avions d'autres soucis!... C'est bien grâce à elle, en définitive,

567

que cette tanière vermoulue a repris un peu consistance...
enfin, plus ou moins. C'était qu'une ruine tout de même...
quoi qu'on fasse pour la requinquer elle tournait gadouille...
Elle avait beau être héroïne son opération des ovaires ça
la tracassait de plus en plus notre pauvre daronne... Peut-être
les trop grands efforts?... Elle transpirait par vraies cascades...
Elle en ruisselait dans ses bacchantes... avec les bouffées conges-
tives... Le soir elle était si à cran, tellement excédée du poireau...
qu'au moindre mot un peu de travers... Taraboum!... C'était
l'orage! Une intense furie!... Crispée en boule elle attendait...
elle explosait pour des riens... Ça finissait plus l'engueulade...
Ce qu'il fallait surtout se méfier, c'était des moindres allusions
aux belles histoires de Montretout!... Elle les gardait sur l'œsophage... Ça la rongeait comme une tumeur. Sitôt qu'on en
touchait un mot, elle nous traitait horriblement, elle disait
que c'était un complot!... Elle nous appelait des suçons, des
lopes, des vampires... Il fallait qu'on la couche de force!...
Le difficile pour des Pereires c'était toujours de se décider
à propos de son fameux légume... Il fallait trouver autre chose...
On doutait maintenant des radis... Quel légume qu'on entre-
prendrait?... Lequel qui serait approprié à la radio-tellurie?...
Et qu'on ferait décupler de volume?... Et puis y avait le choix
du terrain!... C'était pas une petite question!... C'était des
minutieuses recherches... Nous avions déjà donné des petits
coups de pelle exploratrice dans tous les lopins de la région, à
quinze kilomètres à la ronde!... On se lancerait donc pas à lure-
lure... On réfléchissait! C'est tout...
A l'opposé de Persant, c'est-à-dire au sud, dans le cours de
nos prospections, nous sommes tombés un joli jour, sur un
village bien agréable, vraiment accueillant... C'était Saligons-
en-Mesloir!... C'était assez loin à pied... Il fallait au moins
deux bonnes heures de Blême-le-Petit... Jamais notre rombière
aurait l'idée de venir nous relancer dans cette planque... La
terre tout autour de Mesloir, Courtial l'a découvert tout de suite,
était bien plus riche que la nôtre en teneur « radio-métallique »
et par conséquent, d'après ses estimations, infiniment plus
féconde, et rapidement exploitable... On est revenus l'étudier
presque chaque après-midi!... Le fort de ce terreau-là, c'était
son « cadmio-potassique »! et son calcium particulier!... Au
toucher, à l'odeur surtout, on s'apercevait... Il sentait tout de

568

suite des Pereires, il paraît qu'en fait de teneur c'était simplement prodigieux... En y repensant davantage, il arrivait à se demander si ça ne serait pas même par trop riche pour catalyser « tellurique »!... Si on atteindrait pas des fois des concentrations si fortes qu'on ferait péter nos légumes?... Ah! à leur faire éclater la pulpe!... C'était le danger, le seul point critique... Il le pressentait... Il aurait alors fallu renoncer aux petites primeurs, dans ce terrain vraiment trop riche... Choisir quelque chose de rustre et de vulgairement résistant... Le potiron par exemple... Mais alors pour les débouchés?... Un seul potiron par ville?... Un monumental?... Le marché n'absorberait pas tout!... C'était le moment de se concerter! C'était des nouveaux problèmes! L'action c'est toujours comme ça.

Dans ce patelin de Saligons les cafetiers faisaient surtout du cidre... Et qui sentait pas l'urine! ce qui est, il faut bien l'avouer, tout à fait rare en pleine campagne! Il montait un peu à la tête, surtout leur mousseux... On s'était mis à bien en boire... pendant nos tournées prospectrices! Ça se passait tout à la « Grosse Boule »... la seule auberge de l'endroit... Nous y retournâmes de plus en plus... c'était central et bien placé juste devant le marché aux bestiaux... La conversation des bouseux ça nous instruisait des usages...

Des Pereires il a fait qu'un bond pour se jeter sur le « Paris-Sport »... Y a longtemps qu'il était sevré... Comme il parlait à tout le monde... il a tout pu leur faire connaître en échange des bons procédés... des petites leçons sur le cheptel... quelques excellentes manières, infiniment ingénieuses pour jouer à Vincennes... même à grande distance... Il se faisait des belles relations... C'était le rendez-vous des éleveurs... Je le laissais causer... Moi la boniche elle me revenait bien... Elle avait le cul presque carré tellement qu'il était fait en muscles. Ses nichons aussi de même c'était pas croyable comme dureté... Plus on secouait dessus, plus ils se tendaient... Une défense terrible... On y avait jamais mangé le crac. Je lui ai tout montré... ce que je savais... Ce fut un coup magnétique! Elle voulait quitter son débit, venir avec nous à la ferme! Avec la mère des Pereires, ça aurait pas été possible... Surtout qu'à présent la vieille elle sentait un peu la vapeur... Elle trouvait qu'on y allait souvent du côté de ce Mesloir... Elle se gourait d'un petit paillon... Elle nous posait des drôles de colles...

On restait fort embarrassés... La prospection des légumes, elle y croyait de moins en moins... Elle nous cherchait la petite bête... L'été s'avançait sérieusement... ça serait bientôt la grande récolte... Merde!...

A la « Grosse Boule », les paysans ils changeaient brusquement d'allure, ils devenaient extrêmement drôles... Comme ça entre deux bolées ils se dépêchaient de lire « Paris-Courses »... C'est des Pereires qui se démerdait... Il expédiait les petits paris... pas plus d'une thune pour chacun... dans une enveloppe à son vieux pote... jusqu'à cinquante francs maximum!... Il prenait pas davantage!... Mardi, Vendredi, Samedi... et toujours au bar des « Émeutes » en cheville toujours avec Naguère!... On gardait nous, cinq sous par mise!... c'était notre pécule mignon!... A la boniche, la dure Agathe, je lui ai appris comment faut faire, pour éviter les enfants... Je lui ai montré que par derrière c'est encore bien plus violent... Du coup, je peux dire qu'elle m'adorait... Elle me proposait de faire tout pour moi... Je l'ai repassée un peu à Courtial, qu'il voye comme elle était dressée! Elle a bien voulu... Elle serait entrée en maison, j'avais vraiment qu'un signe à faire... Pourtant c'est pas par la toilette que je l'ai envoûtée!... On aurait fait peur aux moineaux!... Ni par le flouze!... On lui filait jamais un liard!... C'était le prestige parisien! Voilà.

Mais en rentrant le soir, par exemple, y avait de plus en plus la casse!... Elle était plus marrante l'Irène!... On rappliquait de plus en plus tard!... On avait droit aux forts excès!... Aux séances horribles!... Elle s'en arrachait les tiffes au sang! par touffes et par plaques! à force qu'il ne se décidait pas pour choisir son « bon » légume... et son terrain maximum!... Elle s'y était mise la daronne, toute seule aux travaux des champs... Elle retournait la terre pas mal!... Elle savait pas encore faire un sillon absolument droit... mais y avait de l'application... Elle y parviendrait!... Elle débroussait joliment bien!... Et c'est pas l'espace qui manquait pour s'entraîner un peu partout... A Blême-le-Petit, on pouvait y aller carrément... tout le territoire c'était des friches... A droite, au Nord, au Sud, à gauche, y avait pas de voisins et à l'Ouest non plus!... C'était tout désert... desséché... parfaitement aride...

— Tu t'épuises, ma grosse toutoute! qu'il l'interpellait Courtial, comme ça en pleine nuit, quand nous la retrouvions sur le tas encore en train d'en retourner... Tu t'épuises! ça ne sert à rien!... Cette terre est des plus ingrates! J'ai beau me tuer à te le dire!... Les paysans d'ici eux-mêmes, ils ont graduellement renoncé!... Je pense qu'ils se tourneront vers l'élevage!... Encore que l'élevage dans ces plaines!... Avec toutes ces marnes subjacentes!... ces failles calcico-potassiques!... Je ne les vois pas frais!... C'est une sévère entreprise!... avec des aléas énormes!... Des pépins abominables!... Je prévois!... Je prévois!... Irriguer un pétrin pareil?... Ah! là là!...

— Et toi, grande ordure? dis donc? qui c'est qui va t'irriguer?... Dis-le-moi un peu?... que je t'entende?... Allons!... Vas-y! Avance-toi! Il refusait de parler davantage... Il se précipitait vers la ferme... Moi j'avais encore un boulot. J'avais à classer, en rentrant chaque soir, tous nos prélèvements du jour... Sur des planches à part... tout autour de la cuisine... dans des petits cornets... Ils séchaient à la queue leu leu... tous les échantillons de terrain de vingt kilomètres à la ronde!... Ça faisait un riche matériel pour le jour où on choisirait!... mais sûrement que notre rayon le plus riche, c'était celui de Saligons.

A la « Grosse Boule » comme ça peu à peu, nous étions devenus populaires... Ils l'avaient pris, nos simples ivrognes, le vif goût des courses!... Il fallait même les modérer... Ils risquaient leurs fafiots sans peine... Ils voulaient flamber des trois thunes sur un seul canard!... On refusait net de pareilles mises!... On était plus bons nous autres pour les grandes rancunes... On gardait la paille au cul... avec des extrêmes méfiances... Agathe, la bonne, elle se marrait bien, elle prenait tout le bon temps possible!... Elle tournait putain sur place... C'est les sautes de notre rombière qui nous emmerdaient davantage!... Avec toutes ses quintes, ses ultimatums... on pouvait plus la digérer... Elle nous courait sur la trompe... Des Pereires pourtant à ce petit égard, il avait bien changé de tactique... Il se foutait plus d'elle au labour... Il l'encourageait à bêcher!... Il la stimulait!... Elle a défriché ainsi, lopin par lopin, semaine après semaine, des espaces énormes!... Sûrement qu'elle nous épouvantait... mais si elle venait à s'arrêter, ça devenait bien pire... Elle avait marre qu'on tergiverse, c'est elle qu'a pris la décision pour la pomme de terre! On n'a pas pu l'empêcher... Elle a trouvé que comme légume c'était finalement l'idéal... Elle s'est mise tout de suite à l'œuvre. Elle a plus demandé notre avis. Une fois ses tubercules plantés, une surface immense, elle a raconté à tout le monde, à Persant, à l'aller, au retour, qu'on se lançait dans des expériences à « patates géantes » grâce à des ondes électriques! Ça s'est propagé son ragot, comme une traînée de poudre...

A la « Grosse Boule » l'après-midi, ils nous accablaient de

questions... Nous qu'avions été jusqu'alors très bien blairés et peinards à l'autre bout de l'arrondissement, bien accueillis, bien tolérés, attendus même chaque tantôt par tous les terreux d'alentour, on s'est mis à nous faire la gueule... Ça paraissait louche nos cultures... Ils devenaient jaloux à l'instant... « Pâtâtes! Pâtâtes! » qu'ils nous appelaient.

Y avait plus à se défiler! La grosse chérie était devenue, progressivement, une vraie terreur!... Maintenant, qu'elle avait toute seule retourné un petit hectare, elle nous menait la vie des plus dures!... On hésitait pour lui causer... Elle menaçait de nous suivre partout si on repartait en vadrouille, si on se mettait pas au boulot dans les vingt-quatre heures!... C'était plus la pause!... Il a fallu qu'on s'exécute, qu'on extraye de dessous la bâche et le moteur et sa dynamo... On a dérouillé le gros volant... On l'a élancé un petit peu... On a bien rabobichonné un beau tableau des « Résistances »... Et puis c'était marre!... Et puis on s'est aperçu qu'on manquerait de fil de laiton... Il en fallait énormément, des bobines et des bobines pour faire des quantités de zigzags entre chaque rangée de patates, sur toute l'étendue de notre culture... Il suffisait pas de cinq cents mètres!... Il en fallait des kilomètres! Autrement ça marcherait jamais... Sans laiton, pas de radio-tellurisme possible!... Pas de maraîchage intensif! Fini les effluves cathodiques... C'était la stricte condition... Au fond c'était pas si mal... Nous avons bien cru tout d'abord que ce malheureux laiton il deviendrait notre fine excuse, le bel alibi, qu'elle serait, notre vieille, épouvantée par le prix du matériel pour un débours aussi critique... que ça la ferait réfléchir, qu'elle nous ficherait un peu la paix... Mais au contraire, pas du tout!... Ça l'a plutôt refoutue en rogne... Elle nous a menacés si on lanternait davantage... si on faisait traîner les choses, d'aller toute seule s'établir à Saligons comme sage-femme et pas plus tard que la semaine prochaine! Ah! vraiment y avait plus

574

d'amour! Elle nous fabriquait sur le vif!... Mais même de bonne volonté, il nous restait plus assez de sous pour des achats aussi coûteux... Mais nom de Dieu! c'était la ruine!... Qui ça nous aurait fait crédit?... C'était pas la peine de tenter...

D'autre part, c'était pas possible de lui faire comprendre à la vieille au juste notre situation... Qu'on venait en particulier de flamber précisément notre suprême petite réserve... le reste du cureton, dans les courses par correspondance... Ah! Car enfin on l'avait perdu... C'était à coup sûr une horrible attaque... La fin du système!... Un cataclysme pas affrontable... Nous étions vraiment ennuyés. Elle devenait d'une intolérance absolument fanatique maintenant qu'elle était butée sur la question des pommes de terre... Ça devenait absolument kif comme pour le coup des ascensions!... ou pour son chalet de Montretout... Y avait plus à en démordre!... Quand elle s'était vouée à un truc, elle se vrillait dedans comme un boulon, fallait arracher toute la pièce!... C'était extrêmement douloureux!...

— Tu me l'as dit, n'est-ce pas?... Tu vas pas te dédire?... Je t'ai bien entendu?... Tu me l'as répété dix fois... cent fois!... Que t'allais la faire marcher ta sale engeance électrique? J'avais pas la berlue?... C'est pour ça, n'est-ce pas, qu'on est venus tous par ici?... J'imagine rien?... C'est pour ça que t'as vendu la boîte pour un morceau de pain?... Lavé ton journal?... Que tu nous as tous embarqués de gré, de force, de violence dans cette fondrière!... dans cette porcherie!... Cette pourriture!... Oui?...

— Oui, ma toute aimée!...

— Alors, c'est bien!... Moi je veux voir! Tu m'entends?... Je veux voir!... Je veux voir tout!... J'ai tout sacrifié! Toute mon existence!... Ma santé... Tout mon avenir... Tout!... Il me reste plus rien... Je veux les voir pousser!... Tu m'entends?... Pousser!...

Elle se plantait là en défi, elle lui jetait ça entre quatre yeux!... A force de faire des travaux durs elle possédait des biscotos qu'étaient pas pour rire!... Des masses redoutables!... Elle chiquait à travers champs. Elle ne fumait sa pipe que le soir, et pour aller au marché... Le facteur Eusèbe, qui ne desservait plus notre endroit depuis des années, il a fallu qu'il recommence... Il se payait ça deux fois par jour!... Le bruit s'était répandu, très vite, dans les autres provinces, que certains agriculteurs faisaient des merveilles, réalisaient des miracles dans

la culture des pommes de terre par les effluves magnétiques...
Notre vieille clique des inventeurs nous avait reflairés à la trace!... Ils semblaient tous bien heureux de nous retrouver tous les trois... sains et saufs... Ils nous rassaillaient de projets!... Ils ne gardaient pas du tout de rancune!... Le facteur il avait sa claque... Il se coltinait trois fois par semaine des sacs entiers de manuscrits... Sa besace était si lourde que son cadre en avait rompu... Il avait mis une double chaîne... sa bicyclette s'était repliée sur elle-même,.. Il en réclamait une autre, une neuve, au Département...

Des Pereires, dès les premiers jours, il s'était remis à méditer... Il profitait intensément des loisirs et de la solitude... Il se sentait préparé enfin contre les aléas du sort. Et n'importe lesquels!... Il était plein de méditations! Absolument résolu! La Résolution!... Il l'affronterait son Destin!... Ni trop confiant... Ni trop défiant... juste averti!...

— Ferdinand! Regarde! et constate!... Les événements se déroulent à peu près comme j'avais prévu!... Seulement avec un peu d'avance!... Une cadence un peu nerveuse!... Et je n'y tenais pas!... Toutefois, tu vas voir... Observe! N'en perds pas une petite miette! Pas un atome lumineux!... Admire comme Courtial, mon enfant, va terrasser, dompter, contraindre, enchaîner, soumettre la rebelle fortune!... Regarde ça! Ébaubis-toi! Renseigne-toi! Tâche d'être impavide et prêt à la seconde! Aussitôt servi je te la passe! Et hop! Étreins! Étrangle! Ce sera ton tour! Bise! Crève la garce! Mes stricts besoins personnels sont ceux d'un ascète! Je serai promptement repu! Gavé! Submergé d'abondance! Saigne-la-toi! Vide-lui toute la sauce!... T'as l'âge de toutes les ivresses! Profite! Abuse! Nom de Dieu! Reluis! Fais-en ce que tu veux! J'en aurai moi toujours de trop!... Embrasse-moi!... Tiens! nous sommes veinards!

C'était pas commode de s'étreindre, à cause de mon pardessus qu'était solidement amarré avec ses ficelles dans l'intérieur de mon falzar!... Ça limitait les mouvements, mais ça me tenait extrêmement chaud... C'était nécessaire! L'hiver était déjà sur nous!... Le corps de logis principal, malgré la cheminée, le calfatage il était pourri de courants d'air... Il gardait tous les vents coulis et pas beaucoup de chaleur... C'était une passoire pour frimas... C'était vraiment une très vieille tôle.

Ce fut une idée splendide qu'il eut alors, des Pereires, après bien des méditations à la « Grosse Boule » et dans les bois... Il voyait encore bien plus grand et bien plus lointain que d'habitude !... Il devinait les besoins du monde...

— Les individus c'est fini !... Ils ne donneront plus jamais rien !... C'est aux familles, Ferdinand ! qu'il convient de nous adresser ! Une fois pour toutes, toujours aux familles ! Tout pour et par la famille !...

C'est aux « Pères angoissés de France » qu'il a lancé son grand appel ! A ceux que l'avenir de leurs chers petits préoccupait par-dessus tout !... A ceux que la vie quotidienne crucifiait lentement au fond des villes perverses, putrides, insanes !... A ceux qui voulaient tenter l'impossible pour que leur petit chérubin échappe à l'atroce destinée d'un esclavage en boutique... d'une tuberculose de comptable... Aux mères qui rêvaient pour leurs chers mignons d'une saine et large existence absolument en plein air !... loin des pourritures citadines... d'un avenir pleinement assuré par les fruits d'un sain labeur... dans des conditions champêtres... De grandes joies ensoleillées, paisibles et totales !... Des Pereires solennellement garantissait tout cela et bien d'autres choses... Il se chargeait avec sa femme de tout l'entretien complet de tous ces petits veinards, de leur première éducation, de la secondaire aussi, la « rationaliste »... enfin de l'enseignement supérieur « positiviste, zootechnique et potager »...

Notre exploitation « Radio-tellurique » se transformait, séance tenante, par l'apport des souscripteurs en « Familistère

Rénové de la Race Nouvelle »!... Nous intitulions ainsi sur nos prospectus notre ferme et ses domaines... Nous couvrîmes en quelques jours, avec nos « appels », plusieurs quartiers de Paris... (tous expédiés par Taponier)... les plus populeux... les plus confinés... encore quelques ilots du côté d'Achères où ça pue, pour voir... Nous n'éprouvions qu'une seule crainte, c'est qu'on nous envahisse trop tôt! Nous redoutions comme la peste les engouements trop frénétiques!... L'expérience! Question d'abondante nourriture avec notre « radio-tellurie » le problème n'existait pas!... Il ne subsistait en somme qu'un seul véritable écueil... La saturation des marchés par nos pommes de terre « ondigènes »!... On y penserait au moment!... On engraisserait les cochons!... Autant comme autant!... Nous tiendrions aussi une forte basse-cour!... Les pionniers boufferaient du poulet!... De cette alimentation mixte Courtial était très partisan... La carne c'est bon pour la croissance!... Nous vêtirions, il va de soi, sans aucune difficulté, tous nos petits pupilles avec le lin de notre ferme!... tissé en chœur, en cadence, pendant les longues soirées d'hiver!... Ça sonne... Ça s'annonçait au mieux! Une splendide ruche agricole! Mais sous le signe de l'Intelligence! pas seulement de l'Instinct! Ah! des Pereires tenait beaucoup à cette distinction! Il voulait que ça soye rythmique!... fluent! intuitif!... Des Pereires résumait ainsi la situation. Les enfants de la « Race Nouvelle » tout en s'amusant, s'instruisant de droite à gauche, se fortifiant les poumons, nous fourniraient avec joie une main-d'œuvre toute spontanée!... rapidement instruite et stable, entièrement gratuite!... mettant ainsi sans contrainte leur juvénile application au service de l'agriculture... La « Néo-Pluri-Rayonnante »!... Cette grande réforme venait du fond, de la sève même des campagnes! Elle fleurissait en pleine nature! Nous en serions tous embaumés! Courtial s'en reniflait d'avance!... On comptait sur les pupilles, sur leur zèle et leur entrain, tout à fait particulièrement, pour arracher les mauvaises herbes! extirper! défricher encore!... Vrai passe-temps pour des bambins!... Torture infecte pour des adultes!... Des Pereires alors, dispensé par cet industrieux afflux des mesquineries de la basse culture, pourrait s'adonner totalement aux mises au point très délicates, aux infinis tatillonnages de son « groupe polarisateur »!... Il gouvernerait les effluves! Il ne ferait plus autre chose! Il

inonderait, accablerait notre sous-sol de tous les torrents
telluriques!...

Notre programme se présentait bien... Nous en fîmes parvenir
dix mille d'un quartier à l'autre... Sans doute venait-il combler
bien des vœux latents?... Mille désirs inexprimés... Toujours
est-il que nous reçûmes presque immédiatement des lettres,
des réponses à foison... avec truculents commentaires... presque
tous extrêmement flatteurs... Ce qui sembla le plus remarquable
à la plupart des adhérents, ce fut l'extrême modicité de nos
prétentions financières... Nous avions, c'est bien exact, calculé
au dernier carat... Il eût été fort difficile de faire plus avantageux... Ainsi pour conduire un pupille, depuis la petite adoles-
cence (sept ans minimum) jusqu'au régiment, lui assurer gîte et
couvert, pendant treize années de suite, lui développer le caractère, les poumons, l'esprit, les bras, lui donner le goût de la
nature, lui apprendre un si grand métier, le doter enfin et surtout à la sortie du Phalanstère, d'un splendide et valable
diplôme d' « Ingénieur Radiogrométrique », nous ne demandions aux parents en tout et pour tout qu'une somme globale,
définitive, de quatre cents francs!... Cette somme, cette rentrée
immédiate, devait faire l'achat du laiton, la mise en état du
circuit... la propagation souterraine... En précipitant nos
cultures l'avenir nous appartenait!... Nous ne demandions pas
l'impossible!... Pour commencer... en pommes de terre...
quatre wagons par mois.

Aussitôt qu'une entreprise prend un petit peu d'envergure elle se trouve « ipso facto » en butte à mille menées hostiles, sournoises, subtiles, inlassables... On peut pas dire le contraire!... La fatalité tragique pénètre dans ses fibres mêmes... vulnère doucement la trame, si intimement que, pour échapper au désastre, ne pas finir en carambouille, les plus astucieux capitaines, les conquérants les plus crâneurs ne peuvent et ne doivent compter, en définitive, que sur quelque étrange miracle... Telle est la nature et l'antienne, la conclusion véridique des plus admirables essors... Rien à chiquer dans les cartes!... Le génie humain n'a pas de veine... La catastrophe du Panama?... c'est la leçon universelle!... doit porter à résipiscence les plus énormes culottés!... les faire salement réfléchir sur l'ignominie du sort!... Les troubles prémices de la Poisse! Ouah! Les malfaisances contingentes... Le Destin bouffe les prières comme le crapaud bouffe les mouches... Il saute après! il les écrase! les bouzille! les gobe! Il se régale, se les fait revenir en minuscules petites fientes, en boules ex-votives pour la demoiselle à marier.

Nous autres, à Blême-le-Petit, toutes proportions bien sûr gardées, nous écopâmes largement... dès le début des opérations... D'abord le notaire de Persant... Il est venu à la charge presque chaque tantôt... et de façon fort menaçante... Pour qu'on lui liquide son reliquat!... Il avait lu dans les canards un reportage sensationnel sur nos magnifiques expériences!... Il croyait à des ressources occultes... Il nous estimait tout bourrés!... Il exigeait le solde immédiat pour sa ferme en capi-

lotade, les terrains marneux! Et puis tous nos créanciers du
Palais-Royal... ils pétaradaient d'impatience... Taponier aussi!...
Lui si gentil pour commencer, il devenait fumier comme personne!... Il lisait aussi les journaux! Il avait compris cette
raclure, qu'on se beurrait dans les Subventions!... Qu'on émar-
geait rue de Grenelle!...

En plus des nombreux manuscrits pour les « Recherches » à
entreprendre nous étions criblés à nouveau de papiers timbrés!...
de tous les ressorts!... nous nous trouvions à un poil de plusieurs
jolies saisies!... Avant d'avoir vu seulement la couleur d'une
première patate! Les gendarmes en ont profité pour venir un
peu en excursion comme ça, pour se rendre compte de nos petites
dégaines, de nos manières étonnantes... Nos fins prospectus
« pour la Race » ils avaient un peu ému les gens du Parquet...
L'Inspecteur d'Académie, encore un jaloux forcément, il avait
émis certains doutes quant à nos droits d'ouvrir école!...
C'était son affaire de douter! Ils se sont montrés qu'à moitié
vaches en définitive. Ils ont seulement, c'était fatal, saisi la
belle occasion, pour nous avertir, gentiment d'ailleurs, qu'il
vaudrait mieux tout compte fait, qu'on s'en tienne au genre
« garderie »... « colonie de vacances »... voire sanatorium... Que
si on insistait beaucoup sur le côté pédagogique... On se mettrait
immanquablement toutes les Autorités à dos!...

Dilemme délicat s'il en fut!... Périr?... Enseigner?... Nous
réfléchissions... nous n'étions pas très décidés... Quand un
groupe de parents fouineurs nous arrive un tantôt, un dimanche,
par la route, à pied, vers les quatre heures pour se faire leur
opinion propre... Ils examinèrent avec soin les locaux, toutes
les dépendances, l'allure générale du domaine... Jamais nous ne
les revîmes!...

Ah! Nous perdions un peu l'espoir! Tant de courants si
contraires!... Cette incompréhension infecte!... Cette malveil-
lance incarnée! Ah! C'était trop là, vraiment!... Et puis un
beau jour, à la fin quand même, le ciel s'éclaircit!... Nous
reçûmes presque coup sur coup dix-huit adhésions enthousiastes!... Des parents très conscients alors, qui maudissaient
franchement la ville, son air empesté! Il nous donnaient franchement raison!... Ils militaient immédiatement, pour notre
réforme « Race Nouvelle »... Ils nous envoyaient leurs loupiots
avec un acompte du « forfait » pour qu'on les incorpore tout de

suite à la phalange agricole!... Cent francs par-ci deux cents par-là... Le reste à venir!... Que des acomptes!... Pas une seule fois la somme entière! Ça serait pour plus tard, qu'ils promettaient... Des bonnes volontés en somme! Des dévouements très réels... mais un peu obscurs... L'économie, la prévoyance... et puis trois quarts de méfiance!...

Enfin les mômes ils étaient là!... quinze en tout... neuf garçons... six filles... Trois manquèrent toujours à l'appel. C'était mieux de faire un petit peu gaffe aux conseils du Juge Suppléant... C'était la sagesse!... Par la ruse d'abord! Un peu de prudence nous ferait pas de mal... Plus tard, l'expérience réussie, les choses s'imposeraient d'elles-mêmes!... On viendrait nous supplier!... Là on déploierait notre drapeau... « La Race Nouvelle, fleur des sillons ».

Avec ce qu'ils amenaient comme pèze, les gniards de ce premier renfort, on pouvait pas s'acheter grand'chose! même pas tous les lits nécessaires! même pas les matelas!... On a tous couché dans la paille... à l'égalité!... Filles d'un côté... Garçons d'un autre... On pouvait plus maintenant quand même les renvoyer chez leurs parents!... Le petit flouze tombé dans la masse il a pas duré huit jours... Il était déjà spéculé dans une douzaine de directions... Ça n'a pas traîné! Le notaire à lui tout seul en a revendiqué les trois quarts!... Le reste est parti pour le cuivre... Peut-être à peu près cinq bobines... mais du grand modèle!... montées sur chevalet déroulable.

Notre grosse mignonne, elle avait planté dès le début, en prévision des malheurs, une sorte de patate extra, qui poussait même en plein hiver... Il existait pas plus robuste... Si nous supposions le pire... que les effluves à Courtial ne donnent pas tout ce qu'on attendait... on pourrait récolter quand même... Ça serait bien extraordinaire qu'il les empêche de germer!... Ça se serait jamais vu! On a tous foncé au boulot... On a enroulé des fils partout où il nous disait... Pour un peu, pour être plus sûr, au pied de chaque patate on aurait tortillonné trois, quatre guirlandes de laiton!... Ce fut un travail mémorable!... Surtout comme c'était disposé à plein flanc de coteau... en plein vent du Nord!... Dans la bise la plus coupante nos mômes ils s'amusaient tout de même! Le principal pour eux, c'était qu'ils soient constamment dehors! pas une minute à l'intérieur! Presque tous, ils venaient de la banlieue... Ils étaient pas obéissants. Surtout un petit maigre, le Dudule, qui voulait toucher toutes les filles... Il fallait qu'on le couche entre nous... Ils ont commencé à tousser. Notre grosse chérie heureusement qu'elle savait un peu de médecine, elle les couvrait de cataplasmes de la tête aux pieds!... Ça leur était bien égal qu'on leur arrache même les peaux! pourvu qu'on les enferme pas!... C'est dehors qu'ils voulaient être!... Toujours et quand même!... Nous bouffions à la grande tambouille!... On s'appuyait des soupes énormes!...

Après trois semaines de labeur, l'immense champ des pommes de terre fut entièrement canevassé en laiton à « sol frisant » avec mille raccords pointilignes... C'était du travail « pine de mouche »... Le courant!... Des Pereires n'avait plus qu'à lancer la sauce à travers les fibres du réseau!... Ah!... Il a déclenché son bastringue... Il leur a foutu aux patates... dès le premier quart d'heure... des séries de secousses terribles... des puissantes décharges, très « intensivement telluriques »... Et puis alors, encore entre, des petites saccades « alternatives »... Il se relevait même au milieu de la nuit, pour leur refoutre des coups de rabiot, pour les stimuler, plus à bloc, les exciter au summum. Ça l'inquiétait la grande chérie de le voir sortir comme ça dans le froid... Elle se réveillait en sursaut... Elle lui criait de se couvrir.

Ça marchait comme ça, tant bien que mal, depuis près d'un mois, quand à un moment notre Courtial il s'est cherché des excuses... C'était le très mauvais signe!...

— J'aurais préféré qu'il a dit, essayer quand même avec des poireaux!... Il répétait ça devant sa vieille, et de plus en plus souvent!... Il voulait voir la réaction .. « Que dirais-tu des radis?... » Sa femme le regardait de travers, elle relevait un peu son galure... elle aimait pas qu'il insinue... Les jeux étaient faits, Nom de Dieu!... Il fallait plus qu'il se défile!

Nos pionniers eux ils prospéraient, ils profitaient de l'indépendance!... On leur imposait pas de contrainte, ils faisaient en somme tout ce qu'ils voulaient!... même leur discipline... eux-mêmes!... Ils se foutaient des raclées terribles... Le plus petit, c'était le plus méchant, toujours le Dudule avec ses sept ans et demi!... L'aînée du troupeau ça nous faisait presque une jeune fille : la Mésange Rimbot, la blonde aux yeux verts, avec des miches bien ondoyeuses et des nénés tout piqueurs... Madame des Pereires, qu'était pas extrêmement naïve elle, s'en méfiait bien de la donzelle! surtout au moment de ses règles!... Elle lui avait aménagé une sorte de bat-flanc spécial dans un coin de la grange, pour qu'elle soye bien seule à dormir tout le temps qu'elle avait ses ours! Ça l'empêchait pas de trafiquer... y avait des appels de nature avec les morveux. Le râleux facteur l'a surprise un soir, derrière la chapelle, à l'extrémité du hameau qui prenait joliment son pied avec Tatave, Jules et Julien!... Ils étaient tous les quatre ensemble!...

En abjection, qu'il nous avait ce facteur Eusèbe, à cause

toujours du parcours... Il l'avait pas eu son vélo de l'administration... Pour avoir un neuf, il fallait qu'il attende deux ans... Il avait pas droit... Il pouvait plus nous piffer... Il nous réclamait des chaussures, nous qu'en avions pas!... Forcément allant tout doucement il biglait les moindres détails. Le jour qu'il a paumé les mômes en train de s'amuser... il est revenu sur ses pas tout à fait exprès pour nous traiter de dégueulasses!... après qu'il a eu vu tout ça!... Comme si nous étions responsables! C'est toujours ainsi les voyeurs... ça se régale d'abord à plein tube... ça en perd pas un atome et puis quand la fête est finie... alors ça s'indigne!... Il a trouvé à qui causer!... Nous avions bien d'autres soucis et autrement graves!

Dans notre hameau croulant où y avait plus du tout de trafic depuis près de vingt années... depuis l'histoire des pommes de terre ça n'arrêtait plus soudain la circulation... un défilé de curieux, incessant, du matin au soir. Les ragots, les fausses nouvelles, cavalaient tout le département... Ceux de Persant, ceux de Saligons, ils étaient aux premières loges, ils voulaient eux des spécimens, mille indications successives. Ils étaient intransigeants... Ils demandaient si c'était dangereux? Si ça pouvait pas éclater notre système? « pour vibrer la terre »?.. Des Pereires au fur et à mesure qu'on avançait dans l'expérience, que le temps passait... il faisait montre d'une grande discrétion... Y avait des « si » et des « peut-être » qu'étaient vraiment des mots néfastes... des quantités... de plus en plus.... C'était inquiétant... Ça lui arrivait pas souvent le truc des « si » et des « peut-être » au Palais-Royal... Une semaine à peu près plus tard il a fallu qu'il arrête la dynamo et le moteur... Il nous a dès lors expliqué que ça devenait assez critique de pousser maintenant davantage les ondes et les fils... Que c'était mieux un petit arrêt... qu'on reprendrait un peu plus tard... après un repos. Des ondes comme les telluriques pouvaient engendrer très bien certains désordres individuels... on ne savait pas... des répercussions absolument imprévisibles... bouleversant la physiologie... Personnellement des Pereires il ressentait la saturation... Il avait déjà des vertiges...

Les cultivateurs, les curieux, en entendant des phrases pareilles ils commençaient à tiquer, ils se retiraient fort inquiets. Du coup, y a encore eu des plaintes! Les gendarmes sont revenus nous voir... mais y avait pas grand'chose à dire sur notre phalanstère... Les enfants ne souffraient de nulle part... aucun n'était tombé malade... On avait perdu seulement nos sept lapins! une épizootie bien brutale! Peut-être qu'ils résistaient pas au climat?... à la nourriture?... Enfin les gendarmes sont repartis... Nos chers pionniers peu après ça, ils en ont eu marre tout à fait de notre ordinaire pour Spartiates... Ils ont rouscaillé tant et plus. Ils étaient insubordonnés... Il fallait bien qu'ils forcissent!... Ils auraient bouffé tout le canton... Ils ont choisi des expédients... C'était leur initiative... Un jour, ils nous ont ramené trois bottes de carottes... et le lendemain une caisse de navets... Des fayots veux-tu en voilà! Tout ça pour la soupe! Ça remontait bien la tambouille!... Enfin une petite douzaine d'œufs et trois livres de beurre et du lard... Nous n'en avions plus il faut le dire!... C'était pas une maraude de luxe! une affaire de vice!... Madame des Pereires elle pouvait presque plus sortir depuis la culture intensive, elle était tout le temps aux « circuits » en train de réparer pour que ça passe... Elle allait plus à Persant qu'une fois par semaine. À table personne n'a tiqué... On s'est régalé copieusement!... C'était le cas de force majeure!... Le lendemain en plus, ils ont ramené une vieille poule!... Toute déplumée... Elle est vite devenue bouillon... Festins pour festins, ça manquait un petit peu de pinard... on n'a pas nettement suggéré... mais enfin cependant malgré tout dans les jours suivants il y a eu de l'aramon sur la table... et quelques crus très divers... Où qu'ils trouvaient tout ça les mômes?... on demandait rien!... pas d'explications... Le feu au bois c'est très joli, mais c'est pas extrêmement commode. C'est compliqué à entretenir, ça consume trop à la fois, il faut tout le temps ranimer... Ils ont découvert des boulets... Ils trimbalaient ça en brouette à travers les champs... On a eu un foyer superbe... Seulement on jouait les périls! On comptait sur nos pommes de terre pour tout rétablir l'équilibre... L'Honneur et le reste!... Esquiver les pires représailles!...

On allait les voir ces patates, on les surveillait comme des vrais bijoux, on en arrachait une par heure... pour se rendre mieux compte!... Le truc des effluves on l'a remis en marche... Il ronronnait presque jour et nuit!... Ça nous coûtait beaucoup d'essence, on voyait pas beaucoup de progrès... Les patates que ramenaient les mômes, les légumes de « fauche » étaient toujours beaucoup plus beaux!...

Des Pereires, il l'a bien remarqué. Ça le rendait encore plus perplexe... Pour lui c'était notre laiton qui n'avait pas la qualité... Il était pas si conductible qu'on avait cru de prime abord... pas tant qu'il aurait fallu... C'était bien possible.

A la « Grosse Boule » on y est retournés... Qu'une seule fois pour voir... Bien mal nous en prit, Nom de Dieu! Comme on a reçu un sale accueil! Agathe, la boniche, elle était plus là, elle était partie en bombe avec le tambour de la ville, un père de famille!... Ils s'étaient mis ensemble « au vice »... C'est moi qu'on rendait responsable de cette turpitude! Dans le village et les environs, tout le monde m'accusait... et tous pourtant l'avaient tringlée!... Y avait pas d'erreur! Je l'avais pervertie! qu'ils disaient... Ils voulaient plus nous connaître ni l'un ni l'autre!... Ils refusaient de jouer avec nous... Ils voulaient plus écouter « nos partants » pour Chantilly... A présent c'était le coiffeur en face de la Poste qui ramassait tous les enjeux!... Il avait repris tout notre système, avec les enveloppes et les timbres...

Ils savaient encore bien d'autres choses, les gens de la « Grosse Boule » à propos de nos putrides instincts!... Ils savaient, en particulier, qu'on se nourrissait sur l'habitant!... Les poulets qu'on retrouvait plus à vingt kilomètres à la ronde... Le beurre de même et les carottes!... C'était nous les romanichels!... Ils nous l'ont pas dit très clairement, parce qu'ils étaient des hypocrites... Mais ils se faisaient des réflexions absolument allusoires à propos de coups de fusil qui seraient pas volés pour tout le monde... pour des ramassis de feignasses qui finiront quand même au bagne!... Ainsi soit-il!... Enfin des remarques désagréables... On est repartis sans se dire « au revoir »... On avait bien deux heures de route pour rentrer chez nous à Blême... On avait tout le temps de repenser à ce frais accueil!...

Ça ne s'arrangeait pas très bien... ça ne ronflait pas nos entreprises... Des Pereires se rendait bien compte... Je croyais qu'il allait m'en causer... mais il a parlé de tout autre chose, chemin faisant... Des étoiles et des astres encore... de leurs distances et satellites... des jolies féeries qui s'enlacent pendant qu'on roupille d'habitude... De ces constellations si denses qu'on dirait des vrais nuages d'étoiles...

On marchait depuis assez longtemps... il commençait à s'essouffler... Il se passionnait toujours bien trop quand il était question du ciel et des trajets cosmogoniques... Ça lui montait à la tête... Il a fallu qu'on ralentisse!... On a grimpé sur un talus... Il cherchait son souffle... On s'est assis là.

— Tu vois Ferdinand je ne peux plus... Je ne peux plus faire deux choses à la fois... Moi qu'en faisais toujours trois ou quatre... Ah! C'est pas drôle Ferdinand!... c'est pas drôle!... Je ne dis pas la vie Ferdinand mais le Temps!... La vie c'est nous, ça n'est rien... Le Temps! c'est tout!... Regarde donc les petites « Orionnes »... Tu vois « Sirius »? près du « Fléau »?... Elles passent... Elles passent... Elles vont bien là-bas les retrouver les grandes lactéennes d'Antiope... Il en pouvait plus... ses bras retombaient sur ses genoux... Tu vois Ferdinand par une soirée comme celle-ci j'aurais pu retrouver Bételgeuse... une nuit de vision quoi! une vraie nuit de cristal!... Peut-être qu'avec le télescope nous pourrions encore... Par exemple c'est le télescope que je suis pas près de retrouver!... Ah! Nom de Dieu! Quel foutu fatras quand j'y pense!... Ah! crois-tu Ferdinand? Ah! crois-tu?... Ah! Dis donc t'as bien mordu ça?...

Il en rigolait au souvenir... J'ai rien répondu... Je voulais pas être responsable de lui redorer la pillule... Quand il reprenait plein optimisme il faisait plus que des conneries... Il a continué à me parler comme ci comme ça...

« Ferdinand! Tu vois, mon brave... Ah! Je voudrais bien être ailleurs! Ailleurs tu sais tout à fait!... Ailleurs! que... ça serait... quoi... » Il refaisait encore des gestes, il décrivait des paraboles... Il promenait les mains dans les voies lactées... haut, très haut dans les atmosphères... Il retrouvait encore une cligneuse... une petite chose à m'expliquer... Il voulait encore... mais il pouvait plus... Ses mots raclaient trop... C'est la poitrine

qui le gênait... « Ça me donne de l'asthme moi l'automne! »
qu'il a fait la remarque... Il s'est tenu alors tranquille... Il s'est
endormi un petit peu... ratatiné comme ça dans l'herbe... A
cause du froid je l'ai réveillé... Peut-être une demi-heure plus
tard... On est repartis tout doucement.

Jamais on avait vu des mômes prospérer si bien... si vite que les nôtres, devenir si costauds, musculaires, depuis qu'on bâfrait sans limite!... C'était des ratatouilles énormes! des véritables goinfreries! et tous les moujingues au pinard!... Ils acceptaient pas de réprimandes! aucun conseil!... Ils voulaient pas qu'on se caille pour eux!... Ils se débrouillaient parfaitement seuls!...

Notre terreur c'était la Mésange, qu'elle se fasse foutre en cloque un beau jour par un des arsouilles!... Il lui passait des airs rêveurs qui signifiaient les pires périls!... Madame des Pereires y pensait tout le temps... C'est elle qui traçait des croix sur le calendrier pour quand ses ours devaient revenir.

Les pionniers, ils manigançaient, trifouillaient dans les basses-cours et les granges du matin au soir! Ils se relevaient si ils voulaient... Ça dépendait de l'état de la lune... Ils nous racontaient un petit peu... Nous nos travaux d'agriculture ça se passait plutôt dans la matinée... Question de trouver la pitance, ils étaient devenus, nos mignards, merveilleux d'entrain, d'ingéniosité... Ils étaient partout à la fois, dans tous les sillons... Et cependant on les voyait pas!... Ils jouaient aux Peaux-Rouges pour de bon! Ils étaient pétulants d'astuce. Au bout de six mois de reconnaissances et de pistages miraculeux dans tous les terrains variés, ils possédaient jusqu'à la fibre l'orientation à l'estime, le dédale des plus fins détours, les secrets des moindres abris! La position de toutes les mottes!... mieux que les lièvres du terroir!... Ils les pinglaient à la surprise!... C'est tout dire!

Sans eux d'abord c'était bien simple, nous serions crevés misérables!... On était complètement « fleur »! Ils nous en foutaient plein le caisson... ils s'amusaient de nous voir grossir! On leur faisait que des compliments...

Notre grande mignonne rongeait son frein... Elle aurait voulu dire un mot... C'était plus possible! La question d'aliment ça prime. Les mômes barrés on calanchait!... La campagne c'est impitoyable... Jamais un mot de commandement! Toujours toute initiative!... Le père de Raymond, un lampiste du secteur de Levallois, c'est le seul qui soit venu nous voir pendant le premier hiver... Ça lui était plus facile parce qu'il avait des « permis »... Il le reconnaissait plus son Raymond! tellement qu'il le trouvait costaud!... Lui qu'était arrivé chétif, à présent c'était un champion!... On lui a pas tout raconté... Il était magnifique Raymond, il avait pas son pareil pour la « fauche » des œufs... Il les refaisait sous la poule... sans la faire couaquer!... La main de velours... Le père c'était un honnête homme, il voulait nous régler sa dette... Il parlait aussi maintenant qu'il était devenu si mastard, si parfaitement fortifié son môme Raymond de le ramener à Levallois. Il lui trouvait assez bonne mine!... Nous n'avons pas toléré... Y a eu la résistance farouche!... On lui a fait cadeau de son flouze... il nous devait encore trois cents balles... à la seule exacte condition qu'il laisserait encore son loupiot apprendre à fond l'agriculture!... Il pesait de l'or ce petit gniard-là... On voulait pas du tout le perdre! Et le môme il était bien heureux de rester avec nous... Il demandait pas à changer... Ainsi la vie s'organisait... On nous détestait partout à vingt kilomètres à la ronde, on nous haïssait à plein bouc, mais quand même dans notre solitude à Blême-le-Petit, c'était extrêmement difficile de nous poirer flagrant délit!...

La grosse mignonne, elle engraissait plus que tous les autres du fruit des larcins! Elle avait donc plus rien à dire!... Son champ, il la nourrissait pas! ni son chapeau! ni sa culotte! Elle poussait des drôles de soupirs quand elle avait sucé sa « fine »... Elle en revenait pas de s'être habituée peu à peu à ces flibusteries innommables!... Elle s'était mise à l'alcool... peut-être de chagrin rentré?... Le petit verre... un autre... peu à peu le pousse-café!... « Que le destin s'accomplisse! qu'elle en soupirait... Puisque tu n'es bon à rien! » Elle s'adressait à Courtial.

Dans notre grenier, dans notre sous-sol, et dans un réduit du hangar nous accumulions la victuaille!... Les mômes ils se faisaient des concours à qui rapporterait davantage dans une seule journée!... Nous pouvions étaler six mois... soutenir plusieurs sièges en règle... on était pourvus!... Épicerie! bibine! margarine! absolument tout!... Mais on était dix-huit à table! dont seize en croissance! Ça cache quelque chose! surtout au « service en campagne! »...

Deux pionnières, onze et douze ans, avaient ramené avec elles, près de quatorze bidons d'essence! pour le moteur du patron. Il en rayonnait de bonheur! Le lendemain, c'était le jour de sa fête, les autres mômes sont revenus de Condoir-Ville, à sept kilomètres de chez nous, avec un grand panier de babas, d'éclairs et gaufrettes! Des « Saint-Honorés » en tout genre et apéritifs assortis! En plus, pour qu'on se marre doublement, ils nous rapportaient les factures avec les timbres acquittés!... C'était ça le comble des finesses! Ils avaient tout payé comptant!... Nos chers débrouillards! Ils piquaient maintenant du pognon dans la pleine campagne!... où il traîne pas dans les champs! C'était merveilleux à vrai dire! Là encore on n'a pas fait ouf. Nous n'avions plus d'autorité. Seulement des pareilles astuces ça laisse quand même des petites traces... Deux jours plus tard les gendarmes sont venus demander le grand Gustave et la petite Léone... Ils les embarquaient à Beauvais... Y avait pas à protester... Ils s'étaient fait pingler ensemble sur un portefeuille!... C'était un piège pur et simple!... Et sur le rebord d'une croisée!... Un véritable guet-apens!... Y avait eu constat d'office... Quatre témoins!... C'était pas niable... ni arrangeable six-quatre-deux!... Le mieux c'était de jouer la surprise, l'étonnement... l'horreur! On a joué tout ça.

Ils ont arrêté notre Lucien, notre petit frisé, quatre jours plus tard!... Et sur simple dénonciation! Une affaire de cage à poules!... La semaine suivante ils sont venus chercher « Phi- lippe-Œil-de-Verre »... Mais y avait pas de preuves contre lui... Ils ont été forcés de nous le rendre!... Quand même c'était l'hécatombe! On sentait bien que les péquenots toujours si longs à se résoudre, ils s'étaient juré à présent de ruiner toute notre entreprise... Ils nous exécraient à bloc!... Ils menaçaient d'ailleurs de brûler notre tôle entière, avec nous tous dans l'intérieur!... On avait ce tuyau-là d'Eusèbe... Roustir comme des rats c'était l'idéal!... Ils voulaient plus qu'on trafique...

C'est la grosse mignonne qu'a subi le premier choc des popu- laces insurgées... Il a fallu qu'elle se trisse du marché de Per- sant... Elle voulait faire un peu de négoce, leur refiler un plein panier d'œufs superbes de « seconde main »... Ça n'a pas collé du tout! Ils ont reconnu la provenance... Ils sont devenus intraitables! délirants de hargne et vindicte!... Elle s'est carrée à toutes pompes! Il était moins deux qu'on la baigne... Elle est rentrée au hameau entièrement décomposée!... Elle s'est fait bouillir aussitôt une grande cafetière de son mélange, un genre d'infusion, de la verveine plus de la menthe et un petit tiers de banyuls... Elle prenait goût aux choses fortes... surtout aux vins cuits... quelquefois même au vulnéraire!... Ça la remon- tait extrêmement vite. C'était un mélange indiqué par diverses sages-femmes de l'époque... le meilleur cordial pour les « gardes »...

On était tous là, autour d'elle, en train de commenter l'agression... on étudiait les conséquences!... Les bouteilles étaient sur la table... Le brigadier rentre!... Il se met de suite à nous agonir... Il nous défend tous qu'on bouge.

— On viendra tous vous chercher à la fin de la semaine prochaine! Ça suffit la Comédie! La mesure est plus que comble! On vous a bien assez prévenus!... Samedi! que vous irez au Canton! votre affaire elle est claire à tous!... Si j'en rencontre encore un seul de vos petites frappes à la traîne... S'ils s'éloignent encore du hameau... Ils seront illico coffrés! Illico! C'est net?... C'est compris?...

Le Procureur, paraît-il, avait déjà entre les mains toutes les charges pour vingt ans de bagne!... Pour Courtial! Madame! et moi-même! Les motifs ne manqueraient pas!... Rapts d'enfants!... Libertinage!... Grivèleries diverses!... Infraction aux jeux... Fausses déclarations contribuables... Plusieurs attentats aux mœurs... Cambriolages!... Escroqueries!... Rapines nocturnes!... Recel de mineurs!... Enfin y avait la cascade... un choix très complet!... Il nous assommait le brigadier!... Seulement Madame des Pereires ébranlée d'abord ça se comprend, elle se sentait déjà beaucoup mieux... Elle a fait ni ouf! ni yop!... elle a rebondi comme un seul homme! Elle a fait front complètement... Elle s'est redressée tout soudain... d'une impulsion si véhémente, si farouchement indignée, tellement gonflée par la colère, que le brigadier en vacilla... sous la charge!... Il en croyait plus ses oreilles!... Il clignait des yeux... Elle le fascinait, c'est le mot... Elle ripostait en des termes qu'étaient plus du tout réfutables! Jamais ce sale plouc il aurait cru... Elle l'accusait à son tour d'avoir fomenté en personne toute la révolte des péquenots...! Toute cette jacquerie abominable! C'était lui, le grand responsable... Ébaubi! Cinglé! fustigé, il en chancelait dans ses bottes... Méprisante et sardonique, elle le traitait de « pauvre malheureux! »... Il se tenait sur la défensive... Il avait plus un mot à dire... Elle est allée remettre son chapeau... Elle se dandinait haute devant l'homme, montée en colère de cobra!... Elle l'a forcé à reculons... Elle l'a foutu à la porte. Il a barré comme un péteux. Il est remonté en bicyclette, il est reparti en zigzag d'un bord à l'autre de la route... Il vadrouillait loin dans la nuit avec son petit lampion rouge... On l'a regardé disparaître... Il pouvait plus s'en aller droit.

Une de nos pionnières, la Camille, pourtant une petite futée, s'est fait poirer trois jours plus tard dans le jardin du Presbytère, à Landrezon, une vilaine brousse de l'autre côté de la forêt. Elle se sauvait juste de la cuisine avec un fromage parmesan, des écrevisses et de la prunelle... deux bouteilles... Elle avait pris ce qu'elle trouvait... Et puis les burettes de la messe... Ça c'était le plus grave! en argent massif!... Ça c'était du flagrant délit!... Ils l'avaient tous courue la môme... Ils l'avaient coincée sur un pont... Elle en reviendrait plus la minette! Elle était bouclée à Versailles!... Le facteur cet affreux aspic il a pas omis de venir immédiatement nous raconter... Il a fait un détour exprès!... Ça devenait extravagant notre situation... notre voltige... Il fallait pas être très mariole pour bien se gourer d'ores et déjà, que tous les mômes du phalanstère ils seraient marrons dans l'aventure... ils se feraient paumer un par un au ravitaillement... même en décuplant les prudences... même en sortant seulement la nuit...

On s'est serré en nourriture, on a fait de plus en plus gaffe... Y avait plus lerche de margarine, ni d'huile, ni de sardines non plus... qu'on aimait énormément... C'est par le thon et les sardines qu'on a commencé à pâtir... On pouvait plus faire de pommes frites!... On restait derrière nos persiennes... On surveillait les abords... On se méfiait d'être à la « brune » ajusté par un paysan... Il s'en montrait de temps à autre... Ils passaient avec leurs fusils le long des fenêtres, en vélo... Nous aussi on avait un flingue, un vieux canard chevrotine à deux percuteurs... et puis un pistolet à bourre... L'ancien fermier précédent il avait laissé les deux armes... Elles étaient toujours accrochées après la hotte, après un clou dans la cuistance.

Des Pereires, comme ça certain soir, comme on avait plus rien à faire et qu'on pouvait même plus sortir, il l'a redescendu le vieux flingot... il s'est mis à le nettoyer... à passer de la mèche avec une ficelle dans les deux canons... avec du pétrole... à faire marcher la gâchette... Je l'ai senti venir moi l'état de siège...

Il nous en restait plus que sept... quatre garçons, trois filles... On a écrit à leurs parents si ils voulaient pas nous les reprendre?... que notre expérience agricole nous réservait quelques mécomptes... Que des circonstances imprévues nous obligeaient temporairement à renvoyer quelques pupilles...

Ils ont même pas répondu ces parents fumiers! Absolument sans conscience!... Trop heureux qu'on se démerde avec... Du coup on a demandé aux mômes si ils voulaient qu'on les dépose dans un endroit charitable?... Au Chef-Lieu du canton par exemple?... En entendant ces quelques mots ils se sont rebiffés contre nous et de façon si agressive, si absolument rageuse, que j'ai cru un moment que ça finirait en massacre!... Ils voulaient plus rien admettre... Tout de suite on a mis les pouces... On leur avait donné toujours beaucoup trop d'indépendance et d'initiative à ces gniards salés pour pouvoir maintenant les remettre en cadence!... Haricots! Bigorne!... Ils s'en branlaient d'aller en loques et de brifer au petit hasard... mais à quoi ils renâclaient horrible c'est quand on venait les emmerder!... Ils cherchaient même plus à comprendre!... Ils s'en touchaient des contingences!... On avait beau leur expliquer que c'est pas comme ça dans la vie... qu'on a tous nos obligations... que les honnêtes gens vous possèdent... tout au bout du compte... que de piquer à droite, à gauche, ça finit quand même par se savoir!... que ça se termine un jour très mal... Ils nous envoyaient rejaillir avec nos salades miteuses... Ils nous trouvaient fort écœurants... bien affreux cafards!... Ils refusaient tout ce qu'on prétendait... Ils refusaient d'entendre...

Ça faisait une « Race Nouvelle » pépère. Dudule le mignard de la troupe, il est sorti chercher des œufs... Raymond osait plus... Il était devenu trop grand... C'était un « radeau de la Méduse » le petit gniard Dudule... On faisait des vœux... des prières... tout le temps qu'il était dehors... pour qu'il revienne indemne et garni... Il a ramené un pigeon, on l'a bouffé cru tout comme avec des carottes itou... Il connaissait sa campagne mieux que les chiens de chasse le Dudule!... A deux mètres on le repérait plus... Des heures... qu'il restait planqué pour calotter sa pondeuse... Sans lacet! sans boulette! sans cordon!... Avec deux petits doigts... Cuic! Cuic!... il me montrait la passe... C'était exquis comme finesse... « Tiens, dix ronds que je te la mouche... et tu l'entends pas! »... C'était vrai, on entendait rien.

On a eu deux fenêtres de cassées dans la même semaine...
D'autres péquenots en bicyclette qui passaient exprès en
trombe... Ils nous lapidaient de plus en plus... Ils se planquaient, ils revenaient encore... Ça devenait infect comme
rancune... Et on se tenait pourtant peinards!... On ripostait
rien du tout!... Et on aurait certainement dû... c'était de la
provocation!... Un bon coup de tromblon dans les fesses! Nos
pionniers, ils se montraient plus... Ils sortaient seulement avant
l'aube, juste à peine une heure ou deux entre chien et loup... au
tout petit matin pour y voir quand même un peu clair... Des
clebs ils en avaient mis, les cultivateurs, dans tous les enclos
du canton... Déchaînés, féroces, des monstres enragés!...
En plus, nous manquions bien de godasses pour ces terribles
périples dans les sentiers en rocaille... C'était la torture!...
Les mignards, même bien entraînés ils se coupaient souvent...
Au petit jour, leurs fringues, sous la pluie, surtout comme ça
début novembre, ça faisait des drôles de cataplasmes!... Ils
toussaient de plus en plus fort... Ils avaient beau être solides et
flibustiers et petites canailles!... ils étaient pas exempts de bronchite!... Dans les pistes de gros labours ils enfonçaient jusqu'aux
fesses!... Au froid sec ils en pouvaient plus... C'était plus possible sans tatanes!... Ils auraient perdu leurs arpions... Au vent
d'hiver, notre plateau, il prenait bien les bourrasques... C'était
balayé du Nord!... Le soir on se réchauffait bien, mais on
étouffait dans la crèche, tellement que la fumée bourrait!...
rabattait du fond de la hotte!... C'était au bois tout humide, y
avait plus de charbon depuis des semaines... On en pouvait

plus.. on éteignait tout!... On avait peur que ça reprenne... on jetait de l'eau sur les tisons... Les mômes avaient plus qu'à se coucher...

Assez souvent vers minuit Courtial se relevait encore... Il pouvait pas s'endormir... Avec sa lanterne, la « sourde », il piquait vers le hangar, farfouiller un peu son système... le remettre pour quelques minutes en route... Sa femme tressautait dans sa paille, elle allait se rendre compte avec lui... Je les entendais se provoquer dans le fin fond de la cour...

Elle revenait après ça dare-dare... Elle me réveillait... Elle voulait me montrer les patates... Ah! c'était pas très joli!... Celles qui poussaient dans les ondes... l'allure pustuleuse... répugnante!... Merde! Elle me prenait à témoin!... Elles grossissaient pas beaucoup... C'était assez évident... J'osais pas trop faire la remarque... trop abonder dans son sens... mais je pouvais pas dire le contraire... Rongées... racornies, immondes bien pourries... et en plus pleines d'asticots! ... Voilà les patates à Courtial!... On pourrait même pas les brifer... même dans la soupe pour nous autres... Et que nous étions pas difficiles!... Elle était parfaitement certaine, Madame des Pereires, que la culture était loupée...

— Et c'est ça, lui, Ferdinand, qu'il prétend aller revendre aux Halles? Hein? Dis-moi ça!... A qui donc?... C'est un comble! Ah! quelle culotte! Je me demande un peu!... Où qu'il peut percher son connard qui va lui racheter des telles ordures?... Où qu'il est donc cette bille de clown que je lui envoye une corbeille!... Ah! dis donc, je voudrais le voir tout de suite!... Ah! Il est blindé mon zébu! Ah! dis donc alors quand j'y pense!... Pour quoi qu'il doit me prendre?...

C'est vrai qu'elles étaient infectes!... Des patates pourtant fignolées!... Des provenances méticuleuses!... Choyées parfaitement jour et nuit!... Moisies tout à fait... grouillantes de vermine, des larves avec des mille pattes... et puis une très vilaine odeur! infiniment nauséeuse!... en dépit du froid intense... Ça même c'était pas ordinaire... C'était le phénomène insolite!... C'est l'odeur qui me faisait tiquer... La patate puante... ça se voit très rarement... Un coup de la malchance bien étrange...

— Chutt! Chutt!... que je lui faisais... Vous allez réveiller les gniards!...

602

Elle retournait au champ d'expérience... Elle emmenait avec elle son falot... et puis sa pelle-bêche... Il faisait du 8°... 10° au-dessous... Elle recherchait les plus véreuses, elle les arrachait une par une... Tant que ça pouvait! jusqu'au petit jour...

Ce fut vraiment impossible de dissimuler très longtemps une telle invasion de vermine... Le champ grouillait, même en surface... La pourriture s'étendait encore... on avait beau émonder, extirper, sarcler, toujours davantage... ça n'y faisait rien du tout... Ça a fini par se savoir dans toute la région... Les péquenots sont revenus fouiner... Ils déterraient nos pommes de terre pour se rendre mieux compte!... Ils ont fait porter au Préfet des échantillons de nos cultures!... avec un rapport des gendarmes sur nos agissements bizarres!... Et même des bourriches entières qu'ils ont expédiées, absolument farcies de larves, jusqu'à Paris, au Directeur du Muséum!... Ça devenait le grand événement!... D'après les horribles rumeurs, c'est nous qu'étions les fautifs, les originaux créateurs d'une pestilence agricole!... entièrement nouvelle... d'un inouï fléau maraîcher!...

Par l'effet des ondes intensives, par nos « inductions » maléfiques, par l'agencement infernal des mille réseaux en laiton nous avions corrompu la terre!... provoqué le Génie des larves!... en pleine nature innocente!... Nous venions à l de faire naître à Blême-le-Petit, une race tout à fait spéciale d'asticots entièrement vicieux, effroyablement corrosifs, qui s'attaquaient à toutes les semences, à n'importe quelle plante ou racine!... aux arbres même! aux récoltes! aux chaumières! A la structure des sillons! A tous les produits laitiers!... n'épargnaient absolument rien!... Corrompant, suçant, dissolvant... Croûtant même le soc des charrues!... Résorbant, digérant la pierre, le silex, aussi bien que le haricot! Tout sur son passage! En surface, en profondeur!... Le cadavre ou la pomme de terre!... Tout

absolument!... Et prospérant, notons-le, au cœur de l'hiver!...
Se fortifiant des froids intenses!... Se propageant à foison, par
lourdes myriades!... de plus en plus inassouvibles!... à travers
monts! plaines! et vallées!... et à la vitesse électrique!... grâce
aux effluves de nos machines!... Bientôt tout l'arrondissement
ne serait plus autour de Blême qu'un énorme champ tout
pourri!... Une tourbe abjecte!... Un vaste cloaque d'asticots!...
Un séisme en larves grouilleuses!... Après ça serait le tour de
Persant!... et puis celui de Saligons!... C'était ça les perspectives!... On pouvait pas encore prédire où et quand ça finirait!...
Si jamais on aurait le moyen de circonscrire la catastrophe!...
Il fallait d'abord qu'on attende le résultat des analyses!...
Ça pouvait très bien se propager à toutes les racines de la
France... Bouffer complètement la campagne!... Qu'il reste
plus rien que des cailloux sur tout le territoire!... Que nos asticots rendent l'Europe absolument incultivable... Plus qu'un
désert de pourriture!... Alors du coup, c'est le cas de le dire,
on parlerait de notre grand fléau de Blême-le-Petit... très loin
à travers les âges... comme on parle de ceux de la Bible encore
aujourd'hui...

C'était plus du tout une simple rigolade... Courtial en a fait la
remarque au facteur quand il a passé... C'était bien la moindre
des choses qu'il dégueule un peu de venin l'Eusèbe « sans
vélo »... « C'est ma foi Nom de Dieu possible! » qu'il a répondu...
Il a rien ajouté. Il devenait d'ailleurs cette peau de crabe, de
plus en plus détestable. On avait plus une goutte à boire...
rien à lui offrir... Il faisait affreux tout à fait... Quatorze kilomètres sans sucer!... Du coup, il devait nous jeter des sorts!...
Il se tapait la route de Persant jusques à trois fois par jour!
Spécialement pour notre courrier!... On nous écrivait de partout, c'était pas notre faute!...

Elle en avait décuplé notre correspondance!... Des gens qui
voulaient tout connaître... qui voulaient venir interviewer!...
Et puis de nombreux anonymes qui nous régalaient pour leurs
timbres!... Des tombereaux d'insultes!...

— Ça va! ça va! l'esprit fermente!... Regarde-moi toutes
ces belles missives! Et cent mille fois plus vermineuses que tout
le sol de la planète!... Et pourtant tu sais y en a! C'est bourré!
c'est plein! La charogne veux-tu que je te dise? Hein? moi je
vais te le dire... c'est tout ce qu'il faut supporter!...

On s'est dit que peut-être quand même, en les faisant cuire à tout petit feu... en les gratinant nos patates... en les repassant dans la graisse... en les flattant plus ou moins... d'une certaine façon astucieuse... on arriverait bien peu à peu à les rendre malgré tout mangeables... On a essayé sur elles toutes les ruses de la tambouille... Rien rendait absolument... Tout allait se prendre en gélatine au fond de la casserole... Ça tournait au bout d'une heure... peut-être une heure trente en un énorme gâteau de larves... Et toujours l'odeur effrayante... Courtial a reniflé très longuement le résultat de nos cuistances...

— C'est de l'hydrate ferreux d'alumine! Retiens bien ce nom Ferdinand! Retiens bien ce nom!... Tu vois cette espèce de méconium?... Nos terrains en sont farcis! littéralement!... J'ai même pas besoin d'analyse!... Précipités par les sulfures!... Ça c'est notre grand inconvénient!... On peut pas dire le contraire... Regarde la croûte qui jaunit... Je m'en étais toujours douté!... Ces pommes de terre!... tiens!... moi je vais te dire!... Elles feraient un engrais admirable!... Surtout avec de la potasse... Tu la vois la potasse aussi?... C'est ça qui nous sauve! La Potasse! Elle adhère extraordinairement... surcharge tous les tubercules!... Regarde un peu comme ils scintillent! Discernes-tu bien les paillettes?... L'enrobage de chaque radicule?... Tous ces infimes petits cristaux?... Tout ce qui miroite en vert?... en violet?... Les vois-tu?... très exactement?... Ça Ferdinand mon bon ami ce sont les Transferts!... Oui!... Les Transferts d'Hydrolyse... Ah! mais oui!... Ni pluss!... Ni moinss!... Les apports de notre courant... Oui, mon garçon!... Oui parfaitement!... La signature tellurique!... Ça je peux pas mieux dire... Regarde bien de tous tes yeux! Écarquille-toi maximum! On peut pas te prouver davantage!... Aucun besoin d'autres preuves!... Les preuves?... Les voilà Ferdinand!... Les voilà! et les meilleures!... Exactement ce que je prédisais!... C'est un courant que rien n'arrête, ne dissémine! ne réfracte!... Mais il se montre... ça je l'admets, un peu chargé en alumine!... Un autre petit inconvénient!... mais passager!... très passager!... Question de température! L'optima pour l'alumine c'est 12 degrés 0,5... Ah! Oh! Retiens bien! Zéro! cinq!... Pour ce qui nous concerne! Tu me comprends?...

Encore deux semaines ont passé... On rationnait tellement le bout de gras qu'on faisait plus la soupe qu'une fois par jour... Il était plus question de sortir... Il pleuvait énormément... La campagne souffrait aussi... raplatissait sous l'Hiver... Les arbres en avaient la tremblote... Ils ramaient les fantômes du vent... Aussitôt vidées nos assiettes on retournait vite dans les tas de paille pour conserver notre chaleur!... On restait vautrés comme ça... des journées entières, tassés les uns dans les autres... sans ouvrir la bouche... sans nous dire un mot... Même le feu de bois ça ne réchauffe plus... quand on la pète à ce point-là... On toussait tous des quintes terribles. Et puis alors on devenait maigres... des jambes comme des flûtes... une faiblesse pas ordinaire... à ne plus bouger, plus mastiquer, plus rien du tout... C'est pas marrant la famine... Le facteur est plus revenu... Il avait dû recevoir des ordres... On se serait pas tellement déprimés si y avait eu encore du beurre ou même un peu de margarine... C'est indispensable en hiver!... Courtial c'est à ce moment-là qu'il a eu des drôles de malaises quand le froid est devenu si intense et qu'on mangeait de moins en moins... Il a eu comme de l'entérite et vraiment très grave... Il souffrait beaucoup du ventre... Il se tortillait dans la paille... Ça venait pas de la nourriture!... Il discutait à cause de ça avec la daronne et puis sur la question de lavements... Si c'était mieux qu'il en prenne?... ou qu'il en prenne pas du tout?...

— Mais t'as rien dans le ventre!... qu'elle lui faisait... Comment veux-tu que ça te gargouille?... La colique ça vient pas tout seul!...

— Eh bien moi je te jure pourtant que je la sens passer!
Ah! la saloperie... Toute la nuit ça m'a éventré!... C'est des
coliques sèches... On dirait qu'on me noue les tripes!... Ah!
dis donc!...

— Mais c'est le froid!... voyons pauvre idiot!...

— C'est pas le froid du tout!...

— C'est la faim alors?...

— Mais j'ai pas faim!... Je dégueulerais plutôt!...

— Ah!... Tu sais pas ce que tu veux!...

Il ne répondait plus... Il se renfonçait dans la litière... Il
voulait plus qu'on lui cause...

Pour la question d'agriculture il pouvait vraiment plus
rien faire... Y avait plus de pétrole au hangar, pas seulement
un petit bidon pour mettre son bastringue en route!...

Deux jours ont encore passé... dans l'attente et la prostration... La grande chérie mirontaine tapie dans une encoignure, emmitouflée dans des rideaux, elle y tenait plus, elle
s'en croquait toutes les dents à se les claquer dans la grelotte...
Elle est montée au grenier chercher encore quelques sacs!...
Elle s'est coupé comme pour les mômes une espèce de camisole
et une forte jupe écossaise, elle a rempli tout ça d'étoupe, par-
dessus son pantalon!... Ça lui faisait un air tout « zoulou »!
Elle-même elle se trouvait cocasse!... Le froid ça fait vachement rire!... Comme elle se réchauffait plus bézef, elle s'est
élancée en sauteries!... claquant des sabots, dondaine! autour
de la table massive! Les mômes ils se poêlaient de la regarder!... Ils gambadaient avec elle un genre farandole!... Ils
couraient derrière... Ils se pendaient après ses basques... Elle
a chanté un petit air :

> C'est la fille de la meunière
> Qui dansait avec les gars!
> Elle a perdu sa jarretière
> Sa jarretière...

C'est pas souvent que ça la prenait la mère Courtial ces
humeurs coquines!... Il fallait que l'instant soye étrange...
Elle avait plus rien pour chiquer... Tout le tabac, Courtial
l'avait pris!... Elle s'est remise un peu à râler à propos de sa

pipe... Les mômes arrachaient ses coutures... Ils l'ont culbutée dans la paille!...

— Merde! Merde! Merde! Barrez-vous tous!... Chassieux! Morveux! Miteux! Pilleux! Suçons! Gourgandins!... qu'elle les engueulait... Ça les faisait marrer davantage...

— Courtial, m'entends-tu?... Il entendait pas... Il retournait la tête dans son trou... Il gémissait... Il grognait... C'était le bide et la plaisanterie!... Les mômes allaient rebondir dessus, les quatre garçons et les trois filles! Il nous répondait rien quand même.

Un peu plus tard, on s'est demandé où qu'il était passé le Dudule?... Il était sorti depuis deux heures... soi-disant pour ses besoins... Ah! nous fûmes tous des plus inquiets!... Et il est revenu qu'à la nuit!... Et alors avec un cargo!... Il avait fait douze kilomètres!... Jusqu'à la gare de Persant... et rappliqué à toutes pompes!... Sur le quai des marchandises, il avait levé une vraie aubaine... un condé phénoménal!... Un débarquement d'épicerie!... Il nous rentrait avec du beurre!... une motte entière!... Deux chapelets de saucisses complets!... trois paniers d'œufs... des andouilles, des confitures et du foie gras!... Il ramenait aussi la brouette... Il avait fauché tout ça devant la consigne pendant que les manœuvres du transport étaient partis à l'aiguillage... pour se remettre un peu de chaleur... Il y avait pas mis deux minutes, Dudule, pour tout calotter! Le pain, seulement qui nous manquait... mais ça n'a pas du tout gêné pour faire une agape!... Quelque chose d'énorme!... On a poussé notre feu à bloc! On y a mis presque un arbre entier!...

Des Pereires, en entendant ça, il s'est réveillé tout à fait... Il s'est relevé pour bouffer... Il a commencé à bâfrer si vite, qu'il en perdait le souffle. Il s'en tenait la panse à deux mains... « Ah! Nom de Dieu de Nom de Dieu!... » qu'il s'exclamait entre temps... La grosse mignonne elle non plus se faisait pas prier!... Elle en fut si bien gavée en quelques minutes, qu'il a fallu qu'elle s'allonge... Elle se roulait à même le sol... du ventre sur le dos... tout doucement... « Ah! Bon Dieu! Bon Dieu! Courtial! ça passera jamais! Ah! Ce que j'avais faim quand même!... » Les mômes ils s'arrêtaient plus d'aller revomir dans les coins... Après ils retournaient s'entonner... Le chien à Dudule aussi, il avait de tels gonflements qu'il en hurlait à la mort!... « Ah! Mes enfants! Ah! les chers chouchous! Ah! mes chers mignons! Ah! Bon Dieu de nom de Dieu! Il était temps que ça finisse! Ah! Y a pas meilleur quand même! » qu'il répétait des Pereires!... Il était comblé!... « Ah! Il était temps! Nom de Dieu!... Ah! Y a pas meilleur!... » Il pouvait plus dire autre chose. Il en revenait pas du miracle...

Il devait être à peu près cinq heures... Il faisait pas encore jour du tout... quand j'ai entendu Courtial qui remuait toute la paille... Il se relevait... Il s'est remis debout... Je juge l'heure qu'il était d'après l'état de la cheminée... du feu qu'était presque éteint... Je me dis : « Ça y est, il la pète!... Il tient plus au froid... Il va aller se faire du café... On en aura tous!... Bueno!... » En fait, il part vers la cuisine... C'était naturel... Je l'entends qui remue les cafetières... J'aurais voulu y aller le rejoindre... m'en jeter une bonne tasse tout de suite... Mais entre mon trou et la porte y avait tous les mômes qui ronflaient... les uns dans les autres... Ils avaient les têtes n'importe où... J'ai eu peur d'en écrabouiller... Je suis donc resté dans mon creux... Après tout je grelottais pas trop... J'étais protégé par le mur... Je prenais moins de zeph que le vieux dabe. J'étais transi voilà tout. J'attendais qu'il retourne avec la cafetière pour le stopper au passage... Mais il en finissait pas... Il traînait là-bas dans le fond... Je l'ai entendu encore longtemps trifouiller les ustensiles... Et puis après je l'ai entendu qui ouvrait la porte sur la route... Je me suis fait la réflexion : « Tiens, il va donc pisser dehors?... » Je comprenais plus... J'attendais toujours qu'il revienne... Une espèce d'appréhension m'a passé à ce moment-là... J'ai même failli me relever... Et puis je me suis rendormi... J'étais engourdi.

Et puis j'ai eu un cauchemar... comme ça dans le tréfonds du sommeil je me battais avec la rombière!... C'est elle qui menait la danse... Je me dégageais... Elle reprenait tout... Quel tambour!... quel baratin! Je pouvais plus m'en dépêtrer... Un boucan horrible! des prises de noyés!... Elle me trifouillait toute la tête avec ses questions... J'essayais bien de me la défendre, de me recouvrir avec la paille... mais elle me cramponnait la garce, elle me raccrochait au cassis!... Et je te vocifère!... et je te rugis encore double!... Elle me tortillait les oreilles avec ses deux poings... Elle voulait plus me desserrer... « Où qu'il était son Courtial?... » Elle en hurlait sur tous les tons!... Elle revenait juste de la cuistance... elle avait cherché du café... Il en restait plus une seule goutte!... Alors elle en faisait un tintouin!... Tous les récipients qu'étaient vides!... Il avait tout sucé l'arsouille!... toutes les tasses, les trois cafetières à lui tout seul!... avant de sortir... S'il m'avait rien dit à moi? Elle voulait savoir à toute force...

— Mais non! Mais non! Pas un mot!...

— De quel côté qu'il est barré?... Est-ce que je l'avais vu dans la cour?...

— Mais non!... Mais non!... J'avais rien vu!... La Mésange redressée en sursaut elle s'est mise à cafouiller... qu'elle avait fait un drôle de rêve!... qu'elle avait vu dans un songe le patron Courtial grimpé sur un éléphant!... C'était pas le moment de croire des sottises... On cherchait plutôt à se souvenir de ce qu'il nous avait dit le soir même... Il avait bâfré comme trente-six!... ça on s'en souvenait... Il s'était peut-être trouvé mal?...

indisposé?... Le froid dehors?... Là commencèrent les hypothèses!... Une congestion?... Sans perdre beaucoup de temps on
s'est élancé à sa recherche avec tous les mômes!... On a fouillé
toute la paille... tous les recoins du logis... les dépendances,
les deux hangars et la cambuse aux expériences... Il était donc
pas dans la turne?... On est sortis à travers champs... dans les
environs immédiats... et puis encore un peu plus loin... Les uns
fouillant vers le coteau toutes les ravines, tous les bosquets...
Les autres comme à la cueillette dans tous les sens du plateau!...
On a lancé le chien à Dudule... Pas plus de Courtial que de beurre
au cul!... On s'est encore rassemblés... On allait refouiller le
petit bois buisson par buisson... Il se baladait souvent par là...
Quand juste un des mômes a remarqué sur le haut panneau
de la grande porte, qu'il y avait quelque chose d'écrit... « Bonne
chance! Bonne chance! » à la craie... en très grosses lettres
majuscules... Et c'était bien son écriture...
    La vieille, tout d'abord elle a rien compris... Elle ronchon-
nait comme ça : « Bonne chance! Bonne chance! » Elle en sortait
pas...
    — Qu'est-ce que ça veut dire?... Mais, Nom de Dieu! Mais
il s'est tiré!... ça l'a renversée d'un seul coup!... Mais il se fout
de ma tronche!... Ah! ma parole!... Ah! Bonne chance!... Dis
donc... Bonne chance? Qu'il me dit ça! à moi!... Et voilà comment qu'il me cause!... Ah dis donc! ça c'est du fiel! Ah! alors
elle était outrée... absolument effroyable!...
    — Mais c'est inique!... Monsieur se barre!... Monsieur gam-
bille!... Monsieur se trisse en excursion... Monsieur va brin-
guer en ville! L'ordure! Le voyou! Cette calamité!... Bonne
chance!... et voilà!... Moi je dois me contenter pépère!... C'est
pour moi alors toute la caille? Hein?... A moi tout le purin!...
Si je patauge... démerde-toi vieille bourrique!... Casse-toi bien
la raie!... Et puis... Bonne chance!... Alors moi je trouve tout
ça plausible?... Dis-le un peu Ferdinand? C'est ton avis?...
Ah! foutre de culot de galeux!...
    Les mômes ils se fendaient bien la gueule de l'entendre
encore brailler!... Je voulais pas remuer l'incendie!... J'ai laissé
un peu refroidir... Mais je me disais à l'intérieur... « Le petit
vieux, il en a eu marre de tout nous autres et de la culture!...
Il est barré le plus loin possible... On le reverra pas de sitôt!... »
J'en avais un pressentiment... Je me souvenais des mots qu'il

disait... Et ça me pinçait dur comme souvenir... Bien sûr qu'il déconnait beaucoup... Mais quand même sa Résolution, il l'avait peut-être prise à la fin?... l'ordure... En nous laissant comme ça tous choir?... jusqu'au cou en pleine mouscaille... C'était bien quand même sa manière... Il était joliment sournois, rancuneux, dissimulé... comme trente-six ours... Ça n'était pas une surprise... Je le savais aussi depuis toujours... « Les détails n'ont pas d'importance!... Ils obscurcissent toute la vie!... Ce qu'il faut c'est la résolution!... La Grande!... Ferdinand! La Grande!... Tu m'entends?... » J'entendais!... C'était toujours du discours!... Mais s'il avait mis les bouts, une bonne fois pour toutes!... Ça alors c'était charogne!... Le tour était vraiment infect!... Comment qu'on en sortirait nous autres de sa pétaudière?... La vieille avait mille fois raison!... Qu'est-ce qu'on pouvait foutre maintenant nous avec son bazar tellurique?... Absolument rien!... Qu'on serait accusés par tout le monde de saloper la terre entière?... Qu'est-ce qu'on aurait à répondre?... On serait complètement sonnés! Lui encore avec ses manières... il pouvait les étourdir... les intriguer les sauvages!... Mais nous?... On existait pas.

On en restait comme du flan... On essayait de se rendre bien compte... La vieille se calmait peu à peu... Les mômes refouillaient toute la piaule... Ils sont remontés au grenier. Ils ont retourné toutes les bottes... « Il reviendra?... Il reviendra pas?...» C'était la rengaine.

A Blême, il avait pas sa cave pour se cacher comme au Palais... Il était peut-être pas très loin?... C'était peut-être qu'une fantaisie?... Une saute de maniaque?... Où nous irions avec les mômes si il rappliquait plus du tout?... La vieille à force de réfléchir elle a repris un petit peu d'espoir... Elle se disait que c'était pas possible... qu'il avait quand même un peu de cœur... que c'était qu'une sale farce idiote... qu'il reviendrait bientôt malgré tout... On commençait à reprendre confiance... Sans aucune raison d'ailleurs... Seulement parce qu'il le fallait bien...

La matinée allait finir, il devait être à peu près onze heures... Le vache facteur réapparaît... C'est moi qui l'aperçois le premier... Je regardais un peu par la fenêtre... Il se rapproche... Il rentre pas... Il reste planté là devant la porte... Il me fait signe à moi de sortir... qu'il veut me causer... que je fasse vite... Je bondis... Il me rejoint sous le porche, il me chuchote, il est en émoi...

— Dépêche-toi! Cavale voir ton vieux!... Il est là-bas sur la route, après le passage de la Druve... à la remontée de Saligons!... Tu sais la petite passerelle en bois?... C'est là qu'il s'est tué!... Les gens des « Plaquets » ils l'ont entendu... Le fils Arton et la mère Jeanne... Il était juste après six heures...

Avec son fusil... le gros... Ils m'ont dit de vous dire... Que tu l'enlèves si tu veux... Moi j'ai rien vu... t'as compris?... Eux ils savent rien non plus... Ils ont entendu que le pétard... Et puis tiens voilà deux lettres... Elles sont toutes les deux pour lui... Il a même pas fait un « au revoir »... Il est reparti le long du mur... Il avait pas pris son vélo, il a coupé à travers champs... Je l'ai vu rejoindre la route en haut, celle de Brion, par la forêt.

Je lui ai redit tout bas à l'oreille... pour que les mômes n'entendent pas... Elle a fait qu'un saut vers la porte!... Elle a filé bride abattue... Elle poulopait sur les graviers... J'avais même pas eu le temps de finir... Les gniards il fallait que je les calme... Ils se gouraient d'une catastrophe...

— Vous caillez pas!... Montrez pas vos blazes dehors!... Moi je vais la rattraper la vioque!... Vous, cherchez-le encore Courtial!... Je suis sûr qu'il est encore ici!... Qu'il est planqué quelque part!... Il a pas fondu en guimauve!... Retournez-moi toute la paille!... Botte par botte!... Il roupille au fond! Nous on va trouver les gendarmes... Ils nous ont demandés à Mesloir!... C'est pour ça qu'il est venu le facteur... Ça va être vite fait... Chiez pas dans vos frocs!... Restez là, vous autres, bien peinards!... On sera rentrés pour deux heures... Qu'on vous entende pas du dehors! Ramenez pas vos flûtes!... Fouillez la soupente!... Regardez un peu dans l'écurie!... On a pas cherché dans les coffres!...

Les mômes ils avaient horreur de voir les guignols... Comme ça j'étais bien tranquille! Ils nous fileraient sûrement pas! Ils sentaient bien une friture... mais d'où?... Ils en savaient rien...

— Fermez bien vos lourdes surtout!... que j'ai recommandé... J'ai essayé par la fenêtre d'apercevoir la daronne... Elle était déjà au diable!... Je me suis élancé au galop... J'ai eu un coton terrible pour la rattraper... Elle fonçait à toute pression à travers bois et labours!... Enfin j'ai collé au train! Il fallait que je me désosse! Merde!... rien que pour la suivre!... Je rassemblais quand même des idées... Comme ça... tout en dératant!... Et dans la fièvre du galop... il me montait une vache suspicion... « Merde! que je me disais d'afur!... T'es encore tout lopaille mon pote! C'est la grosse bite!... C'est l'entourloupe!... le truc du petit pont de la Druve?... Balle Peau! Une salade!... Encore bien foireuse! et une menterie culottée!... Une attrape sinistre et puis tout! » Ah!... Je m'en gourais fortement!... Un nibé charogne du facteur!... Il en était capable ce glaire!... Et les autres anthropophages?... Eh comment qu'ils étaient suspects!... Et voilà tout ce qui me revenait en plein dans la course!... Et notre dabe en ce moment précis?... Pendant qu'on se fendait nous la pêche à cavaler!... pour son cadavre!... où ça qu'il se trouvait?... Il était peut-être qu'à la « Grosse Boule »?... En train de se tailler la manoche! et de se faire pisser l'anisette!... C'était encore nous les victimes!... J'y serais pas surpris d'une seconde!... Question d'être bourrique et ficelle il avait pas besoin de soupçons!... Une pichenette! qu'on était marrons!...

Après une grande traite en plat... à travers les molles cultures c'était une raide escalade à flanc de la colline... Arrivés là, tout là-haut, on découvrait bien par exemple!... pour ainsi dire tout le paysage!... On soufflait pire que des bœufs avec la patronne. On s'est assis une seconde, au revers du remblai pour mieux dominer... Elle avait pas très bonne vue la pauvre baveuse... Mais moi je biglais de façon perçante... On me cachait absolument rien à vingt kilomètres d'oiseau... De là, du sommet, après la descente et la Druve qui coulait en bas... le petit pont et puis le petit crochet de la route... Là j'ai discerné alors en plein... au beau milieu de la chaussée, une espèce de gros paquet... Y avait pas d'erreur!... A peut-être trois kilomètres ça ressortait sur le gravier... Ah! Et puis à l'instant même... Au coup d'œil... j'ai su qui c'était... A la redingote!... au gris... et puis au jaune rouille du grimpant... On s'est dépêché dare-dare... On a dévalé la côte... « Marchez toujours! marchez toujours! que j'ai dit... Suivez! vous! tout droit!... Moi je pique par là!... par le sentier!... » Ça me coupait énormément... J'étais en bas à la minute... Juste sur le tas... Juste devant... Il était tout racorni le vieux... ratatiné dans son froc... Et puis alors c'était bien lui!... Mais la tête était qu'un massacre!... Il se l'était tout éclatée... Il avait presque plus de crâne... A bout portant quoi!... Il agrippait encore le flingue... Il

619

l'étreignait dans ses bras... Le double canon lui rentrait à travers la bouche, lui traversait tout le cassis... Ça embrochait toute la compote... Toute la barbaque en hachis!... en petits lambeaux, en glaires, en franges... Des gros caillots, des plaques de tiffes... Il avait plus de châsses du tout... Ils étaient sautés... Son nez était comme à l'envers... C'est plus qu'un trou sa figure... avec des rebords tout gluants... et puis comme une boule de sang qui bouchait... au milieu... coagulée... un gros pâté... et puis des rigoles qui suintaient jusqu'à l'autre côté de la route... Surtout ça coulait du menton qu'était devenu comme une éponge... Y en avait jusque dans le fossé... ça faisait des flaques prises dans la glace... La vieille elle a bien regardé tout... Elle restait là plantée devant... Elle a pas fait ouf!... Alors je me suis décidé... « On va le porter sur le remblai... » que j'ai dit comme ça... On s'agenouille donc tous les deux... On ébranle un peu d'abord tout le paquet... On essaye de décoller... On fait un peu de force... Je tiraille moi sur la tête... Ça se détachait pas du tout!... On a jamais pu!... C'était adhérent bien de trop... Surtout des oreilles qu'étaient toutes soudées!... C'était pris comme un seul bloc avec les graviers et la glace... Le tronc même et puis les jambes on aurait pu les soulager en tirant dessus assez fort... Mais pas la tête!... Le hachis... ça faisait un pavé compact avec les cailloux de la route... C'était pas possible... Le corps ratatiné en Z... le canon embrochant la tête... Il fallait d'abord le détendre... et puis ressortir l'arme... Il avait les reins tout braqués... le derrière pris dans les talons... Il s'était convulsé à froid... J'inspecte un peu les alentours... Je vois une ferme en contrebas... C'était peut-être celle du facteur?... Celle dont il m'avait parlé?... Le lieu des « Plaquets »... Je me dis : « Voilà c'est l'endroit même... C'est sûrement ça!... » Je préviens ma grognasse...

— Hé bougez donc plus!... que je lui fais... Je vais chercher du monde!... Je retourne tout de suite!... Ils vont nous aider!... Bougez plus du tout!... C'est sûrement ça la ferme à Jeanne... C'est ceux-là qui l'ont entendu.

J'arrive comme ça, près de la bâtisse... Je cogne d'abord à la porte et puis contre la persienne... Personne n'a l'air de me gaffer... Je recommence... Je fais demi-tour par les écuries... Je rentre franchement dans la cour... Je cogne et je recogne! Je hurle... Ils bougent toujours pas!... Et je sens pourtant qu'y

avait du monde!... Leur cheminée fume!... Je secoue violemment
la lourde... Je tape, je carillonne les carreaux... Je vais tout
déglinguer les volets s'ils s'amènent pas... Y a une gueule quand
même qui débusque!... C'est son gars à la mère Jeanne!...
C'est l'Arton du premier lit... Il risque pas lerche... Il montre
juste un peu son blaze... J'explique ce que je voudrais... Un
coup de main pour le transport... Ah! ça la brûle immédiatement
d'entendre émettre des mots pareils... c'est elle qui s'oppose...
qui s'anime du coup!... Elle veut pas qu'on parle d'y toucher!...
Elle l'empêche même de me répondre son petit gars foireux...
Elle veut pas du tout qu'il sorte!... Il va rester là, bon sang!
A côté de sa mère!... Si je peux pas l'enlever de la chaussée...
J'ai qu'à chercher les gendarmes!... « Ils sont faits pour ça,
eux autres!... » Pour rien au monde les Arton de la ferme qu'ils
s'en mêleraient... Ils ont rien vu!... Rien entendu!... Ils savent
même pas de quoi il s'agit!...

La mère des Pereires là-haut, montée sur le rebord du
talus, elle m'observait parlementer!... Elle poussait des clameurs atroces... Elle faisait un raffut dégueulasse... C'était
bien dans sa nature... Tout de suite après le premier émoi elle
était plus tenable!... Je leur montrai de loin, à ces deux sauvages, la pauvre femme en désespoir!...

— Vous entendez?... Vous entendez pas?... L'horrible
douleur?... On peut quand même pas lui laisser son mari comme
ça dans la boue!... De quoi que vous craignez?... C'est pas un
chien nom de Dieu!... Il a pas la rage!... C'est pas un veau!...
Il a pas les aphtes!... Il s'est tué et puis voilà!... C'était un
homme sain... Il a pas la morve!... Faudrait au moins qu'on
l'abrite un petit moment dans le hangar!... Le temps que les
autres ils arrivent!... Avant qu'il passe des voitures... Elles
vont lui monter sur le corps! Ils démordaient pas les cacas!...
Ils se butaient même de plus en plus à mesure que j'insistais...
« Mais non! Mais non!... » qu'ils s'insurgeaient! Certainement
qu'ils le prendraient pas!... Jamais chez eux!... Ça jamais
absolument... Ils ont même pas voulu m'ouvrir... Ils me
disaient de barrer ailleurs... Ils commençaient à bien me faire
chier... J'y ai dit alors à cette fausse tripe... :

« Bon! Bon! Ça va! Ça va! Madame! Je vous ai compris!...
Vous en voulez pas? C'est votre dernier mot? Positif? Très bien!
Bon! Très bien!... Ça sera pour vos fesses! Et voilà! C'est moi

alors qui vais rester! Mais oui! Comme ça!... Je resterai là pendant huit jours! Je resterai pendant un mois! Je resterai là tout le temps qu'il faudra!... Je vais gueuler jusqu'à ce qu'ils arrivent!... Je gueulerai à tout le monde que c'est vous!... Que vous avez tout machiné!... » Ah! du coup ils faisaient mauvais... Ah! quelle pétoche, bordel de Dieu!... Ah! la trouille qui leur a passé!... Et que je continuais mon pétard!... Ah! mais je me serais pas dégonflé!... Je serais tombé en épilepsie rien que pour mieux les posséder!... tellement qu'ils me caillaient ces ordures!... Ils savaient plus comment me reprendre... La vieille, de loin du remblai, elle me criait elle de plus en plus... Elle voulait que je me dépêche... « Ferdinand! Dis donc Ferdinand!... Apporte de l'eau chaude!... Apporte un sac! une serpillière!... » La seule chose qu'ils ont voulu, les deux saligauds... à la fin des fins... à force de baratiner et pour que je lâche un peu leur persienne... ce fut de me passer leur brouette et à condition absolue que je la ramènerais le jour même... tout à fait rincée, nettoyée!... récurée à l'eau de Javel!... Ils ont insisté, spécifié... Ils ont répété vingt fois!... Je suis donc remonté toute la côte avec l'ustensile... Il a fallu que je redescende pour redemander une truelle... pour qu'on décolle quand même l'oreille... qu'on casse les grumeaux... On y est parvenu tout doucement... Mais le sang alors a regiclé... reculé en grande abondance... Son gilet de flanelle c'était plus qu'une grosse gélatine, une bouillie dans sa redingote... tout le gris est devenu tout rouge... Mais ce qui fut le plus terrible, ce fut pour dégager le fusil... Le canon comme ça, il tenait si dur dans l'énorme bouchon de barbaque avec la cervelle... c'était comme coincé, pris à bloc, à travers la bouche et le crâne!... qu'on a dû s'y mettre tous les deux... Elle retenait la tête d'un côté, moi je tirais de l'autre par la crosse... quand la cervelle a lâché ça a rejuté encore plus fort... ça dégoulinait à travers... ça fumait aussi... c'était encore chaud... y a eu un flot de sang par le cou... Il s'était empalé raide... Il était retombé sur ses genoux.. Il s'était écroulé comme ça... le canon dans le fond de la bouche... Il s'était crevé toute la tête...

Une fois qu'on l'a eu dégagé on l'a retourné sur le dos... le ventre et la tronche en l'air... mais il se repliait quand même! Il restait en Z... Heureusement qu'on a pu le caler entre les montants de la brouette... Le cou, le moignon de la tête, ça gênait quand même un petit peu... Ça venait ballotter dans la roue... La vieille a retiré son jupon... et sa grosse requimpe écossaise pour lui empaqueter mieux le cassis... Pour que ça lui coule un peu moins... Mais aussitôt qu'on a roulé... avec les chocs et les cahots... ça s'est remis à jaillir et toujours encore plus épais!... On pouvait nous suivre à la trace... J'allais pourtant tout doucement. J'allais à petits pas... J'arrêtais toutes les deux minutes... On a bien mis au moins trois heures pour faire les sept kilomètres!... De très loin j'ai vu les gendarmes... leurs chevaux plutôt... juste devant la ferme... Ils nous attendaient... Ils étaient quatre et le brigadier... et puis encore un civil, un grand, que je connaissais pas... Jamais je l'avais vu celui-là... On avançait au centimètre... J'étais plus pressé du tout... On est arrivés quand même à la fin du compte... Ils nous avaient bien vus venir... au moins depuis la crête du plateau... Ils nous avaient sûrement repérés... avant même qu'on entre dans le bois...

— Allez! Toi l'enflure, laisse ta brouette sous la voûte! Entrez par ici tous les deux!... Le commissaire va venir tout à l'heure... Mettez-lui les menottes! et à elle aussi!... Ils nous ont bouclés dans la grange. Le gendarme est resté devant la porte.

On a attendu plusieurs heures comme ça là sur la paille...
J'entendais tout le populo qui s'ameutait devant la ferme.
Ça se peuplait le village!... Ils devaient affluer de partout...
Sous la voûte y en avait sûrement... Je les entendais discuter...
C'est le commissaire qui ne venait pas... Le brigadier entrait,
sortait, il devenait tout à fait rageur... Il a voulu montrer du
zèle en attendant la Justice... Il commandait à ses bourriques...
— Repoussez-moi tous les curieux! Et amenez-moi les
prisonniers!... Il avait posé des questions déjà à tous les
mignards... Il nous a fait revenir devant lui et puis retourner
encore une fois dans le fin fond de la grange... et puis ressortir
pour de bon... Il nous ravageait la salope!... Il faisait du zèle...
Il nous traitait en farouche... Il voulait nous épouvanter!...
sans doute pour qu'on se mette à table... qu'on lui fasse tout
de suite des aveux!... Il avait le bonjour!... On n'avait pas le
droit qu'il disait, de trimbaler le corps! Que c'était un crime
en soi-même!... Qu'on aurait jamais dû le toucher!... Qu'il
était très bien sur la route!... Qu'il pouvait plus faire le constat!... Ah? Et qu'un coup de bagne pour vingt-cinq ans ça
nous dresserait à tous le cul! Sacredieu pétard! Ah! il nous
aimait pas la tante!... Enfin toutes les plus crasses des salades!
des vraies sales beuglages de sale con!...

La vieille elle mouffetait plus bézef depuis qu'on était
rentrés. Elle restait comme ça en larmes, accroupie contre le
battant. Elle avait seulement des hoquets et puis deux, trois
plaintes toujours... C'est à moi qu'elle demandait...

« Jamais j'aurais cru Ferdinand!... Vraiment là c'est trop!...

C'est trop de malheur Ferdinand!... J'en ai plus la force!...
Non!... Je peux plus!... Je crois plus!... Je crois pas que c'est
vrai Ferdinand!... Dis toi?... C'est bien vrai? Tu crois que
c'est véritable, dis toi?... Ah! écoute c'est pas possible!... »
Ça, elle était bien sonnée... Elle avait son compte... une berlue
loucheuse... Mais aussitôt que l'autre bourrique il est revenu
au baratin, qu'il nous a traités en pourris, avec son accent si
rouleur... alors ça l'a net provoquée!... Elle avait beau être
avachie... Elle a ressauté sous l'affront!... Un terrible effet!...
Elle a rebardé comme une fauve!... Elle a rejailli à sa hauteur!

— Pardon! Pardon! qu'elle s'est rebiffée... Je vous entends
pas bien... Comment que vous dites?... Elle s'est requinquée
sous son blaze... Comment que vous me parlez à présent?...
Que c'est moi qui l'ai massacré?... Mais vous avez bu mon
garçon!... Ah! vous avez du culot!... Mais vous êtes fous tous
alors?... Mais comment?... C'est moi que vous venez accuser?...
Pour ce voyou?... Cet abuseur?... de sac et de corde?... Ah!
mais je la retiens alors celle-là!... Ah! elle est trop bonne!...
Ah! je la ferai copier!... La vermine qu'a fait mon malheur!...
Et qui n'en a jamais fait d'autres!... Mais c'est moi!... vous
entendez!... Mais c'est moi! très justement qu'il a toujours
assassinée!... Ah le vampire! mais c'est lui!... Mais pas seulement qu'une seule fois! pas dix fois!... pas cent fois!... mais
mille! dix mille fois!... Mais vous étiez pas encore nés tous
autant que vous êtes qu'il m'assassinait tous les jours!...
Mais je me suis mise en quatre pour lui!... Oui! arraché toutes
les tripes!... J'ai été sans brifer des semaines pour qu'on l'embarque pas aux Rungis!... Toute ma vie vous m'entendez?...
Échignée! Bernée!... c'est moi! Oui!... crevée. Oui toute ma vie
pour ce fumier-là!... Mais j'y ai tout fait pour qu'il en sorte!...
Tout!... Tout le monde le sait bien d'ailleurs!... Vous avez
qu'à les poser à eux vos questions!... Aux gens qui savent!
Qui nous connaissent... Qui m'ont vue!... Allez donc au Palais-
Royal!... Allez donc voir à Montretout!... Je suis connue moi
là!... On le sait là-bas tout ce que j'ai fait... comment je me suis
martyrisée!... Ferdinand il peut bien vous dire!... Il est jeune
mais il se rend bien compte!... J'ai fait des miracles moi,
Monsieur!... pour qu'il retombe pas dans son ruisseau!...
Des miracles!... Et au déshonneur!... C'était sa nature!...
Il se vautrait plus bas qu'une truie si on le laissait une seule

625

minute!... Il s'écroulait dans toutes les fosses... Il y pouvait rien!... Oui!... J'ai pas peur de le dire moi!... une latrine! J'ai rien à cacher!... Tout le monde d'abord sait tout ça... Plus de honte! sacré bon sang!... Il avait tous les penchants!... Tous! Tous les pires! Que vous-mêmes gendarmes vous êtes trop jeunes pour les comprendre!... Même pour entendre vous êtes trop jeunes!

Elle les dévisageait les bourres!... Elle était en cheveux, ses tiffes lui retombaient dans les châsses, des mèches grises filoches... Elle transpirait fort... Elle titubait un tout petit peu, elle se rassoyait.

— A la façon qu'il termine vous trouvez ça bien potable vous autres?... C'est tout ce que vous venez me dire maintenant?... Que moi on me traite comme une poufiasse!... La voilà ma récompense!... Si vous saviez toutes les dettes! Ah! Vous savez pas ça non plus!... Et comment qu'il s'en foutait alors!... Un drapeau-ci!... Un drapeau-là... Va les douiller ma chère rombière! Et toujours encore des nouvelles!... Crève-toi le ventre... T'es là pour ça! Un coup d'esbroufe! Perlimpinpin! Un coup de nuage! Un boniment! Va comme je te pousse! Limonade!... C'est tout comme ça qu'il a vécu! Il comprenait que ça! l'entourloupe! La cloche! Pas un soupçon de sentiment!... Elle se contractait sur le chagrin, elle gueulait entre les saccades!...

— C'est moi! c'est moi jusqu'au bout qu'ai conservé sa maison! Si je l'avais pas défendue, elle serait fourguée depuis les calendes! Il pouvait pas se retenir!... Il a profité le sale fléau que je suis tombée juste si malade! Que je pouvais plus me rendre compte de rien!... Il a tout lavé... Tout bu!... Tout bazardé séance tenante! Demandez donc si c'est vrai?... Si je suis la menteuse!... Rien! Jamais! il m'a épargné! Rien! Il pouvait pas!... C'était bien plus fort que lui!... Il fallait qu'il me martyrise!... Tout pour ses morues! Tout pour ses vices!... Ses chevaux!... Ses courses! Ses calembredaines!... Toutes ses saouleries!... Je sais plus quoi!... La générosité!... A des inconnus qu'il donnait!... N'importe quoi!... Pourvu que ça file!... Ça lui tenait pas entre les mains!... Que j'en crève c'était bien égal!... C'est ça qu'il a toujours voulu! Voici trente ans que ça durait!... Trente ans, que j'ai tout supporté!... c'est pas une seconde trente ans!... Et là c'est moi qu'on accuse!... Après

toutes les pires avanies!... Après que j'ai tout enduré?...
Ah dis donc! Ça passe les bornes!... À cette énorme pensée-là
elle se remettait en transports! — Comment? Comment?
C'est pas Dieu permis! Le voilà qui se défigure... il se barre!...
Il se met en compote! maintenant c'est moi qu'est la coupable?
Ah! là! là! Mais c'est un comble!... Y a de quoi se renverser!...
Ah! la charognerie! Ah! il sera bien dit jusqu'au bout qu'il
m'a emmerdé l'existence ce sale foutu pierrot pourri!... Mais
moi je suis bonne!... Moi je reste!... A toi! A toi! Tiens dur la
rampe vieille bourrique! Il restera rien! pas un croc! Que des
dettes! Que des dettes! Ça il s'en fout! Lui! pourvu qu'il dilapide!... Tout! qu'il m'a fait perdre!... Ça Ferdinand le sait
bien! Il l'a vue la situation!... Il a vu comme je me suis démenée,
bouleversée, retournée les méninges encore à la dernière
seconde!... Pour pas qu'on quitte Montretout!... Pour pas venir
dans ce coin de cochon! M'enterrer avec ses patates!... Y a
rien eu à faire!... Il était buté au malheur!... Ça Ferdinand
le sait bien aussi!... J'ai tout gâché!... J'ai tout perdu pour ce
pantin!... Ce phénomène de roulure! Ma situation, ma carrière!
Un bon métier, mes amis! Tout!... mes parents!... Personne a
plus voulu nous voir!... Rien que des ramassis d'escarpes!
des bandes de voyous déchaînés! des échappés de Charenton!...
Je me suis détruit la santé!... Mon opération d'abord! Et puis
j'ai vieilli de vingt ans pendant les derniers six mois!... Avant
lui j'avais jamais rien!... Je savais pas ce que c'était qu'un
rhume!... Je digérais n'importe quoi!... J'avais l'estomac
d'autruche!... Mais à force avec des catastrophes!... Il apportait jamais que ça!... Et c'était jamais terminé! A peine on
avait fini... Hop! il en fourniquait une autre! Toujours plus
extravagante!... Je l'ai perdue ma résistance! C'est bien facile
à comprendre! On m'a opérée c'est fatal!... Ils me l'ont bien
dit chez Péan... « Recommencez pas cette vie-là, Madame des
Pereires!... ça tournerait très mal!... Des ménagements!...
des précautions!... Pas trop de soucis!... » Ah! va te faire foutre!
C'était pire d'une année à l'autre!... Jamais une minute d'accalmie... que des procès! des sommations!... Du papier vert!...
du papier jaune!... Des créanciers devant toutes les portes!
Persécutée!... Voilà comment j'ai vécu... Persécutée jour et
nuit!... Exactement! Une véritable vie de criminelle!... Pour
lui encore! toujours pour lui!... Qui c'est qui pourrait résister?...

627

J'ai pas dormi, depuis vingt ans, une seule nuit complète!
Si vous voulez tout savoir! C'est la vérité absolue!... On m'a
tout enlevé à moi!... le sommeil, l'appétit, mes économies!...
J'ai des bouffées que j'en tiens plus debout!... Je peux plus
prendre un omnibus! Je suis écœurée immédiatement!...
Aussitôt que je vais un peu vite, même à pied je vois trente-
six chandelles!... Et à présent on me dit encore que c'est moi
qui assassine!... Ça c'est bien le plus fort que tout! Tenez!
Regardez donc vous-même avant de causer des choses
pareilles!...

Elle les emmenait sous la voûte les quatre cognes et le brigadier... Elle s'est rapprochée du corps... elle a retroussé le pantalon...

— Vous les voyez là ses chaussettes?... Vous les voyez bien?...
Eh bien c'est lui qu'a la seule paire!... Y en a pas deux dans la
maison!... Nous on en a pas nous autres!... Jamais! Ni Ferdinand! ni les mômes!... Elle remontait son propre grimpant
pour qu'ils se rendent bien compte les cognes!... Je suis pieds
nus aussi moi-même!... Allez! vous pouvez bien voir!... On
s'est tout le temps privés pour lui!... Pour lui seul! C'est lui
qui nous prenait tout!... On y a donné tout ce qu'on avait!...
Il a tout eu!... toujours tout! Deux maisons!... Un journal!...
au Palais-Royal... Des moteurs!... Cent mille trucs fourbis
encore, des rafistolages infernals!... qui ont coûté je sais combien!... les yeux de la tête!... tout le bazar! Pour satisfaire
ses marottes!... Je peux même pas tout raconter... Ah! On l'a
jamais contrarié! Ah! C'est pas de ça je vous assure qu'il
s'est fait la peau!... Il était gâté!... Il était pourri! Tiens!
Pourri! Tu veux des fourbis électriques?... Très bien, mon petit!
les voilà!... Tu veux qu'on aille à la campagne?... Très bien!...
Nous irons!... Tu veux encore des pommes de terre?... C'est
tout à fait entendu!... Y avait pas de cesse!... Pas de quiproquo!
pas de salade! Monsieur pouvait jamais attendre!... Tu veux
pas des fois la Lune?... C'est parfait mon cœur tu l'auras!...
Toujours des nouveaux caprices! Des nouveaux dadas!...
A un môme de six mois, Messieurs, on lui résiste davantage!...
Il avait tout ce qu'il désirait! Il avait même pas le temps
de parler! Ah! ce fut bien ma grande faiblesse!... Ah! que je
suis donc punie!... Ah! si j'avais su là-bas! tenez! quand je
l'ai trouvé la gueule en miettes... ce qu'on viendrait main-

tenant me raconter!... Ah! si je l'avais su!... Eh bien moi je peux bien vous le dire! Ah! ce que je l'aurais jamais ramené? Je sais pas ce qu'il en ressentait lui le môme!... Mais moi!... Mais moi tenez! Moi! j'aurais eu bien plutôt fait de le basculer dans le revers! Vous viendriez plus m'emmerder!... C'est là qu'il devrait être!... La sacrée sale pourriture! C'est tout ce qu'il mérite! Je m'en fous moi d'aller en prison!... Ça m'est bien égal!... Je serai pas plus mal là qu'ailleurs!... Mais Nom de Dieu! Ah! Nom de Dieu! Non! quand même! Je veux pas être si cul!...

— Allez! Allez! Venez par ici! Vous raconterez tout ça aux autres! Répondez d'abord aux questions!... Assez discuté!... Vous dites que vous le connaissiez pas vous le fusil qu'il s'est tué avec?... Vous l'avez ramené pourtant?... Et le petit gars, il le connaissait?... Il se l'était foncé dans la tête? Hein? C'est bien comme ça qu'on l'a retrouvé? C'est vous deux qui l'avez sorti?... Comment ça s'est fait d'après vous?...

— Mais moi j'ai jamais dit ça, que je le connaissais pas le fusil!... Il était là-haut sur la hotte... Tout le monde l'avait toujours vu!... Demandez aux mômes!...

— Allez! Allez! Faites pas des réflexions imbéciles! Donnez-moi tout de suite les prénoms, le lieu de l'origine... le nom de la famille?... La victime d'abord!... La date, le lieu de naissance?... Comment qu'il s'appelait finalement?... Courtial?... Comment?... Et où ça qu'il était né?... Connu? Occupations?...

— Il s'appelait pas Courtial du tout!... qu'elle a répondu brûle-pourpoint!... Il s'appelait pas des Pereires!... Ni Jean! Ni Marin! Il avait inventé ce nom-là!... C'était comme ça comme de tout le reste!... Une invention de plus! Un mensonge!... Que des mensonges qu'il avait!... Toujours! Partout! Encore!... Il s'appelait Léon... Léon Charles Punais!... Voilà son vrai nom véritable!... C'est pas la même chose n'est-ce pas?... Comme moi je m'appelle Honorine Beauregard et pas Irène! Ça c'était encore un autre nom qu'il m'avait trouvé!... Fallait qu'il change tout!... Moi j'ai les preuves de tout ça!... Je les ai moi!... Je dis rien pour tromper. Jamais elles me quittent!... Je l'ai là mon livret de famille!... Je vais le chercher d'abord... Il était né à Ville-d'Avray en 1852... le 24 septembre!... c'était son anniversaire! Je vais vous le chercher de l'autre côté... il est là dans mon réticule... Viens avec moi Ferdinand!...

Le brigadier il transcrivait... « Accompagnez les prisonniers ! »
qu'il a commandé aux deux griffes... On est repassés devant la
brouette... On est revenus encore une fois... un des guignols
a demandé... il a gueulé comme ça de la voûte :

— On peut pas le rentrer à présent ?...
— Le rentrer quoi ?...
— Le corps ! brigadier !... Y en a qui sont venus tout autour !
Il a fallu qu'il réfléchisse...
— Alors rentrez-le !... qu'il a fait... Emportez-le dans la
cuisine ! Ils l'ont donc extrait de la brouette... Ils l'ont soulevé
tout doucement... Ils l'ont transporté... Ils l'ont déposé sur
les dalles... Mais il restait tout biscornu... Il se détendait toujours pas... Elle s'est mise à genoux la vieille pour le regarder
d'encore plus près... Les sanglots lui revenaient très fort...
les larmes en ruisseaux... elle m'accrochait avec ses menottes...
La détresse la chavirait... On aurait positivement dit qu'elle
venait seulement de s'apercevoir qu'il était plus qu'une bouillie...

— Ah ! Ah ! Regarde Ferdinand !... Regarde !... Elle oubliait
le livret de famille, elle voulait plus se relever... elle restait
comme ça sur le tas...

« Mais il a plus de tête mon Dieu !... Il a plus de tête Ferdinand ! Mon chéri ! mon chéri ! Ta tête !... Il en a plus !... » Elle
suppliait, elle se traînait sous les gendarmes... Elle rampait
à travers leurs bottes... Elle se roulait par terre !...

« Un placenta !... C'est un placenta !... Je le sais !... Sa tête !...
Sa pauvre tête !... C'est un placenta !... T'as vu Ferdinand ?...
Tu vois ?... Regarde !... Ah ! Oh ! Oh... » Les cris d'égorgée qu'elle
poussait !...

« Ah ! Toute ma vie !... Ah ! toute ma vie !... Oh ! Oh !... »
comme ça toujours plus aigu.

— C'est pas moi, Messieurs, qu'ai fait ça !... C'est pas moi
quand même !... Je vous le jure !... Je vous le jure ! Toute ma
vie pour lui !... Pour qu'il soye heureux un peu !... pour qu'il se
plaigne pas !... Il avait bien besoin de moi !... le jour et la nuit...
ça je peux bien le dire !... C'est pas un mensonge ! Hein Ferdinand ? Pas que c'est vrai ? Toujours tous les sacrifices !... Il a
plus de tête !... Ah ! Comme vous m'en voulez tous !... Il a rien
gardé !... Bonne chance !... Bonne chance !... qu'il a dit... le
pauvre amour !... Bonne chance !... Mon Dieu ! vous avez vu ?...

c'est écrit!... C'est lui ça quand même!... C'est bien écrit avec sa main! C'est pas moi! Le pauvre malheureux! C'est pas moi! Bonne chance! Ça c'est lui! Absolument seul! On la voit bien son écriture! Ah! C'est pas moi!... Ça se voit quand même!... N'est-ce pas que ça se voit bien?...

De tout son long qu'elle avait plongé sur la terre battue... Elle se cognait dedans de tout son corps... Elle se serrait toute contre Courtial... Elle grelottait en le suppliant... Elle lui parlait encore quand même...

— Courtial! je t'en prie! Courtial... dis-moi! Dis-moi ça bien à moi mon chou!... Pourquoi t'as fait ça?... Pourquoi t'étais si méchant?... Hein? Dis-moi? mon gros! mon trésor!... Elle se retournait vers les cognes...

— C'est lui! C'est lui! C'est un placenta! C'est un placenta!... Elle se remettait dans une transe... elle se bouffait les mèches... on s'entendait plus dans la piaule tellement qu'elle mugissait fort... Tous les curieux à la fenêtre ils se montaient les uns sur les autres... Elle mordait à même ses menottes, elle convulsait, hantée, par terre. Ils l'ont relevée de force les gendarmes, ils l'ont transbordée dans la grange... Elle poussait des cris d'empalée... Elle se cramponnait après la porte... Elle tombait... elle rechargeait dedans... « Je veux le voir!... Je veux le voir!... qu'elle hurlait... Montrez-le-moi!... Ils veulent le prendre!... les assassins!... Au secours! Au secours! Mon petit! Mon petit!... Pas toi Ferdinand! Pas toi!... C'est pas toi mon chou!... Je veux le voir!... Pitié!... Je veux le voir!... » Tout comme ça pendant une heure. Il a fallu qu'ils y retournent, qu'ils y enlèvent ses menottes... Alors elle s'est un peu calmée... Ils m'ont pas enlevé les miennes... J'ai promis pourtant d'être tranquille.

L'après-midi un autre griffeton est arrivé en bicyclette...
Il venait tout exprès de Persant... Il a redit au brigadier qu'il
fallait nous qu'on touche à rien... Que c'est le Parquet qu'allait
venir... que c'était pas le Commissaire... Que c'était les ordres
mêmes du Juge d'Instruction... Il nous a commandé aussi
qu'on prépare les affaires des mômes, qu'ils partiraient tous le
lendemain à la première heure... Qu'on les attendait à Versailles dans un Refuge de l'Assistance « La Préservation Juvénile »... Ça aussi c'était dans les ordres!... Il devait pas en rester un seul après dix heures du matin!... Deux personnes spé-
ciales devaient venir exprès de Beauvais pour nous les emmener... les accompagner à la gare...
On a répété les ordres aux moujingues qu'étaient dans la
cour, fallait bien qu'on les prévienne... que c'était fini notre
poloche... que c'était des choses révolues!... Ils saisissaient
pas encore net... Ils se demandaient ce qu'ils allaient faire?...
Où ça qu'on allait les emmener?... Si c'était pas seulement une
blague?... J'ai essayé de leur faire comprendre qu'elle était
finie la musique!... que notre rouleau tournait plus!... Ils
entravaient pas du tout!... Que le Juge avait ordonné qu'on
liquide toute la boutique!... Qu'on renvoye séance tenante
toute la « Race Nouvelle » chez elle! Qu'ils allaient saquer en
même temps toute notre culture des « effluves »!... qu'ils en
voulaient plus de notre bastringue!... Qu'ils étaient tous des
vrais féroces!... Impitoyables! Résolus! Que c'était fini n-i ni!...
Qu'on allait rechercher leurs dabes!... Qu'il fallait ce coup-là
qu'on les retrouve!...

Tout ça c'était du chinois!... Ils avaient perdu l'habitude d'être traités en mômes... Ils étaient trop émancipés!... ils se rendaient plus compte des choses de l'obéissance!... C'était pas très compliqué pour réunir leur Saint-Frusquin!... ils avaient en somme que leurs os... et leurs petits frocs dessus!... en fait de garniture... Ils avaient quelques grolles de « fauche » qu'étaient jamais la pointure. Ils en mettaient souvent qu'une... Ils bagottaient plutôt pieds nus!... Eh bien ils ont trouvé quand même moyen d'embarquer tout un bric-à-brac... des myriades de clous, des crochets, trébuchets, frondes, des cordelettes, des pièges à glu... des jeux de râpes, entiers, des cisailles et tous les ressorts à boudins et encore des lames de rasoirs emmanchées sur des longs bâtons... deux pinces complètes « Monseigneur »... Y avait que le Dudule qu'avait rien... Il travaillait avec ses doigts... Ils croyaient les gniards qu'où on les emmenait tout ça pourrait encore resservir... Ils se rendaient pas compte!... J'avais pourtant bien insisté... Ils prenaient rien au tragique... Ils avaient pourtant bien vu le vieux avec sa gueule en débris! Et la vieille ils l'entendaient bien à travers la porte... comment qu'elle râlait... Mais ça les effrayait plus...

— Moi, tiens! qu'il me faisait Dudule, je te jure qu'on sera revenu jeudi!...

« Tu les connais pas mon fiote! que j'y répliquais... Surtout faites pas vos petits durs!... Ils vous boucleraient pour la vie!... Ils ont des cabanes terribles!... Gafez-vous! rentrez vos marioles!... Fermez bien vos trappes à tous... » Même la Mésange elle crânouillait : « Ferdinand! Penses-tu! Balle Peau! C'est pour qu'on voye pas l'enterrement qu'ils nous font trisser!... Tout ça c'est du mou!... On reviendra sûrement pour dimanche!... Quand ça sera fini!... » Moi je voulais bien... Toute la petite fourgue ils l'ont paquetée... Y a eu encore discussion à propos de partage... Ils voulaient tous de « l'élastique »... du gros épais... Ils étaient des as pour les piafs!... Ils ont emmené du laiton, presque deux rouleaux... Et qui pesaient lourd!... Mais il en restait Nom de Dieu! Tout un coffre dans le hangar!...

Les deux dames accompagnatrices, elles sont arrivées plus tôt qu'on pensait... Un peu des genres de « bonnes sœurs ». Pas de cornettes, mais des robes grises bien montantes, exactement toutes deux semblables, et puis des mitaines... et des drôles de voix trop douces et bien insistantes... Il faisait pas encore nuit...

— Alors voilà mes chers enfants... Il va falloir se presser un peu... Qu'elle a dit comme ça la plus mince... J'espère que vous serez tous bien sages!... Nous allons faire un beau voyage... Elles les ont rangés deux par deux... Mais Dudule tout seul en avant... C'était bien pour la première fois qu'ils se mettaient en ordre... Elles ont demandé à tous leurs noms...

— Maintenant il faudra plus causer!... Vous êtes des petits enfants très sages!... Comment t'appelles-tu toi mignonne?...

— Mésange-Petite-Peau!... qu'elle a répondu. C'était bien exact d'ailleurs que les autres l'appelaient ainsi. Ils étaient encore neuf en tout... Cinq garçons, quatre filles. Le Dudule nous laissait son clebs... Ils en voulaient pas à Versailles... Ils ont rompu un coup les rangs... Ils oubliaient la daronne!... Elle était toujours dans sa grange... Ils y ont été vite l'embrasser... Y a eu forcément un peu de larmes... C'était tout de même pas très marrant comme séparation... vu les circonstances... C'est la Mésange qu'a pleuré le plus...

— Au revoir Ferdinand!... Au revoir! A bientôt!... qu'ils me criaient encore de l'autre bout de la cour... les dames elles rassemblaient leur troupe...

— Voyons, mes enfants! Voyons!... Allons mes petites filles... Ils me lançaient des derniers appels tout au bout du chemin... « A bientôt pote!... à bientôt!... »

Merde! Merde! Moi je me rendais compte... L'âge ça c'est le plein tour de vache... Les enfants, c'est comme les années, on les revoit jamais. Le chien à Dudule on l'a refermé avec la vioque. Ils pleuraient ensemble tous les deux. C'est lui qui gémissait le plus fort. Ce jour-là c'est vrai, je peux bien le dire c'est un des plus moches de ma vie. Merde!

Une fois comme ça les mômes partis le brigadier s'est installé avec ses hommes dans la cuisine. Ils ont vu que j'étais bien peinard, ils me les ont enlevées mes menottes... Le corps était à côté... On avait plus rien à faire puisqu'on attendait que le lendemain l'arrivée du Procureur... Y aurait « Instruction » qu'ils disaient. Ils commentaient ça les Pandores... Enfin ils nous engueulaient plus. Et puis alors ils avaient faim... Ils ont inspecté les placards... si ils voyaient pas du fricot... Ils cherchaient aussi à se rincer... Mais y avait plus rien comme tutu... On a rallumé du feu... Il pleuvait dans la cheminée... Et puis il a refait très froid. Février c'est le mois le plus petit, c'est aussi le plus méchant !... Le début de l'hiver avait pas été trop dur... maintenant ça se vengeait la saison... Ils causaient de tout ça entre eux les guignols... C'était des paysans dans l'âme... Ils traînaient leurs bottes partout... Je regardais leurs tronches de près... Ils fumaient leurs pipes... Ils étaient autour de notre table... On avait le temps de se contempler... Ils avaient comme une épaisse panne à partir des yeux. Entièrement les joues blindées... et puis encore des bourlaguets tout autour du cou... qui leur remontaient aux esgourdes... Ils étaient fadés en substances, ils étaient plutôt pansus ! surtout un qu'était le double des autres... Il fallait pas leur en promettre ! Leurs bicornes ils faisaient pyramide au milieu de la table, emboîtés en pile... Leurs bottes aussi c'était « ad hoc » pour faire les sept lieues !... Des porte-parapluies !... Quand ils se levaient tous les cinq en traînant leurs sabres ils déclenchaient une quincaille qu'on a pas idée... Mails ils ont eu de plus en plus

soif... Ils ont été chercher du cidre chez les vieux au bout du hameau... Plus tard encore, peut-être vers les huit heures du soir, un autre griffeton est arrivé... Il venait de leur casernement... Il leur apportait du pinard et une petite croûte... cinq gamelles... Il nous restait nous du café. J'ai dit qu'on pouvait leur en faire à condition qu'on nous le laisse moudre. Ils ont bien voulu. La vieille elle est sortie de sa grange. Ils ont été lui ouvrir. L'accès de la colère il était passé. Ça les privait bien ces colosses d'avoir que ça comme pitance! une petite gamelle pour chacun!... et la boule pour cinq!... La daronne elle avait du lard, je le savais bien, encore un petit peu en réserve... Et puis des lentilles, dans une planque à elle, des navets, et puis peut-être même encore une demi-livre de margarine...
— Je peux vous faire la soupe! qu'elle a dit... Maintenant que les mômes sont plus là!... Je peux peut-être vous faire bouffer tous!... Ils ont accepté très heureux... Ils s'en tapaient sur les cuisses... Mais elle repleurnichait quand même... Nous avions une marmite de taille!... elle tenait au moins quinze gamelles... Un autre pinard est arrivé... Celui-là il venait tout droit de Persant... C'était l'épouse du brigadier qui l'envoyait par un gamin avec une lettre et un journal... On s'est assis à côté d'eux... Forcément on partageait... Ça faisait un peu plus de vingt-quatre heures qu'on avait rien becté nous autres... Les gendarmes ils en redemandaient... On a vidé tout le chaudron... Ils ont causé qu'entre eux d'abord... Ils s'animaient à mesure... Ils ingurgitaient tant et plus... Ils se déboutonnaient franchement... Un des cinq... pas le brigadier... un qu'était déjà tout chauve, il semblait plus curieux que les autres... Il a demandé à la daronne ce qu'il faisait le mort en fait de métier avant de venir à la culture?... Ça l'intéressait... Elle a essayé de lui répondre, mais elle a pas pu très bien... Elle s'étranglait à chaque parole... Elle se dissolvait en sanglots... Elle mouchait dans son assiette... Elle a éternué dans la poivrière... Tout le monde se marrait finalement... Et puis ça emportait la gueule... elle avait eu la main lourde avec le piment... Oh! oua! ouaf!... Il faisait chaud aussi dans la piaule... Le feu tirait à ravir!... Quand le vent était bien placé on aurait brûlé la baraque!... mais si il changeait de direction alors il refoulait dans la tôle!... On étouffait dans la fumée!... C'est toujours comme ça la campagne...

636

Au bout du banc, le brigadier, il tenait plus par la chaleur...
Il a tombé la tunique... Les autres ils ont fait pareil... Les huiles
du Parquet ils pouvaient venir que le lendemain matin... Y
avait donc pas de pet... Ils se demandaient tous pourquoi le
Commissaire s'était défilé?... Ça les passionnait cette question.
Et pourquoi surtout le Procureur lui-même?... Et pourquoi si
rapidement?... Il devait y avoir eu un bisbille entre le Greffe
et la Préfecture... Telle était la belle conclusion... Si y avait
comme ça des bagarres, nous autres on paumerait certainement... Moi voilà déjà ce que je pensais. Le brigadier, peu à
peu, il a recommencé son dîner... Il s'est tapé à lui tout seul
presque tout un camembert!... des tartines immenses!... avec
le coup de rouge par-dessus!... Une bouchée!... un coup!...
Une bouchée!... une autre!... Je le regardais faire... il me clignait de l'œil... Il était déjà chlasse un peu!... Il est devenu tout
cordial... Il a demandé à la vioque, comme ça, pas du tout
brutal, absolument sans malice, ce qu'il faisait donc son Courtial, avant qu'ils arrivent à Blême?... Elle l'a compris tout de
travers. Elle en était comme gâteuse à force de pleurer. Elle
lui répondait « Rhumatismes! » elle y était absolument plus!...
Elle s'est remise à battre la breloque... Les larmes lui reprenaient le dessus... Elle l'a imploré, supplié pour qu'il la laisse
dans la cuisine... à côté... encore un petit peu... Pour le veiller
un moment... Par exemple jusqu'à minuit!... On n'avait plus
d'huile ni de pétrole... seulement que des chandelles mais alors
un assortiment!... Les mômes ils en fauchaient partout, toujours, chaque fois qu'ils sortaient... qu'ils passaient un peu
dans une ferme... Ils nous en avaient rapporté de tous les
calibres des calebombes!... on avait un choix, la vieille voulait
en mettre deux... Le brigadier en avait marre de l'entendre
glapir...

— Allez! Allez-y!... et puis revenez vite! Tout de suite!...
Et foutez pas le feu!... Et puis touchez pas au bonhomme hein?...
ou je vous renferme dans la grange!... Et puis alors pour de
bon!...

Elle y est partie... Au bout d'un instant, comme elle revenait pas un gendarme s'est levé pour voir... « Qu'est-ce qu'elle
fabrique?... » qu'ils se demandaient... J'y ai été aussi avec lui...
Elle était recourbée à genoux contre le corps...

— Je peux pas le recouvrir?... — Ah! non qu'il répondait le

guignol... — C'est pas qu'il me fasse peur, vous savez! Mais il faudra bien qu'ils l'enveloppent... Ils peuvent pas l'emmener comme ça!... Je le bougerai pas! Ça je vous le promets!... J'ai pas besoin d'y toucher! Je voudrais qu'on lui passe une étoffe!... Ça seulement!... c'est tout!... Une étoffe dessous et puis sur la tête...

Je me demandais ce qu'elle voulait lui mettre?... Des draps?... On en avait pas... On en avait jamais eu à Blême... On avait bien des couvertures, mais elles étaient plus que des loques... et des absolument pourries!... On s'en servait plus depuis la paille... puisqu'on couchait tout habillés... des vrais détritus... Le gendarme il voulait pas de ça!... Il voulait qu'elle demande elle-même au brigadier la permission... Mais le brigadier lui il ronflait... Il avait sombré sur la table... On l'apercevait par la porte... Les autres ploucs ils faisaient la manille...

— Attendez! j'y vais!... qu'il a dit à la fin des fins... Y touchez pas avant que je revienne... Mais elle pouvait plus attendre...

— Ferdinand! toi, vas-y donc! Dépêche-toi mon petit! Va me chercher vite dans ma paillasse... tu sais par la fente!... où je rentre la paille?... Fouille! Plonge avec ton bras du côté des pieds... tu vas trouver le grand morceau!... Tu sais bien... celui de l' « Archimède »!... Le rouge... le tout rouge!... Il est assez grand tu sais... Il sera assez grand... Il fera bien tout le tour!... Rapporte-le-moi! là! tout de suite... Je bouge plus!... Dépêche-toi vite!...

C'était absolument exact... Je l'ai trouvé immédiatement... Il empestait bien le caoutchouc... C'est le morceau qu'elle avait sauvé du fond des décombres le soir de la catastrophe... Elle l'a déplié devant moi... elle l'a étalé par terre... C'était toujours une bonne toile. C'est la couleur qu'avait changé... Elle était plus écarlate... elle avait tourné tout marron... Elle a pas voulu que je l'aide pour enrouler Courtial dedans... Elle a tout fait ça elle-même... Fallait surtout pas qu'elle le remue... Elle a glissé sous le cadavre tout le tissu tout à fait à plat... extrêmement doucement il faut dire... Elle avait bien assez de métrage pour tout envelopper... Et toute la barbaque de la tête s'est trouvée renfermée aussi... Le brigadier nous regardait faire... L'autre il l'avait réveillé... « Alors qu'il nous criait de loin... Vous allez encore le cacher?... Hein?... Vous êtes enragée alors? »

638

— Ne me grondez pas, mon bon Monsieur!... ne me grondez pas!... Je vous en supplie! J'ai fait mon possible!... Elle se tournait vers lui à genoux. J'ai rien fait de mal!... J'ai rien fait de mal!... Venez voir!... Venez le voir!... Vous-même! Il est toujour là... Croyez-moi!... Croyez-moi! Je vous en supplie!... Monsieur l'Ingénieur!... Elle l'appelait comme ça, tout d'un coup, Monsieur l'Ingénieur!... Elle se remettait à crier...

— Il montait, Monsieur l'Ingénieur! Vous l'avez pas vu vous autres!... Vous pouvez pas me croire bien sûr!... Mais Ferdinand il l'a vu lui!... Hein que tu l'as bien vu Ferdinand?... Comme il montait bien!... Tu te rappelles dis mon petit?... Dis-leur à eux!... Dis-leur mon petit!... Ils ne veulent pas me croire moi!... Miséricorde! Doux Jésus! Je vais faire une prière! Ferdinand! Monsieur l'Ingénieur! Sainte Marie! Marie! Agneau du Ciel! Priez pour nous! Ferdinand! Je t'en conjure! Dis-leur bien à ces Messieurs! Veux-tu?... Viens faire ta prière! Viens vite!... Viens ici! Ça c'est vrai hein?... Au nom du Père! du Fils! du Saint-Esprit!... Tu la sais celle-là Ferdinand?... Tu la sais aussi ta prière?...

Elle s'épouvantait... elle s'écarquillait blanc les châsses...

— Tu la sais pas?... Mais si tu la sais!... Pardonnez-nous nos offenses!... Allons! Ensemble! Là! Voilà! Comment je vais vous pardonner!... Allons! Comme je vais vous pardonner!... Répète Nom de Dieu!... petit malfrin!

Elle me fout alors une grande claque!... Les autres là-bas, ils s'en gondolent...

— Ah! Ah! Tu la sais bien alors!... quand même!... Il montait Monsieur l'Ingénieur, il montait c'était magique!... Tenez à dix-huit cents mètres!... J'ai monté partout avec lui... Oui!... J'ai monté!... Vous pouvez me croire à présent!... C'est la vérité parfaite!... Je le jure!... Elle essayait des signes de croix... Elle pouvait pas les finir... elle s'embarbouillait dans ses loques...

— Dans l'Hydrogène! Dans l'Hydrogène! mes chers Messieurs!... Vous pouvez demander à tout le monde!... C'est pas des mensonges tout ça!... Elle se prosternait le long du corps, elle s'est jetée entièrement dessus... C'était la supplication...

— Mon pauvre chéri!... Mon pauvre amour!... Personne te croit plus à présent. Ah! C'est trop abominable!... Personne veut plus te croire!... Je sais plus moi comment leur dire?... Je sais plus quoi faire?... Je sais plus comme il est monté?...

Je sais plus combien!... C'est moi je suis la femme horrible!...
C'est ma faute à moi tout ça... C'est ma faute, Monsieur l'Ingé-
nieur!... Ah! oui! C'est moi qui ai fait tout le mal!... A lui j'ai
fait tout du mal! Il est monté deux cents fois!... cent fois!...
Je me rappelle plus mon amour!... Deux cents!.... Six!...
Six cents fois!... Je sais plus!... Je sais plus rien!... C'est atroce!...
Monsieur l'Ingénieur!... Trois cents!... Plus! Bien plus!... Je
sais pas!... Elle l'étreignait dans l'enveloppe!... elle se crispait
entièrement dessus... « Courtial! Courtial! Je ne sais plus rien!...»
Elle se rattrapait le gosier en force. Elle se relabourait la tête...
Elle s'est arraché les tiffes, en rage, à poignées, en se démenant
par terre... Elle se refouillait la mémoire...

— Trois mille!... Dix mille! Jésus! Quinze!... Dix-huit
cents mètres!... O Jésus! Ferdinand! Tu peux rien dire?...
C'est trop fort!... Merde de Dieu!... Elle se reperdait dans les
chiffres...

« Mes officiers!... Ferdinand!... Mes officiers! » qu'elle les
appelait! « Au Nom du Ciel! C'est ça, j'y suis! »... Elle s'est
soulevée sur les coudes... « Deux cent vingt-deux fois!... C'est
bien ça!... Deux cent vingt-deux! »... elle retombait... « Merde!
je sais plus rien!... Ma vie! Ma vie!... » Il a fallu que les cognes
la relèvent... Ils l'ont ramenée dans la grange... Ils ont refermé
la porte sur elle. Comme ça absolument seule peu à peu, elle
s'est résignée... et même elle s'est endormie... Plus tard, on est
entrés la voir avec les gendarmes. Elle s'est remise à nous causer
mais alors toute raisonnable. Elle était plus dingue du tout.

On a encore attendu toute la matinée... La vieille elle restait
dans sa paille... Elle ronflait profondément... Ils sont arrivés
vers midi les gens du Parquet... Le Juge d'Instruction, un petit
gros bien empaqueté dans sa fourrure, il zozotait dans la buée,
il toussait, il avait des quintes... Il est descendu de son landau
avec un autre fias, un rouquin. Celui-là il portait une casquette
tout enfoncée sur les yeux. C'était son médecin légiste. Les
gendarmes l'ont reconnu tout de suite.

Il faisait un froid vraiment aigre... Ils étaient pas réchauffés...
Ils venaient de la gare de Persant...

— Amenez-les donc par ici!... qu'il a ordonné aux gendarmes,
dès en mettant le pied par terre... Amenez-les-moi dans la
grande salle!... Ensemble! la femme et le merdeux! Nous irons
voir le corps plus tard!... Personne l'a bougé?... Où l'avez-vous
mis?... Apportez-moi aussi les pièces?... Qu'est-ce qu'y avait?...
Un fusil?... Les témoins?... Y a des témoins?...

Quelques minutes plus tard il est arrivé encore deux autres
voitures... Une qu'était remplie de policiers, de cognes en civil...
et l'autre, une grande tapissière qu'était bourrée de journalistes... Ceux-là ont pris séance tenante des foisons d'instan-
tanés... sur tous les aspects de la ferme... de l'intérieur... les
environs... Ils étaient tracassiers ceux-là, les journalistes, bien
plus que tous les péquenots. Et puis frétillants surtout!... Il a
fallu, ce fut la transe qu'ils prennent ma pêche au magnésium!...
et puis celle de la daronne sous tous les profils!... Elle savait
plus comment se tapir!... Elle était forcée de rester là, entre
les deux bourres... Mais on pouvait plus se bouger tellement la

foule devenait compacte... Le Procureur il faisait vilain! On lui marchait dessus!... Il a donné l'ordre aux griffes de faire immédiatement place nette... Ils ont pas traîné... Ils ont culbuté la cohue... Les abords furent vite dégagés... toute la cour aussi...

Le zozotant il prenait froid, il frissonnait dans sa pelure. Il avait hâte que ça se termine, ça se voyait très bien. Il en voulait au service d'ordre... Son greffier il cherchait une plume, il avait cassé la sienne... Il était mal le zozoteur comme ça sur le banc... La salle était trop énorme, humide, le feu était tout éteint... Il se tapait les poignes l'une dans l'autre... Il ôtait ses gants pour souffler. Il se suçait les doigts... Il avait le nez tout améthyste... Il remettait ses gants. Il tortillait du derrière... Il retapait des pieds... Il se réchauffait pas... Tous les papelards étaient devant lui... Il soufflait dessus, ça s'envolait... Le greffier bondissait après... Ils écrivaient rien du tout... Il a voulu voir le flingue. Il a dit aux journalistes : « Photographiez-moi donc cette arme, pendant que vous y êtes!... » Il a dit au brigadier : « Racontez-moi toute l'histoire!... » Alors, là, le gros enfiotté il crânait pas comme avec nous! Il bredouillait même plutôt... Il savait pas au fond grand'chose... Je me suis rendu compte tout de suite... Il est sorti avec le juge... Ils arpentaient comme ça dans la cour et de long en large... Quand ils ont eu fini de jacter, ils sont revenus dans la salle... Il s'est rassis le zozoteur... C'était à moi maintenant de causer... J'y ai tout de suite tout raconté... Tout ce que je savais c'est-à-dire... Il m'écoutait pas beaucoup : « Comment t'appelles-tu? »... J'y ai dit : « Ferdinand, né à Courbevoie. » « Ton âge? »... J'y ai dit : « Et tes parents que font-ils? » Je lui ai dit aussi ... « Bien! qu'il a fait... Reste là... Et vous?... » c'était le tour à la vieille...

— Racontez-moi votre histoire et dépêchez-vous surtout... Il s'était relevé... Il tenait pas assis... Il gambergeait de long en large... Il les sentait plus ses nougats... Il avait beau trépigner... C'est frigo la terre battue!... Surtout la nôtre si humide...

— Ah! Docteur! Mes pieds alors!... On fait donc jamais de feu ici?... On avait plus de bois du tout... Les gendarmes avaient tout brûlé!... Il a brusqué le récit de la vieille...

— Ah! Je vois décidément, que vous ne savez pas grand'zose! Tant pis! Tant pis! On verra tout za plus tard!... Ça zera pour Beauvais!... Allez! Allez! On s'en va!... Docteur vous avez regardé le corps?... Hein? Alors qu'est-ce que vous en dites?...

Hein?... Ils sont repartis tous les deux, recommencer ça... A
côté, dans la cuisine, ils discutaient le coup... Ils sont restés
peut-être dix minutes... Ils sont revenus...

— Voilà, qu'il a dit le zozoteur... Vous! l'épouse!... La femme
Courtial! Non! Des Pereires!... Non?... Zut!... Vous êtes libre
provisoirement! Mais il faudra venir à Beauvais!... Mon greffier
vous indiquera!... J'enverrai prendre le corps demain!...
S'adressant aux journalistes : Provisoirement c'est un suicide!
Après l'autopsie nous verrons... Vous serez peut-être libre tout
à fait... Enfin on verra... Vous le numéro! C'était moi... Vous
pouvez partir!... Vous pouvez vous en aller! Il faut retourner
tout de suite chez vous!... Chez vos parents!... Vous donnerez
votre adresse au Greffe!... Si j'ai besoin de vous, je vous ferai
venir! Voilà! Allez! Allez! Brigadier! Vous laisserez ici un gendarme, n'est-ce pas?... Un seul! Jusqu'à demain matin! jusqu'à l'arrivée de l'ambulance! Allez! vite Greffier!... Allez! C'est
fini les journaux? Sortez tous d'ici les reporters!... Plus personne! que la famille et le planton!... Voilà Gendarmes! pour
la nuit! Et vous empêcherez d'entrer hein?... de toucher!...
de sortir! C'est compris?... Vous me comprenez tous?... Bon!...
Allez! Allez! Pressons!... Pressons! Allons, en voiture, Docteur!...

Il battait toujours la semelle!... Il se trémoussait devant son
landau!... Il en pouvait plus!... Il crevait malgré sa houppelande et malgré l'énorme peau de bique qui lui montait jusqu'aux sourcils... jusqu'au chapeau melon!... En mettant le
pied sur la marche :

— Cocher! Cocher! vous m'écoutez! N'est-ce pas? n'est-ce
pas? Vous irez vite!... Vous nous arrêterez à Cerdance! au petit
« Tabac »! qu'est à gauche!... après le passage à niveau! Vous
savez bien où?... Ah! Docteur! J'ai eu des frissons comme
jamais de ma vie!... J'en ai pour un mois certainement!...
Encore!... Comme tout l'hiver dernier tenez!... Ah!... Je sais
pas ce que je ferais pour un grog! Vous savez!... Ils m'ont fait
crever dans cette turne!... Vous avez vu cette glacière?...
C'est impossible! On est encore mieux dehors!... C'est pas
croyable!... Ah! il se conservera le macchabée!...

Il a encore sorti sa tête par-dessous la grande capote au
moment qu'ils démarraient... Il regardait l'ensemble de la
ferme... Les gendarmes au « garde-à-vous »!... Fouette cocher!...
Ils sont partis en bourrasque, dans la direction de Persant...

Les bourres, le greffier, les civils ils ont pas attendu leur reste!
Ils ont filoché derrière à peine cinq minutes plus tard... Les
journalistes eux sont revenus... Ils ont encore repris d'autres
photos... Ils savaient tout ces délurés! Ah! Ils étaient bien
affranchis... Ils en connaissaient des micmacs...

— Allez! Allez! qu'ils nous ont dit... Faut pas vous en faire...
C'est évident que vous y êtes pour rien!... Tout ça c'est des
chinoiseries! Que des formalités banales! C'est pour l'extérieur! Pour la forme! Faut pas vous frapper! Ils vont vous
relâcher tout de suite! C'est un décorum! La vieille elle se
désolait quand même...

— On les connaît un peu nous autres!... C'est pas pour la
première fois qu'on le voit travailler!... S'il avait eu des vrais
soupçons il serait resté bien plus longtemps! Et puis en plus!
raide comme balle! il vous aurait tous embarqués!... Ah! Alors
il hésiterait pas! On le connaît quand même! Seulement qu'un
poil de présomption! Et puis hop il vous tourniquait! Ah!
Alors c'était dans la fouille! Ah! Il est terrible pour le doute!
Ah! Il se perd dans les nuages... Ah! c'est un vrai petit frisé!
Ah! Avec lui y a pas de chanson!

— Alors Messieurs, vous êtes bien sûrs qu'il va pas revenir?...
que c'est pas seulement pour le froid?... C'est peut-être pour ça
qu'il est parti?...

— Ah! Il a pas froid aux châsses! Ah! Vous pouvez être
peinards! Mais non que c'est de la rigolade! Du m'as-tu vu!
Ah! là là! Moi je me frapperais toujours plus! C'est lui qu'est
venu pour des prunes!... Ah, alors! Hein! Il peut râler? Ils
étaient tous de cet avis...

Ils sont remontés dans leur carriole... Ils se parlaient déjà de
gonzesses... Il fallait qu'ils démarrent doucement... Ça craquait
fort sur leurs essieux... Ils étaient de trop dans la bagnole...
Tassés les uns dans les autres... Y en avait deux des journalistes
qu'étaient venus très exprès de Paris... ils regrettaient bien
aussi le voyage... Tellement que la vieille les relançait avec ses
questions ils ont tous fini par mugir en chœur, en cadence :
« C'est pas un crime!... Pop! Pop! Pop! »
« C'est pas un crime!... Pop! Pop! Pop! »
Tapant comme ça des talons à crever le plancher... Au bout
du compte ils se marraient bien. Ils entonnaient des saloperies...
Ils sont partis sur *Dupanloup!*

644

Le gendarme qui restait de garde, il a trouvé dans le hameau, une autre bicoque, une toute vide, près de l'abreuvoir, où il pouvait rentrer son cheval. Il préférait ça comme endroit... La nôtre d'écurie c'était qu'un décombre... toute la flotte passait... Et puis alors des courants d'air que ça sifflait comme des orgues!... Sa bête elle souffrait là-dedans. Elle chancelait, chavirait de froid sur ses guiboles... Il l'a donc emmenée ailleurs... Et puis il est revenu encore... peut-être une heure avant la soupe... Il voulait nous dire quelque chose...

— Écoutez! Vous deux patachons! Vous pourrez-t-y rester tranquilles? Il va falloir que j'aille à Tousne!... C'était un bourg assez loin de l'autre côté du bois Berlot... Il faut que j'aille chercher mon avoine. J'en ai plus moi dans mes sacoches! J'ai ma belle-sœur qu'est là-bas... Elle est buraliste... Alors je resterai peut-être pour la soupe... Je serai rentré un peu plus tard... Mais pas plus tard que dix heures!... Alors vous! Vous ferez pas les gourdes, hein! J'ai plus un seul grain d'avoine!... Et puis tiens je vais emmener le dada... Comme il a son fer qu'est parti... Je passerai à la forge... Je rentrerai à cheval... Je serai plus tôt revenu... Alors c'est compris? Hein?... Vous laissez entrer personne?... C'était compris, entendu... Il s'emmerdait avec nous... Il allait se taper la cloche... « Bon vent! » qu'on s'est dit... Il a retraversé devant la ferme avec son gaye à la bride... Je l'ai vu s'éloigner... Il commençait à faire nuit...

Nous tous les deux avec la vieille, on n'a pas mouffeté... J'attendais qu'il fasse vraiment noir pour sortir... chercher du bois... Alors j'ai fait vite... la palissade j'ai arraché trois planches d'un coup... Je cassais tout ça en margotins... mais qui fumaient forcément... C'était trop humide... Je suis retourné avec la vieille... J'étais content qu'on se réchauffe... C'était pas du luxe! Mais il fallait fermer les yeux! Ça piquait trop fort... Elle était redevenue toute sage après la séance... Mais encore comment inquiète!

— Tu crois ça toi les guignols?... qu'ils vont rien nous dire de plus? Tu crois pas qu'ils cachent encore une truquerie quelconque?... Elle m'interrogeait... Tu les a entendus pourtant comment qu'ils m'ont soupçonnée?... Et tous! T'as bien vu au premier abord... Comme ça de but en blanc!... Ah! Dis donc c'est un sacré vice! Et allez donc! Ah! Alors!...

— Qui ça les bourriques?...

— Ben oui! Les bourriques quoi!...

— Oh! le brigadier c'est qu'un gros plouc!... Comment qu'il a perdu le sifflet ! acacac! devant les gerbes!... en cinq sec!... Il existait plus!... Il savait plus où il était!... Il avait plus un mot à dire!... Il avait rien vu ce poireau-là!... De quoi qu'il aurait causé?... Les journalistes ils l'ont bien dit... Vous avez bien vu quand même!... Ceux-là, ils auraient remarqué... Ils la connaissent eux la musique!... Ils nous auraient sûrement prévenus... Ils l'aiment pas eux le zozoteur... C'était que des présomptions... Rien que des baveries!... pas autre chose!... Ils seraient pas barrés comme des pets... si ils pensaient nous posséder! Ah! non alors!... Pas d'erreur!... Ils seraient encore là tous les bourres! mais c'est évident voyons!... Plutôt quarante-deux fois qu'une!... Vous l'avez bien entendu!... le zozoteur lui-même! quand il est sorti? Comment qu'il a dit aux autres!... : « Ça c'est un suicide! » Voilà c'est tout! C'est pas midi à quatorze heures!... Le médecin aussi il l'a vu!... Je l'ai entendu quand il disait au petit bourrique. « De bas en haut, mon ami! De bas en haut!...» C'était bien net! Pas un charre!... Et voilà!... Faut pas inventer!... Ça suffit quand même!...

— Ah! En effet, t'as raison!... qu'elle me répondait tout doucement... Mais elle restait pas convaincue... Elle se fiait pas trop...

— Comment qu'ils vont l'enterrer?... Ils font d'abord l'autopsie? Et après? Pour quoi faire? Hein?... T'as pas idée?... Il faut qu'ils cherchent encore quelque chose?...

— Ça je peux pas vous dire...

— J'aurais bien voulu tant qu'à faire, qu'ils le remmènent à Montretout... Mais c'est bien trop loin à présent... Puisqu'ils l'emmènent à Beauvais... Ça se fera donc là-bas l'enterrement? J'aurais bien voulu un « Service »... Je leur demanderai, moi... Tu crois qu'ils voudront?... Ça j'en savais rien non plus...

— Je me demande ce que ça peut coûter à Beauvais un petit « Service »?... Simplement dans une chapelle!... La plus petite classe par exemple?... C'est sûrement pas plus cher qu'ailleurs... Tu sais, il était pas religieux lui, mais enfin quand même... Ils l'ont assez martyrisé! Un peu de respect ça fera pas de mal... Qu'est-ce qu'ils vont encore lui faire?... Ils voyent donc pas assez comme ça?... Il a rien dans le corps le pauvre homme!... Puisque c'est tout dans la tête... Ça se voit au premier coup d'œil mon Dieu!... C'est assez terrible!... Elle recommençait à chialer...

— Ah! Ferdinand mon petit bonhomme!... Quand je pense qu'ils ont pu croire ça!... Ah! Et puis tu sais... tant qu'ils y étaient... fallait pas qu'ils se gênent... Moi! Pour moi! ça m'est bien égal!... A présent... Mais pour toi? Tu crois que c'est fini?... Toi, mon pauvre petit c'est pas la même chose... Il faut que tu te défendes!... T'as la vie devant toi!... Toi c'est pas pareil!... Toi tu y es pour rien dans tout ça... Au contraire!... Mon Dieu au contraire!... Il faudrait bien qu'ils te laissent tranquille... Tu viens avec moi à Beauvais?...

— Si je pouvais... j'irais... Mais je ne peux pas... j'ai rien à faire à Beauvais!... Il l'a bien dit le zozoteur... « Vous retournerez chez vos parents!... » Il me l'a répété deux fois!...

— Oh! Alors, faut pas faire le Jacques!... Va-t'en mon petiot! Va-t'en. Qu'est-ce que tu feras en arrivant?... Tu vas te chercher quelque chose?...

— Mais oui!...

— Moi aussi, il faudra que je cherche... C'est-à-dire... si ils me laissent aller... Ah! Ferdinand!... pendant que j'y pense!... Une inspiration qui lui passe... Viens par ici... que je te montre quelque chose!... Elle me ramène vers la cuisine... Elle se grimpe sur l'escabeau, le petit, elle disparaît dans la hotte jusqu'à la ceinture, elle trifouille dans un des recoins... Elle fait branler la grosse brique... Il tombe de la suie de partout... Elle secoue encore une autre pierre, ça bougeotte, ça tremble...

647

elle extirpe... Du trou elle sort des fafiots... et puis même de la monnaie... J'en savais rien moi de cette planque-là... Ni Courtial non plus certainement... Y en avait pour cent cinquante points et puis quelques thunes... Elle m'a tout de suite refilé un billet de cinquante... Elle a gardé le reste...

— Moi je vais emporter les cent balles et la monnaie... Hein?... Ça fera toujours mon voyage... et puis peut-être les frais de l'église! Si je reste là-bas cinq, six jours... Ça peut pas durer tout de même plus?... J'aurai bien assez!... Tu crois pas?... Et toi? t'as-t-y encore tes adresses?... Tu te souviens de tous tes patrons?...

— J'irai voir tout de suite l'imprimeur... que j'ai répondu... J'aimerais mieux chercher par là...

Elle a refouillé dans la crevasse, elle a retiré encore un louis, elle me l'a donné celui-là... Et puis elle a reparlé de Courtial... mais plus du tout exubérante...

— Ah! Tu sais mon petit Ferdinand!... Plus j'y repense... Plus ça me revient l'affection qu'il avait pour toi... Il la montrait pas bien sûr!... Tu sais ça aussi... C'était pas son genre... Sa nature... Il était pas démonstratif!... Pas lécheur!... Ça tu le sais bien... Mais il pensait tout le temps à toi... Dans les pires traverses, il me l'a répété souvent!... Y a pas seulement encore huit jours!... « Ferdinand... tu sais Irène, c'est une nature que j'ai confiance... Il nous fera jamais lui de misère!... Il est jeune! Il est étourdi! Mais c'est un môme de parole!... Il remplira sa promesse! Et c'est ça Irène! C'est ça qu'est rare!... » Je l'entends encore m'ajouter!... Ah! Il t'appréciait va!... C'était bien plus sincère qu'un ami!... Va! Ça je t'assure!... Et pourtant le pauvre homme! Il pouvait avoir des méfiances!... Il en avait assez vu!... Et comment trompé! Deux cent mille façons!... plus honteuses les unes que les autres!... Alors, il pouvait être aigri!... Jamais il m'a dit un mot pas favorable à ton sujet!... Jamais d'amertume!... Toujours que des compliments... Il aurait voulu te gâter... Mais il pouvait pas!... On avait la vie trop dure... Mais comme il me disait quand il me parlait de choses et d'autres... « Attends un petit peu!... De la patience!... Je lui ferai son beurre à ce roupiot-là... » Ah! Ce qu'il pouvait bien te comprendre... Tu sais pas comme il te blairait bien...

— Moi aussi, Madame, moi aussi!...

— Je sais, je sais Ferdinand!... Mais toi c'est pas la même chose... T'es encore un môme heureusement!... Rien est trop triste à ton âge! Maintenant, tu vas la faire ta vie... C'est qu'un commencement... Tu peux pas comprendre...

— Il vous aimait aussi... que j'ai dit... Il me l'a raconté souvent... Comment qu'il tenait fort à vous et que sans vous il était plus rien... qu'il existait pas... « Tu vois bien ma femme? » qu'il me disait... Je forçais un peu sur la note... Je faisais de la consolation... Je faisais ce que je pouvais... Alors elle tournait en fontaine...

— Pleurez-pas, Madame! Pleurez pas!... C'est pas encore le moment... Il faut vous durcir au contraire... Vous avez pas encore fini!... Là-bas, vous aurez à causer... à Beauvais... Peut-être qu'il faudra vous défendre! Ça les agace quand on pleure... Vous l'avez bien vu!... Moi aussi il faudra me défendre. Vous le disiez vous-même...

— Oui! T'as raison Ferdinand!... Hi! Hi! Oui c'est vrai... Je suis marteau... Je suis qu'une vieille folle!... Elle essayait de résister... Elle se séchait les châsses...

— Mais toi, tu sais, il t'aimait bien... Ah! Ça je t'assure Ferdinand! Je dis pas ça pour te faire plaisir... Tu le savais bien sûr n'est-ce pas?... Tu te rendais bien compte du cœur qu'il avait au fond... malgré quelquefois qu'il était dur... difficile un peu avec nous...

— Oui! Oui! Je savais, Madame!...

— Et maintenant qu'il s'est tué comme ça... C'est épouvantable! Tu te rends compte?... J'y crois pas moi!... C'est pas croyable!... Elle pouvait pas s'en détacher de cette abomination...

— Ferdinand! qu'elle recommençait... Ferdinand! Écoute!... Elle me cherchait les mots exacts... Il en venait aucun... Ah! oui!... Il avait confiance Ferdinand!... J'ai confiance... Et tu sais lui hein?... N'est-ce pas? Il croyait plus à personne...

Notre bois, il flambait plus du tout... Il enfumait toute la crèche... Il éclatait, sautait en l'air... Il s'éteignait au fur et à mesure... Je lui dis à la vieille... « Je vais en chercher de l'autre qui brûle! » J'allais piquer vers le hangar... si je trouvais pas un fagot sec... j'arracherais un peu de la cloison... celle de l'intérieur... J'oblique un peu dans la cour... Je me détourne en passant devant le puits, je regarde du côté de la plaine... J'aper-

çois quelque chose qui bouge... On aurait dit un bonhomme...
« C'est pas possible que c'est le gendarme?... Il rentrerait pas
si tôt?... que je me fais la réflexion... C'est encore un traînard
quelconque... Un mec qui fait du razzia... Eh bien je me dis...
Il a le bonjour!... » « Hé là! Hé là! que je lui crie... Qu'est-ce
que vous cherchez bonhomme?... » Il répond rien... Il se sauve...
Du coup, je me détourne, je vais même pas jusqu'au hangar...
Je me goure tout de suite d'un drôle d'afur... Je me dis :
« Merde! Merde! Replie Toto!... » J'arrache vite un bout de
barrière... « Ça suffira »... que je me dis... Je me précipite... Je
rentre... et je lui demande à la vioque :

— Vous avez pas vu personne?...

— Mais non!... Mais non!... qu'elle me fait...

Alors juste au même moment, dans le carreau d'en face, à
pas deux mètres de distance... je vois une tête qui me fixe...
en transparence... une grosse tronche... je vois le chapeau aussi...
et les lèvres qui bougent... Mais je peux pas entendre les mots...
Je me rapproche avec la bougie, j'ouvre la fenêtre toute grande
comme ça sur le fait... C'était brave!... Je le reconnais tout
de suite alors!... Mais c'est notre chanoine Nom de Dieu!...
C'est le Fleury. C'est lui!... Le maboul!... très exactement!...
Merde!... D'où qu'il arrive?... D'où qu'il vient?... il me
bafouille... Il me postillonne. Il est tout gesticuleur!... Il a
l'air complètement heureux de nous retrouver en chœur!...
Ses amis... Ses frères!... Il escalade la petite croisée... Le voilà
franchement dans la crèche... Il jubile!... Il gambade!... Il
trémousse autour de la table... La vieille elle se rappelait plus
de son blaze, ni de son nom, ni des circonstances!... Un petit
lapsus de la mémoire...

— C'est Fleury!... Voyons! C'est Fleury!... Le Fleury de la
Cloche! Vous le voyez pas?... Regardez-le bien!...

— Ah! mais c'est bien vrai ma foi... Ah! mais oui c'est bien
exact... Ah! Monsieur le Curé!... Ah! pardonnez-moi!... Ah!
alors vous avez appris! Ah! mais oui c'est vous!... Ah! mais je
deviens folle!... Ah! je vous remets! Ah! je vous remettais
plus!... Vous savez pas l'horrible chose?...

Lui s'arrêtait pas pour si peu!... Il continuait à gambader!
Sautiller!... Gambiller!... Il prêtait pas attention... Il faisait
de la grande cabriole! et puis encore d'autres petits bonds!...
des petites saccades en arrière... Il a sauté sur la table... Il a

frétillé encore... Il est redescendu d'un seul coup... Sa soutane
était toute plaquée blindée de crottes et de bouse... jusqu'aux
aisselles... jusqu'aux oreilles!... Ah! Oui sûrement c'était bien
lui qu'était dans le champ tout à l'heure!... On s'était fait
peur tous les deux!... Ah! il était harnaché!... Il en avait lourd
sur les os... Tout un attirail de troufion, un paquetage complet...
avec deux musettes! deux bidons! trois gamelles! et par-dessus
un cor de chasse... un immense, un magnifique en bandoulière!...
Tout ça clinquait à chaque geste... Il arrêtait pas!... C'est son
chapeau qui l'énervait le plus... qui lui godaillait dans les
châsses... un grand raphia comme pour la pêche... Et puis il
s'était décoré! admirablement aussi le mec!... Il en avait plein
sa soutane de tous les ordres et les médailles... Et plusieurs
Légions d'Honneur... Tout ça était pétri de mouscaille, et puis
un lourd crucifix, un Jésus d'ivoire, tout battant au bout d'une
grande chaîne... Tellement qu'il était rincé notre joli chanoine,
il dégoulinait plein la piaule... Il se promenait comme un arrosoir... sa soutane elle s'était fendue de haut en bas par derrière...
il avait encore les ronces...

La vieille, elle voulait plus qu'il bouge... Elle voulait encore
le convaincre... C'était sa passion... Je lui faisais moi des signes...
qu'elle l'emmerde pas!... Qu'il s'en irait peut-être tout seul!...
qu'il fallait pas l'exalter... Mais elle voulait pas me comprendre...
Elle était contente de le revoir... Elle le cadrait dans les petits
coins... Il grognait alors comme un fauve... Il se butait pile
contre le mur, tête inclinée, prêt à la charge... Il l'écoutait
plus... Il pressait ses doigts sur sa bouche... « Chutt! Chutt! »
qu'il lui recommandait... Il jetait des regards alentour et pas
bien aimables!... Il était traqué le mironton...

— Vous ne savez pas, Monsieur le Chanoine?... Je vois que
vous ne savez pas!... Ah! Si vous aviez pu voir!... Ah! Si vous
saviez ce qu'il y a eu!...

— Chutt! Chutt!... Monsieur des Pereires?... Monsieur des
Pereires? C'est lui maintenant qui réclamait... « Hein? Monsieur
des Pereires?... » Il l'a saisie par les épaules, il lui reniflait dans
la figure et très violemment... Un tic lui prenait toute la bouche...
Il restait crispé après... Il se détendait en saccades...

— Mais je l'ai pas, Monsieur le Curé!... Mais non!... Moi je l'ai
pas! Vous savez donc rien?... Il est pas ici le pauvre homme!...
Il est plus ici le malheureux!... Voyons!... On vous l'a pas dit?...

651

— Pressez!... Pressez vite!... Il la chahutait tant et plus!...

— Mais il est mort voyons!... Il existe plus!... Je vous l'ai dit tout de même... Elle avait trouvé un fias qu'était encore plus résolu...

— Je veux le voir moi!... Je veux le voir!... Il démordait pas de sa marotte... « C'est bien urgent!... Chutt! Chutt!... Chutt!... Presto! presto!... » Il a refait le tour de la table sur la pointe des pieds! Il a regardé dessus et dessous et puis encore dans la hotte... Il a rouvert les deux armoires... Il a arraché les clefs... Il a déglingué le coffre à bois... retourné les gonds... Il était furieux... Il blairait plus la résistance... Son tic lui retroussait toute la lèvre!...

— Monsieur le Curé!... Monsieur le Curé!... Faites pas ça!... Elle essayait de le convaincre...

— Ferdinand! Je t'en supplie! Dis-le à Monsieur le Curé!... N'est-ce pas mon petit, qu'il est mort?... Dis-lui à Monsieur le Curé!... Elle se raccrochait à sa musette...

— Allez regarder sur la porte, c'est écrit pourtant!... Dis c'est pas vrai Ferdinand?... « Bonne chance »... Elle l'agrafait au cor de chasse!... Il emportait tout à la traîne... La rombière, la table, et les chaises, les assiettes!...

— Assez! Assez! Vos effronteries! Effrontés! Effrontés tous!... C'est le Directeur!... Génitron Courtial!... Vous m'entendez pas?... Lui tout seul!... Vous m'entendez?... Il sait! Il sait!... Génitron! Là! là!... Je suis attendu!... Il veut me voir immédiatement!... Rendez-vous!... Rendez-vous!... Il s'est dépêtré en furie... Elle est allée rebondir dans le mur...

— Assez! Assez! Je veux lui causer!... On m'empêchera pas!... Qui?... Il en retroussait toute sa soutane... Il farfouillait dans toutes ses poches... Il en sort des petits papiers... des miettes, des coupures de journaux... Il est resté comme ça à genoux, en pleine fiévreuse confusion!... longtemps, longtemps! Il bafouillait, il recomptait... tous les papelards un par un... et les a tous défroissés... Il les a encore raplatis... Il en a remis d'autres en boulettes...

— Chutt! Chutt!... Il recommençait... Il voulait plus nous qu'on bouge. En voilà!... Ça c'est de l'authentique!... Hein ça? Tu vois bien?... Le pur manuscrit pharaon!... Oui!... Il m'en remet une pincée...

— Voilà! jeune garçon!... Il me pressait dans le creux de la

main... une boulette!... deux boulettes... Monsieur le Directeur!
Monsieur le Directeur!...

Merde! Ça le reprenait... Ça lui remontait sa colère!... Il
s'est recabré d'un seul élan... Il a ressauté sur la table... Il
réclamait encore Courtial à tous les échos!... Il a embouché
le cor de chasse. Il a soufflé dedans un grand coup et puis
des rauques crevaisons... encore des couacs et des petits
râles!...

— Il va venir... Il m'entend!... Dix fois, vingt fois de suite...
Il m'agrippe par le costard, il me bave nettement dans la fiole,
il me souffle dans les yeux... Il pue bien, la vache... Par bouffées
alors qu'il me renseigne comment qu'il est venu jusque-là...
Il est descendu à Vry-Controvert, la halte du « Départemental »
à vingt-deux kilomètres de Blême! Les « autres » le poursuivent,
les « autres » qu'il ajoute... Il me tarabuste pour me prouver...

— Chutt! Chutt!... qu'il me refait encore... Les Puissants!...
Oui! Oui! Il retourne à la fenêtre... Il regarde si ils viennent?...
Il se cache, il grogne à l'abri du volet... Il rebondit encore...
Il scrute les approches... Il va pisser dans la cheminée... Il se
boutonne plus... Il revient tout de suite à la persienne. Il a dû
les voir les Puissants... Il rumine... il râle comme un sanglier...

— Ah! Ah! qu'il me fait... Jamais!... Rouah!... Rouah!...
Jamais!... Il se retourne sur moi... Il me brandit ses poings
devant la face... Comme il a pu changer ce mec-là, depuis notre
Palais-Royal... Comme il est devenu féroce!... Ils y ont fait
bouffer des scorpions! dans l'internement... Merde! Il est
devenu intraitable!... Il a pompé du vitriol!... Il arrête plus!...
Il déambule!... Il carambole contre les murs... Il menace... Il
provoque!... On se parle plus la vieille dabe et moi... On est
atterrés finalement... Il commence à bien me courir... ce curé
brouilleur... Je l'étendrais bien d'un coup derrière!... Je vise
un bath pieu près de la fenêtre... Il nous sert à nous de tisonnier... avec un embout bien maous... un beau manche de fonte...
ça suffirait pour sa gueule... Ça va faire encore un crime... Je
fais signe à la daronne qu'elle se trisse un peu, une seconde...
qu'elle se replie le long du mur!... Merde! J'aimerais mieux
quand même qu'il se taise... Que j'aye pas besoin d'y toucher...
Nom de Dieu, Bon Dieu d'enfoirure!... Comme il est moche!...
Comme il est con!... Qu'il s'arrête de nous enculer ce sale
fumier-là... sa marotte... Il croit pas à ce qu'on lui raconte... Il

a dans la bille qu'on le lui cache... C'est infernal à la fin!... Je le dis à la vieille!

— Tant pis! Ça suffit! Y en a chiotte!... Because! moi je vais lui montrer quand même...

— Fais pas ça! Ferdinand!... Fais pas ça! Je t'en supplie!...

— Si! Si! Peut-être que ça va le doucher... Il se rendra peut-être compte?... C'est un bourreur ce sale con-là... C'est ça qu'il est dingue... Après on le foutra dehors!... Il arrêtait plus de se débattre, de se cogner dans tout!... Il soulevait la table tout entière... qui était pourtant un monument!... Il était fort le canaque!...

« Le Directeur!... Le Directeur!... qu'il recommençait à beugler... J'ai tout donné! moi!...» Il s'est reprosterné à genoux, il embrassait son crucifix... Il faisait des mille signes de croix... Après il restait en extase... Les bras étendus de chaque côté... Il faisait le crucifix lui-même!... Et puis debout comme par un ressort... Sur la pointe des pieds, il repartait!... Les yeux fixes comme ça, au plafond!... Il rempilait au baratin...

Elle me tirait, elle voulait pas que je lui montre l'autre... dans la cuisine... Elle me faisait des gestes. « Non! Non! » La comédie ça suffisait... J'en avais ma tasse...

— Viens par ici!... que je l'attrape par son cor de chasse... et hop! que je le hale vers la cuisine... Ah! la sale tante!... Il nous croit plus!... non!... Eh ben il va voir ma vache... Tous les dingos c'est du même... C'est leur joie qu'on les contrarie... Allons! Allons!... Viens ma tronche!... J'y décarre un coup dans le pot!... Et que je te le fais un peu rebondir!... C'est lui maintenant qui en veut plus!... Ah! Je devenais méchant moi aussi!... Il ramène! Il groume! Je le ramponne encore dans le fond du couloir...

— Hop là!... Prenez la bougie, Madame, prenez-en donc deux... Faut qu'il voye absolument bien... Qu'il s'en mette un coup plein la vue... Faudra plus qu'il vienne nous faire chier!... Arrivé dans la cuistance je me fous à genoux... et je me baisse encore... Je lui montre là bien sous son nez le corps dans l'enveloppe par terre... Il peut bien se rendre compte... Je mets à côté l'autre bougie...

— Là, tu regardes bien?... dis, bourrique?... Tu viendras plus nous entreprendre?... Hein? C'est bien lui?... Tu reconnais?... Pas?... Il se rapproche... il renifle... Il se méfie... Il souffle tout du long des jambes... Il se prosterne... Il fait une prière... Il arrête plus. Et puis il se retourne... Il me regarde encore... Il reprend son oraison!...

— Alors? T'as bien vu?... que je lui fais... T'as compris quand même dis casse-couille?... Maintenant, tu vas rester tranquille?... Tu vas t'en aller gentiment?... Tu vas te barrer prendre ton dur?... Mais il arrêtait pas de grogner et de re-sentir encore le cadavre... Alors, je le raccroche par le bras... Je veux un peu l'écarter... Je voudrais qu'il se relève... Il repique dans une de ces rages!... Il me balance un de ces coups de coude!... Un retour en plein dans le genou... Ah! le vomi! Ah! Ce qu'il me fait mal!... J'en vois les trente-six chandelles!... Ah! je me retenais à un fil pour pas le buter séance tenante... Il est enragé le sale crabe!... Je l'aurais écrasé l'ordure!... La vieille elle s'obstinait tout de même... Elle lui refaisait ça au bon cœur... aux bonnes intentions... essayait de le rambiner...

— Vous voyez bien, Monsieur le Chanoine! vous voyez donc bien qu'il est mort!... Vous nous faites tous de la peine!... C'est tout ce que vous faites!... Il est plus là le malheureux!... Le gendarme a bien défendu!... Il voulait pas que personne rentre... Nous avons promis! Vous allez nous faire punir!... tous les deux Ferdinand et moi. A quoi ça vous servira?... Vous voulez pas ça quand même?...

A ce moment-là je me dis : « Eh bien graisse de couille! Puisqu'il veut pas du tout nous croire... Moi je vais lui montrer toute la fiole... Puisqu'il croit comme ça qu'on le cache!... Après je le foutrai dehors!... Ah! ça traînera plus!... » Je soulève donc un coin de l'enveloppe... Je rapproche encore la calebombe... Je lui découvre toute cette belle brandade... Tu veux dis regarder! Qu'il se rende bien compte... Il s'agenouille aussi pour mieux voir... Je lui répète encore :

— Ça va vieux gaz! Tu viens?... Je l'attire... Il veut plus bouger!... Il insiste... Il veut pas partir... Il renifle en plein dans la barbaque... « Hm! Hm! » Il rugit!... Ah! Il s'exalte!... Il se fout en transe... Il en frémit de toute la carcasse!... Je veux alors la recouvrir la tronche... Ça suffit!... Mais il tire en plein sur la toile... Il est enragé! Positif! Il veut plus du tout que je recouvre!... Il plonge les doigts dans la blessure... Il rentre les deux mains dans la viande... il s'enfonce dans tous les trous... Il arrache les bords!... les mous! Il trifouille!... Il s'empêtre!...

Il a le poignet pris dans les os! Ça craque... Il secoue... Il se débat comme dans un piège... Y a une espèce de poche qui crève!... Le jus fuse! gicle partout! Plein de la cervelle et du sang!... Ça rejaillit autour!... Il arrache sa main quand même... Je prends toute la sauce en pleine face!... J'y vois plus!... Vraiment rien!... Je me débats!... Bougie éteinte!... Il gueule toujours!... Ah! Faut le stopper... Je le vois plus!... Je fonce d'un coup! Je charge dedans... Je m'affole... à l'estime!... Je le bute pile!... Il culbute la vache!... Il va s'écraser dans le mur... Baoum! Plac! J'ai l'élan!... Je suis... Mais je me rebecte!... Je me freine, je me redresse d'autor!... Je reste pas contre!... Je me gafe bien!... Merde!... Je veux pas qu'il calanche dans la trempe!... Je m'essuye les châsses! J'ai toute la présence d'esprit!... Il faut qu'il se requinque tout de suite... Je veux pas le voir par terre!... Je lui sonne les côtes à coups de bottes... Il se soulève un peu... Ça va mieux!... Je lui remets une bonne claque en pleine gueule... Ça le relève alors tout à fait... La vieille lui vide sur le cassis, toute sa bassine entière de flotte... et de la glaciale... Il se refout à plaindre, à gémir. Alors ça va de mieux en mieux!... Mais il reflanche alors d'une seule pièce... Ah le sale enflure!... Pfloc!... Il s'étale!... Il lui passe des sursauts de lapin... et puis il bouge plus du tout!... Ah! le sale œuf!... Ah il avait pas tenu lerche!... J'ai un peu regardé à la porte... Et puis on l'a transporté nous deux, nous-mêmes sur la bordure de la route... On voulait pas qu'il reste là... Qu'on nous l'attribue en prime!... Minute! Haricots!... Que le gendarme le retrouve dans la crèche?... et avec ça dans les pommes!... A notre entière discrétion!... Ah! Alors c'était un nougat!... Tout cuit notre jolie belote!... Il fallait même pas qu'on sache qu'on l'avait eu à l'intérieur!... Ni vu ni connu!... Salut! Pas bonnards!... Ah! Dehors! Vive le grand air!... tout évanoui qu'il était!... Quand même, il a regrogné un peu... Il reniflait dans la mouscaille... Ça flottait là-dessus en cascades... On est rentrés vite nous deux... On a bien verrouillé notre lourde... Il venait plein de rafales... J'ai dit à la vieille comme ça :

— Nous faut plus qu'on bouge... Même si il rappelle!... On entend plus rien!... Quand il rentrera l'autre guignol!... On fera les connos et puis c'est tout!... On l'a pas vu! pas connu!... Voilà!... C'est son affaire si il le retrouve!... Bon! elle a compris... C'est conclu!...

Il passe peut-être encore une heure!... Peut-être même un peu davantage... Je rafistole comme ça la cuisine... La vieille faisait le guet au carreau...

— Regardez pas ici Madame!... Vous retournez pas!... Vous occupez pas du ménage!... Regardez bien ce qui se passe dehors!... Je rallonge le cadavre... Je retape un peu la litière... Ça resaignait à flot à travers la toile... Je rapporte un peu du fourrage... J'en sème à la volée autour... J'éponge les flaques comme ci, comme ça!... Je remets de la paille sous la tête... bien épais comme un oreiller... Mais alors le plus difficile c'était les éclaboussures!... Y avait des taches jusqu'au plafond... et même des caillots tout collés!... Ça faisait vraiment tarte!... J'ai essayé de rincer tout ça... J'ai repassé encore l'éponge... Mais ça marquait toujours plus... Tant pis!... Il fallait finir!... J'emmène les calebombes!... Je sors!... On se planque alors à côté... On attend avec la vieille... Ah! la belle pétoche!... Affreux... Comment qu'elle me revenait!... que l'autre guignol il s'aperçoive?... Qu'il se gaffe de la corrida!... Ah! le beau concombre! Comment qu'on allait tourniquer?... Surtout si il retrouvait le cureton comme ça évanoui sur la route!... C'était un joli accessoire!... Merde!... Il revenait toujours pas le sacré bourrique... Il avait dû se la farcir, la belle-sœur du pot-au-feu!... Pas possible!... On s'est allongés nous par terre!... On avait mis du foin aussi... Je disais rien... Je réfléchissais... La nuit elle finirait jamais!... J'aurais jamais pu m'endormir tellement il me passait des transes... Jamais je crois j'avais tant redouté... Tout d'un coup, j'entends une fanfare... Mais Nom de Dieu de foutue putain!... Mais ça y est! C'est le cor de chasse!... Et ça venait de la plaine... Ça venait de pas loin! Je me dis : « Mais c'est lui!... Ah la sale brute! » Je reconnaissais tous les couacs! Il rempile! Il va nous remettre ça!... Ah! la tante! Ah! la canasse!... Il décuplait toutes les rafales! Tous les boucans de la tempête!... avec sa trompe érailleuse! Merde! C'était assez! Quand même! Il soufflait dedans de toute son âme...! Ah! quel phoque!... Ah! ça pouvait devenir drôle quand même un curé pareil... Ah! la chienlit! Ah! quel bouzin! Quelle sale engelure!... Quel sale chiot!... Quelle crampe!... Ah! alors ça j'étais certain!... Et puis, Nom de Dieu! non! C'était mieux encore qu'il gargouille, même infect tel quel!... C'était signe qu'il était repompé... Il devait être heureux!...

C'est preuve qu'il était pas crouni! Ah! l'ordure! « Ah! mugis! mugis! reine de vache! » Et que je t'en refile des coups et des coups de trombone!... Ah! Il avait repris tout son souffle!... Il débandait plus!... Taïaut! Taïaut! ma saloperie! Ah! la corne de couac!... Veux-tu en voilà... Ça valait mieux que de calanchir!... Ça oui! Faut reconnaître! Merde! Mais c'était abject comme renvois! comme coliques en cuivre! Ah! il nous faisait bien chier quand même avec son égout le grand veneur!... Il arrêtait plus!... Une petite minute à peine! Et il remettait tout de suite ça!... Toujours davantage!... Ah! y avait pas d'erreur possible! C'était bien notre enragé!... Elle a duré sa fanfare au moins jusqu'à six heures et demie... Il faisait déjà petit jour, quand on a tapé au carreau... C'était notre gendarme!... Il rappliquait juste... Il tombait à pic... Il avait couché à Blême qu'il a prétendu... A côté de son cheval soi-disant... qu'on n'avait pas pu le referrer à Tousne... que c'était trop tard... qu'il avait pas trouvé la forge...

— Qui c'est donc qu'a joué du cor dans votre plaine-là? toute la nuit!... Vous avez rien entendu?... Il nous a demandé ça tout de suite...

— Non!... Du cor?... Ah! Non!... qu'on a fait... Absolument pas!... Rien du tout!...

— Tiens c'est drôle quand même... Les vieux ils me disaient...

Il a été ouvrir la fenêtre... Le curé il était juste devant... Il a ressauté comme un cabri... Il attendait que ce moment-là... Il s'est rejeté encore à genoux au milieu de la piaule... Il a recommencé : « Notre Père qui êtes aux Cieux!... Que votre règne arrive!... » Il répétait... Il répétait tout le temps ça... comme un phonographe... Il se cognait les côtes à deux poings!... Il tremblotait de partout... Il sautillait sur ses tibias!... Il se faisait souffrir... Il arrêtait pas une seconde... Il grimaçait de douleurs... des mimiques de torturé!... « Que votre règne arrive!... Que votre règne arrive!... » qu'il ajoutait au plus haut.

« Oh! ben alors!... Oh! ben alors!... » Il était couillonné le gendarme de retrouver un piston pareil... « Ah! ça c'est un particulier!... » Il savait pas quoi conclure... Ça lui en bouchait plusieurs coins... La vieille elle s'occupait ailleurs, elle nous faisait chauffer du café... C'était bien le moment!... Il a arrêté les prières, l'autre supplieux saint Antoine, quand il a vu entrer notre jus... Il a bondi sur une timbale... Il voulait licher tous les bols!... Ah! Il s'occupait entièrement! Il suçait le bec de la cafetière à même!... Il s'est bien brûlé toute la gueule... Il soufflait en locomotive... Le gendarme il s'en bidonnait... « Mais je crois qu'il est fou mon Dieu!... Sûrement qu'il est pas ordinaire!... Ah! ça sûrement pas!... Ah! moi ce que j'en dis!... Je m'en torche!... Ça m'est bien égal!... C'est pas mon service les dingos!... Je les connais pas moi!... C'est de l'Assistance que ça dépend!... Mais moi je crois que c'est pas un curé... Il a pas la gueule!... D'où ça qu'il serait venu?... Il serait échappé? de l'infirmerie alors?... Il vient pas d'un bal des fois?... Il est pas saoul?... C'est peut-être qu'un déguisement? Toujours c'est pas mon rayon!... Si c'était un déserteur!... Alors ça! Alors ça serait mon rayon! Ça me regarderait alors pour sûr!... Mais il a plus l'âge mille tonnerres! Eh! Papa!... quel âge que t'as?... Tu veux pas me le dire?... » Il répondait rien l'autre douteux... Il lampait le fond des récipients...

— Ah! Il est habile quand même hein? Il boit même avec son nez! Ah! dis donc? Hé Papa!... Ah! c'est son cor hein qu'est joli... Ah! C'est une belle pièce!... Ah! Je me demande d'où qu'il peut venir?

Dans la matinée plus tard il a déferlé sur notre bled une véritable armée de curieux!... Je me demandais d'où qu'ils pouvaient bien venir?... Dans ce pays si désert c'était une énigme!... De Persant? Y avait jamais eu tant de monde!... à Mesloir non plus!... Ça venait donc de bien plus loin... des autres cantons... des autres campagnes... Ils étaient devenus si nombreux, si denses, qu'ils débordaient sur nos cultures... Tellement ils étaient comprimés... Ils tenaient plus sur la route... Ils pilonnaient dans les champs, les deux remblais se sont effondrés sous les charges de la populace... Ils voulaient tout voir à la fois, tout connaître et tout renverser... Il pleuvait dessus à grands flots... Ça les gênait pas du tout... Ils sont restés quand même comme ça pétris dans la bouse... A la fin des fins ils ont envahi toute notre cour... Ils produisaient une rauque rumeur...

Au premier rang, dans nos carreaux, il s'est formé sur notre fenêtre une sorte de bourbier de grand'mères! Ah! c'était joli!... Elles adhéraient contre les persiennes, elles étaient peut-être au moins cinquante... Elles croassaient plus que tout le monde... Elles se bigornaient à coups de riflards!

Enfin l'ambulance promise a fini par arriver... C'était la toute première fois qu'on la risquait hors de la ville... Le chauffeur nous a renseignés... Le grand hôpital de Beauvais venait tout juste de faire l'achat... Qu'est-ce qu'il avait eu comme panne!... Trois crevaisons coup sur coup!... et deux fuites d'essence... Il fallait maintenant qu'il fasse vite pour être rentré avant la nuit... Nous avons fait glisser le brancard...

On a pris chacun une attelle... Il fallait pas perdre une seconde!... Il avait une autre frayeur le mécanicien... c'était que son moulin se débraye... Il fallait pas qu'il s'arrête!... pas du tout!... pas une seconde!... Il fallait qu'il tourne même sur place!... Mais ça présentait un danger à cause des petits retours de flamme... On est partis chercher Courtial... Les gens se sont rués sur les issues. Ils nous ramponnaient tellement fort... Ils bloquaient si bien la voûte et le petit couloir, que même en leur foutant des trempes, en fonçant dessus à toute bringue avec le pandore, on est passés en laminoir... On est revenus vite avec la civière, on a glissé les attelles sur les deux coulisses exprès jusqu'au fin fond de la bagnole... ça s'emboîtait exacte- ment... On a refermé dessus les rideaux... Les grands cirés noirs... Et c'était fini!... Les paysans ils se causaient plus... Ils ont ôté leurs casquettes... Toutes les péquenouilles, les jeunes, les vioques, elles se faisaient plein de signes de croix... les pompes bien foncées dans la boue... Et que je te pleus des pleines cascades... Elles ruminaient toutes leurs prières... Dessus ça coulait Nom de Dieu!... Alors le chauffeur d'ambulance il est monté sur son siège... il a poussé l'allumage... Pe! Pe! Tap! Te! Pe! Tap! Pe! Pe! Des renvois terribles!... Le moteur il était mouillé... Il renâclait par tous les tuyaux... Enfin ça se décide!... Il fait un bond... Il en fait deux... Il embraye... il roule un petit peu... Le chanoine Fleury alors quand il voit comme ça le truc partir... Il pique un sacré cent mètres!... Il pousse à fond. Il jaillit de la route en voltige... Il saute sur le garde-boue!... Il a fallu qu'on coure nous autres! Et qu'on l'arrache de vive force! Il se rebiffait tout sauvage!... On l'a renfermé dans la grange! Et d'un!... Mais le moteur une fois bloqué il voulait plus du tout repartir! Il a fallu qu'on pousse en chœur jusqu'à la crête du plateau... qu'on redonne encore de l'élan... Du coup, elle a dévalé la neuve ambulance dans un raffut de râles et de saccades à travers toute la descente... encore près de trois kilo- mètres!... Ah! c'était du sport!... On est revenus nous vers la ferme... On s'est assis dans la cuisine... On a un peu attendu... que les gens se lassent et se dispersent... Ils avaient plus rien à regarder, c'était évident... mais ils bougeaient pas quand même...! Ceux qu'avaient pas de parapluies, ils se sont installés dans la cour... dans le hangar du milieu, ils cassaient la croûte! Nous avons refermé nos volets.

On a recherché dans nos affaires, dans le peu qui restait à la traîne ce qu'on pourrait bien emporter?... en fait d'habillements possibles... Faut le dire, y en avait pas chouia! La vieille elle a retrouvé un châle... elle gardait bien sûr son falzar, toujours frusquée comme nous autres. Elle avait plus de jupe à se mettre... Question d'aliments, il restait encore un peu de couenne dans le fond du saloir... assez pour une pâtée au clebs... On l'emmenait aussi à la gare... On l'a fait bouffer... J'ai découvert heureusement un petit velours à côtes derrière la penderie... Une requimpette à boutons d'os! Un vrai costard de garde-chasse... C'est les mômes qui l'avaient paumé... Ils l'avaient pas dit à personne...

En plus de mon faux raglan... ça me ferait tout de même de la chaleur... et toujours la culotte cycliste!... Comme linge, c'était fleur totale! pas une seule liquette!... Question des tatanes?... les miennes elles tenaient encore, je les avais un peu fendues à cause des pointures trop étroites... et puis rambinées par-dessous avec des sandales... c'était souple mais c'était froid!... La daronne elle aurait du mal à finir la route à cause de ses charentaises enfilées dans des caoutchoucs. C'est ça qui retenait bien la flotte!... Elle se les est enroulées en paquets avec des ficelles et autour des vieux journaux... pour que ça lui fasse des vraies bottes et que ça branle plus dans les panards... Persant c'était encore assez loin!... Et Beauvais bien davantage... Il était plus question de voiture!... On s'est fait repasser un peu de jus... Et puis on s'est rassemblés avec le pandore... C'est lui qui devait nous escorter, il tenait son gaye par la bride qu'avait toujours pas son fer!... Le curé aussi voulait venir!... J'aurais bien aimé qu'on le plante là!... Qu'on l'enferme à clef derrière nous... Mais il faisait un boucan infect aussitôt qu'il se croyait tout seul... C'était donc pas une solution!... Supposons qu'on le laisse en carafe, qu'on le boucle dans sa case... Et puis qu'il fracasse tout?... Qu'il s'échappe ce possédé... qu'il escalade sur les toits?... Et qu'il se foute en bas d'une gouttière?... Et qu'il se casse deux ou trois membres?... Alors qui c'est qu'est bonnard?... Qui c'est qu'on accuse?... Bien sûr c'est encore notre pomme... C'est nous qu'on écroue!... ça faisait pas l'ombre d'un petit pli!... J'ai donc été ouvrir sa lourde... Il s'est projeté dans mes bras!... Il me chérissait éperdument... Par exemple, on trouvait plus le clebs... On a perdu au moins une heure à le filocher... dans le hangar, dans la grange... Il n'était nulle part... ce puceux... Enfin il a rappliqué... Nous étions fin prêts...

Tous les ploucs dehors, dans l'attente, ils ont rien dit de nous voir partir... Ils ont pas fait ouf!... Pas un mot! On leur a passé juste sous le nez... Y en avait plein les caniveaux! Des terreux... des terreux encore... On s'est donc lancés sur la route... Lancés... enfin c'est beaucoup dire... On marchait assez prudemment... Y avait que l'autre cloche qui se dératait... Il gambadait par-ci, par-là... Ça l'intriguait fort lui le cureton de connaître notre itinéraire... « On va le voir Charlemagne?... » qu'il s'est mis à demander tout haut... Il comprenait rien aux réponses!... mais il voulait plus nous quitter... Pour le semer c'était midi!... La balade ça l'émoustillait... Il cavalait par-devant avec le petit clebs... Il bondissait sur un talus... Il embouchait son cor de chasse... Il soufflait dedans un petit taïaut!... Et juste en arrivant au ras il rejoignait vivement la troupe... Il emballait comme un zèbre... On est arrivés comme ça en très forte fanfare aux maisons... à l'entrée même de Persant... Le gendarme il a tourné à gauche... c'était fini sa consigne... Il nous laissait nous démerder... Il tenait plus à notre compagnie... C'était pas dans sa direction... Nous on a pris le chemin de la gare... On s'est renseignés tout de suite quant aux heures des trains... Celui de la vieille pour Beauvais, il partait juste dans dix minutes!... Une heure avant celui de Paris... Elle passait sur le quai d'en face... C'était le moment de se dire « au revoir »... On s'est rien dit bien spécialement... On s'est rien promis du tout... On s'est embrassés...

— Ah! mais! tu piques Ferdinand!... C'était ma barbe qu'elle remarquait. Une plaisanterie!... Elle était brave... c'était du mérite en pleine caille... Elle savait pas où elle allait... Moi non plus d'ailleurs. Ça faisait tout de même une petite paye qu'on affurait dans les malchances!... Cette fois on s'était fait étendre!... Ça pouvait bien se prévoir en somme... Y avait pas trop rien à dire...

Le curé dans la gare comme ça il a pris tout de suite un peu peur... Il se ratatinait dans un coin... Seulement il me quittait pas des yeux... Il regardait que moi sur la plate-forme... écarquillé... Les gens autour ils se demandaient ce qu'on pouvait bien foutre?... Surtout lui avec sa trompe... La rombière et son pantalon... Moi mon costard à ficelles... Ils osaient pas trop se rapprocher... A un moment la buraliste elle cherchait, elle nous a reconnus... « mais c'est les fous de Blême! » qu'elle a proclamé!... Y a eu alors comme une panique... Le train de Beauvais entrait en gare... heureusement... Y a eu diversion... La grosse choute s'est élancée... Elle a grimpé à contre-voie... Elle est restée dans la portière avec le petit clebs à Dudule... Elle me faisait des signes « au revoir »!... Je lui ai fait aussi des gestes!... Au moment que le train démarrait... il lui a pris une détresse... Ah! quelque chose d'infect!... Elle me faisait des grimaces atroces dans le trou de sa portière... Et puis « rrah! rrah! » qu'elle faisait comme des râles d'égorgement... comme une espèce d'animal...

— Herdinand! Herdinand! qu'elle a encore pu gueuler... comme ça à travers la gare... Par-dessus tous les fracas... Le train a foncé dans le tunnel... Jamais on s'est revus!... Jamais avec la daronne... J'ai appris beaucoup plus tard qu'elle était morte à Salonique, j'ai appris ça au Val-de-Grâce en 1916. Elle était partie infirmière à bord d'un transport. Elle est morte d'une vérole quelconque, je crois bien que ce fut du typhus, l'exanthématique. On est donc restés tous les deux, le chanoine et moi sur l'autre quai, sur celui de Paris. Il comprenait toujours rien... à la raison qu'on était là... Mais enfin il jouait plus du cor!... Il avait juste la panique que je le plaque en route... A peine le train arrivé il a sauté aussi dans le dur, derrière moi... Jusqu'à Paris qu'il m'a collé... Je l'ai perdu un petit moment en sortant de la gare... Je me suis faufilé par une autre porte... Il m'a rejoint tout de suite la canule!... Je l'ai reperdu rue La Fayette... juste en face de la pharmacie... J'ai profité du trafic... J'ai bondi dans un tramway entre les amas des voitures... Je l'ai quitté un peu plus loin... Boulevard Magenta... Je voulais être un peu tout seul... réfléchir, comment j'allais m'orienter...

J'étais fort étrangement vêtu... pas présentable dans une ville... Les gens ils me fixaient curieusement... c'était le moment de la sortie des magasins, des burlingues... Il devait être un peu plus de sept heures... Je faisais quand même sensation avec mon raglan raccourci... Je me suis planqué sous une porte, c'était le coup de mon pardessus le plus sec à avaler... tout bouffant dans ma culotte qui me donnait la forme étonnante!

E t je pouvais pas me rhabiller là... Et puis j'avais plus de che-
m ise! Mon grimpant tenait que par l'épaisseur!... J'avais plus
e chapeau non plus... J'avais que le petit à Dudule, un Jean-
d art en cuir bouilli. Je mettais ça là-bas... Ici, c'était impos-
B ble... Je l'ai balancé derrière une porte... Y avait toujours
sirop de passants... pour que je me risque sur les trottoirs,
t apé fantaisie... Je voulais attendre que ça se dégage... Je
segardais la rue passer... Ce qui m'a frappé en premier lieu,
c'était les récents autobus... leur modèle sans « impériale » et les
nouveaux taxis-autos... Ils étaient plus nombreux que les
fiacres... Ils faisaient un barouf affreux... J'avais bien perdu
l'habitude des trafics intenses... Ça m'étourdissait... J'étais
même un peu écœuré... J'ai acheté un petit croissant et un
chocolat... C'était l'heure... Je les ai remis tout de suite dans
ma poche... L'air ça paraît toujours mou quand on revient de
la campagne... C'est le vent qui vous manque... Et puis alors,
je me suis demandé si je rentrerais au Passage?... et directement?... Et si les bourres venaient me cueillir?... Ceux du zozoteur...

Plus haut dans le boulevard Magenta, j'ai retrouvé la rue
La Fayette, celle-là, j'avais qu'à la descendre, c'était pas très
difficile, la rue Richelieu, puis la Bourse... J'avais qu'à suivre
toutes les lumières... Ah! Je le connaissais moi le chemin!...
Si au contraire, je piquais à droite, j'allais tomber sur le Châtelet, les marchands d'oiseaux... le quai aux Fleurs, l'Odéon...
C'était la direction de mon oncle... Le fait de trouver un lit
quelque part c'était pas encore le plus grave... Je pourrais
toujours me décider au dernier instant... Mais pour retrouver
un emploi? ça c'était coton!... Comment qu'il faudrait que je me
renippe?... J'entendais déjà la séance!... Et puis où j'irais
m'adresser?... Je suis sorti un peu de ma planque... Mais au lieu
de reprendre le Boulevard j'ai tourné par une petite rue...
Je m'arrête devant un étalage... Je regarde un œuf dur... un
tout rouge!... Je me dis : « Je vais l'acheter!... » A la lumière
je compte mes sous... Il me restait encore plus de sept thunes
et j'avais payé mon chemin de fer et celui du cureton... Je
l'épluche l'œuf sur le comptoir, je mords dedans... Je le recrache
tout de suite... Je pouvais plus rien avaler!... Merde! Ça passait
pas... Merde, que je me dis, je suis malade... J'avais le mal de
mer... Je sors à nouveau... Tout ondulait dans la rue... Le

trottoir... les becs de gaz... Les boutiques... Et moi sûrement que j'allais de travers... Voilà un agent qui se rapproche... Je me hâte un peu... Je biaise... Je me replanque dans une entrée... Je veux plus bouger du tout... Je m'assois sur le paillasson... Ça va tout de même un petit peu mieux!... Je me dis : « Qu'est-ce que t'as Toto?... T'es pas devenu tellement fainéant?... T'as plus la force d'avancer?... » Et toujours ce mal au cœur... La rue, elle me foutait la panique... de la voir comme ça devant moi... sur les côtés... à droite... à gauche... Toutes les façades, tout ça si fermé, si noir! Merde!... si peu baisant... c'était encore pire que Blême!... pas un navet à chiquer... J'en avais les grolles par tout le corps... et surtout au bide... et à la tête! J'en aurais tout dégueulé... Ah! Je pouvais plus repartir du tout! J'étais bloqué sur la devanture... Là vraiment on pouvait se rendre compte!... C'était pas du charre... au pied du mur quoi!... Comment qu'elle s'était évertuée, ça me revenait, la pauvre daronne, pour qu'on crève pas tous!... C'était en somme à peine croyable!... Merde! J'étais tout seul maintenant!... Elle était barrée Honorine!... Merde!... C'était une bonne grognasse!... absolument courageuse... elle nous avait bien défendus!... On était tous polichinelles!... J'étais bien sûr de plus la revoir... C'était positif!... Ça devenait bien moche tout ça d'un seul coup!... Et puis tout à fait infect!... C'était encore les nausées... J'ai retrouvé un paillasson... J'ai vomi dans la rigole... Des passants qui se rendaient compte... Il a fallu que je démarre... Je voulais avancer quand même...

Je me suis encore arrêté à l'extrême bout de la rue Saint-Denis... Je voulais pas aller plus loin, j'ai découvert une encoignure, là on me voyait plus du tout... Ça allait mieux une fois assis... c'est la bagotte qui m'écœurait... Quand je me sentais m'étourdir, je regardais plutôt en l'air... Ça m'atténuait les malaises de relever la tête... Le ciel était d'une grande clarté... Je crois que jamais je l'avais vu si net... Ça m'a étonné ce soir-là comme il était découvert... Je reconnaissais toutes les étoiles... Presque toutes en somme... et je savais bien les noms!... Il m'avait assez canulé l'autre olibrius avec ses orbites trajectoires!... C'est drôle comme je les avais retenus sans bonne volonté d'ailleurs... ça il faut bien le dire... La « Caniope » et l' « Andromède »... elles y étaient là rue Saint-Denis... Juste au-dessus du toit d'en face... Un peu plus à droite le « Cocher » celui qui cligne un petit peu contre les « Balances »... Je les reconnais tous franco... Pour pas se gourer sur « Ophiuchus »... c'est déjà un peu plus coton... On la prendrait bien pour Mercure, si y avait pas l'astéroïde!... Ça c'est le condé fameux... Mais le « Berceau » et la « Chevelure »... On les méprend presque toujours... C'est sur « Pelléas » qu'on se goure bien! Ce soir-là, y avait pas d'erreur!... C'était Pelléas au poil!... au nord de Bacchus!... C'était du travail pour myope... Même la « Grande nébuleuse d'Orion » elle était absolument nette... entre le « Triangle » et l' « Ariane »... Alors pas possible de se perdre... Une unique chance exceptionnelle!... A Blême, on l'avait vue qu'une fois! pendant toute l'année l'Orion... Et on la cherchait tous les soirs!... Il aurait été bien ravi l'enfant de la lentille de pouvoir l'observer si nette... Lui qui râlait toujours après... Il avait édité un guide sur les « Repères Astéroïdes » et même un chapitre entier sur la « nébuleuse d'Antiope »... C'était une surprise véritable de l'observer à Paris... où il est bien célèbre le ciel pour son opacité crasseuse!... J'entendais comme il jubilait le Courtial dans un cas pareil!... Je l'entendais déconner, là, à côté de moi, sur le banc...

— Tu vois, mon petit, celle qui tremble?... ça c'est pas même une planète... Ça c'est qu'une trompeuse!... C'est même pas un repère!... Un astéroïde!... C'est qu'une vagabonde!... tu m'entends?... Fais gafe!... Une vagabonde!... Tiens encore deux millions d'années, ça fera peut-être une lumière profuse!... Alors elle donnera peut-être un plaque!... Maintenant c'est qu'une entourloupe et tu paumeras toute ta photo!... Et puis c'est tout ce que t'en aurais... Ah! c'est trompeur une « vaporide » mon petit gniard!... Pas même une comète « d'attirance »... Te laisse pas berner, troubadour! Les étoiles c'est tout morue!... Méfie-toi avant de t'embarquer! Ah! c'est pas des petites naines blanches! Mords-moi ça! Comme dynamètre! Quart seconde exposition! Brûle ton film en quart dixième! Qu'elles sont terribles! Ah! défrisable! Gafe-toi Ninette! Les plaques c'est pas donné aux « Puces »!... Mais non cher Évêque!... Je les rentendais toutes ses salades!... « Une seule fois, quand tu regardes une chose... Tu dois la retenir pour toujours!... Te force pas l'intelligence!... C'est la raison qui nous bouche tout... Prends l'instinct d'abord... Quand il bigle bien, t'as gagné!...

Il te trompera jamais!... » J'en avais plus moi de la raison...
J'avais les guiboles en saindoux... J'ai marché quand même
encore... Et puis j'ai retrouvé un autre banc... Je me suis tassé
contre le dossier... Il faisait vraiment plus très chaud... Il me
semblait qu'il était là... et de l'autre côté de la planchette, qu'il
me tournait le dos, le vieux daron. J'avais des mirages... Je
déconnais à sa place... Ses propres mots absolus... Il fallait que
je l'entende causer... qu'ils me reviennent bien tous... Il était
devant moi sur l'asphalte!... « Ferdinand! Ferdinand! L'ingéniosité c'est l'homme... Ne pense pas toujours qu'au vice... »
Il me racontait tous ses bobards... et je me souvenais de tous
à la fois!... Je discutais maintenant tout haut!... Les gens
s'arrêtaient pour m'entendre... Ils devaient penser que j'étais
ivre... Alors j'ai bouclé ma trappe... Mais ça me relançait quand
même... ça me tenaillait toute la caboche. Ils me possédaient
bien les souvenirs... Je pouvais pas croire qu'il était mort mon
vieux vice-broquin... Et pourtant je le revoyais avec sa tête en
confiture... Toute la barbaque qui remuait toujours... et que ça
grouillait plein la route!... Merde! Et la ferme à pic du talus!
et puis le fils à la garce Arton... Et la truelle?... Et la mère
Jeanne? et leur brouette? et tout le temps qu'on l'avait roulé
avec la daronne!... Ah! La vache! Il était terrible!... Il me reca-
valait en mémoire!... Je repensais à toutes les choses... Au bar
des « Émeutes »... à Naguère!... Au Commissaire des Bons-
Enfants... et aux effluves à la gomme!... Et à toutes les patates
infectes... Ah! C'était dégueulasse au fond... comme il avait pu
nous mentir... Maintenant il repiquait la tante!... Il était là,
juste devant moi... à côté du banc... Je l'avais son odeur de
bidoche... J'en avais plein le blaze... C'est ça la présence de la
mort... C'est quand on cause à leur place... Je me suis redressé
tout d'un coup... Je résistais plus... J'allais crier une fois
terrible... Me faire embarquer pour de bon... J'ai relevé les
châsses en l'air... pour pas regarder les façades... Elles me
faisaient trop triste... Je voyais trop sa tête sur les murs...
partout contre les fenêtres... dans le noir... Là-haut Orionte
était partie... J'avais plus de repère dans les nuages... Tout
de même j'ai repiqué Andromède... Je m'entêtais... Je cherchais Caniope... Celle qui clignait contre l'Ours... Je me suis
étourdi forcément... J'ai repris quand même ma promenade...
J'ai longé les grands Boulevards... Je suis revenu Porte Saint-

Martin... Je tenais plus sur mes guizots!... Je déambulais dans
le zigzag!... Je me rendais tout à fait compte... J'avais une
peur bleue des bourriques!... Ils me croyaient saoul eux aussi!...
Devant le cadran du « Nègre » j'ai fait « pst! pst! » à un fiacre!...
Il m'a embarqué...

— Chez l'oncle Édouard!... que j'ai dit...

— Où ça l'oncle Édouard?...

— Rue de la Convention! quatorze! J'allais sûrement me
faire épingler si je continuais ma vadrouille... avec ce putain de
vertige... Ça devenait un terrible risque... si les bourres m'avaient
questionné... J'étais étourdi à l'avance. Jamais j'aurais pu
leur répondre... La course en fiacre m'a fait du bien... Ça m'a
vraiment retapé un peu... Il était chez lui l'oncle Édouard...
Il a pas eu l'air très supris... Il était content de me revoir...
Je m'assois devant sa table... J'enlève un peu ma redingote...
J'avais plus que le petit velours à côtes...

— T'es drôlement sapé! qu'il remarque... Il me demande si
j'ai mangé?

— Non! J'ai pas faim... que j'ai répondu...

— Alors, ça va pas l'appétit?...

Du coup, il enchaîne... C'est lui qui me raconte ses histoires...
Il était fort préoccupé... Il rentrait tout juste de Belgique, il
sortait d'un de ces pétrins!... Il l'avait repassée finalement sa
petite pompe « l'extra démontable » à un consortium de fabriques... A des conditions pas fameuses... Il en avait eu sa claque
des litiges, des réclamations... à propos de tous les brevets...
les « multiples », les « réversibles »... C'était marre!... C'était
pas son genre, les migraines et les avocats... Avec ce petit
pognon liquide, il allait se payer quelque chose de bien franc,
bien net... une vraie entreprise mécanique... Une affaire déjà
lancée... pour le retapage des voiturettes... pour les « tinettes »
de seconde main... Ça c'est un blot toujours fructueux... En
plus il reprendrait les lanternes et les trompes de tous les
clients. Ça aussi c'était dans ses cordes... Il les remettrait au
goût du jour... Pour le petit matériel d'accessoires, les nickels,
les cuivres, y a toujours la demande... Il suffit de suivre un peu
la vogue, ça se retape comme ci, comme ça... et puis on retrouve
un amateur à trois cents pour cent!... Voilà du commerce!... Il
était pas embarrassé... Il connaissait toutes les ficelles... Si il
tiquait encore un peu c'était à cause des locaux... Il voulait

encore réfléchir... C'était pas très net comme clauses... Y avait un drôle de « pas de porte »... Il flairait une petite vape!... La reprise était assez lourde!... Il prolongeait les pourparlers... Il avait la leçon... Il avait failli souscrire dans une sorte d'association pour une véritable usine de grandes fournitures carrossières... à cent mètres de la Porte Vanves... Ça s'était pas fait... Ils l'empaquetaient dans le contrat... Les copeaux l'avaient saisi au dernier moment... Il se méfiait de tous les partenaires... Pour ça, il avait pas tort!... Il réfléchissait toujours... C'était trop beau pour être honnête!... presque du quarante-sept pour cent!... Ça! c'était sûrement des bandits!... Il devait pas regretter grand'chose!... Sûrement qu'il était marron avec des gangsters semblables!... Enfin il a eu tout jacté... tout déroulé... tout ce qui était survenu, dans le détail, toutes les bricoles de son business, depuis notre départ pour Blême jusqu'au jour où nous étions... Du coup, c'était à mon tour de raconter mes histoires... Je m'y suis mis tout doucement... Il a écouté tout du long...

— Ah! ben alors! Ah ben mon petit pote! Ah ben ça c'est carabiné!... Il en restait tout baba!... Ah ben dis donc c'est pas croyable... Ah ben alors, je m'étonne plus que t'es gras comme un courant d'air!... Ah! vous avez dérouillé!... Merde!... C'est une leçon! Tu vois mon petit pote!... C'est toujours comme ça la campagne... Quand t'es de Paris, faut que t'y restes!... Souvent on m'a offert à moi des genres de petits dépositaires, des marques, des garages dans des bleds... C'était séduisant à entendre... Des « représentations », des vélos, en pneumatiques... Ton maître par-ci!... Liberté par-là!... Taratata! Moi jamais ils m'ont étourdi!... Jamais! Ça je peux le dire!... Tous les condés de la campagne c'est des choses qu'il faut connaître!... Il faut être né dans leurs vacheries... Toi te voilà qu'arrive fleur... Tu tombes dans la brousse! Imagine!... tout chaud, tout bouillant... Dès la descente, ils te possèdent!... T'es l'œuf!... Y a pas d'erreur!... Et tout le monde te croûte... Les jeux sont faits!... On se régale! Profits?... Balle-Peau!... T'en tires pas un croc pour ta pomme... T'es fait bonnard sur tout le parcours!... Comment que tu pourrais toi te défendre?... Tu résistes pas une seconde... Faut être dans le jus dès le biberon... Voilà l'idéal!... Autrement t'es bien fait cave à tous les détours!... Comment que tu pourrais étaler?... Ça s'entrave pas dans un soupir! Ça s'invente pas les artichauts!... T'as pas une chance sur cent dix mille... Et puis comme vous partiez vous autres?... Avec des cultures centrifuges... Ça alors, c'était du nougat!... Vous la cherchiez bien la culbute... Vous vous êtes fait retourner franco!... C'était dans la fouille!... Ah! Mais dis donc alors petit pote, ce que tu peux voir maigre! Mais c'est pas croyable!... T'aimes ça la soupe au tapioca?... Il trifouillait dans sa cuisine... Il devait être au moins neuf heures... Il va falloir que tu te rambines!... Ici tu vas te taper la cloche! Ça je te garantis!... Il va falloir que tu m'en caches!... Ah! Y a pas d'erreur ni de chanson... Il m'a rebiglé au tournant... le joli genre de mon costume... ça le faisait un peu sourire... et ma combinaison-culotte... et les ficelles pour le fond...

— Tu peux pas rester en loques!... Je vais te chercher un petit grimpant... Attends... Je vais te trouver quelque chose... Il m'a ramené d'à côté, un complet tout entier à lui, de son armoire à coulisse. C'était en parfait état, et puis un manteau peau d'ours... un formidable poilu... « Tu mettras ça en attendant!... » et une casquette à rabats et le caleçon et la liquette en flanelle... J'étais resapé magnifique!

— T'as pas faim alors?... Du tout?... J'aurais rien pu ingurgiter... Je me sentais même un malaise... quelque chose de bien pernicieux... J'avais les tripes en glouglous... sans charre, j'étais pas fringant!

— Qu'est-ce que t'as alors mon petiot?... Je commençais à l'inquiéter.

— J'ai rien!... J'ai rien!... Je luttais...

— T'as attrapé froid alors?... Mais c'est la grippe qui te travaille!

— Oh! non... Je crois pas... que j'ai répondu... Mais si tu veux bien mon oncle, une fois que t'auras fini de manger... On pourra peut-être faire un petit tour?...

— Ah! Tu crois que ça va te dégager?...

— Ah! Oui! mon oncle!... Oui, je crois!...

— T'as donc mal au cœur?...

— Oui! un tout petit peu, mon oncle!...

— Eh bien t'as raison!... Descendons tout de suite tiens!... Moi je mangerai plus tard!... Tu sais je suis un peu comme ta mère... Subito! Presto! Y a jamais d'arêtes! Il a pas terminé sa croûte... On est partis tout doucement jusqu'au coin du café de l'Avenue... Là, il a voulu qu'on s'assoye à la terrasse... et que je prenne une infusion de menthe... Il me causait encore de choses et d'autres... Je lui ai demandé un peu des nouvelles... Si il avait vu mes parents?...

— Au moment de partir en Belgique, ça va faire deux mois hier!... J'ai fait un saut au Passage... Je les ai pas revus depuis!... Ils se retournaient bien les méninges, qu'il a ajouté, à propos de tes lettres! Ils les épluchaient tu peux le dire... Ils savaient plus ce que tu devenais... Ta mère voulait partir te voir tout de suite... Ah! Je l'ai dissuadée... J'ai dit que j'avais moi des nouvelles... Que tu te débrouillais parfaitement... mais que vous aviez pas une minute à cause des semailles! Enfin des bêtises!... Elle a remis le voyage à plus tard!... Ton père était encore malade... Il a manqué son bureau plusieurs fois de suite cet hiver... Ils avaient peur tous les deux que, cette fois-là, ça soye la bonne... qu'ils attendent plus Lempreinte et l'autre... qu'ils le révoquent... Mais ils l'ont repris en fin de compte... Par contre, ils y ont défalqué intégralement ses jours d'absence!... Imagine! Pour une maladie!... Pour une compagnie qui roule sur des cent millions! qu'a des immeubles presque partout! C'est pas une honte?... C'est pas effroyable?... D'abord, tiens c'est bien exact... plus qu'ils sont lourds plus qu'ils en veulent... C'est insatiable voilà tout! C'est jamais assez!... Plus c'est l'opulence et tant plus c'est la charogne!... C'est terrible les compagnies!... Moi je vois bien dans mon petit truc... C'est des suceurs tous tant qu'ils sont!... des voraces! des vrais pompe-moelle!... Ah! C'est pas imaginable!... Parfaitement exact... Et puis c'est comme ça qu'on devient riche... Que comme ça!

— Oui mon oncle!...

— Celui qui est malade peut crever!...

— Oui mon oncle!...

— C'est la vraie chanson finale, petit fias, faut apprendre tout ça!... et immédiatement! tout de suite! Méfie-toi des milliardaires!... Ah! Et puis j'oubliais de te dire... Y a encore quelque chose de nouveau... du côté de leurs maladies... Ton père veut plus voir un médecin!... Même Capron qu'était pas mauvais! et pas malhonnête en somme... Il poussait pas à la visite... Elle non plus ta mère, elle veut plus en entendre parler... Elle se soigne complètement elle-même... Et je te garantis qu'elle boite... Je sais pas comment qu'elle s'arrange... Des sinapismes! des sinapismes!... Toujours la même chose avec moutarde! sans moutarde! Chaud! froid! Chaud! froid! Et elle s'arrête pas de travailler!... Et elle se démanche!... Il faut qu'elle retrouve des clients!... Elle en a fait des nouveaux pour sa nouvelle Maison de Broderies... des dentelles bulgares... Tu te rends compte! Ton père bien sûr il en sait rien... Elle représente pour toute la Rive droite... Ça lui fait des trottes... Si tu voyais sa figure quand elle rentre de ses tournées!... Ah alors faut voir la mine!... C'est absolument incroyable!... J'aurais dit un vrai cadavre... Elle m'a même fait peur l'autre jour!... Je suis tombé dessus dans la rue... Elle rentrait avec ses cartons... Au moins vingt kilos j'en suis sûr! T'entends vingt kilos! A bout de poignes... C'est pesant toutes ces saloperies!... Elle m'a même pas aperçu!... C'est la fatigue qui la tuera... Tu t'en feras autant à toi-même si tu fais pas plus attention! Ça je te dis mon pote! D'abord tu manges beaucoup trop vite... Tes parents te l'ont toujours dit... De ce côté-là ils ont pas tort...

Tout ça c'était ma foi possible... Enfin c'était pas important... Enfin pas beaucoup... Je voulais pas du tout le contredire... Je voulais pas créer de discussion... Ce qui me gênait pendant qu'il me causait... que je l'écoutais même pas très bien... C'était la colique... Ça m'ondoyait dans les tripes... Il continuait à me parler...

— Qu'est-ce que tu vas faire après ça?... T'as déjà quelque chose en tête?... Une fois que t'auras repris du lard?... Lui aussi ça le souciait un peu la question de mon avenir...

— Ah! mon petit pote! Tout ce que je t'en dis, c'est pas pour que tu te presses!... Oh! mais non!... Prends tout ton temps pour tes démarches! Savoir d'abord où on se trouve!... Va pas piquer n'importe quoi!... Ça te retomberait sur le râble!... Faut te retourner mais tout doucement... Faut faire attention!... Le travail c'est comme la croûte... Il faut que ça profite d'abord... Réfléchis! Estime! Demande-moi! Tâte! Examine!... à droite, à gauche... Tu décides quand tu seras sûr!... A ce moment-là, tu me le diras... Y a pas la foire sur le pont... Pas encore... Hein?... Prends pas quelque chose au petit hasard... Tout juste pour me faire plaisir... Pas une bricole pour quinze jours!... Non!... Non!... T'es plus un gamin... Encore un condé à la gode... Tu finirais par te faire mal!... Tu te perdrais en réputation.

On est repartis vers chez lui... On a fait le tour du Luxembourg... Il reparlait encore d'un emploi... ça le minait un peu comment j'allais me démerder?... Il se demandait peut-être en douce dans le tréfonds de sa gentillesse si j'en sortirais jamais de mes néfastes instincts... de mes dispositions bagnardes?... Je le laissais un peu mijoter... Je savais plus quoi lui dire... J'ai rien répondu tout de suite... J'avais vraiment trop de fatigue et puis un vilain mal aux tempes... Je l'écoutais que d'une oreille... Arrivés au boulevard Raspail je pouvais même plus arquer droit... Je prenais le trottoir tout de traviole... Il s'est rendu compte... On a fait encore une halte... Je pensais tout à fait à autre chose... Je me reposais... Il me la cassait l'oncle Édouard avec toutes ses perspectives... J'ai regardé encore en l'air... « Tu les connais toi, dis mon oncle, les « Voiles de Vénus »... la « Ruche des Filantes »?... Tout ça sortait juste des nuages... c'était des poussières d'étoiles... Et Amarine?... et Proliserpe?... je suis tombé dessus coup sur coup... la blanche et la rose... Tu veux pas que je te les montre?... » Il les avait sues l'oncle Édouard, autrefois les constellations... Il savait même tout le grand Zénith, un moment donné... du Triangle au Sagittaire, le Boréal presque par cœur!... Tout le « Flammarion » il l'avait su et forcément le « Pereires »!... Mais il avait tout oublié... Il se souvenait même plus d'une seule... Il trouvait même plus la « Balance »!

— Ah mon pauvre crapaud, à présent j'ai perdu mes yeux!... Je te crois sur parole! Regarde tout ça à ma place!... Je peux même plus lire mon journal! Je deviens si myope ces jours-ci que je me tromperais d'astre à un mètre! Je verrais plus le ciel si j'étais dedans! Je prendrais bien le Soleil pour la Lune!... Ah! dis donc! Il disait ça en rigolade...

— Ah! Mais ça fait rien... qu'il a ajouté... Je te trouve toi joliment savant! Ah mais t'es fortiche! T'en as fait dis donc des progrès!... C'est pas de la piquette! T'as pas beaucoup brifé là-bas!... Mais t'as avalé des notions!... Tu t'es rempli de savoir-vivre!... Ah! T'es trapu mon petit pote!... Tu te l'es farcie ta grosse tête!... Hein dis mon poulot! Mais c'est la science ma parole!... Ah! y a pas d'erreur!... Ah! je le faisais rire... On a reparlé un peu de Courtial... Il a voulu un peu savoir à propos de la fin... Il m'a reposé quelques questions... Comment ça s'était terminé? Ah! Je pouvais plus tenir qu'il m'en cause!... Il m'en passait une panique... Une crise presque comme à la vieille... Je pouvais plus me retenir de chialer!... Merde!... Ça faisait moche!... Ça me secouait les os... Pourtant j'étais dur!... C'était sûrement l'intense fatigue...

— Mais qu'est-ce que t'as? mon pauvre crabe!... Mais t'es tout défait! Mais voyons, il faut pas te frapper!... Ce que j'en disais tout à l'heure à propos de ta place, c'était seulement pour qu'on en cause... Je prenais pas ça au sérieux! Faut pas le prendre non plus! Tu vas pas quand même t'effarer pour des fariboles pareilles!... Tu me connais pourtant assez bien!... T'as pas confiance dans ton oncle?... Je disais pas ça pour te chasser!... Voyons gros andouille! tu m'as pas compris?... Rentre-moi tout de suite ces pleurs! T'as l'air d'une mignarde à présent!... Hein mon petit poulot c'est fini?... Un homme ça chiale pas!... Tu resteras tant qu'il faudra!... Là! Voyons quand même!... Tu vas d'abord te remplumer... Je veux te voir rebouffi, rebondi! gavé! gras du bide! On voudrait pas de toi n'importe où! T'y penses pas! comme ça?... Tu peux pas te défendre tel quel!... On prend pas les papiers mâchés! Faut être maous sur la place! Tu leur foutras tous sur la gueule... Baoum!... Renversez-moi tout ça!... Un coup du droit! Bang! Un coup du gauche... Garçon! Monsieur? Un biscoto!... Il me consolait comme il pouvait, mais j'arrivais pas à me tarir. Je tournais tout à fait en fontaine.

— Je veux m'en aller, mon oncle!... Je veux partir!... Je veux partir loin!...

— Comment t'en aller?... Partir où?... En Chine?... Loin? Où ça?...

— Je sais pas, mon oncle!... Je sais pas!... Je dégoulinais de plus en plus fort... Je me suis relevé... J'étouffais!... Mais une fois debout j'ai trébuché... Il a fallu qu'il m'étaye... Quand on est arrivés chez lui, il savait plus vraiment quoi faire!... Ni dire!...

— Eh bien mon gros!... ben mon toto!... Faut oublier quand même tout ça!... Mettons que j'ai rien dit du tout!... C'est pas de ta faute, mon pauvre gniard! Allons! Tu y es pour rien!... Courtial, tu sais comme il était!... C'était un homme extraordinaire!... C'était un parfait savant!... Là je suis entièrement d'accord!... Je l'ai toujours dit, tout le premier... Et je crois qu'il avait du cœur!... Mais c'était un homme d'aventure!... Extrêmement calé, c'est un fait! Extrêmement capable et tout!... et qu'a souffert mille injustices!... Oui! ça c'est encore entendu!... Mais c'était pas la première fois qu'il se promenait sur les précipices!... Ah! C'était un zèbre pour les risques!... Il les frisait les catastrophes!... D'abord les gens qui jouent aux courses? pas?... C'est qu'ils aiment se casser la gueule!... Ils peuvent pas se refaire!... Ça on peut pas les empêcher... Il faut qu'ils arrivent au Malheur!... Dame! Très bien!... C'est le goût du risque!... Ça me fait bien de la peine quand même! Ah! Tu peux croire, ça me touche beaucoup!... J'avais pour lui de l'admiration... Et même une sincère amitié!... C'était un cerveau unique!... Ah! Je me rends bien compte! Une véritable valeur!... J'ai l'air bête, mais je comprends bien... Seulement c'est pas une raison parce qu'il vient maintenant de mourir, pour toi en perdre le boire et le manger!... pour te décharner jusqu'aux os!... Ah! ça non plus alors! Par exemple! Ah! Nom de Dieu! Non!... Tu pourrais pas gagner ta vie dans l'état où tu te trouves!... C'est pas à ton âge voyons qu'on se détruit comme ça la santé, parce qu'on est tombé sur un manche!... Tu vas pas remâcher ça toujours!... Mais t'as pas fini mon pote!... T'en verras bien d'autres, ma pauvre bouille!... Laisse les jérémiades aux rombières!... Ça les empêche pas de pisser!... Ça leur fait un plaisir intense!... Mais toi t'es un mec à la redresse!... Pas que t'es à la redresse Routoutou?... Tu vas pas te noyer dans les pleurs?... Hi! Hi! Hi! Tu vois pas ça dans la soupe?... Il me donnait des toutes petites claques... Il essayait de me faire marrer!...

— Ah! le pauvre saule pleureur!... Il nous revient comme ça de la campagne?... Déglingué!... Fondu!... Raplati!... Allons mon poulot!... Allons maintenant du courage!... Tiens, je te parlerai plus de t'en aller!... Tu vas rester avec moi!... Tu te placeras nulle part!... C'est conclu! C'est entendu!... Là, t'es plus tranquille?... Plus jamais tu te chercheras une place!... Là! T'es content à présent?... Tiens, je vais te prendre moi, dans mon garage!... C'est peut-être pas très excellent d'être apprenti chez son oncle... Mais enfin tant pis!... La santé d'abord! Les usages, je m'en fous!... Le reste ça s'arrange toujours! La santé! voilà!... Je te dresserai moi, tiens mon

petit pote! Je veux que tu prennes d'abord de la panne!...
Ah! Oui! Ça te ronge toi de chercher des places... J'ai bien vu
chez tes parents... T'as pas la façon facile, t'as pas le tempérament pour... Tu seras plus jamais contraint... puisque c'est ça
qui t'épouvante!... Tu resteras toujours avec moi... Tu tireras
plus les cordons... Tu ferais pas un bon placier... Ah ça non!
Hein? Je peux pas! Je peux pas mieux te dire!... T'aimes pas
aller te présenter?... Bien! C'est ça qui te fout la pétoche?... Bon!
— Non mon oncle! C'est pas tant ça!... Mais je voudrais
partir...
— Partir! Partir! Mais partir où?... Mais ça te turlupine,
mon petit crabe!... Mais je te comprends plus du tout!... Tu
veux retourner dans ton bled?... T'en veux pousser des carottes?
— Oh! Non! mon oncle... Ça je veux pas!... Je voudrais
m'engager...
— Une idée qui te traverse toute cuite?... Ah! ben alors!
T'y vas rondement!... T'engager?... Où?... Mais pour quoi
faire?... T'as tout ton temps mon poulot!... Tu t'en iras avec
ta classe! Qu'est-ce qui te précipite?... t'as la vocation militaire?... C'est marrant quand même!... Il me considérait avec
soin... Il me retrouvait tout insolite... Il me dévisageait...
— Ça c'est une lubie, mon lapin... Ça te prend comme une
envie de pisser!... Mais ça te passera aussi de même!... Tu vas
pas devenir comme Courtial? Tu veux tourner hurluberlu?...
Ah! ben dis donc tes parents?... T'as pas réfléchi un petit peu?...
Comment qu'ils vont chanter alors? Ah la sérénade! Ah! j'ai
pas fini d'entendre! Ils diront que c'est moi le responsable!...
Ah! Alors minute!... Que je t'ai foutu des drôles d'idées!
Que t'es sinoque comme ton dabe!...
Il était pas content du tout... J'ai voulu tout lui avouer!...
Comme ça d'emblée... N'importe quoi!... N'importe comment!...
— Mais je sais pas rien faire mon oncle... Je suis pas sérieux...
Je suis pas raisonnable...
— Mais si que t'es sérieux ma grosse bouille! Moi je te
connais bien... Mais si! que t'es raisonnable!
J'en pouvais plus moi de chialer...
— Non! Je suis un farceur mon oncle!...
— Mais non! Mais non! mon poulot!... T'es un petit connard
au contraire! T'es la bonne bouille que je te dis!... T'as pas un
poil de rusé! T'es bonnard à toutes les sauces!... Il t'a possédé

677

le vieux coquin! Tu vois donc pas vieux trésor? C'est ça que tu peux pas digérer!... Il t'a fait!

— Ah non! Ah non!... J'étais hanté... Je voulais pas des explications. J'ai supplié pour qu'il m'écoute... « Je faisais que de la peine à tout le monde!» Je lui ai dit et répété... Ah! Et puis j'avais mal au cœur!... Et puis je lui ai reparlé encore... toujours je ferais de la peine à tout le monde!... C'était ma terrible évidence!...

— T'as bien réfléchi?...

— Oui mon oncle!... Oui, je te jure, j'ai bien réfléchi!... Je veux m'en aller!... demain... dis... demain...

— Ah! Mais la maison brûle pas!... Ah ça non!... repose-toi encore! On part pas comme ça!... En coup de tête!... On contracte pas pour un jour!... C'est pour trois années mon ami!... C'est pour mille quatre-vingt-cinq jours... et puis les rabiots!...

— Oui, mon oncle...

— T'es pas si méchant voyons?... Personne te repousse?... Personne t'accuse!... Ici, t'es pas mal quand même?... Je t'ai jamais brutalisé?...

— C'est moi mon oncle qu'est méchant... Je suis pas sérieux. Tu sais pas mon oncle!... Tu sais pas!...

— Ah mais ça te reprend! Mais c'est une manie, mon pauvre bougre!... que tu te tracasses à ce degré-là!... Mais tu vas te rendre vraiment malade...

— J'y tiens plus mon oncle!... J'y tiens plus!... J'ai l'âge mon oncle!... Je veux partir!... J'irai demain mon oncle!... Tu veux bien?...

— Pas demain mon pote! Pas demain! Tout de suite! Tiens! Tout de suite! Il s'énervait... Ah! ce que t'es têtu quand même! Mais tu vas attendre une quinzaine! Et puis même un mois! Deux semaines pour me faire plaisir! On verra... d'ailleurs ils voudraient jamais de toi, tel quel!... Ça je peux te le jurer à l'avance... Tu ferais peur à tous les majors!... Il faut d'abord que tu te rebectes! Ça c'est l'essentiel!... Ils te videraient comme un malpropre!... T'imagines?... Ils prennent pas les soldats squelettes!... Il faut que tu te rempiffes en kilos!... Dix au moins! t'entends?... Ça je t'assure!... Dix pour commencer!... Autrement! Barca!... Tu veux aller à la guerre?... Ah mais! Ah mais! Tu tiendrais comme un fétu!... Qui c'est qui m'a flanqué un zouave qu'est gros comme un souffle!... Allons!

Allons! à plus tard!... Allez! Chère épingle! rentre-moi donc ces soupirs!... Ah! ben! Ils auraient de quoi rire!... Ils s'emmerderaient pas au Conseil de te voir en peau et en os!... Et au corps de garde?... Ah! ça serait la crise! Salut soldat Pleurnichon!... T'aimes pas mieux « sapeur »?... Où ça que tu vas t'engager?... T'en sais rien encore?... Alors comment que tu te décides?... Ça m'était bien égal en fait...

— Je sais pas mon oncle!...

— Tu sais rien!... Tu sais jamais rien!...

— Je t'aime bien mon oncle, tu sais!... Mais je peux plus rester!... Je peux plus!... T'es bien bon toi, avec moi!... Je mérite pas mon oncle! Je mérite pas!...

— Pourquoi ça que tu mérites pas?... dis petit con?...

— Je sais pas mon oncle!... Je te fais du chagrin aussi!... Je veux partir mon oncle!... Je veux aller m'engager demain...

— Ah! ben alors c'est entendu!... J'accepte! Ça va! C'est conclu! Mais ça nous dit toujours pas quel régiment que t'as choisi?... Ah! mais c'est que t'as juste le temps!... Il se moquait de moi dans la combine...

— Tu veux pas aller dans la « griffe »?... T'es pas pour la « Reine des Batailles »?... Non?... Je vois ça!... Tu veux rien porter!... Les trente-deux kilos?... Tu voudrais mon fiote! tu voudrais qu'on te porte! Dissimulez-vous Nom de Dieu!... T'en pinces pas?... Sous le fumier là qu'est à gauche!... Au défilé! Un! deux! un! deux!... T'en veux pas des belles manœuvres?.... Ah! Ah! mon lascar!... Utilisez donc votre terrain!... Tu dois être calé là-dedans?... T'en as assez vu des terrains?... Tu sais maintenant comment c'est fait?... Les poireaux? la cafouine autour?... Hein?... Mais t'aimais mieux les étoiles!... Ah! Tu changes d'avis?... T'es pas long!... Astronome alors?... Astronome!... T'iras au « 1er Télescope »! Régiment de la Lune!... Non? Tu veux rien de ce que je te présente?... T'es pas facile à contenter! Je vois que t'aimes mieux la « griffe » quand même...! T'es-t'y bon marcheur?... T'en auras des cloques mon jésus!... « Les godillots sont lourds dans le sac! les godillots!... » T'aimes mieux des furoncles aux fesses?... Alors bon! dans la cavalerie!... En fourrageur! Nom de Dieu!... Dans les petits matafs ça te dit rien?...

Y a de la goutte à boire là-haut!
Y a de la goutte à boire!...

Il faisait le clairon avec sa bouche : « Ta ra ta ta ta! Ta ta ta!... »

— Ah! Pas ça mon oncle!... Pas ça!... Il me rappelait l'autre numéro.

— Comme t'es sensible, ma pauvre bouille!... Comment que tu feras bien dans la vache bataille?... Attends!... T'as pas tout réfléchi?... Reste là! T'as encore cinq minutes!... Reste avec moi encore un peu... Une affaire de deux, trois semaines!... Le temps que ça se dessine!... Tiens mettons un mois!...

— Non mon oncle!... J'aime mieux tout de suite...

— Ah! ben toi! t'es comme ta mère!... Quand t'as une musique dans le cassis, tu l'as pas ailleurs!... Ah! Je sais plus quoi te dire... Tu voudrais pas être cuirassier?... Gras à lard comme te voilà, tu ferais pas mal sur un cheval! Ils te verraient plus dans ta cuirasse!... Tu serais fantôme au régiment!... Tu risquerais plus un coup de pique!... Ça c'est une affaire!... Ah! C'est la merveilleuse idée! Mais là encore faut que t'engraisses!... même comme fantôme t'as pas assez!... Ma pauvre andouille, il te manque au moins dix kilos!... Et je suis pas exagéré!... Toujours dix kilos!... T'aimes mieux cette combinaison-là?...

— Oui mon oncle!...

— Je te vois d'ici, moi, à la charge!... Moi je voyais rien du tout!...

— Oui mon oncle!... Oui, je veux bien attendre...

— Les « Gros frères »! Ferdinand!... « Gros frère!... » L'ami des nourrices! Le soutien de la « fantabosse »! La terreur des artilleries!... On aura de tout dans la famille!... T'iras pas dans la marine... T'as déjà comme ça le mal de mer!... Alors tu comprends?... Et ton père qu'a fait cinq années? Qu'est-ce qu'il va nous dire?... Lui, c'était dans les batteries lourdes!... On aura de tout dans la famille!... Toute l'armée mon pote!... Le 14 juillet chez soi!... Hein?... Taratata! Ta ta ta!...

Toujours pour me dérider, il a cherché son képi, il était au-dessus de la cheminée, à droite près de la glace... Je le vois encore son pompon, un petit poussin jaune... Il se l'est posé en bataille...

— Voilà Ferdinand! Toute l'armée!... C'était joyeux comme conclusion.

— Ah! va donc! qu'il s'est ravisé... Tout ça c'est du flan!...
T'as pas fini de changer d'avis!... Elle est pas encore dans le
sac ta feuille... ton matricule? mon pote? Va mon petit trin-
glot!... T'as bien le temps!... Il a soupiré... C'est jamais la place
qui manque pour faire des conneries!... Actuellement t'es
bouleversé... Ça se comprend un peu... T'as chialé comme une
Madeleine... Tu dois avoir beaucoup soif!... Non?... Tu veux
pas un coup de ginglard?... J'ai un calvados extra!... Je te
mettrais du sucre avec... T'en veux pas?... T'aimes mieux
un coup de rouge tout simple, du rouquin maison? Tu veux
que je te le fasse chauffer?... Tu veux pas une camomille?...
Tu veux pas un coup d'anisette?... T'aimes mieux un coup de
polochon? Je vois tout ce que c'est!... Du roupillon pour
commencer!... C'est la sagesse même!... C'est moi qui déconne
tu vois... Ton besoin, c'est dix heures d'afile... Allez oust!...
mon cher neveu!... Assez bavoché comme ça!... Sortons la
litière du Jésus!... Ah! le pauvre vieux mironton!... Il a eu
bien trop de misères! Ça te réussit pas la campagne! Ça mon
fiote je l'aurais juré... Reste donc toujours avec moi!...

— Je voudrais bien mon oncle... Je voudrais bien!... Mais
c'est pas possible, je te jure!... Plus tard mon oncle!... Plus
tard? tu veux pas?... Je ferais rien de bon mon oncle, tout de
suite... Je pourrais plus!... Dis mon oncle, tu veux bien que je
parte?... Dis que tu demanderas à papa?... Je suis sûr qu'il
voudra bien lui!...

— Mais non! Mais non! Moi je ne veux pas... Ça le mettait
en boule... Ah! Ce que t'es têtu quand même!... Ah! Ce que tu
peux être obstiné!... absolument comme Clémence!... Ma
parole! Tu tiens de famille!... Mais tu te ravages à plaisir!...
Mais le régiment mon petit pote!... mais c'est pas comme tu
t'imagines!... C'est plus dur encore qu'un boulot!... Tu peux
pas te rendre compte... Surtout à ton âge!... Les autres, ils ont
vingt et une piges! c'est déjà un avantage. T'aurais pas la
force de tenir... On te ramasserait à la cuiller...

— Je sais pas mon oncle, mais ça vaudrait mieux que
j'essaye!...

— Ah! Du coup, c'est de la manie!... Allez! Allez! On va se
pieuter! Maintenant tu dis plus que des sottises, demain nous
en reparlerons... Moi je crois surtout que t'es à bout... C'est
une idée comme une fièvre. Tu bafouilles et puis c'est marre...

Ah! Ils t'ont fadé comme coup de serpe... Ah! il était grand temps que tu rentres!... Ah! Ils t'ont bien arrangé!... Ils t'ont soigné les agricoles!... Ah! c'est le bouquet!... Maintenant tu déconnes! Eh bien mon colon!... Ah! moi alors, je vais te restaurer... Et tu vas me cacher quelque chose!... Ça je peux déjà maintenant te prévenir!... Tous les jours des farineux!... du beurre! et de la carne! et de première!... pas des petites côtelettes je t'assure!... Et du chocolat chaque matin!... Et puis l'huile de foie de morue à la bonne timbale! Ah! Mais moi je sais ce qu'il faut faire!... C'est fini les cropinettes! et les sauces de courant d'air!... Mais oui mon petit ours!... C'est terminé la claquette!... Allons oust! au plume à présent!... Tout ça c'est balivernes!... T'es simplement impressionné!... Voilà moi, ce que je trouve... T'es retourné de fond en comble!... A ton âge, on se rempiffe d'autor!... Il suffit de plus y penser!... Penser à autre chose!... Et de bouffer comme quatre!... comme trente-six!... Dans huit jours ça paraîtra plus! C'est garanti Banque de France! Et Potard Potin!

On a sorti le pajot de l'armoire... Le lit-cage qui grinçait de partout... Il était devenu minuscule... Quand j'ai essayé de m'allonger je m'emmêlais dans les barreaux. J'ai mieux aimé le matelas par terre... Il m'en a mis un deuxième... un matelas à lui... Je tremblais encore comme une feuille... Il m'a redonné des couvertures... Je continuais la grelotte... Il m'a complètement recouvert, enseveli sous un tas de manteaux... Toutes ses peaux d'ours je les avais dessus... Y avait un choix dans l'armoire!... Je frissonnais quand même... Je regardais les murs de la piaule... Ils avaient aussi rapetissé!... C'était dans la pièce du milieu, celle de l'Angélus...

— Je peux pas t'en fourrer davantage! Hein?... Dis mon vieux crocodile? Je peux pas quand même t'étouffer?... Tu vois pas ça?... que je te retrouve plus?... Ah ben! ça serait du guignolet! du propre!... du mimi! Ah ben! ça me ferait un beau troufion!... Estourbi sous les couvertures!... Tu parles alors d'une chanson!... Eh ben! Je serais frais moi dans le coup!... Ah ils m'arrangeraient au Passage!... Oh ben oui! Le cher enfant!... Le trésor! Je serais coquet pour m'expliquer!... Péri dans son jus le monstre! Pfouac! Absolument! Oh! là! là! Quelle manigance!... Mon empereur n'en jetez plus!... La cour est pleine!... Je me saccadais pour rire en chœur... Il est allé vers sa chambre... Il me prévenait encore de loin...

— Dis donc je laisse ma porte ouverte!... Si t'as besoin de quelque chose aie pas peur d'appeler!... C'est pas une honte d'être malade... J'arriverai immédiatement!... Si t'as encore la colique tu sais où sont les cabinets?... C'est le petit couloir qu'est à gauche!... Te trompe pas pour l'escalier!... Y a la « Pigeon » sur la console... T'auras pas besoin de la souffler... Et puis si t'as envie de dormir... t'aimes pas mieux un vase de nuit?...

— Oh! non mon oncle... J'irai là-bas...

— Bon! Mais alors si tu te lèves passe-toi tout de suite un pardessus! Tape dans le tas! n'importe lequel... Dans le couloir t'attraperais la crève... C'est pas les pardessus qui manquent!...

— Non mon oncle.

BIBLIOGRAPHIE

DISCOGRAPHIE

BIBLIOGRAPHIE

I. — ŒUVRES DE LOUIS-FERDINAND CÉLINE

La Vie et l'Œuvre de Philippe-Ignace Semmelweis, thèse pour la Faculté de Médecine de Paris, nº 161, imprimerie Francis Simon, 1924.

La Quinine en thérapeutique, Doin, éditeur, 1925, in-8º, 132 p., Bibliothèque de la Faculté de Médecine de Paris, nº 85031.

Voyage au bout de la nuit, roman, Paris, Denoël et Steele, 1932.

L'Église, comédie en 5 actes, Paris, Denoël et Steele, 1933.

Mea Culpa, suivi de *La Vie et l'Œuvre de Semmelweis*, Paris, Denoël et Steele, 1936. *Semmelweis (1818-1865)*, Paris, Gallimard, 1952.

Mort à crédit, roman, Paris, Denoël et Steele, 1936.

Bagatelles pour un massacre, Paris, Denoël, 1937.

L'École des cadavres, Paris, Denoël, 1938.

Les Beaux Draps, Paris, Nouvelles Éditions Françaises, 1941.

Guignol's Band, I, roman, Paris, Denoël, 1944.

A l'agité du bocal (Contre J.-P. Sartre), Paris, P. Lanauve de Tartas (s. d.), 1948.

Foudres et Flèches, ballet mythologique, Actes des Apôtres, Paris, C. de Jonquières, 1948.

Casse-pipe, Paris, F. Chambriand, 1949.

Scandale aux Abysses, argument de dessin animé, Paris, F. Chambriand, 1950.

Féerie pour une autre fois, I, Paris, Gallimard, 1952.

Normance (Féerie pour une autre fois, II), Paris, Gallimard, 1954.

Entretiens avec le professeur Y, Paris, Gallimard, 1955.

D'un château l'autre, Paris, Gallimard, 1957.

Ballets sans musique, sans personne, sans rien, Paris, Gallimard, 1959.

Nord, Paris, Gallimard, 1960.
Le Pont de Londres (Guignol's Band II), 1964.
Rigodon, 1969.

II. — ARTICLES, DISCOURS, PRÉFACE
ET LETTRES DE LOUIS-FERDINAND CÉLINE

Lola d'Amérique. — *Europe,* t. XXX, 1932, pp. 169-183.
Voyage au bout de la nuit. — *Cahiers du Sud,* 1932, pp. 593-605.
Hommage à Émile Zola, discours de L.-F. Céline, in *Apologie de
« Mort à crédit »,* de Robert Denoël, Paris, Denoël et Steele, 1936.
Secrets dans l'île, argument de ballet, préfacé par Noël Sabord,
in *Neuf et une,* Paris, Gallimard, 1936.
Préface de *Bezons à travers les âges,* d'Albert Serouille, Paris, Denoël,
1944 (d'abord publiée dans *La Gerbe* sous le titre : *Chanter Bezons,
voici l'épreuve...*).
La Médecine chez Ford. — *Lecture* 40, Paris, 1940.
Casse-pipe. — *Cahiers de la Pléiade,* n° 5, été 1948, p. 45.
Lettres, in *Le Gala des vaches,* d'Albert Paraz, Éd. Littéraires Artis-
tiques Nouvelles, 1948.
Idem, in *Le Menuet du Haricot,* d'Albert Paraz, 1958.
Entretiens avec le Professeur Y. — *La Nouvelle N.R.F.,* 2e année,
n° 18 (juin 1954), pp. 1020-1037; II, n° 23 (novembre), pp. 790-
806; III, n° 24 (décembre), pp. 977-998.
Réponse à Roger Vailland. — *Le Petit Crapouillot,* février 1958.
Préface à la thèse sur *Semmelweis; 31, Cité d'Antin;* deux nouveaux fragments de *Casse-pipe.* — *L'Herne,* n° 3, 1er trimestre
1963.

III. — LA CRITIQUE ET L'ŒUVRE
DE LOUIS-FERDINAND CÉLINE

ARLAND, Marcel, *Essais et nouveaux essais critiques,* Paris, Gallimard, 1952.
AUDIAT, Pierre, *Voyage dans la nuit de Louis-Ferdinand Céline.* —
Revue de France, t. I, pp. 328-331.
BENDZ, Ernst Paulus, *Frankst,* litterära essayer, Malmö, Gleerups,
1950.
BOISDEFFRE (DE), Pierre, *Histoire vivante de la littérature d'aujour-
d'hui (1938-1958),* Paris, Le Livre Contemporain, 1958, pp. 160-
176, 251-253.

BRASILLACH, Robert, *Les Quatre Jeudis*, Paris, Éditions Balzac, pp. 223-235.

CHAPSAL, Madeleine, *Les Écrivains en personne*, Paris, Julliard, 1960.

DENOËL, Robert, *Apologie de « Mort à crédit »*, Paris, Denoël et Steele, 1936.

DEBRIE PANEL, Nicole, *Louis-Ferdinand Céline*. Avant-propos de Marcel Aymé, Édit. Vitte, 1961.

EPTING, Karl, *Frankreich in Widerspruch*, Hamburg, Hanseatische Verlagsanstalt, 1943.

FROHOCK, W. M., *Célin's quest for love.* — *Accent*, II, n° 2 (Winter, 1942), pp. 79-84.

GLICKSBERG, Charles I., *Nihilism in contemporary literature.* — *Nineteenth Century and After*, CWLIV (oct. 1948), pp. 214-222.

HALPERINE-KAMINSKI, E., *Céline en chemise brune, ou le mal du présent*, Nouv. Éd. Excelsior, 1938.

HANREZ, Marc, *Céline*, Paris, Gallimard, 1961.

HINDUS, Milton, *L.-F. Céline tel que je l'ai vu* (trad. de l'anglais par André Belamich), Paris, l'Arche, 1951.

HOWE, Irving, *Céline : novelist of the underground.* — *Tomorrow*, VIII, n° 3, pp. 53-56.

JACQUEMIN, Alex, *Voyage avec Céline.* — *La Revue Nouvelle*, Tournai, 15 mai 1962, pp. 474-481.

JAMET, Claude, *Images mêlées de la littérature et du théâtre*, Paris, Édit. de l'Élan, 1947.

LALOU, René, *Histoire de la Littérature française contemporaine*, Paris, P. U. F., 1940, vol. II, pp. 457-459.

L'HERNE, *Louis-Ferdinand Céline*, n° 3, 1er trimestre 1963.

MASSIN, Robert, *Rencontre avec Céline.* — *La Rue*, novembre 1947.

MASSON, Georges-Armand, *A la façon de Jean Anouilh, Louis Aragon, Marcel Aymé, Germaine Beaumont, Francis Carco, Louis-Ferdinand Céline, etc.*, Paris, P. Ducray, 1950.

NADEAU, Maurice, *Une nouvelle littérature.* — *Mercure de France*, CCCVIII, n° 1039 (mars 1950), pp. 499-503.

ORLANDO, Walter, *Grandeurs et misères de Bardamu.* — *La Table Ronde*, n° 57 (sept. 1952), pp. 171-173.

PARAZ, Albert, *Le Gala des vaches*, journal, Paris, Édit. de l'Élan, 1948.

PICON, Gaëtan, *Panorama de la nouvelle littérature française*, Paris, Gallimard, 1951, pp. 86-87, 88.

PIERRE-QUINT, Léon, *« Voyage au bout de la nuit » par Louis-Ferdinand Céline.* — *Revue de France*, t. I, pp. 326-339.

POLIAKOF, Léon, *Le Cas Louis-Ferdinand Céline et le Cas X. Vallat.* — *Le Monde juif*, févr. 1950.

POULET, Robert, *Parti pris*, essais, Bruxelles et Paris, *Les Écrits*, 1943.
— *La Lanterne magique*, Paris, Nouvelles Éditions Debresse, 1956.
— *Entretiens familiers avec L.-F. Céline*, suivis d'un chapitre inédit de *Casse-pipe*, Paris, Plon, 1958.
— *Aveux spontanés*, Paris, Plon, 1963, pp. 35-42.
RICHARD, Jean-Pierre, *La Nausée de Céline*. — *La Nouvelle N.R.F.*, n° 115 (juillet 1962), pp. 33-47; n° 116 (août 1962), pp. 235-252.
SARTRE, Jean-Paul, *Portrait de l'Antisémite*. — *Les Temps Modernes*, n° 3 (décembre 1945).
SÉRANT, Paul, *Le Romantisme fasciste*, Paris, Fasquelle, 1960.
SLOCHOWER, Harry, *No voice is wholly lost...*, Writers and thinkers in war and peace, N. Y., Creative Age, 1945.
— *Cosmic exile : Louis-Ferdinand Céline, Thomas Wolfe*, in 7151, pp. 92-102.
STEEL, Eric M., *The French writer looks at America*. — *Antioch Review*, IV, n° 3 (Fall 1944), pp. 414-431.
TRUC, Gonzague, *L'Art et la Passion de L.-F. Céline*. — *Revue hebdomadaire*, t. VII, pp. 550-565.
VAILLAND, Roger, *Nous n'épargnerons plus Louis-Ferdinand Céline*. — *La Tribune des Nations*, 13 janvier 1950.
VANDROMME, Pol, *Céline*, Paris, Éditions Universitaires, 1963.
VANINO, Maurice, *L'Affaire Céline*, « *l'École du cadavre* », Documents présentés par le Comité d'action de la Résistance, Paris, Édit. Créator, 1952.
VIAL, Fernand, *French intellectuals and the collapse of Communism*. — *Thought*, XV, n° 58, pp. 429-444.

DISCOGRAPHIE

Louis-Ferdinand Céline, textes lus par Michel Simon (*Voyage au bout de la nuit*, « Ça a débuté comme ça ») et Arletty (*Mort à crédit*, « Le certificat d'études » et « Le départ pour l'Angleterre »); chansons de L.-F. Céline interprétées par l'auteur (« Règlement » et « A nœud coulant »); réalisation de François Gardet, Pacific, nº LDPS 199, 1957 (paru en 1956 sous l'étiquette Urania, nº URLP 0003).

Louis-Ferdinand Céline vous parle, exposé inédit de l'auteur; textes lus par Pierre Brasseur (*Voyage au bout de la nuit*, « Dans le fond du jardin ») et Arletty (*Mort à crédit*, « Comme il y avait juste dix ans... »); Festival, nº FLD 149, 1958.

Le Temps que nous vivons, « Défense de l'ascétisme », interview de L.-F. Céline par Georges Conchon, Magazine phonographique, nº 0 (hors commerce), 31 janvier 1958, 6 mn 15 s, fin de la face 2.

Idem, montage de « Défense de l'ascétisme », Magazine phonographique, nº 2, 30 TNV2, 1ᵉʳ juin 1958-30 septembre 1958, 4 mn 15 s, fin de la face 2.

Archives de la R. T. F., interview de L.-F. Céline par Louis Pauwels.

Archives de Radio-Lausanne, interview de L.-F. Céline par Robert Sadoul.

Marc Hanrez.

Œuvres de
LOUIS-FERDINAND CÉLINE

nrf

ACHEVÉ D'IMPRIMER
LE 4 JUILLET 1969
IMPRIMERIE FIRMIN-DIDOT
PARIS - MESNIL - IVRY

Imprimé en France
N° d'édition : 14410
Dépôt légal : 3ᵉ trimestre 1969. — 2530